U0750068

2016 年度国家社会科学基金一般项目（16BZW037）
2020 年度国家出版基金资助项目（2020J-162）
“十四五”时期国家重点图书出版专项规划项目
2021—2035 年国家古籍工作规划重点出版项目

浙东唐诗之路沿线戏曲丛刊　俞志慧 主编｜审订

调腔传统珍稀剧目集成

吴宗辉 俞志慧 汇编｜校注

卷五

时戏四　例戏

浙江工商大学出版社·杭州

图书在版编目(CIP)数据

调腔传统珍稀剧目集成 / 吴宗辉，俞志慧汇编、校注. — 杭州 ：浙江工商大学出版社，2022.9

ISBN 978-7-5178-4809-7

Ⅰ. ①调… Ⅱ. ①吴… ②俞… Ⅲ. ①新昌高腔—剧本—研究 Ⅳ. ①I207.365.54

中国版本图书馆 CIP 数据核字(2021)第 280625 号

调腔传统珍稀剧目集成

DIAOQIANG CHUANTONG ZHENXI JUMU JICHENG

吴宗辉　俞志慧　汇编、校注

出 品 人　鲍观明
策划编辑　任晓燕　张晶晶
责任编辑　唐　红
责任校对　韩新严
封面设计　观止堂_未氓
责任印制　包建辉
出版发行　浙江工商大学出版社
(杭州市教工路 198 号　邮政编码 310012)
(E-mail:zjgsupress@163.com)
(网址:http://www.zjgsupress.com)
电话:0571-88904980,88831806(传真)
排　　版　杭州朝曦图文设计有限公司
印　　刷　杭州高腾印务有限公司
开　　本　710 mm×1000 mm　1/16
印　　张　154
字　　数　2842 千
版 印 次　2022 年 9 月第 1 版　2022 年 9 月第 1 次印刷
书　　号　ISBN 978-7-5178-4809-7
定　　价　1288.00 元(全五卷)

卷五目录

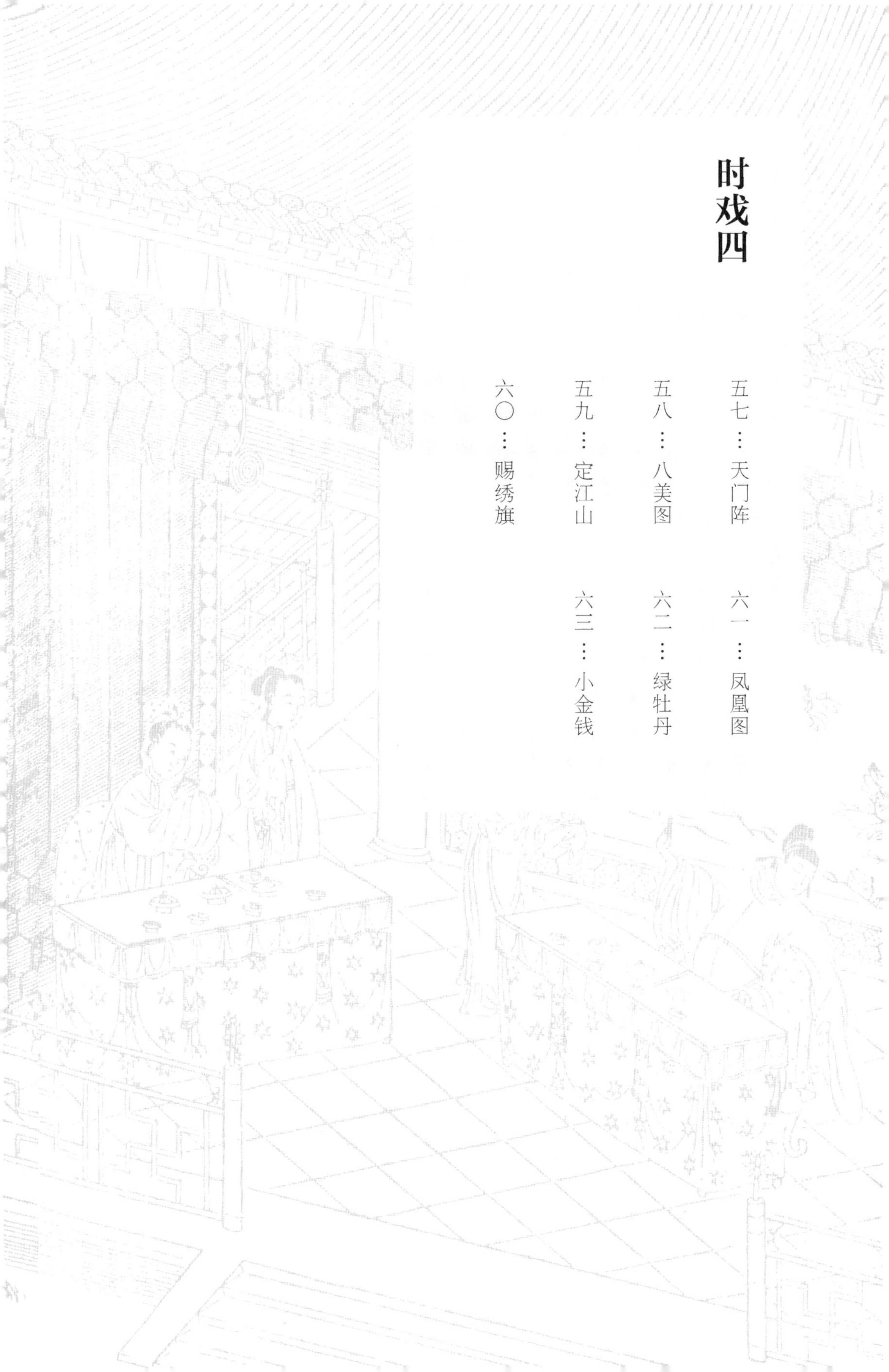

时戏四

五七 天门阵

调腔《天门阵》共十二出，剧叙颜洞宾助辽邦萧银宗摆下天门阵，招讨大元帅杨延昭翻阅无字天书，知要获取龙虎两口金刀方可破阵，乃命杨宗保往河南取龙刀，命杨宗勉和孟良往北国取虎刀。碧桃山有恶神为害，宗勉和孟良行经碧桃山，与之恶战，宗勉不敌，幸为李善文之女李节美所救。节美收服恶神，使之露出原形，实为虎刀。李家欲招宗勉为婿，宗勉因嫂穆桂英曾被逐，教训在先，不敢贸然答应，经孟良劝说，方才允亲。临行时，节美赠宗勉以信香，称危难之时如纳于口中，便可驰援。龙虎两刀并至，杨延昭复看天书，谓需宗勉尸陈各阵，方可破之。宗勉视死如归，入阵被俘，萧银宗欲杀之雪仇。时被招为驸马、易名木易的杨四郎延辉替侄说情不成，反受命监刑，萧银宗将宗勉之尸悬于诸阵之上。李节美惊闻夫君遇难，急赴宋营。杨延昭知非此女不能取胜，遂故技重施，帅堂逐媳，激节美破阵。节美单骑入阵，破阵抱尸而还。

宁波象山鸡鸣三坑班有乱弹《天门阵》，见收于吴健、沈学东主编的《鸡鸣三坑班戏纲》(中国戏剧出版社，2016)，故事与调腔本同，当由调腔本改编而来。华东戏曲研究院编《华东戏曲剧种介绍》第五集附录一(新文艺出版社，1955，第114—115页)收有本剧第三号【园林好】第一支的曲谱(竺德喜唱，大风记)。另，清嘉庆十八年(1813)武英殿刻朱墨套印本连台本戏《昭代箫韶》第七本卷下有李剪梅破人和阵事，金华昆腔《取金刀》、京剧《孤鸾阵》故事与调腔本剧相似。

本次整理以1982年整理本(案卷号195-3-141①)及其上铅笔附注的部分宁海山上方抄本曲文为基础，拼合正生、正旦、小旦、贴旦、净、末单角本，并参考了1959年方荣璋记谱手稿(案卷号195-4-9)。本剧第二号(疑写颜洞宾助萧银宗摆阵事)缺，整理时径从第三号开始。至于场号，单角本唯《天

① 该整理本封面题“一九八二・十二・四”，但同批整理本《四元庄》题“1982-11-26”，小字注云“1962年整理”，则《天门阵》整理或在1962年。

门阵》等小旦、贴旦、花旦本[案卷号195-1-139(2)]所收《天门阵》小旦本题有十一号和十二号，与本次整理后的场号相合；《闹九江》等末、外本[案卷号195-1-129(2)]所收《天门阵》末本题有十二号，对应于本次整理的第十三号。另外，有关《天门阵》第十二号的曲牌分析，《调腔乐府·套曲之部》订为“梁州序套”，不尽可信，现予重订，并将修订前后的内容对照如下：

<table>
<tr><th>曲文起讫</th><th>《调腔乐府·套曲之部》</th><th>修订后</th><th>备注</th></tr>
<tr><td>“锦征袍”至“起锋芒”</td><td colspan="2">【一枝花】</td><td>1959年方荣璋记谱手稿(案卷号195-4-9)作【醉太平】</td></tr>
<tr><td>“天门阵”至“高杆上”</td><td>【梁州序】</td><td>【狮子序】</td><td></td></tr>
<tr><td>“进天门”至“生性刚强”/“阴云阵”至“万丈金光”</td><td>【浣沙溪】</td><td>【太平歌】</td><td>山上方抄本题作【太平歌】</td></tr>
<tr><td>“拿金刀”至“那萧邦”/“进天门”至“道行高强”</td><td>【滴儿子】</td><td>【赏宫花】</td><td></td></tr>
<tr><td>“整雄威”至“玷污纲常”</td><td>【猫儿坠】</td><td>【降黄龙】</td><td></td></tr>
<tr><td>“听言来”至“阵阵分张”</td><td>【皂角儿】</td><td>【大圣乐】</td><td></td></tr>
<tr><td>“一片丹心”至“宽心来忍”</td><td colspan="2">【不是路】</td><td></td></tr>
<tr><td>“上告夫人”至“心中怎忍”</td><td colspan="2">【不是路】</td><td></td></tr>
<tr><td>“皇天不佑”至“姓名扬”</td><td rowspan="2">【豆黄叶】</td><td>【皂角儿】</td><td></td></tr>
<tr><td>“安排干戈”至“搅海翻江”</td><td>【尾】</td><td></td></tr>
<tr><td>“换素袄”至“飘飘荡荡”</td><td rowspan="2">【归朝天】</td><td>【归朝欢】</td><td>1982年整理本(案卷号195-3-141)题作【归朝欢】</td></tr>
<tr><td>“听我令”至“那君王”</td><td>【佚名】</td><td></td></tr>
</table>

第三号

净(孟良),丑(杨宗勉),外、付(乡民),小生(童男),贴旦(童女),末(刀神)

(净内)侄儿请。(丑内)叔父请。(净、丑上)(净)侄儿,我和你出了九龙谷口,见了番奴,若还漏泄机关,这金刀就难盗了。(丑)叔父,俺见了番奴就杀,何愁金刀不取?(净)侄儿说那里话来?你见番奴就杀,那里杀得许多?待为叔向前答话。(丑)叔父请。(净)侄儿请。(唱)

【园林好】为邦家勤劳鞅掌,全忠孝平生志高。全奇功[①]**名标青史,不负了少年郎,不负了少年郎**。(同下)

(外、付乡民绑小生童男、贴旦童女上)(外、付唱)

【前腔】年年恭敬上元宵,男女双双谢神道。(外白)我乃东辽番人氏。(付)我乃西辽番人氏。(外)兄,请了。(付)请了。(外)我这里年岁丰盛,买了一对童男、童女,前去酬谢神灵。(付)有理,请。(外、付唱)**还愿去物阜民安,齐叩祝谢名香,齐叩祝谢名香**。(同下)

(净、丑上)(同唱)

【江儿水】画角声声催,令人好惨伤。凌烟头上听喑哑,(内白)呵!(同唱)**莫不是漏泄机关,杀不住番奴路忙**。

(外、付绑小生、贴旦上)(净、丑)唔,你两个老头儿,绑了小孩子到那里去?(外、付)二位有所未知,我这里神灵显赫,年岁丰盛,故而买了一对童男、童女,前去酬谢神灵。(同唱)

【前腔】童男女活献双双,年丰盈买与牛羊。因此上轮值东西,齐庆祝圣会四方。神威显赫,忽忽的好明月,清风飘荡,清风飘荡。

(净、丑)怎么,神道要吃童男、童女的?(外、付)非但童男女祭奠,年年一对。(净、丑)可恼,可恼!(同唱)

---

① 全奇功,单角本作“全具功”,195-3-141 整理本作“成奇功”,据改。

【玉交枝】地北天南，顿起我无穷火攘[①]**。早难道邪妖当道弄乖张**[②]**，俺不住烈火洋洋，俺不住烈火洋洋。发冲冠怒满腔，止不住拚着残生丧。除妖孽清平消爽，救蛮夷遨游世上，遨游世上。**

(外、付)客官吓！(同唱)

【五供养】言辞颠狂，神灵显赫，甘受蒸尝。堪羡你年少英雄貌堂堂，一命儿轻轻黄泉丧。(白)我这里神通非比等闲。(净、丑白)神道在那里？(外、付)就在前面。(净、丑)向前引路。(唱)**堪笑他行乱喧哗，拚死残生闹一场。造化的返日回天，造化的返日回天，作孽的顷刻消丧。耳边听得话言慌，玉石粒分辨青黄，分辨青黄。**

(外、付松小生、贴旦绑，带净、丑下)(末上，调，坐)(付引净、丑上)(净、丑唱)

【川拨棹】雄心直上，论正直何惧魍魉。遥望着迷漫路忙，遥望着迷漫路忙，急步悄地扑天风浪。呀！**气冲雄心直上。**

(付)要吃童男、童女的，就是这位神通。(净、丑)怎么，要吃童男童女的，就是这位神通？咳，神道，神道！(唱)

【前腔】陡起雄心，堵不住气昂昂。呀！**一霎时灵烟佛光烧庙堂，一霎时灵烟佛光烧庙堂，**(净摁葫芦盖，放火烧庙，净下)(丑)呀！(唱)**霎时间灵烟起烧庙堂。倒叫我难猜详。**

(与末战，丑败下，末追下)(净上)侄儿，宗勉儿吓！(唱)

【尾】龙潭虎穴甚肮脏，迷雾腾腾无音响。那里有撥月移云见碧光，撥月移云见碧光？(哭)(科，下)

---

① 攘，单角本作"让"，今改正。

② 乖张，单角本作"关乖"，山上方抄本作"关关"，据文义改。

第四号

外(李善文)、付(傧相)、老旦(傧相妻)、净(孟良)、小旦(李节美)

(外上)(引)有女贤孝,喜得百年欢笑。(白)老汉李善文,乃是东辽番人氏。我妻张氏年迈,膝下无子,单生一女,取名节美,拜梨山老母为师。昨日有一位道姑,说我女儿与南朝小将有姻缘之分,叫他二老安排酒席,不知可有齐备,叫他出来问个明白。二老那里?(付、老旦上)(付)千里姻缘一线牵,(老旦)偕老同伴永百年。(付、老旦)员外在上,二老叩头。(外)起来。叫你安排酒席,怎么样了?(付、老旦)上面悬灯结彩,下面红毡铺地,两边喜对挂着,中间三星图画,六礼傧相,一概齐备,时辰一到,即刻好拜堂。(外)新郎还未到来。(付、老旦)新郎姓甚名谁,开个帖儿,我二老去请他到来。(外)姓甚名谁,老汉自己也不知道。(付、老旦)员外自己也不知道,叫二老那里去寻?(外)你往东辽番,你往西辽番,山前山后寻上去,时辰一到,即刻会来的。(付)新郎姓甚名谁也不晓,叫二老那里去寻?你往东辽番,我往西辽番,山前山后寻上去。请。(付、老旦下)(外)新郎姓甚名谁,连老汉自己也不晓,叫他二老那里去寻?可笑,实是可笑。(外下)(净上)(唱)

【端正好】昏天暗,人影悄[①]**,闪得俺无倚无靠。平白地山岙里寻觅小英豪,望迷漫去路杳。**

(白)俺孟良,奉元帅之命,同侄儿来到北国取刀。不知什么妖怪,将侄儿冲散,好不焦躁人也!(唱)

【滚绣球】猛可的心懊恼,马嗁儿、乱暴凌,平白地惹出了祸根苗,两下各地两分抛。阿吓,宗勉儿吓!**好叫俺望不见痛哭嚎啕。**(吹【过场】)呀!**令人透出朦胧罩,那里去寻孤店觅鞍桥,莫不是冷风萧萧,冷风萧萧?**

(吹【过场】)(外上)大媒来了!(净)呀!(唱)

---

① 影悄,单角本作"隐向",据山上方抄本改。

【叨叨令】这话儿好蹊跷，顿令人、暗疑猜不着。（外白）大媒，我家贤婿姓甚名谁？（净）呀！（唱）**他问俺新郎名姓是何人，**（外白）大媒，我家贤婿，带来多少人马？（净）俺也不懂。（外）一百多？（净唱）**令人的口儿含糊来虚谬。**（外白）下马，里面有酒。（吹【过场】）（净唱）**兀的不饱食人也么哥，**（白）咳，侄儿，你好来也！（外）大媒请。（净）老丈请。（唱）**兀的不、焦躁人也么哥。**（科）**且开怀满腔醍醐来欢笑，醍醐来欢笑。**

（老旦上）启员外，山下有一位小将，被什么妖怪追赶，杀上山来了。（外）再去打听。（老旦下）（净）老丈，所报何事？（外）非为别事，山下有一位小将，被什么妖怪追赶，杀上山来了。（净）想是我侄儿来了。（唱）

【脱布衫】听言来心燥焦，恼得俺懊眉性躁[①]。**撞着俺宣花斧**[②]**地翻天搅，拚微躯丧幽冥安良除暴，安良除暴。**

（外）且慢，你不要去，待我叫女儿去。我儿快来。（小旦上）（唱）

【小梁州】都只为师命森严难违拗，小腰肢羞脸红桃，夙世缘永结三生妙。（白）爹爹，女儿万福。（外）我儿罢了。（小旦）爹爹叫女儿出来，有何吩咐？（外）儿吓，山下有位小将军，被什么妖怪追赶，杀上山来，你前去相救与他。（小旦）爹爹且是放心，待女儿呵！（唱）**凭着我九宫玄妙，顷刻间雾散云收见碧霄，雾散云收见碧霄。**（小旦下）

（净）老丈，此位是谁？（外）这位是老丈小女。（净）怎么，是老丈令爱？（外）大媒吓！（唱）

【幺篇】小英豪且放心劳，凭着他道术德高。虽则是小裙钗丰姿窈窕，喊天关扬地穴闲嬉逍遥，闲嬉逍遥。（下）

---

① 此句单角本一作"凭着俺夭（妖）魅怪燥"，一作"凭着俺山花怪燥"，据山上方抄本改。

② 宣花斧，兵器名。《永乐大典》卷五二四四《薛仁贵征辽事略》："混天大王出马，头顶朱漆笠，身披莹明铠甲，跨赤虬马，横着宣花斧。"

第五号

丑(杨宗勉)、小旦(李节美)、末(刀神)

(丑上)(唱)

【佚名】杀得俺气冲冲怒火难消，可恨那妖魔太凶骁。见妖魔紧紧来追着，拚残躯一死在今朝，一死在今朝。(丑下)

(小旦上)(唱)

【前腔】望前途烈火腾腾透九霄，并蹙双眉是有怪妖。梨花枪点点不虚谬，跨青鬃急急马蹄跑，急急马蹄跑。(小旦下)

(丑、末上，战，丑败下。小旦上，接战，杀末，末化金刀下，小旦取刀)(小旦唱)

【佚名】原来是把大金刀。(丑上，与小旦架刀)(丑)嘈！何人抢俺金刀？(小旦)住了。奴家救你性命，反如此无理。(丑)羞死我也。(小旦)你这小将，是那里来的？姓甚名谁？说过明白，奴好还你。(丑)俺是大朝来的，姓杨名宗勉。(小旦)怎么，大朝来的？(丑)大朝来的。(小旦)呀！(唱)**蓦地见英豪，先天数定六爻，配阴阳不差一个半分毫。我看他气昂昂咆哮，光闪闪金刀，好叫我难启口银河渡桥，银河渡桥。**

(白)小将，你何处遇着这把金刀，说过明白，奴好还你。(丑)你女子听者。(唱)

【佚名】出关外，到西辽，见番奴闹吵，男和女两下里祭献神道。气昂昂把殿宇焚烧，俺是个轰轰烈烈大英豪。(小旦唱)**这其间羞答答说不出凤友鸾交，休轻觑我妖娆，哑谜儿须猜着，做一个连理枝头两路悄悄，两路悄悄。**

(丑)你这花奴，不要花言巧语，如若不还俺金刀呵！(唱)

【佚名】恼得俺烈火腾腾透九霄。(白)俺是杨家将，(唱)**钢刀一起你命难逃，琐琐裙钗有什么勇骁。**(小旦白)呀！(唱)**何用着翻江海搅，做一个离山虎豹，鳌鱼金钩，你且缓缓追着，缓缓追着。**(科，下)

第六号

净(孟良)、外(李善文)、小旦(李节美)、丑(杨宗勉)

(净上)(唱)

【佚名】月苍琅闪闪的星斗徘徊,怎不见牛女成双,顿叫人心意徘徊。(外上)(唱)**女英豪除强暴不见回**①。(净唱)**展转心难寐,倘有差池叫我如何回对?天门阵相催**②**,天门阵相催,两下耽搁怎计会?**

(小旦上)(唱)

【佚名】摇金刀马蹄跑,暗中计、成双对。我这里无语低头,他那里奋发雄威。(白)爹爹,女儿万福。(外)罢了。(小旦)谢爹爹。(外)儿吓,山下什么妖怪追赶?(小旦)爹爹,不是妖怪追赶,就是这把金刀呵!(唱)**是夫君沙场名不愧,年少英雄后面紧追,后面紧追。**

(丑上,与小旦架刀)(外)贤婿,住了!(小旦下)(净)侄儿,你回来了,为叔等你多久了。(丑)叔父,小侄何处不寻到,你在此地。(外)贤婿你来了!(丑)嘈!(拔剑,净扯住)(丑唱)

【古轮台】③**乱胡为,喳喳不住嘴。**(净白)杀是杀不来的。(丑)俺要将他杀。(净)侄儿,他叫做李善文,他有一女,为叔为媒,与侄儿做亲,你道如何?(丑唱)**俺本是轰轰烈烈英雄辈。**(净白)你是轰轰烈烈,他难道不是轰轰烈烈?(丑)叔父,你难道忘怀了?只因那年哥哥在雷秀山穆柯寨招亲,爹爹将哥哥绑出辕门斩首,若不是嫂嫂取了无字天书到来,岂不是一命呜呼?(唱)**岂不道临阵招亲,宣命违背,这头颅早向西曹示罪。**(净白)侄儿,你在此拜了堂,同了房,这把金刀,元帅跟前,也好交令。(唱)**夙世良缘,三生佳配,调和风月**

---

① 此句山上方抄本作"一任他山魈鬼魅,见着我措手的做一个神威",疑"我"下脱"儿"字。

② 相催,单角本作"难埋",据山上方抄本改。

③ 此曲牌名及下文【扑灯蛾】,各本缺题,今从推断。

我是大媒。(外白)贤婿!(丑)哼!(外)昨日有位道姑,到来化斋,说我女儿与贤婿有姻缘之分。(丑)你这老头儿,不要花言巧语,叫你女儿出来,与俺见个高下。(净)且慢,谅来不是他的对手。(外)大媒,你对他讲,叫他在此拜了堂,同了房,满了一月,送你们回去。(净)侄儿,老丈在此讲,拜了堂,同了房,满了一月,送你回去。(丑)怎么,老丈讲拜了堂,同了房,满了一月,还了金刀,送我回去?这是做不来的。(净)做不来的。(外)大媒,你回去对他讲,与我女儿成了亲,过了三朝,送你们回去。(净)侄儿,老丈在此讲,过了三朝,送你回去。(丑)怎么成了亲,过了三朝?一发做不来的。(净)也做不来的。(外)你再去对他讲,叫他在此拜了堂,同了房,过了一夜,明日绝早,送还金刀,送你们绝早回去,心意如何?(净)老丈在此讲,过夜,明日送还金刀,绝早回去。(丑)怎么,一夜?罢罢罢。(净)允了,允了。拜拜拜。(外唱)**早预备鸾凤双飞,那姻缘五百年三生绝配。洞房花烛,预先安排,双双共入罗帏**。(丑笑下)(净)呀!(唱)**难解机关如醉,权且耽搁,取刀即便回**①。

(外)大媒。(净唱)

【扑灯蛾】人伦大义在,纲常夫妇魁,银河渡鹊桥②**,不枉今朝欢会也**。(吹【过场】)(同唱)**调和金杯,这其间两姓和美。夙世良缘早完配,花烛相连一双一对**。

【尾】天定良缘来入赘,鸿雁相亲富贵来。这是急急相亲且相随。(下)

第七号

丑(杨宗勉)、小旦(李节美)、净(孟良)

(内)娘子请。(内)君家请。(丑、小旦上)(同唱)

【(昆腔)朝元歌】鹊噪连声,使人心战惊;难分难舍,各自珠泪淋。(丑白)娘子,

---

① 曲文"早预备"至"即便回",195-3-141 整理本和单角本原无,据山上方抄本校录。

② 此句单角本原无,据山上方抄本补。

你且自放心，我回去禀告爹爹知道，前来迎接与你便了。(唱)**休得泪淋，不必悲伤，难舍夫妻恩情**。(小旦白)君家吓！(唱)**心头乱纷，只怕你黄泉路上行**。(白)君家，奴有信香一炷，若有急难，信香含在口中，奴家便知祸福。(唱)**这天机漏音，一夜夫妻两离分**。(丑白)娘子，卑人要回去了。(小旦)奴要短送一程。(同唱)**说不出长亭短亭，一夜夫妻话离分，义深恩深**。

(丑)娘子拜别。(小旦)候送。(净上)(丑、小旦唱)

【哭相思】一重分离两重抛，两地相思各自劳。(丑白)娘子吓！(小旦)君家吓！(净)侄儿上马。(丑脱衣扶小旦坐，上马，下。净上马，下)(小旦唱)**只怕你天门阵难脱分身，祸事先定数难逃**。(科，下)

第八号

正生(杨延昭)、小生(杨宗保)、丑(杨宗勉)、净(孟良)

(内)吹！(四手下、正生上)(引)一片丹心报君恩，恨胡儿骤起祸根。(诗)画角声催心不宁，咬牙切齿恨奸臣。旌旗闪闪惊天胆，坐镇貔貅百万兵。(白)本帅，杨延昭，蒙圣恩职受招讨大元帅。可恨萧邦萧银宗这厮，摆下天门大阵，冒犯我国。我心下不服，观看无字天书，龙刀出在河南，虎刀出在北国。我命宗保去到河南，收取龙刀；命宗勉与孟良，去到北国，收取虎刀。待等龙虎双刀一齐，天门阵可破，萧银宗可灭也。(内)报上。(手下)所报何事？(内)大将军取龙刀回。(手下)大将军取龙刀回。(正生)摆香案接。(手下)摆香案。(吹【过场】)(小生拿刀上，正生拜刀)(小生)孩儿拜揖。(正生)罢了。(小生)谢爹爹。(正生)命你去到河南，取龙刀之事，说与为父知道。(小生)爹爹容禀。(吹【风入松】前段)(白)孩儿去到河南江河渡口，遇着这把龙刀呵！(吹【风入松】后段)(内白)报上。(手下)所报何事？(内)孟将军、二将军北国取虎刀回。(手下)孟将军、二将军北国取虎刀回。(正生)摆香案。(手下)摆香案。(吹【过场】)(净、丑上，拜刀)(正生)呀！阿吓，爹爹吓！(吹【风入松】前段)(白)刀吓,刀!(吹【风入松】后段)(丑白)爹爹,孩儿拜揖。(正生)罢了。(丑)谢爹爹。(正生)宗保,取无字天书过来。(小生)晓得。(小生下)(净)元帅在上,孟良打躬。(正生)少礼。(净)谢元帅。(正生)儿吓,你二人盗取虎刀之事,说与为父知道。(丑)爹爹容禀。(吹【风入松】前段)(正生白)后来待怎么?(丑)后来孩儿去到北国,见了两个老头儿,绑了一对童男、童女,前去祭献神通。孩儿心中不服,赶到庙中斩杀,就是这把金刀呵!(吹【风入松】中段)(正生白)一路上可有人助阵?(丑)但是这个助阵么?(净科)唔。(丑)阿吓,爹爹吓!(吹【风入松】后段)(小生上)爹爹,无字天书取到。(正生)摆香案。(手下)摆香案。(吹【过场】)(众拜天书)(正生看书)呀!(吹【风入松】前段)(白)打阵将官,进天门阵不利。阿吓!(吹【风入松】中段)(白)打阵将官,进天门阵,尸首分为各阵。阿吓!(吹【风入松】后段)(净看)出阵将官杨宗勉。(正生)儿吓!(丑)阿吓,爹爹吓!(吹【急三枪】)(白)爹爹全忠,儿全孝也。(吹【急三枪】)(正生白)好,好一个全忠全孝也!(吹【急三枪】)(丑白)爹爹请上,儿拜别也。(吹【急三枪】)(丑上马,倒下)(白)阿吓!(吹【急三枪】)(丑下)(正生)宗保听令。(小生)在。(正生)你带领二十名攒箭手,埋伏在天门阵下,那宗勉败阵回来,将他乱箭射死。(小生)得令。(小生下)(正生)呵吓,儿吓!(吹【尾】)(下)

第九号

付(颜洞宾)、净(雷公)、花旦(雷母)、小生(周武大帝)、外(丧门星)、

丑(杨宗勉)、末(木易)、净(头目)

(付上)(吹【浪淘沙】)(白)贫道颜洞宾,奉师父之命下山,投入萧邦,拜为护国军师。娘娘命我摆下天门大阵,闻得杨家小将前来攻破天门大阵,不免待俺打起八卦阵图便了。(吹【小开门】)(付摆阵,登高遣将)(净上,调)(付唱)(净站立一旁)(花旦上,调)(付唱)(花旦站立一旁)(小生上,调)(付唱)(小生站立一旁)(外上,调)(付唱)(外站立一旁)(付唱【北尾】)(净、花旦、小生、外两面下,付下)

(丑上)俺,杨宗勉,奉爹爹之命,攻破天门大阵,望西山一走也。(丑下)(四番兵、末上)俺木易,奉娘娘之命,摆下天门大阵,闻得杨家小将前来攻破。众小番!(番兵)有。(末)好生把守。(番兵)吙!(丑上,与末战。末示意不要入内,丑不听,入阵下,四番兵、末下)(四番兵、净上)俺头目是也。奉娘娘之命,把守天门大阵,有传杨家小将前来攻破。来!(番兵)有。(净)趱上!(番兵)吙!(丑上,与净战,净、四番兵死下)(四番将、付上)(付)贫道颜洞宾,奉娘娘之命,摆下天门大阵,杨小蛮儿前来攻破。来!(番将)有。(付)趱上!(番将)吙!(丑上,与付战。丑败,被绑)(丑)阿吓,爹爹吓!(付)见过娘娘。(付、四番将绑丑下)

第十号①

付(颜洞宾)、末(杨延辉)、正旦(萧银宗)、丑(杨宗勉)

(【大开门】,吹【过场】)(四番将、付、末、正旦上)(正旦唱)

【粉蝶儿】琐琐裙钗,只俺这琐琐裙钗,安山川社稷邦家。痛夫君命掩黄沙,可恨那杨家将,切齿咬牙,一旦的尽归吾家。进中原夺州城上图中华,小花奴做一场女皇家一场潇洒,一场潇洒。

(吹【过场】)(白)痛夫君,哭先灵,提起杨家泪珠淋。如今摆下天门阵,血泪冤仇可报伸。哀家萧银宗,自得军师摆下天门大阵,唬得南朝小将魂飞魄散。小番来报,南朝杨小蛮儿前来攻破天门大阵,被军师拿住,将他碎尸万段,以消胸中之气也。(末)木易启上娘娘,那杨延昭,掌握兵权,神机莫测,见我天门大阵滔天势勇,不点倾国人马前来抵敌,反遣子单骑破阵。吾们若将杨小蛮儿斩首,必中杨延昭之计,望娘娘三思。(正旦)驸马说那

---

① 本出曲牌名除【尾】外,单角本皆缺题,195-4-9 曲谱将第一支标为【粉蝶儿】。曲牌名【粉蝶儿】至【扑灯蛾】(第一支)据 195-3-141 整理本标注,其中【粉蝶儿】至【斗鹌鹑】曲文词式较为规范。《调腔乐府》把“寸寸肝肠如割”至“以报中华”订作【耍孩儿】,以其曲谱颇合于【粉孩儿】套中的【耍孩儿】,但 195-4-9 曲谱订作【步步娇】,也是以其起句同【新水令】套中的【步步娇】相类。《调腔乐府》把“以报中华”之下订作【四块玉】,“旌旗蔽日”至“女皇家”则标为佚名。今按词式重做改订。

里话来？有道“见仇人而不斩，非刀之刚也”。众小番。（四番将）有。（正旦）将杨小蛮儿绑上来。（番将绑丑上）（丑）英雄不当心，失手被他擒。（正旦）杨小蛮儿，报上名来。（丑）俺，招讨大元帅之子杨二将军宗勉是也。（正旦）住了。谁人不晓，杨小蛮儿，在哀家跟前卖弄么？（丑）萧银宗，我骂你这贱婢！你乱我边关，夺我宋室江山，二将军一时失手，被你所擒，便将俺千刀万剐，何足惧矣？（正旦）气死哀家也！（唱）

【泣颜回】**势力两仇家，岂肯轻轻饶恕他。狼牙山下，痛夫君命掩黄沙**。（末唱）**运筹兵法，光天下悦生去杀**[①]。**望娘娘仁慈宽洪**，（白）呔，杨家小将，你还不向前哀求，娘娘若容你，就有生路了。（唱）**受军前指挥浩大，指挥浩大**。

（丑）嘈！你是什么样人，在杨二将军跟前来插嘴？（末）小将听着，俺乃天庆梁王驾下，大平章木易。（丑）原来是配军的贼。（末）咳！（正旦）众小番，将杨小将绑在华表树上。（唱）

【石榴花】**恼得俺雷霆散发如梭快，好闪烁、无耻贼胆敢要把臭名挂。须知道切齿冤仇刀头下，恨不得枭汝首剖肠心剐**。（丑白）萧银宗！（正旦科）（唱）**休得要嘴喳喳**，（丑插白）骂你这贱婢！（正旦唱）**硬口儿将人乱骂，将人乱骂**。（末白）娘娘吓！（唱）**速投顺愿归帐下，阵前活命别可筹划，那时节放生双翅走天涯，放生双翅走天涯**。

（丑）咳噫！（唱）

【泣颜回】**胡儿休得嘴喳喳，天朝将何惧刀枪。衷心为国，一任你千刀万剐**。（末插白）小将！（丑唱）**休得多讲**，（末插白）投降的好。（丑唱）**配军贼还敢来口胡讪。少不得平却萧邦，臭名儿万人咒骂，万人咒骂**。

（正旦）众小番！（唱）

【斗鹌鹑】**你与俺光闪闪钢刀齐下，怒冲冲、剜口舌拔**[②]，**一点点屠肠截腹，将**

---

① 悦生去杀，单角本一作“亦可胜残”，山上方抄本作“胜残去杀”。

② 剜口舌拔，单角本作“油冤地拔”，据 195-3-141 整理本改。

尸首阵阵高挂。(末白)娘娘!(唱)**念他轰轰烈烈英雄家,一将难求安天下。三寸斑斓舌,阵前话巴**。

【扑灯蛾】(丑唱)**口儿哑悲痛难挨,华竿上一任你千刀万剐**。(正旦白)众小番!(唱)**你与我钢刀速快,你与俺、凌迟碎剐。一任你身比哪吒,就是那金口何言罗刹**。(末白)娘娘吓!(唱)**息雷霆何须叱咤,少小英雄威风恁强霸,**(白)杨家小将,若不降顺呵!(唱)**那时节屠肠截腹怎肯饶放**。

(正旦)驸马,你在杨小将跟前,苦苦相劝,却是为何?(末)启上娘娘,杨家小将甚有肝胆,若肯降顺我国,此乃是我国之幸也。(正旦)你前去说来。(末)吓。(丑)嘈!俺杨二将军衷心为国,岂肯投贼?(末)吓,小将,小将!(念)非吾斑斓做话通,今朝骨肉乍相逢。眼睁睁怎忍得划刀苦,血泪汪汪说不出那情踪。你好、你好一点丹心扶明主,恨我无故说不出那情踪。若有衷肠来剖诉,少刻分离各西东。(丑)阿吓,苍天吓!(念)为国粉身分内事,可怜青年女娇容。一夜夫妻恩情断,阿吓,妻吓!若要相逢在梦中。(白)配军,我骂你这贼!(念)若然与俺有亲戚,将俺信香含口中,我的魂儿进关中。(末)咳,罢罢罢!(念)今朝直上胸前刺,免得受辱苦无穷。(唱)

【上小楼】寸寸肝肠如割,他骂我无情忒杀。怎忍得杨氏门下,信香一炷,以报中华,以报中华。(拔剑,刺丑死)(付)众将官,将尸首阵阵高挂者。(唱)**将头颅来高挂,将头颅来高挂**[①]**,将尸首阵阵高挂。枉了你少年英豪,你可也后悔迟了,只落得开怀畅饮乐无涯,畅饮乐无涯**。

【扑灯蛾】(正旦唱)**旌旗蔽日辉光耀,剑戟心惊乱似麻。鲜明盔甲人威武,走马沙场堪敬夸。指日里进中原夺州城,做一场女皇家,做一场女皇家**。(四番将、付、正旦下)

(末)吓,侄儿吓!(唱)

---

① “将头颅来高挂”及其叠句,195-3-141 整理本及《调腔乐府》作“他他他那里自称强霸,一任你命犯黄沙”,并将此及以下订作【四块玉】,今从 195-4-9 曲谱。

【尾】衷肠尽付东流话，止不住盈盈泪洒。少不得面对七封书，桩桩件件金阶来达上，金阶来达上。（哭下）

第十一号

小旦（李节美）、丑（杨宗勉）、外（李善文）、老旦（张氏）

（小旦上）（唱）

【金络索】一夜别离情，万种仇怨深。夙世姻缘，了却三生幸。非奴自挑姻，慕学文君，都只为师命难违，因此上私订那终身。奴心惊，自古红颜多薄命。送长亭，云山万里一去杳无影。好叫我望断肝肠，消消闷沉，只恐怕人难见影难寻，人难见影难寻。

（白）奴家李氏节美，只为君家起程，奴有信香一炷，赠与君家，倘有急难，信香含在口中，奴家便知祸福。吓，信香，信香，但愿你不来便好。（唱）

【前腔】忆昔下山林，嘱咐受叮咛。海阔天空，何处问关津。孤星照奴命，凤卜谐秦晋，早难道一夜姻缘，义绝断恩。好难禁，展转踌躇音信难为凭。无策论，心猿意马叫人拴不定。那其间粉身碎骨，剖离戮身，忍孤另两处分，忍孤另两处分。

（白）奴清早起来，未曾梳妆，不免梳妆一番，以断夫君吉凶便了。（唱）

【三换头】红颜绿鬓，青丝赤绳。杏脸桃腮，花容正春。照对着菱花宝镜，真个是比月貌，不枉了那鱼沉。河洲两相亲，凤卜谐秦晋。占卜先天，呀！（科）**打散鸳鸯两处分。**

【前腔】[①]**蓦地心惊，奇祸泪淋。奴命乖张，珠泪自淋。**（丑鬼魂上，两面看，拉小旦出，交还信香下）（小旦）咳，阿呀，宗勉丈夫！阿呀，好苦吓！（唱）**一炷信香报音，莫猜疑一定失了阵。恩爱两离分，定是魂魄伴奴身。沙场血战，枉了你威风凛凛，威风凛凛。**

（白）阿吓，苦吓！（科）（外、老旦上）何事喧声闹，进房看分明。我儿为何晕倒在地，说与爹娘知道。（小旦）阿吓，爹娘吓！（唱）

【江头金桂】渺茫茫一炷信香，不由人痛断肝肠。都只为一夜夫妻，恩爱分张，似这等两处参商。奴命孤单，奴命孤单，怨只怨伐柯吴刚，枉在广寒，伐柯吴刚，枉在广寒，偏不照少年孤孀。（白）爹娘吓，前者丈夫起程之际，奴有信香一炷，赠与君家，若有急难，含在口中，奴这里便知祸福。如今信香已到。（唱）**恨无情激浪，无情激浪，打散鸳鸯。打散鸳鸯好悲伤，宗勉周时**[②]**谐凤卜，一夜夫妻拆鸾凰，一夜夫妻拆鸾凰。**

（外、老旦）儿吓，你丈夫年少英雄，不像短命之鬼，总有相会之日，何须忧虑？（小旦）爹娘，如今信香已到，丈夫一定失阵的了。（外、老旦）儿吓，依你便怎么？（小旦）爹娘，女儿意欲去到九龙谷口，打听丈夫消息，未知爹娘心意如何？（老旦）儿吓，九龙谷口有千军万马，你一身女流，如何去得？（小旦）母亲吓，女儿一心要去。（老旦）员外，女儿一心要去，与他去去就是。（外）儿吓，你一心要去，爹娘也不来阻拦与你，进去打扮起来，配马侍候。（小旦）谢爹娘。吓，宗勉我夫吓！（小旦下）（老旦）员外，我儿与贤婿，乃年少夫妻，

---

① 本曲《分玉镜》等旦本（195-1-48）“奴命”二句和“沙场”二句位置互易，《天门阵》等小旦、贴旦、花旦本[195-1-139(2)]无“奴命”二句，但“沙场”二句在“定是魂魄伴奴身”之后，据以将“沙场”二句殿后。“一炷信香”以下，195-3-141 整理本及《调腔乐府·套曲之部》作【普贤歌】，而将“蓦地心惊，奇祸泪淋。沙场血战，枉了你威风凛凛，威风凛凛”属之于上一支【三换头】。按，至“打散鸳鸯两处分”，【三换头】已足句，“占卜先天”和“沙场血战”据《调腔乐府》同为带念，其后的“打散鸳鸯两处分”和“枉了你威风凛凛”曲谱亦相近，同时【三换头】五至七句明清传奇中亦有作两句者，因此重作改订。

② 周时，指一昼夜的时间。

如今信香已到，实是怪他不得。(外)这也怪他不得。(唱)

【前腔】堪羡他英雄志量，凌云气昂。武艺超群，争战沙场，盖世英雄世无双。有一日凯歌齐唱，凯歌齐唱，平定萧邦，金阶奏上，麒麟阁上姓名扬。夫妻齐眉举案，南北姻缘。千里迢迢好东床，苍苍两鬓百年老，半子终身无靠傍，半子终身无靠傍。

(小旦上)(唱)

【忆多娇】髻挽就，盘龙样，身穿战袄赛金妆，昼锦堂中与雕鞍。梨花银枪，梨花银枪，赛过当年一木兰。

(白)爹娘请上，女儿就此拜别。(唱)

【前腔】跪尘埃，别高堂，养育之恩难报偿，只为儿夫命乖张。义海恩山，义海恩山，(外、老旦白)儿吓！(小旦)爹娘还有何言？(外、老旦)儿吓，你单身独骑而去，须要早写回音。(小旦)爹娘吓，此去倘有不测呵！(唱)**战死沙场誓不还乡。**(小旦下)

(外、老旦)儿吓！(唱)

【尾】看他去时泪汪汪，难舍难分好凄凉。愿你一战成功日，早唱凯歌早还乡。(下)

第十二号

净(孟良)、小生(杨宗保)、贴旦(穆桂英)、正生(杨延昭)、付(探子)、末(旗牌)、小旦(李节美)

(【大开门】，吹【过场】)(四家将、净、小生、贴旦、正生上)(正生唱)

【一枝花】锦征袍少年英雄壮，是随驾五台进香。虎口儿遭兵燹，保驾进雄关。可怜俺父子们血战沙场，提起来不由人感叹悲伤，恨胡儿骤起锋芒。

【狮子序】天门阵阵阵轩昂，摆列着簇拥、簇拥豪强，招讨帅又拜着杨六郎。小英雄出阵难逃罗网，也是为臣分所当。将军难免阵中亡，眼睁睁含泪在胸膛，苦无奈，一灵儿断送在残生丧。凄凉，虎口儿亲骨肉号令在高杆上，亲骨

肉号令在高杆上。

(吹【过场】,坐帐)(击鼓)(净)呢,何人击鼓?(内)九龙谷口探子回。(净)候着。启元帅,九龙谷口探子回。(正生)命探子进帐。(内)探子来也。(付上)打听军机事,报与元帅知。报,探子。报,探子。元帅在上,探子屈膝。(正生)探子,命你打听二将军可进天门大阵,喘息停了,缓缓讲上。(付)元帅容禀。(唱)

【太平歌】[①]**阴云阵,迷魂帐,杀气连天动天关。摆列着天罗地网,安排着六爻八卦安五番。**(白)好一位将军呵!(唱)**威风凛凛浑身如胆,用金刀万丈金光。**

【赏宫花】进天门冲入进大帐,一霎时愁云怨雾迷魂帐。密密层层凄凄凉凉,连斩五番。埋伏着轰天炮,何惧那道行高强。

(正生)再去打听。(付下)(正生)众将官!(众)有。(正生唱)

【降黄龙】整雄威军令皇皇,破天门、安定社稷江山,转还朝功绩奏君王。封妻荫子耀门墙,图画麒麟阁,五凤楼前姓名扬。(内白)报!(末上)启元帅,辕门上来了一女将,说是二将军结发夫妻,前来叩见元帅。(正生)扯出辕门。(末)吓。(末下)(正生)咳,家门不幸,家门不幸也!(唱)**急得俺腾腾怒嚷,不肖子李下瓜田作勾当。**(内白)报!(末上)启元帅,这位女将,小将挡他不住,闯进辕门来了。(正生)扯出辕门。(末)扯出辕门。(内)马来。(小旦上)为救儿夫事,何意不认亲?(末)扯出辕门。(小旦)照枪!(末下,小旦下马)(小旦)公公请上,媳妇李节美大礼参。(正生)住口,杨氏门宇,怎有你这样媳妇?来,扯出辕门。(手下)扯出辕门。(小旦)且慢。公公有令,差儿夫往北国取刀,是媳妇助阵。若说婚配,大媒现在。(正生)何人为媒?(净)俺孟良为媒。(正生)将孟

---

① 此曲及次曲的曲文根据山上方抄本校录,此曲曲牌名亦据山上方抄本题写。按,此曲 195-3-141 整理本作“进天门,动刀枪,威风凛凛志气昂。一阵阵番奴甚猖狂,小英雄生性刚强”,《调腔乐府·套曲之部》题作【浣沙溪】;次曲 195-3-141 整理本作“拿金刀,进阵直上;见番奴,如虎似狼。他那里血战沙场,杀得番奴心惊胆慌,密密层层摆起刀枪。杨家出沙场,何惧那萧邦,何惧那萧邦”,《调腔乐府·套曲之部》题作【滴儿子】(当即【滴溜子】)。

良绑起来。(净受绑,跪)(正生唱)**先斩你狐群狗党,**(净白)启元帅,孟良该斩。收了李节美,天门阵可破。(正生)放绑。咳,出此不肖逆子,叫本帅如何掌得兵权也?(唱)**不肖子玷污纲常**。

(付上)元帅不好了,二将军被番奴擒去了。(正生)再去打听。(付下)(小旦)不好了!(唱)

【大圣乐】听言来魂飞魄散,入重围、料难转还乡。他那里千军万马如虎狼,我这里无穷伎俩。一身匹马耀单枪,(白)公公,待媳妇呵!(唱)**杀得他地覆天翻**。(正生白)扯出辕门。(手下)扯出辕门。(小旦)且慢。阿吓,天,天,天!(唱)**反将奴一身肮脏,一身肮脏**。(付上)元帅,打听那二将军呵!(唱)**将他绑在华表上,劝他投降不投降,**(白)二将军死得好可怜也。(唱)**将尸首阵阵分张**。(付下)

(小生)噫吓,弟弟!(贴旦)阿!噫吓,二叔吓!(小旦)噫吓,我夫!(跌地)(正生)咳!呵吓,儿吓!(科)(小生、贴旦)爹爹苏醒。(正生唱)

【不是路】一片丹心,杨氏忠良报圣君。(小旦白)阿吓,我夫!(唱)**痛夫君,尸首挂阵阵,恨杀萧邦忒狠心,**(白)公公,待媳妇吓!(唱)**要与儿夫报雪恨**。(正生白)住口,杨氏门中,何有你这样泼妇?来,将他扯出去。(手下)扯出辕门。(小旦)住了。那萧邦自摆天门大阵,元帅一令而损大将,全无父子之情。我夫妻怎忍恩断,我要杀进天门大阵,收了丈夫尸骸回来,怎的不容?怎的不容?(贴旦)婶婶!(唱)**我是穆桂英,元帅暂息雷霆怒,你且宽心来忍,宽心来忍**。

(小旦)姆姆!(唱)

【前腔】上告夫人,(白)丈夫丧沙场,(唱)**骨肉两离分**。(白)虽不是飞沙能走石,(唱)**掇月有移云**。(贴旦唱)**能破天门阵,万事我担承**。(小旦白)谢姆姆。阿呀,夫吓!一点忠心冲牛斗,(唱)**要荐亡魂超你魂**。(小旦下)(贴旦)元帅吓!(唱)**你为何不认亲,他是移山倒海深,不枉女将出杨门**。(白)可怜二叔战死沙场上,(唱)**叫他心中怎忍,心中怎忍?**

（正生）咳，家门不幸也！（唱）

【皂角儿】皇天不佑忠良将，切齿咬牙恨萧邦。（白）咳，圣上，圣上吓！（唱）**可怜俺父子们为国身亡，丹心碧血杨六郎**。（白）宗保听令。（小生）在。（正生唱）**明日和你出沙场，父子们同心合胆，尽忠报国孝义郎。就粉身理所应当，青史明标庙堂堂**。（小生白）爹爹吓！（唱）**非孩儿年少郎，上阵去何惧虎狼，**夫人！**我有言语来相告，出时锣鸣鼓响，立大功全仗伊行。将我尸首，好生埋葬。在路旁，父子全忠孝，千秋万载姓名扬，千秋万载姓名扬**。

（正生）众将官！（众）有。（正生出帐）（唱）

【尾】安排干戈动刀枪，等三更要饱餐战饭。大破天门阵，杀得他搅海翻江，搅海翻江。

（众）吠！（正生两边看，坐帐）（小旦上）（唱）

【归朝欢】换素袄，换素袄，忙进宝帐，这一回儿、要与儿夫报偿。（白）公公，早发军令。（正生）住口，杨氏门中，何有你这泼妇，调言弄舌？来，打出去。（小旦）且慢。公公，待媳妇单身独骑，杀进天门大阵，收了丈夫尸首回来，怎的不容？怎的不容？（正生）吓，我想天门大阵，天门大阵，是你丈夫尸下，俺这里一将不发，命你单身独骑，杀进天门大阵，收了丈夫全尸回来，本帅权认你媳妇，去罢。（小旦）吓，媳妇不收丈夫尸首回来，就不到你九龙谷口来了。（唱）**踏菱花①，雕鞍上，跨轻骑、拢身直上，淡娥眉琐琐红妆。桃花脸满面容形，玉手儿梨花银枪，但愿你一灵儿随着去飘飘荡荡，飘飘荡荡**。（小旦下）

（正生）孟良听令。（净）在。（正生唱）

【佚名】听我令护娇娘，铁骑三千紧紧提防，（净下）（正生）宗保听令。（小生）在。（正生唱）**四下埋伏休得轻放**。（小生下）（正生）穆桂英听令。（贴旦）在。（正生唱）**检点各路雄威排场**。（贴旦下）（正生）众将官。（众）吠！（正生唱）**必须要个个人**

---

① 菱，单角本一作“蓤”，一作“英”，今改正。菱花，指菱花形的马镫。《九宫正始》南吕过曲引录“元传奇”《拜月亭》【番竹马】：“金鞍玉辔，斜踏宝镫菱花。”

钦仰，统三军、个个轩昂。百万军中逞豪强，但愿一战成功日，桩桩件件齐奏那君王，齐奏那君王。（下）

第十三号

小旦（李节美）、付（雷公）、净（头目）、小生（周武大帝）、外（丧门星）、末（木易）、花旦（铁镜公主）、正旦（萧银宗）、正生（杨延昭）、小生（杨宗保）、贴旦（穆桂英）、丑（杨宗勉）

（小旦上）（唱）

【醉花阴】裂碎肝肠乱骤交，痛伤心潜身来到。（白）宗勉我夫！（唱）**呵吓，夫吓！叫不应亲夫痛哭悲号，**（一番将上，登高看）**哭哀哀心意潦倒。说什么冷萧萧，似这等孤衾独抱，都只为一夜夫妻难撇掉。**

（番将）嘈！你这女子，敢是来打阵的？（小旦）不是来打阵的，前来收丈夫尸首回去。（番将）你丈夫是谁？（小旦）姓杨名宗勉是也。（番将）噫！你丈夫杨宗勉，天门阵一百零八阵，阵阵都有你丈夫的尸骨，你那里收得许多？（唱）

【画眉序】女将称英豪，单身独骑身穿素袄。你是个女流妖娆。天门阵阵阵显耀，要与你见个低高。（小旦唱）**恼恨胡儿称强暴，不由人怒气冲霄，怒气冲霄。**

（战，番将败下，小旦下马，接足，昏倒）（小旦哭）（唱）

【喜迁莺】痛得咱心头、心头刀绞，双手儿怎把、怎把奴抛。痛也么号，一见了血泪如潮，又未知那手儿在何处吊。呷吓，夫吓！（科，上马）**万望你阴中护保，真个是长城来哭倒，我只得寻踪觅杳，寻踪觅杳。**

（付雷公上，战，付败下，小旦接手，哭下）（净头目上）（唱）

【画眉序】[1]**阵前大纛飘，把守阵图藏枪刀。**（白）俺头目是也。奉娘娘之命，把守天门大阵，望阵前一走也。（唱）**杨南蛮英雄咆哮。粉碎身尸骨离分，娘娘韬略将令交。往阵前看个分晓，必须要把守坚牢，把守坚牢。**

（小旦上）（唱）

【出队子】都只为王事、王事勤劳，提起来盈盈、盈盈泪抛。叹夫君英雄轻年少，一阵威风命绝了。呀！遥望着、高杆上鲜血淋漓挂胸腰，鲜血淋漓挂胸腰。

（小旦与净战，净死下，小旦接身，哭下）（小生周武大帝上，调，上高台）（小旦上）（唱）

【滴溜子】高杆上，高杆上，旌旗飘渺；寻不见，寻不见，儿夫苦恼。阴风惨惨静悄悄，愁云惨雾迷漫道，眼花缭乱。难认东西，魂消魄飘，魂消魄飘。

（小旦与小生战，小生败下，小旦接足，哭下）（外丧门星上，调，上高台）（小旦上）（唱）

【刮地风】呀！只奴这血肉身躯一肢腰，早难道屠肠截腹绞。一灵儿全没手共脚，又未知头颅在何处吊。呀！望高杆四围观着，这的是气冲冲魂飞胆消，魂飞胆消。（小旦与外战，外败下，小旦接头，哭下）（末、花旦、正旦上）（同唱）**快快的截住纵横女妖娆，孤鸾阵形俏，那里寻尽丹凤归穴巢，丹凤归穴巢？**

（正生、小生、贴旦上，冲阵。贴旦与正旦战，正旦败下，贴旦追下；小生与花旦战，花旦败下，小生追下）（正生、末架刀）呀！（同唱）

【鲍老催】忽见同胞，盈盈泪珠抛，高杆上诸将如云绕[2]**。他是杨延辉/昭，我是杨延昭/辉，**（正生唱）**骂你这不忠不孝。**（末唱）**非是我不忠不孝，机关莫露这根苗，**（同唱）**有日回国达奏当朝，达奏当朝。**（正生、末下）

（小旦、正旦上，战，正旦败下，小旦追下。正生、小生、贴旦上，下马，小旦背丑尸上）（正

---

① 此曲单角本仅书“豆木（头目），白，死”，而山上方抄本作“金锁阵拥着，八卦奇门道法高。仙君布阵定六爻。任你威武来拼杀，咳！俺这里九宫玄妙。刃刀喧棒来一哓，一任他人强马壮（又）”，今从195-3-141整理本录入。

② 此句民国八年（1919）潘眼末、外、正生本（195-2-16）所抄《天门阵》正生本作“高杆上珠（诸）将是亲肖”，《闹九江》等末、外本[195-1-129（2）]所抄《天门阵》末本作“高杆上绪将如厷（云）绕”。今取末本，而校“绪”为“诸”。

生）儿吓！（唱）

【四门子】一阵阵尸首完全好，痛杀杀小儿曹。恨只恨胡儿逞强暴，把身首悬空吊。堪羡他贞节操，怕只怕嫩柳腰，一身儿人困乏了，遍体儿血染马蹄跑。恩爱夫妻难撇抛，可怜他贞烈全妇道，一声声哭出月儿高，哭出月儿高。

【双声子】（小旦唱）**取金刀，取金刀，伉俪和同调。命中遭，命中遭，不能鸾凤交。我为你，多颠倒。愿死黄泉，同归一朝，同归一朝。**

（正生）媳妇！（唱）

【尾】谐伉俪鸾凤箫，报太君说根苗。杨氏门中全忠孝，（众唱）**桩桩件件报与大宋朝。**（正生、小生、贴旦下）

（小旦抱尸）宗勉我夫！呷吓，夫吓！（下）

五八 八美图

调腔《八美图》共五十七出，剧叙杭城文武解元柳遇春，在母亲寿诞后回访嘉兴姐丈张永锡。马娇容卖身葬父，遇春见之恻然，遂将祖传吸墨珠当与华府隆兴当，赠银赎之。华府华太师见猎心喜，不愿归还吸墨珠，乃招遇春为婿，将女儿华素贞及结义姐妹张定金、沈月姑等五女许配与他。张定金即张永锡之妹，已许配沈家。时沈府新郎病重，沈家欲娶亲冲喜，遇春乔扮新娘，代定金前往沈府。不料沈府新郎摔了一跤，病情加重，终于不治。遇春因故留宿沈月姑房内。事后，遇春路过三山馆，从相府公子花子卿及宋文彬、宋文彩兄弟手中，救下从山西前来寻访遇春的柴冲、柴玉娥兄妹二人。花子卿因此忌恨遇春，设擂台与遇春打斗。遇春打死宋文彬，花子卿于是设局，邀遇春过府饮酒，不料宋文彩误将花子卿杀死，遇春因而受诬入狱。太湖英雄仇济美派人劫法场，救出遇春。遇春与众人失散，误入虎穴，遭其师父印禅的仇敌杨青下药，口不能言，流落苏州山塘一带行乞。

先时，沈月姑因身孕被其父沈员外逐出家门，寄身在“等春来”茶店，与遇春相遇而不敢相认。恰值印禅下山相救，又经柴氏兄妹智取解药，遇春哑疾得以痊愈。柴氏兄妹将沈月姑带离苏州，遇春杀死了意欲强娶月姑的宋文彩，因此复被官府缉拿。柳母徐氏救子心切，上京告状，途中同印禅等人相会。马娇容得遇春救济之后，偶遇微服私访的皇子，被征召入宫，并在皇子登基后被立为后。当得知遇春有难，马娇容从中保奏。时琉球遣使，携石猴挑战大朝，遇春奉诏打死石猴，钦赐文武状元。遇春归途中路过双凤镇，比武招亲，又与田家二女定婚。剧以一家团圆，柳遇春与八女成亲作结。

中国国家图书馆藏清传奇《四美图》，写柳逢春与华爱珠、柴素贞、沈月姑、张金定“嘉兴四美”事。清代又有弹词《八美图》，亦称《武八美》，叙柳树春与华爱珠、柴素珍、田素日、田素月、张金定、陆素娥、陆翠娥、沈月姑八美成婚事，有清嘉庆二十四年己卯(1819)刊《绣像真八美图》、清同治三年甲子

(1864)芸香阁刊《八美图》等①。弹词《八美图》较《四美图》传奇添出不少人物,调腔该剧故事即与弹词本更为接近。绍兴乱弹、越剧有同名剧目。

本次整理以拼合正生、小生、正旦、小旦(沈月姑)、贴旦(马娇容、张定金)、花旦(小桃、柴玉娥)、老旦、外及净(李老哥)单角本为主,其余角色参照1958年老艺人忆写总纲本(案卷号195-3-50),部分付角唱段据1961年方荣璋唱腔曲牌选录手稿(案卷号195-4-10)补入。忆写本系删节本,题作《三山馆》,其中凡涉及柳遇春与张定金、沈月姑等事一概抽除,仅保留柳遇春同花子卿及宋氏兄弟冲突、印禅及柴氏兄妹营救柳遇春的情节,且与抄本也有不少出入。因此,在维持场号与单角本大体一致的情况下,部分出目有阙略,少数唱段不尽完整,一些缺乏单角本的角色的说白系整理时增补。

第二号

小生(柳遇春)、丑(柳兴)、正生(张永锡)、付(贺客)、末(师爷)、外(印禅)、老旦(徐氏)、净(仇济美)

(小生上)(引)家声阀阅耀门墙,宦族簪缨旧书香。(诗)男儿志气在胸膛,经文纬武腹内藏。龙韬虎略真堪羡,仗义疏财济穹苍。(白)小生,姓柳名遇春,乃是浙江钱塘人氏。父亲在日,曾做吏部天官,母亲徐氏,曾受诰命。告职归家,不料父亲去世,留下姐弟二人,姐出配嘉兴府张永锡为室。小生才年二九,甲寅科已占文武解元。今乃母亲五旬大寿,命柳兴迎接诸亲百眷,未知可接到。不免叫他出来,问过明白。柳兴那里?(内)来哉,来哉。(丑上)忽听大爷叫,慌忙就来到。大爷在上,柳兴叩头。(小生)起来。(丑)大爷,叫小人出来,啥个吩咐?(小生)柳兴,命你迎接到诸亲百眷,可曾接到?(丑)此时还未。(小生)门首侍候。(丑)晓得哉。(内)报上。(丑)何

---

① 参见谭正璧:《弹词叙录》,《谭正璧学术著作集》第八册,上海古籍出版社,2012,第39—41页;盛志梅:《清代弹词研究》,齐鲁书社,2008,第271页。

事？(内)众客到。(丑)大爷，亲眷已到。(小生)起乐。(丑)起乐。(正生、付、末上)(小生)不知诸亲驾到，不能出府远迎，多多有罪。(众)好说。(小生)有劳诸亲前来恭贺。(正生)大舅，岳母寿日，恭贺来徐，亦当有罪。(小生)姐姐先来，总是一样的。(外上)(引)当初勤练南海禅，学得鹤子北海尊。(小生)师父，弟子拜揖。(外)少礼。(正生)大舅，可是印禅老师？(小生)正是。(正生)老师，请来见礼。(外)岂敢。列位诸亲，你们前来贺寿的么？(众)正是。(外)贤契，老僧本要朝拜名山，老夫人五旬大寿，老僧无物贡进，有寿诗一首，以为恭敬。(小生)老先生看来。(付)极妙的了。(外)贤契，请令堂老夫人出来，吾等一同拜寿。(小生)母亲有请。(老旦上)(引)天命催然，谁望白云一片。(小生)母亲，孩儿拜揖。(老旦)罢了。(外)老夫人见礼。(老旦)贤契少礼。(正生)岳母在上，小婿拜揖。(老旦)贤婿罢了。(付)老夫人见礼。(老旦)老先生。(末)老夫人见礼。(老旦)师爷。老身五旬小界，有劳诸亲百眷，前来恭贺。(末、付)好说。(正生)岳母请进，待小婿进来拜寿。(外)老夫人，老僧本要朝拜名山，如今乃老夫人五旬大寿，老僧既留在此，老夫人请上，待老僧拜贺千秋。(老旦)怎好当得？(外)那有不拜之理？(正生)诸亲百眷，我进去拜岳母寿日，不得奉陪。请。(付、末)我们后堂先吃酒去。(付、末下)(外)吾等一同拜寿。(吹【锦堂月】)(拜寿)(老旦)我儿，师父跟前可曾谢宴？(小生)还未。(老旦)好生承敬。(小生)晓得。拜过寿局，一同上席。(吹)(众下)(净上)慷慨行仁义，前来会英雄。门上可有人？(正生上)(吹)(白)所问何事？(净)你叫柳遇春出来，与俺一会。(正生)今日太太寿日，旡得功夫。既然来拜寿，请到里面吃寿酒。(净扼住正生脖子)(正生)吓呀，柳兴哥走出来。(丑上)啥事？(正生)外面有一位人客见大爷，出去与他一会，勿想拜寿，头扪个。(正生下)(丑)啥，客人，呒来闯祸那介？(净)差也不多。(丑)招打。(净打，踢开)(丑)大爷勿好哉，府门外来了红胡须，我好好得其话，动手就打。(小生上)(净)招打。(打科)果然英雄。(小生)且慢，请问仁兄高姓大名？(净)俺岂欲留名，改日太湖相会。请了。(净下)(外上)他不来了。(小生)弟子拜揖。(外)贤契少礼。(小生)师父,此人失手,不通名而来。(外)英雄失手,岂肯留名?(小生)他说太湖相会,为何故也?(外)他说太湖英雄,一定是仇济美了。(小生)既然英雄失手,有恐怀恨在心了。(外)遇春,为师教你力拔千斤,你可熟了?(小生)师父,弟子还勿曾用过。(外)柳兴,我教你过岭摘桃,你可熟否?(丑)弟子也勿曾用过。(外)你二人在我面前交手一回,待为师一看。(小生)如此脱了衣衫。(小生、丑打,外偷拳,跌倒)(外笑)好,遇春。(小生)师父,这一手那可用的?(外)听为师道来。(唱)

【(昆腔)**饶饶令**】[①]**龙韬虎略机随身,还须要无功奇门。随决战雌雄要多变化,定国安邦扫烟尘**。

(白)柳兴。(丑)师父。(外)你的性志咆哮,同主人外出,不可惹祸招非。(唱)

【(昆腔)**尾**】**论英雄须谨慎,**(丑白)阿哉老师,我得大爷惹祸勿会惹祸勾,打抱不平要打个。(外)好!(唱)**仗义的惯打的抱不平**。(小生白)师父几时起程?(外)今日就要动身,大丈夫相会有期。(小生)柳兴,你对账房先生说,准备银子,交师父起程。(外)不消。行囊端正,就要起程。(小生)是。(外)贤契,令堂跟前,多多致意,不及面辞了。(小生)师父,弟子送到码头。(外)遇春,为师去后,须要功名上达,为师谛听你的好音,不必送。(小生)吓,师父吓!(外)遇春!(唱)**休悲苦何须泪盈盈?**(科,下)

第三号

昆腔场次,写仇济美回营,与众人商议,决定乘舟再访柳遇春。

---

① 此曲《三凤配》等外本(195-1-56)题作【逍遥乐】,疑非是,今改题为【饶饶令】。

第四号

正生(宣德皇帝),末、小生、付、外(朝臣),正旦(皇子)

(二太监、正生上)(引)龙配凤舞,赖及天恩补。(诗)宇宙洪开日月明,狼烟永息四海宁。物阜民安多享乐,甘雨和风气象新。(白)朕大明天子宣德,登基以来,万民乐业,化外咸宁;文武匡勷,朝野肃清;太平盛世,物阜民安。时值春王佳节元宵,备宴长生殿,与群臣共乐。侍儿,宣两班文武入长生殿。(太监)领旨。万岁有旨,宣两班文武入殿。(内)领旨。(末上)咸歌太平日①,(小生上)共乐福无边。(付上)仰戴君恩重,(外上)永享禄万年。(众)臣等见驾,愿吾皇万岁。(正生)众卿平身。(众)万岁。宣臣上殿,有何旨意?(正生)寡人河清海晏,物阜民安,一来上苍福庇,二来众卿匡勷,胜似尧天乐业。今值元宵节届,朕备宴与众卿共乐。(末、小生)甘雨和风。(付、外)臣沾雨露。(正生)朕备得有宴,在长生殿,与众卿共乐。(众)臣等献上琼浆。(吹打【驻马听】)(白)臣等谢宴。(正生)朕想朝野公卿,尽皆辅佐,未审外任群僚,行端如何。欲遣御史按察,恐被一路蒙蔽,枉费朕心。侍儿传旨,宣殿下入长生殿。(太监)领旨。万岁有旨,宣殿下入殿。(内)领旨。(太监、正旦上)翰苑正诵读,又听圣语宣。臣儿见驾,愿父皇万岁。(正生)平身,赐绣墩。(正旦)谢父皇。宣臣儿上殿,有何旨意?(正生)朕想外任群僚,玉石难分。欲遣御史按察,恐被一路蒙蔽,枉费朕心。遣皇儿出京按察,辨分泾渭。(正旦)臣儿年幼,恐误国家大事。(正生)皇儿!(唱)

【(昆腔)**惜奴娇**】②**按诏,亲察奸刁,须顾念民业辛勤,孤苦神劳。旌善惩恶,还须要拔罪超枉,沉冤雪消**。(正旦白)父皇,臣儿此去呵!(唱)**恩诏,巡狩代天**

---

① 本出末、付二角的念白系整理时增补。

② 此曲牌名光绪二十年(1894)“张廷华办”正生本(195-1-16)题作【驻马听】,今从民国二十四年(1935)赵培生《黄金印》等正旦本(195-2-21)。此曲为【惜奴娇】换头格,则前面的吹打【驻马听】疑当作吹打【惜奴娇】。

访察奸刁，灭暴乱沉冤消[①]。**分清浊，愿得个五风十雨，甘棠和兆**[②]。

(正生)退班。(众)送驾。(二太监、正生下)(正旦)(吹【尾】前段)(白)侍儿，摆驾回宫。(吹【尾】后段)(太监、正旦下)(外)笙歌不尽长生殿，(同)凝望鳌山灯月皎。(下)

第五号

老旦(徐氏)、小生(柳遇春)、丑(柳兴)

(老旦上)(白)夏日炎天，不觉端阳时候。(小生上)(白)闷坐书斋，出中堂叙欢畅。母亲，孩儿拜揖。(老旦)罢了。我儿为何不在书房攻书，进来何事？(小生)母亲，孩儿心中烦闷，出来闲游一番，以散闷怀。(唱)

【玉芙蓉】**慈命敢惮劳，立志奋云霄，有日里策马扬鞭归道**。**红楼十里人钦羡，那时节玉带腰围披锦袍**。(白)母亲，可惜老师不在府中，若留得几年，不是孩儿夸口说。(唱)**非夸我年轻小，文武英豪，那些个龙韬虎略胸怀抱**。

(老旦)儿吓，有道"寒窗勤苦读，十年苦功劳"，有日头角峥嵘，也不负诗书翰墨香。(唱)

【前腔】**休得心焦躁**[③]，**念家声阀阅门高，若能得头角峥嵘显耀**。**光宗耀祖添欢笑，晨昏殷勤暮与朝**。**三迁教，勤苦自熬，但愿你瀛洲步上立当朝**。

(丑上)大爷，大爷！老夫人、大爷在上，小人叩头。(老旦、小生)起来。柳兴，此刻在那里回来？(丑)回老夫人、大爷，有新闻来里。(老旦、小生)什么新闻？(丑)嘉兴地界，中秋佳节，龙舟胜会。(老旦)我想杭城西湖十景，天下闻名，龙舟胜会，有什么好看？(小生)母亲，前者姐丈寿日时节，也曾约过。

---

① 灭暴乱沉冤消，单角本作"鸾灭暴伸冤"，暂校改如此。

② 甘棠和兆，犹云政通人和。《史记·燕召公世家》："召公之治西方，甚得兆民和。"召公在棠树下决狱理政，死后人们作《甘棠》之诗，用以歌咏怀念召公的美政。后人以"甘棠""召棠"形容德政。

③ 此处单角本残缺，"休得心"三字据文义补。

孩儿一则去问安姐姐，二则嘉兴少游，母亲心意如何？（老旦）既如此，先到姐夫家安身，然后看会。柳兴，到账房取银子二百两，与大爷可做路费。（丑）阿哉老夫人，我赖大爷两个人，路头做点好事，二百两银子勿够。（老旦）要多少？（丑）二千两。（老旦）为何要二千两？（丑）杭州到嘉兴路远，必要许多银子吓。问安姑老爷、姑奶奶，路上也要买些礼物。（老旦）唔，礼物停当的。（小生）母亲，一千两是要的。（老旦）去取一千两来。（丑）晓得。（丑下，又上）（老旦）儿吓，去到姐夫家，见了姐姐，你说为娘吓！（唱）

【前腔】两鬓已悄悄，年迈衰残老，是龙钟两耳秋来颠倒。程途跋涉关山远，晨昏挂念记心劳。（小生唱）**儿不肖，兴志无聊，经书云游子莫向天涯道。**

（老旦）**少年游学到苏、嘉，程途跋涉受苦劳**[①]。（下）

第六号

花旦（艄婆）、正生（太监）、正旦（皇子）、丑（柳兴）、小生（柳遇春）

（花旦艄婆摇船上，四手下、正生太监，正旦上，下船）（正旦）妙吓，下得船来，好一派江景也！（唱）

【（昆腔）**朝元歌】浪叠绵绵，出巡拔民冤；波层片片，恤刑赦罪愆。滔滔恩诏**[②]**，免得坐井与观天。**（白）孤家奉命按察外任，已有数月，一则按察官员，二则游玩佳景，来到浙江地界。侍儿。（正生）千岁。（正旦）来此什么所在？（正生）领旨。众军，来此什么地界？（众）来此嘉禾地界。（正生）启千岁，来此嘉禾地界。（正旦）将船儿停泊，不许惊动地方官员，孤家上岸一走。取便衣。（正生）领旨。（换衣）（上岸，下）（正生、正旦上）（正旦）妙吓，上得岸来，好一片景致也！（唱）**秋水长天，风飘梧桐飞片片。黄色更鲜，满地是金钱。**（白）看嘉禾地界，好一派景致也！（唱）**观不尽无穷云烟，吴山越水，胜景非浅。**（正生、正旦下）

---

① 此处下场诗小生者为“晨昏甘旨来卸（衔）奉”，下缺丑角下场诗一句。

② 此下有一四字句，单角本残剩句末“海连”二字。

(丑、小生上)(小生唱)

【前腔】秋江岸边,一帆风送船;云锁村烟,晚霞烈焰天。凝望前川,山水映帘,晚景动情人堪羡。(丑白)大爷,好一番气象①。(小生)有什么气象?(丑)喏,江上有鸟,比翼而飞。(小生)妙吓,好彩头也!(唱)**思绪鹣鹣,意儿思儿多缱绻。蓦听好姻缘,才貌须亲见。**(丑白)大爷,我赖罗里去哉?(小生)我们到城内放生桥下张府去的。天色已晚,船儿不要进城,明日绝早进城。(丑)晓得。(小生)柳兴,你我明日呵!(唱)**主和仆街衢散玩,风景繁华,欢乐无限。**(下)

第七号

老旦(胡氏),贴旦(马娇容),外、末(百姓),丑(柳兴),小生(柳遇春)

(老旦、贴旦上)(同唱)

【渔家傲】似这等悲苦凄凉命颠连,知何日云开日现?两地无倚,母与女东南悲涟。(贴旦白)母亲,爹爹亡故,无钱殡殓,女儿只得卖身葬父。(老旦唱)**阿吓,儿吓!你是个孤苦伶仃,又今招这般磨难,只我这逐浪浮萍一任旋。**

(白)儿吓,你父亲死在床上,无钱殡殓,你情愿卖身葬父,虽有一片孝道,为娘年老,所靠何人?(贴旦)女儿顾不得了!(唱)

【剔银灯】②又何须肝肠寸断,终有日、骨肉团圆。那顾得抛头露面羞无言,母和女同往街前。(同唱)**听言,心酸意酸,顷刻分离在眼前。**

【地锦花】(贴旦唱)**吹入了麻衣素袄真可怜,且莫悲啼,向街头高语声喧。奴悲涟,我只得去往街转。**(同白)卖身吓!呀!(同唱)**卖身来出口,悲声泪如泉,步趑趄身展转,步趑趄身展转。**

【麻婆子】感叹、感叹天不念,母女泣断弦。家贫、家贫无衣食,父丧有谁怜?

---

① 本出及次出丑白据上下文添补。

② 此曲牌名及下文【地锦花】【麻婆子】,单角本缺题,今补。又,【地锦花】,曲律上又作【摊破地锦花】,《四元庄》有此套曲,抄本无"摊破"二字,今从之。

此际无奈求方便，鬻身葬埋吾心愿。窀穸也安然，呀！**又听得人语闹喧。**

(老旦)阿吓，列位客官吓！(唱)

【不是路】哀哀可怜，上告东君诉情牵。(白)老身胡氏，先夫马文安，原是黉门秀才，只为家贫训蒙度日，连年患病，不料昨日呵！(唱)**遭大变，衣食何处怎周全？**(白)只此一女，情愿卖身殓父。(唱)**孝道全，奈家门不幸身遭陷，**阿呀，儿吓！**从今何处是家园**[1]**？**(贴旦唱)**莫悲涟，十方慷慨行作义**[2]**，恩德非浅，恩德非浅。**

(外上)商贾买卖南投北，(末上)仕宦升沉东奔西[3]。(外)待我看来："立卖身文契。马氏娇容，爹爹马文安，日日训蒙度日，昨夜一命身亡，无钱殡殓。才年十七，只因家贫，情愿卖身殓父，还望长者恻隐怜惜，慨赐父丧，愿为厮婢，听使传呼。生死天命，决不悔言。"好孝女。(末)我要买。(外)你这老客人，那里来的？(末)我做买卖来的。但不知要卖多少银子？(外)妈妈，要多少身价银？(贴旦)只要卖一百两银子，五十两殡殓爹爹，五十两母亲安家，多者不要。(外)老客人，一百两银子。(末)好，一百两就一百两。(外)待他母女分别而去。(贴旦)母亲，身契女儿自己会写的。(老旦)阿呀，儿吓！(念)堪叹今朝苦痛心，空养娇娘十七春。饥寒常受心无怨，父葬床前愿卖身。侍婢玷污儒门女，枉你知书达礼人。堪笑一身行孝道，为娘衣食靠何人？看来不久归泉道，你今去后为娘随父行。(贴旦)女儿也顾不得了！(同唱)

【皂角儿】论人生枯荣前衍，娘和女、分离此间。止不住喉咙哽咽，老年人莫更残喘。儿今去，往他乡，母和女，各一天，怎得重圆，怎得重圆？(贴旦白)母亲吓！(老旦)阿呀，儿吓！(丑、小生上)(小生唱)**进阛阓散玩，进阛阓散玩，陶情怡缱。为甚的，为甚的人群喧哗，簇拥街前？**

【尾】扯袂何故声悲喊，又携着苍鬓暮年。看他悲苦凄凉，还须问一言。

---

① "园"字单角本残缺，据文义补。

② 作义，单角本作"则意"，据文义改。

③ 本出及第九号末角及其手下的宾白系整理时增补。

(白)请问列位,老人家为何这等悲苦?(外)这是孝女卖身殓父的。(小生)妈妈,小生愿赠白银,何用令爱卖身?(丑)阿哉老人家,要卖多少银子?(外)一百两银子。(小生)身契可写?(外)银子未兑,身契先出了。(小生)柳兴,你到船中,拿了银子回来。(末)好生强夺。要银子即刻就要,怎可等你拿银子来?(外)那位大爷慷慨仗义,不忍母女分离,助银殓父,又不要这个,怎生说他强夺么?(小生)列位,这里可有典当?(外)当店,路我认得的。(小生)柳兴,这颗珠子拿去,当银二百,速去。(丑)晓得。(外)随我来。(外、丑下)(小生)请问妈妈,高姓大名?(老旦)寒家姓马,先夫马文安,原是黉门秀士,只为家贫,训蒙度日,连年患病,一命身亡。(唱)

【斗黑麻】陋巷箪瓢,身无依靠。母女凄凉,谁来救捞?愿卖身,传孝道。这苦伤心,这苦伤心,怎容细剖?

(外、丑上)走走,当来哉,当来哉。(小生)老妈,小生愿赠银二百,母女同居一处,可以度食。(外)难得大爷陌路遇难,当珠赠银子,济困扶危,真个救拔之士、麦舟相助[①]之贤也。老妈妈过来相谢。(老旦)多蒙恩公仗义,免我母女分离。请问尊姓大名,母女自当图报。(丑)我里大爷,乃杭城柳天官之子,文武解元柳遇春。(小生)些须小事,何必留名。(外)阿吓,原来是柳大爷,失敬了,怪道是个大老官。(老旦)既如此,大爷请受我母女二人一拜。(老旦、贴旦唱)

【前腔】复生再造,泉下欢笑。转得来生,衔环结草。(小生唱)**休得要,紧叨叨,荣枯相依,令人怎了?孝女真堪羡,使人开怀抱。儿女终身,儿女终身,非我挥金成人须效。**

(老旦)回去了。(外)那身契,虽有银子未兑。(老旦、贴旦)这张身契,原不该写的。(外)是这位大姑娘亲手写的。(小生)柳兴,附耳上来。(丑)老客人,

---

① 麦舟相助,范纯仁奉父亲范仲淹之命回乡收麦五百斛,回程途中拜望父执石曼卿,见其无钱办丧事,遂将麦子并所载之舟赠之。

身契拿得来。(末)老人家,这后生看见大姑娘美貌,拿回身契,要买去做小的。(外)这位女子,难道做小么?(丑)大爷,身契在此了。(小生)扯其破。

(小生、丑下)(外)咳!(唱)

【尾】你言颠倒心忒骚,不顾旁人嘲笑。(下)

第八号

正生(太监)、正旦(皇子)、贴旦(马娇容)、老旦(胡氏)

(正生太监、正旦上)(正旦唱)

【桂枝香】换衣妆乔,暗临秀道。好风光天淡云稀,六市上民业丰兆[①]。(正生白)千岁,嘉禾地界,买卖倒也来得公平。(正旦)名利场中行正道,公平交易有谦和。(唱)**名和利同心一道,同心一道,营商的觅利蝇头,诵读的求名蜗角。**(科)**又听得闹吵吵,三街人簇拥,向前察奸豪,向前察奸豪。**(正生、正旦下)

(贴旦、老旦上)(贴旦唱)

【前腔】一悲一好,携手相邀。只我这孤苦伶仃,感恩公重生再造。(正生、正旦上,正旦看科)(贴旦)呀!(唱)**羞脸红桃,羞脸红桃,**(贴旦、老旦下)(正旦)呀!(唱)**哀哀的悲苦啼号,顿令人心焦意焦。**侍儿,**你去问根苗,因甚的啼痕洗,血泪痛悲号,血泪痛悲号。**

(正生)领旨。(正生下)(正旦)一路行来,见这女子,苦面愁容,实有伤心之意,后面跟着老婆子,亦有悲泪之状,其中必有冤情,且听内监回奏,便知端的。(正生上)千岁,此地马文安,黉门秀士,训蒙度日,昨夜一命身亡,无钱殡殓,女子卖身葬父。(正旦)且住,世间有这样孝女,况且人品端庄,温柔体态,实为可爱。嘉兴衙门在那里?(正生)嘉兴府就在前面。(正旦)孤王亲自一走。(正生)且慢。千岁,此去有恐失了龙体,奴仆前去一走。(正

---

① 丰兆,单角本作"午兆",暂校改如此。

旦)既如此,船在码头等候。(正生)领旨。(正生下)

(正旦)**鬻身殡父真孝女,惜玉怜香可爱身。**

有朝日近龙颜侍,掌握三千粉黛兵。(下)

第九号

老旦(胡氏)、贴旦(马娇容)、末(金淋)、正旦(皇子)

(老旦上)(引)年迈悲愁,寡母孤儿。(贴旦上)惭恧①眉头皱,心下多疑虑。(白)母亲在上,女儿万福。(老旦)儿吓,多感柳恩公赠银,你父亲丧事,窀穸长安,以慰我心。(贴旦)母亲,多蒙恩公赠银二百,无恩可报,只得朝夕焚香一炷,朝朝日日,焚香礼拜便了。(老旦)儿吓,昨日地方先生到来,"请问老安人,令爱可曾受茶否?"为娘说道:"我家贫苦不堪,冷落无依靠,还未适他人。"他只此一言,转身就走,不知何故也?(唱)

【绣带儿】好叫人难察难详又难诌,无意人儿话由。说个音儿启口,问什么淑女曾配佳偶。(贴旦白)母亲吓!(唱)**我心愁,莫不是狂徒妄想鬻身求,怕他行告官衙曾配鸾俦。**

(末上,四手下带轿随上)(末)下官嘉兴府金淋,只为当今千岁爷爱慕孝女,故而亲自前来作伐。来此已是,通报。(手下)老安人在那里?老安人,本府太爷做媒到此。(老旦)地方先生,寒家只此一女,老身要靠他终身待老的,说什么太爷来做媒么?(末)老安人,下官嘉兴府金淋到此,请来见礼。(老旦)阿吓,太爷,小妇人不曾犯法。(末)老安人说那里话来?(老旦)小妇人怎的?(末)老安人,下官有言启告。(老旦)太爷有何吩咐?(末)下官特为令爱作伐而来。(老旦)太爷,我家贫苦不堪,小女长受饥寒,何望婚配?(末)老安人有所未知,当今千岁爷微服到此,闻知令爱卖身葬父,心生爱慕,命下

---

① 恧(nǜ),单角本作"些",暂校改如此。惭恧,羞惭。

官前来恭迎。(老旦)小女田姑村女,不晓王后礼数,如何近得贵人来?(末)老安人且是放心,一同进京享福便了。来,奉上凤冠霞帔,请娘娘更衣,即刻上轿。(吹打)(贴旦换衣,贴旦、老旦上轿,末、四手下带轿下)(正旦上)(唱)

【三学士】**渡银河鹊桥双凑,结前盟喜过中秋。他是个儒门女旧族门楣,更羡他孝义女流**。(白)自见孝女留意,命太守金淋说亲回奏,送至龙船,即便返回京者。(吹打)(正旦)听得鼓乐之声,想必他来了。(唱)**笙歌叠闹声鼎沸,宝香车上龙舟,宝香车上龙舟**。

(吹打)(末、四手下带轿,贴旦、老旦上,拜堂,贴旦、老旦下船)(末)臣嘉兴府参见殿下。(正旦)平身。(末)谢千岁。(正旦)卿家,马氏坟庄,备礼祭奠,孤家进京回奏,自有升迁。(末)谢千岁。臣送驾。(正旦)不用候送,吩咐开船。(唱)

【(昆腔)尾】**关河叠叠云山岫,雪浪银波皱皱。无愁意滕王诗一首**。(下)

第十号①

正生(王先生)、末(职员)、外(华太师)

(正生上,末捧盒随上)(正生)看看珠宝无人识。(末)先生,不就一颗珠子,有什么可稀罕的。(正生)你后生家,晓得什么!你可晓得此珠的来历?(末)还请先生赐教。(正生)此珠吃墨珠。(末)何为吃墨珠?(正生)我虽不是老回回。(念)此珠盘古无二一,青黄分玉石。海湖②分清浊,蓝田我晓得。珊瑚琥珀,玛瑙宝石。眼力虽精细,珠宝我能别。(外上)(白)辞驾归故里,渔樵逸兴安。(正生)老太师见礼。(外)少礼。(正生)老太师请进。(外)请坐。(正生)告坐了。不知老太师到此,有失远迎,多多得罪。(外)好说。老夫有几幅字画,辨不出新旧,特来请教二位。(正生)好说。(外)目今文人笔法如

---

① 本出因缺乏华府典当铺隆兴当职员的角本(暂拟为末角),内容略有删减,少数末角说白系依据上下文添补。

② 海湖,单角本作“海五”,暂校改如此。

神，老夫年迈，看不清了。取画图过来。可是真的？（正生）不是。（外）来，再取一幅。这一幅？（正生）名叫皓月图。（外）先生，何为皓月图？（正生）七月初，八月尽，到中秋，天上蛾眉月，图上也是蛾眉月；到十五、十六，天上一轮明月，图上也有一轮明月。这叫做皓月图。（外）这是何人笔法？（正生）晋朝王羲之笔法。（外）今人可能套写？（正生）老太师，笔迹可以套写，精神那里学得他来？（外）足见先生大才。（正生）岂敢，岂敢。（末）恭喜老太师，华府隆兴当上，新近得了一件宝贝。（外）什么宝贝？（末）一颗珠子。（外）先生，取来一看。（正生）太师请看。（外）此珠光华虽有，只是颜色不洁。（正生）此珠能会吃墨。（外）老夫不信，取旧账书本过来。（念）令人一见心欢悦，珍宝何能识。纸上有模糊，滚来无墨迹。纸上又清白，依然能写得。定风与夜明，余尘和吃墨。（科）（正生）此珠明日就要赎取呢。（外笑）二位先生，家有这样好宝贝，为何拿出来典当？（正生）只怕被人偷盗出来典当的。（外）怎见得？（正生）学生那年在杭城柳天官府中，做过几年书记，见过这粒珠子。（外）是吓，这是天官府的宝贝，怎么拿来典当呢？（正生）明日来赎取，怎样呢？（外）想此珠乃稀罕之物，留在当房有恐遗失，待我带回庄上，内房收藏，万无一失。（正生）倒也使得。（外）烦先生同到庄上一走。（正生）候送。（外）告别。此珠罕少真奇异，（正生）方表古来吃墨珠。（下）

第十一号

正旦（华素贞）、花旦（小桃）、小旦（沈月姑）、贴旦（张定金）、杂（陆爱珠）、付（裴碧桃）、外（华太师）、老旦（华夫人）、正生（王先生）、丑（柳兴）

（正旦上）（引）秋香馥郁，惹动悠闲憔悴。（诗）阵阵香风拂面来，佳人对景闷愁怀。阶前草色少浪漫，翠被生寒熨[①]不开。（白）奴家华氏素贞，生长宦

① 熨，单角本作“玉”，据文义改。

门,幼读诗书,能识韬略,才年二九,还未婚配。爹娘生我一人,并无兄弟,有如掌上明珠。看我性心好武,结宦室千金,其有数人,每日同在一处,不是闺阁描鸾绣凤、博古谈经,定是花厅习刀枪、教拳棒。命小桃前去接列位小姐,怎的不见回来?(花旦上)侍女年纪轻,相府有名声。有人惹着我,拳头不认人。小姐在上,小桃叩头。(正旦)起来。(花旦)谢小姐。(正旦)小桃,命你去接列位小姐,可曾接到?(花旦)列位小姐俱已接到了,裴小姐还未。(正旦)今日裴家小姐游玩散闷,你不要在花园指手舞足、说短论长,你若失手,岂不跌坏了你?(花旦)裴小姐乃是协镇的妹子,正要他手中学些武艺,好打、打抱不平。(正旦)你年纪轻轻,受苦不起。(花旦)有道“受得苦中苦,方为人上人”。(正旦)好一个“受得苦中苦,方为人上人”。在门首侍候。(内)门上那位在?(花旦)做什么?(内)列位小姐轿子到。(花旦)启小姐,列位小姐轿子到。(正旦)将轿子打进桂花厅,来人西廊酒饭。(花旦)晓得。轿子打进桂花厅,来人西廊酒饭。(小旦、贴旦、杂上)(小旦)义结金兰义,(贴旦、杂)姐妹胜同胞。(同白)姐姐见礼。(正旦)妹子见礼。(小旦、贴旦、杂)姐姐差小桃来叫,妹子即便就到。(正旦)足见贤妹有心。(小旦、贴旦、杂)好说。(正旦)请坐。(小旦、贴旦、杂)请坐。(内)门上那位在?(花旦)何事?(内)裴小姐到。(花旦)启小姐,裴小姐轿子到了。(正旦)轿子依旧打进桂花厅,来人西廊酒饭。(花旦)轿子打进桂花厅,来人西廊酒饭。(正旦)妹子,一同迎接。(付上)姐姐见礼。(正旦)见礼。(付)请坐。(正旦)请坐。(付)请问姐姐,叫妹子到来何事?(正旦)昨日小桃来说,说妹子闷坐香闺,心有不快,为姐今日请了妹子们早候,请你到来,游玩散闷。(付)咳!(唱)

【二郎神】休提起身又微展不开,悲苦伤心泪雨潸潸。婚配未曾,这终身岂可等闲?想奴命身遭波难,怎能够放却愁烦?(正旦白)我也明白了。(小旦)明白什么来?(正旦)裴家妹子,皆为终身大事,恐有令兄误配,故而愁闷。(小旦)怪姐姐不得的。(正旦)妹子!(正旦、小旦同唱)**放却了愁烦,休得要泪珠偷弹,泪珠偷弹。**

【前腔换头】(贴旦唱)**堪叹，堪怜奴身并无盼，难诉衷情泪雨潸潸**。(小旦白)妹子，你的心事，我倒晓得。(正旦)晓得什么来？(小旦)但是张家妹子么。(唱)**为错订了姻缘，兄有病遭此愁烦**。(正旦白)张家妹子，是定终身的了么？(小旦)终身误配家兄。(正旦)既是婚定，怎说误配？(小旦)家兄有病在身，不称其心，故而愁烦。(正旦)张家妹子许配你家兄长，旧岁也是解元名望，也不亏薄与他。(小旦)虽则是解元，病沉旦夕，伤七情火，不能起床。爹娘无奈，求婚冀喜，我兄长千金重聘，故而许配家兄。(正旦)这是令兄不是。(小旦唱)**可惜了容颜娇貌，拆打了嫩蕊早残**。(合唱)**放却了愁烦，休得要泪珠偷弹，泪珠偷弹**。

(正旦)列位妹子，为姐有一言，难以启齿。(小旦、付)姐姐有言，但说无妨。(正旦)义结姐妹，愿配一夫，未知列位妹子心意如何？(小旦、付)姐姐之言，正合吾等心意。何不对天盟誓，结个同心，永不失志？(小旦)我等俱可盟誓，但是张家妹子，使不得的。(贴旦)列位姐姐且是放心，去到他家，情愿一死而已。(小旦)好，果是同心。(正旦)贤妹之言不差。小桃。(花旦)怎么？(正旦、小旦、贴旦、付、杂)摆香案。(花旦)晓得。(吹打)(正旦)苍天后土在上，信女华素贞。(小旦)奴家沈月姑。(贴旦)奴家张定金。(付)奴家裴碧桃。(杂)奴家陆爱珠。(同白)异姓姐妹，情投意合，终身愿配一夫，甘苦同受，若有异心，天地不载。(同唱)

【集贤宾】焚香义结女金兰，志愿同受苦甘。荣枯相依何足患，这姻缘便取结环[1]。**甘心守志纺早晚，共欢娱齐眉举案。告穹苍，愿得个跨凤仙郎，桂枝高攀，桂枝高攀**。

(花旦)列位小姐终身自有天定良缘，我小桃姻缘，不知落在何处？(正旦)想世间只有孤男，那有寡女？终身也有良缘天定。(花旦)怎么，良缘自有天定？(正旦)这个自然。(花旦)谢天谢地。(内)太师爷到。(花旦)启小姐，太

---

① 便取结环，单角本多作“便处怎寒”，一作“便处结寒”，一作“便结穷(窈)窕”。

师爷到。(众)一同出去迎接。(外、老旦上)(外)明珠擎掌上,(老旦)花厅看奇珍。(众)爹娘,女儿万福。(外、老旦)罢了。(外、老旦)我儿们都在此。(众)特来问安爹娘。(外)好。(笑)(众)爹娘为何这等欢悦?(老旦)你爹爹在店中,得了一件宝贝回来。(众)什么宝贝?(外)哪!(众)不过是粒珠子。(外)此珠非比等闲。(众)有何好处?(外)此珠名为吃墨珠,乃是世间稀罕珍宝。(众)女儿们却也不信。(外)待我试与你们看者。小桃,不论诗稿文章,取了来。(花旦)晓得。旧书账本取到。(外)儿吓,你们都来看者。(唱)

【前腔】奇珍异宝世所罕,不比寻常等闲。滚来迹去卷墨翰,(众白)妙吓!(唱)**顿令人难猜难详。真个是无光失灿,去形踪如飞如弹**。(白)爹爹,何处来的?(外)有人典当的。(众)妙吓!(唱)**重争看,真是个无双稀罕,无双稀罕**。

(内)门上那一位在?(花旦)何事?(花旦下,又上)启太师爷,这粒珠子,是杭城柳遇春大爷的,银子收了,当票销了,若还不拿出去,他要打进来了。(外)知道了。(正旦)爹爹,此珠与女儿们一看。(外)有人前来赎取,看也无益。(正旦、小旦)看看何妨?(外)你们要看,你们拿去看来。(正旦)列位妹子,此珠可生得好?(贴旦)这珠子倒也生得好,何不出了重价,与他买了来?(外)此珠传家之宝,怎肯出卖与人?就是万金也不卖的。(正旦)吓,爹爹,此珠女儿们喜欢,愿出价钱买了。(外)我儿,他是不卖的。(正旦)女儿们是不还了。小桃。(花旦)何事?(正旦、贴旦)你去回复了他。(同唱)

【猫儿坠】连城重价,一任我承担。珍宝何须来领还,便有泼天威势作等闲。(正旦、小旦、贴旦、付、杂唱)**总不还,步入香闺,姐妹笑谈,姐妹笑谈**。(正旦、小旦、贴旦、付、杂下)

(花旦)晓得。(外)竟是拿进去了。(老旦)相公,女儿们所爱此珠,何不出重价,或者肯卖,亦未可知。(外)夫人,想此珠乃传家之宝,岂肯出卖与人?(唱)

【尾】玉堂金马添光灿,增添着阀阅门阑。(老旦唱)**休得要重帛轻彝,还须另眼看**。(老旦下)

(外)小桃进去,对小姐们说,这珠子拿出来还他。(花旦)珠子不还哉。(内)

小哥随我来。(正生上)只为干系重,(丑上)珠子来赎取。(外)先生请坐。(正生)请坐。(正生)小哥,这就是太师爷。(丑)华太师,小人叩头哉。(外)小哥起来。(丑)谢华太师。(外)方才听说,有人前来赎珠么?(丑)阿哉华太师,银子还哉,当票销哉,珠子拿来还我。(外)小哥,此珠拿来典当,难道不怕遗失的么?(丑)有啥个遗失勿遗失,我罗大爷在路上做点好事,到船中拿银子来勿及,故而这珠子拿来典当盖。(外)原来有此一端。你家主人,可是文武解元柳遇春么?(丑)正是。(外)先生,我闻得柳遇春仁人君子。小哥,我且问你,这珠子肯卖么?(丑)咳,这当主要问我赖买颗珠子,个歇时光,我倒要做其谈两句。哙,华太师,呒要问我赖大爷买颗珠子,有多少银子会出?(外)自然重价相求。(丑)重价银多少?(外)愿出价银十万。(丑)歇哉!重价银十万,还要问我赖大爷买颗珠子,拿格三百九十万,抵抵数就是哉。(外)怎么,要四百万?(丑)呒道四百万银子多哉,外国有颗必定珠,问我赖大爷换颗珠子,杭州连城银子叠满,问我赖大爷,还勿肯换拨其,若要换颗珠子,拿格五千田来照照数。(正生)小哥卖不卖由你,何得出言,唐突老太师?(外)小桃进去,对小姐们讲,珠子拿来还他。(花旦)晓得。(丑)快些。(花旦)偏要慢些来。(花旦、丑下)(外)先生,闻得柳解元才貌双全,但老夫呵!(唱)

【刘泼帽】缔结三生鸾凤跨,谐欢娱可加,招婿只望乘龙客。(花旦、丑上)(花旦唱)**堪羡娘行珠不还**。

(白)启太师爷,列位小姐有言说过,出了重价银与他卖,不卖,此珠要抵赖。若要此珠还,除非解元来。(丑)哙,解元来,那格哉?(花旦)不还哉。(科)(丑)那格,别人家当儿之物,难道好抵赖哉?(花旦)抵赖得多。(科)(丑)喔唷,个样话起来强盗哉!(花旦)有什么强盗不强盗,就是解元来的时节,我就……(丑)就啥?(花旦)就不还哉。(丑)呒格样乱手舞足,想打那啥?(外、正生暗下)(花旦)料你也不敢。(丑)好,做呒来。(花旦打,丑逃下)

第十二号

小生(柳遇春)、丑(柳兴)、末(院子)、外(华太师)、正生(王先生)、正旦(华素贞)、小旦(沈月姑)、贴旦(张定金)、付(裴碧桃)、杂(陆爱珠)、花旦(小桃)

(小生上)(白)取银赎珠宝,怎的不回程?(丑上)华府太欺人,报与大爷知。大爷,大爷!(小生)柳兴,为何这般光景回来,莫非在那里惹祸不成么?(丑)阿哉大爷,小人惹祸那里会惹祸?这个珠子要抵赖哉!(念)只为珠子、珠子来赎取,他要强买、强买要抵赖。(小生)此宝乃是传家之宝,岂肯出卖与人?(丑念)若要此珠还,除非解元来,除非解元来。(小生)怎么,有这等事来?你我同去他家一走。(念)闻言来怒气生,富贵家作事不仁。倚恃宦门太欺人,便将珠宝来谋吞,便将珠宝来谋吞。(圆场)(丑)到哉,打进去。(小生)且慢,看他来意如何。通报。(丑)门上那位在?(末院子上)何事?(丑)通报,杭城柳解元到。(末)请少待。太师爷有请。(外、正生上)(外)只为女儿事,日夜常挂心。何事?(末)杭城柳解元到。(外)他到了,先生一同出去迎接。解元公呢?(小生)请。(外)请进。(小生)老人家,此位是谁?(正生)解元公,这位就是华太师。(小生)怎么,就是当主老太师?(外)解元公见礼。(小生)见礼。(外)请坐。(小生)有坐。(花旦上)(科)(外)解元公,令先君鹤驭,老夫失吊了。(小生)好说。请问老太师,我差小厮来赎珠,因何不容?难道嘉兴地界有这样风俗,当儿之物,难道赎取不来么?(外)解元公,老夫有一言。想此珠留在当房,有恐遗失,老夫只得带回庄上。小女一见十分欢喜,愿出重价相求,未知可否?(小生)此珠若肯出卖,小厮家也不来受你之亏了。(外)老夫还有一言启齿。(小生)但说无妨。(外)但老夫呵!(唱)

【玉芙蓉】衰年乏宗祧,百年无依靠,只此女伉俪未配偕老。(白)今见解元才貌过人。(唱)**东床留记为坦腹,**(白)就将此珠为聘。(唱)**跨凤乘鸾琴瑟调。姻缘好,郎才女貌,真是个三生石上会蓝桥,三生石上会蓝桥。**

(小生)你令爱乃是蕊宫琼花,小生乃是迂儒草芥,怎敢仰攀?(外)老夫呢只有一女,但义拜膝前,共有五女,俱各名香立誓,终身愿配一夫。今见解元,才貌双全,将小女许配,望勿推却。(正生)老太师,解元公谅来不允的了。(小生)老先生说那里话来?幸喜得小生未配,若早配佳遇,你令爱终身,岂不耽误了?(外)这是前缘夙世,所以解元未聘,小女等未配。(小生)上无父母之命,怎敢就婚?乞求还珠,以待归耳。(外)难道小女终身,不如这颗珠子么?(丑)咳,你那里是要招女婿,分明谋贪珍宝是实。(外)什么话!(丑)两个主人在此讲话,你是小小婢女,也来偷听,好没有规矩。(花旦)哙哙哙,那格?那格?两个主人在此讲话,你是小小书童,也来七嘴八搭,好没有规矩。(丑)你什么样人,敢欺我么?(花旦)我勿敢欺?太师爷上房、内房进出,小桃奶奶就是我。你是什么样人,在我跟前来分辩?(丑)杭城天官府柳兴爷爷就是我。(花旦)柳兴柳兴,打得你变精。(丑)小桃小桃,打得你没逃。(花旦、丑打下)(正旦、小旦、贴旦、付、杂上,小生脱衣打科;花旦、丑上,打科,正旦、小旦、贴旦、付、杂、花旦打完下)(小生)阿吓,妙吓!(唱)

【前腔】仙姬出穹霄,乍见魂魄掉,(科)(丑)大爷,大爷,呒魂灵呒得哉。(小生)狗才,那里看得?老先生,方才进去的,都是太师令爱么?(正生)这都是老太师令爱。(外)唔,方才都是小女。老夫原要小女终身许配解元,谁想解元不允。小桃,拿珠子出来还他。(小生)不要拿出来。方才小生一时鲁莽,得罪太师,乞求媒妁,后当重谢,还望老先生作伐。(正生)太师爷,解元公允亲了。(外)解元呢虽允,只恐他令堂不允。小桃,取珠子出来还他。(花旦上)(小生)母亲面前也曾说过,婚姻大事,必要亲眼见过,望老先生作伐。(正生)过来,当面拜见岳父。(正生下)(小生)柳兴,我要拜岳父去了。(丑)大爷,大爷,回去得好。(小生)不要你管。岳父请上,小婿一拜。(唱)**恕无耻辱慢泰山要到**[①]。**跪尘埃叩启顿首,万勿生嗔怒冲霄**。(外唱)**双欢乐,郎才女貌,堪羡你青春及**

---

① 此句单角本或作“怒无耻辱慢泰山”,或作“怒无取(耻)泰山要到”,合之方是。

第大英豪，青春及第大英豪。

（小生）柳兴，方才得罪太师，这去赔罪。（丑）我不去。（小生）你去不去？（丑）不去。（小生）不去我打。（丑）老太师在上，小的叩头赔罪。（外）小哥请起。小桃。（花旦）怎么？（外）过去叩见姑爷。（花旦）我不去。（外）臭丫头，见了姑爷。（花旦）姑爷在上，小桃叩头。（小生）请起。（外）吩咐厨下备酒，柳兴，西廊酒饭。（花旦）柳兴哥哥，方才得罪你了，西廊酒饭。（丑）西廊酒饭。（花旦、丑下）（外）贤婿行李在那里，着人去拿进来。（小生）小婿奉母亲之命，前来探亲。（外）令亲是谁？（小生）放生桥下张永锡，是小生姐丈。（外）可曾去过？（小生）还未曾去。（外）既如此，探亲一过，到这里来罢。（小生）谢岳父。

（外）**堪羡君家志不虚，超群拔萃大鸿儒**。

（小生）**愿得一举龙虎榜**，（同）**宝扇花迎七香车**。（下）

第十三号

正生（张永锡）、正旦（柳氏）、丑（柳兴）、小生（柳遇春）、贴旦（张定金）、净（李老哥）

（正生上）（引）彩笔云霄，喜得欢笑。（诗）经章才华响碧中，男儿提笔是英雄。有朝得遂龙泉地，跨马扬鞭在云中。（白）卑人张永锡，祖贯河南人氏，随父从任。不想父亡身，居住嘉兴，娶妻柳氏，并无一子，只有妹子，取名定金，许配沈家。妹丈旧岁得中解元，妹子终日啼哭，难道我将他许差了？叫娘子出来，问个明白。娘子那里？（正旦上）（引）上和下睦，夫唱妇随。（正生）娘子见礼。（正旦）官人见礼。（正生）请坐。（正旦）请坐。叫妾身出来，何事？（正生）娘子有所未知，妹子终日啼哭，难道将他错配了不成？（正旦）对亲不差，姑娘终身是虑新郎的了。官人你却不知，沈家有一小姐，名曰沈月姑，也在华家庄，与姑娘结义的。官人吓，他姑娘说，新郎病入膏肓伤七情，是不起床的了，他爹娘无奈，求婚冲喜的。（正生唱）

【啄木儿】你何必，絮叨叨，婚姻大事岂推却[①]？周公男女共婚招，五百年姻缘定好。从来祸福难究考，一生荣枯谁能保，形只影单命中招。

(正旦)官人，你说那里话来？(唱)

【前腔】他是个知书识字女多娇，年少青春多才貌。只将这少年半途，恩爱半生弃抛。苦守着青灯何时了，却不道我夫妻作事娇[②]，昼夜何宁泪似潮。

(丑、小生上)(小生唱)

【三段子】行行将到，过花街凝望小桥；粉墙一带，问行人张家门道。(白)通报。(丑)门上姑老爷可在？(正生)柳兴。(丑)我里大爷，在门外等候。(正生、正旦)怎么，大舅／兄弟来了？一同迎接。(小生)姐丈、姐姐。(正生)吓，大舅请进。(正旦)兄弟见礼。(小生)见礼。(正生、正旦)请坐。(小生)请坐。(丑)姑老爷、姑奶奶在上，柳兴叩头。(正生、正旦)起来。(丑)谢姑老爷、姑奶奶。(正生)行李发进内书房。(正旦)兄弟，母亲在家，可安泰否？(小生)托赖。(正生)大舅，前者拜寿时节，约定中秋看会，好不快哉。(小生)弟奉母亲之命，一来探望姐丈、姐姐，二来看会。(正旦)兄弟，你几时起程的？(小生)姐姐吓！(唱)**顷别慈颜路迢遥，嘉兴多事前生造，说情踪羞脸红桃。**

(贴旦上)(正生)妹子，见了大舅。(正旦)兄弟，来见了姑娘。(丑)大爷，个人有些面熟。(小生)不要多讲。姑娘见礼。(贴旦科，下)(小生)姐姐，姑娘方才那里回来？(正旦)这里东门外华太师府中有位小姐，与姑娘情投意合，时常接去，讲究诗书，演习拳棒的。(小生)能文能武，女中豪杰。(正生)好说。(净上)(唱)急急匆匆到门墙，调和风月作冰老[③]，一路行来家门道。(白)门上张老爷可在？(正旦下)(正生)原来李老哥，请坐。(净)这位是？(正生)妻舅。(净)失敬了。(小生)岂敢，请坐。(净)请坐。(正生)李老哥到舍下，有何贵干？(净)到来非为别事，令妹丈病体十分沉重，接令妹到府冲喜，某弟到来呵！(唱)

---

① 岂推却，单角本作"异盱论"，据文义改。

② 娇，单角本一作"㤻"。娇，任性，骄横。

③ 冰老，单角本作"并笑"，据文义改。冰老，指媒人。

【滴溜子】[①]**望相救**[②]**，望相救，婚姻成交**[③]**；婚配事，周公礼大**。(正生白)日子定在几时？(净)定在八月十五日呵！(唱)**看着他美景良宵**，(正生白)妆奁不备，如何来得真？(净)主亲家何说妆奁？(正生)妆奁不整，连累大媒淘气的。(净)这也不在话下，小弟就此告别。(唱)**喜气洋洋美少侍，男儿风月上九霄。牛郎织女节节高，玉液琼浆做花朝**。(净下)

(正生)候送。(正旦上)官人，方才何人到此？(正生)李老哥到此。(正旦)他到来何事？(正生)叫妹子冲喜。(正旦)官人，这头亲事，该回复他才是。(正生)过门冲喜，就好回来的吓！(唱)

【前腔】口胡讪，口胡讪，言颠语倒；(正旦白)他有病求婚，倘嫁去，对方新郎死了，叫姑娘如何结果？(唱)**他是个青春年少，可不道终身误了**。(小生白)姐丈、姐姐，姑娘有人家了么？(正生)有人家了。(小生)呀！(唱)**令人此际难猜度，衷肠怎诉这根苗，不尴不尬人难料。好一似云霞弥漫，难开碧天皎**。

(正生)**前世姻缘喜气浓**，(正旦)**你今作事太朦胧**。

(小生)**今朝难解其中意**，(正生、小生)**无缘对面不相逢**。

(内哭)(正旦)官人，你来听，姑娘在里面啼哭。(正生)做人的，自然要啼哭的，难道同你来发笑？(下)

第十四号

贴旦(张定金)、正旦(柳氏)、小生(柳遇春)

(贴旦上)(唱)

【山坡羊】哭哀哀奴命惨然，痛杀杀严亲不见，恨悠悠兄长主婚，意愁愁观望了身愿。(白)吓，张定金，张定金，你那日不该在华府花园盟誓焚香的吓！

---

① 此曲牌名单角本缺题，今从推断。

② 救，单角本作“欲”，据文义改。

③ 交，单角本作“大”，据文义改。

(唱)**英雄现,风流貌天然。早难道阻隔朱陈分理连,我这里无限凄凉,无限凄凉女红颜。难言,声声的长悲叹;泪涟,哭哀哀奈何天,哭哀哀奈何天。**

(白)且住。当初有个梁红女,不遵父母之命,高搭彩楼,自订终身。(唱)

【前腔】怒冲冲气满胸填,愁默默心如箭攒,喜洋洋对面无缘,乱纷纷奴心不言。(白)且住。既要寻死,在此闲讲怎的?不免拜别爹娘,寻个自尽了罢。(唱)**他心偏,奴今向黄泉。来生再结三生缘,凤卜于飞,凤卜于飞,和谐百年。仰天,天缘结在那边?姻缘,谅来奴命浅,谅来奴命浅。**

(白)吓呀,哥哥、嫂嫂吓!(科)(正旦上)更深夜静,姑娘还在房中啼哭,待我进去看来。(科)阿吓,姑娘!阿吓,姑娘!(唱)

【忆多娇】为甚的,寻短见,何必执意忒心偏[①]**,咽咽喉咙有气喘。**(白)吓,官人吓!你害得姑娘这般光景也!(唱)**行止不善,行止不善,怪不得怒满胸填。**

(白)吓,姑娘!为何在此寻短见,说与为嫂知道。(贴旦)吓!(唱)

【前腔】苦命女,不怨天,终身无依又颠连,去向鬼门告森严。嫂嫂!**受此颠连,受此颠连,催马游街婚姻各天。**

【尾】泪盈盈天不念,这段伤心无限。嫂嫂!**倒不如早向幽冥自在天。**

(正旦)姑娘,你有什么心事,何不对我直说?(贴旦)吓呀,嫂嫂吓!(唱)

【金络索】[②]**兄长不度量,误把人肮脏。花园中盟誓焚香,五女一才郎。天赐张骞**[③]**会东床,**(正旦白)怎么,姑娘会过东床了么?(贴旦)就是你兄弟柳遇春。(唱)**慷慨仗义,赎珠到门墙,花园相思貌端庄。有主婚配,合朱陈效凤鸾,合朱陈效凤鸾。**(正旦白)吓,姑娘终身,许配给我兄弟了么?(贴旦)嫂嫂,沈月姑姐姐盟誓在内的。(正旦)阿吓,叫我如何是好也?(唱)**意彷徨,两下里先订姻缘。没头脑更寻悒怏,好叫我难主张,怎摆布做一场,怎摆布做一场?**

(白)吓,姑娘,你哥哥三日不归了,我兄弟在书房中攻书,他是个文武解元,

---

① 此句单角本一作"何必执心多太缱",一作"何必执意他心遗遗",暂校改如此。

② 此曲牌名单角本缺题,今从推断。

③ 张骞,单角本或作"张蹇",或作"张义",暂校改如此。

必有才学的，与他商议，倘能解得此冤，亦未可知。（贴旦）羞答答的，如何觑面？（正旦）那你为他在此寻死短见，怎么还怕羞？待我叫他出来。吓，兄弟，走出来，为姐有话。（小生上）（唱）

【三换头】**可惜红妆，姻缘在那厢？叹我薄命，一场虚谎**。姐姐，**因甚的夜深沉，有何事恁般慌张？**（正旦白）兄弟。（唱）**有要事与你商量**。（小生白）什么急事？（正旦）兄弟，你难道不知其情么？（小生）阿吓，羞杀我也！（正旦）兄弟，你不要走，日间媒人来说，也是尽知的吓。（唱）**新郎病膏肓，可不道玷污情郎。仗你机谋，免得个人面挂愁肠**。

（小生）姐姐，这是小弟福薄，难怪与他的。（正旦）且慢。你是个文武解元，这一计想不出了？（小生）小弟有个计会在此。（正旦）你有何妙计？（小生）沈家不过门冲喜，待我瞒了姐丈，小弟扮做新人，代嫁而去，拜过花烛，随轿即转，然后再图别计。（正旦）倘若做破，还当了得？（小生）不会做破的。（同白）主意已定，三人依计而行。（同唱）

【佚名】**三生酌量，书生乔妆，这一曲机关暗藏。愿得个身入闺中，管叫他难猜难详。移云掇月人难量，一株梅花自主张**①。（下）

第十五号

外（沈员外）、付（沈夫人）、净（李老哥）、正生（张永锡）、正旦（柳氏）

（内）阿吓，儿吓！（外、付上）（同唱）

【剔银灯】**感叹你年少青春，病膏肓不昧晨昏**。（外白）安人，只为孩儿病重，即

① 《凤凰图》等小生本[195-1-140(3)]、《八美图》等小生本(195-2-15)将“移云”二句标作【尾】。

央媒人，到张家去说霍亲[1]冲喜，未知他家可允？(付)老爷，只埋怨你的来[2]。(外)埋怨什么来？(付)都是你读书害的。(唱)**可怜他恹恹瘦损，勤读反受灾星**。(外白)咳，安人，你那里晓读书的滋味来？(唱)**书香遍地撒黄金，天运开高照文星，高照文星**。

【前腔】(付唱)**听言来好不达理，读文章憔瘦精神**。**不读诗书常安泰，这诗书也卖不得人儿性命**。(净上)(唱)**匆匆急急喜欢生，调和风月仗冰人**[3]。

(外)原来是大媒，奉揖，请坐。(净)见礼，请坐。(外)这亲事怎么样了？(净)主亲家那有不允之礼？只是妆奁不整，休得见怪。(外)这是极妙的了，准备迎娶拜堂冲喜。孩儿病重，诸事未备，烦大媒帮衬帮衬。只望祸中福，冲喜病即好。(外、付下)(内咳嗽)(净)噫，又听新郎喉咙扫，看来命难保。(净下)(正生、正旦上)(正生)只为冲气喜事，(正旦)庭前鹊鸟噪连声。(正生)娘子见礼。(正旦)见礼。(正生)娘子，沈家花轿已到门首，快快将妹子梳妆上轿。(正旦)姑娘不肯上轿，如何是好？(正生)我进去解劝。(正旦)且慢。你外堂陪客，待妾身进去解劝，与他上轿便了。(正生)我到外堂瞧客。(正生下)(正旦上)兄弟、姑娘快来，沈家花轿到了。(正旦下)(吹打)(四手下带轿上，外、净上)(外)大媒，多多致意大舅，诸事不周，休得见怪。(唱)

【前腔】念寒门仰荷秦晋，礼不周、休得怨嗔。(同唱)**待等春雷报喜音，酌高歌大家欢庆，大家欢庆**。(吹打)(下)

---

① 霍亲，清茹敦和《越言释》卷上："今人舅姑疾病，虑及将来丧无主妇，汲汲为其子婚娶，议定于仓猝之间，每不能备礼，谓之霍亲。"但剧中系因子病危而仓促成婚，而非父母病重冲喜。

② 第十五至十八号以及第三十一、三十二号的付角说白皆系整理时增补。

③ "匆匆"至"冰人"，单角本作"匆匆的的(急急)喜欢笑，为着亲事家门道"，据1954-10曲谱改。

第十六号

小生(柳遇春)、贴旦(张定金)、正旦(柳氏)、正生(张永锡)、付(沈夫人)、小旦(沈月姑)、外(沈员外)

(小生上)(白)何事高声?(贴旦上)出堂问事因。(正旦上)姑娘吓姑娘!(贴旦)嫂嫂何事?(正旦)沈家花轿到了。(贴旦)如此扮起来。(小生)小姐,门儿掩上。我柳遇春不想作此丑态也!(唱)

【(昆腔)洞仙歌】**生巾卸衣裳,试换女红妆,把青丝挽就盘龙样。珠围翠绕,长袖舞霓裳,油头粉面,做出了妖魔障**。(科)(白)姑娘,扮起来可像么?(贴旦)可惜是可惜。(小生)可惜什么?(贴旦)可惜这双脚儿大些。(小生)倒也不妨的吓。(唱)**风流一度,还须好风光**。

(吹打)(贴旦下)(四手下带轿上,小生上轿,下)(正生上)为何啼哭?(正旦)姑娘做新人去了,怎的不啼哭?(正生)妹子去远了。你准备礼物,待我前去做三朝,做三朝。(正生下)(正旦)做三朝?去不得。(正旦下)(付上)(唱)

【哭相思】**天愁不从人,可怜守青灯**。(小旦上)(唱)**十载寒窗苦,一旦赴幽冥**。

(付哭)阿吓,不好了!咗个阿哥,病体愈加沉重。(小旦)阿吓,哥哥吓!(唱)

【佚名】**听言来不由人心惊胆惊,禁不住、泪珠泉倾。若还好事成阻隔**,母亲吓!**即忙的速去回音**。(付白)阿吓,儿吓!(付下)(小旦)哥哥吓!(唱)**看他耳又焦没精神,三更断绝赴幽冥,三更断绝赴幽冥**。(吹打)(外上)咳,儿吓!(四手下带轿,小生上)(外、小旦同唱)**画堂前喜照三星,喜照三星**。(外、四手下带轿、小生下)

【尾】(小旦唱)**是医医难挽命,看他由命不由人**。(白)且住。张家妹子说若到我家,惟求一死而已,今日花轿入门,看他贞烈如何。(唱)**堪叹颜回命难存**。(下)

第十七号

外(沈员外)、付(沈夫人)、小旦(沈月姑)、小生(柳遇春)

(外、付、小旦上)(付)香芬知有喜,(外)瑞气满堂红。(吹打)(四手下带轿上,小生出轿,四手下下)(丫环扶新郎上,拜堂,新郎跌跤)(外)阿吓,儿吓!快些扶进去。(丫环扶新郎下)(外)列位,新郎跌倒,拜堂不来,进里面吃喜酒去。(外哭下)(小旦)母亲,哥哥这般光景,快快送新人回去了罢。(付)唔。儿吓,扶阿嫂到吥房中去罢。(小旦)女儿房中,如何使得?(付)倒也勿妨。阿吓,儿吓!(付哭下)(小旦)嫂嫂,随我来。掌灯。嫂嫂吓!(唱)

【集贤宾】告卿卿休得心悲怨,天定良缘成姻眷。(白)你那日不该在华府花园焚香盟誓的吓。(唱)**辜负了三生夙世愆,枉了你烈志焚香赴清泉**。(白)嫂嫂吓!(唱)**你好言颠语颠,真个是月下花前**。(白)待我掀起盖头红,羞辱他一番便了。呀!(唱)**形容变,谁识认青春少年?**

(白)你是张定金吓?你如今是我家嫂嫂了,你可认得我么?(小生)小姐,你可是沈月姑小姐?(小旦)阿呀,不好了!(小生)不要高声,我柳遇春在此。(唱)

【黄莺儿】图谋巧计变,我乔妆到此间。(白)小姐,可晓得张永锡是我姐丈,为因张小姐不失志,连夜寻死短见,我故而扮作张小姐模样,前来冲喜的。(小旦)父亲不送你回去,如何是好?(小生)有沈家姐姐在此,谅不会做破的吓。(唱)**此来何惧身不转。休得心战,何必声喊,见娇容何恁腼腆?**

(付上)(唱【黄莺儿】七至九句)(白)儿吓,开门。(小旦科)吓,来了。(开门)母亲,哥哥病体好些么?(付)咳,越发沉重哉。(哭)(小旦)如此,快送新人回去。(付)新妇过门,回勿得个。儿吓,今朝阿嫂来东吥房中困觉。(小旦)母亲,女儿房中,如何使得?(付)倒也勿妨。(小旦)母亲,女儿房中点心还有在此,新人谅来不要吃,酒饭不要拿来。(付)晓得哉。阿吓,儿吓!(付下)(小生)小姐,令兄之病如何?(小旦)吓,看来哥哥不济事了。(小生)谢天谢地。

（小旦）这是什么说话！（小生）好保张小姐贞烈也！（唱）

【猫儿坠】红妆移步，难认出庭轩。假扮乔妆玉天仙，（小旦白）我爹娘明日不送你回去，倘若识破，你解元名望何在？（小生）小姐且是放心，小生自有来清去白。（小旦唱）**看他丰姿惹动春情艳。**（小生唱）**姻缘，我和你锦帐欢愉，落得方便，落得方便。**

【尾】何必心惊胆战，这的天地良缘你占先。（小旦唱）**此际无奈难叫喊。**（科，下）

第十八号

外（沈员外）、付（沈夫人）、小旦（沈月姑）、小生（柳遇春）、末（院子）

（外、付上）（付）只为娇儿事，（外）朝暮何曾宁耐？（付）老爷见礼，请坐。（外）安人，只望过门冲喜，谁想孩儿拜堂跌了一跤，病势愈加沉重，看来是无救的了。（付）阿吓，我里个肉吓！（外）皆因家门不幸。（小旦上）郎君机莫测，另说一番情。（科）（外、付）为何绝早起来，这等慌张？（小旦）母亲走来。（付）做啥？（小旦）母亲，昨夜新人在女儿房中，三番两次寻死短见，是女儿相救。若不送新人回去，我沈家犯下命案了。（付）老爷，媳妇儿寻死觅活，有恐人命关天。（外）既已遣嫁，是沈门的人了，什么人命关天？（小旦）新人说，他父母在日，早有人家了。（唱）

【锁南枝】他是个，烈性人，四德三从九烈贞。当从父母命，宁死守终身。（外白）咳，岂有此理！既然父母在日，早许人家，何故受我沈家之聘？（小旦）是吓，他家兄长，不该受了我家重聘吓。（唱）**宁甘心，守清贫；一重来了，一重临，一重来了，一重临。**

（外）可恼，可恼！（唱）

【前腔】恨无知，太不仁，乱语胡为没人伦。（内哭）（外）儿吓！（唱）**听他声声哭不断，快问娘行聘何人？**（小旦白）嫂嫂走出来。（小旦下）（小生上）（唱）**出中堂，假伤心；不顾这羞惭，中堂诉原因。**

(白)公婆,媳妇万福。(外)小姐,令尊在日受聘何人?因何令兄又许寒门?(小生)我爹娘在日呵!(唱)

【前腔】指腹婚,早结姻,算得奴命好悲哽。胞兄行短来受聘,奴愿皈依入空门。(外白)这个如何使得?(小生)阿吓,爹娘吓!(唱)**儿命苦,结何人;犯了红沙**[①]**格,又出墨索星,又出墨索星。**(小生哭下)

(小旦上)(科)母亲走来。(付)做啥?(小旦)新人说这个。(付)这啥?(小旦)那个。(付)那啥?(小旦)娘吓!(唱)

【前腔】男和女,月下有私情,腹内怀胎三月春。谁料那终身,姻缘不是我沈家门。(付白)老爷,勿好哉,新人有债在身。(外)什么债?(付)介末风月债。(外)气死我也!(唱)**闻言来,怒生嗔;绝断人伦,败坏我门庭。**(科)

(小旦科)母亲走来。(付)做啥?(小旦)新人三月怀胎在身,十月满足,产生一子,我家沈氏门楣何在?依女儿之见,连夜送他回去,免得臭名出外。(付)有理,有理。阿哉老爷,快快送他回去才是,免得玷污门楣。(外)家人那里?(末院子上)有。(外)你去叫一乘轿子来。(末)晓得。(末下)(外)待我写起书来。(唱)

【意不尽】上写着永锡事怪,绝伦常、不尴不尬。闺门不禁家遭变,如何重受沈家聘来?堪笑伤风败俗,从今后休上门台,休上门台。

(白)叫他出来上轿。(小旦)新人走出来。(小生上)(唱)

【哭相思】还须要别、别姑姑盈盈泪,多感你保我贞烈事。(末上,家人带轿上,小生上轿,家人带轿下)

【尾】(小旦唱)**劝爹爹休得怒气,**(外白)过来。(末)有。(外)你见了张永锡,这封书付与他,你即便回来。(唱)**从今割断两和谐。**(白)气死我也!(唱)**不幸今朝有颠败。**(下)

---

① 红沙,凶星当值为红沙。

第十九号

正生(张永锡)、正旦(柳氏)、末(院子)、小生(柳遇春)、贴旦(张定金)

(正生、正旦上)(正生)为着婚姻事,(正旦)行事但少停。(正生)娘子,妹子去到沈家,我要准备礼物,去做三朝。(内)沈家轿子到。(正生、正旦)轿子打上。(打【水底鱼】)(末、家人带轿,小生上,小生出轿,下)(末)有书呈上。(正生)吃了茶去。(末)老爷吩咐,即便就回。(末、家人下)(正生)娘子,亲家有书到来,娘子你我来看:"张氏早有婚配,何得重许?乃我沈家门旧族门楣,清白传家,纳女伤风花败,足有三月,怀孕有身。"可恼,可恼!(唱)

【驻马听】[①]**令人怒气,**(正旦白)官人,你见书信,为何动怒来?(正生)娘子你来看。(唱)**字字行行写分明。恨泼贱伤风俗败,清白传家,遭此不幸。**(正旦白)姑娘走出来。(贴旦上)(唱)**中堂何事闹声喧,金莲移步忙来问。**(白)嫂嫂,叫我出来何事?(正旦)你兄长叫你。(贴旦)哥哥,叫妹子出来何事?(正生)你做的好事!(贴旦)妹子没有事情做坏。(正生)有书在此,狗眼拿去看来。(贴旦)不好了!(唱)**冤屈难伸,冤屈难伸,清名玷污,叫天不应。**

(正生)你到那里去?(正旦)官人,他家嫌我妆奁,待我赶到他家理论。(正生)这丑态事情,有何颜面前去理论?(正旦)你不去,待我去。(贴旦)嫂嫂吓!(唱)

【前腔】奴命惟天可表,这场冤屈,难以洗清。(贴旦下)(正旦)咳!(唱)**儒门玷污,清白传家,遭此不幸。仇山怨海不分明,伤风败俗人难忍。**(正生白)我好气吓!(小生上)(唱)**改换衣巾,改换衣巾,书生依旧,步入门庭。**

(白)姐丈、姐姐见礼。(正旦)兄弟回来了。(正生)大舅,你昨夜在那里过夜的?(小生)路遇好友,邀去会谈,所以不回。(正生)原来。(小生)姐姐,福也。(正旦)病人死了,这口气出了。

---

① 此曲牌名单角本缺题,今从推断。

（正生）**你作事多颠倒，前生姻缘一笔勾。**

（小生）**叫人难猜其中意，**（正旦）**莫将此事挂心头。**

（正旦）死得好，死得好。（下）

第二十号

嘉兴府知府前往华府替相府公子花子卿说亲，华太师告知已将其女许与柳遇春。

第二十一号

付（花子卿）、净（宋文彩）、外（宋文彬）、正生（柴冲）、花旦（柴玉娥）、杂（酒保）、小生（柳遇春）、丑（柳兴）

（付上）（念）阿伯在朝为阁老，学生在家抢多娇。若还碰到硬头佬，不是打来总是吊，不是打来总是吊。（白）学生花子卿，阿伯在朝拜相。学生托本府太爷往华府说亲，勿想许拨杭城柳遇春去哉，叫我那哼气得过①？学生在府，心中烦闷。今年嘉兴，大闹龙舟胜会，命花多多张贴招纸，勿知有勿有得回来东哉。花多多那里去哉？咳，家人，走出来。（二家人上）忽听大爷叫，慌忙就来到。大爷，小人叩头。（付）起来。（家人）大爷叫我赖出来，做啥？（付）叫你出来，非为别事。花多多命其张贴招纸，有勿有回来东？（家人）回是回东哉。（付）招纸有勿有贴过？（家人）近个地方贴过哉，远个地方没有贴过。（付）远个地方为啥勿贴？（家人）大爷勿错个，招纸贴东哉，一传二，二传四，四传十，来呢都来哉，勿来人，大爷就是打之轿，牵得马，请帖去请，也是勿来个。（付）格倒是一句话。个末格许多铜钱花费落去者，啥个套故事，报报数看。（家人）报报数看。（付）是个。（家人）大爷喏，九龙治

---

① “学生托本府”至“那哼气得过”，195-3-50 忆写本原无，据剧情增补。

水，流星火炮，泥鳅龙船，八仙龙船，大龙船，小龙船，许许多。（付）好个，好个。必定有好个大姑娘来看龙船勾，望好个抢之一个居来，有啥勿好呢？（家人）好倒好个，没有名望个人勿敢多话，碰着有名有势人，个要吃苦水个。（付）个末叫大师爷、二师爷去。（家人）大爷，请大师爷、二师爷出来。（付）好，请出来。（家人）晓得。大师爷、二师爷有请。（二家人下）（净、外上）（净）天下英雄无人敌，（外）浪荡江湖谁不尊？（同白）大爷见礼。（付）大师爷、二师爷少礼，请坐。（净、外）告坐。叫俺兄弟出来，有何见谕？（付）请大师爷、二师爷出来，为啥事体，喏，今朝大爷花了多少银子，大闹龙船胜会，必定有好格女娘家，抢得居来，恐有人保卫，叫大师爷、二师爷去帮衬帮衬。（外）大爷，嘉兴文武衙门，尽属门下，还怕什么祸事来？（净）俺一足，打得他魂飞魄散。（付）好个好个。家人，带马上来。（净、外）带马来。（二家人带马上，付、净、外上马，打【水底鱼】，付、净、外下，二家人随下）（内）妹子请！（内）哥哥请！（正生、花旦上）（同唱）

【（昆腔）**粉孩儿】长途路凝望去是阛阓，双双的兄和妹奔走江湖。为访英雄家乡抛撇，知何日得会着丈夫？**（正生白）俺柴冲，妹子玉娥，兄妹二人乃是山西人氏，旧族门楣，为家业凋零，因此流落江湖，不惧豪恶，惯打不平之事。闻得杭城柳遇春慷慨仗义，安民济世，名称小孟尝，因此千里特来会他。今乃中秋佳节，已到嘉禾地界。妹子，此人素无睹面，如何认得？（花旦）哥哥，闻得这里有个中秋胜会，十分闹热，那些四方远人，俱来看会，那柳遇春乃是仗义侠士，只恐也在其内。你我看了此会，然后去到杭城，打听访问便了。（正生）妹子此言不差，和你寻一个寓所安歇，看过胜会，然后慢慢访问就是。（花旦）我们趱行，请！（正生）请！（同唱）**景繁华绣如画图，碧湖山越水清波**。

（正生）三山馆。妹子，来此已是三山馆，灼日当中午，且用些酒饭而去。（花旦）这个自然。（正生）酒保。（内）酒保来哉。（杂酒保上）高挂一盏灯，酒店开得兴。客人吃酒那啥？（正生）我们吃酒而来。（杂）请上楼去。（正生）妹子，请上楼上。（花旦）哥哥请。（正生科）妹子请。（花旦）哥哥为何停杯不饮？

（正生）妹子，看目下世情呵！（唱）

【（昆腔）红芍药】**叹浮生连遭折挫，背井离乡跋涉关河**。（花旦唱）**何必恹缠挂胸窝，时乖运蹇守株待兔。有日，风送滕王阁，门阑喜气多。古今多少英雄，待时来声名远播**。

（正生）妹子请。（杂下）（二家人随净、外、付上，下马）（净、外、付唱）

【（昆腔）耍孩儿】**策马扬鞭笑呵呵，花柳场中欢乐，来酌酒配高歌**。

（杂上）来哉，大爷敢是吃酒？（净、外、付）不差。（杂）请上楼去。（净、外、付上楼）（杂下）（付）妙吓！（唱昆腔【耍孩儿】后段）（净、外）呔，什么人，见了大爷端坐不动么？（付）慢点，慢点。大师爷、二师爷吃酒拨其吃勾，我赖慢慢好吃过。阿哉，尊驾。（正生）请了。（付）那里来个？（正生）俺是山西来。（付）阿吓吓，山西来个人，为啥口气格样硬？我倒还要问尊驾，山西来个到此啥格事体？（正生）访朋友而来。（付）咳，格句好听哉。山西人出口难听，又硬又糯。个女娘家啥人？（正生）是俺舍妹。（付）哈哈哈。阿哉尊驾，咗访友阿还是访自家个朋友，还是访咗阿妹大朋友？（花旦）唗，贼子，谁敢乱叫！（正生）招打！（净、外）招打！（付）慢点，慢点，里头打勿来个，要打大街去到。（正生）下楼何妨。（花旦）哥哥，我们下楼去打。（正生）妹子请。（众下楼，脱衣打，正生、花旦败下，净、外追下）（小生、丑上）（吹【会河阳】前段）（正生、花旦、净、外上，打，正生、花旦败下，净、外追下）（小生）上前看过明白。（吹【会河阳】后段）（科）（白）好打是好打。（正生败，下）（丑）阿哉大爷，咗看二个人来里打，有点蹊跷。（小生）柳兴，你我外乡之人，不要管闲事。（丑）你看前面逃，是外路人，后面追是本地人。必定为个大姑娘来里打个，我倒看看有点不平，要去打抱不平。（小生）不要去。（丑）为何？（小生）大丈夫名正言顺，才算好汉。（丑）一定要去个。（丑下）（小生）不免上前，看过明白。（小生下）（正生、花旦、净、外上，打，丑上帮打，净败，外打，丑败，小生上接打，外败）（净、外）什么人，来帮打？（小生）你可晓杭城柳遇春威名？（净）招打。（小生）怕你不成，招打！（净、外败）（付）慢点，天黑哉，要打明日再打。（小生）饶你去罢。（净、外）有日嘉禾道上，会俺宋文彩、宋文彬公。(二家人随付、净、外下)(正生)请问恩公，可是柳遇春大爷么？(小生)正是。(正生)久闻英名，今日一见，果然慷慨仗义，实是难得。(小生)好说。(花旦)感蒙相救。(小生)请问仁兄那里人氏？高姓大名？为何在此厮打？(正生)不瞒恩公说，俺柴冲，妹子玉娥，山西人氏，乃是旧族门楣。为访恩公到此，来到三山馆饮酒，遇这恶贼呵！(吹【越恁好】前段)(白)与这贼子厮打，兄妹若非恩公解劝，妹子岂非被他玷污？足见恩公除强灭暴。(唱)

【(昆腔)**越恁好**】**一场呕气满胸膛，异地他乡孤**。**恨悠悠此际如何，气冲冲何处烈规模？**

(小生)不免往华府安顿便了。(正生)请。(吹【尾】)(下)

第二十二号

正旦(华素贞)、小旦(沈月姑)、贴旦(张定金)、付(裴碧桃)、

老旦(华夫人)、花旦(柴玉娥)

(正旦、小旦、贴旦、付上)(唱昆腔【剔银灯】前段)(正旦、贴旦、付白)妹子/姐姐，柳郎到你家怎样行事？(小旦)柳郎到我家行事呵！(唱昆腔【剔银灯】后段)(老旦、花旦上)(同唱)

【(昆腔)**剔银灯**】**令人见娇容喜洋洋，携手的转过回廊**。(花旦唱)**进花厅榭我惆怅，含羞耻我是个江湖行妆**。(正旦、小旦、贴旦、付白)母亲，女儿万福。(老旦)小姐过来，见了小女。(花旦)列位小姐在上，难女有礼。(众)这大姐那里来的？(老旦)女儿有所未知，柳家贤婿回来，说他兄妹二人呵！(唱)**英壮，兄妹双双，不期穷途乏路遇强梁**。

(众)什么强梁？(老旦)就是花子卿，在街坊横行，与他兄妹二人厮打，是柳贤婿解劝回来。(花旦)列位小姐有所未知，我兄妹二人，乃是山西人氏，为访英雄到此，在三山馆饮酒，与花贼两下厮打，多蒙恩公相救回来。(唱昆腔

【剔银灯】一至二句）（老旦白）不瞒小姐说，这是小女华素贞，这是裴碧桃、沈月姑、张定金，虽然异姓，胜如同胞，都拜在老身膝下。（花旦）难女有言，难好启齿。（老旦）不知小姐有何见谕？（花旦）我兄妹二人，虽是流落江湖，也是宦室门楣，为访英雄，多蒙柳解元提携，又拜老夫人见爱，愿拜在膝下，侍奉晨昏，未知肯容否？（众）母亲心意如何？（老旦）老身有何德何能？（众）多谢母亲。（花旦）如此母亲请上，待女儿一拜。（老旦）不敢。（花旦唱）

【前腔】恕我年轻女异地他乡，感不弃膝前侍奉高堂。（白）列位姐姐请上，受妹子一拜。（众）也有一拜。（同唱）**多欢畅，胜同胞一腔，朝夕里抡枪舞剑会文章**。

【（昆腔）**尾】**（老旦唱）**感相像**[①]**如珍掌，儿吓！看他丰姿模样**。（正旦、小旦、贴旦、付、花旦白）好一个柳解元也！（唱）**愿信步步瀛洲，蟾宫丹桂攀**[②]。（下）

第二十三号

净、外（龙船手），小生、正生（看船客），花旦（小桃），正旦（华素贞），

小旦（沈月姑），贴旦（张定金），付（花子卿），净（宋文彩），外（宋文彬），

小生（柳遇春），丑（柳兴）

（净、外等龙船手划龙船上）（内）请。（小生、正生等看船客上）（吹）（白）妙吓，好龙船也！（吹）（看龙舟会下）

（花旦上）（吹【泣颜回】一至二句）（白）列位小姐随我来。（正旦、小旦、贴旦上）小桃到那里去？（花旦）列位小姐，那边八仙桥，有一灯篷，搭在高阜，我们上去，正可看水面龙船、岸上烟火。（正旦、小旦、贴旦）人多挨挤，不要去才是。（花旦）不妨，有小桃在此。（唱）

【（昆腔）**泣颜回】另施计巍巍，管叫他人儿轻送**。（众白）妙吓！（唱）**观不尽那灯篷，八仙桥上人簇拥。何处闹声闻，凝望龙船投南东**。（正旦、小旦、贴旦、花旦下）

---

① 相像，单角本作“乡匕”，暂校改如此。

② “攀”字单角本脱，据文义补。

（付、净、外与二家人两面上）（净、外）你们可见柳遇春？（二家人）在那边。（付）走！（二家人、付、净、外下）（内）柳兴，随我来。（丑、小生上）（吹【越恁好】）（丑白）大爷，花贼到来，那格哉？（小生）我若惧他，今夜也不出来了。（丑）花贼来了。（小生）赶上前去。（吹）（小生、丑下）（二家人、净、外与小生、丑两面上）（小生）招打！（小生、丑与净、外打，二家人、净、外败下，小生、丑追下）（正旦、小旦、贴旦、花旦上）（吹）（内喊）（正旦、小旦、贴旦）小桃前去看来。（花旦）列位小姐，待小桃前去看来。（花旦下，又上）（吹）（白）列位小姐不好了！（正旦、小旦、贴旦）为何？（花旦）姑爷在那里厮打。（正旦、小旦、贴旦）吓，你我同去。（吹）（正旦、小旦、贴旦、花旦下）（小生、丑与二家人、净、外打上，丑跌落水，花旦上救）（花旦）姑爷。（正旦、小旦、贴旦上）（花旦）小姐。（小生背丑下，正旦、小旦、贴旦、花旦掩护下，二家人、净、外下）（付与二家人、净、外两面上）（付）大师爷、二师爷，柳遇春那格哉？（外）大爷不见我兄弟二人本领，人多挨挤，黑夜之中，被柳遇春逃脱了。（净）大爷且是放心，明日在西门外八仙桥，高摆擂台一座，号为月老台，上面高写着："棒打杭城柳遇春，脚踹嘉禾华素贞。"（外）双拳要做硬媒人。（付）好个，明日子摆擂台去。（下）

第二十四号

付（花子卿）、净（宋文彩）、外（宋文彬）、正生（柴冲）、小生（柳遇春）、丑（柳兴）、花旦（小桃）、正旦（华素贞）、小旦（沈月姑）、贴旦（张定金）

（二家人、付、净、外上）（付、净、外唱）

【佚名】精神抖擞果雄骁，擂台为月老。（付白）大师爷、二师爷，今朝打擂，一定要齐心努力。（外）大爷放心，俺兄弟二人呵！（唱）**凭着俺人强力壮，这一拳打得他无头无脑**。（同唱）**雄赳赳赛过天神，气昂昂人中英豪，人中英豪**。（二家人、付、净、外下）

（正生上）幸遇英雄有心，感蒙大义垂怜。男儿铭刻在胸填，衔草结环计心愿。(白)俺柴冲,为访柳遇春,在嘉禾道上观看龙船,路遇花贼,他带了一众豪奴,打个还风阵①。书童柳兴失手落水,幸得不曾伤命,被小桃救回,为此寻了金童药,与他吃下即愈。街坊上又听说,八仙桥高搭擂台一座,要打柳遇春。俺闻此言,为此急急回来,报知正事。奸徒纵横行乡党,无异乱胡为。来此已是,柳恩公!(小生扶丑上)(小生)年轻无力敌,失手命难存。柴兄,你回来了。(正生)金童草药,备好拿进去,用香定时,用酒煎就,吃下就会好的。(小生)小桃那里?(花旦上)姑爷,叫我出来何事?(小生)柴兄有金童草药,拿去用酒煎好,焚香而吃,吃下就痊愈。(花旦)晓得。(花旦扶丑下)(正生)恩公,可知一事否?(小生)弟不知。(正生)那花贼,中秋夜不能仗打还风,反受伤而去。那棒打恶势的宋文彩、宋文彬,他兄弟二人在八仙桥高搭擂台一座,名唤月老台,两旁对联挂着,上写"棒打杭城柳遇春,脚踹嘉禾华素贞"。(小生)有这等事来?可恼,可恼!(唱【刘泼帽】)(小生、正生下)(花旦扶丑上)(花旦)小心煮汤药,陪侍有情人。柳兴哥,有、有药在此了。(丑)啥药?(花旦)这是金童草药,用酒煎好,焚香定时,吃下遍身管一身体汗,即便痊愈了。(小生、正生上)转过回廊下,来此是书斋。(同白)小桃在此做什么?(花旦)啐!(小生、正生)药可吃下?(花旦)与他吃下药,即是痊愈了。(小生)柳兴,病体可好些?(丑)个药吃下就好哉。(花旦)姑爷,小桃早早听见了。(小生)听见什么?(花旦)那老贼在华府求亲,宋文彩、宋文彬做子硬媒,在八仙桥摆擂台,台上两旁对联写着:"棒打杭城柳遇春,脚踹嘉禾华素贞。"(丑)大爷,打擂去罢哉。(小生、花旦)你不要去。(小生)小桃,你不要报与列位小姐知道。(花旦)晓得。(小生)柴兄,你我擂台一走。(唱)(小生、正生下)(丑)大爷,我赶上来也。(丑下)(花旦)姑爷打擂去,叫我不要去报与小姐知道,我如今偏要去报与小姐知道,大家去闹热。(花旦下)(正旦、小旦、贴旦、花旦上)(同唱)

---

① 还风阵,谓打架后报复。详见《四元庄》第十一号"前来打还风阵了"注。

【佚名】步挤挤街坊拥道，俏伶伶、乔妆女豪。一任他盖世英雄，遇着俺一命难逃。（正旦白）小桃往那里去？（花旦）我打擂去。（正旦）去不得。（花旦）我不要你管。（花旦下）（正旦）趱上。（正旦、小旦、贴旦下）（小生、正生上）（同唱）**过长街陌路悄悄，八仙桥亭何处路遥，呀！乍见女英豪**。（小生、正生下）（小生、正生上，丑追上）大爷。（小生）何事？（丑）列位小姐与小桃往擂台而去。（小生、正生）擂台一走。（同唱）**紧紧随着，有差池被人耻笑，月老台会多娇。心还耽烦恼，纷然进圈套。不由人心意煎熬，上前去紧紧护保，紧紧护保**。（小生、正生、丑下）（二家人随付、净、外上）（付、净、外唱）**功高，上擂台俺为月老**。

（付上高台）（外科）呔，台下人听着，俺宋文彬，为少爷姻事，设下月老台，独打杭城柳遇春，相识在擂台，上来相会。（正旦上）（外）你是柳遇春相识？（正旦）柳遇春好友。（外）招打。（正旦败下）（小旦上）（外）报名。（小旦）柳遇春好友。（外）招打。（小旦败下）（贴旦上）（外）报名。（贴旦）柳遇春好友。（外）招打。（贴旦败下）（花旦上）好高擂台，呾我裤带系得紧上去。（外）喂，一打两打，打出一个小囡来了。（花旦）呾个盗生，亲娘勿认得个？（外）招打。（花旦）招打。（花旦败下）（丑上，与外打，净接打，外再接打，丑下，正生上接打，正生败下）（小生上）俺来除你性命。（外）吓，柳遇春，可写下生死文契？（小生）好，写来。（写完开打，外死下，二家人、付逃下）（小生打）宋文彩，可认得俺柳遇春么？（净败）（小生）饶你去罢。（净逃下）（小生）柳兴。（丑）有。（小生）你将擂台拆了。（小生下）（丑）嘿嘿嘿哈哈哈，只得介点武艺，好摆擂哉？有我柳兴格点武艺，好摆摆看。嗄一个被我大爷扑格一拳拷杀哉，一个亏得会逃，勿会逃，也打死哉。我大爷话过，拆其还，让我拆其还。喏，还有牌子，号为月老倷娘个台，两根擂台柱倒好背得烧茶去。（下）

第二十五号

付(花子卿)、净(宋文彩)、正生(柴冲)、小生(柳遇春)、丑(柳兴)

(付、净上)(付)打坏哉，打坏哉！碰到介长一个个乱鬼，拨我人抓带牢，打得乌天黑地，也勿知坐南朝北。(净)大爷，打是打不来的。(付)打末那里打勿来？呃阿弟被打死，呃好去哉。(净)大爷，俺兄弟打死倒也罢了，还有一计在此。(付)还有个啥计？(净)大爷，写之请帖，请柳遇春到来饮酒，将他一刀。(付)将我大爷杀还哉。(净)将柳遇春杀死，你道如何？(付)好个，好个。写得请帖，请其到来饮酒。(付、净下)(正生上)恼恨狂徒辈，(小生上)恃势将人欺。(正生)蜥蜴敢称威势，螳螂妄作车臂。(小生)请坐。(正生)恩公，那花贼摆擂，若不是兄赶上擂台，打死宋文彬，这场祸事如何了局？(家人上)奉了大爷命，特地到此来。门上那一位在？(丑上)外面那一个？(家人)还劳通报，花公子家人要见。(丑)站着。启大爷，外面花公子家人要见大爷。(小生)难道有第二个月老台不成？(正生)倒也难定。(家人)柳大爷在上，小的叩头。我家公子有请帖呈上。(正生)打擂会去。(丑)赴宴不去。(小生)且慢，我不去，只道怕他不成？原帖发转，大爷即刻就到。(正生)此去赴宴，小心。(小生)这个自然。

(正生)**单刀匹马要小心，**(小生)**珍珠会上有暗谋。**

(正生)**明知香饵江边钓，**(小生)**那知鱼儿不上钩？**

(正生)须要小心。(下)

第二十六号

付(花子卿)、净(宋文彩)、小生(柳遇春)、正生(柴冲)

(付上)只恼柳遇春，怀恨在心头。(净)暗中生妙计，鱼儿必上钩。大爷，宋文彩打躬。(付)大师爷少礼。(净)谢大爷。(付)坐之落来。(净)谢大爷，告坐。(付)阿哉大师爷，柳遇春贼娘贼如勿过来，那格好？(净)大爷且是放心，他如不来，俺自有计谋布摆。（付）你怎样布摆？（净）他如若不来，待等夜半三更，赶到他家，将柳遇春拿来，一刀分为两段。（付）这一计好的。（家人上）报，启公子，柳解元到。（付）大师爷回避。（净下）（小生上）（白）英雄何惧，小机关谁人识取？（付）柳解元。（小生）花兄。（付）请进，请坐。（小生）请坐。（付）不知柳解元到来，少失远迎，多有得罪。（小生）岂敢。（付）内书房有请。（小生）请。回廊胜曲遥，（付）来到内书厅。（圆场）（付）弟备得有酒，与兄畅饮。（小生）兄，弟不吃酒的。（付）我与你兄弟相待，你是天官之子，弟是宰相门庭，要与你吃个通宵。来，看酒上来。（小生）兄大杯饮了，弟小杯奉陪。（付）那格话，我大杯饮了，兄小杯奉陪？（小生）兄吓，有酒必有胆。（付）好个，好个。（小生）兄吓！（唱）

【（昆腔）**朝元歌**】[①]**庸才草茅，感承蒙相招**。（白）小弟呵！（唱昆腔【朝元歌】三至四句）（白）兄，为何不干？（付）二师爷话过哉。（小生）弟与兄情投知己，还宋文彩怎的？（付）我吃，我吃。（小生唱）**机关露了，一味的花言语巧**。（白）兄饮酒吓。（付）弟酒有了。（小生）弟告别。（付）且慢，兄为何去之太速？（小生）只恐华府家人府前等候。（付）再宽饮几杯。阿吓，酒醉了，酒醉了。（小生）兄，请安睡罢。（一更）（唱）**一任明月上花梢，又听铜壶初更报**。（二更）（小生躲床边）（三更）（净上，刀杀付）（小生）宋文彩，你用的好计也！（唱）**暗机关绸缪，天理循环报。强徒自分身，你便将计来谋吞，将计来谋吞**。

（净）来人吓，柳遇春杀人了！（小生）呔，宋文彩，你自杀家主，反陷害我不成！（家人上）拿去送官。（小生科）吓，呀！（净、家人带小生下）（正生上）（吹打）（白）我恩公，被花贼请进府去，不想被他留住。本要连夜前来接他，那华老伯说就有奸刁之计，不想连夜惹出大祸，俺到县前打听便了。（吹）（下）

---

① 此曲牌名据195-3-50忆写本题写，本曲曲文由多个小生本汇总而成，其中“蒙相招”原作“拂拓”，“初更报”原作“排初更”，“暗机关”至“循环报”原作“绸缪绸缪暗机关，天理有情还”，今作改动。

第二十七号

末(金淋)、小生(柳遇春)、丑(花府家人)、老旦(徐氏)

(【大开门】)(四手下、末上)(唱)

【点绛唇】**府威号帐,律法森严,奉君王。相府门楣,执法不饶放**。

(诗)坐镇大堂威凛严,志气豪强报君王。两班都是相侯府,律法无情定案件。(白)下官金淋,蒙圣恩职受嘉兴府知府。只为宰相公子,被人杀死,凶手乃是杭城柳遇春,如今凶手已拿。来,将一干人犯带进。(手下)人犯带进。(小生、丑上)(末)犯人听点。(众)听点。(末)原告。(丑)花府家人代审,有书呈上。(末)凶手柳遇春。(小生)春元。(手下)有锁。(末)去锁。(手下)去锁。(末)人犯下去,相府家人留下站着。(小生下)(末)相府家人,你家公子被柳遇春怎样杀死?(丑)启大老爷,我家公子请他书房饮酒,见宝起谋,故而将我家公子杀死是实。(末)下去。(丑)谢大爷。(丑下)(末)来,传柳遇春。(手下)大老爷传柳遇春。(小生上)大老爷,念春元……(末)杀人凶手,称什么春元?来。(手下)有。(末)去头巾跪着,好好招上,免受刑罚。(小生)大人容禀。(唱)

【尾犯序】**儒业宦门墙,为探亲中秋月朗**。**奸徒无忌,横行乡党**。(末白)探亲之时,为何在他书房饮酒?(小生)大老爷,那华府有一女,遇春早已定婚,那花子卿差知府作伐,不允婚姻。他在八仙桥搭起擂台,纠集凶徒宋文彩、宋文彬,独打春元,春元与他写过生死文券。(唱)**气昂,是不合文彬命伤,暗中谋侑酒书房**。(末白)既然有酒相邀,不该将公子杀死。(小生)大老爷,这是他们设计牢笼,不想奸徒睡在书房,那宋文彩呵!(唱)**将凶器,悄然劫杀,误伤是花郎**。

(末)柳遇春,柳遇春!(唱)

【前腔】**猖狂太不良,罪重重犯了王章**。**倚恃春元,胡为乱讲**。(小生白)大老爷,那花子卿设立擂台,独打春元,仇敌非浅,何故邀酒书房,岂非暗计?(末)住口,还要这等强口!将他拿下去,捆打四十。(手下绑小生下)(末唱)**休强梁,**

又何须胡言荒唐，还敢来利口浪浪。（白）不招呵！（唱）**不须辩，刑台秦镜，前到台望乡**。

（白）招不招？（手下）不招。（末）将他夹起来，收。（手下）收。（末）再收。（手下）再收。（末）收满。（手下）收满，收满也不招。（末）招也死，不招也死，收了夹棒。（手下绑小生上）（小生）大老爷！（唱）

【前腔】三魂渺茫茫，欺辱春元，将人误伤。**宁干一死，决不招上**。（末白）你这逆贼，不招也是死。来，将柳遇春上了刑具，拿去收监。（小生唱）**恨他行，有酒向书房，恶贼诬陷诓**[①]。

（手下绑小生下）（内）叫冤吓。（手下）何人叫冤？（内）柳天官夫人叫冤。（老旦上）冤屈无门诉，无故害良民。老大人。（末）老妇人有何冤屈？（老旦）阿吓，大人吓！我儿身犯何罪，在此严刑拷问？（末）你儿在八仙桥打擂，打死宋文彬，后杀花子卿。（老旦）阿吓，大人吓！八仙桥乃是朝廷要路，擅敢设擂台，独打我孩儿。擂台之上，况有生死文券，大人不查出真情，我进京投告御状，与你辨个玉石。（末）来，将这妇人赶出去。封门。（四手下、末下）（老旦）阿吓，儿吓！府院横目无人，苦杀你了！（唱）

【前腔】无故来屈问，横目无人，严刑酷拷。**殴辱春元，无故受害**。呀！**严刑拷，速进京都，上台登闻告**。（下）

第二十八号

嘉兴府知府命人前往刑部送达处决柳遇春的呈文。

第二十九号

本出未详。或写花相闻知其子被杀，写书命嘉兴府知府为儿报仇。

---

① 诓，单角本作“我”，失韵，暂校改如此。

第三十号

正旦、花旦(宫女),贴旦(马娇容)

(正旦、花旦宫女,贴旦上)(吹)(诗)龙楼凤阁九重天,皇亲国戚近龙颜。日进宫帏长侍奉,蒙恩宠幸乐无边。(白)哀家马氏娇容,只因爹爹亡故,无钱殡殓,卖身葬父。多蒙柳恩公赠银子二百,无恩可报,只得朝夕焚香一炷,朝朝日日,焚香礼拜。侍女们。(众)有。(贴旦)转过报恩宫。(圆场)(贴旦)吓,柳恩公,柳恩公!(唱昆腔【玉抱肚】前段)(白)但愿你路中得福,鹏程上达,衣锦荣归。(唱昆腔【玉抱肚】后段)(白)侍女们,摆驾回宫。(下)

第三十一号

小旦(沈月姑)、付(沈夫人)、外(沈员外)、末(郎中)

(内)母亲,女儿到外面坐坐。(付扶小旦上)(小旦唱)

【佚名】忆昔郎君,闹到公庭,闷胸膛怒发雷霆,唬得我战战兢兢。(白)母亲,爹爹到那里去了?(付)儿吓,请郎中去了。(小旦)娘吓!(唱)**儿命遭迍,不能够勤劳恩身,待来生甘旨晨昏**。(付扶小旦下)

(外、末上)(外)采药卢医入岫,(末)求得良药来医。(外)妈妈,先生来了。(付扶小旦上)(小旦唱)

【前腔】中秋祸临,难禁难身,受尽了风霜雷霆,怎奈我身怀有孕。(外白)儿吓,准过了脉,方知你的病缘。(末)可是令爱?(外)小女。(末)恭喜员外。(外)先生,女儿病到这般光景,有什么喜?(末)员外怎的不知?(外)你来问我?(末)令爱有孕在身,岂不是喜?(外)咳!(唱)**出言胡诨,骂你这老迈无知,告官衙与你评论**。

(白)你这老杀才,我女儿未配人家,怎说出没天理话来?(末)员外,令爱确有三月身孕。(外)你这老杀才,含血喷人,将我女儿玷污么?(末)员外息

怒，敢是令爱在外面有了人家？（外）我把你这老拔毛，女儿不出闺门，如此诬陷么？（唱）

【佚名】你出言不逊，玷污贞烈女，年迈不思忖。（末白）即当告退。（末下）（外）你这贱婢，干得好事！（打）（小旦）母亲，爹爹为何打起女儿来了？（外）贱人，你逃到那里！（小旦）阿吓，不好了！（付、小旦下，外追下）（付扶小旦上，关门）（付）我儿快躲起来。（小旦）晓得。（小旦下）（外上）老不贤，你不开，我就打进来了。（唱）**怒气生嗔，恼恨这泼贱无知，香闺来玷污，败坏我门庭**。

（白）我怕你不开门。咳，苍天吓苍天！我沈家遭此不幸，我去拿绳索来，总要取他一死。（下）

第三十二号

小旦（沈月姑）、付（沈夫人）、外（沈员外）

（小旦暗上）阿吓，母亲吓！（付上）儿吓，你把事情说与为娘知道。（小旦）咳！噫吓，母亲吓！（唱）

【佚名】是那日迎亲到厅前，谁知道乔妆假扮，柳遇春定心，是钱塘父做冢宰。（白）母亲，是那日亲兄有病，新人过门冲喜。谁想柳郎假扮新人，母亲叫女儿送到房中的呵！（唱）**谁知道乔妆假扮，泪盈洒、奴的牡丹开**。**非是儿玷污了终身，非是儿伤风俗败，伤风俗败**。

（付）儿吓，为娘害苦你了！（小旦）母亲，女儿一死，何足惜哉。只是爹娘年迈半百，膝下无人侍奉，叫女儿难道这个？（科）（付）且慢，待为娘放你逃走罢哉。（小旦）母亲，爹爹不见了女儿，必定与母亲饶舌争闹，如何吵闹得过？（付）勿要话哉，快往华家庄躲避便了。（小旦）黑夜之间，叫女儿如何行走？（付）阿吓，儿吓！我也顾勿得哉！（小旦）母亲在上，受女儿一拜。（唱）

【小桃红】[1]**恕儿不肖，恕儿不肖，晨昏停也**[2]。**都只为命中遭磨折，鞋弓袜小步难挨。月色朦胧天昏霭，儿命苦，好悲哀，未知华府门庭投南投北，投南投北。**(白)吓，母亲吓！(小旦下)(外上)(唱)**怒气胸中怎耐，黑夜里难分解，命中苦谁来瞅睬？**

(白)小贱走来，小贱走来！老贱走来，小贱到那里去了？(付)咳，我儿走远了。(外唱)

【尾】你识诗书多来采，明日里难非灾。

(白)吩咐家人，连夜到华家庄，叫这小贱回来，我要取他一死。(下)

第三十三号

沈月姑出逃，路遇人贩子被拐。

第三十四号

老旦(赛多娇)、净(人贩子)、小旦(沈月姑)、付(赛多娇女)

(老旦上)(唱)

【水底鱼】妓院彩头，四方名驰骤。迎新送旧，倚门开笑口。

(白)老身，乃是兰花院一个有名的鸨儿，赛多娇便是。我院中缺美貌佳人，喜得凑巧，昨日来了一个姓辛的，他有一个妹子，情愿卖身院中，身价银不多，只要五十两。身契未出，银子未兑，为此今日打了一乘小轿，前去迎接，怎的不见到来。(净、家人带轿，小旦上)(净)妈妈，人来了。(老旦)人倒生得好。(小旦)呀，这是那里了？(老旦)且慢。你兄妹二人，可讲几句话，分别而去。(净)无须多讲，拿钱便是。(小旦)听你说来，你难道将我卖了不

---

① 此曲牌名单角本缺题，今从推断。

② 停，单角本作“定”，停、定方言仅声调有别，据改。晨昏，“晨昏定省”的略语，指子女朝夕服侍慰问双亲。“晨昏停”即不能够侍奉左右。

成？（老旦）咳，兄妹二人，难道不讲明白的么？（小旦）什么兄妹，他将我哄骗来的。（老旦）吓，怎么，拐骗来的？吊起来打。（净）阿吓，妈妈饶命！（老旦）你这女子，那里人氏？为何被他拐骗？对我说过明白，好送你回去。（小旦）妈妈容禀。（唱）

【小桃红】凄凉难诉，凄凉难诉，受尽多磨，事不合遭遇奸徒也。拐骗我，身倾入在泥垢。我本是儒门女，绣阁姑，阿吓，爹娘吓！**你那里心思念，长悲苦，朝夕里常怀痛也。那知儿悲泣穷途受奔波？我本是冰清女无瑕玉，这腌臜叫我此际奈若何，叫我此际奈若何？**

【下山虎】（老旦唱）**衷情听诉，实言告我。懊恨心不正，拐骗娇娥。**（白）好吓，你这个狗肏的，哄了良家女子，来骗我的银子。（唱）**你看他愁山冤海，啼痕泪多，设计巧谋拐得他，彻敢来骗我。**

（净）妈妈饶命！（老旦）你这狗肏的，打也打不得许多。放下来，捆绑了拿去送官。（净）妈妈饶了我，感你三生造化。（老旦）造化你这狗肏的。（家人带净下）（小旦）妈妈，送我到华家庄，自当重谢与你。（老旦）呸，小娘子，在我这里，叫做兰花院，院中来的都是王孙公子、富豪财主，你莫若在此倚门献笑，迎新送旧。（小旦）放屁！（老旦）呸，反说我放屁，你不可讨没趣。（小旦）住口。你这老贼，我乃冰清之体，不要看差了么老贼！（唱）

【蛮牌令】惹动心头怒，骂你老虔婆。双眼却无珠，一味口糊模。（老旦白）咳，怎开口就骂了？（小旦打科）你这老贼，好好送我到华家庄，万事罢论，如若不然，叫你性命难保。（老旦）呸，女儿快来。（付上）妈妈何事？（老旦）女儿，可恨这小贱呵！（唱）**妄胡为，不听我。败了家规，叫我虔婆。**

（小旦）吓，若能送我到华家庄，自当重谢与你。（唱）

【江头送别】恕无知，恕无知，堪怜似我。谢伊家，谢伊家，形只影孤。我酬谢，按不住泪雨婆娑，泪雨婆娑。

（老旦）小娘子，但是我这里是苏州，华家庄不知在于何处。你莫若在此，待我慢慢访着了华家庄，送你去就是了。（唱）

【尾】一场呕气手足挫，小裙钗心粗胆大。（小旦白）柳郎吓！（唱）**我为你难分清浊罩网罗，难分清浊罩网罗。**（下）

第三十五号

昆腔场次。在太湖营寨，李标向仇济美禀报柳遇春落难事，仇济美着即前往营救。

第三十六号

老旦（徐氏）、正生（柴冲）、付（禁子）、小生（柳遇春）、净（仇济美）、外（李标）、末（金淋）、丑（刽子手）、付（裴协镇）

（老旦上）阿吓，儿吓！（唱）

【点绛唇】途路迢遥，途路迢遥，思儿泪抛，恨贪饕。严刑酷拷，把无辜的受煎熬。

（白）老身徐氏，只为孩儿探亲秀水县，嘉兴观看龙舟，被花贼诬陷人命，反推在孩儿身上，那府院又与孩儿作对，将罪名顷入十恶。为此老身不顾年迈残喘，修书一封，星夜进京，投告御状，与孩儿伸冤便了。儿吓！（唱）

【步步娇】餐风宿水昼夜劳，戴月披星绕。此身何惮劳，泣奏丹墀，哭诉金阶道。只角明论道[①]**，钱塘天日何有照，天日何有照？**（老旦下）

（正生上）貔貅重重紧，囹圄叠叠行。禁子大哥！（付上）啥人家？（正生）柳遇春下在你监中？（付）是落得我监头个，问其做啥？（正生）俺来探望柳遇春的，我有银子二十两，望大哥方便。（付）探望拨呃探望，银子且不可说起，被大老爷知道，吃罪勿起。（正生）俺不说就是。（付）走进。（正生）有劳大哥。柳恩公在那里？（付）慢点，不要高声，待我叫他出来。柳遇春走出来。

---

① 此句单角本如此，费解。

(付下)(小生上)那个望我?(正生)阿吓,恩公吓!(唱)

【折桂令】可怜你青春年少,被枷带锁,十恶滔滔。(小生白)阿吓,柴兄吓!(唱)**此际时两地瓜葛,觌面伤心,悲苦怎料?**(白)阿吓,兄吓!那列位小姐还是同归一处,还是各归家里?(正生)恩公不要说起,列位小姐一处日夜悲哭。(唱)**夜三更声声悲泪,昼夜里长闷绣阁**。(小生白)阿吓,小姐吓!(唱)**累及你泪落多少,哭不出凄凉悲调。血泪鲛绡,血泪鲛绡,我是个薄幸男儿,耽误你青春年少,青春年少**。

(走板)(净、外上)(净唱)

【江儿水】大步行来快,忙步进城壕。投南过北街坊道,凝望公门天水桥,齐挨挨人喧闹。(白)里面禁子大哥可有?(付上)是那一个?(净)柳遇春可在你监中?(付)原在我监里,问其做啥?(净)俺来探望,有银子二十两,还劳开监门。(付)呵,就是介是哉,请进。(付下)(净)柳贤弟在那里?咳,柳贤弟!(唱)**乍见了肝肠寸断,肝肠寸断**。

(正生)柳兄,此位是谁?(小生)仁兄有些面熟。(净)柳贤弟,闻得你在八仙桥打死宋文彬,后杀花子卿,下在监中,因此到来呵!(唱)

【雁儿落】俺是个捉鱼人空中钓,俺本是、救命内长杆绕。只俺这打虎星里寻穴巢,俺是个架海擒龙脑。呀!泼天罪我肩挑,刮地风烟尘扫。卷云来收雾,偷天挖月巧。计高,三日后锋芒歧路;监牢,救英雄到水滔,救英雄到水滔。

(小生)兄可是太湖豪杰仇英雄?(净)正是。此位是谁?(小生)义结盟友,姓柴名冲。(净)失敬了。(小生)柴兄,见了仇兄。(正生)既是太湖豪杰,恩公有难,怎不来解救?(小生)阿吓,兄吓!这里动不得的吓!(唱)

【侥侥令】城门遭失火,池鱼受灾殃。亡猿楚国民遭变,祸延林木梢①,祸延林木梢。

(付上)查监了,请出去。(小生)阿吓!(付开门,付、小生下,正生、净出监门)(正

---

① 此处语本《淮南子・说山》:“楚王亡其猿,而林木为之残。”

生)太湖豪杰,三更时候,何不劫……(净闷住)(正生、净、外下)(旗牌上送刑部公文,击鼓,四手下、末上,接公文,旗牌下)(末)请裴协镇到来,保护法场,快去。来,传刽子手。(丑刽子手上)太爷,小人叩头。(末)起来。提柳遇春到来。(丑下)(手下上)裴老爷到。(末)请相见。(手下)裴将军有请。(付上)大人请上,卑职参。(末)裴将军免礼,请坐。(丑带小生上)(末)将他捆绑起来。(丑捆绑,插斩牌,带小生下。付上马,下,末下)(正生上)(唱)

【收江南】呀!今夜里救出牢笼呵,天昏暗、月不皎。只吾这只手无措没头脑,顷刻里云阳去市曹。形消影消,形消影消,霎时间连天星火心胆摇,连天星火心胆摇。(正生下)

(正生、净两面上)(净)柴英雄,为何不去相救?(正生)太湖英雄,你叫我相救,家伙没有,怎生救得?(净)俺有双剑,大胆相救。(正生、净下)(四手下、丑绑小生上)(小生唱)

【沽美酒】去云阳赴餐刀,去云阳赴餐刀,不白冤情前生造,只将这犯由牌插朱票。(末、付上)(小生唱)**催命鼓咚咚打敲,绝命锣琅琅手操。灯球的四围高照,受屈的绑赴市曹,这身首两处分抛。俺呵!孤魂的飘渺路杳,向森罗哀告。呀!苦只苦淑女窈窕,淑女窈窕。**

(正生、净、外暗上)(手下)时辰已到。(末)时辰已到,将柳遇春开刀。(正生、净杀丑,外背小生下,正生、净下,四手下、付追下,末逃下)(外背小生,随正生上)(小生)来此什么地方?(正生)来此东门,城门紧闭。(净上)柳贤弟。(小生)大哥,你来了。后面可有官兵追赶?(内)大盗出东门去了。(净)官兵来了,躲过一边。(外背小生下)(四手下、付上,冲阵,正生、净下,四手下、付追下)(四手下、付上)(唱)

【尾】法场上有大盗,急急向辕门传报。(手下白)启爷,乡庄路窄,人马难行。(付)咳,柳遇春,柳遇春!(唱)**难逃天罗地网罩。**(下)

第三十七号

外(李标)、小生(柳遇春)、付(刁龙)、丑(刁虎)、正生(柴冲)、净(仇济美)

(外背小生上)(外唱)

【水底鱼】残月朦胧,雾罩不知容。(白)我李标,奉大王之命,叫我背了柳大爷,往香水亭等候。大王在后面挡住官兵,等他到来,一同下船。且往香水亭等候便了。(唱)**香水亭下,等候大交锋**。

(小生)口中焦渴,那里有茶,取杯来解解渴。(外)大爷,夜半三更,这凉亭之上,那里来的茶吃?(小生)就是水。(外)怎么,就是水?大爷不要走远,待我取了来。(外下)(付、丑摇船上)(付)阿弟,你看来到香水亭下,有勿有客商,进去看看来。(小生)茶有么?(付)茶么,有是船中有,到船中去罢。(小生)脚儿疼痛,不会行走了。(丑背)(小生)有劳你了。(付、丑、小生下)(外上)(唱)

【前腔】迷漫云横,道路难寻踪。**香茗一盏**,(白)柳大爷,阿吓!(唱)**因甚声不洪?**

(白)柳大爷,柳大爷,到那里去了?吓,是了,莫非被官兵返着,擒转去了?我们在前,官兵在后,若说官兵,岂无呐喊之声?一路望来,静悄悄的。吓,是了,这个人一定是隐迹藏踪,这黑夜之中,难以行走,这个人到那里去了?(内声)(外)有人马来了,待我躲过去一边。(正生、净上)(净)李标那里?(外)头目在。(净)柳贤弟呢?(外)大王,不好了,背了柳大爷此地等候,不想他口中焦渴,我到船上取茶转来,柳大爷不见了。(正生)被官兵夺转去了。(净)官兵有俺挡住。(正生)我也明白了。(净)明白什么来?(正生)一定回转华家庄去了。(净)既如此,就此告别。(正生)就此告别。(唱)

【前腔】急步匆匆,庄上问原因。**察听明白,然后又相逢**。(正生下)

(净)回转太湖。(唱)

【尾】机关莫露西风送,从此架海擎天栋。柳贤弟吓!**个个丧胆尽惊恐**。(下)

第三十八号

正生(柴冲)、花旦(柴玉娥)、正旦(华素贞)、贴旦(张定金)

(内)走!(正生上)(唱)

【不是路】东方日现,一派荒郊村起烟。进庭院,谅必是行人叙当前。(白)妹子快来。(花旦上)(唱)**泪涟涟,市曹来血溅**,哥哥吓!**拚着微躯救大贤**。(白)柳郎之事,怎么样了?(正生)柳兄绑赴市曹,有太湖英雄仇济美劫夺法场,救出恩公回来了。(花旦)回来了,谢天谢地。(正生)请出列位小姐。(花旦)列位姊姊快来。(正旦、贴旦上)(同唱)**听声喧,姐妹步出花厅上,哭声难言,哭声难言**。

(白)妹子何事?(花旦)我哥哥回来了。(正旦、贴旦)怎么,柴英雄回来了?(正生)回来了。(正旦、贴旦)打听柳郎,怎么样了?(正生)柳兄绑赴市曹,有太湖英雄仇济美劫夺法场,出了东门外,令人避迹香水亭,我们阻住官兵,他先回来了。(正旦、贴旦)那里有得回来?(正生)没有得回来者,这个人到那里去了?(正旦、贴旦)莫非被官兵擒转回去了?(正生)我们在前,官兵在后,那里夺得转去?(正旦、贴旦)这个人到那里去了?(正生)我也明白了,一定到天涯海角避难去了。(正旦、贴旦)怎么,天涯海角避难去了?不好了!(唱)

【红衲袄】好叫我哭郎君君不见,好叫我、望白云云不现。你是个刑囚状何处来躲闪,你是个、犯罪人谁顾怜?耽饥寒受熬煎,阿吓,**柳郎!走关河没盘缠。只我这姐妹伤心也,在花厅闷沉沉珠泪涟,在花厅闷沉沉珠泪涟**。

(花旦)列位姐姐不要啼哭,小妹倒也明白了。(正旦、贴旦)明白什么来?(花旦)我想太湖英雄仇济美虽则仗义,柳郎乃是文武解元,岂不名望玷污?他若回来,岂不连累老太师?必然天涯海角避难去了。(正旦、贴旦)不好了!(唱)

【前腔】堪羡你为奴身苦无限,堪羡你、儒门子受迍邅。渺渺茫茫孤身在何处,我这里望眼巴巴在那边?众姐妹可比做江心失舵无有主,阿吓,**柳郎吓!你好似风筝断线向九天。从今后闷坐香闺也,要欢娱只除非意中人亲觌面,**

只除非意中人亲觌面。

(正生)列位小姐，且停悲泪，那柳兄天涯海角避难，俺兄妹二人扮作江湖模样，天涯海角，寻访恩公回来。(唱)

【前腔】密悄悄访英雄走关河，寻踪迹、觅行藏只要引一线。他是个难中人望亲无由见，只我这兄和妹、披星戴月来打探。(正旦、贴旦白)柴英雄此言不差，但是柳郎此去，不知存身。(花旦)列位姐姐且是放心，我兄妹二人惯走江湖，走到天涯海角，寻访柳郎回来。(唱)**凭着我走江湖行藏旧，一任他、这机关别有天。只我这顾不得羞耻也，为柳郎鞋弓袜小步翩跹，鞋弓袜小步翩跹**。

(正旦、贴旦)妹子吓，你鞋弓袜小，那里去寻他？(花旦)列位姐姐，可晓得孟姜女么？(花旦下)(正旦、贴旦)怎么，孟姜女？不好了！(同唱)

【前腔】听言来悲凄惨只望天，仰天天、天与人行方便。(花旦上)(唱)**行和囊早打点，换衣衫、仍旧打扮前**。(换衣)(正生、花旦)列位小姐请上，我兄妹拜别。(正旦、贴旦)也有一拜。(同唱)**论浮生空度春风面，那些个、富贵荣华也枉然。愿得个骨肉团圆也，不枉你 / 我小裙钗万里寻夫铁石坚，万里寻夫铁石坚**。(哭下)

第三十九号

净(杨青)、付(刁龙)、丑(刁虎)、小生(柳遇春)

(大拷)(四手下、净上)(唱)

【点绛唇】虎踞山林，虎踞山林，志气昂昂，劫营生。强力千斤，打劫四方人。

(诗)青面獠牙绿眼眶，生来猛力托千斤。流落江湖走天涯，尽扫群雄坐山林。(白)俺杨青，乃是河北人氏。那年游遍江湖，到西北道上，见一印禅老头，他生来本领高强，本要拜他为师，他说收了杭城柳遇春为徒，一法不传二体。满面羞惭，无奈只得在二龙山落草为寇。山上粮草广足，喽啰数千，命刁龙、刁虎下山打听行路客商，不见回报，好生挂念也。(大拷)(付上)

启大王，下山打听行路客商，行到香水亭，有一位杭城柳遇春。（净）嗄，怎么，杭城柳遇春？来，将他带上山来。（丑带小生上）（净）呀！（唱）

【斗鹌鹑】[①]**见他形容貌不整，定风波、瘦骨穷酸是病人。那书生曾受儒门，疏财仗义，广结豪英。我看他容憔瘦貌有损，莫不是同名又同姓**。（白）柳遇春，柳遇春！（转头）（唱）**威风自称**，印禅，印禅！**肉眼无珠不须认**。

（白）柳遇春，你在杭城，何等荣耀，如今一一讲上。（小生科）念我柳遇春呵！（唱）

【调笑令】**为不平起祸根，那强徒忒杀无情。除强灭暴害我命，诬陷英雄宋文彬。云阳道上身受刑，法场上谁救柳遇春**。

（净）可恼，可恼也！（大走板）（唱）

【佚名】**闻他言来怒气生，曾记当年印禅僧，想投他门不收二人。武艺超群柳遇春，前来到此你命难存**。（白）印禅老头，我要拜他为师，他说收了杭城柳遇春为徒，一法不传二体，也有今日。（唱）**今日方消我胸恨**，（白）印禅吓印禅！（唱）**你道你有奇能不收我身**。

（白）刁龙、刁虎过来听令。（付、丑）在。（净）我有毒药一包，将柳遇春带到后山，将柳遇春喉咙药哑，做一个疯癫乞丐，玷污印禅名望。他不用强，倒也罢了。（付、丑）若用强？（净）将他千刀万剐，撇在江水。去罢。（付、丑带小生下）（净）柳遇春，柳遇春！（唱）

【佚名】**堪羡你年少一英名，有什么奇门妙法智和能。说什么武艺超群，今日个名何在有何能。把一个俊书生，收做乞丐人，有一日师生会面，管叫你有口难分，有口难分**。（四手下、净下）

（付、丑带小生上）（付、丑唱）

【沙和尚】**俺奉军令，到后山、陷害书生**。（白）阿哉柳遇春，我兄弟看顾你，然后不可忙坏我兄弟二人。（小生）二位吓！（唱）**感大德留我在山林，脱虎口保余生。法场上救我命，谁是头领？**（白）二位，我柳遇春若有日出头呵！（唱）**酬**

---

① 此曲牌名及下文【沙和尚】，195-3-50 忆写本缺题，今从推断。

谢你莫大深恩，莫大深恩。

（付、丑）可要茶？（小生）那里有？（付、丑）茶有。（小生）多谢二位。（付、丑）柳遇春讲话。（小生疯瘫哑口）（付、丑）阿哉柳遇春，你家师父与我大王有仇，故而叫我二人将你喉咙药哑，做一个疯瘫乞丐，玷污你师父名望。柳遇春，柳遇春！（唱）

【尾】你胸填耐却付强硬，血海冤仇心自忖。可惜你少年英雄，堪羡你半生英名，半生英名。（下）

第四十号

净（宋文彩）、小旦（沈月姑）、老旦（赛多娇）、小生（柳遇春）

（内）徒弟。（内）有。（内）趱上。（打【扑灯蛾】）（四手下、净上）俺宋文彩，只因那日与花公子在八仙桥上，高摆擂台，兄弟被柳遇春打死。我后来心生一计，请他到来饮酒，夜半三更，将花公子一刀杀死，陷害柳遇春，绑赴云阳，不想有英雄劫夺法场，不知去向。为防柳遇春，因此俺收了徒弟数百，个个拳棒精通，以防此人。俺在家心中烦闷，带了徒弟们到山塘游玩。徒弟们。（四手下）师父。（净）往山塘走一遭。（四手下）有。（打【扑灯蛾】）（四手下、净下）（小旦上）（引）双眉并蹙，知何日豁开眉梢？（白）奴家沈月姑，那日被人拐骗，来到兰花院中，与妈妈日夜吵闹。奴家想出计会，在山塘新开茶室，命我掌柜。我想山塘虎丘，乃是繁华之地，柳郎必来游玩。若见柳郎，可脱祸地。吓，沈月姑，沈月姑，你倒做了下场头了么？（唱）

【步步娇】香闺女倒做采茶姑，贞烈被人侮。像文君去当垆[①]，奴本是宦门旧族，此际苦奈何。又未知解元公，添着我愁又苦，添着我愁又苦。（小旦下）

---

① 垆，置酒的土台子。“当垆”指卖酒。汉武帝时，临邛富豪卓王孙之女卓文君跟随司马相如私奔。司马相如家贫，卓文君垆前卖酒，以为生计。事见《史记·司马相如列传》。

(净上①)俺宋文彩,到山塘游玩,一路行来,口干舌燥,来此茶店,不免进入。来人。(内)来了。(老旦上)烟花终非结局,捧茶少有清香。哙,大爷,来吃茶么?(净)阿唷,啥叫"等春来"?(老旦)大爷,我们新开茶室,这"等春来"三字,无非取个意儿的。(净)你这都有什么茶?(老旦)大爷,我们店中的茶,有上中下三等的。(净)上等的?(老旦)上等的大白龙图、雀舌凤尖。(净)中等的?(老旦)中等的珠兰玫琚、梨瑞香春。(净)要新奇的。(老旦)有一种,叫大叶子,奇味甚高。(净)怎样买卖?(老旦)不卖多,十两一碗。(净)怎么,要十两一碗?(老旦)大爷,我家姐姐,放下茶叶,烹上奉敬一杯,当当滋味,无福的,吃不到这杯茶。(净)怎么,有姐姐奉敬?(老旦)要先会钞,后吃茶的。(净)好,茶来。(老旦)好吓,大姐取茶来。(小旦捧茶上)苦吓!(唱)

【园林好】恨我命惨凄悲苦,到如今、无可奈何。顾不得旁人笑我,等春来望得眼糊模,等春来望得眼糊模。

(小生乞讨上)(小旦科)呀!(唱)

【江儿水】蓦见形容貌,使人泪婆娑。乞儿面目泣滂沱,(白)你这乞丐,怎的不讲不说?(科)呀!(唱)**看他相貌不差讹,令人难猜又难磨。**(白)乞丐的,你敢是要文钱的么?妈妈,我十文钱在此,拿去与他。(老旦)乞丐,我们茶店,不打发的。(小旦)乞丐怎的不说么?你是哑的?(科)(唱)**看他肠内因情难猜破,阿吓,皇天吓!痛哭柳郎,难辨仲尼、阳货,难辨仲尼、阳货。**

(净)来来来,好一位姐姐。(笑)(小旦)好吓!(科,下)(净)阿吓,怎的就走了?呢,那里来的乞丐,不认得我宋大爷么?(老旦)什么样人,在我店中吵闹?原来是宋大爷。(净)那女子是你什么人?(老旦)这是我的义女。(净)怎的不奉茶?(老旦)大爷吓!(唱)

【五供养】上告听诉,弱质年轻,不知礼数。休得冲冲气,何须冲冠怒。

(净)你家义女,可有婚配?(老旦)我家义女呢,终身未配,但是大爷这

① 本出此下以及第四十七、四十八号的净角说白系整理时增补。

个……(净)只要你义女顺从大爷,大爷我少不了你的。(老旦)大爷不消动气,待我慢慢解劝我女儿,叫他顺从大爷就是了。(净)待俺择日前来迎娶便了。(净下)(老旦)姐姐快来。(小旦上)(唱)

【尾】相思里好模糊,不信人儿是他。(白)何事?(老旦)姐姐,你惹出祸来了。(小旦)有什么祸来?(老旦)方才来的宋大爷,他是有名的拳教师,见你不瞅不睬,他急急去叫了众人,来店中吵闹,我这等春来就开不成了。(小旦)妈妈,他不来便罢,他若到来呵!(唱)**何惧猖狂恶贼徒?**

(老旦)叫了一众来,抢你去花烛,也不怕你告御状。(下)

第四十一号

付(阿三)、丑(阿四)、小生(柳遇春)

(内)走!(打【扑灯蛾】)(付上)快活似神仙,(丑上)屁股生得尖。(付)阿四气杀哉!(丑)为啥气杀哉呢?(付)阿四,吔勿晓得,我话拨吔听:来了一个疯癫,一班王孙公子来哼斗铜钱。(丑)那格斗斗呢?(付)喏!吔拨其一个,我拨其十个;吔拨其十个,我拨其一百;吔拨其一百,我拨其一千;吔拨其一千,我拨其一万;吔拨其一万,我拨其许多,我赖拨其独个人讨哉。(丑)那格好?(付)赶其走。(丑)好,赶得其走。(付)我赖两介头去寻,寻着哉,赶其走。(丑)走走走。(付)跟得我来。(付、丑下)(打【扑灯蛾】)(小生乞讨上)(付、丑上)(付)喏,来带哉。阿四,个老朋友是?(丑)就是个个是,让我一棒,拷拷其死哉。(付)慢点,我问问看。哙,吔是勿是人?是人有个名,是牛有根绳。(丑)是瓜有个藤。无名无姓,啥地方来个?到格里来讨饭讨勿来个。(小生写字)(付)天官府来个。(丑)天官府来个,出吔格种宝贝。哙,到格里讨饭讨勿来个,我赖两兄弟地界。(小生捧元宝)(付)嗄,有介许多元宝带。(丑)阿哉阿三,打其勿用打,我赖两兄弟,元宝拿两只。(付)好个。勿用打,元宝分之两只来好哉。(丑)咳,疯子,我两兄弟打勿来打吔哉,元宝分两只好哉。(小生叫)(付)哙,叫我赖自个拿好个,阿四来。(小生拉手压头,付、丑倒,小生下)(付、丑)咳,倒霉哉,倒霉哉,个疯子叫我赖自个拿,袋里有蛇个,有武艺。心里想偷鸡,甩掉一把米。讨饭讨勿来哉!(下)

第四十二号

外(印禅)、小旦(沈月姑)、小生(柳遇春)、老旦(赛多娇)

(外上)(唱)

【新水令】朝拜名山心忐忑[1],蓦闻言魂去九霄。儒生遭大祸,犯法与违条。险丧市曹,有义结提救水泊,提救水泊。

(白)洒家印禅,为朝拜名山,在山东道上,闻得徒弟柳遇春凶信,在嘉禾被人诬陷,绑赴市曹取斩,有太湖英雄劫夺法场。俺一闻此言,顿起菩提心,急转嘉兴,探听徒弟下落。咳!柳遇春,柳遇春!(唱)

【驻马听】你是个青春年少,枉了你经文纬武大英豪。空诵读经纶满载,枉习着虎略龙韬。叹浮生真个是空度碌碌,济困扶危赴江潮。谁料得萧墙祸起,平空的浪翻波涛,一旦的囹圄受尽煎熬,受尽煎熬。(外下)

(小旦上)(唱)

【折桂令】乍见了不由人心惊胆落,难猜难详,无依无靠。早难道书生辈一旦落魄,岂是那乞丐形貌?(白)奴家沈月姑,前日在茶铺面上,看那哑乞儿,好似柳郎模样。我想柳郎富豪之家,何等轩昂,怎到这下场头?(科)咳,沈月姑,沈月姑,你不可想痴了?(唱)**闲思想空把人焦,他是个慷慨英豪。想将起愈加悲悼,惨凄苦恼。**(内白)哙,姐姐茶来。(小旦)呀!(唱)**似这般听使传呼,好叫我羞脸红桃,羞脸红桃。**

(小生乞讨上)(小旦)苦吓!(唱)

---

① 忐忑,单角本一作"志枭"。《字汇补 · 心部》:"忐,又口梗切,音恳。《道藏 · 三元经》:'心心忐忑。'忑,又端讨切,音倒。"准此,调腔此处"忐忑"入韵,当音恳倒。

【得胜令】[①]呀！手捧着雀舌凤尾标，(小生扯小旦)(小旦)呀！(唱)乞丐来缠绕。见他形容全无二，(科)阿呀！慈悲心、心胸似刀绞。(外上)(唱)日照，走得俺喉干燥，(白)等春来。妙吓！(唱)俺便止渴消。(老旦上)哙，大爷来吃茶。(外)茶铺子拿茶来。(老旦)姐姐茶来。(外唱)阿吓！事不合人嘲笑，事不合人嘲笑。(小生跑开)(外下)

【沽美酒】(小旦唱)一见阇梨急飞跑，好叫人、猜不到，我这里仔细绸缪心忖度。敢只是江湖圈套，为甚的见咱泪抛？敢只是轻蔑吾曹，敢是有机关暗巧。(小旦下)

(老旦)哙，大爷，再吃几杯去。(外上)(唱)

【收江南】呀！这山塘繁华景绕呵，(跌倒)乞丐的把咱来欺藐。(白)阿呀，这力拔千斤，只有我亲徒柳遇春晓得，这乞丐之人也晓得力拔千斤？待我看来。阿吓！(唱)看他形容好似遇春貌，(白)呔，你这乞丐，你莫非是柳遇春么？呀！(唱)为甚的口不言把手来招？(白)你讲吓！说来吓！呀！(唱)他声断音燥，莫不是佯装痴癫有蹊跷，佯装痴癫有蹊跷。

(白)吓，我也明白，你为劫夺法场，被人拐骗，将你咽喉药哑，叫你沿途求乞，可是么？如今拐贼在于何处，你上前引路，俺随了你去。(唱)

【尾】心头怒气透九霄，恶贼胡为忒强暴。恼得俺三法雷霆，便将他碎骨凌迟万千刀，碎骨凌迟万千刀。(下)

第四十三号

付(刁龙)、丑(刁虎)、小生(柳遇春)、外(印禅)

(付、丑上)(付)奉了大王下山林，(丑)四方打听客商人。(付)俺刁龙。(丑)俺

---

① 此曲牌名单角本缺题，当为【雁儿落】(即【雁儿落带过得胜令】，抄本一般只题【雁儿落】)，但这里只有【得胜令】部分，故题如此。或者原有【雁儿落】部分(茶客所唱)，奈无完整的总纲本或吊头本可稽。

刁虎。(付)兄弟请哉。奉了大王之命,下山打听行路客商,在格里等等。(丑)好个。(小生、外上)(外唱)

【秋夜月】步如飞,懊恨不仁义。奸徒直恁把人欺,重重灾祸怎逃避。行来迤逦,藏身在此地。

(白)狗头,可知洒家印禅在此?(付、丑)饶命。(外)你为何把柳遇春咽喉药哑?好好说来,饶你二人性命。(付、丑)格是大王杨青之故。(外)不来问你杨青,只要开音药取来。(付、丑)格是勿晓得,要问杨青。(外)饶你去罢。(付、丑逃下)(外)阿呀,贤契,你可在此安身,不可去远。待为师到了二龙山,取了开音药,前来救你便了。(唱)

【尾】见了你心悲痛,不幸你江湖狼狈。(白)贤契吓!(唱)**俺拚死入虎穴,那怕杨青暗密机,杨青暗密机。**(下)

第四十四号

净(杨青)、付(刁龙)、外(印禅)

(净上)把守山寨,威名震四方。俺杨青,在二龙山落草为寇,命刁龙、刁虎下山打听行路客商,怎的不见回报?(付上)报,启大王,山下有一印禅老头,打上山来了。(净)再去打听。(付下)(净)嗄,印禅,印禅,那年在西北道上,本要拜你为师,你说收了杭城柳遇春为徒,一法不传二体,如今你的下场头到了。众喽啰,个个全身披甲,听我号令哉!(内)有。(净下)(外上)好恼也!(唱)

【端正好】恼得俺无情火,五内冲,透虹霓云遮朦胧。腾腾杀气冲霄汉,登高步上崆峒。

(白)俺印禅,为救柳遇春,亲往二龙山,一则取药,二则除强暴。呀,看二龙山,好不险峻也!(唱)

【滚绣球】恁看这岭高耸,路崎岖步难匆,望高岗山林古树,密提防其内有奸

雄。(战)呀！**山凹闪出无情汉，劈面空拳便行凶，不入虎穴焉得子，蝼蚁何挂我心胸**。(战)呀！**一程行来又一重，好一似月下罩金钟**。(战)**又何必陌路行小计，大丈夫岂作小儿童，**(白)杨青，杨青！(唱)**恁可也休得称雄，休得称雄**。(外下)

(四手下、净上)(唱)

【脱布衫】来有路去无踪，今日里、山寨威风。**一任你身生双翅投南过东，管叫你难脱这牢笼**。

(外上)(唱)

【叨叨令】这一回精神抖擞称着雄，(白)呢，大胆的杨青，既知老僧上山，不来迎接，彻敢无礼么？(唱)**恼得俺气满胸**。(净白)嘈！印禅，你上山何事？(外)呢，大胆的杨青，你来问我，早知柳遇春乃我之徒，他有难避祸，你不济困扶危，反将柳遇春如此糟蹋，岂是英雄度量？为此老僧上山，特来会你。(净)呸！那年在西北道上，本要拜你为师，你说收过杭城柳遇春为徒，一法不传二体，如今你的下场头到了。(外)吓，俺也不来计较与你。今日上山，为救门徒，你快将柳遇春医治无事，万事全休，如若不然，焚烧山寨，一众喽啰，尽属非命。(唱)**不念着慷慨士恩义重，不念着济贫救孤穷，大丈夫当效昔年秦穆公**。**有缘的不记着心窝儿也么哥，有仇的付度外也么哥**。杨青，杨青！**恁看这鼠穴巢可也得上风，可也得上风**。

(净)嘈！大胆印禅，你要贤契开音，倒也不难。头顶香盘，三步一拜，拜上山来，施你妙药。如若不然，将你一剑，分为两段。难为你年迈苍苍，不来计较与你。众喽啰，放这老头儿下山去。(四手下、净下)(外)罢了！(唱)

【朝天子】恁看他凛凛威风，俺默默的朦胧，看夕阳落日红。**恐露机锋，开大步走西东，他形容愁我胸**。**青春的英雄，年少的梁栋，悲痛，堂堂的豪杰颙颙，空度我这年老懵懂，年老懵懂**。(下)

第四十五号

正生(柴冲)、花旦(柴玉娥)、小生(柳遇春)、外(印禅)

(内哭)(正生、花旦上)(同唱)

【山坡羊】远迢迢途穷路穷,去匆匆投南过东,我如今行藏依旧,历尽了关河路逢。(正生白)妹子,我和你离了嘉兴,已到姑苏。寻访恩公,又不好出声问言,只好隐迹埋名。天色渐渐晚下来了,前无村店,后无旅商,那里夜宿一宵便了?(花旦)哥哥,我那柳郎日间一定避踪藏踪,晚来步月,我和你寻访便了。(正生)妹子,只恐鞋弓袜小,坡路难行。(花旦)到如今顾不得了。(同唱)**月朦胧,情郎遭困穷。那顾得鞋弓袜小路崎岖,愁云席卷,愁云席卷,残月朦胧。悲痛,步羊肠路不通;悲痛,何处寻访小英雄,何处寻访小英雄?**

(正生)月色昏暗,道路难通。幸有所古庙在此,且进去投宿一宵,明日再处。(花旦)来此孤庙里,可有人么?(正生)庙祝道人,庙祝道人。妹子,是一座古庙,此地暂宿,明日再处。(花旦)阿吓,神圣吓!奴家柴玉娥,只为柳郎脱离虎口,望神圣指引,赐我早晚之间,得见柳郎,免得我兄妹挂念。(唱)

【五更转】声声拜,告神重,花重圆豁眉峰。何日得风云际会起,重整威灵,雕梁画栋。塑金身,香花供,虔诚奉。阿呀,柳郎吓!众姐妹伤情悲痛,隔阻银河七夕也,鹊桥路不通。

(小生、外上)(外唱)

【好姐姐】黑漫漫难寻路踪,怪我残月不助英雄。此地孤庙,暂息且相容。(进)(白)庙祝道人,原来是所孤庙。贤契吓,非是我袖手旁观,怎奈杨青这厮,要我三步一拜,拜上山寨,求药开音。若论烈性,怎肯屈膝于人?若要你开音如旧,也顾不得我的名望。咳,老天,老天,我印禅不幸至此也!(正生科)招打。(外)招打。(唱)**好惊恐,何来奸顽搬弄,彻敢胡为妄逞凶。**

(正生、花旦)我兄妹二人,为寻访恩公柳遇春的。(外)敢有诈言?(正生、花旦)怎敢有诈?(外)且放你起来。(正生)俺柴冲,妹子柴玉娥。妹子,恩公在。(花旦)吓,柳郎在那里?(正生)恩公为何这般光景,敢是避难改形的?(花旦)阿吓,柳郎,见兄妹二人,不言不语,敢是怪着兄妹二人么?(同白)见我兄妹二人,为何不说?为何不讲?(同唱)

【园林好】似这等披发蓬松,顿令人、攒箭剖胸。为甚的这般磨弄,宦门子相不同,宦门子相不同。

(白)他为何这般光景?(外)他被杨青这厮,将他咽喉药哑,做了疯癫,要他沿途求乞。(正生、花旦)杨青有什么仇气?(外)非也!(唱)

【侥侥令】仇隙如山海,冤家狭路逢。贤契吓!**堪羡你昂昂凌云志,从今后废神功**。

(白)非他之仇,皆我之恨。那年杨青前来拜投门下,我说收了柳遇春,回复杨青,谁想这厮结仇在心,不期贤契避难,落他手中。(正生、花旦)杨青是什么样人?(外)二龙山盗寇。(正生、花旦)有毒难道没有解的?(外)有毒必有解。我那日上山去取药,杨青这厮提起前仇,要我三步一拜,拜上山寨来求药。想俺印禅也是一生好汉,今日为了遇春,只得屈膝他人了。(唱)

【川拨棹】盖世英雄,反做了石上蛩。悔杀我年老朦胧,悔杀我年老朦胧。顾不得年苍迈,难直诉这情踪。

(花旦)阿吓,哥哥吓!待我去到二龙山,取了解药来。(正生)你乃琐琐裙钗,如何入得虎口?(花旦)妹子也说不了吓!若论溪边去浣纱,抛头露面走天下。若得山寨存身处,求药必须要救他。那时除灭强梁辈,焚烧山寨谁似咱。(正生)妹子吓,只恐不是杨青对手。(花旦)哥哥吓,任他入地通天手,难逃俺游遍江湖走天涯。柳郎吓,我为你一人无可奈,羞杀婵娟落地花。(正生)妹子吓,倘被杨青这厮猜破,解药不能觅,恶贼不能除,贞烈被他玷污了。(花旦)吓,哥吓!此去不是他死,便是我亡了。(唱)

【哭相思】拚着微躯拼高下,胸怀贞烈岂胡耍。柳郎吓!**且耐心田休顾咱,愿来世报与犬马**。

(白)妹子去也。(正生)妹子,为兄与你同去。(花旦)哥哥同去,大事不成了。

(外)不妨。你兄妹二人同去,山下亦可照应。倘事不成,你速速前来叫我,那时同灭恶贼便了。(正生、花旦)有理。(正生、外唱)

【尾】堪羡你女娇娃,有计会恁不差。灭凶徒除非是酒色交加。(哭下)

第四十六号

付(刁龙)、丑(刁虎)、花旦(柴玉娥)、正生(柴冲)、净(杨青)、外(印禅)、小生(柳遇春)

(打【扑灯蛾】)(付、丑上)(付)阿哉兄弟,请哉。(丑)请哉。(付)奉了大王之命,下山打听行路客商,在此侍候。(丑)此地坐坐罢哉。(内哭)(正生、花旦上)(同唱)

【醉花阴】愁锁眉间为前愆,急匆匆步走山前。只为着意中人受颠连,今日个、今日个抛头露面。那顾得绿鬓红颜,泪汪汪哭泣断猿,都只为除灭强徒,还须要巧舌计奸,巧舌计奸。

(正生)妹子,前面已是二龙山了?(花旦)怎么,就是二龙山了?哥哥,见强人即便就走,悄悄下山等候。若山上有火光,即便成就。若无火光,妹子要见哥哥,不得能够了。(正生)阿吓,妹子吓!(同唱)

【画眉序】贞烈保胸填,拚着一命救大贤。效专诸暗藏鱼腹之内便①,做一个断手要离②,仗一身独立江边。微躯何惜填沟壑,女须眉独骑阵前,独骑阵前。

(付、丑绑花旦,正生逃下)(付)阿哉兄弟,绑牢。(丑)一个被其逃得去。买路钱,买路钱。(花旦)怎么,要买路钱的?二位吓!(唱)

【喜迁莺】望仁慈恕我、恕我轻年,没来由索捆、索捆绳缠。泪也么涟,只我这

---

① 专诸,春秋末吴国刺客。吴公子光使专诸置匕首鱼腹中,乘进献时刺僚。事见《左传·昭公二十七年》《史记·吴太伯世家》等。刺僚后公子光自立为王,是为阖闾。

② 要离,春秋末吴国刺客。为刺杀出奔在卫的王子庆忌,要离请阖闾戮其妻子,断其右手,诈投庆忌。后要离果于渡江时刺杀庆忌。事见《吕氏春秋·忠廉》、《吴越春秋》卷四《阖闾内传》等。

独身而绿鬓红颜，怎禁得受折磨遭此迍邅。（付、丑白）有没有？没有，去见大王。（花旦）去见大王？不好了！（唱）**苦无限，好叫奴哭不出泪雨如泉，猛回头凝望山前，凝望山前**。（付、丑、花旦下）

（四手下、净上）（唱）

【画眉序】山寨令森严，可恨阇梨忒无端。今日个仇报柳遇春，也只为同归门徒，不由人怒气冲天。今乃山寨令威严，都只为要拜膝前，要拜膝前。

（付上）报，启大王，行路客商没有，只绑女子上山。（净）将他带上来。（付）有。兄弟，将女子带上来。（丑绑花旦上）（花旦）路逢险地难回避，祸到头来不自由。大王饶命吓！（净）女子为何不抬头？（花旦）有罪。（净）恕你无罪，抬起头来。（花旦）谢大王。（净）哈哈哈，两旁退下。（付、丑）有。大家无分，大王独吞。（付、丑下）（净）女子起来。女子那里人氏，说过明白。（花旦）小女子东村人氏，只为奴爹爹有病吓！（唱）

【出队子】兄和妹请医求贤，不期的途路遭更变。望大王宽宏开一线，免得个家中望眼穿。（净白）我且问你，你可有婚配？（花旦）这个么？吓，大王吓！（唱）**这婚配、只为家门冷落旧姻眷**。

（净）你爹爹犯下什么病症？（花旦）我爹爹年迈残踹，受尽疯哑之病。（净）倒也不难。治好你爹爹的病，你可愿从？（花旦）奴只要爹爹病体痊愈，慢说是一件，百件顺从。（净唱）

【滴溜子】猛然间，猛然间，丰姿骨添；这良缘，这良缘，伉俪百年。（白）过来，听我吩咐者。（唱）**准备洞房花烛夜，乘鸾跨凤，交合欢忭。绣房中凤倒鸾颠，凤倒鸾颠**。

（花旦）大王说那里话来？婚姻大事，上无父母之命，下无媒妁之言，岂可造次？（净）这是媒介。（花旦）大王，什么调和？（净）阴阳水调和。（花旦）奴去也。（净）且慢。（花旦）待我拜敬一杯。（唱）

【刮地风】呀！俺这里喜笑洋洋奉酒筵，卖风情管叫他望凝转。大王请！**堪羡你气昂昂威风显，奴是个怯身躯小胆的女婵娟。你是个慷慨见怜，奴是清**

贫女陋质无眷，羞惭满面多欢忭。这壁厢，那壁厢，无处躲闪。听言，做一个流星赶月不夜天，流星赶月不夜天。

(白)大王，宽饮几杯。(净)酒有了。(花旦)脱了盔甲，睡了罢。(唱)

【鲍老催】[①]**看你这纛矛牙光闪闪，灿烂珠缨宝光现，锦袍卸滚龙系带。凭着这滚龙剑，挂床前。今日一见心胆战，今宵灭暴要除奸，**(一更)呀！**又听铜壶漏滴转，铜壶漏滴转。**

(白)大王苏醒，大王苏醒。(二更)且住，妙药到手，先绝其性命，然后柳郎之恩可报。(刺净，净死)(花旦)且住，哥哥山下等候，我放起火来。(花旦下)(焰头)(付、丑上)怎么，有火着。大王，大王死哉，抬过一边，女子行刺，追下山去。(付、丑下)(正生上)阿吓，妙吓！见山上火光一起，妹子大事成了，俺上前接应者。(唱)

【四门子】乱纷纷听得声呐喊，融光直透碧云天。单身披护烈娘行，堪羡逆贼身首血溅。(花旦上，付、丑追上，正生杀，付、丑死下)(花旦)哥哥！(正生)妹子，恶贼刺死？(花旦)被我杀了。(正生)灵丹可取来？(花旦)灵丹取到。(正生)救恩公便了。(花旦)有理。(同唱)**机关猜透，命遭幽奨，**呀！**救柳郎顾不得人腼腆，顾不得人腼腆。**(同下)

(外、小生上)(外唱)

【双声子】人不见，人不见，使人挂牵。最堪怜，最堪怜，青春受熬煎。女娥眉，走山前，若得成功，办炷名香谢天。(正生、花旦上)(正生唱)**感得天怜念，灵丹救英贤。**

(外)你二人来了。(花旦)回来了。(外)此事可成？(正生)杨青已除，山寨已烧，取得灵丹，可救恩公开音。(外)谢天谢地，但不知怎样调和？(正生、花旦)阴阳水调和。(外)取了水来。(正生)俺取了来。(花旦)柳郎吓！(正生、花旦唱)

【水仙子】呀呀呀为郎家，拚微躯取灵丹。幸感得师印禅也，也是你命中招其

---

① 此曲牌名抄本缺题，今从推断。

祸延，招其祸延。(正生科)恩公吓！(唱)**苦你这富豪郎遭此艸险，痛得俺程途踏遍**。(科)**告苍穹须怜念，俺是个苦命薄幸男儿这青年，苦命薄幸男儿这青年**。(外白)水来。(小生)妙吓！(外、小生唱)**好灵丹当时灵验，感得你恩非浅，有一日云开日现，报琼瑶不负你救命残喘**。

(小生)师父。(外)贤契。(小生)柴兄、小姐。(正生、花旦)恩公。(小生)沈月姑小姐在山塘，往山塘一走。(唱)

【尾】**患难会婵娟，等春来、见咱心酸。虽则是两下里不剖人情，苦情关只将这泣杜鹃**。(正生白)我兄妹二人，寻访恩公，今日遇难呈祥，路中得福，一同回转华家庄，免得小姐倚门悬望。(外)且慢。(正生)为何去不得？(外)他为劫夺法场一事，画影图形缉获。若到华家庄，其祸非小也！(同唱)**这其间真假难分辨，去山塘人觌面，来解他失英贤，盟誓名香酬告苍天，酬告苍天**。(下)

第四十七号

净(宋文彩)、老旦(赛多娇)、小旦(沈月姑)、外(印禅)、正生(柴冲)、
小生(柳遇春)、花旦(柴玉娥)

(净上)来此等春来，要聘女多娇。妈妈有请。(老旦上)金帛谁不恋，难舍女多娇。哙，宋大爷。(净)妈妈，你家义女可顺从了我？(老旦)大爷，老身无有不允之理，只是女儿冰心铁石，誓死不肯允，叫我也无奈。(净)来，将礼物抬了上来。(四手下抬礼上)(净)妈妈，行聘已过，即日迎娶。(四手下、净下)(老旦)甜言并蜜语，还须宛转行。(老旦下)(小旦上)(唱)

【花月渡】[①]**怪嫦娥在广寒不顾照，恨吴刚执柯不伐樵。自那日花园盟誓同心**

---

① 渡，单角本作"度"，《调腔乐府》卷三收入"怪嫦娥在广寒不顾照"至"今朝怎受这苦恼"曲谱，曲牌名题【花月图】。按，此曲疑为集曲【醉归花月渡】，系集【醉扶归】【四时花】【月儿高】和【渡江云】(一说【驻云飞】)四曲而成。另，此曲"自那日花园盟誓同心结带"至"骨肉分离苦吓天"和"当初订婚之时"至"衣锦荣归"疑为加滚。调腔时戏曲牌一般没有加滚的现象，此为特例。

结带，况又是天遣相逢，柳郎为此姻缘受尽了无限之苦，姐妹们为此姻缘不惜身命路劫[①]**。到如今皓月不得一个团圆，就是奴家为此挂牵，骨肉分离苦吓天。朝夕里泪珠抛，今朝怎受这苦恼？**(老旦上)强徒多有势，叫我怎奈何。儿吓，方才宋大爷前来行聘已过，即日前来迎娶，你也不必悲泪了。(小旦)怎么，有这等事来？阿吓，不好了！(唱)**听言来不由人烈志肝肠断，恨狂徒忒杀轻藐，那知我九烈三贞胸怀抱，宁甘一死赴草茅。当初订婚之时，一见柳郎，人才出众，相貌魁梧，实指望峥嵘头角，衣锦荣归，姐妹们在华府堂前洞房花烛，到如今形只影单被人欺藐。沈月姑你可比做浪荡浮萍，我越思越想越悲号。**(老旦白)我原不怕的，但宋大爷，此地有名的无赖，若不顺从与他，不但茶店难开，兼且你我无存身之处，我也是出于无奈。(唱)**劝娘行不必双泪掉，荣枯也是命中招，**(小旦白)吓，罢了，罢了！(科)(唱)**倒不如早向黄泉免路遥，早向黄泉免路遥。**(科)(小旦、老旦下)

(外、正生、小生、花旦上)(同唱)

【三段子】**模糊蹊跷，闺中绣失志今朝；忙来问取根苗，等春来因甚不招。**(白)掌柜的，取茶来。(唱)**桩桩件件问根苗，非我茶房来吵闹，始末根苗分明剖。**

(老旦上)什么样人，敢来吃茶？(外)今日为何不开店？(老旦)店中有事，故而不开。(小生)上面掌柜上，可是沈月姑小姐？(内)何人叫我名？(小生)俺柳遇春在。(小旦上)吓，柳郎吓！(唱)

【哭相思】**乍见了真侥幸，问伊家沿途怎受？**(小生白)阿吓，小姐吓！(唱)**乍见了真侥幸，不觉的身命路劫**[②]。

(白)小姐吓，你把受苦之事，说与小生知道。(小旦)柳郎吓，莫说我的苦楚，

---

① 劫，单角本一作“却”。身命，生命，性命。

② 觉，单角本作“却”，《玉蜻蜓》总纲本(195-2-23)《二搜》【上马娇】“不觉的误了家园”，民国前期“方嵩山抄”《玉蜻蜓》等吊头本(195-2-11)“觉”作“却”，是二字或混。身命路劫，单角本作“身名路吉”，劫、吉方言音同，本出上文有“姐妹们为此姻缘不惜身命路劫”之语，据改。

但是目下有愁眉之计。(小生)有什么愁眉之计?(老旦)大爷,我这里有名的无赖,唤宋文彩,强来迎聘,即日就要来迎娶了。(众)可恼,可恼!(唱)

【三段子】冤家遇着,今狭路决不相饶;横行强暴,起歹心要图欢乐。(外白)老婆子!(唱)**你今藏密悄悄,露风声被脱逃,等来时管叫他命赴餐刀,命赴餐刀。**

(老旦)阿吓,这是连累我不得的吓!(外)决不累你。贤契,那宋贼知你我一到,必然逃脱,况杀花子卿凶犯,要他身上出你罪名。沈小姐也不必在此,柴英雄,你兄妹二人保了沈小姐归华家庄去,贤契有我在此保护。(小生)阿吓,小姐吓!我在难中,难归故里,小姐回去,对列位小姐说。(唱)

【归朝欢】耐心田,耐心田,切莫悲号,有一日锦衣归、华堂欢笑;五花诰,五花诰,荣封当朝,(小旦白)阿呀,柳郎,愿你祸中得福,鹏程万里,姐妹们等候好音,就此拜别。(小旦、正生、花旦、外唱)**离情万千苦恼。各寻归路意焦燎,有日里云散雾开见碧皎,昼锦堂前,同叙根苗,同叙根苗。**(科)(小旦、正生、花旦下)

(小生)妈妈,你且放心。(外)老婆子。(同唱)

【前腔】你不须,你不须,意急心劳,有我在、豁开眉梢;今夜里,除强灭暴,待等迎亲花轿。获凶身当堂首告,诬陷罪要他承招,那时节宋文彩赴云阳案可销,赴云阳案可销。(下)

第四十八号

净(宋文彩)、外(印禅)、小生(柳遇春)、末(胡松)

(吹打)(净上)来此等春来,迎娶女多娇。妈妈有请。(外、小生上)(净)吓,你可是柳遇春?(打介,小生跳开,外打,净跌死)(四手下、末上)俺江南巡抚胡松,画影图形,捉拿逃犯柳遇春。吓,柳遇春再犯命案,拿下。(四手下、末带小生下)(外唱)

【扑灯蛾】恶贼忒猖狂,暗地害柳郎。一仇未有断,前世冤家狭路也。

(白)吓,宋文彩已死,柳遇春又擒去,如何是好?吓,有了,我速速赶到京中,

或击鼓登闻，投告御状，若得苍天怜念，救得柳遇春性命，亦未可知。(唱)

【尾】**关河远涉进帝邦，叩当朝罪枉。**(白)印禅，印禅！(唱)**往日英雄在那厢，英雄在那厢？**(下)

第四十九号

丑(柳兴)、老旦(徐氏)、外(印禅)

(丑扶老旦上)(老旦唱)

【风入松】**离故园顾不得关河加，为娇儿星夜进京华。丹墀哭奏诬陷杀，金阶冤诉帝王家。**(白)老身徐氏，只为孩儿之冤，进京投告御状，不想染成一病，耽搁旅店，幸得柳兴请医调治，已有三月了，如今略有痊愈。想孩儿在监一日望一日，阿吓，儿吓！(唱)**你那里望眼巴巴，好叫我哭不断泪如麻，哭不断泪如麻。**(丑扶老旦下)

(外上)(唱)

【急三枪】**望前途，山东界，疾步跨。何分着，昼与夜，何分着，昼与夜。**(白)俺打死宋文彩，到抚院衙门打听，谁想这些公差，把文彩命案，做在遇春身上。我若去认，如何救得。所以撇了他，急往京中，投告御状。(唱)**堪怜你，命遭磨，受波渣。悔杀我，把文彩，不擒拿，把文彩，不擒拿。**(外下)

(丑扶老旦上)(老旦唱)

【风入松】**一程行来一程话，万种伤心咿呀。凝望前村三五家，**(外上)(唱)**走得我气喘难下。两腿儿何有紧快，**呀！**见旧交问根苗，见旧交问根苗。**

(老旦)来的是师爷么？(外)吓，老夫人。(老旦)师爷，小儿犯罪了，师爷可知？(外)早已知之。(老旦)又闻得绑赴法场取斩，有人劫夺，此事可真的？(外)真的。(老旦)既然被劫，他存身何处？(外)老夫人吓，老僧朝拜名山，路闻凶信，急转嘉兴，在姑苏山塘上，会过令郎。(唱)

【急三枪】**儒门子，形容度，好叫我，参不透，小英华，参不透，小英华。**(老旦白)

既然会过小儿，何不与师爷一路同行？(外)但是你令郎，在山塘上，做了乞……(老旦)乞什么来？(外)咳！(唱)**他是个，老年人，年又迈，莫说出，这根芽，莫说出，这根芽**。

(老旦)呀！(唱)

【风入松】上告老僧伽，为儿冤登闻上达。屈犯何方走天涯，莫支吾说个明白。(外白)老夫人，令郎乃避难的人，老僧一见，指望远遁避迹，谁想江南巡抚，为嘉兴劫夺法场一事，画影图形，四路缉获，不想令郎呵！(唱)**露机关去首告到官衙，仍然的禁狴犴作囚家，禁狴犴作囚家**。

(老旦)吓，又被擒去了？阿吓，儿吓！(唱)

【前腔】罪难重重大，反复连颠捉拿。拚死一躯上书达，(外白)老夫人，老僧也为令郎，进京投告御状。(老旦)如此一路同行。(同唱)**望苍穹超冤罪拔。有怜我年老孤寡，年老孤寡，蒸尝事靠着他，蒸尝事靠着他**。(下)

第五十号

贴旦(马娇容)、正旦(嘉靖皇帝)、正生(王宋)

(宫女、贴旦上)(吹)(焚香，拜)(正生太监、正旦上)(贴旦)臣妾见驾，愿吾皇万岁。(正旦)平身。(贴旦)谢万岁。(正旦)赐绣凳。(贴旦)谢主隆恩。(正旦)梓童，你在此拜的何来？(贴旦)臣妾只因爹爹亡故，无钱殡殓，卖身葬父。多蒙柳遇春赠银子二百，无恩可报，只得朝夕焚香一炷，朝朝日日，焚香礼拜。(正旦)被你拜出祸来了。(贴旦)有什么祸来？(正旦)柳遇春在八仙桥打死宋文彬，又打死花子卿，他要取斩了。(贴旦)阿吓，不好了！臣妾启奏万岁，念他有救命之恩，赦其死罪，宣召进京，戴罪立功。(正旦)王宋听旨，寡人有赦旨一道，内宫有救命之恩，柳遇春无得见斩，上殿面奏。(正生)领旨。(正旦)有劳梓童了。(下)

第五十一号

正生(王宋)

(二内监、正生上)咱家,穿宫内监王宋。柳遇春在八仙桥打死宋文彬,又杀死花子卿,后来在山塘打死宋文彩。三罪并一案,本当斩首,他内宫有再世之恩,有赦旨一道,奉旨宣召进京。内侍们趱上。(打)(下)

第五十二号

丑(柳兴)、老旦(徐氏)、外(印禅)、末(胡松)、小生(柳遇春)、正生(王宋)

(丑扶老旦、外上)(老旦)老身徐氏,只为孩儿之冤,击鼓登闻,叩诉帝阍。君不听我,我当触死金阶,亦无怨恨。(外)老夫人,为贤契之冤,何惜微躯,就钉板、油锅,也说不得了。(唱梅花一段①)(丑扶老旦、外下)(末上,二手下绑小生随上)(末)下官胡松,上司有公文下来,监斩柳遇春。左右,转过法场。(圆场)(小生)吓,天吓! 念我柳遇春呵!(吹)(内白)圣旨下。(众)摆香案接旨。(二内监、正生上)圣旨下,跪,听读:监斩官,柳遇春在八仙桥打死宋文彬,又杀死花子卿,后在山塘打死宋文彩,本当斩首,念他内宫有救命之恩,无得见斩。地方官胡松。(末)领旨。(正生)那一位柳解元?(小生科)(正生)内侍们参。(二内监、正生、小生下,二手下、末下)(二内监、正生、小生上)(吹打)(丑扶老旦、外上)(同唱)

【(昆腔)**佚名】凝望皇城,听静鞭三响,景阳重听**。

(外)贤契。(老旦)吓,这是我儿遇春?(小生)吓,母亲吓!(吹)(老旦白)儿吓,你是难中之人,怎不逃避地方,到京中来何事?(正生)柳解元,此位是谁?(小生)是我母亲。(正生)恭喜老夫人,贺喜老夫人。(老旦)喜从何来?(正

---

① 梅花一段,指昆腔唢呐曲牌一段。

生)路中母子相遇,岂不是喜?柳解元,你在午门候旨,咱家复旨要紧。内侍们趱上。(二内监、正生下)(老旦)我儿,你在江南被擒,怎样脱罪,祸中得福?(小生)母亲,孩儿到嘉兴呵!(吹)(老旦唱)

【(昆腔)**佚名**】**苦得你心存恻隐,有果报上苍庇荫。一朝奋发志凌云,不负你疏财情性。今朝骨肉相亲,天怜我善门。**

【(昆腔)**尾**】(同唱)**重圆母子聚师生,主仆双双重欣。愿得个文运天开彩门庭。**(下)

第五十三号①

正旦(嘉靖皇帝)、正生(王宋)、小生(柳遇春)、付(琉球使臣)

(正旦上)日日龙庭坐,万里起风烟。干戈何日尽,一举定乾坤。寡人嘉靖,自从即位,风调雨顺,国泰民安。外邦琉球使臣,有石猴献进我邦,我邦无人跌打。寡人出旨一道,宣杭城柳遇春,跌打石猴。王宋。(正生上)万岁。(正旦)命你宣柳遇春,可曾宣到?(正生)柳解元在午门,万岁无旨,不敢入殿。(正旦)宣柳遇春入殿。(正生)啲,万岁有旨,宣柳解元入殿。(内)领旨。(小生上)得沾君恩露,今朝舞丹墀。柳遇春见驾,愿吾皇万岁。(正旦)平身。(小生)万万岁。(正旦)柳遇春,外邦有石猴献进,可愿打?(小生)臣愿打石猴。(正旦)侍儿,宣琉球使臣入殿。(正生)啲,万岁有旨,宣琉球使臣入殿。(内)领旨。(付上)忽听君王宣,忙步入金銮。琉球使臣见驾,愿吾皇万岁。(正旦)平身。(付)万岁。(正旦)琉球使臣,打退石猴,你主怎讲?(付)打退石猴,我主年年进贡,岁岁来朝。(正旦)放出跌打。(石猴上,小生打,石猴打死)(正旦)琉球使臣,咳,小小国度,前来扰乱江山。侍儿听旨,传武士,将他绑出见斩。(小生)且慢,刀下留人。臣启万岁,若将来使斩首,怎知大朝威仪?望主德化,放使臣归国,蛮夷知天朝仁德显然,使他倾心归附也。待

① 据正生本,本出先由太师、王宋等人上场候驾,再是皇帝出场,因缺乏单角本,今略作简化。

臣写了回诏上来，年年进贡，每岁来朝，望吾皇准奏。(正旦)好，你写回书上来。(小生)领旨。(吹)(正旦白)柳遇春听封。(小生)万岁。(正旦)你本是解元，内宫有再世之恩，钦赐文武状元。打退石猴有功，封为护国大将军。(小生)谢主隆恩。(正旦)柳遇春，命你归家祭祖完姻，来年八月十五进京复旨。退班。(小生)送驾。(下)

第五十四号

写沈月姑回到华家庄后，感念姐妹们的照料，回顾与柳遇春遇合的经历，并即将临盆。

第五十五号

写华夫人告知众小姐柳遇春立功受封之事。

第五十六号

写柳遇春衣锦荣归，路过双凤镇，比武招亲，与两女定婚。

第五十七号

写柳遇春到华府，拜见华太师，并呈送冠诰。

第五十八号①

老旦(徐氏)，小生(柳遇春)，丑(柳兴)，末(田亲家)，贴旦、付(双凤镇二女)，外(华太师)，正旦(华素贞)，小旦(沈月姑)，花旦(柴玉娥)

① 本出小生本未标蚓号，老旦本所标符号亦与其他调腔场次略有不同，疑唱昆腔。又因单角本不全，当有部分曲牌不完整。另，本出老旦、小生以外的说白系整理时增补。

(老旦上)(唱)

【新水令】感荷皇恩增光辉,添团圆簪缨书诰。礼乐家声沐[①]**,诗书宦族高,今日个儿全忠孝。**

(小生、丑上)(小生唱)

【步步娇】情恩昔日想今朝,挥金如草茅。疏财仗义高,今日荣归,慷慨恩报。(白)母亲在上,孩儿拜揖。(唱)**晨昏不惮劳,膝前屈儿不肖。**

(老旦)坐下。儿吓,你把嘉、苏怜赠,途中受难之事,说与为娘知道。(小生)母亲!(唱)

【折桂令】别慈亲向嘉兴欢笑,怜赠困苦,荣幸今朝。华家庄有瓜葛,受尽了无数煎熬。避难中凶多吉少,深院中焚香祷告。双凤镇二女姻招,八美甄陶[②]**。画堂蓝桥喜渡,庭帏中甘旨暮朝。**

(内)田老爷送亲到。(小生)起乐。(吹【过场】)(末、贴旦、付上)(末)贤婿。(小生)岳父请进。母亲,这就是双凤镇的田岳丈。(老旦)原来是田亲家。(末)老夫人,小女与贤婿何时花烛?(老旦)多蒙亲家美意,意欲华府千金到来,一同花烛。(末)使得。(老旦)儿吓,今乃结日良辰,准备品玉吹箫,同时拜堂。(内)华太师送亲到。(小生)起乐。(吹【过场】)(外、正旦、小旦、花旦上)(外)老夫人,末亲送小女与义女沈月姑、柴玉娥上门,只有张定金、裴碧桃、陆爱珠,不在末亲府内,故而少迟片刻,等来了之后,再行六礼便了。老夫人,此位是谁?(老旦)亲家有所不知,小儿奉旨荣归,路过双凤镇,不想又是奉旨定婚。(唱)

【雁儿落】喜得个连理和同调,喜得个连理枝双合渡鹊桥。喜得个蕊珠宫仙姬美,喜得个广寒梯儿先到。(小旦白)婆婆,媳妇万福。(老旦)是何人生得?(正旦、花旦)启婆婆,柳郎所生。(老旦)咳,难道二人先苟合了么?儿吓,为娘不明,要说与为娘知道。(小生)母亲吓,姐姐的姑娘张定金为保贞烈,但孩儿

---

① 沐,单角本作“泪”,木、目作为声旁读音相同,故临笔时得相通。

② 甄陶,单角本作“成陶”,今改正。甄陶,烧土制陶,形容培养造就,化育。

呵！（唱）**恕拗**[①]**，凤求鸾恕儿不告**。

（老旦、外、末）龙凤花灯[②]。（拜堂）（团圆）（下）

---

① 恕拗，单角本作"数抚"，据文义改。

② 此前老旦本尚有"柳兴，今日主人成亲之日，为何啼哭起来？／他自幼随主，另眼看待，有什么哭？／他自幼跟随主人，不离左右，我老夫人少不得与你对头亲事。／亲家主见不差，择日与他完姻。／你主人还未花烛"，剧中华府侍女小桃与柳兴相配成亲。

五九 定江山

调腔《定江山》，又名《战春秋》，共二十出。剧叙齐国钟无盐(钟离春)虽然貌丑，但英勇善战，被齐王田喜立为正宫。彼时内有钟无盐位列昭阳，外有上大夫晏平仲(晏子，名婴)贤能辅政，齐国称治。后因齐王宠爱夏连之女夏国英，不理朝政，钟无盐入宫棒打夏国英，以致齐王辍朝。朝臣闻讯，争论不休。晏平仲忧心忡忡，与夏连之子夏翼虎发生口角。夏翼虎遂与晏平仲击掌赌头，声称要在西门摆擂一月，如若打尽七国英雄，即取晏平仲项上头颅来献。晏平仲之子晏雄闻而怒恼，冲上擂台，夺刀斩下夏翼虎一脚。夏连捧脚向齐王哭诉，齐王命夏连将晏平仲合门抄斩。幸赖钟无盐法场营救，晏平仲逃过一劫。群臣廷议，齐王将钟无盐贬入冷宫，又将晏平仲削职为民，晏雄充军湖口。钟无盐假称自缢，化身而去，又暗访晏平仲，付锦囊与之。

燕国驸马孙操闻齐国钟无盐已死，晏平仲被削职，遂兴兵伐齐。齐王御驾亲征，夏连命丧沙场，孙操追杀齐王。幸得晏雄救驾，齐王方免被擒。晏雄虽勇，但不敌燕国公主，齐王退守王宫。燕兵围困之际，齐王召见晏平仲，晏平仲献上锦囊。齐王命人将夏国英缢死，钟无盐于是现身，击退燕兵。浙江诸路乱弹有《四国齐》，情节与调腔此剧有相似之处。

整理时以1958年老艺人忆写总纲本(案卷号195-3-59)和1962年整理本(案卷号195-3-82)为基础，拼合正生、正旦、小旦、贴旦、外(仅剩残页)单角本。光绪十七年(1891)“潘永理记”正生本(案卷号195-1-13)所收《定江山》正生本题有场号四号、五号、七号、十三号，除四号作第三号外，本次校订后的场号与之相合。

第二号

小旦(夏国英)、净(齐王)

(内)噫。(吹【小开门】)(四宫女、小旦上)(引)深宫长伴在香闺，侍君王长在绣闱。(四宫女)噫。(小旦)龙楼凤阁九重天，当今国戚近龙颜。日近宫闱长侍伴,蒙恩宠幸乐无边。(白)哀家夏氏,父亲夏连,单生兄妹二人,兄弟翼虎。多蒙千岁宠爱,道奴美貌丰姿,将奴点入西宫。今日千岁驾临我宫,哀家在此侍候。侍女们。(众)娘娘。(小旦)千岁驾到,急忙通报。(众)领旨。(四太监上)娘娘。(小旦)平身。(四太监)谢娘娘。(净上)(小旦科)千岁。(科)臣妾见驾,愿吾王千岁。(净)平身。(小旦)千岁。(净)赐绣墩。(小旦)谢主隆恩。(净)哙吓,嘿哩哈哈嘿哈哈。(小旦)千岁,今日驾临我宫,欢颜悦色,却是为何?(净)美人有所未知,各邦贡献我邦,孤家故而欢悦。(小旦)千岁仁德之君,各邦齐来贡献,此乃我邦之幸也。(净)真是美人之幸也。(小旦)臣妾备得御宴,与千岁欢乐。(净)这是有劳美人。(小旦)看酒来。(四宫女)领旨。(摆酒)(小旦科)千岁请。(净)爱妃请。(小旦)哀家有礼。(净)爱妃平身。(小旦)请。(四宫女)千岁。(净)侍女平身。(四宫女)千千岁。(四太监)奴婢见驾,千岁。(净)侍儿平身。(四太监)千千岁。(四太监下)(小旦)侍女们看酒来。(四宫女)领旨。(小旦唱)

【(昆腔)**八声甘州歌】平原麦洒,翠波摇剪剪,绿畴如画。如酥嫩雨,绕塍春色䕺苴。趁江南土疏田脉佳,怕人户们抛荒力不加。还怕,有那无头官事,误了你的好生涯。**

(白)千岁,哀家把敬一盏。(四太监上)天色已晚,请千岁回宫。(净、小旦)摆驾回宫。(吹【尾】)(科,下)

第三号

正旦(钟无盐)、正生(王佐)

(正旦上)(唱)

【朱奴儿】俺是个异相天魔,识阴阳、妙法颇多。难挂乾坤阴和气,恐圣旨连起干戈。错多,难教女娲,却不道炼石天和,见了俺魂胆惊破,魂胆惊破。

(诗)自幼生来貌狰狞,赤发红眉口血喷。虎背狼腰双豹目,世人见俺魂胆惊。(白)哀家钟氏,父亲钟国贤。自幼得遇仙家传授,习成道法无穷,自能化身之法。仙母有言嘱咐,与齐王夙世姻缘,自在桑园一会,知我之勇,立为正宫。能征惯战,各国闻起,魂惊胆破。朝纲自有上大夫晏平仲,清理朝纲。千岁道我容貌丑陋,日夜长伴西宫,终日昏迷不醒,贪恋酒色,不理朝政。千岁吓,依臣妾看来,即有刀兵之祸也!(唱)

【前腔】这壁厢势压天魔,论春秋、战将颇多。辅国并战朝纲坐,使六国免起干戈。今做,荒淫色大,国有变恐生外祸,恐生外祸。

(正生上)(唱)

【前腔】进内宫将情来诉,悄地来、无人知我。(白)王佐见驾,愿娘娘千岁。(正旦)平身。(正生)谢千岁。(正旦)王佐,进宫何事?(正生)奴婢有事,前来启奏。(正旦)你且奏来。(正生)千岁长在西宫,饮酒欢娱,不理朝政,众文武难言。有恐各邦闻知,虚动干戈。(唱)**文武百官双眉蹙,晏大夫顿足手挪。君呵,小浪成波,实情奏毫无一错,毫无一错。**

(正旦)怎么,有这等事来?可恼,可恼!(唱)

【前腔】听言来怒满胸窝,恋妖妃、酒色自磨[①]。**朝朝夜夜朝不坐,君无道臣投别路。**(白)王佐,随哀家西宫一走。(正生)娘娘,去不得。(正旦)为何去不得?(正生)千岁闻知,奴婢如何受罪得起?(正旦)有哀家担代。(唱)**朝暮,恋色情多,全不顾朝纲亡破,朝纲亡破。**

【尾】霎时难按心头怒,七窍生烟透顶火。(白)妖妃,妖妃!(唱)**放出赤忠怒满胸**[②]。(下)

---

① 此句单角本作“恨妖妃”,有脱误,据195-3-82整理本改。

② 赤忠,单角本作“耻忠”,暂校改如此。又,句末疑脱“窝”字。

第四号

净（齐王）、小旦（夏国英）、正旦（钟无盐）

（净、小旦上）（同唱）

【端正好】调和美，乐意逍遥，好风光暮暮朝朝。想人生得意心欢度，得意心、情欢意笑，情欢意笑。

（小旦）千岁。（净）爱妃平身，赐绣墩。（小旦）谢主隆恩。千岁，你这几日长在我宫，若被正宫娘娘知道，如何吃罪得起？（净）爱妃且是放心，有孤家担代。（小旦）正宫本领高强，哀家见了正宫娘娘，倒有些害怕。（净）非道爱妃见他害怕，就是孤家，见他也有些害怕。孤想此人赤发红眉，口似血喷，虎背狼腰，眼如豹目，世间之上，那有这样丑妇来也？（唱）

【滚绣球】他是个恶丑妇鬼魅妖，他是个眚神貌。好一似野人狸在山岙，好比那吃人精豺狼虎豹。虽是那出沙场武艺强高，只是那恶口嚣嚣。孤见他丑容貌如何愁消，怎忍得和言相交？世间上那有这等人貌，恶姻缘难解难交，难解难交。

（小旦）呀！（唱）

【叨叨令】听君言叫奴心自晓，怎撇得金枝玉叶弹别调？他是个恶狠狠武艺高，到我宫有恐祸来招。奴是个怯身躯娇枝嫩叶，点点金莲窄窄小。他那里吼声如雷，怒言一出震天倒。若到我宫相争斗气，望君王将奴来保，免使他狠恶凶嚣，狠恶凶嚣。

【脱布衫】[①]（净唱）**但是他武艺超群，就是那怕人精妖。恶狠狠凶勇如雷，喝一声天震地摇。**

---

① 此曲牌名及下文【小梁州】【快活三】【朝天子】，单角本缺题，今从推断。195-3-59忆写本所题不可信，195-3-82整理本题有【朝天子】。按，上支【叨叨令】，与调腔其他【叨叨令】词式不同；“休得要怒气来咆哮”曲与【朝天子】词式变格相类，较为可信，其余仅供参考。

（正旦上）（唱）

【小梁州】朝不正国事颠倒，问妖妃、何言解交。（小旦科）（正旦）嘈！臣妾见驾，愿吾王千岁。（净）梓童平身。爱妃，见了正宫娘娘。（小旦）正宫娘娘，哀家有礼。（正旦）罢了。（净）梓童进西宫何事？（正旦）臣妾启奏千岁，想尧天舜日，推位让国；夏禹治水，一十三载，三过其门不入。千岁身为齐国之主，七国之首领，岂可贪淫酒色，不理朝政？众文武难言，齐国请千岁三思。（唱）**国朝正雨顺风调，君圣贤、臣忠子孝。虽然是万人之主，却也是七国首领之朝，请千岁自思自想这根苗，自思自想这根苗。**

（净）梓童，这几日孤家龙体不安，故而免朝几日。（小旦）是吓，千岁这几日龙体不安，故而免朝。（正旦）住了。千岁既然龙体不安，理应送到我宫，请上大夫调治。在西宫分明贪恋酒色，误我国家。（小旦）正宫娘娘道言差矣，千岁长在我西宫，难道叫我推、推他出去不成么？（正旦）贱人！（打）（唱）

【快活三】我跟前还要来辩狡，恋得君王酒色调。我道是花容貌美多娇，却是那山魈鬼魂来魅妖。（小旦白）咳！（唱）**你道是山魈鬼魂来魅妖，不过是盐梅酸来施压，全不顾恶方鬼面皮焦，恶方鬼面皮焦。**

（正旦打小旦）（净）梓童！（唱）

【朝天子】休得要怒气来咆哮，打得他、鲜血流满腰。全然不顾君臣面，自己逞强为那条？（小旦白）咳！（唱）**我猛拚一死何足道，何惧你本领甚高？拚着残躯猛拚今朝，猛拚今朝。**（正旦打小旦）（净唱）**他是躯身女，何得轻看瞧？轻年女貌如艳娇，看他还是嫩肢腰，欺他红颜薄命女多娇。**

【尾】（正旦唱）**我是个南征北讨，何惧你花媚月貌？除却了女中妲己，才得个国天朝忠心保国女英豪，保国女英豪。**（下）

第五号

末(钟国贤)、付(夏连)、正生(田能)、丑(夏翼虎)、外(晏平仲)、小生(太监)

(末上)(唱)

【点绛唇】为国忧患,为国忧患,朝纲颠败,珠帘挂。(付上)(唱)**俺本是保国忠臣,丹心永不改。**

(正生上)(唱)

【新水令】俺是个铜肝铁胆,保国忧民理所应该。(丑上)(唱)**论七国邦家之势,众文武突然齐来。**(同唱)**宇宙天开,为国拯民为帝台,为国拯民为帝台。**

(末)老夫钟国贤。(正生)本藩田能。(付)下大夫国丈夏连。(丑)俺国舅夏翼虎。(末)列位大人请了。(众)老国丈请了。(末)千岁有二十余天不理朝政,是何故也?(付)老国丈,千岁二十余天不理朝政,敢是龙体不安之故?(正生)夏国丈,那里龙体不安?分明是迷恋酒色,不理朝政。看来有大变之事了。(末)内有朝阳正宫,外有晏大夫之谋略,有什么刀兵之祸?(丑)老国丈说那里话来?晏大夫生得矮矮身躯,虽有才学,嘿嘿,他腹内藏也藏不住这许多。(正生)国舅说那里话来?晏大夫虽则人材了了,腹内有多少才学,你不要轻觑与他。(付)哼!小小年纪,晓得什么?(内)走!(外上)(唱)

【步步娇】保国保民多记载[①]**,五帝列三台。推位让国事**[②]**,商汤书在水中埋。呜呼哀哉,呜呼哀哉**[③]**,君王贪恋国倾败,君王贪恋国倾败。**

(众)晏大夫请了。(外)列位大人请了。(众)千岁有二十余天不理朝政,是何故也?(外)众位大人,千岁忠言不纳,本章不睬,有二十余天不理朝政,必有刀兵之祸也!(唱)

---

① 多记载,195-3-59 忆写本作"多吉彩",暂校改如此。

② 让国事,195-3-59 忆写本作"上国寺",暂校改如此。

③ 呜呼哀哉,195-3-59 忆写本作"吾无生在",暂校改如此。

【折桂令】论七国是我邦多英才，文和武朝纲明采采。必有那密计传白，丹心保国为主宰，治国安邦理应该。奇缘难解，奇缘难解，竟做了清浊不分鲢鲤来。

(末、正生)大夫，有什么清浊不分？吾等难解也！(同唱)

【江儿水】国正天心顺，官清民自爱。丰登五谷无忧危，子孝父宽心安泰，国家祥瑞龙藏海。保国元勋，因甚的藏头露尾，藏头露尾？

(小生太监上)奉着皇皇旨，敕下九重霄。(众)公公。(小生)列位大人见礼。(众)公公，千岁几时临殿？(小生)众位大人有所未知，千岁长伴西宫，不理朝政，贪恋酒色。正宫娘娘解劝不住，吵闹一场。千岁有旨，免朝三日。(小生下)(众)唔。(外)老国丈、老王爷，方才公公来说，千岁长伴西宫，不理朝政，贪恋酒色，正宫娘娘解劝不住。唔，分明是妖妃之故也。(付)晏大夫说那里话来？若说正宫，是老国丈的令爱；若说西宫，是老夫的少女。你说妖妃二字，太言重了。(丑)爹爹，听晏大夫说来，好忒杀欺人。(外)住了。你道老夫忒杀欺人，将来齐国江山，要失于你父子之手也！(唱)

【雁儿落】你不过妖花容顶冠戴，有什么汗马功劳今何在？你是个假扬威皇亲势，你是个没才学文何在？(付白)老国丈、老王爷，若说老夫的文，文名天下；若说我儿武，武压各邦，齐国江山可保。(外)老国丈、老王爷，若论夏国丈他的文，文在那里？若说国舅武，武在何所也？(唱)**呀！你道是皇亲势受恩来，怎调这斑斓舌？文何在自逞势，假虎扬威空摆。潇洒，羞杀你父子英才；哀哉，自羞无耻面目来，自羞无耻面目来。**

(丑)爹爹，听晏大夫说来，若说爹爹文不及他的文，若说孩儿的武不及他的武，难道齐国江山，在他一人之手？也罢，孩儿与他赌掌。(正生、末)且慢。国舅何事赌掌？(丑)老国丈、老王爷，俺去到皇城外，摆擂一月，打尽七国英雄。无人敌得，俺要将晏大夫头颅来献也。(唱)

【侥侥令】休得要自称强夸大言，俺是个少年青春小英才。俺要那打尽七国英雄，管叫他大夫头颅送上来。

(外)敢来与我赌掌?(丑)与你赌掌。(末、正生)且慢。(同唱)

【收江南】呀! 又何必冲冲斗志呵,两下里须忍耐。一个是三尺龙泉口中埋,一个是年少英雄马前摆。何须斗志赛,何须斗志赛,还须要重重叠叠两和谐,重重叠叠两和谐。

(外)我笑你父子无能。(丑)我笑你无才。(外、丑)与你赌掌。(三击掌)(付挡,丑出,付、丑下)(外)可恼,可恼!(外、末、正生唱)

【沽美酒】颠颠倒倒事否哉,一重未了一重来。画虎不成反类狗[①]**,难免今朝受非灾。今日冤家朝房会,未知吉凶是谁来。俺呵! 武道文没个英才,文道武英雄空摆。呀! 设擂台方显明白,方显明白。**(末、正生下)

【尾】(外唱)**冲冠斗志今何在,生死未知何惧哉? 有一日低高分明两分解。**(下)

第六号

小生(晏雄)、外(晏平仲)

(小生上)(唱)

【一江风】凝眸望,父亲上朝堂,老父多年迈,白发苍。朝中多闲事,忠良社稷匡。(白)小生晏雄,爹爹晏平仲,身受大夫之职,母亲林氏。爹爹今日上朝,还未回来,好生挂念。(唱)**一朝如山倒,齐国江山亡,好叫我挂胸膛。**

(走板)(外上)唱)

【前腔】怒冲天,奸贼乱朝纲,倚恃势威大,自夸言。草莽狂且,赌头来比掌。(小生白)孩儿拜揖。(外)罢了,坐下。(小生)谢爹爹,告坐。(外)唔。(小生)爹爹回朝,为何怒气冲冲?(外)儿吓,不要说起夏连之子夏翼虎,这狗男女吓!(唱)**他出口言狂,自把奇能扬,擂台来高搭,无奈赌其掌。**

(小生)他后来便怎么?(外)这畜生,与为父赌头击掌。他在西门外,摆擂一

---

① 反类狗,单角本作“反生骨”,195-3-82 整理本改作“难分解”。这里将【沽美酒】第三句拆解成两句,前一句可不入韵,今按俗语改。

月，打尽七国英雄。无人敌得，他要将为父头颅去献也！（唱）

【前腔】满朝堂，文武见证当，齐国风声传，飞各邦。王不听忠言，前功付海洋，可恨他意强，西宫威势仗。

（小生）呀！（唱）

【不是路】怒气冲霄，好叫俺难忍怒恼。（白）夏翼虎，我骂你这奸贼！与俺爹爹赌头击掌，怎肯饶你也？（唱）**你道父子霸天下，**（白）爹爹吓！（唱）**孩儿与他比低高。**（外白）儿吓！（唱）**休言道，他有内宫势力重，怎与他比个低高？**（白）唔，呀呀！（外下）（小生）夏翼虎，你这奸贼，你在西门摆擂，俺瞒着父亲，要赶上擂台，若不除你狗命，一世非为人也！（唱）**逞强暴，你道是内宫权豪，腾腾怒恼，腾腾怒恼。**（下）

第七号

丑（夏翼虎），正生、净（打擂人），小生（晏雄）

（吹【风入松】前段）（四手下、丑上）俺夏翼虎，去到西门外，摆擂一月，打尽七国英雄。若使无人敌得，将晏平仲头颅来献。众将官！（四手下）有。（丑）转过擂台。（四手下）有。（吹【风入松】后段）（四手下、丑下）（吹【风入松】前段）（正生上）请了！（净上）请了！（正生）今有夏国丈之子，西门外摆擂，自夸其能，打尽七国英雄，我与你去会他一会。（净）他有本领，到擂台上会他一会。（正生）请。（净）请。（吹【风入松】后段）（正生、净下）（吹【风入松】前段）（小生上）俺晏雄，可恨夏翼虎，与俺爹爹赌头击掌，俺到擂台，要除他狗命也！（吹【风入松】后段）（小生下）

（吹【风入松】前段）（四手下、丑上，脱衣）（丑）呔，天下英雄听者，俺在西门外，摆擂一月，有人敌得俺，赏银一千两。上擂台会俺一会也！（吹【风入松】后段）（正生上）（丑）嘈！有何本领，前来打擂？（正生）你且听着。（吹【急三枪】）（打，正生败下）（净上）（丑）嘈！有何本领，前来打擂？（净）你且听着。（吹【急三枪】）（打，净败下）（吹【风入松】前段）（小生上）（丑）嘈！大胆晏雄，你敢来送死！（小生）奸贼，你与我爹爹赌头击掌，今日俺要除你狗命也！（吹【风入松】后段）（打，丑败下，小生追下）（四手下、丑上）呀，晏雄甚是厉害，这便怎处？（四手下）有钢刀在此。（丑）待我杀他。（小生上，夺刀）（丑）你要除俺性命不成？（小生）俺除你性命，非为英雄，就斩你一腿。（小生砍）（三手下扶丑，一手下接腿下）

第八号

付（夏连）、丑（夏翼虎）、净（齐王）、小旦（夏国英）

（付上）（唱）

【园林好】只恨那晏贼咆哮，与我儿、击掌头枭。（白）老夫夏连，我儿与晏平仲，赌头击掌，去到西门外，摆擂一月，打尽七国英雄。无人敌得我儿，要将晏平仲头颅来献也！（唱）**晏平仲夸口称豪，要除这老奸刁，要除这老奸刁。**

（三手下抬丑上，一手下捧腿上）（付）这是何人之腿？（手下）国丈爷，国舅爷在西门外摆擂，来了晏雄，将国舅一腿斩下了。（付）怎么，将我儿一腿斩下了？阿呀！（科）（唱）

【前腔】一见娇儿性命抛，叫人断肠痛哀号。（白）阿吓，儿吓[①]！（四手下）国丈爷，快快商议计会，救国舅爷要紧。（付）快请太医院调治，好好服侍国舅。老夫捧腿，哭奏千岁。（唱）**可怜我夏氏宗祧，进内宫奏当朝，进内宫奏当朝。**（四手下抬丑下，付捧腿下）

（净、小旦上）（净唱）

【江儿水】乐意多逍遥，美景好良宵。（同唱）**自古光阴能有几，君王不乐也徒劳，**（付上）（唱）**入宫面奏君王晓。快步上金阶道，启奏当朝，将晏氏合门拿了，合门拿了**[②]。

---

① 此下195-3-59忆写本有曲文“年迈无儿子，夏氏断宗祧”，疑涉下文【五供养】而衍，今删此处，而将之改编成“可怜我夏氏宗祧”一句，并移至下文“进内宫奏当朝”之前。

② “入宫”至“拿了”，195-3-59忆写本仅“进宫中面奏君王”一句，195-3-82整理本作“步入金阶，进宫中启奏当朝”，今重新改作。

(净、小旦科)(同唱)

【五供养】胆战心摇,因何事哭泣泪号? 国丈! / 爹爹! **这是何人腿,奏与君王晓。**(白)国丈/爹爹,这是何人之腿?(付)千岁吓,我儿在西门外摆擂,打尽七国英雄。可恨晏雄不遵王法,赶上擂台,将我儿一腿斩下了。(唱)**年迈无有子,伤心绝宗祧。**(小旦科)咳吓,怎么,将我哥哥一腿斩下了?(付)一腿斩下了。(小旦)阿吓,不好了!(唱)**血泪如潮,狼心恶毒心似虎豹。手足伤心痛,奴心似刀绞。**(白)千岁吓,晏雄将我哥哥一腿斩下,若不将晏氏一门拿下,臣妾与兄弟,同死一处也!(唱)**一命弃抛,**(科)(净)且慢,孤王出旨。(唱)**将晏氏合门拿了,合门拿了。**

(白)国丈听旨。(付)千岁。(净)孤家出旨一道,将晏氏合门拿下,抵国舅之冤,命国丈监斩。(付)领旨。(付下)(小旦)千岁吓!(唱)

【川拨棹】泪珠抛,感君王、恩赐诏。报冤仇定在今朝,报冤仇定在今朝,(净唱)**何须要痛哭悲号?**(小旦唱)**伤心手足情难抛,哭到三更魂梦杳。**(科)

(白)哥哥吓!(科,下)

第九号

外(晏平仲),老旦(夫人),小生(晏雄),净、丑(家人),正生(田能)

(外上)不恋亲情一片,怀藏烈志双全。(老旦上)妖妃迷恋君王,朝中奸佞当权。相公见礼。(外)夫人见礼,请坐。(老旦)请坐。(外)咳!(老旦)相公声声长叹,都是为何?(外)夫人,但是老夫呵!(唱)

【风入松】恨无知忒杀猖狂,称势雄自夸刚强。一味的横目将人撞,全没些、全没些礼义纲常。倚宫势将人压谤,与他赌头来击掌,与他赌头来击掌。

(小生上)(唱)

【前腔】擂台志气杀刁奸,夏翼虎恶口硬强。禀与爹娘作主张,(白)爹娘,孩儿拜揖。(外、老旦)罢了。(小生)谢爹娘。噫呀,爹娘吓!(外、老旦)我儿为何这般光景？(小生)爹娘吓，孩儿去到西门外打擂呵！(唱)**他那里、他那里凶恶强梁。恼得儿怒满胸膛，有军兵将俺挡，有军兵将俺挡**。

(外、老旦)后来便怎么？(小生)爹娘吓，孩儿夺刀，将夏翼虎一腿斩了。(外)怎么，将他一腿斩了？斩得好，斩得好。(老旦)阿吓，相公吓！将奸贼之子斩了，还有什么好处？(外)夫人，将奸贼之子斩了，齐国江山可保了。我儿，你敢是谎言？(小生)孩儿怎敢谎言？(外)斩得好，斩得好。(老旦)相公，我儿将奸佞之子，一腿斩下，他捧腿哭奏千岁，千岁圣旨到来，犯了合门之罪，有什么好处？(外)夫人，我儿将奸佞之子，一腿斩下，齐国江山可保。(笑)(唱)

【前腔】奕世流传清白芳，父和子忠孝名扬。就死黄泉何足慌，(白)恶贼吓恶贼！(唱)**你那里、你那里痛哭满堂。我这里喜气洋洋，拚合门尽丧亡，拚合门尽丧亡**。

(白)众家丁快来。(净、丑二家人上)(唱)

【急三枪】只听得，高声叫，唤声扬。出中厅，问端详，出中厅，问端详。(白)老奴叩头。(外)起来。(净、丑)谢老爷。叫我们出来，有何吩咐？(外)叫你们出来，非为别事。我家犯了合门之罪，你们个个逃生去罢。(净、丑)老爷尽忠，小人尽义。我们要死同死，不能偷生。(外)好。夫人，你来听，我死为忠，妻死为节，子死为孝，仆死为义，真个是忠孝节义，都出在我晏氏合门。(笑)(唱)**霎时间，遭大祸，喜洋洋。死黄泉，清白享，死黄泉，清白享**。

(四手下、正生上)(唱)

【风入松】皇皇旨诏钦命降，全家诛戮难逃祸殃。层层围住宦门墙，(白)圣旨下，跪。(众)千岁。(正生)听开读。(众)千千岁。(正生)诏曰：晏平仲纵子不法，横行伤命，斩了国戚天亲，绝其后嗣。龙心大怒，命下大夫田能，将晏平仲合门拿下，命国丈典刑。钦哉。(众)千千岁。(同唱)**拚身躯、拚身躯何足惊慌。父忠妻节子孝当，奕世流传清白芳，奕世流传清白芳**。(下)

第十号

正旦(钟无盐)、正生(王佐)

(正旦上)(唱)

【桂枝香】为国心焦，用兵难饶。俺这里妙算神机，动干戈难容女娇[①]。(白)哀家钟氏。不想妖妃迷恋千岁，赶到西宫，吵闹一场，众文武尽皆耻笑，只有上大夫晏平仲一人，知我之心。千岁这等昏迷，难免刀兵之祸也！(唱)**君心不动，君心不动，却有那妖媚相缠，却不能心显理道。自烦恼，日袒云遮盖，移步密布狡，移步密布狡**。

(正生上)(唱)

【前腔】叹息功高，合门罪滔。因此上急进宫闱，要救那贤良忠孝[②]。(白)王佐见驾，愿娘娘千岁。(正旦)平身。(正生)谢娘娘。(正旦)王佐进宫何事？(正生)娘娘不好了！(唱)**冤家来到，冤家来到**。(正旦白)那个冤家？(正生)只因那日娘娘赶到西宫，吵闹一场，众文武长叹不绝。那晏大夫朝房忠言几句，夏国丈之子夏翼虎，与晏大夫两下雀角，在朝房赌头击掌，摆擂一月，打尽天下英雄，无人敌得，要将晏大夫头颅拿去。晏大夫之子晏雄，赶上擂台，将夏翼虎一腿斩下呵！(唱)**利口儿却是无情，斩其腿身丧命夭**。(正旦白)怎么，将夏翼虎一腿斩下？斩得好，斩得好。(正生)娘娘吓，你道斩得好，那国丈捧腿进宫，哭奏千岁，圣上龙心大怒，将晏氏合门拿下了。(唱)**怎解交，堪叹忠良辈，合门受餐刀，合门受餐刀**。

(正旦)怎么，将晏氏合门拿下了？(正生)拿下了。(正旦)可恼，可恼！(唱)

【忆多娇】他是个忠良辈，国家宝，顷丧幽冥合家枭，各国闻知提兵到。争战非小，争战非小，就有文臣何计较。

---

① 难容女娇，单角本作“难娇女容”，今乙正。

② 此句单角本一作“要报个忠良画标(话表)”。

（白）王佐，命何官监斩？（正生）就是夏国丈监斩。（正旦）这老贼监斩？（正生）是。（正旦）王佐，你我法场相救晏氏合门。（正生）娘娘去不得。千岁闻知，奴婢如何吃罪得起？（正旦）有哀家担代。（唱）

【前腔】看朝纲，多颠倒，没个忠良赤胆保，狼心狗肺狐群盗。若斩儿曹，若斩儿曹，国破家邦社稷难保。

【尾】疾忙即速上鞍桥，急出宫闱往市曹。（上马）（白）若还斩了晏平仲。（唱）**各国兴兵祸非小。**（下）

第十一号

付（夏连）、外（晏平仲）、老旦（夫人）、小生（晏雄）、正旦（钟无盐）、正生（王佐）

（【大开门】）（四手下上）吠！（【火炮】）（付上）（唱）

【点绛唇】恶贼强梁，恶贼强梁，屈斩儿郎。（四手下白）吠！（付唱）**逞豪强，今日个奉旨典刑，冤仇来报偿。**

（诗）可恨晏雄太不良，无故将儿来杀伤。今日奉旨来监斩，冤仇可报放胸膛。（白）老夫夏连，可恨晏雄不遵王法，赶上擂台，将我儿一腿斩下。老夫捧腿，哭奏千岁，将晏氏合门拿下，命老夫监斩，以消我儿之冤。左右！（四手下）有。（付）将晏氏合门绑上。（锣鼓【一封书】，二刽子手绑外、老旦、小生上）（外）哙哈，嘿哈，嘿嘿哈哈！我晏氏合门，好死得快乐也！（小走板）（唱）

【混江龙】晏家门清白流芳，除奸刁、清理朝纲。依西宫威权势压，由人笑骂不非常。只听得鼓声不绝，号炮连天锣音荡。我是个灭门全家，我这里喜笑洋洋，渺渺茫茫黄泉路上，黄泉路上。（众下）（慢锣转快锣）

（急走锣）（正旦、正生上）（正旦唱）

【油葫芦】俺这里催马扬鞭救忠良，难顾宫闱一女娘。真个是雷奔星驰，恐迟缓刀头光丧。（白）哀家钟氏，为救晏平仲一门，亲到法场。王佐趱上！（唱）**权奸的布摆着刑轩昂，报冤家定在今日消亡。那知俺悄地出宫，何惧那依法王**

章，要见分明在御案殿上，御案殿上。（同下）

（四手下、付上，二刽子手绑外、老旦、小生上）（外、老旦、小生唱）

【天下乐】霎时间身作囚人，模也么样，满家人、绳穿索绑。难逃躲青峰剑伤，满家人珠泪汪汪，真个是城门失火池鱼受殃。

（付）时辰可正？（四手下）时辰已正。（付）时辰已正，吩咐开刀。（四手下）时辰已正，开刀。（内）正宫娘娘驾到。（四手下）正宫娘娘驾到。（付）吓，怎么，正宫娘娘？（四手下）正宫娘娘驾到。（付）咳，打混的鬼又来了。停刀接驾。（四手下）停刀接驾。（吹【过场】）（正旦、正生上）（付）夏连接驾，娘娘千岁。（正旦）老国丈平身。（付）谢娘娘。请问娘娘，何事驾临法场？（正旦）闻得国丈在此监斩，哀家前来一观。（付）原来。（正旦）请问国丈，监斩何官？（付）启奏娘娘，老臣在此监斩晏氏合门。（正旦）晏大夫功绩如山，势压各邦，孰有全家杀戮之罪？（付）启奏娘娘，我儿去到西门外，摆擂一月，打尽天下英雄。（正旦）好吓，这是大丈夫所为。（付）若无人敌得我儿，将晏平仲头颅来献。（正旦）咳，你子小小年纪，敢与股肱老臣，赌头击掌，你就有纵子不法之罪也！（唱）

【哪吒令】[①]**你那里自抱其能不识其详，年轻轻、把一个股肱老臣来击掌。心自痴横目无人识，既有本领一腿儿来失放。**（付白）启娘娘，打擂之人，皆用双拳交出，那可带得钢刀而来？（正旦）你子小小年纪，无人敌得，要将晏平仲头颅来献。晏雄为救父之情，赶上擂台，将你子一腿斩下，你羞也不羞？（唱）**羞杀你没廉耻坐朝堂，他是个忠孝之子命丧亡，竟做了惹祸招殃，惹祸招殃。**

（付）时辰已到。来，开刀！（四手下）开刀。（正旦）且慢。哀家到此，不许你典刑。（付）启奏娘娘，老臣奉千岁圣旨典刑。（正旦）你道奉千岁圣旨，哀家难道没有懿旨？（付）这是奉千岁圣旨。来，将他开刀！（正旦）夏连，骂你这

---

① 此曲牌名 195-3-59 忆写本缺题，195-3-82 整理本题如此，但与调腔常见的【哪吒令】词式差异较大。

老贼！你违抗哀家懿旨，你该死了的。（唱）

【鹊踏枝】[1]**你是个恶鸱鸮昧心肠，全不顾食君之禄保朝堂。你道是妖妃势君王来宠幸，全不想前浪与后浪。想成汤讨诛江山**[2]**，宠妲己国破家亡。**（付白）启奏娘娘，容老臣一讲。（正旦）容你讲。（付）启奏娘娘，老臣不托西宫之势，晏平仲罪犯弥天。来，将他开刀。（四手下）开刀。（正旦）夏连，骂你老贼，违抗哀家懿旨。王佐，与我打。（正生）领旨。（打付）（正旦唱）**贼党，我懿旨谁违抗？狂妄，打得你抱头鼠窜自奔忙，鼠窜自奔忙。**（四手下、二刽子手、付下）

（外、老旦、小生）娘娘请上，受我晏氏合门一拜。（同唱）

【寄生草】大德恩高厚，犬马难报偿。恩同再造如天样，今日个提出牢笼，不然是刀头身丧。愿娘娘福禄绵长，真个是寿比天长，寿比天长。

（正旦）大夫吓！（唱）

【尾】俺是个女中英豪救忠良，不惧奸凶贼势横。明日里早向金銮，将情衷桩桩件件面奏君王，面奏君王。（下）

第十二号

末（钟国贤）、丑（王吉）、正生（田能）、付（夏连）、净（齐王）

（末上）七星宝剑口中埋，锦绣文章腹内藏。内外多少颠倒事，燕国起兵恶势狂。（白）老夫钟国贤，我女儿无盐[3]，与齐王有宠之缘，那年桑园一会，立为正宫。老朽这几日坐卧不宁，且进朝房侍候。（丑上）年迈一苍苍，赤心报君王。金钟三下响，忙步入朝房。（白）老国丈请了。（末）大人请了。（丑）

---

① 此曲牌名195-3-59忆写本缺题，195-3-82整理本题作【山坡羊】，非是，此为调腔【鹊踏枝】变格，详见附录二《调腔曲牌分类详解》。

② 诛，单角本作“主”，据文义改。195-3-82整理本将“成汤讨主(诛)”改作“纣王鏖战”。

③ 无盐，单角本作“无箕”。本剧的钟无盐即刘向《列女传》卷六《辩通传》所载之齐宣王正后钟离春。钟离春，齐无盐邑之女，故又称“钟无盐”，刘向《新序》卷二即称之为“无盐女”。

老国丈为何入朝甚早？(末)非是老夫入朝甚早，老夫几日坐卧不宁，故而入朝甚早。(丑)朝房侍候。(末)请。(正生上)躬身齐贺群臣叩，(付上)奉旨监斩受鞭笞。(末、丑、正生)国丈立斩晏氏合门，为何这般光景？(付)列位大人有所未知，老臣奉旨监斩晏氏合门，不想来了正……(太监上)噫！(净上)(唱)

【梧桐树】[1]**玉楼金阙，玉楼金阙，铜壶紧紧敲**。**满朝中文武挤挨，又听得金钟三击拷**。**文武上早朝，出内宫上阶道，出内宫上阶道**。

(众)臣等见驾，愿吾王千岁。(净)平身。(众)千千岁。(付)阿吓，千岁呀！(净)夏国丈，你监斩晏氏合门，为何这般光景？(付)老臣奉旨监斩晏氏合门，法场上来了正宫娘娘，释放晏氏合门，把老臣打得可怜也。(净)老国丈。(末)臣启奏千岁，有道“女生外向”，臣凭千岁飘旨。(净)众公卿议论上来。(丑)臣王吉有本启奏。(净)奏来。(丑)臣启奏千岁，正宫娘娘到法场，释放晏氏合门，此乃我邦之幸也！(唱)

【前腔】**盖世英豪，盖世英豪，今奏我邦好**。**望吾王龙恩准奏，使得他忠良可表**。(正生白)臣田能启奏千岁。(净)御弟奏来。(正生)那晏雄乃是国家柱石，望吾王赦其一死。(唱)**他是个赤心保国，一时错罪犯王朝，罪犯王朝**[2]。

(白)臣启千岁，正宫娘娘，不守宫规，私出法场，释放晏氏合门，将他贬入冷宫。晏平仲纵子不法，将他削职为民，毋得出京。那晏雄擅斩国戚天亲，将他发配湖口为军。望吾王准奏。(唱)

【前腔】**罪难恕饶，罪难恕饶，利口皆直道**。**望龙心恕罪宽宥，赐隆恩赦罪天条**。(净白)御弟奏事无差，正宫不守宫规，将他贬入冷宫。晏平仲纵子不法，将他削职为民，毋得出京。晏雄发配湖口为军。众公卿毋得再奏，退班。(唱)**扫尽了各邦干戈，免得个滚滚滔滔，滚滚滔滔**。(太监、净下)

(众)送驾。(下)

---

① 此曲牌名据195-3-59忆写本题写，但曲文词式不与【梧桐树】相合，可疑。

② 王朝，单角本作“王章”，据195-3-82整理本改。

第十三号

正旦(钟无盐)、正生(王佐)、净(齐王)、小旦(夏国英)

(正旦上)(唱)

【(昆腔)好姐姐】**自算磨折多端,细推详兵乱国乱**[①]**。真个甚解,一段这奇冤?**(白)可恨千岁不听忠言,道哀家私到法场,释放晏氏合门,将我贬入冷宫。哀家屈指论算,就有刀兵齐起,待我用化身之法,假死宫闱。(念)天交地交,阴迷速晓,奉师算已到。(假死鬼上)(正旦)你且听我吩咐。(唱)**将身换,仙衣妙法谁能算,乐逍遥自在算**。(正旦下)

(正生上)(唱)

【前腔】只为祸起无端,把忠良赦罪恕宽,将英俊贬入冷宫苑。(白)咱家王佐,只为君王迷误不醒,听信奸谗,晏氏一门,险丧云阳,又害娘娘,贬入冷宫。为此到娘娘跟前,问安娘娘。娘娘,娘娘!呷吓,娘娘!(唱)**心摇战,自缢悬梁多惊惮**[②]**,急报君前莫迟延**。(正生下)

(净、小旦上)(同唱)

【前腔】真个是暮乐朝欢,却没个谏诤多端。情浓意合,两下里不觉喜心欢。(内白)走吓!(正生上)自离宫闱地,急急报君知。千岁不好了!(净、小旦)为何?(正生)正宫娘娘,自缢而死了。(净)怎么,有这等事来?快快转过冷宫。(唱)**听伊言**[③]**,正宫自缢丧黄泉,非是孤王黑心偏**[④]。

(白)丑妇吓丑妇!(小旦)死得好,死得好。(打尸)(净)王佐,将娘娘尸骸,用沉香棺木殡殓者。(正生)呵吓,娘娘吓!(净、小旦下)(正生)呵吓,娘娘吓!(唱)

【(昆腔)尾】**君王昏懵酒色恋,结发夫妻反成冤。切齿咬牙恨权奸**。(科,下)

---

① 次"乱"字单角本原无,今补。

② 惮,单角本作"攤",据文义改。

③ "听伊言"三字 195-3-59 忆写本、195-3-82 整理本原无,系整理时增补。

④ 偏,195-3-59 忆写本作"人",今作改动。

第十四号

外(晏平仲)、老旦(夫人)、正旦(钟无盐)

(外上)瑞雪满庭前,日夜心挂牵。(老旦上)子在外乡,悲痛心伤。(外)夫人见礼。(老旦)见礼,请坐。(外)请坐。夫人,想我晏平仲,亏得正宫娘娘相救。千岁有旨,将正宫娘娘贬入冷宫,自缢身亡,这是我晏平仲之故也!(唱)

【佚名】吾子罪愆,累贤良丧黄泉。空做了瑞雪成山,日昶时已归海渊[①]。(白)夫人!(唱)**且放心宽,总有日重整家园,重整家园**。

(家人上)报,启老爷,有桑园相会之人要见。(外)阿吓,我从来没有桑园相会之人,这又奇了。(老旦)相公朝事多端,有恐忘怀此事。(外)夫人此言不差,夫人回避。(老旦下)(外)请桑园相会之人相见。(家人)晓得。桑园相会之人有请。(正旦上)谁料仙家法,玄妙道无穷。(外)桑园贵客请。(正旦)大夫请。(外)不知桑园之人,从那里来的?(正旦)大夫,我和你不别多时,难道认不得了?(外)一时之间,倒想不起来了。(正旦)闲人回避,有事重托。(外)家人回避。(家人下)(正旦)除下还阳兜,卸下还阳衣。大夫,你来看。(外)你敢是正宫娘娘?(正旦)瞧瞧瞧。(外)阿呀,不好了!(唱)

【前腔】心惊胆战,唬得人、魂飞魄散。(白)有道"势败婢欺主,智丧鬼弄人"。(唱)**我是个儒家正人,何惧你鬼魅形显**。(正旦唱)**且听吾言,不必心慌意儿乱**[②]。

(外)内监来报,娘娘自缢身亡,难道假死宫闱的么?(正旦)大夫不要着慌,我有化身之法,假死宫闱的。(外)臣晏平仲见驾,娘娘千岁。(正旦)平身。

---

① 此下195-3-59忆写本有老旦所唱的"想我儿关山重叠,千里迢迢远"二句。195-3-82整理本作"思儿心酸,千里迢迢何日还",后有内容:"(外)夫人。(老旦)咳!(外)夫人,你声声长叹,敢是思念孩儿不成?(老旦)相公,天降得这般大雪,我儿发配湖口为军,叫我怎的不要长叹呵!(唱前腔)(四句缺)。"

② 意儿乱,单角本作"信儿然",据文义改。又,195-3-82整理本改作"信鬼然"。

（外）谢娘娘。到来何事？（正旦）大夫，我想夏连这老贼，大数已绝。我有锦囊一个付与你，待等燕国起兵，齐国胜败，拆开自有用处。（唱）

【前腔】**我有仙传，是盐箕**[①]**不须嗟。我是个保国忠心，通为你昔日缘**。（外白）娘娘吓！（唱）**我谨记言，愿得齐朝同一天**。

【尾】（正旦唱）**满天雪花恋一片，冬景萧萧各一天**。（正旦下）（外）看娘娘飞升而去，真个是大罗仙家也！（唱）**真个是大罗仙家飞涛险**[②]。（下）

第十五号

丑（探子）、正生（孙操）、贴旦（公主）

（丑上）打听军机事，奔关夜不休。日间藏草内，黑夜过荒丘。（白）俺探子是也。奉驸马之命，打听齐国之事，正宫自缢身亡，晏平仲削职为民，晏雄发配湖口为军。打听明白，报与驸马爷知道。（丑下）（四燕将、正生上）（吹【点绛唇】）（诗）头戴金盔耀日明，身披征袍社稷臣。一声令下如山岳，大将交锋神鬼惊。（白）俺大将孙操是也。身受君恩，招为驸马。可恨齐国田喜，自称大朝，要俺各邦贡献。意欲伐齐，乃惧钟氏之勇。闻得田喜贪爱酒色，不理朝政，未知虚实。为此命探子前去打听，怎的不见回报？（内）报，探子要见驸马。（四将）探子要见驸马。（正生）命探子进见。（四将）命探子进见。（内）来也。（丑上）打听齐国事，报与驸马知。报，探子。报，探子。驸马在上，探子叩头。（正生）命你打听齐国军情，田喜朝政如何，一一讲上。（丑）

---

① 是盐箕，正旦本“箕”作“其”，末本称“无盐”为“无箕”，据改；195-3-82 整理本改作“自炫奇”。

② 此处 195-3-59 忆写本作“（仲）娘娘自有奇略，何惧燕国侵犯？（唱）随却座是结冤仇（又）”，曲文费解；195-3-82 整理本念白作“看娘娘化朵白云而去，真个是大罗仙家也”，不过 195-3-59 忆写本和正旦本通篇不曾提及钟无盐身化白云一事，而 195-3-82 整理本前文钟无盐自缢即云化为白云，凡此疑出后改。今曲白从 195-3-82 整理本，但改“化朵白云而去”作“飞升而去”。

驸马爷容禀。(吹【朱奴儿】前段)(白)打听齐国之事,正宫自缢身亡,晏平仲削职为民,晏雄发配湖口为军。打听明白,报与驸马知道。(吹【朱奴儿】后段)(正生白)来,赏他银牌二面,再去打听。(丑)谢驸马。(丑下)(正生)呵吓,妙吓!今日探子报道,晏平仲削职为民,晏雄发配湖口为军,钟氏自缢身亡。他邦无有能人,正好起兵。过来。(四将)有。(正生)请公主娘娘出来。(四将)公主娘娘有请。(内)来也。(贴旦上)身披铠甲绣龙袍,妙极兵符紫飞飘。驸马见礼。(正生)公主见礼。(贴旦)叫哀家出来,有何令差?(正生)今日探子报道,晏平仲削职为民,晏雄发配湖口为军,钟氏自缢身亡。他邦无有能人,请公主出来,一同发兵。(贴旦)驸马发令。(正生)有占了。大小三军,发炮起马。(吹【泣颜回】)(下)

第十六号

付(夏连)、小生(晏雄)、末(解差)

(内)可恼,可恼也!(付上)(吹【泣颜回】第一段)(白)老夫夏连,可恨燕国孙操无故起兵,不免奏与千岁知道也。(吹【泣颜回】第二段)(白)来此朝房,就此俯伏。臣夏连见驾,愿吾王千岁。(内)夏国丈上殿,有何本奏?(付)臣有本启奏。(内)奏来。(付)容奏。(吹【泣颜回】第三段)(白)可恨燕国孙操起兵十万,侵略我土,望吾王准奏。(内)旨下,国丈有本启奏道,燕国无故起兵,孙操带兵十万,欺压孤家,孤家亲自出马,命夏国丈为前战先行,不必再奏。退班。(付)千千岁。孙操,孙操!(吹【泣颜回】合头)(付下)(内)马来!(旗牌上)(吹【千秋岁】前段)(白)俺旗牌是也。晏雄发配湖口为军,有公文一角,待我催马一走。(吹【千秋岁】后段)(旗牌下)(内)晏雄趱上。(末、小生上)(吹【红绣鞋】前段)(小生白)俺晏雄,圣上将我发配湖口为军。解军。(末)有。(小生)到湖口还有多少路程?(末)路也不远,只有百里之远,你与我趱上。(吹【红绣鞋】后段)(末打小生,小生踢开棍子)(下)

第十七号

付(夏连)、净(齐王)、正生(孙操)

(付上)年迈苍苍老英雄,前战先行逞威风。可恨孙操太无礼,侵犯我邦恶势凶。(白)吾,夏连。燕国忒杀无礼,扰乱边界。千岁亲自出征,命我为前战先行。不免到辕门侍候。(付下)(【大开门】,四手下、四齐将、净、付上)(吹【点绛唇】)(净念)可恨燕国太猖狂,欺辱我邦罪难当。孤家亲自来出征,要把孙操尽扫荡。(白)孤王,齐王田喜。燕国起兵,十分厉害,朝中将老兵少,孤家亲自出征,夏国丈为前战先行。夏国丈,人马可有齐备?(付)人马齐备,请千岁出旨。(净)国丈听旨。(付)千岁。(净)人马齐出皇城。(付)领旨。呔,千岁有旨,人马齐出皇城。(众)有。(吹)(四手下、四齐将、净、付下)

(四燕将、正生上)(吹【风入松】前段)(正生白)俺孙操,可恨田喜,仗着钟氏之勇,要俺各邦贡献,为此起兵剿灭。闻得夏连前来对阵,这奸贼是西宫之父,横霸朝堂,正好一并扫除。众将杀上!(吹【风入松】后段)(四燕将、正生下)(四齐将、付上)(吹【急三枪】)(付白)老夫夏连,千岁命我为前战先行。众将杀上!(吹【急三枪】)(四燕将、正生上,冲阵)(付)来者可是孙操?(正生)呢,奸贼,忠良被害,横霸朝堂,还敢对阵?照枪!(付)不必多言,出马。(正生)杀上!(战,四齐将死下,付死下,四燕将、正生下)

(四齐将、净上)(吹【风入松】前段)(报子上)报,国丈战死沙场。(净)退下。(报子下)呀,国丈战死,还当了得!众将官杀上!(吹【风入松】后段)(四齐将、净下)(四燕将、正生上)(吹【急三枪】)(四齐将、净上,冲阵)(净)来者可是孙操贼?(正生)来者可是田喜?(净)嘈!大胆孙操,无故起兵,前来送死。(正生)倚恃钟氏之勇、大夫晏平仲之谋,轻视各邦,如今二人何在?还不下马受死!(净)不必多言,出马。(正生)出马,用心杀上!(吹【急三枪】)(战,四齐将死下,净败下,正生追下)

第十八号

小生(晏雄)、净(齐王)、正生(孙操)、贴旦(公主)

(小生上)(唱)

【一枝花】叹江山不能定家邦,恨只恨奸佞弄权。提起来老父亲娘,多感得娘娘救法场。不然是全家满门,犯王章刀头命丧。老父亲削职为民,俺发配湖口蛮方。父和子何日重相见,想起来痛苦心伤。俺是个少年英雄,不能够为国出力,好叫人心意彷徨,心意彷徨。

(白)俺晏雄,发配湖口为军,未知何日还朝。俺心中烦闷,不免卸下衣衫,将双锤拿出来,戏耍一番便了。(唱)

【梁州第七】要金锤乘龙盘旋,赛过是雷霆五方[①]。(白)看天气清明,不免出外,闲游一番便了。(小生下)(净逃上)(唱【梁州第七】中段)(内白)那里走!(正生上,与净战,净败下)(正生)你走,你走!(唱)**你道是势压各邦,催骑上前不放他行,生擒活捉灭齐王,活捉灭齐王**。(正生追下)

(小生上)(唱【四块玉】第一句)(内白)吠!(小生)呀,看那边杀气连天,上前看个明白。(唱【四块玉】第二句)(净上,小生击锤,净架鞭)(净)呀,你是什么样人,挡住孤家去路?(小生)嘈!你是什么样人,口称孤家?(净)孤家田喜在。(小生)晏雄见驾,愿吾王千岁。(净)平身。(小生)谢千岁。(净)卿家快快保驾要紧。(净)何人追赶?(净)孙操。(小生)待俺挡他一阵。(净下)(内)那里走!(正生上,与小生战,正生伤左臂下)(净上)(小生)见驾千岁。(净)保驾。(小生)臣保驾也!(唱)

【四块玉】孙操贼一手受伤,保君家敌战沙场,(净唱)**你是个保驾忠良**。(同下)(贴旦上)(唱)**俺这里督令后军司命掌,观前军退后奔忙,退后奔忙**。(正生上)吓吓!(贴旦科)驸马为何这般光景?(正生)公主,不要说起,俺追赶田喜,不想

---

① 此下195-3-82整理本空行示阙,表明小生曲文有脱佚。

现出一小人物，被他伤俺左臂，好不疼痛。（贴旦）驸马请进，后营将息。（正生下）（贴旦）可恼，可恼！（唱）**恼得俺怒气冲千丈，紧紧追着不放他，紧紧追着不放他**。（贴旦下）

（净、小生上）（唱）

【哭皇天】[①]**燕国兵强势勇强，**（内白）那里走！（净、小生）呀！（唱）**又听得追来女将，俺这里敌战沙场**。（贴旦上，与小生战，净下，小生败下）（贴旦）你走，你走！（唱）**我跟前慢夸奇能显，猛金锤料你难挡。只见他口吐鲜红，好一似伍员遇卞庄**[②]**，伍员遇卞庄**。（贴旦追下）

（净扶小生上）（净唱）

【乌夜啼】恃勇当先为孤王，女娘杀气多雄壮。（贴旦追上，净架鞭，净扶小生逃下）（贴旦唱）**威风凛凛一女娘，杀气冲天难抵挡。任他有通天本领，俺自有驼龙计广。扫尽狼烟，定在这场，定在这场**。（下）

第十九号

正旦（钟无盐）、外（晏平仲）、净（齐王）、小生（晏雄）、小旦（夏国英）

（正旦上）（唱）

【佚名】奴是个妙法无边一仙胎，换日月移山架海。数定下干戈四起，想齐邦大数应该。笑齐君不听忠言，恋酒色权奸宠爱。今日个刀兵骤起，五万军兵一去不回。今日个燃眉之急，谁敌得燕国兵败，燕国兵败。

（白）可恨君王不听我言，宠爱妖妃，如今刀兵四起。咳，千岁吓千岁，这场厮杀，若杀你也！（唱）

【佚名】俺这里逍遥自在，都道俺阴界早丧，谁是谁非云遮盖，起云雾谁分明

---

① 此曲牌名及下文【乌夜啼】，195-3-59 忆写本和 195-3-82 整理本缺题，今从推断，仅供参考。

② 伍员，即伍子胥。卞庄，春秋时鲁国人，有勇，《论语·宪问》："子路问成人。子曰：'若臧武仲之知，公绰之不欲，卞庄子之勇，冉求之艺，文之以礼乐，亦可以为成人矣。'"

白。想齐君自嗟自叹，难救兵谁来救乏？悄悄我情踪，却有那晏雄①**明白，晏雄明白。**（正旦下）

（外上）（唱）

【佚名】**真个是清闲安泰，无烦恼不挂愁怀。坐卧随心，淡饭布衣我心欢爱。**（白）我晏平仲，罪犯王章，亏得正宫娘娘相救，赠我锦囊一个，待等兵围齐城，叫我拆开一看，自有用处。如今千岁御驾亲征，未知胜负如何，好生挂念也！（唱）**动干戈黎民涂炭，两交锋怎受非灾？定斗志忧气声传，表名不如把姓埋。**（外下）

（净、小生上）（净唱）

【佚名】**杀得我无计可解，进王宫自悔自艾。**（太监上）见驾千岁。（净）平身。（太监）谢千岁。（净）侍儿，去请晏大夫到来。（太监）领旨。（太监下）（净）卿家，孤家若不是卿家保驾，一命呜呼也。（唱）**多感得卿家架海梁，不然是孙操所害。**（小生白）臣保驾，理所应当也。（唱）**微臣保驾理应该，死沙场何足惧哉，何足惧哉？**

（太监上）千岁，晏大夫到。（净）宣大夫进宫。（太监）领旨。千岁有旨，大夫进宫。（内）领旨。（外上）（唱）

【佚名】**忽闻得御驾回銮，带锦囊急奏明白。**（白）老臣见驾，愿吾王千岁。（净）卿家平身。（外）谢千岁。（净）卿家，孤家若不是你子保驾，死在孙操之手也！（唱）**卿家一门保国忠，搭救孤王回宫来。**（外白）我儿保驾回来，理所应当。（净）我好悔，若是正宫娘娘在此，何惧孙操这贼？（唱）**悔不该贬入冷宫，自缢身亡好痛哀，**（外唱）**劝君王愁眉展开。**

（白）千岁，正宫娘娘还不死。（净）孤家亲眼所见，怎说不死？（外）娘娘到老臣家中来过，有锦囊一个付与我。（唱）

【佚名】**一纸花笺，送上龙目观看。**（净白）正宫有锦囊留下，得孤家看个明白。

① 晏雄，疑当作“晏婴”，即晏平仲。

(念)可恨君王贪美容,不听忠言宠西宫。将我贬入冷宫内,假死自缢托平仲。朝中没有忠良将,燕国起兵恶汹涌。若要我身战场上,缢死妖妃灭花容。灭却燕国干戈靖,五谷丰登永锡隆。(外)千岁,锦囊上将妖妃活活缢死,娘娘就还阳了。(净)将西宫缢死,正宫不能还阳,岂不是多伤一命?(外)千岁,西宫一死,正宫娘娘不能还阳,老臣合门抵罪。(净)且慢。侍儿保驾,转过冷宫。(唱)**到冷宫细看分明,不知他真假怎样**。(白)打进去。(太监)打进去。(净)正宫。(正旦上)千岁。(外)娘娘。(正旦)大夫。(净)妙吓!(唱)**见了他武艺高强,果然是假死在宫墙**①。(白)梓童,快快与我保驾呵!(唱)**请梓童保护江山,快快的出战沙场**。(正旦唱)**若要我杀退贼兵,缢死妖妃我身还阳,我身还阳**。(正旦下)

(二武士上)(唱)

【佚名】进宫中速报君王,燕国兵团团围上。(白)千岁吓,孙操人马杀进皇城来了!(唱)**一个个如虎似狼,杀进皇城无将抵挡**。

(外)千岁,若不将西宫缢死,老臣告别去也。(净)且慢。武士听旨。(二武士)千岁。(净)有白绫一条,将西宫拿来缢死。(二武士)领旨。(外唱)

【佚名】②**愿将西宫缢死白布练,他那里提兵恶势,俺这何惧何碍?真个是君圣臣贤,位列英台,那时节看纳忠无赛**。(二武士下,太监、净、外、小生下)

(小旦上)(唱)

【佚名】数日来心惊胆战,恁可也、自疑自猜。夜梦中哭声哀哀,见了爹娘有口不能开,有口不能开。(二武士上,带小旦下)

---

① 宫墙,195-3-59 忆写本作"宫中",失韵,今作改动。195-3-82 整理本把本段曲文改作东钟韵,且此下与 195-3-59 忆写本有所不同,内容作:"(净)侍儿,打开一看。(太监)打开一看。(净)妙呀!(唱)见一个绝色女子坐正中。(白)侍儿,再打开一看。(太监)领旨。(正旦隐)(净接唱)一霎时无影无踪。(白)大夫,可见过娘娘?(外)见过娘娘。(净)侍儿,可见过娘娘?(太监)见过娘娘。(净)再打开一看。(太监)再打开一看。(正旦现)(正旦)嘈!(净唱)(一句缺)吓得我心惊胆慌。"但外、正旦本无相应内容。

② 此曲根据《定江山》等外、末、正生本(195-2-24)校录,唯该曲出现的位置不好确定,姑隶于此。《定江山》等外、末、正生本[195-1-138(3)]无此曲。

（太监、净、外上，二武士带小旦上）（小旦）千岁吓！（净）阿吓，美人！（二武士缢死小旦，抬小旦下）（净）西宫已死，大夫快请正宫退兵。（外）娘娘，西宫已死，快快出来退兵也！（内）领旨。（正旦上，净、外下，正旦下）

第二十号

贴旦（公主）、正旦（钟无盐）

（贴旦上）（唱）

【一枝花】俺是个琐琐裙钗女英豪，习战策三略六韬。有仙传妙法无穷，移山换岳削海岛。（白）哀家梨山老母之徒燕丹。可恨齐王贪恋酒色，不理朝政，父王命我起兵，占灭齐邦，好不威武人也！（唱）**要取那五行兵摆，将六国一股尽扫。方量俺女中大志，喜孜孜金鐙鞭敲。自古道有道伐无道，保燕国做一个尧舜天朝，尧舜天朝。**（贴旦下）

（正旦上）（唱）

【梁州第七】俺是个虎眉龙目奇形貌，行兵布阵立志高。杀得他无路奔逃，见燕国轻视蒿草。（白）哀家钟氏，燕国兴兵，道俺自缢身亡，哀家亲自对敌也！（唱）**雄赳赳威风凛凛，气昂昂举动钢刀，俺要杀、杀得他神魂颠倒，神魂颠倒。**（贴旦上战，科）（贴旦）呔，我道你死了，怎么，你如今还在么？（正旦）住口。你道俺自缢身亡，无故起兵，是何理也？（贴旦唱）**休得要自称英豪，两下交锋见低高。**（正旦白）咳！（唱）**杀得你神魂离壳，有本领敌手高下，敌手高下。**（战，贴旦败下，正旦追下）

（贴旦上）（唱）

【四块玉】他他他他把钢刀飞勇饶，两腿酥麻魂胆消。腹中儿怀孕耽着，梨花枪难敌手中刀，若失手两命不保，两命不保。

（正旦上，与贴旦战，贴旦败下，正旦追下）（贴旦上）吓，丑妇甚是厉害，这便怎处？吓，有了，不免用幻法擒他便了。（正旦上，与贴旦战，贴旦败，移山隐身）（正旦）

呀，他放出化身之法，哀家难道没有化身之法？（念）天交地交，阴迷何在？（正旦化作石匠凿山，山破见虎，石匠逃下。正旦化作猎人，提枪打虎，虎逃下。山合，石匠再上凿山，山破，见丧门星，石匠又化为周武大帝，丧门星跪拜，周武大帝杀丧门星下。山合，石匠再上凿山，山破，见一美人。石匠进内，山合，夹石匠头，石匠颠下）（仙人上，正旦、贴旦上，战，贴旦落马，仙人救贴旦下）（正旦）呀，这贱人打下马来，将他一刀，被仙家救去，待哀家屈指算来。呀，这贱人文曲星在内，难以伤他性命。回转宫中，复旨便了。（下）

第二十一号①

外（晏平仲）、正生（田能）、净（齐王）、小生（晏雄）、小旦（田能女）

（吹【点绛唇】）（外、正生上）（外）老夫上大夫晏平仲。（正生）本藩田能。（外）公爷请了。（正生）大夫请了。（外）正宫娘娘亲自出兵，杀退孙操，班师回朝。千岁还未临殿，你我朝房侍候。（正生）大夫请。（外）公爷请。（吹【过场】）（二太监、净上）（引）扫尽狼烟，喜得个国泰民安。（外、正生）臣等见驾，愿吾王千岁。（净）众卿平身。（外、正生）千千岁。（净念）可恨燕国心太狠，齐国江山不安宁。多感晏雄来救驾，重整山河太平君。（白）孤家齐王田喜。可恨孙操无理，侵犯我邦，多亏梓童与晏雄，杀退贼兵，保驾有功。侍儿传旨。（太监）千岁。（净）传晏雄上殿。（太监）领旨。千岁有旨，传晏雄上殿。（内）领旨。（小生上）忽听君王宣，忙步上金殿。臣晏雄见驾，愿吾王千岁。（净）晏雄听封。（小生）臣领封。（净）救驾有功，封为护国大将军。平身。（小生）谢主隆恩。（正生）启千岁，御弟有本启奏。（净）奏来。（正生）御弟有一女，愿许配晏雄为妻，望千岁降旨。（净）御弟此本无差。大夫，御弟有一女，许配你子晏雄为妻。孤家为媒，在金殿龙凤花烛。（吹【过场】）（小旦上，拜堂）（外、正生）金殿团圆，拜谢皇恩。（吹【尾】）（下）

---

① 本出据 195-3-82 整理本校录，单角本无此出。

六〇　赐绣旗

调腔《赐绣旗》共十七出，剧叙苏庇之子苏成离家参加武举，路上认出四处流亡并化名金和的刘秀，两人一同上京。王莽令苏献开试，岑彭、苏成、吴汉、金标应举。岑彭得中状元，马武闻声赶来，夺得勇技第一，因貌丑屈居第二。马武不服，题写反诗，意欲自尽，隐士邓禹救其性命，并赠以锦囊，嘱咐马武归附刘秀。刘秀武场箭射王莽，仅中莽冠，乃化龙逃亡，来至苏家庄，为苏成之妹苏绣娥所救，两人喜结良缘。后刘秀落入追兵手中，苏氏兄妹与岑彭周旋，姚期乘机救下刘秀。姚期之父为王莽所杀，姚期与母亲窦氏避居山林。追兵赶至，窦氏为不拖累其子，自缢身亡，而刘秀趁乱逃离，路遇杜茂，杜茂将刘秀带回家中。岑彭追至杜茂宅中，因其学艺于茂父，故不敌杜茂，引兵而归。苏成行刺王莽，为王莽所获。苏成智激王莽，王莽竟赐苏成绣旗一面，并放苏成离开。苏成与众人在卧龙岗会合，共破莽将梁裘、岑彭。

《曲海总目提要》卷三六著录《赐绣旗》一种，云："剧中大概以光武为主，岑彭、马武争武状元为眉目。而所标'赐绣旗'三字，则谓王莽以赐阴后兄苏成者。余并杂缀。"①调腔《赐绣旗》主要情节颇合于《曲海总目提要》所述，不过全剧文辞较为简陋。宁波昆剧兼唱的调腔戏有此剧目。绍兴昆弋武班有同名剧目。绍兴乱弹"老十八本"亦有同名剧目，演王莽篡汉和光武帝刘秀复国事，故事较为不同。

本次整理以1958年老艺人忆写总纲本(案卷号195-3-3、195-3-14)为基础，拼合正生、正旦、小旦、贴旦、净、末、外单角本，并参照了1962年整理本(案卷号195-3-78)。该整理本以苏绣娥为"占(贴)"，以刘秀为"旦"，而《赐绣旗》等小生本[案卷号195-1-117(2)]小生单角本显示苏绣娥的角色为小旦，今从之，同时将刘秀的角色标为贴旦。

---

① 董康等校订:《曲海总目提要》，人民文学出版社，1959，第1694页。

第一号①

外(苏庞)、正旦(李氏)、小旦(苏绣娥)、正生(苏成)

(外、正旦上)(外引)老迈年华,喜得有子欢畅。(正旦引)庭前鹊鸟,喜今朝儿女一双。(外)安人。(正旦)员外。(外)见礼。(正旦)有礼,请坐。(外)同坐。安人,今乃孩儿上京赶考,愿他得中归来,你我教子有方。(正旦)员外,苏成兄妹年已长大,尚未婚配,岂非一桩挂念?(外)但是孩儿武艺呵!(唱)

【(昆腔)**驻马听】武艺精通,宦室门楣旧家风。若得个一举成名,不负朝廷,皇家梁栋**。(正旦白)员外,女儿虽有一身本领,可惜他是一个女流。(唱)**芙蓉满面秋波送,描鸾绣凤心不用。箭射双鸿,香闺女流,羞脸桃红**。

(内)哥哥请。(内)妹子请。(走锣)(小旦、正生上)(同唱)

【前腔】打猎山中,骑射穿杨剑戟锋。打下有飞禽走兽,急步飞跑,喜气冲冲。(白)爹娘在上,女儿万福/孩儿拜揖。(外、正旦)罢了。(小旦、正生)谢爹娘。(外、正旦)在那里回来?(小旦、正生)游山打猎而回。(外)游山打猎回来么?(正旦)儿吓,你哥哥骑射穿杨,皇家出力,你总是女流。(唱)**应遵四德与三从,幽闺贞静女所崇**。(正生白)爹娘,妹子本领,可惜是女流。(唱)**武艺精通,双拳举起,能射双鸿**。

(小旦)爹娘,女儿不喜描鸾绣凤,习练兵戈,要与哥哥同为皇家出力。(唱)

【前腔】巾帼英雄,出力皇家两相同。(正旦白)儿吓,你总是女流。(小旦)女儿虽则女流。(唱)**有一日蛟龙得水,豁开云雾,喜上眉峰**。(外、正旦白)你哥哥起程,整顿行李,送你哥哥起程。(小旦)女儿晓得。(小旦下)(外)儿吓,王莽大开武场。(唱)**愿你一举成名中,回来喜气耀门风。头角峥嵘,光宗耀祖,男儿**

---

① 本出【驻马听】第一支“武艺”至“梁栋”、第二支“打猎”至“冲冲”和“武艺”至“双鸿”、第三支“愿你”至“志勇”、第四支“拜别”至“泪珠涌”以及尾声“一路行程丹桂咏,独占金鳌转”(“门扃”二字系整理时增补),系据单角本校订,其余据195-3-3忆写本和195-3-78整理本编入。

志勇。

（正生）爹娘请上，孩儿一拜。（唱）

【前腔】拜别匆匆，辞别亲严泪珠涌。（小旦上）（唱）**整顿行囊，哥哥起程，早到京中**。（白）哥哥，行囊端正，送哥哥起程，但愿哥哥得中回来，一家之喜也。（唱）**三春桃浪鱼化龙，门庭改换耀光宗。青云路通，衣锦荣归，马到成功**。

（正生）爹娘请上，孩儿就此拜别。（唱）

【（昆腔）**尾】一路行程丹桂咏，独占金鳌转门扃**。（外、正旦、小旦同唱）**但愿那得中回来喜气浓**。（下）

第二号

贴旦（刘秀）、正生（苏成）

（内哭）（贴旦上）（唱）

【山坡羊】哭哀哀途路遭难，黑漫漫云雾叆叇，惨凄凄海角天涯，战兢兢走不得步儿难挨。（白）我刘（科），刘秀，可恨王莽这厮，药死平帝，斩尽刘氏宗亲。多蒙叔父释放，逃奔天涯。不想叔父战死沙场，各府州县，画影图形，四方捉拿，因此改名金和。日间不好行走，夜来孤庙安身。思想起来，好不悲苦人也！（唱）**泪珠汪，看西山日影下。何处逃奔走天涯，我只得随风飘荡，随风飘荡走天涯。心慌，遥望着白云飘；惊骇，避踪藏迹名姓改，避踪藏迹名姓改**。

（白）此地有凉亭在此，不免坐坐而去便了。（走板）（正生上）走吓！（唱）

【前腔】急煎煎奔走路上，喜得个龙门早开，取魁元箭法如神，动刀枪武艺高强。（白）俺苏成，乃是河北人也。爹爹苏庇，在家安享。闻得大开武场，为此别了爹娘，上京赴考。一路行来，看山清水秀，好不有兴也！（唱）**喜洋洋，行过青山来。戏水鸳鸯对对在，叫得我喜上心头，喜上心头，甚是开怀。欢畅，**（贴旦白）苦吓！（正生）呀！（唱）**见一人声长叹；看他泪汪汪，问说情踪话短长**。

（白）仁兄请来见礼。（贴旦）仁兄见礼。（正生）仁兄请坐。（贴旦）请坐。（正

生)仁兄独自在凉亭,声声长叹,却是为何?(贴旦)仁兄,一言难尽。(唱)

【前腔】**提起来泪雨如麻,说情踪满面羞惭,走天涯难投路旁,投亲谊缺乏资囊**。(白)我自幼爹娘亡故,多蒙叔父抚养,要将我卖与人家作仆,我心不平,故而逃奔天涯。(唱)**向君家,有言来细讲**。**途路怨苦遭磨难,好叫我无处安身,无处安身苦不堪**。**难讲,怎叫我无亲傍;饥寒,缺乏资囊好嗟呀,缺乏资囊好嗟呀**。

(正生)请问仁兄高姓大名?(贴旦)弟姓金名和。(正生)仁兄少坐一刻。(科)阿呀,且住。看他两耳垂肩,鼻正口方。问他名姓,"金和"二字,待我解来。"金和"二字,敢是南阳刘秀不成?待我问个明白。仁兄,你说"金和"二字,敢是南阳刘秀不成?(贴旦)就此告别。(正生)且慢。仁兄且是放心,若有事情,有弟担代。兄请坐。(贴旦)请问仁兄,南阳刘秀,何以见得?(正生)弟看你两耳垂肩,鼻直口方,乃是帝王之相,故而冒犯仁兄了。(贴旦)请问仁兄高姓大名?(正生)弟姓苏名成,乃是河北人也。(贴旦)因何到此?(正生)闻得大开武场,上京赴考。路遇小主,实为万幸也!(唱)

【前腔】**有冤情一一细讲,救患难且是我当,望君家直诉原因,保驾臣苏成名望**。(贴旦白)且住。我看此人心怀正直,直言相告,倒也不妨。不瞒仁兄说,弟就是南阳刘秀。可恨王莽这厮,药死平帝,斩尽刘氏宗亲,多蒙叔父释放,逃奔天涯。(唱)**在路旁,冤气难消化**。**报仇雪恨无主张,我只得直言相告,直言相告,真情上达**。(正生白)阿呀,果是小王。苏成见驾,愿小王千岁。(贴旦)王兄平身。(正生)谢千岁。(贴旦)王兄,先皇之仇,何日报得?(正生)小王,先皇之仇,这也何难。小王改姓换名,料想王莽认不出真情。待苏成保驾,带你进场,考选才能之际,万马丛中,将王莽一箭射死,可报得冤仇也!(唱)**我在,射王莽归泉台;仇散,凭着暗箭最难防**。

(贴旦)王兄,此计虽好,若一箭射死王莽,可报先皇之仇;如若不能射着,如何是好?(正生)小王,圣天子神灵护保,大将军八面威风。只要射中王莽,冤仇可报也!(唱)

【尾】劝小王休疑猜,自有神灵来护咱。(贴旦白)王兄!(同唱)**但愿你/那时节仇报深深冤消化。**(下)

第三号

小生(岑彭)、末(吴汉)、正生(苏成)、贴旦(刘秀)、丑(马武)、付(苏献)、小旦(金标)、净(王莽)

(内)仁兄请。(小生、末上)(吹打【六幺令】前段)(小生白)俺岑彭。(末)俺吴汉。(小生)仁兄请了。(末)请了。(小生)请问仁兄,夺取魁元,有何军器当先?(末)兄听着,生来异容怪面,双手能托千斤,用的梅花枪法,射的百步穿杨。未知可取得魁元?(小生)有此本领,必取魁元。(末)兄此番进场,何物当先?(小生)仁兄听着,俺左手扳弓,右手搭箭,一箭射的,百步穿杨。有此本领,未知可取魁元?(末)谅可以取得魁元。(小生)你我到武场一走。(末)有理,请。(吹打【六幺令】后段)(小生、末下)(内)请了。(正生、贴旦上)(吹打【六幺令】前段)(贴旦白)呔,王莽,我骂你这老贼,俺若一箭不射死你,今世非为人也。(吹打【六幺令】后段)(正生、贴旦下)(丑上)(吹打【六幺令】前段)(白)俺山阳马武,闻得王莽大开武场,俺前去夺取魁元。哇,武状元留下,俺马武来也。(吹打【六幺令】后段)(丑下)

(【大开门】,接【骑马调】)(四手下上,付上高台)(小旦骑马上,下)(末骑马追上,下)(小生骑马上,下)(正生骑马上,下)(贴旦骑马遮脸上,下)(丑骑马上,下)(四手下带马,付上马,下)(【大开门】,吹【过场】)(四手下上,净、付上)(净唱)

【一枝花】天顺孤家坐皇朝,喜得个宁静四方。开武场招集英雄将,免得个、免得个汉室臣心怀不良。又恐怕南阳刘秀起祸殃,因此上统军兵画图捉拿。笑他个小小一儿童,早提防起烽烟,动干戈来厮杀,动干戈来厮杀。

(吹【过场】)(诗)开设武场招英雄,提防不测动干戈。杀君篡位成大事,捉拿刘秀小儿童。(白)孤家汉室王莽,登基以来,众卿虽然仁义,孤家恐有另生

别计。苏卿奏道，刘秀逃奔天涯，为此大开武场，招集英雄。只要灭得刘秀，此乃山河一统也！（唱）

【梁州第七】他是个刘氏宗亲派，汉江山、又恐暗地里起行藏。他是个金枝玉叶一君王，除却了后世小儿郎。开武场治国安邦，俺这里牢笼计来布摆，任你有插翅腾空，难逃这天罗地网，天罗地网。（白）苏卿传旨。（付）万岁。（净）旗杆上挂金钱一枚，有射中金钱者，取为魁首。后考十八件武艺，件件皆能，点为武状元者。（付）立点。万岁有旨下来，旗杆上挂金钱一枚，有人射中金钱取为魁首，后考十八件武艺，件件皆能，点为武状元者。（净）苏卿传旨，选头班举子进武场。（付）立点。万岁有旨，选头班举子进武场。（内）领旨。（小旦、末上）草莽臣见驾，愿吾皇万岁。（净）平身。（众）万岁有何旨意？（净）你且比来。（小旦、末）领旨。（小旦射箭三发下，末射箭三发下）（净）阿吓，妙吓！看头班举子好箭法也！（唱）**看他们箭法如快，射金钱我心欢爽**。（白）苏卿传旨。（付）万岁。（净）选二班举子进场。（付）领旨。立点，万岁有旨，选二班举子进武场者。（内）领旨。（小生、正生上）草莽臣见驾，愿吾皇万岁。（净）平身。（小生、正生）有何旨意？（净）你且射来。（小生、正生）领旨。（小生射箭三发下，正生射箭三发下）（净）阿吓，妙吓！二班举子好人品也！（唱）**见他们英雄气概貌非凡，取魁元必须要人品端庄。一个个都是少年英雄，看他堂堂气盖世无双。这的是天助人愿，江山万载，江山万载**。

（小生、正生、小旦、末上）（净）众举子报上名来。（小生）俺名岑彭。（正生）俺名苏成。（小旦）俺名金标。（末）俺名吴汉。（净）岑彭听封。（小生）领封。（净）人品端庄，点为武状元。（小生）谢主隆恩。（净）苏成听封。（正生）领封。（净）箭法如神，取为榜眼。（正生）谢主隆恩。（净）金标听封。（小旦）领封。（净）射的百步穿杨，取为探花。（小旦）谢主隆恩。（净）吴汉听封。（末）领旨。（净）异容怪面，取为金殿传胪。孤家招为驸马，三公主与你完姻，然后领封。（末）谢主隆恩。（内）呔，武状元留下，山阳马武来也！（丑上）杀人可恕，情理难容。嘈！三场未满，先取魁元，俺心中不服。（净）何处举子，报上花名。(丑)山阳马武。(净)举子有何本领夺取魁元?(丑)你且听着,俺生来英雄花面,用的梅花枪法,双手能擒虎豹。俺一拳,泰山欲倒。(净)岑彭与他比来。(小生)领旨。哟,马武,有何本领,前来夺取魁元?(丑)俺十八件武艺,件件皆能,那般不晓?(小生)有此本领,何不与俺比箭?(丑)比箭何妨。请!(小生)请!(小生射箭三发)(丑)嘈!岑彭箭法只射百步穿杨,俺射一百二十步与你看者。(丑射三发)(小生)哟,马武,你箭法虽好,何不与俺比枪?(丑)比枪何妨。请!(小生)请!(比枪,小生败下,丑追下)(净)阿吓,妙吓!马武果然好本领也!(唱)

【四块玉】[①]**他他他容不堪,武艺精通天下无双。两英雄龙争虎斗,那一个谁弱谁强**。(小生、丑架枪上)(小生)马武,你枪法不过如此,何不与俺比刀?(丑)比刀何妨。(小生)请!(比刀,小生败下,丑追下)(净)看岑彭力怯,马武愈加威武也!(唱)**看他们金光闪闪如电光,八面威风气昂昂,好似那天神下降,怪面红发我心不爱**。

(小生、丑架刀上)(丑)俺与你出战。(小生)出战何妨。(小生放镖,丑用红锦圈套着,并下)(末)咳,那岑彭放出镖枪,马武红锦圈挡住。二虎相争,必有一伤,不免向前解围者。(唱)

【哭皇天】**二虎相争必有伤,向前去解和好。左手举弓右手搭箭,二英雄免得伤亡,免得伤亡**。(末下)(小生、丑上,战)(末上)看箭!(射箭解开)(净)岑彭听封。(小生)领封。(净)人品端庄,点为武状元者。(小生)谢主隆恩。(净)马武本领虽好,面貌丑陋,点为榜眼。(丑)王莽你这老贼,你不取武艺,单取面貌,俺马武愈加不服也!(唱)**骂你这无道昏君,谋皇篡位坐朝堂**。(净白)吓,孤家中你榜眼,不来亏负,反辱骂孤家。岑彭听旨。(小生)万岁。(净)将马武扯出武场。(小生)领旨。(丑)呀,不点魁元倒也罢了,反将俺扯出武场。可恼,可恼也!(唱)**恼得俺怒气冲冲,好叫我满面羞惭**。(丑下)

---

① 此曲牌名及下文【哭皇天】,抄本缺题,今从推断。

(贴旦上)看箭。(射箭)(贴旦下)(净脱冠)吓,何人行刺?(小生)何人行刺?(内)南阳刘秀。(小生)万岁,南阳刘秀。(净)与我拿下。(小生)快快拿下。(内)化作金龙而逃。(小生)万岁,化作金龙而逃。(净)吓,岑彭听旨。(小生)万岁。(净)命你带兵捉拿刘秀,前来复旨。(小生)领旨。(小生下)(净)吓,刘秀,刘秀,幸得一箭,射在孤家平天冠上,若还射在咽喉上,岂非一命呜呼也!(唱)

【尾】一番惊骇心胆寒,奸人刘秀忒杀猖狂。一任你化作金龙,如此冤仇怎饶放,冤仇怎饶放?(众下)

(打【水底鱼】)(贴旦上)唬死我也,唬死我也。本要一箭射死王莽,谁想这老贼天数未绝,一箭射在平天冠上。看后面军马追得恁紧,叫我如何是好也?(贴旦下)(正生上)且住。我苏成为报先皇之仇,与小王商议,本要射死王莽,不想他天数未绝,一箭射在平天冠上,小王化作金龙而去。不想王莽中俺榜眼,倒做了进退两难也。(下)

第四号

丑(马武)、外(邓禹)

(丑上)羞死俺也,羞死俺也。俺爹娘跟前夸此大口,上前夺取魁元,王莽道俺面貌丑陋,不中与俺。待俺借了文房四宝,题诗而去。仁兄请了。(内)请了。(丑)借问一声?(内)所问何事?(丑)文房四宝借俺一借。(内)你自己来拿。(丑题诗)豪气腾腾贯斗牛,只望谈笑觅封候。可恨王莽无眼力,道俺面貌人丑陋。不取武艺弓和马,单取面貌为魁首。将俺扯出武场外,不斩王莽死不休,不斩王莽死不休。山阳马武题。仁兄,这文房四宝还了你。王莽王莽,不杀一世非为人也!(吹【泣颜回】前段)(丑下)(外上)(引)掐指定阴阳,神机妙算腹中藏。(白)贫道,邓禹。昨日夜观星象,黑杀星有难,贫道指算定,特地前去相救者。(吹【泣颜回】后段)(外下)(丑上)(吹【千秋岁】前段)(白)俺马武,王莽不中与俺,怎能回家,见得爹娘?但是这……有了,待我寻个自尽了。(吹【千秋岁】中段)(白)爹娘吓!(外上,架刀)且慢,马将军为何在此寻此短见?(丑)你是什么样人,称俺马将军?(外)贫道邓禹。天上有你星宿,前来相救与你。(丑)天上既有俺星宿,王莽为何不中与俺?(外)你主不是王莽。(末)我主是谁?(外)你主乃是南阳刘秀。(吹【千秋岁】后段)(丑白)启先生,我主未知何日相会?(外)我有锦囊一个,付与你,待等八月中秋,在卧龙岗,自有君臣相会。(吹【尾】)(外下)(丑)先生说,我与小主在卧龙岗相会,俺要寻小主去也。(下)

第五号

小生(岑彭)、小旦(苏绣娥)、贴旦(刘秀)、付(黑标)

(四手下、小生上,科)身配白甲头顶巾,一心要把刘秀擒。练就标枪无人敌,方显威名四海闻。(白)俺岑彭是也,奉皇旨意,带兵十万,捉拿刘秀。众将!(手下)有。(小生)带马!(吹)(上马,下)(小旦上)(唱)

【红衲袄】(起板)**问安去离绣阁花园游,身懒倦、闺中女针指绣**。**老爹行、终日里田园守,女嫦娥、姻缘事不僝僽**。(白)奴家苏氏绣娥,爹爹苏庇,哥哥苏成,进京夺取魁元,并无喜报回来。心中烦闷,去到花园游玩一番便了。(唱)**移步的出香闺多闲游,观花园、阵阵的香风透**。**见花亭一层层胭脂也,春色其间香满楼,春色其间香满楼**。(小旦下)

(贴旦上)(唱)

【前腔】走天涯好叫我无路投,奔他乡、四面的画图搜。**又未知存身在何处,我只得随风逐浪走**。(白)我刘秀,本要一箭,射死王莽。不想老贼天数未绝,射在平天冠上。四方画图高挂,总然难脱牢笼也。(唱)**走得我气喘吁吁汗如流,好叫人错走了无路投**。**只见人儿簇拥也,心惊胆战难行走,心惊胆战难行走**。(贴旦下)

(大走板)(八手下上,付、小生同上)(小生唱)

【前腔】**奉旨意带雄兵拿刘秀,奉旨意、逞雄威沙场走。只我这带雄兵来捉拿,任他妖法也难留**。(白)俺岑彭,奉皇旨意,带兵十万,捉拿刘秀。将军,那刘秀并无下落,如何是好?(付)元帅,你赐俺三千人马,捉拿刘秀到来献功也!(唱)**非是俺自称强夸大口拿刘秀,必须要密悄悄暗计谋。任他入地通天手也,难逃天罗地网收,难逃天罗地网收**。

(小生)好!将军有此本领,何惧刘秀不灭。命将军带领三千人马,四路捉拿,前来献功也!(唱)

【前腔】**堪羡你为国家献良猷,显威风、必须用计谋。只你这带雄兵来厮杀,任他入地通天手**。(白)众将趱上!(唱)**出雄关走羊肠怒咆哮,振纪纲、来捉拿。尔等休得畏惧也,生擒活捉方罢休,生擒活捉方罢休**。(众下)

(贴旦上)(唱)

【尾】**气喘暮路难以走,又无村庄来逗留**。(科)(内白)哟,众百姓听着:刘秀逃奔天涯,有人通报,赏赐千金,窝藏者,拿下一体同罪。(贴旦)这遭不好了!(唱)**唬得我魂散魄飞命难留**。(逃下)

(四手下上,追下。付骑马上,追下)

第六号

小旦(苏绣娥)、贴旦(刘秀)、外(苏庞)、正旦(李氏)

(小旦上)(唱)

【锁南枝】(起板)**花园地,风景妍,太湖石畔假山边。游玩恁多时,回转进庭园**。(白)奴家在此游玩花园多时,有恐母亲在家悬望,不免回去便了。(唱)**闺中女,针指绣**;(贴旦上)(唱)**纵墙垣,躲一天,纵墙垣,躲一天**。

(小旦)不好了!(唱)

【前腔】**唬得奴,心又慌,你是何人进墙垣?真言来诉剖,细说这根源**。(贴旦白)小姐，救命吓！(唱)**感深恩，救命全；恩德如山大，不负丘山占，不负丘山占**。

(小旦)你是什么样人，纵进花园，快与我出去。(贴旦)不瞒小姐说，我乃南阳司马汉刘秀。可恨王莽这厮，药死平帝，斩尽刘氏宗亲，多蒙叔父相救，逃奔天涯。后面军兵追赶，无处存身，纵进花园，还望小姐相救呵！(唱)

【前腔】感恩德，恩非浅，救我残生命身全。**可怜路途苦，凄凉事惨然**。**有一日，见青天；重整山河地，不负女婵娟，不负女婵娟**。

(小旦)怎么，你是小王？(贴旦)正是。(小旦)如此小王请起。(贴旦)谢小姐。(小旦)苏氏见驾，小王千岁。(贴旦)平身。(小旦)谢千岁。(贴旦)快快保驾要紧。(小旦)有奴苏氏保驾。(唱)

【前腔】非是俺，夸大言，武艺超群我当先。**那怕军和兵，谁敢来多言**。(贴旦白)岑彭追赶，如何是好？(小旦)非是我夸口说，奴家一身本领，何惧他千军万马也！(唱)**香闺女，事当年；禀爹娘，且面瞻**[①]**，禀爹娘，且面瞻**。(小旦回头看，羞惭下)

(外、正旦上)(同唱)

【前腔】儿女事，常牵挂，订结丝萝万事全。**儿女年长成，婚配两家缘**。(外白)安人请坐。(正旦)请坐。(外)安人，你我年过天命，单生一男一女，尚未婚配，完成儿女终身，免得你我挂念。(正旦)我女儿有一身武艺，可惜女流。(唱)**貌和才，无匹配；招乘龙，待何年，招乘龙，待何年？**

(走板)(小旦上)(唱)

【前腔】心欢喜，话筵前，且向堂前见亲严。**小王进墙后，贵人到家园**。(白)女儿万福。(外、正旦)罢了。(小旦)谢爹娘。(外、正旦)儿吓，为何这等欢喜？(小旦)爹娘，小王到我家来了。(外、正旦)那一个小王？(小旦)就是南阳司马汉刘秀，被军马追赶，无处藏身，纵进花园。(唱)**配合事，不须疑；儿的婚姻事，配**

---

① 面瞻，单角本作“免转”，据文义改。

合成姻眷，配合成姻眷。

（正旦）员外，皇帝到我家来了。（外）儿吓，你进去，安人回避，小王有请。（正旦）员外迎接小王。（小旦羞下，正旦下）（贴旦上）纵进花园里，祸福在于天。（外）小王。（贴旦）老人家。（外）老汉苏庇，见驾小王千岁。（贴旦）老人家平身。（外）谢千岁，请坐。（贴旦）有坐。（外）启问小王，因何到此，请道其详。（贴旦）老人家，一言难尽。（唱）

【佚名】难诉告，说根由，提起叫人泪珠流。（白）可恨王莽这厮，药死平帝，斩尽刘氏宗亲。（唱）**斩尽了刘氏宗亲，因此上天涯奔走。**（白）我在凉亭之上，遇着一位仁兄，问他名姓，他说姓苏名成，上京赴考，带我进场。本要一箭射死王莽，不想这老贼天数未绝，一箭射在平天冠上。（唱）**射着咽喉命归阴，平天冠上起祸由，因此上逃奔天涯来相投。**

【前腔】（外唱）**听言来，说缘由，恨王莽不念着翁婿情投。**（白）不瞒小王说，老汉苏庇，年过天命，单生一男一女。凉亭之上，说苏成者，是我小儿，进京赴考未回。（唱）**遇小王三生有幸，心正直不惧奸谋。**（白）小女虽是女流，倒有一身本领，未配佳偶。欲求小王收录，叠被铺床。（唱）**侍奉尊前不离手，虽则是貌丑奉箕帚。**

（贴旦）老人家说那里话来？令爱乃是闺阁之女，我是逃难之人，若说姻缘二字，难以遵命。（外）说那里话来？小王不允亲事，叫我女儿如何做人？（唱）

【剔银灯】[①]**提起来满面含羞，他是个闺中女流。遇着男子话不休，说起来满面含羞。辐辏，成全了女儿终身，这的是良缘辐辏。**

（贴旦）老人家，非是我不允亲事吓！（唱）

【前腔】都只为血海深仇，又画图军兵来搜。何日遇难结冤仇，这良缘我当成就。（外白）安人快来。（正旦上）员外何事？（外）小王允其亲事了。（正旦）我儿快来。（小旦上）母亲，叫女儿出来何事？（正旦）小王允亲了，过去谢恩。（小旦）

---

① 此曲牌名各本缺题，今从推断。

女儿羞人答答，如何去得？（正旦）你是田庄村女，怕什么羞耻。（小旦）如此小王请上，受奴苏氏谢恩。（唱）**脸含羞，深深叩拜尊前有，但愿得你重整山河报冤仇**。（小旦下）

（外）蒙小王不弃，结下姻眷，明日就要拜堂了。（唱）

【尾】成就了百年婚媾，在我家放却心头。（贴旦白）老人家，是这个……（外）不用这个。（贴旦）那个……（外）不用那个。香汤沐浴，就要拜堂了。（唱）**天定良缘来辐辏**。（下）

第七号

付（黑标）、外（苏庞）、小旦（苏绣娥）、正旦（李氏）、贴旦（刘秀）、小生（岑彭）

（付上）奉皇旨意兵势勇，捉拿刘秀小儿童。俺黑标，带兵三千，捉拿刘秀，并无踪迹，好不焦躁人也。（吹【朱奴儿】前段）（报子上）报，启将军，打听明白，刘秀落在苏家庄。（付）再去打听。（报子）得令。（报子下）（付）嗄，刘秀，刘秀，落在苏家庄，你是自投罗网也。（吹【朱奴儿】后段）（付下）（外笑上）（唱）

【醉花阴】只我这心中开怀喜欢笑，招乘龙小王名号。我是个新国丈一元老，女娇容、女娇容东宫势滔。今日个良缘做花朝，苏家庄簪缨第富贵人到，成就了百年欢笑，百年欢笑。

（白）老汉苏庞，生下一男一女。昨日小王到我家，今日与我小女做亲，我好喜也！（唱）

【画眉序】好叫我喜气开怀抱，妇随夫唱乐逍遥。有一日身登王朝，儿是个救驾功臣，我是个独霸当朝。（白）女儿呵！（唱）**正宫稳稳来摆定，有一日祸事到，我的头颅留不牢，我的头颅留不牢**。（外下）

（小旦上）（唱）

【喜迁莺】我是个香闺、香闺女流，他是个金枝、金枝玉叶。心也欢笑，好叫我羞脸红桃，一对的郎才女貌。（白）奴家苏氏绣娥，爹爹苏庞，哥哥苏成，进京夺取魁元，并无喜报回来。小王在我家中，爹娘将奴终身配合，今日吉日良缘。（唱）**喜也么笑，说不出羞脸红桃，我是个东宫名号，东宫名号。**

（小走板）（正旦上）（唱）

【画眉序】听说玉叶调，急进香闺说分晓。一对的郎才女貌。（小旦白）母亲，女儿万福。（正旦）罢了。（小旦）进房何事？（正旦）进房非为别事，小王允了亲事，梳妆起来，成其花烛。（唱）**完全你一世终身，免使娘牵肠挂劳。**（小旦白）叫女儿羞人答答，如何使得？（正旦）他是金枝玉叶，你是田庄村女，怕什么羞耻来。（唱）**劝儿速把花烛拜，一家的安享月老，安享月老。**

【出队子】（小旦唱）**听言来叫奴、叫奴心恋，这良缘天定、天定来招。花烛双拜红丝洞房，举案齐眉富贵和谐，只我这喜心头特闹儿早，喜心头特闹儿早。**（正旦、小旦下）

（四手下、付上）（唱）

【幺篇】[1]**苏家庄钦犯亲招，他那里罪犯非小。**（白）俺，黑标，闻得刘秀落在苏家庄。众将官，将苏家庄团团围住者。（唱）**有雄兵如虎似狼，管叫他有命难逃，管叫他有命难逃。**（四手下两面下，付下）

（内白）小王随我来。（小走板）（外、贴旦上）（外唱）

【刮地风】呀！你道是田姑村女貌多娇，夙世良缘会蓝桥。你是个金枝玉叶，他是个绣阁红妆，天定良缘不须推掉，洞房花烛乐杀逍遥。这壁厢，那壁厢，千里姻缘来凑巧。拜倒，有一日重整山河立汉朝，杀王莽仇可报，那时节团圆欢笑，团圆欢笑。

（吹【过场】）（四手下、付暗上，正旦接小旦上，拜堂。付扯贴旦，四手下绑贴旦下，小旦同下。付唬外，付下）（外）不好了！（唱）

【滴溜子】唬得我，唬得我，魂飞九霄；女少貌，女少貌，无依无靠。夫妻老多颠倒，那哓官兵围着？（正旦白）不好了！（唱）**官兵来到，一霎时天笼地罩。**（同

---

① 此【幺篇】195-3-3 忆写本、195-3-78 整理本未标，今从推断。

白)我儿快来!(小旦上)(唱)**中堂何事闹喧哗,移步向前问根苗**。

(白)爹娘,为何这般光景?(外、正旦)我儿不好了,小王被官兵拿去了。(小旦)待女儿夺他转来。(外、正旦)且慢。官兵厉害,你一身女流,如何去得?(小旦)女儿也顾不得了。(脱衣拿枪)爹娘请上,如此拜别。(唱)

【鲍老催】半路相抛,夫情牵挂怎忍他,只拿着梨花枪单身来挑,单身来挑。(外、正旦唱)**半路抛,命难逃,犯法违条**。**看将来老命难逃,老命难逃**。(哭下)(大走板)(四手下绑贴旦上,付上)(付唱)**紧将他来绑着,便要你一命难逃**。

(贴旦)为何将我拿下?(付)你是南阳刘秀。(贴旦)有什么刘秀?有什么刘秀?(付)还敢抵赖么?(唱)

【佚名】管叫你有命难逃,顷刻间解往京都道。(小旦上,战,付、四手下败下)(小旦唱)**见小王心意欢笑,黑标逆贼不能饶**。(小旦、贴旦下)(四手下、小生上)(唱)**紧闻着刘秀捉拿,往前去护着钦犯,生擒活捉不相饶**。(白)俺,岑彭,闻得刘秀落在苏家庄,黑将军前去捉拿,众将紧紧趱上。(唱)**必须要紧紧趱上,遇刘秀决不相饶,决不相饶**。

(贴旦、小旦上)(小旦唱)

【佚名】见官兵紧紧来追到,看将来有命难逃。(付上,战,付死下)(小生上,接战,枪挑小旦,小旦败下。小生下马,贴旦上与小生战,贴旦被绑。小旦上,枪刺小生,小生架枪,绑贴旦下)(小旦)不好了!(唱)**实指望救出伊曹,失手被擒命难逃**。(小旦下)(四手下绑贴旦上,小生上)(小生唱)**奉旨意任你逃,今日个被俺捉拿,解京都一死难逃,一任你化作金龙也难逃,化作金龙也难逃**。(下)

第八号

正生(苏成)、小旦(苏绣娥)

(正生上)(唱)

【水底鱼】一喜一恼,武场两地抛。化作金龙,四下无踪杳。

(白)我苏成,带了小王进场。本要一箭射死王莽,不想他天数未绝,射中平天冠上,小王化金龙而去。本要寻觅,不想王莽中俺榜眼,不免归家祭祖,然后寻觅小王便了。(唱)

【前腔】遥望门到,言辞来诉告。辞别双亲,访主归家窑。

(小旦上)(唱)

【前腔】难脱笼牢,一时无计较。失手被擒,不知如何了?

(白)哥哥吓!(正生)妹子,为何这般光景?(小旦)哥哥吓,小王在我家中,爹娘将妹子终身配合,不想吉日良缘呵!(唱)

【前腔】官兵来到,惹祸非轻小。因解进京,看来命难保。

(正生)吓,怎么,小王被他擒去了?(小旦)被他擒去了。(正生)可恼,可恼!(唱)

【前腔】闻言咆哮,他是汉室名标。岂容奸党辈,搅乱与皇朝。

(白)妹子,被何人所擒?(小旦)小王被黑标擒去,黑标被妹子所伤,一霎时来了岑彭这厮呵!(唱)

【前腔】难脱笼牢,失手无计较。因解进京,看来命难保。

(正生)怎么,是岑彭?想岑彭与为兄同年,待为兄问他详细,然后救他便了。(唱)

【前腔】不必悲号,归家安身好。侍奉双亲,不必来心焦。

【前腔】(小旦唱)**遇见兄长,归家安身好。侍奉双亲,再作何计较。**

(白)噫吓,小王吓!(下)

第九号

外(苏庇)、正旦(李氏)、小旦(苏绣娥)、正生(苏成)

(外、正旦上)呀呵,儿吓!(同唱)

【不是路】祸起萧墙,招赘乘龙犯王章。好惊慌,此事叫人怎主张?(外白)安人,想女儿是女流之辈,如何挡得官兵,定然性命难保的了。(唱)**女裙钗,**(白)

虽有本领来厮杀，(唱)**那晓官兵动刀枪？**(正旦白)儿吓，这是为娘害你也！(唱)**好惊怕，上阵交战来厮杀，可惜你弱质娇娃，弱质娇娃。**

(小旦上)(唱)

【前腔】急步关山，遇见兄长诉说短长。进门台，呀！乍见双亲泪未干。(白)爹娘，女儿万福。(外、正旦)儿吓，你回来了！(小旦)女儿回来了。(外、正旦)小王可有得救回来？(小旦)小王被他擒去了。(唱)**痛哀哉，黑标被女儿所伤，一重未了一重来。**(外白)官兵雄勇，如何脱离虎口？(正旦)后来便怎么？(小旦)后来黑标被女儿所伤，霎时来了岑彭这厮呵！(唱)**画图献，上阵交锋来厮杀，遇见兄长诉说短长，诉说短长。**

(外、正旦)怎么，哥哥会见过了？(小旦)哥哥会见过了，说得中榜眼的了。(外)怎么，你哥哥得中榜眼的了？谢天谢地。(正旦)呸，谢什么天地？(外)我儿得中榜眼，岂不是要谢天谢地？(正旦)我儿得中榜眼，王莽的臣子，小王是我家女婿，两下对头，发老昏了。(外)咳，是我讲差了。小王是我的女婿，与王莽两下是对头，谢什么天地，原是讲差了。(正旦)你哥哥怎说？(小旦)爹娘吓，哥哥说小王囚解进京，性命难保。依女儿主见，去劫夺囚车，未知心意如何？(外、正旦)呷吓，儿吓！他有千军万马，一人如何劫夺？(小旦)女儿也顾不得了！(唱)

【佚名】顿起恼怒一红妆，何惧他千军万马，要救小王。乱朝纲恨杀奸党，画图捉拿，官兵的、四路提防。他是个金枝玉叶，眼睁睁身赴云阳，眼睁睁身赴云阳。

【前腔】(外、正旦唱)**劝儿还须要忍耐，又是琐琐裙钗，休得志昂。劫囚车非比等闲，遇上刀枪，出沙场、心惊胆怕。闪闪的呐喊旌旗，吼一声魂飞魄散，吼一声魂飞魄散。**

(小旦)爹娘吓！(唱)

【尾】和遇着一娇娃，一任他千军与万马。(外、正旦白)儿吓！(唱)**要救小王难上难。**

(同哭)吓！阿吓，儿吓！(小旦)母亲，娘吓！(下)

第十号

小生(岑彭)、正生(苏成)、贴旦(刘秀)

(吹打【六幺令】前段)(小生上)俺岑彭,刘秀被俺擒着,明日解往京都,请功受赏。(吹打【六幺令】后段)(报子上)报,启元帅,苏将军驾到。(小生)请相见,说爷出去迎接。(报子)苏将军有请。(报子下)(正生上)挺身救国难,何惧命难保。年兄。(小生)年兄请进。请坐。(正生)有坐。(小生)不知年兄驾到,少出远迎,合当有罪。(正生)好说,弟闻得刘秀被擒,此番进京,功劳非小也。(小生)年兄,不要说起那刘秀。(吹打【六幺令】前段)(白)一来圣上洪福,二来刘秀自投罗网。(吹打【六幺令】中段)(白)三,年兄之福庇。(吹打【六幺令】后段)(正生白)年兄,囚解进京,想刘秀能通妖法,恐被脱逃。弟同解进京,如何?(小生)年兄同解进京,此乃极妙的了。(正生)年兄说那里话来?弟要与皇家出力报效。(唱)

【(昆腔)六幺令】**扶助皇朝,开国元勋忠良可表。你是为国艰辛大英豪**。(白)但是俺苏成呵!(唱)**要将他,身首断,绑赴云阳受割刀**。

(白)年兄,将刘秀绑出来,弟还要辱骂一场而去。(小生)这个自然。来,将刘秀绑上来。(手下)呔,将刘秀绑上来。(手下绑贴旦上)(贴旦)命定遭磨难,何惧命不全。(手下)刘秀绑到。(正生)此人可是刘秀?(小生)年兄,这个就是刘秀。(正生)呔,刘秀,你可认得与俺么?(贴旦)你敢是苏……(正生)嘈!俺苏将军名儿,那个不晓?谁叫你称俺苏将军?你被岑元帅所擒,此番进京,倒要看看你的手段也!(唱)

【**前腔**】**泼天大胆,他是义侠男儿汉头颅可代。劝你不必泪汪汪**。(白)俺苏将军忠心为国。(唱)**你是个,嫡亲派,遭患难冤不开**。

(小生)且慢。年兄,此刻不要计较与他,到中路再作计较。来,将刘秀上了囚车,明日解进京。(手下)将刘秀上了囚车。(手下带贴旦下)(小生)弟备得有酒,与年兄畅饮。(吹【尾】)(下)

第十一号

小旦(苏绣娥)、贴旦(刘秀)、正生(苏成)、小生(岑彭)、付(姚期)

(小旦上)(唱)

【(昆腔)**醉花阴**】**少年恩爱撇两旁,因此上途路劫抢。凭着我单枪匹马,夫与妻恩爱双双**。(白)奴家苏氏绣娥,小王囚解进京,性命难保。因此别了爹娘,假扮绿林,去到中途,劫夺囚车者。(唱)**在中途等候小王,劫囚车独自承当,一任他罪犯王章**。(小旦下)

(四手下、贴旦囚车,正生、小生上)(吹【画眉序】前段)(正生白)年兄擒了刘秀,此番进京,功劳非小也。(小生)年兄,一来圣上洪福,二来刘秀自投罗网。(吹【画眉序】中段)(正生白)呔,刘秀,你被岑元帅所擒,此番进京,俺苏成倒要看看你的手段也。(小生)且慢。此刻不要与他计较,解往京都,请旨定夺。过来,将囚车紧紧趱上。(吹【画眉序】后段)(众下)(小旦上)(唱)

【(昆腔)**喜迁莺**】**行过了羊肠,路途中劫夺囚车,因此上独身直上。那顾得登山涉水,眼巴巴望断肝肠**。(小旦下)

(四手下、贴旦囚车,正生、小生上)(吹【画眉序】)(内白)哟,将囚车留下!(四手下)有人劫夺囚车。(小生)吓,何处女子,前来劫夺囚车?将囚车带过一边。(正生、四手下、贴旦囚车下)(小旦上,架枪)(小生)哟,何处女子,前来劫夺囚车?可晓岑将军的厉害?(小旦)嘈!将囚车留下,放你过去。(小生)如若不然?(小旦)如若不然,枪头之鬼。(小生)不必多言,年兄出马。(小生下)(正生上)呔,何处女寇,前来劫夺囚车,你难道不怕死的么?(小旦)哥哥。(正生摇手)(小旦唱)

【(昆腔)**出队子**】**心儿里暗想、暗想我兄长,劫囚车来释放,好叫我难猜又难详**。(白)你将囚车留下,放你过去。(正生)如若不然?(小旦)如若不然呵!(唱)**怎挡俺一支银枪,闹嚷嚷杀气谁敢挡,你可也一命丧黄泉,竞得个厮杀一场**。

(战,正生败下。小生上,接战,小旦败下)(小生)你走,你走!(吹【滴溜子】)(小生追下)(正生、小旦上)(正生)妹子。(小旦)哥哥。(正生)妹子。(小旦)哥哥。(二人碰)(小旦)呷吓,哥哥吓!(正生)妹子,你好大胆,千军万马之中,前来劫夺囚车,你难道不怕死的么?(小旦)咳,哥哥吓!(唱)

【(昆腔)刮地风】**呀!听言来令人暗思想,止不住小鹿心头撞。望兄长把小王来释放,必须要念我同胞共一腔。**(正生白)为兄岂有不晓,一时之间,难以相救,你快些逃生去罢。(小旦)咳!(唱)**此话儿一一来说慌,解京都去赴云阳。**(内喊)有!(小旦)呀!(唱)**只听见这壁厢,那壁厢,簇拥闹嚷。**(哭)(白)哥哥吓!(唱)**放钦犯夫妻欢畅,放钦犯夫妻欢畅。**

(正生与小旦战,正生败下。小生上,小旦败下,小生追下)(付砍柴上,小生、四手下、贴旦囚车上,正生另一面上)(正生)年兄,女寇甚是厉害,你何不上前厮杀,囚车是俺保护,你道如何?(小生)年兄,你且放心,你在此保护囚车,待俺活擒女寇。哟,女寇慢走,俺岑元帅赶上来也。(小生追下)(正生)来,女寇厉害,你们上前厮杀,待俺保护囚车。(四手下)请。(四手下追下)(正生)小王,我便救了你,往何处逃生?(贴旦)苍天,苍天,我刘秀死于非命也。(正生)待俺高叫一声。呔,众百姓听着,司马汉小王有难,尔等相救者,官封万户。(付)俺姚期来也。(与正生架刀)(付)俺来救驾,那一个是小王?(正生)是这个。(付)姚期见驾,小王千岁。(贴旦)姚王兄平身。(付)谢千岁爷。(贴旦)快快保驾要紧。(付)何人追赶?(贴旦)岑彭追赶。(付)岑彭吾儿。小王随俺来。(付、贴旦下)(小旦上)(唱)

【(昆腔)四门子】**杀得我汗流直淌,我兄长挺身救我行。险些儿一命黄泉上,噫吓!救儿夫恩不忘,救儿夫恩不忘。**(内喊)有!(小旦)噫吓!(唱)**旌旗闪闪,这边有弓那边有枪,看将来命丧亡,看将来命丧亡。**

(小生上,架枪)(付带贴旦上,圆场下)(小生与小旦战,小旦跌马,小生出枪,正生挡,小旦下)(小生)哟,年兄,这女寇子打下马来,本要一枪伤他性命,你挡住俺的枪锋,是何道理?(正生笑)年兄,这女子想见刘秀生得有几分姿色,来会会与他,何苦要伤他性命。刘秀脱逃,待俺进京,请了大兵到来擒便了。(小生)吓,有俺在此,何用请兵?晌,刘秀慢走,俺赶上来也!(小生下)(正生)阿吓,妙吓!小王被姚期救去,定有活命。待俺进京,杀死王莽,以报先皇之仇也!(吹【尾】)(下)

第十二号

老旦(窦氏)、付(姚期)、贴旦(刘秀)、小旦(苏绣娥)、小生(岑彭)

(老旦上)(引)母子在山林,冤仇何日伸?(白)老身窦氏,相公姚莫,我儿姚期。可恨王莽这厮,谋皇篡位,那年闰腊月,打起鸳鸯壶一把,一边藏好酒,一边藏药酒,药死平帝,斩尽刘氏宗亲,陷害小王,逃奔天涯。我相公心中不服,赶上金殿,骂了几句,恨王莽将相公立斩午门,抄灭全家。我儿姚期将老身背了,逃出在外,无业可做,我儿只得上山打樵度日,看日当中午,还不见回来,好生挂念也。(内)姚期回。(老旦)我儿回来了。(付上)杀得醺醺醉,(贴旦、小旦上)急忙避山林。(付)母亲,孩儿拜揖。(老旦)我儿罢了。(付)谢母亲。(老旦)儿吓,此位是谁?(付)这位乃是小王。(老旦)嗄,这位是小王?(付)母亲见了小王。(老旦)待为娘见过小王。窦氏见驾,小王千岁。(贴旦)平身。(老旦)谢千岁。(小旦)苦吓!(老旦)儿吓,此位是谁?(付)孩儿倒也不晓,谅来是小王老婆了。(老旦)嗄,怎么,是小王老婆?儿吓,你在此陪伴小王,为娘去整顿午饭,与小王充饥。(付)孩儿晓得。(老旦)难得,难得,小王到我家来,大大发财也。(老旦下)(贴旦)苍天,苍天,我刘秀与王莽仇深似海,受此惨伤,想起来好不痛、痛心也!(唱)

【风入松】我是汉室臣后裔,倒做了浮游浪荡。可怜受此遭魔障,害娇容、害娇容杀得个蓬头散发。这冤仇何日消报,恨王莽先帝害,恨王莽先帝害。

(付)小王吓!(唱)

【前腔】小王不必泪悲伤,这情踪诉说端详。恨杀王莽恶心肠,一任他、一任他通天之勇,杀得他一命伤亡,一片丹心保君王,一片丹心保君王。

(小旦)小王吓!(唱)

【急三枪】**我为你,多受伤,不然是,命难存**。(贴旦白)小姐吓!(唱)**可怜你,为我身,多受伤。害娇容,受灾殃,害娇容,受灾殃**。

(付)小王吓!(唱)

【风入松】**你今休得哭悲伤,俺是个后代忠良**。(白)不瞒小王说,俺姚期,父亲姚莫,被王莽陷害,立斩午门,俺姚期要报杀父之仇也!(唱)**杀死王莽父仇偿,保君王、保君王免受灾殃。俺自有通天本领,管叫他一个个命丧亡,一个个命丧亡**。

(内喊)(付、贴旦同唱)

【前腔】**喧天震地闹垓垓,见官兵杀进山庄。官兵紧紧来追赶,杀叫他、杀叫他地覆天翻**。(老旦上)且慢。嗳吓,儿吓!外面官兵团团围住,如何是好?(付)母亲吓,孩儿保得小王,不能保得母亲;保得母亲,不能保得小王。孩儿倒做了不忠不孝也。(内喊)(付、贴旦同唱)**见官兵死死来相较,镀银枪救生还,镀银枪救生还**。

(老旦)儿吓,你保护小王汉室江山,为娘自有主见。(付)谢母亲。(老旦唱)

【急三枪】**你是个,贤孝子,忠良将。为国家,保小王**。(小旦、付同唱)**岑彭的,世无双。上雕鞍,图良将**。(小旦、贴旦、付下)

(老旦)且住。我儿说,保得小王,不能保老身;保得老身,不能保小王。但是这……有了,待我拜过姚氏祖先,寻个自尽罢了。(唱)

【风入松】**拜别祖先来自尽,拚此身悬挂高梁。青史名标有名望,这的是、这的是全忠全孝。我但愿独赴黄泉,忠良后代保君王,忠良后代保君王**。

(白)我儿儿儿,嗳吓,儿吓!(上吊)(付上)(唱)

【前腔】**沙场战敌甚凶猛,进中堂问安老娘**。(白)母亲!我的老娘,阿吓,娘吓!(唱)**一见娘亲命丧亡,不孝儿、不孝儿好不悲伤。可怜你年迈苍苍,只俺这无主张,只俺这无主张**。

(白)且住。娘亲自缢身亡,但是这……有了,待俺掘地,将母亲埋葬此地,

待等小王登基后，慢慢再来奔丧便是了。娘亲吓！（唱）

【急三枪】跪尘埃，拜娘亲，好心伤。等成名，再奔丧。（付下）（小旦、贴旦上）（同唱）**岑彭的，世无双，难抵挡。不见了，姚期将，不见了，姚期将。**

（四手下、小生上，与小旦战，小旦败下，付上，挡小生刀，贴旦逃下）（小生）嘈！姚期，三番两次，挡住俺的刀锋，是何道理？（付）岑彭，吾的儿吓！俺父亲姚莫，被王莽这老贼陷害，立斩午门，今日先杀你，后杀王莽，以报先皇之仇也！（唱）

【风入松】冤仇如海来报偿，管叫你身赴云阳。（小生白）吓！（唱）**一任你窝藏钦犯，今日个、今日个你命难逃。**（付唱）**俺眼前休得逞强，管叫你一命丧亡，一命丧亡。**（战，付败下，小生追下）

（贴旦上）（唱）

【前腔】天昏地暗无路往，拆散了琐琐裙钗。贼兵紧紧来追赶，看将来、看将来我命丧泉台。（贴旦下）（小旦、付上，两边看）（付）苏小姐，苏小姐！（小旦）小王，小王！姚将军，小王到那里去了？（付）小王？我与岑彭两下厮杀，杀得昏头昏脑，小王不见了。（小旦）这遭不好了！（唱）**这叫我何处寻访，今脱逃在何方，今脱逃在何方。**

（付）小王吓！（小旦）噫吓，小王吓！（下）

第十三号

末（杜茂）、贴旦（刘秀）、小生（岑彭）

（末上）（唱）

【端正好】俺是个，英雄汉，为双亲守孝三载。论男儿气吐虹霓志，凭着俺擎天栋梁。

（白）俺，杜茂，父亲杜宝，不幸爷娘早丧，并无兄妹，生俺一人。蒙爹爹传授一身武艺，上阵交锋，回马金锁一起，有如探囊取物。近日闻得大开武场，本要进场，怎奈爹娘亡故，守孝三载。闻得司马汉小王刘秀，有画影图形

捉拿，不知逃于何处。他是汉室后代，若有此人会面，我杜茂出力报效，以保社稷也！（唱）

【滚绣球】终有日重整山河立汉朝，灭王莽、灭王莽治罪大。方显俺汉室中自有忠心保国，为忠良秉丹心治国安邦。方显俺英雄大志，俺是个义侠可嘉。孝双亲安顿了坟墓三年，总有日访真主天涯浪荡，天涯浪荡。

（四手下、小生上）（唱）

【倘秀才】[①]**带雄兵齐簇拥，四路的来捉拿，遇着俺命难逃，一任他四海蛟龙也难逃。**（四手下、小生下）（贴旦上）（唱）**追得我心惊胆慌，后面的、官兵杀杀来追着，好叫我如何藏身，丧荒郊死泉台，丧荒郊死泉台。**（贴旦下）

（末上）（唱）

【叨叨令】出门庭游玩多潇洒，只俺这闷沉沉无聊赖。（白）游玩多时，不免回去吃酒了罢。（唱）**归家窑开怀琼浆，呀！又听得、呐喊摇旗动锋芒。见一人蓬头散发奔前往，莫不是汉小王在路旁？好叫俺思想起也么哥，好叫俺、难猜难详也么哥。**（贴旦上）（唱）**走得我气喘吁吁汗雨淌，气喘吁吁汗雨淌。**

（白）汉子救命吓！（末）口叫救命，你是何人？（贴旦）我是司马汉刘秀。（末）原来是小王。杜茂见驾，小王千岁。（贴旦）平身。保驾要紧。（末）何人追赶？（贴旦）岑彭追赶。（末）随我来。（关门下）（四手下、小生上）（唱）

【佚名】紧闻得有声响，早来到他门墙。（手下白）打进去。（小生）且慢，师父家中，岂可造次？外厢侍候。（手下）有。（四手下下）（小生）妙吓！刘秀落在俺师父家中，他自投罗网也！（唱）**这的是自投罗网，捉拿钦犯不饶放。**（敲门三下）

（末上）（唱）

【佚名】谅必岑彭到门墙，假作痴呆话情长。（末开门）师弟请进。（同白）师兄／师弟！（同唱）**数年来不能够相逢一面，今日个重会面喜笑洋洋，喜笑洋洋。**

（小生）待弟进去，拜见师父。（末）爹娘亡故了。（小生）怎么，师父亡故了？

---

① 此曲牌名单角本缺题，今从推断。

(末)也有一载了。(小生)师父亡故,不来吊孝,恕弟不孝之罪。(末)勤劳王事,理所当然。请问到此有何贵干?(小生)弟一路而来,闻得刘秀落在师兄家中,弟前来讨取。(末)弟在家守孝三载,并不见刘秀到来。(小生)师兄,你将刘秀献出,解往京都,弟奏闻圣上,与弟同殿为臣,兄心意如何?(末)你的话,一些也不解。(小生)待我进去搜来。(末)且慢。岑彭,我爹爹传授你的武艺,敢是关门养虎么?(小生)师父家中,搜搜何妨?(末)可恼,可恼!(唱)

【佚名】不念着恩义忘,你是个、嚼父噬儿恶豺狼。(小生白)吓!(唱)**一任你窝藏钦犯,违圣命罪犯萧何**,(科)(末唱)**窝藏钦犯又何妨,要与你誓不开疆,誓不开疆**。(打下)

(贴旦上)且住。二虎相争,必有一伤,不免走了罢。(贴旦下)(小生上,放镖,末接镖)(末)吓,岑彭,你放俺镖枪,俺要回你一锁。(末放锁,伤小生左臂,小生败下)(末)这没中用的东西,被俺一锁,他就落荒而逃。待我请出小王。小王有请,小王有请。(科)吓,小王不见,想是逃命去了。拜别爹娘,天涯海角,寻觅小王便了。爹娘请上,孩儿一拜。(唱)

【尾】拜别双亲走天涯,寻觅了汉室后代。**恕不孝拜别双亲,俺只得访觅贤良,访觅贤良**。(关门下)

第十四号

小生(岑彭)、小旦(苏绣娥)、付(姚期)、末(杜茂)、贴旦(刘秀)

(小生带伤上)(吹打【朱奴儿】前段)(白)罢了,罢了,刘秀落在杜茂家中,我前去讨取钦犯,被那杜茂,伤了回马金锁,难以交锋,但是这个……吓,有了,待俺写表进京,请了大兵到来。吓,杜茂,杜茂!(吹打【朱奴儿】后段)(小生下)

(小旦、付上)(吹打【六幺令】前段)(小旦)姚将军请了。(付)苏小姐请了。(小旦)我与你一路寻来,不见小王,如何是好?(付)一路问来,小王落在杜茂家中,你我往他家一走便了。(小旦)请。(吹打【六幺令】后段)(小旦、付下)

(末、小旦、付上)(付)杜将军请来见礼。(末)见礼。(付)杜将军,我一路问来,小王是在你家中?(末)小王原在我家,我与岑彭两下厮杀,小王不见了。(小旦)小王不见了,不好了!(吹打【六幺令】前段)(小旦、付白)前面好像小王模样。(末)赶上前去。(吹打【六幺令】后段)(贴旦上)(众)小王千岁。(贴旦)平身。(众)谢千岁。(贴旦)君臣相会,孤家之幸也!(众)好说。(贴旦)岑彭追赶,如何是好?(末)岑彭被俺伤了回马金锁,谅来不会追赶了。(贴旦)往何处安身?(付)在卧龙岗扎营便了。(贴旦、末)有理,请。(吹【尾】)(下)

第十五号

正生(苏成)、付(苏献)、外(梁裘)、净(王莽)

(正生上)怒气冲霄汉,直透爆发光。冤仇来消报,除灭那王莽。俺苏成,可怜小王受尽无限之苦,又害我家遭难。有道"君不正,臣投外国;父不忠,子奔他乡"。今日带了宝剑前去行刺,杀死王莽,以报先王之仇,方消我胸中之气。咳,苍天,苍天,俺苏成,此番杀了王莽,也是一死,被他擒住,也是一死,为忠良者死而何惧,须索走一遭也!(唱)

【新水令】恨奸党暗中计谋伤,成大业斩尽宗派。我心难宁耐,杀却那王莽。扶助小王,正朝阳汉室江山,汉室江山。

(四手下、四家将上,付、外、净上)(净唱)

【步步娇】可恨刘秀走天下,画图来捉拿。军兵重整,岑彭听差。(白)孤家,王莽,登基以来,那些百姓悲哀,皆为刘秀逃奔天下。为此命岑彭带兵三千,画图一幅,追赶刘秀。岑彭有表章进京,请兵求救。岑彭被杜茂伤了回马金锁,孤家带兵十万,御驾亲征。二卿!(付、外)臣。(净)此番出师,可拿得刘秀?(付)万岁,刘秀乃是蜉蝣草茅,怎挡俺天兵威武也!(唱)**威风凛凛,似蜉蝣如同草茅。**(外白)万岁,一来圣上洪恩,二来有苏将军谋略,那三,不是俺梁裘夸口说也!(唱)**金刀闪闪如天雷光,此番征乱管叫命丧亡,管叫命丧亡。**

（净）好，一来苏卿之谋，二来有梁卿之勇，何惧刘秀不灭也！（唱）

【折桂令】堪羡你谋广志高，一个个、天神下降。有雄兵如狼如虎，管叫他心惊胆慌，心惊胆慌。（外白）万岁！（唱）**食君禄效力当先，那怕他小小蛆蛙。凭着俺金刀闪闪，杀气天长。一个个夺勇当先，管叫他滴溜溜头颅献上，头颅献上。**（众下）

（正生上）（唱）

【江儿水】遥望人和马，喊声闹垓垓。（内白）吠！（正生）呀！（唱）**遥望旌旗人和马，杀气连天动锋芒，叫我心下不宁耐。**（白）看那边大队人马，想是昏君来也。吓，苏氏祖先，苏氏祖先，不肖儿孙命在顷刻。咳，宝剑，宝剑，俺苏成威名全仗你。（唱）**抖起英雄冲霄汉，杀王莽定在今朝，定在今朝。**（正生下）

（四手下、四家将上，付、外、净上）（净唱）

【雁儿落】迤逦繁华地堪羡爱，一个个伏雕鞍配连环。看三军显威风气轩昂，天顺吾做君王有忠良。（正生上）（唱）**呀！俺可也大胆来厮杀，非是俺鲁莽儿来厮杀。**（杀净，付夺剑，外绑正生）（净）何人行刺？（众）苏成。（净）呢！（众）吠！（净）吓，大胆苏成，孤家中你榜眼，不来亏负与你，前来行刺，该当何罪？（正生）住口。俺苏将军有三桩大事不平，故来杀你这老贼。（净）三桩大事不平，与孤家说个明白，如若不说，将你骨化飞灰，除灭九族。（正生）你且听着：你今朝权来独霸，谋皇篡位坐朝堂。不念翁婿情和义，药死平帝害忠良。可怜杀尽刘氏亲，陷害小王走天涯。我今要把仇来报，愿死黄泉鬼门关。（唱）**不念翁和婿，将主来谋害。不良，除你命潇洒；气概，拚我命来厮杀，拚我命来厮杀。**

（付）住口。大胆苏成，我主中你榜眼，也不来亏负与你，反将前来行刺。万岁，将这逆臣斩首，以正国法。（净）他如今被俺拿住，斩他无益。苏成，听你说来，寻觅刘秀，重整汉室不成？（正旦）俺苏成要去复汉，寻觅刘秀，总要杀你这老贼。（净笑）我想刘秀只有一人一骑，扶助他不能成其大事也！（唱）

【侥侥令】笑你不忖量，怎敢妨泰山。他如蜉蝣似蛆蛙，蝼蚁辈不忖量，蝼蚁

辈不忖量。

(白)嘈！你前来行刺，难道不怕死的？(正生)为忠良者，死而何惧。(净)今日被擒。(正生)要斩就斩，不必多言。(净)众将，将他放绑。孤家放你回去，对刘秀说，只有一人一骑，怎生与孤家对敌也？(唱)

【园林好】释放你去往他乡，一任你扶助汉王。一主一仆怎抵挡，那时节悔也无料，悔也无料。

【收江南】(正生唱)**呀！听言来叫人难测量，主仆二人如蒿草。又无粮草兵来到，叫我心下计无了**。

(白)王莽，你放俺回去，我主又无粮草，又无兵马，你看两旁将官，都是汉室臣子，可容俺苏成高叫一声，愿复汉者复汉，不愿复汉者，愿随与你。(净)不但与你高叫，还要赐你绣旗而去。(正生)你不可有悔。(净)君无戏言。(正生)好一个"君无戏言"。(净)苏卿。(付)臣。(净)取文房四宝过来。(付)领旨。(净)待我题破而去。朕赐绣旗与叛国苏成，愿复汉室者复汉室，随绣旗而去。吓吓吓！苏成，苏成，孤家臣子，何等看待与你，怎肯与你受无限苦也！(唱)

【沽美酒】怎与你无限凄凉，到今朝动起干戈早提防。(正生白)我道王莽是无道昏君，倒有一片好心，反赐俺绣旗，待我高叫而去。列位将军请了。(众)请了。(正生)俺苏成，只为先帝药死，我心不服。列位将军都是汉室臣子，依我之见，弃了王莽，寻觅刘秀，重整汉室江山，为忠良者，随俺绣旗而来。好，随俺来。(正生下)(付)呀，万岁，待俺追他转来。(净)且慢。他既然已去，不能成其大事，苏卿听旨。(付)万岁。(净)命你调选人马进京，孤家候用也！(唱)**大交锋急进赏，杀叫他血流伤**。(付白)领旨。(付下)(净)梁卿听旨。(外)万岁。(净)命你带兵十万，捉拿刘秀，前来复旨者。(唱)**你是个无敌英雄将，见刘秀生擒活捉**。(外白)领旨。(外下)(净)刘秀，叫你插翅难飞也！(唱)**恁呵！各省的兵马齐发，同交锋马强人豪；呀！要将他一股擒拿，一股擒拿**。(下)

第十六号

丑(马武)、付(姚期)、末(杜茂)、贴旦(刘秀)、正生(苏成)、小旦(苏绣娥)

(内)主公!(丑上)(唱)

【佚名】赠锦囊记念胸膛,记念胸膛,早来到卧龙山岗。寻不见我主刘秀,因此上四路寻访,走尽了关河路遥,到如今没了我主来往,我主来往。

(白)俺山阳马武,只因那年,王莽大开武场,俺爹娘跟前夸此大口,上京夺取魁元。不想王莽老贼,道俺面貌丑陋,不中与俺,反将俺踹出武场,怎能见得爹娘?在路上本要寻个自尽,多蒙邓禹先生,赠俺锦囊一个,八月中秋,就有主公相会。嗄呵,主公,你好来也!(唱)

【佚名】顿叫人望断肝肠,受尽了关河路长,来救驾四路寻访。你是个万马之中刘汉皇,俺是个擎天栋梁,悄悄密密来寻访,邓先生指俺无谎,指俺无谎。(丑下)

(付、末、贴旦上)(同唱)

【佚名】赏中秋开怀欢畅,君与臣、喜笑洋洋,笑岑彭画图捉拿,受伤了左臂痛伤。(付、末白)主公千岁。(贴旦)平身。二位王兄,孤家遭难,若没有二位王兄相救,孤家死于非命也。(付、末)好说。(贴旦)孤家备得有酒,二位王兄畅饮。(同唱)**开怀畅饮乐风光,饮三杯脱却愁烦,脱却愁烦。**

(正生上)(唱)

【前腔】带领兵寻觅小王,早来到、卧龙山岗,因此上亲自来访,汉室臣一路风霜。(白)门上那一位在?(付)外面那一个?原来是苏将军。(正生)主公可在?(付)主公原在。(正生)说我要见。(付)请少站。主公,外面苏将军要见。(贴旦)孤家出堂迎接,杜将军回避。(末下)(付)苏将军,主公出堂迎接。(贴旦)王兄吓!(正生)阿吓,主公吓!(同唱)**一见了心中欢畅,君与臣喜笑洋洋,喜笑洋洋。**

(贴旦)王兄为何这等欢喜?(正生)臣为主公囚解进京,受尽无限之苦。因此带了宝剑，赶到京中，杀死王莽，被他擒住。俺一番花言巧语，不来杀俺，反赐绣旗一面，带了汉室臣子数万，前来扶助汉室。（贴旦）此乃是王兄之功也。（正生）主公，我小妹可在？（贴旦）在后堂。姚将军，请出苏小姐。（付）领旨。苏小姐有请。（小旦上）（唱）

【前腔】又听得呼唤声忙，（正生白）妹子！（小旦）呀！（唱）**见兄长两泪汪汪。**（正生白）妹子吓！（唱）**见了你容颜憔瘦，受尽了百般磨难。**（小旦）哥哥吓！（同唱）**不能够侍奉双亲，老年人不知那生死存亡，生死存亡。**

（贴旦）孤家备的有酒，兄妹畅饮。（同唱）

【尾】君臣今日来会合，重整山河掌帝邦。但愿你太平余年坐王朝。（下）

第十七号

外（梁裘）、小生（岑彭）、正生（苏成）、小旦（苏绣娥）、付（姚期）、末（杜茂）、贴旦（刘秀）、丑（马武）

（四手下、外上）生来异容怪面，白发堪笑一老年。金刀一起闹喧天，擒王斩将我为先。某，梁裘是也，奉旨捉拿刘秀。闻报来说，龙心大怒，带兵十万过来，起兵前去捉拿者。（手下带马，外上马）（外唱）

【粉蝶儿】[①]**奉旨差徭，只俺这奉旨差徭，费尽了关河路遥。捉刘秀肝胆勤劳，几步快，俺这里望江一扫。任你有万马千军，决不相饶，决不相饶。**（四手下、外下）

（小生上）（唱）

【佚名】请大兵捉拿刘秀，可恨杜茂放钦犯。并无音信到来，好叫我心下怎安排。（白）俺，岑彭，前者被杜茂受伤，因此写表进京，不见大兵到来，好生挂念也！（唱）**他那里兵势雄勇，因此上请兵求救，等大兵杀一个水流花落，杀一个**

---

① 此曲牌名单角本缺题，今从推断。

水流花落。

(手下上)报启元帅,梁公爷驾到。(小生)妙吓!梁公爷一到,何惧刘秀不灭。大开城关。(手下)大开城关。(四手下、外上)(小生出接)(外)生来异容怪面,闻知伤金锁。(外下马)(小生)公爷在上,小将打躬。(外)少礼,看坐。(小生)告坐了。不知公爷驾到,末将少出远迎,合当有罪。(外)将军,刘秀不知怎样脱逃而去?(小生)公爷,不要说起那刘秀。(唱)

【佚名】**可恨那杜茂不良,释放钦犯犯王章,因此上请兵求救,望公爷捉拿小儿曹**。(外白)可恼,可恼!(唱)**闻言来腾腾怒气透九霄,都是须臾蜉蝣如同草茅**。(白)管叫他插翅难飞也!(唱)**免得个抖起干戈,只俺这烟烟金刀**。(众下)

(正生、小旦上)(同唱)

【佚名】**统领着汉室臣与元老,大交锋兴汉朝**。(正生白)妹子,闻得梁裘领兵前来征伐,为此带领各将,前去对敌。此番交锋,须要努力齐心。(小旦)哥哥,兄妹为王家出力,理所应当,杀上前去。(正生)杀上前去。(同唱)**交锋争忙焰腾腾,杀气如天长。千军何惧,遥望着旌旗飘荡**。(小生、外上,与正生、小旦架枪)(外)来将可是苏成?(正生)然也。(外)嘈!大胆苏成,我主中你榜眼,反乱朝纲,是何理也?(正生)俺苏将军要斩你首级。(外)反贼不必多言,看刀!(正生)妹子出马。(小旦与小生战,小旦败下,小生追下;外与正生战,正生败下,外追下)(正生、小旦上)(同唱)**他是个年老力勇大,不能够除强灭暴**。

(外上,与正生、小旦战,正生、小旦败下,外追下)(付、末、贴旦上)(贴旦唱)

【佚名】**战鼓咚咚出沙场,豪气叠叠看分晓**。(白)孤王,刘秀,二位王兄保驾出战者。(唱)**带领着汉室老将,要把那梁裘首枭**。(付、末、贴旦下)

(末上)(唱)

【前腔】[①]**俺这里四路早提防,手提着银枪显伎俩。遥望兄妹争锋芒,忙上前去杀一场,忙上前去杀一场**。

---

① 此曲据光绪二十五年(1899)张廷华末、正生本(195-1-20)校录放入,而195-3-14忆写本和195-3-78整理本没有相应曲目。

(外上,正生、小旦、付上,战,正生、小旦、付、末败下,外追下。贴旦、小生上,战,贴旦败下,小生追下)(丑上)(唱)

【佚名】寻不见我主刘王。(内喊)(丑)呀,主公来也!(唱)**见旌旗云飞飘渺,只俺这向前救保**。

(贴旦上,举绣旗,下)(丑见绣旗一礼,外上,战,外败下)(贴旦上展绣旗,丑见绣旗一礼,贴旦下,丑下)(付上,两边看,外上,战,付败下,外追下)(小生上,正生、小旦、末、丑上,战,擒小生下)(付、外上,战,付败下。正生、小旦、末、丑上,战,与外架枪,付上砍破外肚,下)(吹【尾】)(下)

六一 凤凰图

调腔《凤凰图》，又名《龙凤图》，共四十二出。剧叙兵部尚书马荣，妻金水花颇通谋略，四子飞龙、飞虎、飞豹、飞青武艺高强。马荣早有不臣之心，恰值晋帝元统广选绣女，马荣献女月姑求荣。元统宠幸马妃，立为西宫，荒废朝政，沈皇后力谏，以致两宫相争。马妃产子，朝堂议立东宫，在首相赵碧方、大将军白尚卿等力主之下，清河王得立为东宫太子，帝命李怀恩伴读。马荣奸计未能得逞，私铸正宫剑，遣心腹刘一美刺驾，欲嫁祸于沈皇后。白尚卿擒获刘一美，会审时将其毙命。马荣乃假传圣旨，以同谋为名，先杀白尚卿，后绞死沈皇后，又遣内监李怀恩鸩杀太子清河王。李怀恩伪允其事，火烧清河王所居的安清宫，趁乱放走清河王，事后骂贼身亡。马荣为斩草除根，命长子飞龙清剿白家庄。白尚卿之子白琳琅护母出逃，途中收服绿林好汉黑飞天，同上九龙山落草。时元统惊悸而亡，马荣杀女及外孙，夺位登基，杀尽忠良，并派人围捕忠良之后。赵碧方之子赵廷标闻讯出逃。

清河王出奔途中遇上猛虎，幸被李贤能、李琼芝兄妹救下。李琼芝游园，偶见清河王小憩时龙星透出，遂私许终身。马荣探知清河王于李家庄安身，遣次子飞虎捉拿。鏖战中，李琼芝保清河王杀出重围，被追至九龙山。马飞虎为白琳琅所伤，飞龙等前来增援，混战中飞虎、飞青被杀，飞龙、飞豹败回。马荣、金水花率师亲征，白琳琅不慎为金水花所伤。赵廷标逃至青州，时王定美彩楼招婿，被强行入赘王府。后王定美知赵廷标乃是钦犯，惧祸而欲将其谋死，幸得王定美妻女私放廷标。路上赵廷标疮毒生发，入华佗庙哀告，梦醒而愈，并遵神医梦中指点，携仙草前往九龙山救治白琳琅。白琳琅伤愈后，众英雄合力剿灭马荣，扶清河王登基，尽获荣封。绍兴乱弹有同名剧目。

整理时曲文以《凤凰图》吊头本（案卷号 195-1-157）为底本，宾白拼合正生、小生、正旦、小旦（李琼芝）、五旦、末、丑、外单角本，其余角色从 1954 年老艺人忆写总纲本（案卷号 195-3-49）录出。

第一号

正生(太白金星)

(丑调龙,老旦调凤,吹,下)

(正生上)(吹【点绛唇】)(白)一天星斗月无光,乾坤照耀起锋芒。谁是心头谁为虎,血流尘沙满长江。吾乃太白金星,在云头观见晋朝马荣夺锋,元统天数已绝。马荣本是蝼金狗曹丕下凡,要除晋室,有七载天下。不免奏闻玉帝,可差龙凤下凡,以保晋室社稷也!(吹【新水令】)(下)

第二号

末(玉帝)、正生(太白金星)

(四天将上)(【大开门】)(童男女同末上)(引)红尘繁华喜平章,坐灵霄垂御[①]难安。(白)玉树银盆挂金心,世态红尘几时清。世人不知多忙碌,那晓富贵福前生?寡人,威震中天,四海万民瞻仰。今乃万圣朝参,为此寡人上灵霄宝殿,恐有星君奏本。众天将,吩咐大开天门。(内)报上,太白星君有事面奏玉帝。(末)宣太白星君上灵霄。(内)领旨。(正生上)常奏玉帝旨,钦心定江山。太白星君见驾,愿玉帝圣寿。(末)平身。(正生)圣寿。(末)太白星君,你上灵霄,有何本奏?(正生)启奏玉帝,前者司马懿夺曹兴周[②],心生大变,忘了阴功积德,缢死昭阳,杀尽功臣,虽成一统,冤气不散。如今冤气已尽,马荣本是蝼金狗曹丕下凡,要报昔日之恨,天下杀戮不尽也!(唱昆腔【泣颜回】半支)(白)依臣本奏,望玉帝差紫微星下凡,以保晋朝社稷也!(唱昆腔【泣颜回】合头)(末白)星君传旨,宣龙凤入灵霄宝殿。(正生)领旨。啲,玉

---

① 垂御,单角本作“催欲”,今改正。

② 后文第二十一号亦称“夺周室兵戈曹”,皆以“周”代指剧中的晋朝。

帝有旨，龙凤入灵霄宝殿。（龙、凤上）龙凤二星见驾，愿玉帝圣寿。（末）平身。命你二星下凡，以保晋朝社稷。听寡人谕旨。（唱昆腔【泣颜回】半支）（白）太白星君听旨：命你领龙星带入皇宫，领凤星投在李家门为女。李家庄难免抄村之灾也！（唱昆腔【泣颜回】合头）（正生白）领旨。（正生领龙、凤下）（末）众天将。（众）有。（末）命丧门星投入白家庄，命黑杀星投在黑沙衕，命金猫岳帝神投在山东济南府赵碧方为子，平定社稷，毋得抗旨。（众）领旨。（末）回降天门。（吹【尾】）（下）

第三号

外（李德孝）、丑（院子）、付（李贤能）、老旦（华氏）、正旦（丫环）、小旦（李琼芝）、正生（太白金星）

（外上）（引）青花水果蜜如松，坐家财安享余荣[①]。（诗）春光处处好，人生渡蓝桥。有如风前竹，林下意萧条。（白）老汉李德孝，乃是云贵廷孔县人氏。安人华氏，所生一男一女，男名贤能，才年十六岁，生来力气无穷；女名琼芝，才年十二岁，生来一貌如花，可惜他出娘胎以来，不言不语，有如做梦一般，不知是什么缘故。闲话休提，目下夏尽秋初，到后花园中，金桂开放，为此命院子安排酒筵。院子。（丑院子上）有。（外）命你安排酒筵，可曾齐备？（丑）齐备已久。（外）将酒筵摆在桂花厅，请安人、大爷、小姑娘出堂。（丑）是。安人、大爷、小姑娘有请。（老旦、付上，正旦丫环扶小旦上）（老旦）老爷见礼。（外）安人见礼。（付）爹爹在上，孩儿拜揖。（外）罢了，坐下。（付）谢爹爹，告坐了。（外）今乃夏尽秋初，后花园中金桂开放，备得有酒，请安人、我儿一同畅饮。（老旦）有劳老爷了。（外）一同转过桂花厅。（丑）酒来了。（外）摆下。（唱）

【解三醒】度情肠[②]心事谁叹，父子开怀饮琼浆。守田园举案齐享，可比做岁

① 荣，单角本作“洪”，荣、洪方言音近，据改。

② 肠，抄本作“长”，据文义改。

暮陈花[①]**。馨香喷鼻厅前摆，奇花对对余先开。精神爽，可惜他如醉如痴，这终身如何主张，如何主张？**

【前腔】(付唱)**儿奉亲男□□□，□□□保卫**[②]**帝皇。门楣改换耀宗光，埋没英□□□□**。(外白)儿吓，你虽有烈志，常言道："名扬显赫成何计，世事还是隐士高。"(付唱)**万福闲人空自叹，子牙赤胆保国王。定江山，为国元勋，后世传扬，后世传扬**。

(正生领龙、凤上，大拷，焰头，小旦睡倒，正生下)(外、老旦、付同唱)

【前腔】霎时间神魂飘荡，因甚的万道金光？裙钗有如魂丧亡，这天灾难猜难详。(白)我儿苏醒！(走板)(外、老旦、付同唱)**婆娑月宫下尘凡，阴风吹透**[③]**耳边响。听人讲，天**[④]**开凤眼，呀！为甚的哭声长叹，哭声长叹？**

(外、老旦)我儿苏醒。(小旦苏醒)(外、老旦)琼芝。(小旦)爹娘！(外、老旦)儿吓，你会讲话了么？(笑)(付)妹子。(小旦)哥哥。(付笑)(外)我儿，你妹子香闺不能讲话，如今霎时之间，能说能言，这是上苍之恩。命你整备三牲福礼，为父酬谢天地。(付)晓得。(同唱)

【尾】灵丹下救裙钗，积善之家积德来。必须要配乘龙洞房爱。(下)

第四号

净(马荣)、老旦(院子)、丑(马飞豹)

(净上)(引)威权势力掌朝纲，何日得霸占江山？(诗)赫赫门楣重公卿，凛凛威风统三军。不道我家有五虎，赛过帝王我是君。(白)老夫马荣，乃是清江人氏，蒙圣恩官居兵部大堂。夫人金氏，颇有韬略，奇门精巧，所生四子

---

① 岁暮陈花，抄本作"世暮陈华"，据文义改。

② 保卫，195-1-157 吊头本作"保与"。绍兴方言止摄合口三等牙喉音存在文白异读，其中白读音韵母作[y](汉语拼音 ü)，据改。

③ 阴风吹透，195-1-157 吊头本作"风吹阴"，据单角本改。

④ 天，195-1-157 吊头本作"遮"，据单角本改。

一女，取名飞龙、飞虎、飞豹、飞青，幼女月姑，尚未婚配。昨日有圣旨下来，昏君点选绣女，重立西宫。老夫意欲将此女献与昏君，若还得了西宫之位，老夫权势滔天，成得大事。不免写书一封，差三子归家，接夫人、女儿到来，一同商议便了。过来，请出三少爷。（老旦上）三少爷有请。（丑上）（引）胸藏三略法，心读五经书。（白）爹爹在上，孩儿拜揖。（净）罢了，一旁坐下。（丑）谢爹爹，告坐了。叫孩儿出来，有何吩咐？（净）为父有书信一封，命你归家，接母亲、妹子到来，为父有事商议。（丑）爹爹有事，孩儿那有不去？（净）好，听为父一言道来。（吹【玉抱肚】）（丑白）孩儿此去呵！（吹）（净白）好，一路上要小心。（丑）爹爹请上，孩儿拜别。（老旦牵马，同丑下）（净）我儿归家，接夫人、女儿到来，一同商议便了。（吹【尾】）（下）

第五号

正旦（金水花）、小旦（马月姑）、丑（马飞豹）、末（管家）

（正旦上）（唱）

【园林好】受皇恩门楣显耀，画重楼、紫阁凌霄。赤发金面五花诰，夫威权势滔滔，夫威权势滔滔。

（走板）（小旦上）（唱）

【前腔】翠银花桃柳红飘，闺中女、心存母道。停针移步中厅到，紫罗袖香风随腰，紫罗袖香风随腰。

（白）母亲，女儿万福。（正旦）罢了，一旁坐下。（小旦）谢母亲，告坐。（正旦）妾身金氏水花，相公马荣，官居兵部尚书。生下四子，飞龙、飞虎、飞豹、飞青。女儿月姑，尚未婚配。儿吓，你的终身，为娘刻挂在心。（小旦）母亲，女儿终身大事，自有良缘，何劳母亲挂念？（正旦）你虽则孝道，为人须要男婚女嫁，但是父亲在朝。（唱）

【江儿水】须念[①]**功勋显，阴功积德来。谋图大事朝权把，皇宫内院听凭差，何日得国安疆料。须念风云会**[②]**，父子同心，占基业千秋万载，千秋万载。**

（小旦）呀！（唱）

【五供养】[③]**珠泪透盈腮，怨民积气谁释解。兴旺未必转能败，又恐怕惹祸非来。花枝秀茂，怎启口红丝羞惭，怎启口红丝羞惭？**（正旦白）儿吓！（唱）**心欢体态，早完备红丝绣爱。进京问取老年华，红云动男婚女嫁，挑选才郎花烛双拜。**（小走板）（丑上）（唱）**跃马如飞星速快，下雕鞍问亲年迈，问亲年迈。**

（白）门上那位在？（末管家上）三爷回来了。（丑）太夫人何在？（末）太夫人与小姐在中堂叙话。（丑）通报。（末）老奴晓得。启太夫人，三少爷回来了。（正旦）怎么，三子回来了？叫他自进。（末）三爷，命你中厅叙话。（末下）（丑）母亲在上，孩儿拜揖。（正旦）罢了。（小旦）哥哥见礼。（丑）妹子有礼。（正旦）一旁坐下。（丑）告坐。（正旦）儿吓，你父亲在朝，可安泰否？（丑）爹爹在朝，越老越壮。（正旦）差你归家何事？（丑）到来非为别事，奉爹爹之命，一则问安母亲，二则攻书。有书呈上，母亲观看。（唱）

【川拨棹】遵父教[④]**，急回归不顾山遥。接家眷速往京都，接家眷速往京都，谋大事暗藏计好。**（正旦唱）**听此言心欢笑，收行李奔家道。**

（白）儿吓，你父亲书中写着，母女一同进京便了。（唱）

【尾】奇门妙法谁能晓，暗[⑤]**算天罗地罩。**（丑白）非是夸口说也！（唱）**密密层层摆枪刀。**（下）

---

① 念，195-1-157 吊头本作“必”，据单角本改。

② 此句 195-1-157 吊头本作“须阴风天外”，单角本作“须念风天外”，《调腔乐府·套曲之部》作“一日风云会”，据校改。

③ 《调腔乐府·套曲之部》将本曲“心欢体态”及以下划为【玉交枝】。按，“心欢”至“绣爱”，当系将【五供养】第五、六两句重复一遍，而第十六号【五供养】亦颇有增句，故“心欢体态”及以下不当划出。

④ 教，195-1-157 吊头本作“敢”，单角本作“改”，据文义改。

⑤ “暗”字 195-1-157 吊头本脱，据单角本补。

第六号

净(马荣)、丑(马飞豹)、正旦(金水花)、小旦(马月姑)

(净上)(引)瞒天遮日密定谋,学当年秦楚争斗。(白)老夫马荣,我差三子归家,接夫人、我女到来商议。人去有几日,不见到来,好生挂念。(丑上)奉着父亲命,疾驰到京都。爹爹在上,孩儿拜揖。(净)罢了。(丑)母亲、妹子接到。(净)起乐。(丑)轿子带进,吩咐起乐。(吹【过场】)(正旦、小旦上)(净)夫人见礼,请坐。(正旦)见礼,请坐。(小旦)女儿万福。(净、正旦)一旁坐下。(正旦)相公位列朝端,妾身到京,不能奉陪了。(净)夫人,老夫为国勤劳,理所当然。(正旦)列位孩儿可在衙内?(净)他们身受指挥,在朝候驾。(正旦)叫母女进京,有何吩咐?(净)夫人有所未知,可恨赵碧方、沈庭槐,托东宫之势,欺辱老夫。圣上有旨下来,点选绣女,立为西宫。想我女生得沉鱼落雁、如花似玉,若得西宫之位,就可谋图大事。(正旦)相公计策虽好,有恐二贼奏闻圣上,倒做画虎不成。(小旦)爹娘,女儿倒有一计在此。(净)儿吓,有何妙计,快快说来。(小旦)爹爹奏闻圣上,请圣上到来游园。女儿梳妆起来,在桃园洞口,圣上一见喜爱,也未可见得。(净)我女儿此计甚好,为父进宫去也。安排连环计,请驾到园池。(净下)(丑)孩儿备得有酒,与母亲、妹子接风。(正旦)楼台重重闭,(小旦)水花必自流。(正旦)好,好一个"水花必自流"。(下)

第七号

末(皇帝)、净(马荣)

(二太监、末上)银烛辉煌映御宫,嫔妃侍从卫帝王。(吹【过场】)(白)紫透银河御炉香,辟土开疆保君王。孔圣四书知为法,治国安民定封疆。寡人,大晋朝天子,国号元统。自先祖立业,灭曹破刘,合成晋朝一统,也有百数余年。国家宁静，此乃寡人一朝洪福也。寡人只为后裔缺乏，早有旨意，点选绣女，纳为西宫。旨意已出，也有数月，并无奇人进献，好不烦闷人也。(净上)画楼呈香饵，进宫奏圣君。臣马荣见驾，我主万岁。(末)平身。(净)万万岁。(末)爱卿进宫，有何本奏？(净)臣启万岁，微臣造花园一座，闻得万岁龙心不悦，请万岁游园，观看美景。(吹【皂角儿】)(末白)卿家既有花园，明日寡人前来游园便了，卿家出宫去罢。(净)领旨。(吹【皂角儿】合头)(净下)(末)侍儿传旨，命文华殿大学士赵碧方、九门提督白尚卿保驾，寡人明日前往兵部游园。(太监原白)(末)摆驾回宫。(吹【尾】)(下)

第八号

付(白尚卿)、末(皇帝)、外(赵碧方)、净(马荣)、五旦(马月姑)

(大拷)(付上)头戴金盔双飞飘，身披银甲绣龙袍。手拿银枪无人敌，一片丹心保晋朝。俺，九门提督白尚卿，万岁有旨下来，命俺保驾，去到兵部衙门游园，不免在此候驾。有恐人心毒如虎，紧防起祸芽。腰扣青锋剑，长枪泼面遮。(付下)(四太监、末上)(引)天下喜海宴[①]河清，群臣齐贺金门。(外、付上)臣等见驾，愿吾皇万岁。(末)平身。昨日马卿进宫，奏道新造花园一座，今日寡人去往兵部游园，二卿保驾。(外、付)臣等保驾。(末)起马。(唱)

【桂枝香】万国迎迓[②]，风送吹弹。心郁郁紫微难开，众公卿忠良贤驾。怀抱琵琶，怀抱琵琶，若得个玉女相同，五龙会玉吹并驾。藕丝来，观看奇花景，松柏长青在，松柏长青在。(四太监、末、外、付下)

(净上)(唱)

【前腔】威权势大，朝权独霸。奈我家兵部门楣，掌握貔貅令下。(白)老夫马荣，昨日我儿商议一计，哄骗昏君到来游玩花园。为此命女儿梳妆，在桃园

---

① 海晏，单角本作“园平”，暂校改如此。

② 迎迓，抄本作“银牙”，今改正。

洞口，等得昏君到来呵！（唱）**欲图银彩，欲图银彩，学当年美貌貂蝉，粉花计谁能抵挡。凤鸾班，兵权归我手，要篡那江山，要篡那江山。**

（内）万岁驾到。（净）摆香案接驾。（吹【过场】）（四太监、末、外、付上）（净）臣马荣接驾来迟，望吾皇恕罪。（末）马卿平身。（净）万万岁。（末）马卿，你昨日进宫，奏道新造花园一座，为此寡人前来游玩。（净）臣启万岁，微臣仅有几种残花，恐触犯龙颜，望吾皇恕罪。（末）寡人喜观，爱卿引道。（唱）

【前腔】重楼雨盖，门户相挨。回廊下金壶对桌，华堂前奇巧玲摆。一重一来，一重一来，望仙亭对着蓬壶[①]**，假山石人人喜爱。醉清开，阵阵香风送，精神喜满怀，精神喜满怀。**（众下）

（五旦上）（唱）

【前腔】乌云头盖，白玉耳环。俏玲玲天姿国色，轻轻的移步闪在。（白）奴家马氏月姑，与爹爹商议一计，请万岁到来游玩。奴梳妆在桃园洞口，万岁到来，一见宠爱，也未可见得。（唱）**玉簪**[②]**银钗，玉簪银钗，奴本是体态温存，遵父命无可更改。羞赧惭，权做银霄客，等候那君家，等候那君家。**（五旦下）

（四太监、净、付、外、末上）（同唱）

【前腔】俊雅书斋，花亭月灿。一对对并翅鸳鸯，爱杀那流星流爱。（五旦上，科，下）（走板）（末）妙吓！（唱）**美貌裙钗，美貌裙钗，我看他举止端庄，我爱他玉山重泰。**（白）马卿。（净）臣。（末）方才桃园洞口，有一美貌女子，是卿家何等样人？（净）臣启万岁，这位就是臣小女马月姑，在花园游玩，一见万岁到来，慌忙回避的，望万岁恕罪。（末）怎么，卿家的小女儿么？（净）正是。（末）妙吓！（唱）**喜盈腮，欲选佳期配，鸾凤并翅开，鸾凤并翅开。**

（净）小女年方二八，尚未婚配。（末）卿家令爱尚未婚配，寡人点选绣女，纳为西宫，意下如何？（净）万岁疼爱小女，小女之幸。（末）宣马氏月姑见驾。

---

① 蓬壶，195-1-157 吊头本作“屏壶”，单角本作“屏岛”，“屏”当为“蓬”之音误。“蓬壶”和“蓬岛”，即蓬莱，传说中的海中仙山，这里指假山。

② 簪，195-1-157 吊头本作“捐”，今改正。

(太监)领旨。万岁有旨,宣马氏月姑见驾。(内)领旨。(五旦上)忽听君皇宣,前来叩龙颜。马氏月姑见驾,万岁。(末)平身。(五旦)谢主隆恩。(净)万岁宠幸,小女陪宴。(末)赵、白二卿退班。(外、付)领旨。(净)老太师、大将军,老夫备得有酒,望仙亭畅饮。(外、付)咳,有劳马大人费心。请。(净)请。(外、付、净下)(五旦)侍儿看酒来。(唱)

【前腔】臣奉君家,饮酒开怀。可比似唐雨相聚[①]**,广寒姿琼女降下**。(末白)妙吓!(唱)**嫩蕊枝娃,嫩蕊枝娃,朕爱你玉洁冰清,朕爱你嫦娥月下。酒兴来,鸾凤相交合,奁共鸾凤对,奁共鸾凤对**。(科,下)

第九号

花旦、小旦(宫女),正旦(沈皇后),外(赵碧方),丑(太监),五旦(马月姑),末(皇帝),老旦(宫女)

(花旦、小旦宫女上,细吹,正旦上)(白)昭阳正院,珠帘帐闭户居安。(坐)绣带绣鸳鸯,金钗喜凤凰。头上乌云盖,日月耳边环。哀家沈氏,蒙圣恩宠幸,立为昭阳。昨夜哀家得其一梦,只见乌云罩日月,此乃国家不吉之兆也!(唱)

【古轮台】坐昭阳精神散,虑只虑嫉妒奸党,只我这夜梦缠绕不吉祥,又恐怕废国倾化。因此上独坐长叹,先祖业费尽艰难,扭转乾坤太平一享,太平一享。(大走板)(外上)(唱)**进内宫夜奏昭阳,酒色迷花败国纲常。我是掌朝纲调和鼎鼐,那岂肯把社稷倾废,坐守观望,坐守观望**。(白)宫门首那一位公公在?(丑太监上)是那一个到来?(外)赵碧方有军国大事启奏娘娘。(丑)候着。启娘娘,赵太师有军国大事启奏娘娘。(正旦)阿吓,赵碧方铁面无私,进宫必有大事。侍儿传旨,命老相国进宫面奏。(丑)领旨。老太师,娘娘命你进宫面奏。(丑下)(外)领旨。臣赵碧方见驾,愿娘娘千岁。(正旦)赐绣凳。(外)谢

---

① 唐雨,抄本作“唐禹”,今改正。唐雨,即高唐雨,指男女相欢。又,聚,抄本作“叙”,聚、叙方言音同,据改。

千岁。(正旦)赵爱卿平身,赐绣凳。(外)谢娘娘。(正旦)爱卿有何国事启奏?(外)臣启奏娘娘,可恨马荣这恶贼呵!(唱)**使连环巧舌斑斓,花粉女迷惑君皇,废江山社稷成空望,望娘娘请主临殿正国邦**。

(正旦)万岁立为西宫,哀家跟前,为何没有喜报到来?(外)臣启娘娘,马荣这国贼压定群僚,马氏胜比商妲己也!(唱)

【元和令】他他他他是个败国亡家,昏迷天子民不泰。可比做妲己日日图欢爱,败了江山晋朝成飘瓦[①]。(正旦唱)呀!**听奏章心惊胆寒,酒色昏迷乱胡邪,顿忘了倾国废生灵炭相。太祖立社稷定国安邦,清河王年长大背负谈笑话。卿家且出宫,明日里待哀家,进宫帏请驾坐金銮,正国法除灭狐狸怪,除灭狐狸怪**。

(白)爱卿出宫去,哀家自有懿旨。(外)臣出宫去也。日月篱藩罩,空马夺司曹。(外下)(正旦)侍女们,摆驾西宫一走。(唱)

【幺篇】[②]**战兢兢小鹿频撞,拚微躯御驾一往。顿忘了周朝言语一笑话**[③]**,倾国邦鸮鸟麒麟怪,文武闹嚷嚷**[④]**,文武闹嚷嚷**。(正旦下)(丑太监、小旦宫女,五旦、末上)(末唱)**饮琼浆玉指相扳,朕爱你国色天仙美。云帐阳台合凑丝腰带**[⑤]**,可比做一朵鲜花玉树开,一朵鲜花玉树开**。

【胜如花】(五旦唱)**蒙隆宠恩情义长,喜孜孜玉碎冰散。奴本是香流女,蒙君爱惜,度春光乐逍遥**。(吹)(走板)(唱)**眉舒眼俏色形状,玉手捧杯恩山**[⑥]。(走板)(末唱)**锦鸳鸯胜比广寒,真个是嫦娥女绣入黄罗帐,绣入黄罗帐**。

---

① 飘瓦,抄本作"飘话",今改正,下文【泣颜回】"一座的锦绣江山成飘瓦"同。飘瓦,坠落的瓦片。

② 幺篇,195-1-157吊头本题作"牙台"。

③ "言"字195-1-157吊头本脱,据单角本补。周朝言语一笑话,指周幽王宠幸褒姒,因烽火台戏诸侯而亡国。

④ 闹嚷嚷,抄本作"闹场场",嚷、场方言音近,据改,后文第二十一号【雁儿落】"后宰门军兵闹嚷嚷"、第四十号【胜如花】第二支"急嚷嚷进内说根表"的"嚷嚷"同。

⑤ 合凑丝腰带,单角本一作"紫禄帝"。

⑥ 恩山,抄本作"恩散",据文义改。

(走板)(老旦宫女,正旦上)(唱)

【前腔】金阶步级安如山[①]**,文武臣僚闹朝堂。为国忘家分所当,妖妃国贼势不挡**。(老旦白)娘娘,来此西宫。(正旦)通报,有事面奏万岁。(老旦)领旨。宫门首那一位公公在?(丑)那一个?(老旦)正宫娘娘有事面奏万岁。(丑)候着。启奏万岁,正宫娘娘有事面奏。(末)爱妃,那正宫进来何事?(五旦)启奏万岁,万岁常在我宫,岂止不服,故而赶到我宫。(末)爱妃此言差矣。国母乃是昭阳正院,一国之主,岂爱风月二字?他进宫必有国事。侍儿,命国母进宫见驾。(五旦)且慢。小妃进宫以来,未曾朝见国母,心中倒有些害怕。(末)爱妃且是放心,有寡人在此,谅他也不敢。侍儿,命正宫见驾。(丑)领旨。万岁有旨,正宫见驾。(老旦)万岁有旨,娘娘进宫见驾。(正旦)领旨。(走板)(唱)**怒轰轰进宫面驾,呀!乍见红楼女,愁容展不开**。

(白)臣妾见驾,愿吾主万岁。(末)梓童平身。(五旦)正宫娘娘平身。(正旦)住了,你是什么样人,敢呼哀家平身!(五旦)正宫娘娘道言差矣。这是万岁旨意,小妃传旨何妨?正宫娘娘小气的了。(末)阿呀,是吓!这是寡人旨意,西宫在旁传旨,又不是轻慢国母。梓童,你太小气了。(正旦)万岁!(唱)

【泣颜回】岂不闻三纲五常,立君威岂可轻慢?笑君家贪恋酒色恋残花,一座[②]**的锦绣江山成飘瓦**。(末白)唔,大胆的正宫,出言不逊,擅敢触怒寡人?(正旦)万岁吓!(唱)**君心臣爱,朝纲大乱升平驾。劝君家理朝政定家邦,休恋败国亡家女、宠爱狐狸怪,宠爱狐狸怪**。

(五旦)正宫娘娘道言差矣。一进宫来,辱骂小妃,是何理也?(正旦)住了,你这贱婢!哀家进宫,不来接驾,反坐在万岁御前,呼唤哀家平身,哀家要正国法也!(唱)

【川拨棹】怒冲怀,杀泼贱正纪纲。(科)**王章三法怎恕他,王章三法怎恕他**。

---

① 步级安如山,195-1-157 吊头本作"步积案如山",级、积方言音同,今校"积案"作"级安"。

② 座,195-1-157 吊头本作"屈",据单角本改。

(白)侍女们。(老旦)娘娘。(正旦科)(唱)**使**[1]**御棍来拷打。任你花言语,除你败国亡家女裙钗,败国亡家女裙钗**。(科)

(末)唔,依着昭阳之势,无旨宣召,潜入西宫,触怒寡人,又鞭打嫔妃,若论国法,罪犯分身。侍女们,将正宫娘娘扯出西宫。(众)扯出西宫。(末、五旦科,下)(正旦)万岁吓!(唱)

【带煞尾】一片忠心赴江洋,江心失舵无主张。君王听信谗言谎,文武群僚受灾殃,群僚受灾殃。(下)

第十号

付(白尚卿),正生(李怀恩),外(赵碧方),净(马荣),老旦(太监),末(皇帝),小生(清河王),丑、五旦(武士)

(付、正生、外上)(外唱)

【点绛唇】贼势滔滔,贼势滔滔,权贵非小,恨奸刁。(付唱)**瓦解**[2]**冰消**,(正生唱)**何日奸党削**[3]**?**

(外)老夫文华殿大学士赵碧方。(付)吾九门提督白尚卿。(正生)咱家穿宫内监李怀恩。(付、正生)老太师请了。(外)大人、公公请了。(付)老太师冲冲大怒,却是为何?(外)可恨马荣这贼,使下连环之计,将女儿献与万岁,纳为西宫。万岁贪恋酒色,不理朝政。看来锦绣江山,断送奸贼之手也。(付)老太师,圣上贪恋酒色,不理朝政,江山后患非小。(外)大将军,此言虽是,老夫呵!(唱)

【混江龙】蒙先帝恩重如山,受重托、冰心坚硬。不料得骤起风波,立西宫紊乱纲常。哭我主不知防虑,阿吓,先帝吓!枉费了南征北往。恨杀那贪赃贿

---

① 使,195-1-157 吊头本作"赐",据单角本改。

② 瓦解,195-1-157 吊头本作"歪角",今改正。

③ 削,抄本作"稍",今改正。

赂，趋奉着国贼奸党。何日里扫尽狼烟，定国安邦，定国安邦？

(付)老太师、李公公，马荣这国贼，自从马妃进宫，这国贼势大滔天，你我若不除之，锦绣江山一旦倾也！(唱)

【油葫芦】**乱纷纷兵勇势强，他是个卖国求荣心不良，嫉妒人吞嚼公卿，压群僚为国魔障**[①]**。俺虽是鬓霜白老苍苍，在阵交锋怕什么兵多将寡。奸党贼犯在我手，金刀一起杀得他鬼哭神笑，鬼哭神笑。**

(正生)老太师，大将军此言乃是尽忠报国，万岁迷而不听。目下马氏西宫产生太子，老太师还须要议立东宫才是。(外)阿吓，倒是老夫忘了，将清河王在安清宫诵读，若不议之，恐后生变。(付)老太师、李公公，自古以来立长不立幼，难道议立西宫太子不成？(正生)大将军此言虽是，目下马氏西宫万岁十分宠爱，只怕议立不定。(付)若说议立不定，大家就杀。(净内咳嗽)(外、付)国贼来了。(大走板)(净上)(唱)

【天下乐】**掌权衡赫赫排衙，我也么枪，耀门墙，进朝房谁敢多言讲。有人犯我手，顷刻命丧亡。**(正生白)国丈。(净)公公少礼。李公公，昨夜西宫产生太子，可是真的？(正生)国丈，西宫太子岂可当假，是真的。(净)吓唷，妙吓！西宫产生太子，晋朝多了一个后代。(外)唔。万岁是仁德之君，不料被马荣遮日。可恨那贪生怕死的贼，一个个趋奉权奸，将来万岁之尊，尽被奸臣所害也。(净)咳，老太师道言差矣。合朝两班文武，都是大臣，口说奸臣，你好出言不逊。(外)嗳！(唱)**你问那奸佞谁来，食国谈忠心忒歪，有一日圣主回心，把那些奸臣国贼尽丧刀界，尽丧刀界。**

(走板)(老旦太监[②]，末上)(唱)

【哪吒令】**喜孜孜朝臣礼拜，蛟龙得意心欢爱。御炉**[③]**香文武济济，武渔殿紫**

---

① 为国魔障，195-1-157 吊头本作“为同木匠”，195-3-49 忆写本“同”作“国”，后人蓝笔校“木匠”作“魔障”，今从之。

② 老旦，195-1-157 吊头本作“丑”，下文绑转白尚卿时又作“老”，即老旦，据改。

③ 御炉，195-1-157 吊头本作“雨露”，据《调腔乐府》改。

云齐开。(众白)臣等/奴婢见驾,愿吾皇万岁。(末)众卿平身。(众)万万岁。(末)寡人昨夜西宫产生太子,此乃寡人之幸。为此御驾临殿,一则议论东宫,二与卿家助国家之幸也。(外)臣启万岁,若说议论东宫,清河王在安清宫诵读,若论国家大事,理应清河王执掌,望吾皇准奏。(唱)**立山河太平安**①**享,正朝纲端正流芳**。**他是个龙凤亲子,正堂堂掌握江山,掌握江山**。

(末)赵卿所奏无差。侍儿传旨,宣清河王入殿。(老旦)万岁有旨,宣清河王入殿。(内)领旨。(小生上)(唱)

【寄生草】读经文孔圣礼大,步金阶山呼朝拜。(白)臣儿见驾,愿父皇万岁。(末)皇儿平身。(小生)万万岁。(末)赐绣凳。(小生)谢父皇。宣臣儿上殿,有何旨意?(末)寡人年将六旬,传位东宫。赵相和众卿奏道,传位与你,执掌山河社稷,你意如何?(小生)臣儿启奏父皇,臣儿年幼,不晓军国大事,望父皇准奏。(净)臣启奏万岁,清河王此本无差。清河王年轻,若掌山河,又恐各邦骤起,何人定得烽烟?(外)住了。万岁传位东宫,乃是国家正理,怎说摇动干戈么?(付)哇,老国丈道言差矣。俺白尚卿虽是年迈苍苍,金刀一起,压定各邦,谁敢摇动也?(唱)**定烽烟保国封疆,怕什么逆贼锋芒**。**恨只恨国贼奸党,迷圣主卖弄朝纲,卖弄朝纲**。

(末)唔,白尚卿,你乃武职官儿,议论什么军机大事!(净)住了。白尚卿,你看万岁台前,都是保国大臣,那一个是奸党?(付)哇,若说奸党,就是你这国贼!(净)吓,白尚卿,你不过一介村夫,晓得什么国家大事?怎敢辱骂皇亲?望吾皇速正国法。(末)唔,大胆逆臣,恶言毁逼,众卿议来,是何罪名。(付)臣启万岁,朝中奸佞,有恐欺辱小主,望吾皇准奏。(净)臣启奏万岁,白尚卿辱骂皇亲,如同欺君一般,望吾皇立决,望吾皇准奏。(末)国丈奏事无差。侍儿传旨,宣武士上殿。(老旦)万岁有旨,传武士上殿。(内)领旨。(丑、五旦武士上)武士见驾,万岁。(末)将逆臣绑出午门处斩。(丑、五旦)领

---

① 安,195-1-157 吊头本作"我",据单角本改。

旨。(绑付下)(外)刀下留人。臣启奏万岁,白尚卿虽则辱骂皇亲,他为论东宫,也是为国家尽忠,望吾皇赦免。(唱)

【清江引】食君禄理应报偿,岂不闻扭松放[①]。**望吾皇休听谗言乱纪纲,他是个先帝功臣,定江山血战沙场**。(小生白)臣儿启奏父皇,白尚卿为议论东宫,也是国家正理。若将白尚卿斩首,各邦闻知,必起干戈,望父皇三思呵!(唱)**还须要龙心宛转,岂可的言谈笑话,言谈笑话?**

(末)赵卿、皇儿保奏无差。侍儿传旨。(老旦)万岁。(末)将白尚卿绑转金殿。(老旦)领旨。万岁有旨,将白尚卿绑转金殿。(内)领旨。(丑、五旦武士绑付上)白尚卿绑到。(末)你恶言毁逼,寡人本应斩首,赵相、皇儿保奏,赦你一死,从今以后,不许多说。冠带平身。(付)谢吾皇不斩之恩。(小生)臣儿启奏父皇,臣儿愿往安清宫诵读五经,望父皇准奏。(末)寡人旨意已出,皇儿在安清宫读书,然后掌握山河。李怀恩。(正生)万岁。(末)命你伴读清河王。(正生)领旨。(末)众卿若有国事,明日再奏,退班。(老旦、末下)(众)送驾。(唱)

【尾】驾国升平贺封疆,太祖立业定江山。若得个海晏河清,扫尽了各邦平安,各邦平安。(下)

第十一号

丑(刘一美)、净(马荣)

(丑上)(引)心惊路奔,学纵跳泼天胆量。(诗)自幼生来力勇强,拳打黑虎奔山岗。谁知娘胎作下贱,国戚皇亲势豪强。(白)俺刘一美,父亲刘容,官居通判之职。不想父母双亡,俺少年无知,流落江湖,习学纵跳之法。多蒙国丈爷收留与我,把我亲子看待一般。今日国丈爷入朝去了,不见回来,

---

① 报偿,抄本作“保傥”,今改正。报偿,犹报答。“闻”前原有“问”字,今删。

不免卸下了衣衫，习练一番便了。（大挎）（科）（唱）

【耍孩儿】卸下了衣裙扣，（科）**拳打黑虎奔山头，纵高梁入地门我为首。那怕你铜墙铁壁，霎时间飞身如浮游，飞身如浮游。**

（净上）（吹【驻马听】半段）（丑白）国丈爷在上，刘一美打躬。（净）少礼，看坐。（丑）谢国丈爷，告坐。（净）唔。（丑）国丈爷，今日上朝，为何大怒而回？（净）可恨赵碧方、白尚卿二人，议论东宫。白尚卿与老夫斗口，老夫奏闻，圣命将白尚卿斩首。昏君无道，将白尚卿绑转，赦他无罪，岂不可恼？（吹【驻马听】合头）（丑白）国丈爷，我想清河王在安清宫诵读，乃是正宫娘娘的亲子，有日登基大宝，国丈爷与西宫娘娘遭他荼毒的了。（净）咳！（丑）国丈爷且是放心，今夜待俺混进宫中，行刺昏君，连清河王拿来杀了，后日扶助国丈爷登基，你道心意如何？（净）老夫心下，议论不定。（丑）国丈爷，你若还不信，待我对天盟下誓来：（科）苍天在上，弟子刘一美，今夜我与国丈爷商议，进宫行刺昏君，若还有三心两意，情愿死在乱刀之下。（吹【剔银灯】半支）（净白）好，得了江山，我把你嫡亲看待。（丑）去也。（净）且慢，转来。（丑）何事？（净）我有宝剑一口，剑上刻了三字。（丑）那三个字？（净）正宫剑。（丑）要他何用？（净）做一个两中计谋。（丑）俺去也。（净）且慢。此刻难以进宫，待等夜深，老夫带你进宫便了。（丑）多谢国丈爷。（吹【剔银灯】合头）（下）

第十二号

付（白尚卿），丑（刘一美），净（马荣），老旦、花旦（宫女），小生（太监），五旦（马月姑），末（皇帝），正旦（沈皇后），正生、小生（旗牌），正生（李怀恩），末（太监）

（付内）御林军。（内）有。（付内）趱上！（四校尉同付上）（大挎）（打【水底鱼】）（付白）俺九门提督白尚卿。昨日议论东宫，马荣国贼冒奏龙颜，圣上听信谗言，将俺绑出午门斩首。多感清河王、老太师保奏无罪，命俺把守紫禁城。御林军。（四校尉）有。（付）把守紫禁城。（打【水底鱼】）（四校尉、付下）（起更）

(丑上)呀!(唱)

【一枝花】义忠心谋图晋江山,今夜里如鸟飞往。那怕他密层层紧提防,一身儿、纵入高梁。要学那当年昆仑,非是我迷日遮光。都只为主人义重,因此上偷渡函关[①]**,偷渡函关。**

(白)俺刘,(科)刘一美,与国丈商计,定在今夜,纵进内宫,行刺昏君。国丈爷到来,就好行事。呀!(唱)

【二转】咚咚的金鼓锣响,灿灿的灯火灿烂,密密悄悄暗计形藏。若得个辟土开疆,不枉俺一身胆量,一身胆量。(净上)(唱)**忒令令昧度心肠,今夜里、杀得他冤伸不绝,君臣尽丧。**

(丑)国丈爷在上,刘一美打躬。(净)起来。不要高声,随俺来。(唱)

【三转】悄悄密计安排,露风声灭族应当,行来已到皇城外。(丑白)俺去也。国丈,非是俺刘一美夸口说也!(唱)**飞身纵那怕魍魉。**(科)(跳下)(净)妙吓!(唱)**今夜里点动军饷,若得个天意归顺,喜孜孜金镫鞭响,金镫鞭响。**(净下)(二更)(小走板)(丑上)(唱)**随着星斗云灿烂,**(科)(白)呀!(唱)**御炉氤氲**[②]**喷鼻香,泼胆如天今夜做一场,今夜做一场。**(科,下)

(老旦、花旦两宫女、小生太监,五旦、末上)(同唱)

【小三转】鬓玉钗佳期会阳台,龙嬉凤恩情两当。(走板)(五旦唱)**愁只愁嫉妒奸党,有邪意望国奔乡**[③]**。御烟齐齐喷鼻香,玉指尖尖抱龙床,玉指尖尖抱龙床。**

(丑上)昏君看剑!(大拷)(末)呵吓!(末、五旦逃下)(丑杀老旦、花旦,与小生架剑,小生败下,丑追下)(末上)(跌倒)(唱)

【三转】唬得我魂飞魄散,(大拷)(内白)那里走!(末)呀!吓!(唱)**叫得我燃**[④]

---

① 函,195-1-157吊头本作“沿”,函、沿方言音近,两者区别在于有无介音,今改正。偷渡函关,用战国时齐国孟尝君凭借门客学鸡鸣,得以逃离秦国函谷关的典故。

② 氤氲,195-1-157吊头本作“音音”,后文第四十三号【刮地风】“今日个御炉氤氲”的“氤氲”原作“影影”,今改正。

③ 望国奔乡,或即“亡国崩丧”。

④ 燃,抄本原字左“豆”右“艮”,疑为“眼”之俗讹,今校作“燃”。

眉口干。(丑上,末逃下)(小生上,战,杀小生,丑下)(付内)御林军。(内)有。(付内)把守后宰门。(四校尉、付上)(唱)(转)**显圣魂阳,内宫起祸殃**。**喊叫连天,必定有奸党,必定有奸党**。(科)(末上)(念)脚又软,路不平,回头见有追兵,一灵儿渺渺茫茫。(丑上)那里走!(末逃下)(丑跳,付踢剑,擒住丑)(付唱)**大胆贼搅海翻江,明日里正国法细究根芽,细究根芽**。(付、四校尉绑丑下)

(两宫女、正旦上)(唱)

【五转】闻报道胆战心寒,急急的唬破魂胆。(白)哀家沈氏,闻报道万岁有难,侍女们快快保驾。(唱)**毁忠贤迷酒恋花,倘有差池社稷倾化**。(末上)(唱)(转①)**好似那雾卷云开,风吹蝴蝶无遮盖**。(正旦白)万岁,臣妾在此。(末)阿吓,梓童吓!国贼追杀,快快保驾。(正旦)侍女快快保驾。(唱)**热腾腾无处巡察,急转昭阳国法齐开,国法齐开**。(两宫女、正旦、末下)

(正生、小生旗牌同净上)(净唱)

【六转】虎口排牙,重机关祸事大。**腾云密布悄地来,是凶是吉一美主裁,一美主裁**。(付、四校尉绑丑上)(净)大将军,擒的何等样人?(付)这是刺客,拿去审问。(唱)**必须要杀尽奸党,方显俺老英雄定国安邦,定国安邦**。(付、四校尉绑丑下)

(净)这遭完了。(唱)

【七转】这事儿如何主张,急得我心慌意慌,寸步难搒②。**呀!并目无光,口呆不讲,怎挡?**(白)有了。(唱)**且到宫中问取儿郎**。(科,下)

(走板)(五旦上)(唱)

【八转】血淋淋军民杀伤,唬得奴气转波浪。**不知那个奸徒贼使计,谋君皇泼天干系如何承当?泪汪,咬牙切齿怎肯放,咬牙切齿怎肯放**。

(正生上)娘娘,国丈前来面奏。(五旦)命国丈进宫面奏。(正生)领旨。娘娘

---

① 转,单角本标作“三转”。

② 搒,《正字通·手部》:“俗搒字。”搒,《广韵·宕韵》补旷切,《集韵·映韵》:“榜,北孟切,进舟也。或从手。”原意为摇桨行船,这里指前行。

有旨，国丈爷进内宫。(内)领旨。(净上)(唱)

【九转】假情问安，一计三贤不停当。(白)臣马荣见驾，愿娘娘千岁。(五旦)国丈平身。(净)谢千岁。(五旦)国丈，昨夜万岁睡在龙床，那个行刺，你可知？(净)千岁，老臣不知，因为此事，连夜进宫问安。(五旦)万岁不知那里去了？(正生)万岁正宫娘娘相救去了。(五旦)侍儿、国丈保驾，往昭阳一走。(同唱)**惊动了天子皇皇，躬身挺扶到昭阳**。

(正生)娘娘，来此昭阳。(五旦)通报。(正生)领旨。宫门首那一位公公在？(末太监上)什么样官儿，擅闯昭阳殿哩？(正生)咱家李怀恩到此。(末)原来是李公公，见礼。(正生)见礼。(末)到来何事？(正生)西宫娘娘前来问安。(末)万岁唬倒龙床，昏迷不醒，正宫娘娘早有旨意，不论三宫六院、文武百官，一律不许进内宫。(末下)(正生)请娘娘回宫。(五旦)国丈退班。(净)领旨。赤壁周郎计，权贵掌握中。(净下)(五旦)侍儿，保驾回宫。(正生)领旨。(五旦唱)

【小九转】哭啼啼香罗湿盖，意马心猿不是态。做西宫心惊胆又慌，满朝文武谁是奸党，谁是奸党？(下)

第十三号

外(赵碧方)、小生(沈庭槐)、净(马荣)、付(白尚卿)、丑(刘一美)

(四手下、外、小生上)(大三转)(同唱)

【水底鱼】奸国生殃，谋位太不良。食肉啖皮，依律正纪纲。

(外)沈大人请了。(小生)老太师请了。(外)昨夜内宫有人行刺，幸得大将军擒住刺贼。万岁有旨出来，六部四相会审刺贼，须要照律而办。(小生)老太师，这刺贼，那有这样大胆，敢进宫行刺？一定内有党羽行事。下官此番审断，岂肯饶他也。(同唱)

【前腔】忠心察访，出真情须料。斩尽杀绝，以平天下道。

（小生）来。（四手下）有。（外、小生）转过太庙。（同唱）

【前腔】忠心保皇，岂可容他行？严刑拷问，细究那根芽。

（内）大将军到。（外、小生）起乐。（四手下）起乐。（吹【过场】）（净、付上）（外、小生）大将军，昨夜万岁被贼行刺，若没有大将军擒贼保驾，锦绣山河被贼倾废了。（付）老太师、沈大人，昨夜那知万岁睡在龙床，这刺客有这样大胆，进宫行刺，必定受权贵所托。（小生）阿吓，是吓！这刺贼，那有这样大胆，进宫行刺，一定内宫有党羽行事。（净）沈大人，内宫权势，必定正宫娘娘的了。（小生）老国丈说那里话来？若正宫娘娘，乃是一朝国母，理应守卫宫帏。若要进宫行刺，查出理该正法。（外）此刻也未定确实，少刻察出真情，须要照律而办，以正国法。（小生）查出虚实，依律而办。（四手下）时辰已正。（众）摆香案。（吹【过场】）（众拜）（小生）来，将刺贼抓过来。（手下绑丑上）（手下）报，刺贼。（手下）报，刺贼。（手下）刺贼绑到，有锁。（小生）松锁，抓起来。（手下）抓起来。（丑三窜）（小生）打下去。（手下）打下去。（丑三扑虎）（小生）不消细问，捆打八十。（手下绑丑下）（内）一十、二十、三十、四十、五十、六十、七十、八十，打满。（手下绑丑上）（小生）呢，大胆刺贼，你独自进宫行刺，你是何人所差？从实招上，免受刑罚。（丑）嘈！昏君贪恋酒色，我心中不服，为此进宫杀死昏君，有什么主谋！有什么余党！（小生）吓，刺贼，刺贼！（唱）

【步步娇】恼得俺雷霆三法，急得俺怒目睁看。**严刑拷打，快招出免得碎剐**。（白）招不招？（丑）但是这个……（科）嘈！昏君无道，还要招什么！招什么！（手下）不招。（小生）将他夹起来。（手下夹丑）（小生唱）**变排场国法齐来，恨不得屠肠截腹，弑君贼怎敢肯松放**。

（白）招不招？（手下）不招。（小生）收。（手下）收。（小生）再收。（手下）再收。（丑）愿招。（手下）愿招。（小生）松了夹棒。（手下松夹）（小生）你且招来，朝中有多少余党？（丑）正宫娘娘。（众）你待怎讲？（丑）当今国母。（众）阿吓！（唱）

【收江南】呀！话供招难分难言呵，急得俺双眉蹇。**想昭阳岂肯生嫉党，一定是内宫有情关**。（付白）老太师、沈大人，这刺贼诬攀国母。沈大人请回，俺白尚卿来也！(唱)**火透焰光，火透焰光，狼心贼粉身碎骨不寻常，粉身碎骨不寻常**。

(白)来。(手下)有。(付)上了脑箍。(净)且慢。刺贼已经招出，还要动什么刑来？(付)哇，此贼诬攀国母，上了脑箍。(净)且慢。此人已经招出国母，你要他诬攀那一个？(付)哇，此贼诬攀国母，不与俺动刑。可恼，可恼！(唱)

【雁儿落】俺本是铜肝铁胆，俺本是、**耿耿丹心保君王，俺本是擎天柱架海梁**。(净唱)**狂言休得泰山倒，笑你个浑人其中分青黄**。**悖妄**[①]**，三法堂岂可乱纲常？谁挡，**(付唱)**急得俺腾腾怒火透焰光**。

(打净，净逃下)(付)来，下了衣衫。(手下将丑脱衣)(付)刺贼！(唱)(三转)

【沽美酒】恶练蛇心毒肠，吐青焰、**化骨脓浆，今日个红炉炼实情讲**。**谁人主谋谁是余党，好待俺上奏天颜斩奸党**。(白)来，取红炉铁链过来。(丑)有宝剑为证。(外、小生)大将军，刺客招出宝剑为证，此剑可在？(付)原有此剑。来，御案前取宝剑过来。(手下)宝剑在，请观。(众)取过来，大家一看。正宫剑，阿吓！(唱)(大转)**见此剑无可主张，莫不是浑水鱼投网**。(外、小生白)大将军，这是叛逆之案，干系非小，还须细察。(付)老太师、沈大人，这刺客诬攀昭阳，俺白尚卿情愿碎骨粉身，岂肯断在昭阳身上？一定马氏嫉妒也！(唱)**俺呵！一任他浑身铁胆，受托恩广**。**呀！今日个难逃刑杖，难逃刑杖**。

(白)来，取红炉过来。(手下取红炉烧，丑死)(手下)刺客已死。(众)你待怎讲？(探鼻息)阿吓，不好了！(唱)

【煞尾】泼天公案怎抵挡，气绝咽喉渺茫茫。**昭阳命遭罗网，只除**[②]**非从天覆反，**(内白)圣旨下。(众)摆香案接旨。(两校尉、净上)圣旨下，跪。(众)万岁。(净)听宣读：今有刺贼招出正宫剑为证，白尚卿毁逼国法，想必同谋是实。寡人龙心大怒，将白尚卿拿下。钦哉。(众)万万岁。(两校尉绑付)(净)来，将御犯

① 悖妄，195-1-157 吊头本作“辈皇”，今改正。

② “除”字 195-1-157 吊头本脱，据单角本补。

带过来。(手下)刺客受刑而死。(净)你待怎讲?(手下)受刑而死。(净)吓,朝廷御犯,受刑而死,想必你同谋是实,做一个死无对证。将白尚卿绑到午门,老夫进宫去也。(净下)(外、小生)大将军不听吾等之言,果有今日之祸也。(付)老太师、沈大人,俺白尚卿一死何惜,可怜锦绣江山,断送国贼、妖妃之手也!(唱)**含笑归泉诉阎王**。(两校尉绑付下,外、小生下)

(四刀斧手上)(【直场】)(净上)老夫马荣,今日监斩白尚卿。来。(手下)有。(净)将白尚卿绑上。(两校尉同付上)(净)嘈!大胆白尚卿,今日将你斩首,悔不悔?(付)奸贼!俺白尚卿一死何惜,到黄泉路上,等候奸贼。(净)来,将他开刀。(手下)开刀。(付死)(净)来,转过昭阳。(打【水底鱼】)(下)

第十四号

正旦(沈皇后)、净(马荣)

(正旦上)(唱)

【剔银灯】闷昏昏独坐无聊,这奸党、何日除扫?君皇昏迷多颠倒,可比是魍魉缠腰。(白)昨夜万岁在西宫饮宴,被国贼行刺,多亏白尚卿救驾,在太庙六部四相会审,审出此案,怎肯饶他也!(唱)**妖娆,琼芝吐哨,恐防着倾国家遭,倾国家遭**。

(内)圣旨下。(正旦)摆香案接旨。(四手下、净上)圣旨下,跪。(正旦)万岁。(净)听宣读:今有国母娘娘,不思一朝国母之义,赐剑行刺。若论国法,难免立决。寡人念你一朝国母,赐白绫一匹,朝典而亡。钦哉。(正旦)万岁!(唱)

【川拨棹】心钻散,犯臣枝榨突弃寻常[①]。**妖妃国贼卖朝纲,乌云遮日不能光,入天罗不还乡。切齿恨撇儿郎,罢了!一灵儿随风荡,一灵儿随风荡**。

(净)请国母归阴。(大拷)(四手下、正旦下)(四手下上)国母已死。(净)且住。

---

① 枝榨,疑为枝节之意,绍兴方言称木节为“榨”。突弃寻常,抄本作“度起情常”,寻、情方言音同,暂校改如此。

国母已死，还有清河王，必要报母之仇；白尚卿已斩，他有子白琳琅，必要报父之仇。但是这……有了，我连夜回府，命长子飞龙，去到山东济南府，将白家庄一门杀尽。明日进宫，与女儿商议，谋死清河王，这江山岂不可得？来，打道回府。（四手下）有。（打【水底鱼】）（净唱）

【尾】威权压势谁敢摇，文武见俺魂胆消。劈破御衕坐皇朝。（下）

第十五号

付（马飞龙）、净（马荣）

（付上）（引）万里江山万里仇，英雄杀气贯斗牛。（诗）兄弟个个如狼虎，擒王斩将就是咱。上阵交锋威名在，一片丹心报君恩。（白）俺马飞龙，父亲马荣。昨日差刘一美进宫行刺，可恨白尚卿老贼，在太庙审问，不知攀着那家。不见爹爹回来，好生挂念。（吹【风入松】）（四手下、净上）（吹【风入松】）（四手下下）（付）爹爹，孩儿拜揖。（净）罢了，一旁坐下。（付）谢爹爹，告坐。爹爹，昨日差刘一美进宫行刺，在太庙审问，攀着那一家？（净）好一个刘一美，忠心无二。（吹【急三枪】）（白）可恨白尚卿要他招出实情，他至死不招，受刑而死。为父假诏一道，将白尚卿斩首，又将正宫绞死。想白尚卿有子白琳琅，必报父仇，命我儿带兵，抄灭白家庄，可有肝胆？（付）爹爹，非是孩儿夸口说也！（吹【尾】前段）（净白）好，我儿有此胆量，何愁昏君不灭也？（吹【尾】后段）（下）

第十六号

老旦（陆氏）、末（白琳琅）、外（管家）、付（马飞龙）

（老旦、末上）（同唱）

【园林好】寒骨侵冬风飘荡，旭日里、步儿匆忙。夜梦缠绕不吉祥，为甚的小鹿频撞，为甚的小鹿频撞？

（末）母亲，孩儿拜揖。（老旦）我儿罢了，一旁坐下。（末）谢母亲。（老旦）老身陆氏，相公白尚卿，在朝奉君。昨夜睡床不稳，不知是何故也？（末）母亲年老之人，精倦力衰，故而如此。（老旦）儿吓，但是你父亲在朝呵！（唱）

【前腔】心正直铁面无差，又恐怕、惹祸生殃。若得个国正贤顺，老年人执性坚硬，老年人执性坚硬。

（末）母亲！（唱）

【江儿水】何须多忧虑，上苍有保望。忠孝义结难猜详，莫来由嫉妒结党，怕什么鱼骨艰难，奈我家奕世门墙。有一日清理朝纲，方显俺世代忠良，秉丹心扶助君皇，扶助君皇。

（急走板）（外管家上）走吓！（唱）

【五供养】闻凶信急转门墙，报东君说个短长。（白）老夫人不好了！（老旦、末）为何？（外）老奴在街坊闻知，那些众人纷纷传说，我家大老爷会审叛案①，不想马荣这国贼呵！（唱）**形状来嫉妒国法，怎难当诬攀昭阳。国贼迷住那君皇，一霎时骤起风浪波，将我主身首两开，身首两开。**（老旦、末白）怎么，大将军斩首午门了？（外）立斩午门了。（小走板）（老旦、末科）（同唱）**闻言似乱箭攒扙②，痛杀杀年老爹行。你是个邦家柱石做栋梁，这仇如同海洋，如同海洋。**

（末）母亲！（唱）

【玉抱肚】为国丧亡，恨杀③那国贼奸党。（白）马荣，我骂你这国贼，俺白琳琅若不报父仇，一世非为人也！（转）（唱）**怒骂奸党，急得俺烈火炀炀。哭严父丧黄梁，阿呀，爹爹吓！孩儿与你报冤障，与你报冤障。**

（四手下、付上，围下）（外）老夫人，御林军府门外团团围住了。（老旦）儿吓，御林军团团围住，如何是好也？（唱）

【川拨棹】炮声响，唬得我心惊胆慌。这事儿如何主张，这事儿如何主张，倒不如自去投网。（末白）母亲！（唱）**劝娘亲免愁烦，泼天胆杀奸党，泼天胆杀奸党。**

---

① 叛案，反叛案件。

② 扙，音丈，《集韵·养韵》："扙，伤也。"

③ "杀"字 195-1-157 吊头本原无，据单角本补。

(四手下上，战，四手下败下。付上，接战，末败下。老旦、外跌倒，四手下上，杀死老旦、外。末上，战，四手下败下，付接战，末放镖，付败下，末下)(四手下、付上)杀败，杀败。奉爹爹之命，带兵抄灭白家庄，被白琳琅伤了一镖，不能交战。众将，收兵回。(四手下、付下)(末上)母亲！爷爷！阿呀，母亲吓！(唱)

【尾】骨肉顷刻来拆散①，好似狼打独自行。不报冤仇世不忘，冤仇世不忘。(哭下)

第十七号

正旦(金水花)、付(马飞龙)

(正旦上)(白)赤发獠牙受皇恩，画重表紫气昂生。妾身金氏水花，命长子抄灭白家庄，好生挂念。(吹【出队子】)(二手下、付上)只为抄家事，报与母亲知。(正旦)儿吓，为何这般光景回来？(付)母亲，奉爹爹之命，带兵抄灭白家庄，不想被白琳琅伤了一镖，好不疼痛人也！(正旦)呀！(吹【千秋岁】)(白)且是放心，为娘灵丹在此，敷上伤痕，即便痊愈。自古斩草不除根，(付)逢春依旧生。(正旦)斩草除了根，(付)逢春永不生。(正旦)好，里面将息。(付)谢母亲。(付下)(正旦)白琳琅，骂你这小畜生，怎肯饶你也！(科，下)

第十八号

末(白琳琅)、外(黑飞天)

(末上)阿呀，爹娘吓！(唱)

【粉蝶儿】痛苦悲号，悲切切痛苦悲号，何日得安良除暴？父母仇如同山岳，有一日开云放雾放金鳌，俺本是出海蛟龙，今做了木根野草，提起来泪涌如潮。昼夜悲号，不能够放胆扬眉，冷清清独自奔逃，独自奔逃。

---

① “散”字 195-1-157 吊头本脱，据单角本补。

(白)俺白琳琅,自从家遭大变,父亲死在奸贼之手,俺单身独骑,杀出重围。虽然脱罗网,身边盘费,分文没有,无亲戚可投。咳,马荣,马荣,我骂你这国贼,我与你誓不甘休也!(唱)

【上小楼】泪淋淋冤恨难报,狂风霎霎吹人憔。遥望着一带松林,溪桥流水悲人照[1]。阿吓,爹娘吓!**我是个不肖子,不能仇来报,你在那幽冥府,可不道恨杀儿曹,恨杀儿曹**。(末下)

(四番兵、外上)(外唱)

【黄龙滚】聚英雄绿林为盗,俺也是慷慨英豪。都只为性儿狂起祸苗,匿迹[2]**山林作寇草**。(白)俺黑飞天,乃是山西人也。生来力勇刚强,将人打死,来到九龙山,遇着一班英雄,尊我为君,立我为王。今日山上缺少粮草,下山劫夺。众喽啰,与俺下山者。(唱)(三转)**显神威须要尽量,切不可见色起淫抢娇娃,有豪富杀他扫荡光,杀他扫荡光**。(大挎)(四番兵、外下)(小走板)(末上)(唱)**夜深沉独自凄凉,行过了多少山岗。听啼鸟助我好悲伤,疾走如飞步踉跄**。

(内喊)(锣三己)(末)呀!(唱)

【泣颜回】霎时的灯火灿烂,喊声不绝有贼党。抖擞精神,那怕他千兵万狼,千兵万狼。(四番兵、外上)呔,白脸汉子,留下金银,放你过去。(末)呔,你这狗头,要俺金银,却也不难,到俺剑上来取。(外)可恼,可恼!(唱)**小蛆蛙出口唧唧,休得要自夸自强。举铁耙魂胆丧,管叫你刺为肉酱**。(大挎)(战,四番兵败,外接战,末败)(外)那里走!(四番兵、外追下)(末上)(唱)(三转)**贼寇雄勇如虎狼,单身独自怎抵挡,单身独自怎抵挡?**

(白)吓,贼寇甚是雄勇,这待怎处?吓,是了,等他到来,伤他一镖便了。(外上,战,末放镖,外伤,逃下,末追下)(四番兵、外上)罢了,罢了!此人伤了俺左臂,这待怎处?过来,快快收兵,快快收兵。(末上)那里走!(擒外)(众)饶

---

① 照,195-1-157吊头本作"憔",据单角本改。

② 匿迹,抄本作"速积",据文义改。

命！（末）俺若饶你性命，可听俺的号令？（外）若肯饶我们，情愿尊你为主。（末）且慢。俺一身漂流，无处存身，就在山中耽搁，招兵买马，好报父母之仇。如此饶你们性命。（众）谢大王不斩之恩。（末）我且问你，山上有多少人马？（外）山上有数千人马。（末）依我三件大事。（外）那三件大事？（末）一来尊俺为主。（外）那二？（末）二要除灭奸贼。（外）遵命。那三？（末）三要为俺父亲报仇。（外）件件依你。众喽啰，收兵，收兵。（科）（吹）（下）

第十九号

小生（清河王）、五旦（马月姑）、丑（太监）、净（马荣）、正生（李怀恩）、末（皇帝）

（小生上）闷坐宫帏读五经，掌天下四海扬名。孤家，清河王，在安清宫诵读五经。父皇命李怀恩伴读，必须要静心习学也！（唱）

【宜春令】定干戈，息风烟，五子[①]**刚强立朝端。叹天下褒姒惊动**[②]**，恐防着一笑儿全**[③]**。愁只愁裂成纪国**[④]**，虑只虑内外奸权。朝端，申兵惊动**[⑤]**，假痴假呆，假痴假呆。**

（白）想我父皇龙体不安，病入膏肓，倘有不测，定有一番扰乱也！（唱）

【尾】偶然语花情肖眼[⑥]**，嫉妒之心恨绵绵。**（白）咳，父皇吓！（唱）**但愿你速**

---

① 五子，指夏太康昆弟五人，今本《尚书》有《五子之歌》，这里代指众皇子。

② 褒姒惊动，抄本作“褒车精动”，今改正。

③ “叹天下”至“一笑儿全”，当为慨叹皇帝宠幸马妃，犹如周幽王宠幸褒姒，须要提防为求褒姒一笑，烽火戏诸侯而亡国的悲剧。

④ 裂，195-1-157 吊头本作“列”，单角本作“烈”，暂校改如此。纪国，单角本或作“怨国”。裂成纪国，疑用春秋时期纪国分裂，以致终为齐国所吞灭的典故，这里指国家分裂。

⑤ 申兵惊动，195-1-157 吊头本作“孙兵精动”，单角本或作“生兵精动”，暂校改如此。申兵惊动，当指周幽王时申国引犬戎灭周。

⑥ 花情肖眼，单角本或作“花消金遣”，俱费解。

退[①]**灾殃列朝端**。(小生下)

(五旦上)(唱)

【(昆腔)**五供养】**[②]**好叫我闷坐胸膛,怎不叫人心忧虑慌张?敢行刺君皇,让我难猜又难详**。(白)哀家马氏月姑,不知那个狂徒,行刺万岁。万岁唬倒龙床,昏迷不醒,好不烦闷人也!(唱)**这狂徒好生大胆,进内宫唬得奴心惊胆慌**。(丑太监上)启上娘娘,国丈爷进宫,要见娘娘。(五旦)命国丈进宫面奏。(丑)领旨。娘娘有旨,命国丈进宫。(内)领旨。(净上)内宫施密计,要占那乾坤。马荣见驾,愿娘娘千岁。(五旦)平身。(净)谢娘娘。(五旦)赐绣凳。(净)谢千岁。(五旦)国丈,哀家进宫以来,母亲在家可好?(净)上托娘娘洪福,身健力壮。(五旦)国丈进宫,有何启奏?(净)老臣为机密要事,特来面奏。(五旦)国丈有事奏来。(净)臣启奏娘娘,想东宫太子清河王,他若登基大宝呵!(唱)**他那里登基大宝,**(白)倘若是你我父女,(唱)**受他荼毒又难防**。(五旦白)国丈有何计谋,摆布他一死?(净)娘娘,这有何难?将清河王药死,老臣执掌权衡,扶助娘娘登基大宝。(五旦)国丈说那里话来,那有女人做皇帝之理?(净)当初武则天,难道不是女皇么?(五旦)阿吓,是吓!(唱)**听言来心中欢畅,做一个女皇登基坐龙床**。

(净)娘娘,差一个心腹,前去行事才好。(五旦)哀家有一个李怀恩,是我心腹之人,可以去得。(净)既有心腹,娘娘何不宣他进宫面议?(五旦)国丈听旨,宣李怀恩进宫。(净)娘娘有旨,李怀恩进内宫。(内)领旨。(正生上)内宫听传宣,忙步入宫门。奴婢李怀恩见驾,愿娘娘千岁。(五旦)平身。(正生)千岁。(五旦)见了国丈。(正生)国丈爷。(净)起来。(正生)宣奴婢入宫,有何旨意?(五旦)哀家进宫以来,待你可好?(正生)娘娘看待奴婢,恩重如

---

① “退”字 195-1-157 吊头本脱,据单角本补。

② 本出昆腔曲牌,唯正生和末所唱者有单角本依据,其余据 195-3-49 忆写本校录,校录时略有删改。又,【川拨棹】之“上”,【尾】之“状”“颈”“凰”,单角本作“头”“形”“颜”“心”,今作改动。

山,恨不得粉身图报。(净)好。娘娘有件急事,你可愿去?(正生)娘娘有急事,奴婢不顾水火而去。(净)好。娘娘旨意有毒药一包,命你去到安清宫,将清河王呵!(唱)

【(昆腔)**玉抱肚**】**要把他顷刻丧亡,管叫他黄泉路上**。(正生白)国丈爷,别样事情,可以去得,这伤天害理事情,望娘娘另选别人。(五旦)住了。你不去,叫哀家差何人去也?(唱)**你好无礼不思量,怎不叫人怒气满腔**。(正生白)呀!(唱)**听言来难猜难讲,愁郁郁心中暗想**。

(白)且住,咱家如若不去,娘娘发怒,他难道罢了不成?必差别人前去谋害,清河王定然性命难保,这便怎处?吓,有了,我假意遵旨,宫门另图计会。娘娘,奴婢愿往。(净)好。老夫有毒药一包,命你前去行事,娘娘在宫立等。(正生)多谢国丈爷,咱家去也。(净)转来。(正生)国丈还有何言?(净)不可走漏风声,走漏风声,连你一死。(正生)吓,咱家明白了。(正生下)(净)娘娘,李怀恩此去,未必尽心。(五旦)这遭如何是好?(净)娘娘且是放心,待老臣带了校尉,将安清宫团团围住,管叫他插翅难飞。(五旦)好,你且出宫去罢。(净)老臣出宫去也!(唱昆腔【川拨棹】一至五句)(净下)(太监、末上)(唱)

【(昆腔)**川拨棹**】**大朝过进宫参,见娇容喜心上**。

(五旦)臣妾见驾,万岁。(末)爱妃平身。(五旦)万岁。(末)赐绣凳。(五旦)谢主隆恩。臣启万岁,为何进宫来迟?(末)寡人朝事多端,票发各官奏章,所以进宫迟了。(五旦)臣妾备得有酒,万岁畅饮。(末)爱妃吓!(唱)

【(昆腔)**尾**】**堪羡美色春娇状,龙凤交颈并鸾凰**。(下)

第二十号

小生(清河王),正生(李怀恩),正旦(宫女),老旦(太监),五旦(马月姑),末(皇帝),正旦、老旦、外、丑(校尉),净(马荣)

(小生上)(唱)

【风入松】梦寐不安乱心惊,为甚的鸟鹊连声?宫帏寂静无人问,莫不是、莫不是扰乱边庭?(白)孤家,清河王,多感赵相国议立东宫,孤家身落安清宫,勤读五经。今日不知为着何事,心惊肉跳,梦寐不安,不知为何故也?(唱)**为甚的小鹿频频,吉与凶全难信,吉与凶全难信。**

(正生上)(唱)

【前腔】飞身即速到宫门,陷害当今帝君。悄悄步入兰帏地,好叫我进退无门。(白)奴婢见驾,愿殿下千岁。(小生)平身。(正生)阿吓,千岁吓!(小生)呀!(唱)**为甚的泪珠透淋,快说出这衷情,快说出这衷情。**

(白)奴婢前来问安。(小生)既然前来问安,愁容满面,却是为何?(正生)但是这个……(小生)为何不说?(正生)千岁!(唱)

【急三枪】好叫我,说不出,这衷情。内生变,起祸根。(小生唱)**因甚的,诉分明,泪珠淋。其中察,挂啼痕。**

(白)李卿,有什么事情,与孤家说过明白。(正生)千岁不好了!(小生)莫非父皇病重么?(正生)非也。(小生)为着何事呢?(正生)千岁,马氏、国丈商议,心生嫉妒呵!(唱)

【风入松】奸邪内外占朝权,霎时的骤起风烟。火烧宫院无解免,有毒药难推难言。(小生白)你待怎讲?(正生)我奉马氏之命,有毒药一包,谋你性命。(唱)**速逃生免得血溅,迟一刻命难全,迟一刻命难全。**

(小生)怎么,有这等事来?阿吓,父皇吓!(唱)

【前腔】听说心惊胆又战,唬得我魂飞九天。锦绣江山成话片,即速的哭奏君前。(白)待我去也!(正生)千岁到那里去?(小生)去到金阶,哭奏父皇知道。

（正生）千岁，马荣国贼带了军兵，将安清宫团团围住，插翅难飞也！（唱）**四下的刀锋闪闪，领军兵烧宫院，领军兵烧宫院**。

（小生）听你说来，孤家难道身死此地不成？（正生）千岁且是放心，奴婢有计会在此。（小生）有什么计会，快快与孤家说来。（正生）千岁，你扮作平民模样，往后宰门而出，去到台州，西北侯李忠与老王有旧，前去存身，待等国贼、妖妃势败冰散，然后进京，可登大位。（小生）卿家吓，孤家不识路径，如何逃生？（正生）千岁，到如今也顾不来了。少刻马荣到来，插翅难飞。（小生）既如此，孤家逃难去也！（唱）

【前腔】卸下金冠改平[①]**民，避迹天涯逃遁**。父皇吓！**你年迈苍苍靠何人，锦绣江山化作灰尘**[②]。**心切切泪珠透淋**[③]**，有日登大宝杀奸臣，登大宝杀奸臣**。

（正生）这遭是了。（唱）

【急三枪】好叫我[④]**，心思想，无计生**[⑤]。有了！**红光一起，认不清**。（科）（放火）（小生哭下）（正旦宫女、老旦太监上，烧死下）（五旦扶末上）（末唱）**唬得孤，心惊跳，魂魄掉**。**传武士，保纲朝**。（五旦扶末下）

（老旦、正旦、外、丑四校尉同净上）（净）老夫马荣，昨日与女儿商议，谋害清河王，带领校尉，将安清宫团团围住。众校尉！（众）有。（净）趱上！（打【水底鱼】）（四校尉、净下）（小生上）唬死我也，唬死我也！孤家在安清宫诵读五经，不想马荣这国贼，命李怀恩前来谋我性命。喜得李怀恩释放与我，孤家脱离祸地，只为路径不熟，叫我如何逃生也！（唱）

【北尾】[⑥]**霎时乌云遮日光，好一似乱箭攒拉**。咳，父皇吓！**两眼对着南来望，**

---

① “平”字195-1-157吊头本脱，据单角本补。

② 灰尘，195-1-157吊头本作“平论”，195-3-49忆写本作“灰作伦”，朱笔校作“灰尘”，今从之。

③ 此句195-1-157吊头本作“心朱淋恨杀奸臣”，据单角本改。

④ “好叫我”三字195-1-157吊头本脱，据单角本补。

⑤ 计生，195-1-157吊头本作“计会”，据单角本改。

⑥ 此曲195-1-157吊头本未抄，曲文据单角本补。

哭不出泪汪汪。

(白)阿吓,父皇吓!(下)

第二十一号

正旦、老旦、外、丑(校尉),净(马荣),正生(李怀恩),花旦[①](马月姑),

末(皇帝),小生(太监)

(正旦、老旦、外、丑四校尉同净上)(打【水底鱼】)(众白)打进去,看过明白。(净)可见李怀恩?(众)不见李怀恩。(净)四下搜来。(众)四下搜来。(净)可有清河王尸首?(众)不见尸首。(净)嗄,这又奇了。吓,是了,必定李怀恩通风报信,释放清河王逃走,倘被圣上知道,还当了得!这便怎处?有了。众校尉!(众)有。(净)好生把守后宰门,若见李怀恩,将他拿下。(打【水底鱼】)(四校尉、净下)(内)奸贼,奸贼!(内唱)

【新水令】瞒天遮日恨奸党,只我这忠心不枉。(正生上)(唱)**堂堂花世界,反受这祸殃。锦绣江山,恨贼种骤起祸殃,骤起祸殃。**

(四校尉上)拿下。(正生)谁敢拿!(净)李怀恩,此事怎么样了?(正生)此事明白了。(净)怎样明白?(正生)国丈容禀。(唱)

【步步娇】心生嫉妒害他行,服毒命丧亡。送他归阴府,焚身化骨,影迹无响。(净白)你将河清王药死,尸首那里去了?(正生唱)**休得多言讲,那知我满腹恨奸党,满腹恨奸党。**

(白)尸首焚化过了。(净)好,你可盗得玉玺?(正生)咱家可以办得。(净)好,速往内宫去罢。(正生)谢国丈爷。(正生下)(众)国丈,李怀恩进内宫,心急如火。(净)心急如火,扯他转来。(众)李怀恩转来。(正生上)吓,国丈爷,咱家去得好好,扯咱家转来,何事?(净)看你往后宰门而去,心急如火,必

---

① 本出195-1-157吊头本马月姑角色名目标作“花旦”,与前文不同。

有勾当。(正生)有道你有你的事,咱有咱的事,咱家去也。(净)且慢。你对老夫,说个明白,如若不讲,休讨没趣。(正生)咳!(唱)

【江儿水】何须多言语,细细问我行。要学当年尽忠行,任你波浪起,温泉不翻江。(净白)可恼,可恼也!(唱)**不识抬意自思量,休想吐露那情关**。(白)来!(唱)**将他身边搒细查看,有挟带罪承当**,(众白)这包毒药还在。(净)嘈!大胆李怀恩,你说清河王药死,这包毒药,那里来的?(正生)但是毒药么?(净)讲来!(正生)呀!(唱)**药**[1]**奸雄正朝堂,药奸雄正朝堂**。

(净)大胆李怀恩,释放清河王,奏与娘娘,要将你千刀万剐。(正生)咳,马荣,马荣!你心生狠毒灭帝君,只怕天理察分明。可怜晋朝废社稷,恩义沉冤起祸根。吓,圣上,圣上,你今昏迷来不醒,贪恋酒色灭朝臣。纵容纣朝妲己女,马荣,我骂你这国贼,你今难免臭名声。(唱)

【折桂令】我眼睁睁心恨无光,热腾腾焚烧国槐[2]。**俺本是秉丹心保朝堂,岂肯邪意助奸党?**(白)小主吓!(唱)**但愿你一路上无灾殃,到台州招兵聚将**。(白)马荣!(唱)**笑你是螃蟹红形硬,有一日势败冰散,要将你食肉啖烧,食肉啖烧**。

(净)可恼,可恼!(唱)

【饶饶令】泼面腾腾怒,怎肯饶你家?凌迟碎骨不松放,过来!**将他自服毒药渺茫茫,服毒药渺茫茫**。

(众科,撬牙)(正生)阿唷!(唱)

【园林好】心服毒口难讲,马荣国贼害我行。阿唷吓!**可怜我浑身鲜血麻,到黄泉此恨难忘**。

(科)(正生死)(众)李怀恩已死。(扛下)(净)众校尉,杀进内宫。(唱)

【收江南】呀!非我云遮天日光,皆为锦绣一江山。自古辟土开疆男儿汉,进

---

① 药,195-1-157 吊头本作“学”,据单角本改。

② 热、国槐,抄本作“舌”“国怀”,暂校改如此。

内宫坐朝堂，进内宫坐朝堂。（四校尉、净下）（花旦扶末上）（末唱）**神魂飘荡，神魂飘荡，愁颜形归泉台，愁颜形归泉台。**

（花旦）臣妾见驾，万岁。（末）平身。（花旦）万万岁。（末）寡人登基以来，太平盛世，忽然内宫起火，焚烧宫帏，此乃国家不吉之兆也！（唱）

【雁儿落】众公卿明正有方，众公卿、世代贤良。先烈业锦绣江山，传给清王万古香[1]。（小生太监上）（唱）**呀！天大干系不可当，进宫直奏老君王。**（白）万岁不好了！（末）吓，为何这般光景？（小生）臣启万岁，昨夜火烧安清宫，烧死奴婢侍女，一共也有数十余人。（末）那清河王呢？（小生）那清河王呵！（唱）**乱纷纷无影响。匆忙，未知他落何方。死枉，后宰门军兵闹嚷嚷，军兵闹嚷嚷。**

（末）吓，怎么，清河王生死未卜么？阿呀！（唱）

【沽美酒】听奏事珠泪汪，嫩蕊蕊、桂枝香。你本是金枝玉叶魂飘茫，锦绣江山抛海洋。（花旦唱）**何须悲泣龙颜叹，圣天子自有神灵护一旁。**（末白）侍儿，取玉玺过来。（小生）领旨。万岁，玉玺在此。（末）退班。（小生）领旨。（小生下）（末）爱妃，寡人封你昭阳正院。梓童，寡人将玉玺交代与你，寡人临终之后，必须宣一大臣，四方寻觅清河王，此乃我国家之后吓！（唱）**你忠心须察访。俺呵！立基业议朝纲。呀！一霎时撇下凡胎，撇下凡胎。**

（白）吓，王儿！梓童！阿呀！（死）（花旦）万岁吓！（唱）

【忆多娇】天公跑，山川倒，社稷存亡如何料，毁逼大臣抵多少？等老父商计较，等老父商计较，一朝女皇在今朝。

（内）众校尉！（内）有。（四校尉、净上）（唱）

【前腔】战干矛，冲天炮，战鼓咚咚神鬼号，将络络抵多少？夺周室兵戈曹[2]**，夺周室兵戈曹，若有不遵头颅抛，若有不遵头颅抛。**

（众打进）（花旦）国丈，你也进宫来了。（净）进宫来了。万岁呢？（花旦）万岁

---

① 给、香，抄本作“记”“乡”，据文义改。

② 剧中以“周”代指晋，下文又以唐祚重新取代武周的“灭周兴唐”，来比喻马荣篡位。兵戈曹，指兵部，剧中马荣职掌兵部。

驾崩了。(净)妙吓,这是心满意足也!儿吓,你将玉玺交代为父,好待为父登基大宝。(花旦)国丈,你前言说过,保护女儿登基大宝。(净)咳,那有女儿家做皇帝之理?(花旦)当初武则天,难道不是女皇?(净)儿吓,你将玉玺交与为父,权做几年,就好还你。(花旦)况且女儿有太子在此,待女儿抱子登基便了。(净)哇,为父良言相劝,休怪无情。(花旦)住了。你难道篡位不成?(净)篡位么?篡位何妨!(杀花旦、太子)(净)四下搜来。(众)玉玺在此。(净)怎么,玉玺在此了?待我明日登基大宝。众校尉,将先皇、娘娘、太子尸首殡葬一处者。(唱)

【尾】天廷社稷把名标,灭周兴唐称心苗。那些武将纷纷,谁不三拜当场?(下)

第二十二号

外(赵碧方)、小生(沈庭槐)

(内哭)阿,先帝吓!(外、小生上)(外唱)

【山坡羊】恨深深满朝贼党,贪生辈低头不交,只我这拚着残生,上金阶杀贼保皇朝。(小生唱)**我心耐思想,就死何足枉?食君之禄理应当**[①]**,学个名标青史,名标青史**[②]**后传扬。泪汪,愿甘心同一腔;壁钢,砚石腾腾气吐光,砚石腾腾气吐光。**

(外)老夫文华殿大学士赵碧方。(小生)下官刑部尚书沈庭槐。(外)沈大人请了。(小生)老太师请了。(外)可恨马荣这国贼,火烧安清宫,篡了晋朝社稷,传旨下来,有两班文武,斗金斗银助饷。那些沐猴官儿,贪生怕死,低头不语,尽去扶贼。(小生)老太师,自古云忠臣不事二君,你我世代忠良,岂肯遗臭青史,被人笑骂不尽也?(外)老夫拚着残躯,前去杀这国贼,你可有肝胆?(小生)老太师,自古道忠臣不怕死,(外)怕死岂忠臣。(小生)老太

---

① 理应当,195-1-157 吊头本作"礼当要",据单角本改。

② "名标青史"及下文"碎尸粉身",195-1-157 吊头本未叠,据单角本改。

师请。(外)大人请。(同唱)

【前腔】对苍天声声长叹,怎不收云清漂开?想先帝汗马心惊,一旦的今日消败。我珠泪腮,阴风泼面来。妖国生虫理不该,恨不得将你碎尸粉身,碎尸粉身我心快。泪腮,便将我身首断无悔来;(大出场)阿吓,先帝吓! **我与你同向幽冥归泉台,同向幽冥归泉台。**(下)

第二十三号

付(马飞龙)、正生(马飞虎)、丑(马飞豹)、正旦(马飞青)、净(马荣)、外(赵碧方)、小生(沈庭槐)

(付上)冲冠恼恨紫金冠,重整山河是父亲。(付下)(正生上)眼如铜铃发似金,上阵交锋有奇能。(正生下)(丑上)一身武艺通四海,谁敢前来动刀枪。(丑下)(正旦上)小小英雄志量高,保护父皇登大宝。(正旦下)(付、正生、丑、正旦上)俺,马飞龙/马飞虎/马飞豹/马飞青。(付)列位兄弟请了。(正生、丑、正旦)请了。(付)今日父皇初登大宝,有两班文武不服者,拖出去斩之哉,全家子罗织罪名。你我一同转过朝房。(正生、丑、正旦)请。(圆场)(付)来此朝房,请。(付、正生、丑、正旦下)(吹打)(二太监、净上)(引)皇袍玉带坐金銮,两班文武,谁人不低头。(诗)龙凤鼓声打,金钟响连天。人心多富贵,除非帝王眷。(白)孤家,马荣,为社稷江山,费尽多少心思。今日初登大宝,侍儿传旨。(太监)万岁。(净)宣四位太子上殿。(太监)领旨。万岁有旨,宣四位太子上殿。(内)领旨。(付、正生、丑、正旦上)臣儿见驾,愿吾皇万岁。(净)列位皇儿平身。(众)万万岁。宣臣儿上殿,有何旨意?(净)宣列位皇儿上殿,为国事议论。今日父皇初登大位,合朝两班文武,恐有人不服,宣四位皇儿上殿保驾。(众)父皇登基大宝,臣儿尽心扶助。(净)好,站立两旁。(众)领旨。(净)侍儿传旨下去,两班文武听着,遵旨者连升三级,逆旨者难免全家诛戮之罪。(太监)领旨。哟,合朝两班文武听着,万岁有旨下来,今日先皇驾崩，新主即位，合朝两班文武，遵旨者连升三级，逆旨者难免全家诛戮之罪。(内)报上，文华殿大学士赵碧方、刑部尚书沈庭槐二人赶上金殿来也。(太监)候着。启万岁，文华殿大学士赵碧方、刑部尚书沈庭槐赶上金殿来也。(净)皇儿保驾。(众)臣儿保驾。(内)奸贼，奸贼！(唱)

【玉芙蓉】痛矫位[①]**恨怎消，**(外、小生上)(同唱)**金阶贼满朝，心忒忒怨起把波涛。窃国幽冥闻坐朝**[②]**，蝼蚁怎得上饿殍。木下草，冤重山倒，乍见了怒气冲霄，怒气冲霄。**

(净)老先生，孤家初登大宝，还望老先生须行天意。(外)住了，马荣，我骂你这国贼！先帝何等恩待与你，你易恩为仇，火烧安清宫，药死清河王，篡了大位，只怕你天理难容。(净)老先生此话差矣，昏君贪恋酒色，理应废之。(小生)住了。我想先帝在日，贪恋酒色，这妖妃是谁？(净)嘈！大胆沈庭槐，胆敢冲撞孤家，难道不怕死么？(外、小生)呢，我二人若还怕死，也不来上前骂你这奸贼也！(唱)

【朱奴儿】便将我碎骨粉绞，决不肯臭事名标，一任你用钉板滚[③]**油烧，哭声先帝何处了？恼得我泼面腾腾烧，**(白)罢罢罢！(唱)**杀国贼仇消报。**(科)(净唱)**怒冲霄，好大胆乱胡嘈，快将他云阳市曹，云阳市曹。**

(外、小生杀死下，付、正生、丑、正旦下)(净唱)

【川拨棹】升平交，但愿国泰民安保。打就了社稷山岳，细查根苗[④]**，细查根苗，笑你无枝叶何处逃。进宫帏乐逍遥，进宫帏乐逍遥。**(下)

---

① 矫位，抄本作“脚围”，今改正。

② 窃，195-1-157 吊头本作“玄”，单角本一作“去”；“闻”抄本作“问”，据文义改。

③ 滚，195-1-157 吊头本作“滚”，据单角本改。

④ “苗”字 195-1-157 吊头本脱，据文义补。

第二十四号

老旦(冯氏)、正生(赵廷标)、末(院子)、净(何祥)

(老旦上)(唱)

【风入松】夫是忠心保朝纲,为甚的乌鸦频叫?心惊恍惚为何来,莫不是惹祸生灾?(白)老身冯氏,相爷赵碧方,在朝伴君,单生一子,取名廷标,骑射穿杨。老身心神恍惚,不知是何故也?(唱)**祸临门惹非是灾,尽忠孝流万代,尽忠孝流万代**。

(正生上)(唱)

【前腔】习练弓马喜心开,终日里云遮雾暗。奸雄绝计篡大位,老严亲拚死喝骂。(白)母亲,孩儿拜揖。(老旦)罢了,一旁坐下。(正生)多谢母亲,告坐了。(老旦)儿吓,你父亲上朝,倘有不测,为娘刻挂在心。(唱)**他那里贼势滔天,人忠良丧泉台,人忠良丧泉台**。

(正生)母亲,爹爹上朝,无事便罢,若有差池,非是孩儿夸口说也!(唱)

【急三枪】一任他,贼势勇,免挂肠。动刀兵,我承当[1]。(末院子上)(唱)**泼天祸,怎抵挡?丧幽冥,满门罪,祸灾殃**。

(白)夫人、公子,不好了!(老旦、正生)太师爷上朝,敢是什么祸事么?(末)夫人、公子,太师爷和沈大老爷上殿,辱骂国贼,马荣大怒,即将太师爷和沈大老爷立斩午门了!(老旦、正生)怎么,太师爷立斩午门了?(末)立斩午门了。(老旦、正生)不好了!(科)(正生)阿呀,母亲苏醒!(老旦唱)

【风入松】闻言不觉箭攒扠,唬得我肉绽皮开。年迈苍苍受刀划[2]**,止不住泪滴流干**。(正生白)阿吓,爹爹吓!(唱)**可怜你横丧泉台,恨国贼斩忠良**[3]**,恨国**

---

① “一任他”至“我承当”,195-1-157 吊头本原无,而在“祸灾殃”后有末所唱的“恨国贼,怒难安(按),将老爷,头首枭”,此从单角本。

② 划,195-1-157 吊头本作“刺”,于韵不合,今改正。

③ 良,195-1-157 吊头木作“害”,据单角本改。

贼斩忠良。

(老旦)儿吓,到那里去?(正生)母亲吓,孩儿赶上金殿,杀却奸贼,与爹爹报仇雪恨。(老旦)儿吓,马荣这国贼,他有四个儿子,个个如狼似虎,倘然失手,岂不断了我赵氏后代了么?(末)母亲吓,有道"父死尽忠,儿死尽孝",孩儿要杀国贼,与爹爹报仇也!(唱)

【前腔】拚着粉身姓名标,何惧他剑戟枪刀。父母冤仇怎肯消,噤咽喉泪珠双抛[1]。(老旦白)阿吓,儿吓!快快逃生去罢!(唱)**速速的海角奔逃**[2]**,休虑我暮年老,休虑我暮年老**。

(末)夫人、公子,且慢悲泪,太师爷已经尽忠,必定抄灭家眷。夫人、公子快快逃避天涯,然后一则好助社稷,二则好与老太师报仇雪恨。公子,若迟一刻,贼兵一到,难以脱身了。(唱)

【急三枪】顷刻间,如潮涌,千军到。光闪闪,排枪刀。(老旦唱)**休哭泣,免心焦**。(白)院子。(末)有。(老旦唱)**速配马,后门逃**。

(正生)母亲,孩儿就此拜别。(唱)

【风入松】含悲忍泪来拜倒,我是个不忠不孝。生死分离如刀绞,生擦擦[3]**失群孤鸟**。(同唱)**娘和子难舍难抛,要相逢梦里招,要相逢梦里招**。(科)(正生下)

【前腔】(老旦唱)**释放娇儿往前逃,好一似失群孤鸟。未知、未知吉凶如何料**,(白)家院。(唱)**你们速速行囊好**。(白)我家犯了灭门之罪,众家丁、侍女快快逃生去罢。(末)老夫人,老太师尽忠,老夫人尽节,老奴情愿一处,不愿偷生。(老旦)好,院子有忠义之心。你把府门封锁,放起火来。(唱)**合家的全忠全孝,夫向前我后到,夫向前我后到**。(科)(放火,死下)

---

① 此句 195-1-157 吊头本作"今以咽喉泪珠抛","今"即"噤","以"字衍,今删,并据单角本补一"双"字。

② 海角奔逃,195-1-157 吊头本作"海固去涛",据 195-3-49 忆写本改。

③ 生擦擦,抄本作"生插插",第三十四号又作"生察察",今统一作"生擦擦"。生擦擦,犹活生生。

（四手下、净上）（吹【风入松】半段）俺都指挥何祥，奉皇旨意，带兵三千，捉拿赵碧方家眷。来，趱上。（吹【风入松】合头）（四手下）赵家庄房屋化为白地。（净）嗄唷，必有人通风报信，所以将房屋焚化。是了，待我奏闻圣上，请旨定夺。（四手下）有。（吹【尾】）（下）

第二十五号

外（鬼谷仙师），丑（土地），正旦、花旦（家丁），付（李贤能），

小旦（李琼芝），小生（清河王）

（外上）（吹【浪淘沙】）（诗）圣山修炼已千年，妙法无穷法无边。金丹一粒安社稷，声声罪非浅。（白）贫道鬼谷仙师，今日清河王来到黑风山，命土地到来，化一个猛虎，吓他一吓，等李家兄妹到来，相救与他。土地那里？（丑上）我做土地，保佑四方大利。鬼谷仙师，土地叩头。（外）起来。（丑）叫我出来，有何吩咐？（外）清河王到此，你化一个老虎，吓他一吓，等李家兄妹到来相救。（外、丑下，丑上，调老虎，下）（正旦、花旦二家丁，付、小旦上）（同唱）

【粉蝶儿】山景飘渺，观不尽山景飘渺，兄和妹武艺精高。终日里在荒郊射鸟，到村庄沽美酒快乐逍遥，老爹娘白发悄悄，知何日杀奸党保王朝。要把那贪官污吏尽皆扫，那时节豁开眉梢，豁开眉梢。

（付）俺李贤能。（小旦）奴家李氏琼芝。（付）妹子请了。（小旦）哥哥请了。（付）妹子，我和你出得门来，荒山多野草，山景又萧条。（小旦）哥哥，你看山景飘渺，好不欢喜人也。（付）妹子，你看荒山野岙，杂木无穷也。（小旦）家丁趱上。（同唱）

【滚黄龙】画重美喜鹊频叫，白云溪水甚萧条，你看这密层层挨挨错错[①]**。豺狼虎豹何足道，齐上了荒山野岙，荒山野岙**。（众白）那边鸿雁来了。（付）取弓

① 错错，195-1-157吊头本原字左“足”右“夆”，且叠字，疑为“踌踌”之俗讹，今改作“错错”。

箭过来。(小旦)且慢。哥哥,何不待妹子射他一箭?(付)好。妹子,射他一箭。(小旦)家丁,取弓箭过来。(小旦唱)**手执鸾箭**[①]**射鸿鸟,**(众白)鸿雁下地。(付)妙吓!(唱)**好一个须眉女多娇。可惜他未配香罗袖红鸾飘,那得个俊俏郎君对窈窕?**(付、小旦白)家丁。(众)有。(付、小旦唱)**必须要放出眼,努力来巡哨,努力来巡哨。**(二家丁、付、小旦下)

(小生上)(唱)

【黄龙滚】离宫帏身作浮漂,不知南来并北交。哭得我咽喉断泪珠抛,无主无所随风飘摇。(白)孤家清河王,在安清宫诵读五经,不想马荣这国贼,要谋我性命,喜得李怀恩释放与我。看这荒山野岙,路径不熟,叫我如何是好也!(唱)**只我这举目青霄**[②]**,不知何处是家了。恨声声风吹萧条,冻得我战战兢兢尘埃倒。黑漆漆**[③]**无路无遥,**(虎叫)(白)不好了!(唱)**那边猛虎声声叫,猛虎声声叫。**(虎赶出,小生逃下,虎追下)

(二家丁、付、小旦上)(同唱)

【叠字犯】顷刻狂风吹到,必定有怪妖。努力睁睛跑[④]**,速向前看分晓。**(小生逃上,虎追上,付、小旦打虎)(外厢焰头)(付)吓,猛虎被俺一拳,霎时猛虎不见,这又奇了。家丁,四下搜来。(正旦)猛虎不见,有位后生吓倒在地。(付)可曾绝命?(正旦)心下热的。(付)叫他醒来。(小生)呀!(唱)**魂散飘渺,耳边听得有人叫,听得有人叫。**

(白)多蒙仁兄相救。(付)请起。请问仁兄,家住那里?高姓大名?(小生)不瞒仁兄说,我乃西京人氏,只为家遭大变,故而身落此地。(小旦)哥哥,看此人相貌魁梧,何不留归家中,问个明白?(付)妹子此言不差。家丁,背这后生回庄也。(付、小旦唱)

---

① “箭”字 195-1-157 吊头本脱,据单角本补。

② 青霄,195-1-157 吊头本作“亲悄”,单角本一作“青消”,当即“青霄”,据改。

③ 黑漆漆,抄本作“黑赤赤”,赤、漆音近。后文第三十三号“黑漆漆遮星皓”同。

④ 睛跑,195-1-157 吊头本作“精抱”,据文义改。

【煞尾】看他怯怯书生辈，唬破魂胆话不表。细问根由辨分晓，根由辨分晓。（下）

第二十六号

外（李德孝），老旦（华氏），正旦、花旦（家丁），付（李贤能），小旦（李琼芝），小生（清河王）

（外上）（引）坐守田园祖业，看白发悄然。（诗）光阴催人老，烂漫意已焦①。曾记少年事，看须白了翁。（白）老汉李德孝，祖居贵州廷孔县人氏。父母双亡，安人华氏，所生一男一女，长子贤能，女儿琼芝，他兄妹二人，所爱抡枪舞剑。昨夜他兄妹二人，往黑风山打猎，今日天色已晚，不见回来，好生挂念也。（老旦上）员外，他兄妹二人，可有得回来？（外）安人，他兄妹二人情投，游玩夜景，所以迟了。（老旦）我女儿生得沉鱼落雁，武艺高强，实为可喜也！（唱）

【锁南枝】花容貌，女多娇，青春时节嫩花草。催过时光阴，岂不怨声高？早完备，洞房照；前世姻缘定，何不人中挑，何不人中挑？

（外）昨夜周媒婆前来说亲，被我骂一顿，他抽身就走。（老旦）为何？（外）女儿才得一十七岁，生来一貌如花，我这里没有俊俏郎君，与他配合。（唱）

【前腔】休多言，絮叨叨，膝前爱惜如珍宝。倘配一村夫，那时如何了？（白）我女儿呵，慢说是一貌如花，亦且文武双全。（唱）**怕莫有丹桂客，结鸾交；何必来催急，你且开怀抱，你且开怀抱。**

（内）家丁趱上！（正旦、花旦二家丁，付、小旦、小生上）（付、小旦唱）

【前腔】射飞禽，转家窑，兄妹双双是同胞。路急救残生，方显大英豪。（白）爹娘请上，孩儿拜揖/女儿万福。（外、老旦）罢了。（付、小旦）谢爹娘。（付）见了我爹娘。（小生）老丈在上，难人有礼。（外）请起，请坐。（小生）谢老丈，告坐。

---

① 此句单角本作“兰蔓倚以轿”，暂校改如此。

(外)儿吓,这后生那里来的?(付、小旦)他是西京人氏,被猛虎追赶,兄妹二人救他回来的。(外)好,心存仗义,正该如此。安人、我儿回避。(老旦、小旦)晓得。(老旦)我看人品倒秀丽,(小旦)看他不是下贱人。(老旦、小旦下)(外)你这后生,那里人氏,因何到此?(小生)老丈容禀。(唱)**家住在,汴梁城;家中遭大变,飘落到贵州,飘落到贵州**。

(外)请问高姓大名?(小生)阿吓,且住。老丈问我名姓,叫我如何说得出口。但是这个……吓,是了,待我移名改姓便了。不瞒老丈说,小生姓方,表字飘明。(外)祖上做何事业?(小生)但是我祖上呵!(唱)

【前腔】我祖上,有书兴,父母双亡受苦辛。多蒙丘山大[1]**,得救我残生**。(白)若没有恩兄到来相救呵!(唱)**不然是,归幽冥;来世当犬马,没世不忘恩,没世不忘恩**。

【前腔】(付唱)**弟年少,我年轻,同伴寒窗读经文。有日春雷动,虎榜占头名**。(白)爹爹,孩儿有话禀告。(外)儿吓,有话起来讲。(付)孩儿要与方家贤弟结拜金兰,心意如何?(唱)**义结金兰,手足情**[2]**;生死同**[3]**患难,分金**[4]**万古闻,分金万古闻**。

(外)儿吓,义结金兰,此乃年少所为,为父岂来管你。(小生)兄说那里话来?兄乃是赫赫门第,弟乃一身落拓,怎敢高攀?(付)我主意已定,你不必推辞。你青春几何?(小生)虚度二十。(付)这等说来,是我叨长了。(小生)如此哥哥请上,待小弟一拜。(付)也有一拜。(同唱)

【前腔】对苍天,罚誓盟,撮土为香叩上天。学个桃园结义,意欲两同心。(小生白)爹爹请上,受孩儿一拜。(外)呵吓,不敢。(小生唱)**情和义,不忘恩**。(同

---

① 丘山大,195-1-157 吊头本作"周三大",据单角本改。

② 手足情,195-1-157 吊头本作"谬惜情",据 195-3-49 忆写本改。

③ 同,195-1-157 吊头本作"从",据 195-3-49 忆写本改。

④ 分金,195-1-157 吊头本作"分中",据文义改。分金,指管鲍分金,详见《三闯·路会》"说什么分金义,倒做了刖足仇"注。

唱)**提出湖泥汉，习学孔圣文，习学孔圣文。**(下)

第二十七号

丑(王定美)、末(院子)、花旦(王蕊娇)、正旦(夫人)、五旦(丫环)

(丑上)(引)无子堪怜，自选佳期。(诗)辞朝归故守田园，发鬓悄悄得安愁。年迈无子绝宗祧，官居爵禄五经池。(白)老夫，王定美，只为膝下无子，单生一女，年长十六，尚未婚配。命院子在十字街头，高结彩楼，自选佳期，未知可有齐备。院子那里？(末院子上)(丑)命你高结彩楼，可曾齐备？(末)齐备已久。(丑)请夫人、小姐出堂。(末)夫人、小姐有请。(末下)(花旦上)红丝结一线，鸾凤戏鸳鸯。(正旦上)任凭月老结丝萝。(丑)夫人见礼。(正旦)相公见礼。(丑)请坐。(正旦)请坐。(花旦)爹娘，女儿万福。(丑、正旦)罢了，一旁坐下。(花旦)谢爹娘，告坐。(正旦)相公，昨日说高搭彩楼一座，命女儿自选佳偶，彩楼可曾齐备？(丑)齐备已久。我女儿年已长成，尚未婚配，命院子在十字街头，高结彩楼，叫女儿自选佳期，未知女儿意下如何？(花旦)爹娘请上，女儿禀告。(丑、正旦)儿吓，有话起来讲。(花旦)爹娘！(唱)

【二郎神】容儿禀，言诉这衷肠，红鸾未配[①]选才郎。一世终身，儿本是女节流芳。养育深恩如泰山，老爹娘白发苍。半丝一线结鸾凤，儿情愿侍奉高堂。古今常，九烈三贞，乳哺恩养，乳哺恩养。

(正旦)儿吓！(唱)

【集贤宾】心存孝道大有方，百岁事岂可飘荡？常言道嫦娥也要结鸳鸯，荷花莲蔀生重椏[②]。秉烛苍，七星[③]临凡，但愿你女貌才郎[④]，女貌才郎。(丑白)儿

---

① 未配，195-1-157 吊头本作“来岂”，据 195-3-49 忆写本改。

② 莲蔀，方言，莲蓬。重椏，两条枝杈，这里指并蒂莲。

③ 七星，195-1-157 吊头本作“蕙七库”，据单角本改。疑“库”当作“姑”，“七姑”义同七星，指北斗星。

④ 才郎，抄本作“郎才”，今乙正。

吓，以后不可忘怀父母养育之恩。（唱）**上楼台，红丝绣罗，双双的同拜高堂，同拜高堂**①。

（吹）（花旦拜）（五旦丫头、末院子上）（吹【过场】）（下）

第二十八号

正生（赵廷标），净、外、小旦（众相公），末（院子），五旦（丫环），花旦（王蕊娇），小生（神仙），丑（王定美），正旦（夫人），外（傧相）

（正生上）爹娘吓！（唱）

【蛮牌令】泼天冤轰轰的遍走羊肠②**，何日得拨开云暗？俺本是泼天英雄凌云志**③**，到如今哭哀哀奔走天涯。有如那虎离山岗**④**，落平洋被犬欺待**⑤。（白）俺赵廷标，父亲赵碧方，在日官居首相，执掌朝纲，被马荣陷害，立斩午门。俺逃出在外，无处存身，叫我如何是好也？（唱）**恨深深冤重山海，不能够放胆扬眉杀奸党。一路上隐姓埋名，闷昏昏病癃噫哑**⑥**，病癃噫哑**。（正生下）

（净、外、小旦上）（同唱）

【东瓯令】心花开，为佳期三生皆爱，若得个千金彩楼下，闹嚷嚷鼓乐喧天会阳台。（净白）列位仁兄请了。（外、小旦）请了。（净）我们青州城内，王定美老爷千金小姐，在十字街头，高搭彩楼，自选才郎，抛球招婿。一到楼台，不可乱嚷乱夺，介个彩球是我个。（外、小旦）兄吓，你的话讲错哉，怎么彩球是你的，大家有分的。（净）小姐欢喜我个哉。（外、小旦）小姐欢喜你，不欢喜我们？

---

① “上楼台”至“同拜高堂”，195-1-157吊头本脱，据单角本补。

② 遍走羊肠，195-1-157吊头本作“变走荡”，据单角本改。

③ 凌云志，抄本作“瑞运止”，今改正。

④ 山岗，抄本作“山崩”，据195-3-49忆写本改。

⑤ 落平洋被犬欺待，明冯梦龙《古今谭概·谈资部》述俗语有“龙居浅水遭虾戏，虎落平洋被犬欺”。“平洋”亦作“平阳”。欺待，欺负。

⑥ 病癃，195-1-157吊头本作“病胧”，单角本一作“病眬”，今改正。病癃，病弱，疲病。噫哑，同“咿呀”。

(净)你们那里晓得?喏,我到彩楼下头,多叩两个头,小姐发起慈悲之心,把个彩球抛得我个哉。(小旦)兄吓,彩球大家有分,往彩楼下一走。(外)有理,请。(同唱)**美佳期同欢爱,小登科美貌佳才。若得个鸾凤双拜,这一桩人人都想得娇娃,人人都想得娇娃。**(净、外、小旦下)

(吹【过场】)(末院子、五旦丫环、花旦上)(花旦)奴家王氏蕊娇,自选佳期,抛球招婿。天地神明在上,奴家王氏蕊娇,在此抛球招婿,还望神圣呵!(唱)

【元和令】订丝萝话重表,奴也是遵妇道。为佳期三生佳配,归幽窗举案齐眉好。巧玲珑眉梢金玉,双双的共人绣罗。奉高堂,百岁之期,不枉我风姿美玉,风姿美玉。

(吹【过场】)(净、外、小旦上)(同唱)

【前腔】春光色紫薇飘,抢成佳配红丝绣幕。挨挤挤人头簇拥,那一个不想绝娇娥?(末白)列位相公,敢是为了彩球而来?(净、外、小旦)正是。(末)时辰将近,列位须要用心。小姐,时辰已正。(花旦)丫环,取彩球过来。(唱)**取球香随风飘,同入巫山燕飞落座,一霎时随风抛球谁似我,随风抛球谁似我。**

(小生神仙上,接彩球,下)(众科)(吹【过场】)(众下)(正生上)(唱)

【缕缕金】步羊肠喧踏匆忙,为甚的喜鹊频放?莫不是露风起祸殃,闪得俺心惊胆慌,好叫俺难猜难详,难猜难详。(小生上,净、外、小旦上,正生接球下)(外、小旦)来带我里。(净)咳,来带我里。(外、小旦)你拨我看看。(净)一个大大屁。(外、小旦)居去。(净、外、小旦下)(正生上)呵吓,这是什么东西,飘在我手中?这又奇了。(唱)**只见红球儿系在俺身上。**(内白)走吓!(末上)(唱)**顺风相送急,彩球落何方**[①]**?**(白)姑爷,你在这里,老奴那处不寻到?(正生)吓,什么姑爷,不要认错了人。(末)不瞒姑爷说,我家老爷王定美,命小姐抛球择婿,大爷接着彩球,就是我家姑爷了。(唱)**喜孜孜郎才女貌,这姻缘前生定好。**(科)(扯下)

(丑、正旦上)(同唱)

---

① “顺风”至“何方”,195-1-157 吊头本原无,据单角本补。

【前腔】**华堂前齐眉三星照，周公大礼不轻藐。郎才蟾宫、配淑女付窈窕，双璧合鸾凤箫，双璧合鸾凤箫。**（五旦丫环、花旦上，下，正旦随下）（吹【过场】）（内）姑爷随我来。（末上）慷慨英雄貌，（正生上）含羞吾儿曹。（末）姑爷请在门首站一站，待老奴进去，请老爷出来迎接。（正生）老人家，不必通报，俺还彩球，就此告别。（末）姑爷，我家小姐姻缘大事，是不可改的。老爷在上，老奴叩头。（丑）起来。姑爷可有寻来？（末）启老爷，姑爷寻着了。（丑）请相见。起乐。（末）起乐。（吹【过场】）（正生）大人在上，晚生拜揖。（丑）贤婿少礼，请坐。（正生）告坐了。（丑）请问贤婿，那里人氏？高姓大名？（正生）北京人氏，姓赵名廷……（丑）赵什么？（正生）呵呀，大丈夫岂肯隐姓埋名，就说出名姓也不妨。不瞒大人说，俺赵廷标。（丑）祖上做何事业？（正生）但是俺祖上呵！（唱）**俺也是儒业门墙，身落拓江湖游荡。觌面情送还彩球，请嫦娥另选才郎。**（丑白）不瞒贤婿说，老夫王定美，不生多男，单生一女，才年十六，尚未婚配。在十字街头，高结彩楼，抛球招婿。原来贤婿拾着彩球，就是我家贤婿了。（正生）令爱终身，岂无豪门匹配？（丑）主意已定，不必推却。（唱）**天赐良缘定，休误女裙钗。**

（白）来，香汤沐浴，改换衣巾，点起龙凤花烛。（吹【过场】）（外傧相上）（五旦丫环、正旦、花旦上，拜堂）（丑、正旦）送进洞房。（五旦、正生、花旦下）（丑、正旦）妙吓，好一对年少夫妻也！（吹【尾】）（下）

第二十九号

净（何祥），正生（赵廷标），花旦（王蕊娇），丑（王定美），正旦（夫人），
末（院子），老旦、杂、外（家丁）

（二手下、净上）（吹【风入松】半段）（净）俺都指挥何祥，奉旨捉拿赵碧方之子赵廷标。二则不论辞驾功臣还乡，要斗金斗银助饷，命下官出京催取。来，前面什么地方，前去问来。（手下）啲，前面什么地方？（内）青州地界侍郎府。（手下）启将爷，前面青州地界侍郎府。（净）侍郎府，有辞驾功臣王定

美。来，转过侍郎府。(吹【风入松】合头)(二手下、净下)(正生上)(唱)

【风入松】忍耻含羞泪珠汪，胜比似浮萍逐浪。不肖名儿天下扬，今做了爱月洋洋①。(白)我赵廷标，来到青州地界，无中生出喜事，在王府招亲。多蒙岳父母、妻子看待与我，虽然举案齐眉，父母冤仇不能消报，岂不悲泪人也！(唱)**对镜**②**花虑声长念，何日里杀权奸，何日里杀权奸**。

(花旦上)(唱)

【前腔】动春风花枝绣练，为什么愁眉不展？俱隐言之对青帘，轻移步忙出堂前。(白)相公见礼。(正生)娘子。(花旦)不知相公在家作何事业？(正生)娘子，不瞒你说，但是我祖上呵！(唱)**为国家尽丧黄泉，不肖子对亲贤，不肖子对亲贤**。

(丑、正旦上)(同唱)

【急三枪】笑盈盈，进房中，招才郎。暮年事，有靠傍③**，暮年事，有靠傍**。(正生白)岳父母，小婿拜揖。(丑、正旦)罢了，坐下。(正生)小婿落魄，多蒙岳父母恩德，岂不是惭愧也。(丑)贤婿，今日乃是三朝日期，岳父母备得有酒，与贤婿、女儿一同畅饮。(正旦)贤婿吓！(丑、正旦唱)**休得要，多客套，免心焦。我鬓霜，接宗祧，我鬓霜，接宗祧**。

(正生)岳父母吓！(唱)

【风入松】多感泰山恩德高，我本是山花野草。有日风云见碧霄④**，谢得你暮年安老**。(花旦唱)**劝君家忍忧休表，奉甘旨我勤劳，奉甘旨我勤劳**。

(末院子上)启老爷，钦差何老爷要见。(丑)怎么，钦差大人到？贤婿、女儿回避。(正生、花旦、正旦下)(丑)请差爷相见。(末)差爷有请。(二手下、净上)一路辛勤苦，为国保君王。(丑)差爷请进。(净)王大人。(丑)差爷请来见礼，

---

① 洋洋，195-1-157 吊头本作“杨杨”，据单角本改。

② 镜，抄本作“亲”，今改正。镜花，菱花镜。

③ 有靠傍，195-1-157 吊头本作“靠终身”，据单角本改。

④ 见碧霄，195-1-157 吊头本作“比月肖”，单角本作“见比俏”，即“见碧霄”，据改。

请坐。(净)见礼,告坐。(丑)请问差爷,到来何事?(净)下官奉旨出京,不论文武官员、辞驾功臣,要斗金斗银助饷,命下官出京催取,切勿违抗圣旨。(丑)先皇驾崩,新主即位,为官之人,理当助之。来。(末)有。(丑)取白银十万、黄金千两、白米二千斛,送与钦差,以作路费。(末)晓得。(末下)(净)好,王大人真是个保国忠臣,待下官奏明圣上,封你大官。(丑)多蒙钦差大人提拔。(净)下官还有一事重托。(丑)还有何言?(净)现有钦犯赵廷标,画影图形,各省各县捉拿。(唱)

【前腔】奉皇旨意出朝堂,这的是御驾公轩。若还窝藏罪刑当,逆臣的怎肯松放。(丑唱)**听言来魂飞魄散**①**,急得我有口难讲,急得我有口难讲。**

(白)差爷,若有拿来献功。(净唱)

【急三枪】这的是,皇皇旨,休轻放。若拿除,献君皇,若拿除,献君皇。(丑白)畅饮而去。(净)皇命在身,就此告别。(丑)候送。(二手下、净下)(丑)这遭不好了。(唱)**好叫我,难分解**②**,祸临忙。配军贼,罪应当,配军贼,罪应当。**

(白)且住。那是朝廷钦犯,此事急杀老夫也!(唱)

【风入松】我肉眼无珠乱胡③**行,**(白)且住。贤婿乃是朝廷钦犯赵廷标,我若还窝藏钦犯,难免全家诛戮之罪,叫我如何是好也?(唱)**也是你命犯魔障。露风声如何抵挡,这其间昧度心肠**④。(白)我若拿去献功,他母女怎肯甘休与我?这便怎处?有了,今日乃是三朝日期,假意劝酒,将他灌醉,放到后花园随香亭内,待等三更时分,将他活活烧死,连人鬼都不知道,免得母女埋怨与我。吓,赵廷标,赵廷标,非是岳父没有翁婿之情,但是你命遭磨折也!(唱)**假欢会劝酒醉扬,等三更绝命行,等三更绝命行。**

(白)请出姑爷。(内)姑爷随我来。(末、正生上)(正生唱)

---

① 散,195-1-157 吊头本作“胆”,据单角本改。

② 解,195-1-157 吊头本作“会”,据单角本改。

③ “胡”字 195-1-157 吊头本脱,据单角本补。

④ 度,195-1-157 吊头本作“如”,“间”字脱,据单角本校补。

【前腔】欲提先仇泪珠汪，忽闻得泰山唤郎。（丑白）贤婿吓！（唱）**翁婿相叙话短长，且开怀休得悲伤**。（正生白）叫小婿出来，有何吩咐？（丑）贤婿，今日乃是三朝日期，岳父备得有酒，与你畅饮。（唱）**我鬓霜无子接代，全仗你暮年来**。

（正生）有劳岳父费心。（丑）看酒来。（正生唱）

【急三枪】蒙厚恩，深似海。小婿呵！**有一日，报冤仇，杀奸邪，报冤仇，杀奸邪**。（丑唱）**你是个，英雄将，免愁烦。且开怀，饮琼浆，且开怀，饮琼浆**。

（白）请。（正生）岳父吓！（唱）

【风入松】醺醺开怀饮[1]**琼浆，自古道好酒能长英雄胆。有日风雷动杀奸党，大丈夫沉醉何妨**。（丑白）看酒来。（正生）吃不得了。（醉倒）（丑）来，将姑爷扶到后花园随香亭内。（末）老爷，姑爷酒醉，为何不到小姐房中去睡？怎么到后花园中去么？（丑）咳，晓得什么！（末）老奴晓得，姑爷去安睡了。（末扶正生下）（丑）来，叫众家丁走动。（末上）老爷叫众家丁走动。（老旦、杂、外家丁上）老爷在上，小人叩头。（丑）众家丁，听我吩咐。（唱）**必须要门户锁好，等三更烈火烧，等三更烈火烧**。（老旦、杂、外、丑下）

（末）阿呀，不好了！（唱）

【急三枪】这其情，好难料。主心狠，翁婿情，轻撇掉，翁婿情，轻撇掉。（白）阿呀，我家老爷，霎时顿起恶心，怎么要把姑爷活活烧死，这是何意？吓，我也明白了，方才那钦差，说姑爷是朝廷钦犯，老爷恐受其累，就有害他之意，这便怎处？吓，有了，待我悄悄去到上房，报与夫人、小姐知道便了。（唱）**悄悄的，进上房，说短长。快商计，救才郎，快商计，救才郎**。（下）

---

① “饮”字 195-1-157 吊头本脱，据单角本补。

第三十号

正旦(夫人),花旦(王蕊娇),末(院子),正生(赵廷标),老旦、杂、外(家丁),

丑(王定美)

(起更)(正旦上)(唱)

【锦缠道】绣帏窗坐卧难安,娘和女停针细讲,表忠贤梧桐声响,叹忠贤尽黄粱。女贞烈娥眉锁黛[①],初声漏滴有什么言叙讲。(花旦上)(唱)**昨夜里梦寐难安,坐绣房难信难猜。我与他佳期帷幄[②],愁只愁年老爹娘,爱惜儿如同反掌,如同反掌。**(急走板)(末上)(唱)**急步踉跄,事急难讲,事在危急速救才郎,速救才郎。**

(白)夫人、小姐在上,老奴叩头。(正旦)苍头,进房来何事?(末)夫人、小姐,不好了!(正旦、花旦)为何?(末)日间钦差来说,姑爷是朝廷钦犯,老爷恐受其累,顿起恶心,将姑爷酒灌醉,锁在后花园随香亭内,今夜三更时分,要将姑爷烧死了。(正旦、花旦)怎么,有这事来?不好了!咳,不好了!(同唱)

【秃秃令】[③]闻言语裂碎肝肠,恨老贼邪意顿忘。如何主张,忘大义断绝忠良。(花旦唱)**三朝未过遭磨难,儿情愿同赴泉壤[④]。**(末白)夫人、小姐,快想计会,相救姑爷才是。(正旦)有什么计会?(末)夫人,老爷此刻在外书房,夫人、小姐房中取钥匙,再悄悄去到后花园,将锁打开,释放姑爷,岂不是美?(正旦)

---

① 锁,195-1-157吊头本作"疏",今改正。娥眉锁黛,皱眉头。调腔《琵琶记·盘夫》【红衲袄】第四支:"我有个得意人儿在天涯,只落得脸销红眉锁黛。"

② 帷幄,195-1-157吊头本作"会楃",《调腔乐府》卷三作"会晤",帷、会方言仅声调有别,今校作"帷幄"。

③ 秃秃令,195-1-157吊头本作【光光窄(乍)】,此从民国前期"方嵩山抄"《玉蜻蜓》等吊头本(195-2-11)所抄《凤凰图》正旦吊头本。自"密悄悄"以下换韵,或为前腔,或为另一曲。

④ 壤,195-1-157吊头本作"上"。"襄"旁俗省作"上",如"嚷"俗作"吐",调腔抄本或再省作"上"。

儿吓，取银子、钥匙来。（花旦）晓得。（下，又上）（正旦）提灯往后花园一走。（末）老奴晓得。（正旦唱）**密悄悄忙下层楼，到花园释放儿曹**[①]。（花旦唱）**泪珠交流，恨老父心毒，黑夜里嫉妒绸缪，嫉妒绸缪**。

（正旦）贤婿苏醒。（末）姑爷醒来。（正生上）（唱）

【要孩儿】醉卧牙床沉[②]**睡后，何事的呼声吼？**（白）吓，岳母在此。小婿睡得有兴，叫我醒来何事？（正旦）贤婿，你还不知么？（正生）知什么来？（正旦）老贼说你朝廷钦犯，将你活活烧死了。（正生）怎么，有这等事来？还望岳母相救！（正旦）贤婿，你往后墙而出，有日风云际会，这老贼有何面目，前来见你。（正生）阿吓，岳母吓！小婿若还偷生，狠心的岳父问起你们，何言答对吓！（唱）**我是个衔国冤仇，狼心眼、趋奉奸谋。难舍难走，不由人切齿咬牙恩重**[③]**山丘**。（正旦、花旦唱）**又须恋着房后，你是个暴露**[④]**龙头**。（同唱）**夫与妻恩情未收，可比做钢刀刺剖。恩重山丘，知何日报却冤仇，报却冤仇？**（正生逃下，正旦、花旦下）

（老旦、杂、外家丁随丑上）（丑唱）

【尾】三更人静谁问候，非是我忘了儿女后。全家罪名要保头。（科）（放火）

（正旦、花旦上）（吹【剔银灯】）（正旦白）贤婿那里去了？（丑）将他烧死了。（正旦）老贼！（吹【尾】）（下）

第三十一号

净（马荣）、丑（军师）、正生（马飞虎）

（二太监、净上）（引）龙楼凤阁九重天，但愿国泰又民安。（白）孤家马荣，自从登基以来，风烟永息，风调雨顺，各邦不敢摇动，此乃国家之洪福也！（吹

---

① 曹，195-1-157 吊头本作“愁”，据单角本改。

② 沉，抄本作“神”，今改正。

③ 重，195-1-157 吊头本作“动”，据单角本改，次同。

④ 暴露，抄本作“保落”，暂校改如此。

【泣颜回】(白)昨日军师有表章,清河王逃往贵州廷孔县,有恐生事,必须宣军师上殿商议,除灭后患,免得扰乱江山。侍儿传旨,宣军师上殿。(太监)领旨。万岁有旨,军师上殿。(内)领旨。(丑上)又听君王宣,螭头拜龙颜。臣樊元见驾,愿我主万岁。(净)军师平身。(丑)万万岁。(净)赐绣凳。(丑)谢主隆恩。宣臣上殿,有何国事议论?(净)宣军师上殿,定计除奸才好。(丑)臣启万岁,清河王落在贵州廷孔县,何不差二太子,带兵十万,前去抄灭,望吾皇准奏。(净)军师所奏无差。侍儿传旨,宣二太子上殿。(太监)万岁有旨,二太子上殿。(内)领旨。(正生上)狼牙豹头虎额,上阵交锋鬼哭神惊。臣儿见驾,愿父皇万岁。(净)皇儿平身。(正生)万岁。宣臣儿上殿,有何旨意?(净)宣皇儿上殿,非为别事。昨日军师有表章,清河王逃往贵州廷孔县,命皇儿带兵十万,前去抄灭,可有肝胆?(正生)臣儿此去呵!(吹【千秋岁】)(净白)好。皇儿听旨,带兵十万,抄灭廷孔县李家庄,不得有误。(正生)领旨。(正生下)(净)备得有酒,军师畅饮。(丑)送驾。(吹【尾】)(下)

第三十二号

小旦(李琼芝)、五旦(丫环)、小生(清河王)、付(李贤能)

(小旦上)(唱)

【红衲袄】正鲸鱼挂金标针指线,只奴这、嫩蕊蕊一枝丹桂飘。心忧郁独坐闷无聊,这终身何日得配良宵。(白)奴家李氏琼芝,爹爹李德孝,哥哥李贤能。那日与哥哥在黑风山打猎,有位后生,被猛虎追赶,兄妹二人救他回来,我哥哥与他结拜金兰。他在书房诵读,奴闷坐绣阁,好不烦闷人也!(唱)**奴见他轻年多少貌,奴见他、小人才意逍遥**[①]。**好叫奴说不出衷情也,花结连蒂枝蕊小,花结连蒂枝蕊小**。

① 逍遥,195-1-157 吊头本作"肖条",据文义改。

(五旦丫环上)小姐心中烦闷,何不到后花园游玩?(小旦)有位后生诵读,叫我如何游玩得来?(五旦)后生在书房读书,小姐在桃园洞口游玩,倒也不妨的。(小旦)倘若被我哥哥知道,还当了得。(五旦)自家哥哥,怕他什么?(小旦)此言不差,同我下楼去也。(唱)

【前腔】卸下了竹花披丝罗带,小妖姑、悄悄的下楼台。瑶琴曲心所爱,步金莲滴滴的水红[①]**窅**。(五旦白)小姐吓!(唱)**观奇花不觉的苦颜开,我和你暗地里进园来**。(小旦唱)**栏杆石畔精巧也,桂菊馨香扑鼻来,桂菊馨香扑鼻来**。(五旦、小旦下)

(小生上)(唱)

【前腔】在花园闷沉沉愁眉盖,在花园、想乾坤今消败。在花园无心观圣贤,在花园此事难尴尬。(白)孤家清河王,父皇元统,纵容马氏,社稷倾废。孤家多蒙李怀恩释放,逃出在外,来到黑风山,遇见猛虎,险伤一命。多感得李家兄妹二人前来相救与我,不然一命呜呼。我在他庄上,倒也十分看待与我。咳,哥哥,你那知小弟心事来也!(唱)**那知我在宫中擎天架,那知我金枝玉叶被奸害?那知我移名改姓也,堂堂天子作话巴,堂堂天子作话巴**。

(白)在书房心中烦闷,不免到花园游玩一番便了。(唱)

【前腔】恁看这黄菊娇牡丹开[②]**,竹盘松、折得来甚奇怪。恁看这馨香喷鼻般般在,胜比似御王宫画楼台**。(白)行来已是望仙亭,身子困倦,喜得有牙床在此,不免少睡片时,打睡一刻便了。(唱)**小底调偶然的卜诗在**[③]**,画的是古人名流后代。不觉气爽精神也,睡卧牙床身安泰,睡卧牙床身安泰**。(科)

(小旦、五旦上)(小旦唱)

【前腔】行过了菊花亭心所爱,我本是、嫩腰肢独自来。来看着那并翅鸳鸯多

---

① 红,195-1-157吊头本作“洪”,暂校改如此。水红,比粉红略深而较鲜艳的颜色,这里指鞋的颜色。另,单角本“水”作“冰”。

② “菊”字下抄本为重文符号“匕”,今据文义补以与“菊”相配合的平声字“娇”。

③ 此句费解。底,单角本或作“祇”。卜诗,单角本或作“卜是”。

情爱，一对对飞出在沙坡外。（五旦白）小姐，你看这鸳鸯，飞出园外去了。（小旦）这是号为文禽之鸟。（五旦）何为文禽之鸟？（小旦）日间并翅而飞，晚来交颈而睡。（五旦）可惜吓，实是可惜。（小旦）你道可惜什么？（五旦）小姐，你看这鸳鸯成双搭对，飞出园去，员外、安人将小姐的终身耽搁起来，岂不是可惜么？（小旦）秋香吓！（唱）**休提起配鸾凤成七彩，顿使奴、心乱如麻。行过了桂渚**[①]**兰亭也，望仙亭上睡安泰，望仙亭上睡安泰。**

（放火，出龙）（小旦）不好了！（唱）

【前腔】乍见龙现出心惊怪，因甚的、狂风起飞石来？（白）丫环，望仙亭火光透天，你去看来。（五旦）我道什么东西，原来方相公打睡在此，报与小姐知道。小姐，方相公打睡在此。（小旦）那一个方相公？（五旦）就是那天收留的方飘明相公。（小旦）且住。我哥哥时常说，马荣弑君篡位，清河王逃奔天涯，莫非就是此人了，这便怎处？（科）是了，我自有道理。丫环。（五旦）小姐。（小旦）你叫方相公下亭，只说小姐有话问他。（五旦）晓得。方相公苏醒。（小生）呀！（唱）**睡朦胧云霄拨月盖，眼倦开、只见着一女娃。**（白）动问大姐何来？（五旦）我家小姐叫你下亭子，有话问你。（小生）吓，你家小姐有话问我？倘被你家大爷知道，一番不美之事。（五旦）呸！我家小姐，问问你家业的。（小生）吓，怎么，你家小姐问我的家业？你先去，我随来。（五旦）小姐，他来了。（小生）小姐见礼。（小旦）奴家也有一礼。（小生）请坐。（小旦）请坐。（小生）小姐，小生不知小姐游玩花园到此，小生闲杂不避，多多有罪。（小旦）奴家惊醒与你，也有一罪。（小生）动问小姐，有何见谕？（小旦）丫环来说，你在望仙亭上啼哭，故此前来一问。（小生）吓，我想起祖上家业受屈，故而如此。（小旦）你祖上做何事业？（小生）小姐容禀。（唱）**若提起先父冤仇如深海，一旦的被奸谋成雪化。我本是中人贵客也，雨打浮萍作话巴，雨打浮萍作话巴。**

（五旦）方相公，我家小姐问你的家业，双眼掉泪，却是为何？（小生）大姐，你

---

① 桂渚，抄本作“桂折”，据文义改。

去对你家小姐说。(唱)

【前腔】难启口这衷情祸飞来,恐防着、萧墙起祸累你家。(小旦白)你父亲是谁?(小生)但是我父亲呵!(唱)**我父亲堂堂坐天下,**(小旦白)被你怎样一个逃出的?(小生)不想马荣这国贼呵!(唱)**安清宫、一旦的焚烧坏。幸亏得忠义人留后代**①**,到贵州**②**安身处处在。有日覆转乾坤也,世袭公侯是你家,世袭公侯是你家**。

(小旦)呀!(唱)

【前腔】听言语顿使奴心开怀,顾不得、脸含羞会人才。(白)丫环,你前去问他,既是清河王,有何物为证?(五旦)方相公,你既是清河王,有什么东西为证?(小生)大姐,你家小姐若还不信,小生有沉香宝带为证。(小旦)出借一观。(五旦)小姐请看。(小旦)妙吓!(唱)**沉香带金枝玉石嵌,果然是、那顾得帝皇宫是陛下。欲待要抽身步订结**③**彩,恐防着意儿中难禁架**。(五旦唱)**何不订结丝萝也,玉翠聘定帝王家,玉翠聘定帝王家**。

(付上)(唱)

【前腔】醉醺醺闲游步花街,大丈夫、何日得帝王家?情投义我所爱,要学个开国元勋姜子牙。(小生白)阿呀,不好了!(三人逃下)(付)呀!(唱)**乍见了怒冲霄气满怀,闺阁女、反在此做勾当**。(白)阿吓,我家妹子与方家贤弟做勾当,见了俺飞跑而去。我前去禀告爹娘知道,又恐断了手足之情。但是这……有了,待我赶到房中,问过妹子便了。(唱)**兄妹情投意合也,永结和同百年康,永结和同百年康**。(下)

---

① 后代,195-1-157 吊头本作“义代”,据单角本改。

② 到贵州,195-1-157 吊头本作“到做州”,单角本一作“到州来”,据剧情改。

③ 结,195 1 157 吊头本作“欲”,据单角本改。

第三十三号

丑(胡达),五旦(丫环),小旦(李琼芝),付(李贤能),小生(清河王),

正生(马飞虎),外(李德孝),老旦(华氏),净(院子、报子),末(白琳琅),

五旦、老旦(手下),付(马飞龙),丑(马飞豹),正旦(马飞青),外(黑飞天),杂(报子)

(四官兵、丑上)(吹【风入松】半段)(丑白)俺大将胡达,奉元帅之命,带兵到贵州廷孔县抄灭李家庄。来,人马趱上。(吹【风入松】合头)(四官兵、丑下)(五旦丫环、小旦上)(小旦念【扑灯蛾】)唬得我、唬得我魂飞魄散,好叫我、好叫我羞脸红桃,这事儿如何是了,如何是了?(付上)(打【扑灯蛾】合头)(白)妹子开门,妹子开门。(五旦)是那一个?(付)死丫头,我的声音,听不着了?(五旦)小姐,大爷赶进房来了。(小旦)怎么,大爷赶进房来了?丫环,你去对大爷说,小姐身子不爽,叫大爷不要进房来就是。(五旦)大爷,小姐身子不爽,叫你不要进房来。(付)俺偏要进房,你开也不开?(五旦)不开。(付)不开,俺要打进房来了。(五旦)谅你也不敢。(付进)好乖巧,好乖巧。(小旦)哥哥,为何这等气恼,莫非与外人相争么?(付)为兄要气着你。(小旦)为何气着小妹子来?(付唱)

【风入松】香闺做蒿草,你是个嫩蕊飘摇。私情苟合卖风骚,这羞耻如何是了?(白)想方家贤弟,乃是正直君子。(唱)**他是个书中根苗,因甚的没下梢,因甚的没下梢?**

(小旦)哥哥吓!(唱)

【前腔】暂息雷霆休怒恼,容我一言禀告。游玩心曲花园到,望仙亭遇着年少。(白)妹子见他,头上现出金龙呵!(唱)**非是我门楣撇掉,论为人坐王朝,论为人坐王朝。**

(五旦)大爷吓!(唱)

【急三枪】是实情,真言告,休怒恼。沉香带,两情交。(付白)妙吓!(唱)**是珍**

宝，心欢笑，开怀抱。清河王，不差毫。

(小旦)阿吓，哥哥吓！(付)妹子，为兄又不来埋怨，你为何要啼哭起来？(五旦)大爷，我家小姐姻缘被你拆散，岂不要啼哭？(付)妹子且是放心，都在为兄身上也！(唱)

【风入松】何须心急珠泪抛，成就了凤颠鸾倒。俺本是堂堂豪气杀奸刁，那时节重整山岳。兄和妹武艺精高，有日风送同上云霄。(付下)

(小旦)妙吓！(唱)

【前腔】乍见兄妹清眉梢，他是个盖世英豪。闷坐绣房身无聊，知何日云退日照？(五旦唱)**宽心等休得心焦，有日进位坐王朝，有日进位坐王朝。**(五旦、小旦下)

(内)走吓！(小生上)(唱)

【急三枪】唬得我，心惊跳，魂魄掉。这事儿，如何了。(白)唬死我也，唬死我也。我与小姐叙谈，不想被大爷看破，倘若此事泄漏风声，小生性命难保，小姐如何一个做人也！(唱)**他是个，嫦娥女，仙姿飘。这私情，话难表。**

(付上)(唱)

【风入松】心欢意急忙来到，必须要细问根苗。又恐唬破英雄少，这踌躇心思计较。(白)贤弟。(小生科)原来是哥哥，见礼。(付)贤弟见礼，请坐。(小生)请坐。阿唷！(付)贤弟不要惊慌，为兄已知道了。(小生)知道什么来？(付)你把实情对俺说，然后可杀尽奸佞，重整江山。(小生)阿吓！(付唱)**必须移何必颠倒，俺是个男子汉义可表，男子汉义可表。**

(白)多蒙哥哥恩重如山，小弟一言相告。(唱)

【前腔】天崩地裂山川倒，我本是玉枝传箫。马荣国贼心毒枭，篡江山去国奔逃。多感得天恩地高，有日转朝堂功不小，转朝堂功不小。

(付)怎么，你就是清河王？(小生)就是孤王。(付)臣不知，多多有罪。(小生)请起。我与你不要君臣相呼，倘被马荣这国贼知道，其祸非小。(付)小主且是放心，马荣国贼不来倒也罢了，他若来，不是兄妹夸口说也！(唱)

【前腔】雄心起杀奸刁,何惧他剑戟枪刀。力敌无穷气咆哮,杀得他气转波涛。万马军何挂眼梢,俺本是擎天柱架海标,擎天柱架海标。(小生、付下)

(四手下、正生上)(吹【点绛唇】)(白)俺二太子马飞虎是也,奉父皇旨意,捉拿清河王。先行恐怕失手,为此亲自带兵接应。众将,发炮起马。(吹【泣颜回】)(四手下、正生下)(外上)(唱)

【点绛唇】须白松霜,须白松霜,心惊胆慌,自寻常。鸟鹊声旺,砂土气风光。

(白)老汉李德孝,坐守田园,孩儿心存仗义,为此目下朝纲大乱,孩儿口口声声,要杀奸佞。想朝中多少良将,尚若如此,何况你草莽村夫。(唱)

【混江龙】虽则是心存气概,那晓得、内重奸邪?这的仗天数命中排,乐守田园无忧无碍。(老旦上)(唱)**昨夜里梦寐难安,莫不是血精少力卧不泰。进中堂细说从头话纲常,只论人识产**[①]**。虽则是农之辈,愁只愁儿女长大,儿女长大。**

(外)安人。(老旦)员外。(外)目下夏尽秋初,黄花满地,倒有番秋景。(老旦)员外,我昨夜睡在床上,梦寐不安,是何故也?(外)咳,清晨早起,讲什么梦话。(老旦)想我昨夜呵!(唱)

【油葫芦】梦见蛟龙滚飞来,风吹银箫睡阳台,白茫茫海角天涯,一霎时狂风骤雨泼面盖。(外白)既然说出来,我与你详解。(唱)**听说来魂飞天外,此梦甚凶不吉彩。龙凤犯,非祸灾。怎奈我安居守分坐家财,敢只是从空祸难信难猜,难信难猜。**

(付、小生上)(同唱)

【鹊踏枝】闲重语情投意盖,紫须须[②]**说明白。休分君臣礼满天**[③]**盖,怕什么费邪牙**[④]**护国相待。**(白)爹爹,孩儿拜揖。(外、老旦)罢了。(付、小生)谢爹娘。

---

① 只,195-1-157 吊头本作“之”,暂校改如此。此句费解。

② 紫须须,单角本或作“紫发发”。

③ 满天,195-1-157 吊头本作“瞒天”,同,字从单角本。

④ 费邪牙,单角本或作“邪费”。

(外)你们虽是异姓,情同手足,为父倒也十分欢喜。(付)爹娘,你知方家贤弟,是何等样人?(外、老旦)是什么样人?(付)就是清……(小生科)(外、老旦)清什么?(付)咳!(唱)**好叫俺难言难讲,又恐怕惊唬老年华,俺只得半言语暗藏腹埋,暗藏腹埋**。

(净院子上)(唱)

【天下乐】犯天条罪灭全家,步也么踹,进门来,乱纷纷军马齐开,速商酌休得停限。(白)员外、安人,不好了!(外、老旦)吓,有什么大事?(净)老奴在街坊,有人说我庄有个清河王,朝廷知道,有胡达大将带兵抄灭我庄也。(外、老旦)吓,有什么清河王?(小生)阿呀,不好了!(唱)**冤家狭路莫遮盖,乱箭攒心口难开,到军前免得累及你家,累得你家**。

(外)吓,怎么,你就是清河王?(小生)就是孤王。(外)阿吓,儿吓!这是清河王。(小生)阿吓,老丈吓!这是孤家之事,怎好累着与你?待孤家自去投告。(付)且慢。爹娘吓,非是孩儿不孝,为人者须要为国勤劳,小主有难,理当保驾,孩儿与他对敌也!(唱)

【寄生草】拚得个血战沙场,兄妹[①]**情投同一样。保主当先为国分所当,为国分所当**。(白)妹子快来!(小旦上)(唱)**中堂何事闹声哗,急急前来问明白**。(白)爹娘吓,为何这般光景?(老旦)儿吓,外人说我家有清……(小旦)爹娘吓,清什么?(老旦)清河王。(外)马荣命钦差带兵三千,前来抄灭我家,你哥哥不肯献出,一心要与他对敌,你快快叫哥哥献出才是。(小旦)爹娘吓,小主有难,理当保驾,何惧他千军万马到来也!(唱)**我虽则是裙钗女娘,何惧他千军**[②]**万马,千军万马**。

(付)好,妹子,保护清河王。(小旦扯小生下)(付)来。(净)有。(付)叫众家丁走动。(净)众家丁走动。(净下)(四家丁上)(付)众家丁,听我号令者。(唱)

---

① 兄妹,195-1-157吊头本作"姐妹",据文义改。

② "军"字195-1-157吊头本脱,据单角本补。

【北尾】不须害怕显英豪，大胆杀贼保王朝。有一日身登九五，一个个青史名标，青史名标。（四家丁、付下）

（外、老旦）这遭是完了。（外、老旦下）（四官兵、丑上）（吹【风入松】半段）（丑白）俺大将胡达，奉元帅之命，抄灭李家庄。来，杀上。（吹【风入松】合头）（四家丁、付上，冲阵）（丑）来者何人？（付）俺李贤能是也。招打！（战，付杀丑，丑死下，四家丁杀四官兵，四官兵死下）（四家丁）杀死哉。（付）妙吓，狗贼被俺一锤打死。来，收兵回。（吹【风入松】半段）（四家丁、付下）（外、老旦、小生、小旦上）（吹【风入松】合头）（外白）小主，我儿前去对敌，但愿杀退贼兵才好。（小生）但愿他一战成功也。（吹【急三枪】前段）（付上）（外、老旦、小生、小旦）胜败如何？（付）这狗头，被俺一锤杀得落花流水也。（吹【急三枪】后段）（外白）他若还追来，如何是好？（付）只要俺兄妹齐心努力，何惧他千军万马也！（吹【风入松】前段）（外、老旦、小生、小旦、付下）（四手下、正生上）（吹【风入松】中段）（净报子上）报，启元帅，先行被李贤能打死。（正生）退下。（净下）（正生）呀，先行打死，还当了得？来，将李家庄团团围住，用火焚烧。（吹【风入松】合头）（四手下、正生下）（末上）（唱）

【醉花阴】赤骨獠①牙坐山岗，眼瞤②动自去瞧睬。只俺这心郁郁闷坐无赖，守边庭、社稷何安。（白）俺白琳琅是也，祖居山东人氏，父母双亡。俺有一身本领，来到九龙山，聚集喽啰数千。昨日喽啰来报说，马荣篡位，不知虚实，为此悄悄下山。若有此事，必须要杀却国贼，要与父亲报仇，以保晋朝天下也！（唱）**遥望着云山飘渺，黑漆漆遮星皓，走尽了海角天涯，总有日血染钢刀，血染钢刀。**（末下）

（外、老旦、小生、小旦、付上）（合唱）

【画眉序】冤出九重霄，战鼓咚咚耳边敲。悲声凄凄心惊跳。（小旦白）爹娘吓！（唱）**非是我快口称能，杀叫他无路奔逃。**（付唱）**你今何必逞凶骁，竭力同心聚**

① 骨獠，抄本作"国科"，后人朱笔改作"骨獠"，今从之。

② 瞤（rún），抄本作"人"，今改正。瞤，眼皮跳。

沙场何足道，聚沙场何足道。

（外、老旦）儿吓，你兄妹二人俱有本领，但是爹娘吓！（唱）

【喜迁莺】你看这须白、须白年老，两孤星向谁倚靠？我惊也么跳，但愿凯歌绝早，死黄泉无惨无懊。（小旦白）爹娘吓！（唱）**劝你休焦燎，兄妹双双保皇朝，千军万马我当救捞，我当救捞。**

（付）好，妹子保护清河王，待为兄与他敌战也！（唱）

【画眉序】安心免悲号，沙场敌战见低高。杀叫他尸骸飞抛。（小生唱）**必须要照前顾后，马飞虎力敌不少。**（众唱）**血落成河满地飘，烟尘抖乱难分白皂。**

（正生、四手下上，围下）（付、小旦科）（唱）

【双声子】煞气上眉梢，抖擞精神梨花手内飘。（小旦破四手下下，付破正生下）（外、老旦、小生）（唱）**火光焰烧，有命不能保。化骨尸骸，直向幽冥道，直向幽冥道。**（四手下上，放火，老旦、外死，小旦上，科，救小生下，四手下追下）（付上，科）（唱）**儿不肖三魂七魄何处了，阿吓，爹娘吓！拚得粉身碎骨，切齿不相饶，切齿不相饶。**

（四手下、正生上，战，正生杀付，付死下）（正生唱）

【鲍老催】密股擒拿，插翅也难逃，紧紧追赶任你腾空鸟。（四手下、正生下）（外、老旦鬼，小旦、小生上）（小旦、小生唱）**魂消胆消，出乖露丑**①**，被人谈笑。**罢罢罢！**今日个沥胆心剖**②**，**（内白）那里走！（正生上，战，小旦败，小旦、小生逃下）（外、老旦鬼科）（正生）这又奇了！（唱）**阴风惨惨马啼不肯跳。**（正生下，外、老旦鬼下）

（小旦、小生上，科）（同唱）

【刮地风】呀！（小旦唱）**只奴这凄凄凉凉无路遥，**（小生唱）**唬得我战战兢兢魂飘渺。**（小旦唱）**只奴这嫩蕊蕊撇下年老，**（小生唱）**累及你娇枝玉叶受波涛。**（小旦白）君家吓，你我逃离祸地，往何处安身？（小生）卿家吓，我与你到台州复仇便了。（小旦）君家吓，台州何人保驾与你？（小生）卿家，台州西北侯李忠，父皇

---

① “丑”字195-1-157吊头本脱，据单角本补。

② 沥胆心剖，195-1-157吊头本作“虑胆争钹”，今改正。

旧臣,必有救应。(小旦)君家吓,奴带马,君家上马。(小生)卿家鞋弓袜小,一路如何行走?(小旦)奴也顾不得了!(唱)**不必心焦,何须泪抛,当保你万国之尊平天道,万国之尊平天道**。

(小生)阿呀,卿家吓!(唱)

【滴溜子】多感得,义恩天高;知何日,回归晋朝?(小旦白)君家吓!(唱)**鞋弓袜小步低高,观见有庙宇,安身区处**[①]**好**。(小生白)禹王庙。卿家,来此禹王庙,禹王庙乃是先帝庙宇,下马哭诉一番而去。(小旦)奴家遵旨。(小生科)先帝,先帝,念末裔弟子遭此落魄,你好轻人重畜也!(唱)**哀告先道,社稷兴废为祸招,一霎时力怯身倦尘埃倒,力怯身倦尘埃倒**。

(细吹,调龙凤)(四手下、正生上)(唱)

【水仙子】呀呀呀何处逃,呀呀呀何处逃[②]**,紧紧追着。斩草除根誓不饶,若脱罗网干戈非轻小**。(白)俺马飞虎,追赶清河王,霎时不见,这又奇了。(唱)**移云拨月路结风霜,就生双翅难飞天外逃**[③]。(四手下白)来此庙宇一座。(正生)待我看来。(马叫)(正生)妙吓,只听庙内马叫,一定在里面。众将,前去擒来。(四手下、正生下)(焰头,龙凤逃下,小旦、小生逃下)(四手下、正生追上)(正生唱)**任你腾空飞鸟,只俺这金锤一起有命也难逃,有命也难逃**。(四手下、正生下)

(末上)(唱)

【牧羊关】闻报扭结干戈造,急急前来看分晓。遥望着日落西照,画鼓咚咚耳边敲。(白)俺白琳琅,下山寻访小主下落,好不闷杀人也!(唱)**急得俺烈火腾腾也么哥**,(内喊)(末)呀!(唱)**那边摇动呐喊也么哥。遥望着男女奔逃**。

(小旦、小生上)(小旦)嘈!何人挡住去路?(末)你这女子,说过明白,放你过去?(小旦)不必多言,照枪!(末)你这女子,若还不说,将你一刀。(小旦)你

---

① 区处,195-1-157 吊头本作“躯躯”,区、躯方言音同,与“处”仅声调有别,据改。区处,筹划安排。

② “呀呀呀何处逃”195-1-157 吊头本未叠,据单角本改。

③ “外”字 195-1-157 吊头本原无,据单角本补。又,单角本无“逃”字。

可晓清河王？(末)你敢真言？(小生、小旦)怎敢谎言。(末)白琳琅见驾，主公。(小生)平身，保驾。(末)后面何人追赶？(小旦)马飞虎。(末)待俺打他一阵。(内)那里走！(正生上)花子，挡俺路么？(末)俺白琳琅，取你首级。(战，正生破末，末放镖，正生伤，正生逃下)(末)主公。(小生)往何处安身？(末)到九龙山安身便了。(唱)

【哭皇天】今日遇见真主到，不枉英雄走这遭。九龙山上聚兵交，大破州城，杀得他搅[1]**海翻潮，搅海翻潮**。(末、小生、小旦下)(五旦、老旦手下，付、丑、正旦上)(同唱)**奉旨意怎敢违拗，建立业把名标**。(白)俺，马飞龙/马飞豹/马飞青。(付)列位兄弟请了。(丑、正旦)请了。(付)二弟带兵抄灭李家庄，追赶清河王，不见回来，好生挂念也。(同唱)**扶社稷救劬劳，就有天神难将一命保**。(正生上)(唱)**杀得俺弃甲抛，干戈落荒逃，干戈落荒逃**。

(众)二弟/哥，为何这般光景？(正生)列位兄弟不要说起，奉父皇之命，追赶清河王，不想来了白琳琅，被他伤了飞镖，好不疼痛人也！(唱)

【乌夜啼】李家庄用火烧，女妖姿本领高。单身独骑往前逃，白琳琅甚雄骁。用飞镖难解招，一霎时疼痛鲜血飙，疼痛鲜血飙。(众唱)**听言来怒气咆哮，两交锋血染钢刀**。(白)白琳琅在那里？(正生)在九龙山。(众)一同杀上山去。(同唱)**一霎时飞沙走石如火炮，九龙山下为英豪。兄弟四人如狼豹，何惧你小小儿曹，小小儿曹**。(众下)

(外上)(打【水底鱼】)(白)俺黑飞天，大王下山打听主公下落，不见回山，好生挂念也。(内)大王回。(外)大开寨门。(末、小生、小旦上)(吹【急三枪】)(外白)参见大王。(末)将军少礼。(外)谢大王。(末)见了主公。(外)参见主公。(小生)平身。(外)谢主公。大王，何处遇见主公？(末)路中见了主公，与马飞虎两下厮杀吓。(吹)(杂报子上)报，启大王，马飞龙四位兄弟杀上来了。(外)再探。(杂下)(小生)这遭如何是好？(外)主公且是放心，只要齐心努力，

---

① 搅，抄本作“架”，据文义改。

何惧国贼也！(吹)(白)主公请回。(末、外、小生、小旦下)(付、正生、丑、正旦上，末、外上，冲阵，破阵。战，正旦死下；又战，正生死下。付、丑败下，末、外下)

第三十四号

正旦(金水花)、净(马荣)、老旦(报子)、付(马飞龙)、丑(马飞豹)

(正旦上)(唱)

【紫花儿序】坐昭阳社稷定封疆，锦绣钗乌龙罩黛。大齐邦终日舞宴，脚踹住晋室坐一带[①]**。喜孜孜风调雨顺来，忧烈祖积安泰**[②]**。众群臣位列邦家**[③]**，我这里围兵骤聚，那怕他神通广大。破鸾镜治助邦家，摆列**[④]**着国邦宁静，总**[⑤]**是俺女中大夸，女中大夸。**

(白)哀家金氏，夫君马荣，登基以来，各邦国前来朝贺，太平一统。不想清河王这小畜生，逃出在外，军师夜观星象，落在贵州廷孔县，命次子前去捉拿，好不忧虑也！(唱)

【牧羊关】神通大奇门妙法，谁猜透浑沌仙家？任他是入地登天，要偷生只除非蓬莱降下。奇门八卦，为甚的此战定透精华？莫不是鏖战神妙，恐防着生擦擦冤仇难解，冤仇难解。

(太监、净上)(唱)

【四块玉】俺俺俺俺这里坐龙庭称孤道寡，众文武山呼齐来拜。腰系着金鳌带，黄袍遮体来。我是个太平君，永息风烟泰，永息风烟泰。(正旦白)臣妾接

---

① “大齐邦”至“一带”，195-1-157 吊头本作“大齐邦终无晏脚踹，佳晋室坐一带”，195-2-11 吊头本作“大齐邦终无晏脚，踹住晋宝坐一带”，单角本作“大齐邦无晏脚踹，佳晋室坐一带”，暂校改如此。

② 此句费解，195-2-11 吊头本“积”作“精”。

③ 位列邦家，195-1-157 吊头本作“位烈邦”，195-2-11 吊头本作“为坐邦家”，单角本作“立位我邦”，据校改。

④ 摆列，195-1-157 吊头本及单角本作“摆抵”，195-2-11 吊头本作“把立”，据校改。

⑤ 总，195-1-157 吊头本作“众”，195-2-11 吊头本作“非”，据 195-3-49 忆写本改。

驾。(净)梓童平身。(正旦)万岁。今日为何入宫甚早?(净)总兵有告急表章进京呵!(唱)**急嚷嚷交锋厮杀,伤大将血流尘沙。李家庄人马多骁勇,兄妹双双挺身来。一霎时霹雳齐开,冤哉,恐防着娇儿丧沙场,娇儿丧沙场**。

(正旦)百姓如此无礼,我邦难道没有良将对敌?(净)孤家看了一本,李家庄兄妹十分猖狂,差飞龙、飞豹、飞青前去接应呵!(唱)

【哭皇天】浪滚滚杀气势滔滔,兄和弟吼如虎豹。若得个扫尽狼烟,放心坐龙位,万国齐来朝。(正旦唱)**劝君家何须烦恼,圣天子百灵相保。画角玲珑吹,宫帏乐逍遥**。(净唱)**快乐,三宫六院都嬉到,苍苍风月上眉梢,苍苍风月上眉梢**。

(老旦报子上)万岁,太子败阵回来。(净)命太子进内宫。(老旦)万岁命太子进内宫。(老旦下)(内)来也!(付、丑上)(同唱)

【混天令】[①]**杀得俺无路逃网,急回归遣兵调将**。(白)参见父皇、母后。(净、正旦)平身。(付、丑)谢父皇、母后。(净)你兄弟四人,抄灭李家庄,胜败如何?(付、丑)抄灭李家庄,不想来了白琳琅吓!(唱)**奉父命出阵沙场,九龙山血染刀枪。琳琅玄通妙法广,一霎时烟尘紊乱无逃望。密密层层对垒锋芒,飞镖一起两手足命丧泉台,命丧泉台**。

(正旦)可恼,可恼!(唱)

【会河台】[②]**听儿言悲痛伤怀,哭娇儿命掩黄沙。双眉来蹇悒,杀气泼面来,要把那强徒贼凌迟碎剐,凌迟碎剐**。(净白)梓童,白琳琅甚是骁勇,皇儿战死沙场,梓童不能敌战。(正旦)万岁那知妾身厉害也!(唱)**我自有奇门八卦,呼风唤雨神通大,斩上将何阻何碍,呀!扫尽狼烟方显俺琐琐裙钗,琐琐裙钗**。(白)皇儿听令。(付、丑)在。(正旦唱)**号令下,点军威聚集辕门在,孩儿**[③]**冤仇**

---

① 混天令,195-1-157吊头本作"冈天令",或即"调笑令"之残。今从195-3-49忆写本和《调腔乐府》。

② 本曲《调腔乐府》析为三支【会河台】。

③ 孩儿,195-1-157吊头本作"女儿",据单角本改。

泪盈腮。(净白)梓童呀!(唱)**若得个平定山川**,(同唱)**父和子整乾坤千秋万载,千秋万载**。(下)

第三十五号

净(马荣)、付(马飞龙)、丑(马飞豹)、正旦(金水花)

(【大开门】)(四手下、净、付、丑上)(吹【玉芙蓉】)(净白)孤家马荣,可恨九龙山白琳琅、清河王伤我皇儿性命。皇儿听旨。(付)在。(净)宣母后进帐。(付)领旨。哟,父皇有旨,母后进帐。(内)来也!(正旦上)只听夫皇宣,即速进帐前。见驾,愿吾皇万岁。(净)梓童平身。(正旦)万万岁。请万岁出旨,发炮起马。(净)皇儿听旨,人马齐出皇城。(付)领旨。父皇有旨,母后有令,人马齐出皇城。(四手下)有。(吹【二犯江儿水】)(下)

第三十六号

正生(赵廷标)、净(头目)、末(白琳琅)、付(马飞龙)、丑(马飞豹)、
正旦(金水花)、外(黑飞天)、小生(清河王)、小旦(李琼芝)、老旦(喽啰)

(正生上)(引)隐姓埋名在山林,父母仇长挂胸襟。(诗)迷云遮日几时收,王公英雄不出头。人生可比如春梦,枉有志气在胸头。(白)俺赵廷标,乃是山东济南府①人氏。父亲赵碧方,在晋朝元帝驾前,拜为首相之职。只为马荣这国贼不相容,将我爹爹立斩午门,又差逆子抄灭全家。俺杀出重围,行到青州,不想王定美的女儿抛球择婿,行过彩楼之下,我拾着彩球,扯我进府,硬逼成婿。不想那王定美是马荣门下之人,心生毒计,害我性命,多亏岳母、贤妻释放,避迹天涯,好不伤感人也!(唱)

【剔银灯】叹英雄浪荡无天,何日得、姓显名扬?没来由日隐夜走,愁默默心

① 山东济南府,单角本作“福建泉州府”,据前文改。

惊胆战。望前途，山峰叠叠，好叫我无退无状。（正生下）

（净上）（唱）

【朱奴儿】奉军令四方巡守，夜啼鸟打听虚浮，炮连天军马齐起，速回山遣兵敌守。（白）俺九龙山头目是也，奉大王之命，下山打听，马荣这贼，带了倾国人马前来挑战，剿灭我山，报与大王知道也！（唱）**星飞电走黄沙结浮，马飞腾如龙急走，如龙急走**。

（白）大王有请。（二喽啰、末上）（唱）

【前腔】坐虎帐日夜绸缪[①]**，何日杀贼报君厚？**（净白）参见大王。（末）少礼。（净）谢大王。（末）命你下山，打听马荣之事，怎么样了？（净）马荣带领倾国人马，御驾亲征，报与大王知道也！（唱）**浪滚滚旌旗飘流，密层层军马齐吼**。**速回山禀知头领，差敌将敌战，敌将敌战**。

（末）妙吓！（唱）

【玉芙蓉】闻言来喜笑洋洋，君父冤仇可报偿，（白）头目听令。（净）有。（末唱）**号令下即速备连环**。**并同心列阵沙场，**（白）命大小三军，发炮起马。（净）得令。（净下）（末唱）**放狼烟威风丧胆**。**一心要灭过城垣，**（白）马荣我把你这贼！（唱）**你来自投罗网，自投罗网**。（二喽啰、末下）

（二手下、付、丑、正旦同上）（吹【普天乐】）（正旦白）哀家金氏水花，白琳琅这小畜生，将我皇儿受伤。众将，一起杀上。（吹【普天乐】合头）（二喽啰、末、净、外上，冲阵）（正旦）来者可是白琳琅？（末）然也。（正旦）嘈！敢是送死？（战，正旦败下，末追下；净与付战，付败下，净追下；外与丑战，外杀丑，丑死下，外下；二手下、二喽啰战，下）（正旦上）（吹【园林好】）（白）呀，白琳琅甚是厉害，有了，待我伤他便了。（外上，战，末上，放镖，正旦接镖，回镖，末受伤，外扶末下）（二手下上）白琳琅受伤。（正旦）妙吓！白琳琅受伤，众将，杀上山去。（付）且慢。天色已晚，有恐损兵折将。（正旦）收兵回。（二手下、正旦、付下）（小生上）战鼓咚咚耳边敲，

---

① 绸缪，抄本作“如缪”，据文义改。绸缪，比喻事前筹划、准备。

(小旦上)多感英雄救残生。主公。(小生)平身。(小旦)谢主公。(小生)赐绣凳。(小旦)谢主隆恩。(小生)你我多感白琳琅救驾,在九龙山扎营。昨日闻报来说,马荣起了倾国之兵,前来剿灭。元帅下山对敌,未知胜败如何?(小旦)主公且是放心,元帅自有天神威武,一战成功,主公何须忧虑?(老旦上)报,启主公,元帅受伤回。(小生、小旦)吓,快快扶他进来。(喽啰扶末上)(小旦)这遭不好了。(小生)阿吓,元帅吓!(吹【泣颜回】)(白)卿家,元帅受伤阴毒,如何是好?(小旦)主公且是放心,只要高挂免战牌,四路张贴招纸,有人医得元帅病体痊愈,官封万户,金殿调用者。(小生)卿家言之有理。过来。(老旦)有。(小生)命你高挂免战,四方张贴招纸,有人医得元帅病体痊愈,官封万户,金殿调用。(老旦)得令。(老旦下)(小生、小旦)元帅受伤,孤家如何对敌也? / 如何抵挡也?(吹【尾】)(科,下)

第三十七号

正生(赵廷标),丑、老旦(草木二神),外(华佗仙师)

(正生上)(唱)

【山坡羊】步匆匆家乡何在,泪盈盈痛哭悲哀,撇妻房浪荡无主,未知他生死存亡。(白)俺赵廷标,难道不能够出头了么?(唱)**对天叹,勾魂失了肠。浑身疼脚步难行,疯瘫乞丐,疯瘫乞丐**[①]**在街坊。泪汪,哭双亲丧泉台;悲哀,不肖儿孙没下场,不肖儿孙没下场**。(正生下)

(丑、老旦草木二神,外上)(唱)

【点绛唇】神通玄妙,神通玄妙,天宫悉晓,尊神道。满地仙草,玉旨皇皇招。

(白)我乃华佗仙师,为臣丧在曹操之手。蒙玉帝钦赐妙药,仙师救度万民。司马懿横行天下,贬杀功臣,缢死正宫,上天不忍。马荣乃曹丕下凡,为报

① “疯瘫乞丐”195-1-157 吊头本未叠,据单角本改。

前仇，有七载社稷。如今玉帝敕旨，金猫岳帝神[1]有难，命我下凡，以保太平盛世也。草木金神。(丑、老旦)有。(外)金猫岳帝神到来，速显威灵。(丑、老旦)领法旨。(正生上)(唱)

【油葫芦】热腾腾脚步难挪，悲切切好不痛伤，天昏暗无路可[2]行，好一似雨打浮浪。(白)阿吓，苦吓！(唱)**我也是官家后宦门墙，今做了举目无亲受悲伤。西风煞煞如刀光，冻得我齿战头痛脚难行，齿战头痛脚难行**。

(白)行到此间，有所庙宇在此，待我进去。阿吓，原来是华佗仙师，待我来祷告一番。吓，神道仙师，你乃是三国之中的神医，以我赵廷标乃是忠良之后，父母冤仇不能消报，反身遭这等恶病，乞求仙师赐我灵丹一服，若得疮毒痊愈，必要杀却马荣，以保晋朝社稷也！(唱)

【天下乐】跪深深哀告上苍，痛也么伤，好难当，望你个降仙草妙药广。好待俺扶[3]助社稷做栋梁，我这里深深拜泪汪汪，不能够吐气扬眉放豪光。(科)(一更)**铜壶漏滴初声响，思想妻房落何方，神魂倦泪流干，只得佛前睡一晚，佛前睡一晚**。

(二更)(外)草木金神，将金猫岳帝神疮毒去了，敷上灵丹妙药。(医疮)(三更)(外)金猫岳帝神提起头来，听吾神一言：你前者受毒，今日病症吾神将你疮毒去了，可报晋朝社稷。佛柜底下，有仙草一支，可救丧门星白琳琅，日后自有报仇雪恨。须要牢记神言，吾去也。大抵乾坤都一照，免教人在暗中行。(外、丑、老旦下)(四更)(正生唱)

【收江南】呀！梦见神言嘱咐我，霎时的眼婆娑。浑身上疾症痊愈喜心窝，日出东方豁眉蹇。(五更)(白)阿吓，妙吓！我方才睡去，仙师将我疮毒去了，今日起来，脚手不痛，果然病体痊愈。仙师说佛柜底下，有仙草一支，到九龙山相救白琳琅。待我看来，果然有仙草一支在此，不免拜谢仙师，出庙去也！

---

① 金猫岳帝神，单角本作“鳌日(昴日)星官”，据第二号相关内容改，下同。

② 可，195-1-157吊头本作“无”，据单角本改。

③ 扶，195-1-157吊头本作“略”，据单角本改。

(唱)**泼天胆大**[①]**,泼天胆大,杀得他血流成河满**[②]**江东,血流成河满江东。**

【尾】手捉仙草出庙左,九龙山前灭贼呵。俺不报冤仇永不磨。(下)

第三十八号

付(马飞龙)、正旦(金水花)、小生(清河王)、小旦(李琼芝)、

老旦(喽啰)、正生(赵廷标)

(大拷)(四手下、付、正旦上)(正旦科)赤发怪眼精火睛,奇门八卦定乾坤。上阵何用刀枪戟,柳叶飞刀神鬼惊。哀家金氏水花,白琳琅受伤而去,今日起兵杀上山去。众将,带马。(唱)

【新水令】女节美[③]**本领高强,谅军威谁能抵挡。奴这里兵强势勇多豪壮,那怕他敌将无双。魂胆丧飞刀难解,管叫他敌将无双,哭声唧唧,哭声唧唧。**

(四手下、付、正旦下)

(小生上)(唱)

【步步娇】坐宫帏日夜耽慌,何日定封疆?我本是金枝玉叶帝王相,扑咚咚战鼓锣响。绸缪的细思量,贼兵围住元帅受伤,元帅受伤。

(白)孤家清河王,多感白琳琅相救,在九龙山扎营。元帅出阵交战,受伤毒气,昏迷不醒,叫我如何是好也?(唱)

【江儿水】心忒忒何主张,虑只虑贼兵冲撞。嫩蕊花闭两担忧,兵和将个个惊慌。恐防着钻逾自散[④]**辟土疆,先父冤仇**[⑤]**何日扫荡,何日扫荡?**

(小旦上)(唱)

【折桂令】闷恹恹侍奉君王,提起来哭断肝肠,老爹娘命丧黄梁。奴是个嫩嫩

---

① 泼天胆大,195-1-157吊头本作“泼胆天大”,据单角本乙正。

② 满,195-1-157吊头本作“保”,据单角本改。

③ 节美,当即李节美,调腔《后岳传》人物,武艺高强,曾大破天门阵。

④ 钻逾自散,这里大概指兵丁逃窜。钻逾,钻穴逾墙,指私奔、偷窃等行为。

⑤ 先父冤仇,195-1-157吊头本作“仇先父冤”,据单角本改。

蕊娇，怎能够定国安邦？主公！**劝你休得泪盈腮，一任他波浪千层，奴自有定封主裁**[①]**，定封主裁**。

(白)主公。(小生)平身。(小旦)谢主公。(小生)赐绣凳。(小旦)谢主隆恩。(小生)卿家，我与你多感白琳琅救驾，在九龙山扎营。元帅下山对敌，受伤阴毒而回，张贴皇榜，也有三天。倘若贼兵杀上山来，元帅如痴如醉，昏迷不醒，叫孤家如何对敌也？(小旦)主公且是放心，前者在禹王庙，千军万马之中，奴家一人杀出重围，何足惧之也！(唱)

【收江南】呀！怕什么兵强势勇呵，滚龙枪泼面闻。奴这里辟土开疆保朝纲，奴奉君皇治国安邦。(老旦上)报，主公，贼兵杀上山来了。(小生)再去打听。(老旦)得令。(老旦下)(小生)卿家，这遭如何是好？(小旦)主公请回。(小生下)(小旦)提枪带马来。(四喽啰上)(小旦唱)**卸下衣裳，卸下衣裳，豁开眉梢血战沙场，血战沙场**。

(四手下、正旦上，冲阵，正旦、小旦下，四喽啰死下，四手下下)(正旦、小旦上，战，小旦败下，正旦追下)(四手下、付上)(唱)

【侥侥令】统着三军令，密布暗行藏。扫狼烟在这场，杀上山林刀锋轩昂，刀锋轩昂。(四手下、付下)

(小旦、正旦上，战。正旦化金鸡，小旦化凤凰，战，同下)(小生上，科)(唱)

【园林好】唬得我魂飞魄散，眼昏花难逃罗网口藏[②]。**有追兵甚轩昂，那得天降英雄救我行，天降英雄救我行？**

(四手下、付追上)那里走！(小生逃下，四手下、付追下)(正生上)(唱)

【前腔】望前途枪刀透光，谅必交锋战沙场。只俺这抖擞精神，上前去细看明白，上前去细看明白。

(小生上，科)汉子，快些救驾，快些救驾！(正生)你是何等样人，口叫救驾？

---

① 主裁，195-1-157吊头本作“主才”，今改正。主裁，主张。

② 罗网，195-1-157吊头本作“难网”，据单角本改。195-1-157吊头本“罗网”唱甩头(“甩头”详见“前言”注释)，单角本或无“口藏”。

(小生)孤家清河王。(正生)原来是小主,后面何人追赶?(小生科)马飞龙追赶。(正生)主公且是放心,有俺在此。(小生下)(四手下、付上,战)(付)什么样人,挡住俺的去路?(正生)俺赵廷标,来取你首级。(杀付,付死下,四手下死下)(小生上)(正生)主公。(小生)平身。正宫还在后营厮杀。(正生)主公,你且在后,待臣杀进重围,立救娘娘。(小生)快去,快去!(正生)主公吓!(唱)

【沽美酒】休多虑免愁烦,杀贼报仇定封疆。俺本是出海蛟猛虎将,管叫他无可抵挡。(正生、小生下)(正旦上)(唱)**透金光凤眼本相,飞沙走石风雷响,鲜血淋淋剖心肠**。**俺呵!好叫俺难遁难架,生死相关**。**呀!这场拚命争到,拚命争到**。

(内)那里走!(正生上,战,正生败下,小旦上,接战,正旦死下,小旦下)

第三十九号

净(马荣)、正生(赵廷标)、小旦(李琼芝)、小生(清河王)

(净上)呀,唬死我也,唬死我也!正宫、皇儿都战死沙场,我这皇帝也做不成了。去了皇衣皇帽,逃命去了。(内喊)(净逃下)(四手下、正生、小旦、小生上)(吹【风入松】半段)(正生白)启主公,扫尽狼烟,不见马荣这国贼。(小生)马荣不见,且是由他。元帅受伤,如何是好?(正生)倒是微臣忘怀了,华佗仙师赐我仙草一支,可救元帅。(小生)众将。(众)主公。(小生)人马转过大营。(吹【风入松】合头)(正生白)元帅在那里?(小生)在后营。(正生下)(小生、小旦)孤家也有还朝之日也。/也有还朝之日。(吹【尾】)(下)

第四十号

花旦(王蕊娇)、正旦(夫人)、丑(王定美)、正生(赵廷标)、净(马荣)、老旦(院子)

(内哭)(花旦上)(唱)

【醉月明】泪淋痕思夫好悲伤,昼夜里望断雁关。夫与妻本是同林鸟,想道贼

恶贼心狠,骎骎[①]**的鸳鸯拆散。奴也是守三从妇道规模,烈女岂嫁二夫郎?做一个抱石去投江,非是儿不孝流芳。阿吓,夫吓!你是个大丈夫英雄将,不能够破镜重圆共衾同床,共衾同床。**

(白)奴家王氏蕊娇,爹爹王定美,叫奴抛球招婿,抛在赵廷标身上。招他为夫,那晓得他是朝廷钦犯,骑尉捉拿?不想我爹爹顿起不良之心,要将他烧死,多蒙母亲释放他逃生,不知他身落何处。爹爹吓,这是你好心狠也!(唱)

【醉东风】岂不晓玉洁冰霜,儿本是彩楼选郎。丑名儿后人笑骂,你枉受了朝廷爵禄诗书不达。可比那巧玲珑坠云昏迷暗,顿忘了节孝的后代。公公在日为冢宰,秉性正直治国安家,到如今云罩日月流落英才。天降灾,到后来问你谁是谁来,谁是谁来。

(正旦上)(唱)

【胜如花】上层楼劝慰娇娃,老贼昏迷主意差。叹贤婿飘流身落何家,须白鬓霜靠谁来。儿吓!**何须悲泣哭啼嚎,安心挨过这春光,有一日叙团圆喜笑颜开,喜笑颜开。**(花旦白)女儿万福。(正旦)罢了。(花旦)谢母亲。(正旦)儿吓,你父亲对为娘说,清河王逃奔天下,阵前有位虎将保驾,莫非就是你丈夫的了。(花旦)母亲吓!(唱)**他虽是盖世英才,一生落魄被云盖。若得个跳出波涛,可不道羞杀爹尊老年高,羞杀爹尊老年高?**

(丑上)(唱)

【前腔】闻报道心惊胆摇,风卷愁云见碧霄。今日个祸追福退,急嚷嚷进内说根表。(正旦唱)**乍见了怒气冲霄,年老昏迷作事颠倒。**(花旦白)爹爹,女儿万福。(丑)罢了,一旁坐下。(花旦)谢爹爹,告坐了。爹爹进房何事?(丑)儿吓,为父上楼,非为别事。清河王在九龙山登基,有你丈夫立功,倘若钦差到来捉拿为父,如何是好?(正旦)你想捧贼势,今日果有此败,你悔也不悔?(唱)**你是个贪恶瘟赃,背君卖国罪应当。今日个复起原主,臭名儿后人笑骂。**

---

① 骎骎,195-1-157 吊头本作"顷匕",今校作"骎骎"。骎骎,急促,匆忙。另,"顷匕"或系"顷刻"的省写。

（花旦）爹爹吓！（唱）

【前腔】鱼归大海，汲浪千层泼面灾。你要截断忠良后，斩断紫金梁奴①**悲哀。小儿童受磨难，哭不出泪珠汪。恁低头进绣房，看将来绸缪总是慌，绸缪总是慌，**（正旦白）咳！（唱）**看人面颠狂。**（丑唱）**休得支吾何必焦，自古道隐内渔樵乐陶陶，隐内渔樵乐陶陶。**（科，下）

（四手下、正生上）（唱）

【胜原原】覆乾坤钦旨皇皇，大将英雄四海名扬。定国安邦辟土开疆，杀尽奸雄清理沙场。（白）俺赵廷标，奉元帅将令，带领三千人马，追赶马贼。过来，前面什么地方？（手下）青州地界。（正生）呵吓，这就是青州？乃是我狠心岳父家中，不免先到他家，一打听岳母、妻子生死存亡，二捉拿王定美，以报君国之仇。过来，人马悄悄进青州，转过王府者。（唱）**顷刻间势败冰散，霹雳齐空，我妻生死存亡，生死存亡。**（四手下、正生下）

（净上）（唱）

【缕缕金】撇江山奔逃他方，悔杀从前作事狂。（白）孤家马荣，亲自出征，不想正宫、皇儿尽丧沙场，无奈只得逃奔天涯，来到青州地界，未知王定美家住那里。他是个侍郎还乡功臣，待我问他。前面大哥请了。（丑内应）请了。（净）侍郎府王定美家在那里？（内）前面有一带黄墙，就是兵部侍郎王定美的府第的了。（净）有劳大哥了。是了，还是悄悄去到他家避难去了。（唱）**福尽兵散，如何抵挡？可怜妻子儿女尽丧沙场，悄地行来躲过时光，躲过时光。**

（白）侍郎府，谅必就是。门上那一位在？（老旦院子上）那一个？（净）怎么，你不认识我？你去对你家老爷说，四脚人要见。（老旦）老爷有请。（丑上）又听堂上呼唤，向前问过原因。何事？（老旦）京中出来，他说四脚人要见。（丑）他说四脚人要见？嗄唷，说我出来迎接。（老旦）老爷出来迎接。（丑）起乐。（吹【过场】）（丑）臣王定美见驾，我主万岁。（净）且慢。不要叫我万岁，

---

① “奴”字195-1-157吊头本原无，据195-3-49忆写本补。

只要年兄相称就是了。(丑)请坐。(净)有坐。(丑)闻得万岁御驾亲征,剿灭九龙山,为何这般光景?(净)不要说起,正宫、皇儿剿灭九龙山,白琳琅甚是厉害呵!(唱)

【前腔】有如那风骤雨盖,用飞镖人皆惊怕。赵廷标力大势无双,一霎时愁云满雾迷漫腔,君臣母子尽丧沙场。(丑白)这班小畜生,提兵剿灭才是。(净)不想这班小畜生,如狼似虎一般,可怜那正宫、皇儿也!(唱)**尽都是敌战沙场,血流成河满长江。凄凄凉凉失了江山,我只得逃到青州避迹时光,望你恩德没世不忘,没世不忘。**

(丑)万岁,总有日坐定江山,万岁何须忧虑?(唱)

【尾】臣是忠心保君王,龙降天台落溪坑。有一日云雾相助,覆乾坤重整江山,重整江山。

(净)孤家若得江山,与你平半均分。(净下)(丑)等候钦差到来,将马荣献出,脱了自家干系便了。(下)

第四十一号

正生(赵廷标)、丑(王定美)、正旦(夫人)、花旦(王蕊娇)、净(马荣)

(四手下、正生上)(吹【风入松】半段)(白)俺赵廷标,进得青州,军士来报,马贼在王定美家中躲避,为此飞马而来,生擒活捉。过来,将王定美家中团团围住者。(吹【风入松】合头)(白)打进去。(科)(丑上)我道是谁,原来是贤婿。(正生)谁是你贤婿?(丑)难道岳父不认得了?(正生)我且问你,你妻女在那里?(丑)岳母、小姐在后堂思念与你。(正生)众将,将前后府门团团围住,不可放走马荣,我进内房有密事。(四手下两面下)(丑)贤婿随我来。(正生)引路。(吹【风入松】半段)(正生、丑下)(正旦、花旦上)(吹【风入松】合头)(正旦白)儿吓,外面鸣锣喧天,不知为着何事?(花旦)敢是我丈夫回来了。(正旦)若有此事,为娘之幸。(吹【急三枪】前段)(正生、丑上)(吹【急三枪】后段)(正生白)岳母、夫人。(正旦)贤婿吓!(吹【哭相思】前段)(正生白)阿吓,夫人吓!(吹【哭相思】后段)(白)提起前事怒心头。(正旦)贤婿在何处安身?(正生)那日多感岳母释放,好不凄凉人也!(吹【风入松】半段)(白)我且问你,马贼可有到来?在那里?(丑)在外书房。(正生)岳母,你同夫人收拾行李,随后进京。我有皇命在身,不必久留。(正旦、花旦下)(正生)一同转过外书房。(吹【风入松】合头)(正生、丑下)(净上)(吹【风入松】半段)(四手下、正生、丑上)(吹【风入松】合头)(手下白)打进去。(正生)将马贼锁着。(净)嘈!什么样人,打进外书房?(正生)我骂你这国贼,我奉清河王之命,特来拿你。过来,将王定美二人上了囚车,解往京都。(吹【尾】)(下)

第四十二号

末(白琳琅)、正生(赵廷标)、小生(清河王)、丑(王定美)、净(马荣)、小旦(李琼芝)

(【大开门】)(四手下、末上)(唱)

【醉花阴】开国元勋定封疆,立阵前救主还乡。为阵亡飘动旌旗,先父冤、今日报偿。上拜着先皇帝像,下立着忠臣良将,喜孜孜重整乾坤,今日个万古流芳,万古流芳。

(吹【过场】)(白)海底冤仇今日报,先皇昏迷废乾坤。山崩地裂浮游战,辟土开疆报君恩。本帅,白琳琅,立阵前救主还朝,重兴晋室。小主有旨下来,重修太庙,把那些奸党拿来,活祭先皇。咳,爹娘吓,你往九泉之下,也得含笑也!(唱)

【画眉序】御炉喷鼻来,分班齐集报冤债。论人生切不可奸诈。今日个怒目睁睛,忠良后华表英才。门楣显赫多光彩,普天下光辉簪缨太庙齐拜,太庙齐拜。

(手下、正生上)(唱)

【喜迁莺】奉君命叛贼捉拿，画重楼神光玉彩[①]。**欢也么爱，非是俺骨肉离抛，提起来泪珠盈腮**。（白）元帅！（唱）**承公干，杀君贼生擒已在，那些妒国奸臣绝成话巴，绝成话巴**。

（末）阿吓，妙吓！（唱）

【画眉序】骤然喜眉开，保国君恩御旨带。先皇九泉喜盈腮。（白）御林军，把那些贼党，一起绑在先皇灵前，候主公亲审。（唱）**必须要割舌抽筋，治国法列陈**[②]**天下。萧何律法怎恕他，俺这里候旨皇皇乾坤一带，乾坤一带**。

（二太监、小生上）（唱）

【出队子】[③]**摆銮舆御驾、御驾亲来，奉先灵哭声、哭声哀哀**。（末、正生白）微臣接驾来迟，望吾皇恕罪。（小生）二卿平身。（末、正生）万岁。（小生）元帅吓！（唱）**你是个保国竖心，你是个安邦定疆**。（末、正生白）万岁洪福齐天，微臣何功之有。（小生）吓，二卿吓！（唱）**今日个重整江山，可比做残花再开。恨杀马荣贼，一齐绑在午门外，一齐绑在午门外**。

（末）请万岁速正国法。（小生）此乃二卿之功。（末）万岁，太庙建造已毕，请万岁祭奠先皇。（小生）摆开祭礼。（末）请万岁拈香。（吹）（拜）（小生）倾国亡家恨奸臣，大海浮游起祸根。忠臣良将遭缧绁，今日祭奠众亡灵。（唱）

【刮地风】呀！众游魂飘飘茫茫可知因，一炷焚香告先君。今日个御炉氤氲，重整江山覆转[④]**乾坤。这壁厢，那壁厢，各邦压定**。（末、正生同唱）**君臣，口出山呼祭奠先君**。（小生白）元帅，马荣同那些国贼，命元帅勘问。（末）臣领旨。万岁请进宫殿，待微臣正法。御林军，先将王定美的家眷抓进来。（正生）且慢。启元帅，王定美虽是奸党，他妻女忠烈可嘉。（唱）**虽则是女流辈琐琐裙钗，夫不仁妻女可嘉**。

---

① 单角本“叛贼”“神光”重词。

② 列陈，抄本作“立成”，今改正。

③ 此曲牌名 195-1-157 吊头本残缺，今从推断。

④ “转”字 195-1-157 吊头本脱，据单角本补。

(小生)王贼妻女,赵卿为何这等顾盼?(正生)臣启万岁,王定美之女蕊娇,乃是臣的结发,还望万岁赦旨,望元帅宽恕,饶他母女无罪。(小生)元帅,赵卿之妻,望元帅宽恕以免。(末)万岁恩赦,微臣怎敢抗旨?御林军。(四手下)有。(末)将王定美的家眷,送归帅府。将王定美抓进来。(丑上)(末)呢,你这奸贼,自投奸党,今日你荣耀在于何处?(丑)我虽是马荣门下,如今告老还乡,还望元帅详察。(末)呢,你还要硬口强辩!赵廷标是你女婿,不念翁婿之情,你将他活活烧死,幸亏你妻女释放,不然我家主公,被你断送一员大将也!打!(四手下绑丑下)(内)一十、二十、三十、四十,打满。(四手下绑丑上)(末)逆贼,逆贼!(唱)

【双声子】嫉妒绸缪,还要来喳喳利口。不念骨肉翁婿投,背君卖国罪应受。恼得俺烈火直透,(白)绑起来。(四手下绑丑下)(末唱)**速正国法君国大仇。**(正生白)刀下留人。(末)赵将军,你难道不记前日之恨么?(正生)元帅,王定美背君卖国,理该斩首,念他活献马荣,也是一功,望元帅宽恕。(唱)**乞恕饶粉身律条,望吾皇隆恩赦臣一保,隆恩赦臣一保。**

(末)将军不记前日之恨,这是便宜了他。(正生)元帅,一来翁婿之情,二来大丈夫岂可小恨。(末)将王定美绑转来。(四手下绑丑上)(正生)看小将一面。(末)背君卖国,本当斩首,如今你贤婿不记前日之恨,前来求饶。死罪饶过,活罪难免,过来,将他羊皮盖体,活祭先帝,以平天下。(四手下绑丑下)(末)将国贼马荣绑来。(四手下绑净上)(手下)有锁。(末)去锁。嘈!大胆国贼,见了主公,怎的不下跪?(净)嘈!俺当朝帝君,岂跪你这小畜生?(末)呀,还敢称孤道寡,捆打八十。(四手下绑净下)(内)一十、二十、三十、四十、五十、六十、七十、八十。(四手下绑净上,净跪)(小生)咳,奸贼,奸贼,你也有今日也!(唱)

【水仙子】呀呀呀恨奸刁,呀呀呀恨奸刁①**,灭国冤仇今日消。不思着先帝君**

---

① “呀呀呀恨奸刁”195-1-157 吊头本未叠,据单角本改。

臣禄平地起波涛，陷害庶民受刺刀。枉枉枉费了千般百计一旦抛[①]，恨恨恨不得食肉啖皮冤难消。(末白)万岁也不必细问，将他猪皮盖体，祭奠先君，一表上苍之恨，二表先皇之冤，三表忠臣之气，望吾皇准奏。(小生)准奏。(四手下绑净下)(小生)寡人今日所为，明平天子，义回人心也！(唱)**非是我此君为畜礼不道，并国天下冤可消，今日个君臣冤万国风调，万国风调**。

(正生)启万岁，猪羊在此御祭院，请万岁活祭上苍。(小生)摆驾，转过御祭院。(吹【过场】)(四手下绑净、丑上)(小生)玉帝在上，寡人初登龙位，国号顺通，将这逆臣比做猪羊，活祭上苍，以平天下也！(吹【普天乐】)(末白)御林军，将王定美羊皮去了，贬作平民去罢。(二手下带丑下)(末)御林军，将马荣国贼猪皮去了，抬到午门外，将他斩为肉酱，拿去供路人食用。(二手下抬净下)(末)主公，今日吉日，请主公完了花烛。(小生)准元帅所奏，点起龙凤花灯。(吹【过场】)(小旦上，拜堂)(团圆)(众)拜谢天地。(下)

① “枉费”以下曲文，195-1-157 吊头本残缺，据单角本补。

六二 绿牡丹

调腔《绿牡丹》共十五号，剧叙武则天篡位，骆飞龙征番回朝，金殿上当面怒斥，惨遭削职。元老狄仁杰亦上殿理论，声言花园百花能开一朵，即刻臣服。次日君臣同至后花园，百花果然盛开，狄仁杰方表心服。骆飞龙回府后一病不起，遂将其妻王氏及子宏勋托付给徒弟任正千，任正千将骆宏勋母子带回扬州家中。任正千妻贺氏，有兄贺世赖，好赌成性，债台高筑。任正千好意收留，贺世赖反入账房行窃，被任正千逐出家门。贺世赖在外游荡，巧遇吏部尚书王怀仁之子王伦，遂加攀附，以谋衣食。

山东响马花振芳，有女花碧莲，本领高强，尚未适人，于是花振芳父女乔妆打扮成花鼓艺人，前往扬州梅花坞寻访才郎。不料花振芳父女一至扬州，即被王伦缠上，任正千、骆宏勋路见不平，从中相救。王伦无意间撞见贺氏，喜其貌美，遂与贺世赖合计，假意与任正千、骆宏勋结拜为兄弟，以便行事。众人在任府饮酒，王伦借机与贺氏私通。次日，王伦回请任正千过府饮宴，贺氏见骆宏勋一表人才，从中诱引，被骆宏勋严斥。任正千从王府醉酒归来，贺氏反诬骆宏勋非礼，任正千怒火中烧，持刀追杀骆宏勋，幸被师母王氏劝止。任正千回房，发觉贺氏与王伦通奸，即要当场结果贺氏性命，又被王氏劝止。事后任正千仍执意要杀贺氏，王伦、贺世赖赶至，贺氏夺刀杀害任正千，与王伦合伙构陷骆宏勋。骆宏勋被诬下狱，花振芳父女趁探监之时，将禁子灌醉，救出骆宏勋。后花振芳父女与骆宏勋三人合力，杀死王伦、贺氏，起兵反正。

该剧用韵较为紊乱，上下曲牌韵辙往往互异，同一曲内也屡有参差，曲牌连缀也较为散乱。鉴于该剧目新昌县档案馆藏晚清民国抄本仅此一见，其产生时间也当偏晚。

本剧根据《绿牡丹》总纲本(案卷号195-1-156)校订。该总纲本前十面纸张底部有较大缺口，第十四号结尾起散佚不全，分别根据1958年老艺人忆写总纲本(案卷号195-3-41)校补和配补。

第二号

小旦(庐陵王)、花旦(武则天)、外(唐太宗)、老旦(太监)、净(王怀仁)、付(武三思)

(小旦上)(引)蛟龙未得云雾,愿父皇国泰民安。(白)父皇山河掌,母后立西宫。心中无他虑,惟愿五谷丰。本宫,庐陵王,父皇太宗,母后武氏。自从父皇登基,风调雨顺,国泰民安。父皇染成一病,十分沉重,此番看来,不吉之兆也。(唱)

【(昆腔)**玉抱肚】踌躇心田,终日里常闷恹恹**。**但愿**[①]**父病身安,免使俺心下展转**[②]。(白)父皇病体十分沉重,不免进宫问安便了。(唱)**悄悄即速进内宫,未知父皇病吉凶**。(下)

(内白)扶我出去[③]。(花旦扶外上)(外唱)

【前腔】愁闷恹恹,看将来吾命不全。(花旦白)万岁龙体如何?(外)寡人病重奄奄,看将来吾命不全[④]。一日重一日,此番吾命难保。(花旦)万岁吓!(唱)**劝万岁且休忧虑,终有日病退身安**。(小旦上)(唱)**轻身迤逦进宫帏,问安父皇病何如**。

(白)臣儿见驾,愿父皇万岁。(外)皇儿平身。(小旦)谢父皇。母后千岁。(花旦)皇儿平身。(小旦)谢母后。(花旦)赐绣墩。(小旦)谢母后千岁。父皇龙体如何?(外)皇儿,父皇病体一日重一日,看来不济事了。侍儿。(老旦)唷。(外)取御印过来。(老旦)御印在此。(外)皇儿,这御印交代与你,父王

---

① 但愿,底本作“待原”,今改正,后文第七号“学生但愿功名上达”“但愿蓬勃上”、第九号“但愿无事好”“但愿你夜夜同眠”的“但愿”同。《荆钗记·祭江》【尾】“但愿你早赴嫦娥只在月殿里”,光绪二十九年(1903)“张贤云记”外、净、末等本(195-1-12)所抄《荆钗记》总纲“但愿”作“待愿”,而他本作“但愿”,可资比勘。

② 展转,底本作“展战”,今改正。

③ “扶我出去”四字底本残缺,据文义补。

④ “寡人”至“不全”,底本残缺,据195-3-41忆写本补。类似情况下文不再一一出注,而个别仍注明的,系底本残缺而忆写本无可对应,而据上下文添补者。

去世，可掌国家大事。(小旦)启奏父皇，何出此言？臣儿伤心不止。(花旦)且慢，你那小小年纪，晓得什么朝纲大事！父皇病体有日康健，御印拿来，母后藏抗①。(外)皇儿吓！(唱)

【(昆腔)尾】**两眼睁睁泪双流，万里江山尽撇罢。一霎时脱下凡胎上九州。**

(白)皇儿、爱妃。(科)(死)(童男、童女带下)(小旦)启奏母后，父皇去世，何人可以整理国事？(花旦)母后自有主见。侍儿传旨。(老旦)娘娘。(花旦)宣张太师、王太师、武国舅进内宫。(老旦)领旨。娘娘有旨，宣张太师、王太师、武国舅进内宫。(净、付)领旨。(上)(引)忽听娘娘宣，(付)急速进内宫。(同白)臣等见驾，愿娘娘千岁。(花旦)二卿平身。(净、付)启娘娘，身穿孝服，却是为何？(花旦)万岁驾崩了。(净、付)怎么，万岁驾崩了？(花旦)万岁驾崩，皇儿年幼，依哀家主见，自立为主，未知二卿心意如何？(净、付)娘娘高见不差。娘娘才高八斗，伶俐过人，臣等赤心扶助。(花旦)好。哀家自立为主，颁行天下②，二卿扶助，官上加官。(净、付)谢主隆恩。(小旦)启奏母后，父皇临终之时，御印交代臣儿，待臣儿登基大宝。(花旦)逆儿，今日母后初登大宝，你敢心中不服？(小旦)自从盘古开天以来③，若说国家大事，只有父传与子，那有夫传与妻？(花旦)吓，既晓国家大事，有道君要臣死，(小旦)不得不死。(花旦)父要子亡，(小旦)不得不亡。(花旦)好吓，侍儿，将逆子绑出午门枭首。(净、付)且慢。有道"虎不食子"，赦他死罪，愿娘娘准奏。(花旦)二卿保奏，赦他死罪。侍儿传旨，将他贬黜房州去罢。(老旦)领旨。哟，万岁有旨，将庐陵王贬黜房州。(小旦科，下)(花旦)二卿退班。(净、付下)(花旦)哀家明日颁行天下便了。(吹)(科，下)

---

① 藏抗，藏，存放。抗，字书或韵书作"囥"。《集韵·宕韵》:"囥，口浪切，藏也。"

② "哀家自立为主颁"七字底本残缺，据文义补。

③ "盘古开天以"五字底本残缺，据文义补。

第三号

正旦、丑(手下),末(骆飞龙),小生(手下),小旦(庐陵王)

(正旦、丑手下,末上)(吹)(白)本帅,骆飞龙,平伏番邦有功,进京复命。众将。(众)啃。(末)趱上。(吹)(小生、小旦上)(吹)(科)(末)嘈!前面什么样人,闯俺马头,该当何罪?(小生)嘈!庐陵王太子在此,什么官儿,扬武耀威?(末)阿吓,原来庐陵王太子。来,下了马。臣等见驾,愿太子千岁。(小旦)平身。(末)启奏千岁,身穿孝服,却是为何?(小旦)卿家,父皇驾崩了。(末)怎么,万岁驾崩了?吓,万岁吓!(吹)(白)千岁如今到那里去?(小旦)卿家吓,母后自立为主,要将我斩首,多蒙武母舅保奏,将我贬黜房州呵!(吹)(小旦、小生下)(末)吓,自古以来,天下江山,只有父传与子,那有夫传与妻?朝纲大变,还当了得!众将。(众)啃。(末)打道进京。(吹)(下)

第四号

净(王怀仁)、付(武三思)、小旦(宫女)、花旦(武则天)、末(骆飞龙)、正生(狄仁杰)

(净、付上)(吹【点绛唇】)(净白)老夫吏部天官王怀仁。(付)本官当今国舅武三思。(净)国舅请了。(付)太师请了。(净)国舅,今日娘娘即位,在朝房侍候。(科)(小旦宫女、花旦上)(吹)(引)初登大宝,喜得个国泰民安①。(白)雄龙归天雌龙鸣,一统山河定太平。两班文武归顺我,永息风烟保安宁。(白)寡人,大唐女皇武则天。初登大宝,众公卿扶助社稷。(净、付)万岁洪福齐天,臣等何功之有。(花旦)寡人登殿,要官上加官。(科)(末内白)报上,骆飞龙平伏番邦有功,入殿面奏。(小旦)候着。启万岁,骆飞龙平伏番邦有功,入殿面奏。(花旦)宣骆元帅上殿。(小旦)万岁有旨,宣元帅入殿。(末上)领旨。

① "大宝喜得个"五字底本残缺,据文义补。

移步金阶上，满朝奸佞臣。嘈！金殿之上，那有女登龙位之理？（花旦）骆元帅有所未知，万岁驾崩，你难道不知的？（末）万岁驾崩，现有李太子庐陵王可登大位，岂可女立为王之理？（花旦）我受先帝重托，你何故前来阻挡？（末）吓，什么先帝重托？自古以来，只有父传与子，那有夫传与妻？（花旦）哀家登基，两班文武俱服，何况你小小逆臣，前来阻挡！（末）吓吓吓，两班文武，都是妖妃心腹之人，本帅大大忠良，岂肯服你这妖妃？（花旦）吓，寡人好好对你讲，反辱骂寡人。侍儿传旨，将逆臣绑出午门枭首。（末）谁敢？谁敢？小小妖妃，敢斩我大大有功之臣！（花旦）寡人初登大宝，朝中有功之臣，个个横行，寡人坐不得大位。国舅听旨。（付）万岁。（花旦）将逆臣绑出午门斩首。（付）臣启奏万岁，那骆飞龙动军器，况且本领高强，将他削职，游击[①]管理。（花旦）国舅此本无差。侍儿传旨，将他削职，游击管理去罢。（末）苍天，苍天，我骆飞龙平伏番邦，受尽多少汗马功劳。不将俺计功，反将我削职，小小游击，兀的不气杀我也！（吐血）（吹【哭相思】）（下）（花旦）侍儿，取御宴过来，与众公卿畅饮。（净、付吃酒）请。（科）（内白）报上。（众）所报何事？（正生）狄仁杰入殿面奏。（众）启万岁，狄相上金殿来了。（花旦、净、付科）（花旦）宣狄相上殿。（众）万岁有旨，宣狄相上殿。（小旦）万岁有旨，传狄相上殿。（正生内白）可恼，可恼！（唱）

【点绛唇】朝纲乱了，朝纲乱了，闻报道怒气难按，（大转头）（手下带上）（科）（唱）**妖妃不贤，地瞒天**。**令人难耐，怒气冲霄汉**。

（白）老夫，三朝元老狄仁杰。万岁驾崩，理该太子即位，这妖妃反紊乱朝纲，自立为主。老夫一闻此言，心如烈火，为此急速上殿，打这妖妃。家将，转过金殿。（唱）

【佚名】听言来怒气难按，不知周公之礼。**自从那盘古氏分开天地，那有个报**

---

① 游击，底本作“游吉”，今改正。游击，武官名。

晓雌鸡[1]**？立大位头戴着五龙帽珍珠盘起，身穿着黄蟒袍五色金衣。脚穿着朝鞋粉底，真是个半雌半雄，紊乱纲纪**[2]**。恼得俺眼中流血，胸中怒气，要将你食肉啖皮。**

(花旦)老相国道言差矣，我乃顺天行事，反说我紊乱纲纪，是何道理？(正生)住了。你这妖妃，不晓知罪，反说顺天行事，令人可恼也！(唱)

【佚名】**你是个不达礼紊乱朝纲，败国家岂非非常**[3]**。可晓俺冰心铁石，除妖妃正了纪纲。**(花旦白)老相国，朕好好对你讲，三番两次追逼寡人，该当何罪？(正生)妖妃，快快将蟒袍冠带脱下便罢。(花旦)如若不脱？(正生)若不然呵！(唱)**骂声妖妃不忖量，一味的紊乱朝纲。非是我泼天无礼罪难当，论律法分身非常。急得俺冲冠怒嚷**[4]**，除妖妃不饶放。**

(花旦)可恼，可恼！(唱)

【佚名】**听言来、听言来胆大逆臣，倚势纵横。欺着寡人如草莽，止不住怒气冲冲。我奉着先帝皇皇，谁敢来阻伊行？**(白)住了。我看你年迈老臣，不来计较与你，三番两次追逼寡人，该当何罪？(唱)**恼得我冲冲怒如火烧，逆臣的罪千条。**(正生白)咳！(唱)**恨恶妇心不正紊乱纲常，论律法罪非轻。**(花旦白)住了。我奉先皇重托，你敢阻挡？(正生)自古以来，只有父传与子，那有夫传与妻之理？(花旦)人人之天下，那有一人之天下？寡人登基大位，两班文武，个个俱服，何故你一人前来阻挡？(正生)住了。这班奸党，都是你妖妃心腹之人，老夫大大忠良，岂肯服你这妖妃？(花旦)你一人不服，我是君，你敢难为不得。(正生)你道难为你不得，你且听者：俺先皇所赐打皇金鞭，上殿要打昏君，下殿打奸臣，何况你小小妖妃。(唱)**俺是保国大忠良，秉丹心扶助朝**

---

① 报晓雌鸡，底本作“雌鸡报晓”，今乙正。

② 纲纪，底本作“纲常”，失韵，据 195-3-41 忆写本改。

③ “国家岂”三字底本残缺，据文义补。此句 195-3-41 忆写本作“胆大妖妃非非常”。

④ 嚷，底本作“上”。“嚷”俗作“吐”，省作“上”。后文第八号【水底鱼】第二支“何事闹喧嚷”的“嚷”同。

纲。铁面无私情难讲,俺是个擎天栋梁。虽则是年迈苍苍,打妖妃一命亡。

(打花旦)(圆场)(进位)(花旦)吓吓吓,大胆逆臣,如此无礼,令人可恼也!(唱)**【佚名】恼恨逆臣心不正,欺寡人罪逆非轻。俺是个堂堂天子坐龙庭,谁敢来阻住寡人?**(正生唱)**乍见了心如火烧,恼得俺怒生嗔。**(白)呔,你这妖妃,三番两次坐在龙位之上,还当了得。老夫拚着一死,与你妖妃做个对头。(唱)**俺是个秉丹心无更改,打妖妃不留情。**(打科)(花旦)神道挡住。(正生三退)(花旦)老相国,三番两次,苦打寡人,为着何故?(正生)老夫在此,不许你坐位。(花旦)这等说来,江山莫非让你不成?(正生)老夫能知天命,岂肯做出逆天之事?(花旦)好,既不逆天,归服于我,你一人何故不服?(正生)要老夫归服不难,今当十月阳春佳节,后花园中百花能开一朵,归服于你。(花旦)寡人不但要他开一朵,满园百花齐开,你道如何?(正生)好,如此不可抵赖。(花旦)自古道君无虚言。(正生)明日观看百花者。(科)看天意付与谁,万里江山非容易。(下)(花旦)苍天,苍天吓,我若有江山之位,上苍护佑也!(唱)**一朝女皇,只在明日里。**(下)

第五号

丑(花神)、老旦(太监)、正生(狄仁杰)、花旦(武则天)

(丑花神上,科)(老旦太监、手下、正生、花旦上)(吹)(花旦白)虔诚祷告祭上苍,先皇付我定家邦。若得天意归顺我,百花齐放透红光。(焰头)(开花)(手下)老相国,百花满园开了。(正生)你待怎讲?(科)(三退)(白)苍天,苍天吓!万里江山,难道女人登基不成么?(花旦)你道如何?你道如何?(正生)老夫一言既出,(花旦)驷马难追。(正生)老臣见驾,愿吾皇万岁。(花旦)老相国平身。(正生)万万岁。(花旦)保驾回銮。(正生科)(打①)(同下)

---

① 此“打”是“吹打”的“打”。

第六号

小生（骆宏勋[1]）、正旦（王氏）、末（骆飞龙）、外（任正千）

（小生、正旦上）（唱）

【一江风】书香第，母子在家里，不见老父归。**事猜疑，远出边庭，皇命不可违**。（小生白）母亲请上，孩儿拜揖。（正旦）罢了，一旁坐下。（小生）谢母亲，告坐了。（正旦）妾身王氏，相公骆飞龙，执掌帅印，奉旨平伏番邦，不见喜报回来，好生挂念。（小生）母亲，爹爹一身本领，倒也不妨。（唱）**我父力高强，胜[2]比天神将，劝亲何必挂愁肠**。

（末上，家将持扶，吐血）（白）有言难讲，恼恨妖妃乱朝纲。（科）（正旦、小生）呀！（唱）

【前腔】心惊慌，一一从头说短长。（同白）爹爹吓！/相公吓！为何这般光景？（末）夫人、我儿有所未知，为父平伏番邦有功，万岁驾崩，不想武氏妖妃，贬子自立为主，为父分言几句，这妖妃将我斩首。国舅武三思保奏，将我削职，一名游击，因此染成一病呵！（唱）**恨妖妃，十大功劳不提起，反将我削职赴惨凄**。

（正旦、小生）相公/爹爹，保重身体要紧。（末）夫人、我儿，为父的病体，出征受尽风霜，况又金殿之气，看来性命难保也。（小生）世兄快来。（外上）有听世弟叫，出堂看分晓。世弟何事？（小生）我爹回来了。（外）怎么，老师回来了？老师请上，门生拜揖。（末）贤契起来。（外）老师回朝，为何这般光景？（末）贤契吓，为师平伏番邦回朝，路见庐陵王，说先皇驾崩，武氏自立为主，听了奸佞之言，将庐陵王贬黜房州。为师分言几句，不将我计功，反将为师削职，一名游击，看来我的命休矣。（外）老师吓，你保重身体，师母、世

---

① 底本十二号之前作“骆洪勋”，十二号起多作“骆宏勋”，今统一从后者。

② 胜，底本作“兴”，今改正。调腔抄本“胜”字或写作“兴”。

弟，自有门生担代[①]。(末)讲出此话，我儿过来一拜。(小生)世兄，受我一拜。(外)也有一拜。(同唱)

【山坡羊】跪尘埃哀告上苍，叩天鉴日月三光，兄和弟金兰义重，刘关张生死不忘。同拜上，父母恩德广。豁开云雾见碧光，愿父亲灾退病消，灾退病消，祸气消洋[②]。(末白)好，贤契有此好意，为师死在九泉之下，也得含笑也。(笑)(唱)**心放，病沉重命难当；阿吓空房，一双空手见阎王，一双空手见阎王。**(科)

(白)夫人、我儿、贤契。(科)(死下)(小生、正旦同唱)

【忆多娇】见老父，丧幽冥，两眼睁睁泪双淋，令人一见痛伤心。孤苦伶仃，孤苦伶仃，还望兄长来怜悯。

(外)师母、贤弟，不要悲泪，将恩师殡殓，资费是我承当。师母、贤弟，一同到我家去安身。(唱)

【前腔】休得要，哭悲号，且听卑人说根苗，一同与我到家窑。不必号啕，不必号啕，且劝师母免心焦。

(正旦)阿吓，贤契吓！你虽有此心，未知你妻子心意如何？(外)师母且是放心，有道"男子汉大丈夫"，小小妇人，有什么主张，倒也不妨。(正旦)贤契吓！(唱)

【尾】多感你恩德广，未知何日报恩彰。(外白)师母吓！(唱)**先生训教怎敢忘，训教怎敢忘？**(小生、正旦哭)(同下)

---

① "世兄快来"至"担代"，因底本有缺页，内容据 195-3-41 忆写本补。

② 消洋，同"焇烊"。后晋释可洪《新集藏经音义随函录》卷二《毗耶娑问经》卷下音义："消洋，音羊。正作'焇烊'。"《广韵·阳韵》："烊，焇烊。出陆善经《字林》。"原指熔化金属，这里引申为消除，消散。

第七号

贴旦(贺氏)、付(贺世赖)、老旦(赌客)、外(任正千)、小生(骆宏勋)、
正旦(王氏)、净(赌客)、丑(王伦)

(贴旦上)(唱)

【尾犯序】闷坐香闺,风姿貌美,错配佳期。心中寂寞,自叹命薄难提。(白)奴家贺氏,兄弟贺世赖,配夫任正千。夫君生得赤面紫须,如同活鬼一般。奴家颜色如花,错配终身。咳,天吓,可惜奴家一世终身也!(唱)**难剖,枉了我一世终身,这是我错配佳偶。难启口,自悔自懊,空房想风流。**

(付上,老旦同上)(付念)天地人和,长衫短拖,运气差波。骰子难科,板凳送蛤蟆,四六送梅花,铜锤送蛾蛾,铜钱贯得莫奈何。(老旦)贺世赖,拿铜钱来,无拨[①]铜钱,帽子捉去,衣裳剥[②]去。(付)吓,朋友,勿要如此。你在门口立一立,铜钱银子有。(老旦)我乃带等。(科)(贴旦)哥哥见礼。(付)有礼。(贴旦)你往那里回来?(付)阿妹,阿哥赌博贯去哉。(贴旦)咳,我劝你不要赌博,你要去赌,倘被你妹丈知道,你的茶饭吃不成了。(付)阿妹,阿哥下遭勿去赌哉。(贴旦)输多少?(付)五十两。(贴旦)待妹子拿来与你。(科)(付)错杀你个娘,赌博输得勿好故,衣裳物件拿去典当,当来翻梢[③]。(贴旦)哥哥,银子拿去,下次不可赌的。(付)勿去赌哉。(贴旦下)(付科)若要戒赌,黄泥纳肚。(老旦)死进去,勿出来。(付)错杀你个妹。(老旦)银子拿来。(付)活人少你死人钱,银子拿去。(老旦)条直[④]个。(付)东西拿去当,当来

① 拨,底本作“不”。调腔抄本中相当于近代汉语表示给予义的“把”和共同语的“给”的“拨”字常写作“不”,下文“贺世赖赌博输拨我”“我拨你做师爷”等的“拨”字同,今统一作“拨”。

② 剥,底本作“慱”,据文义改。慱,“博”之讹体,下文“博”字正如此作。

③ 翻梢,底本作“反稍”,今改从通行字形,下文同。翻梢,翻赌本。

④ 条直,方言,直爽,爽快。

翻梢。(外上)只为师母事,报与娘子知[①]。(老旦)啥个东西典当?(付)东西多多多。(外)贺世赖!(老旦下)(外)衣衫拿去做什么[②]?(付科)(外)讲来,说来。(付科)(外)我也明白了,将衣衫拿去典当[③]。明明赌博,还有何辩,下次不可。随我进来。(付)晓得。(外)娘子那里?(贴旦上)忽听官人叫,出堂问分晓。官人见礼。(外)有礼。(贴旦)官人请坐。(外)有坐。(贴旦)官人,你前去数日,先生病体如何?(外)先生亡过了。娘子,卑人有言,难以启齿。(贴旦)官人但说何妨。(外)先生亡过,他为官清正,家道贫穷,师母、世弟口舌难度。感蒙先生训教之恩,叫他母子到我家下,未知娘子心意如何?(贴旦)官人差矣,自古道"人家只好加一斗,勿可加一口"。(付)阿妹说话勿差,个亲戚只可交杯,勿可交财。(外)大舅,你也在我家。(贴旦)任凭官人。(内白)老夫人、公子到。(外)娘子,一同出堂迎接。(正旦、小生上)(外)娘子,见了婆婆。(贴旦)婆婆。(外)见了叔叔。(贴旦)叔叔。(科)(正旦)多蒙贤契相救之恩,何日得报?(外)何出此言?一同请进。(同下)(付)我错杀你个娘,运气勿对,拿的东西,叩叩看见。我总勿心古[④],总要去赌。(科)(净、老旦上)(众白)赌博。(科)(付)来赌。(科)(众)贺世赖你以[⑤]输了。(付)那个,亦输哉?勿用话,让我拿来。(净、老旦)你个毬养要赖个,帽子捉去,衣裳剥去。(付)勿用话,跟之我去拿。走。(打)(圆场)阿妹快来。(贴旦上)何事?(付)阿哥赌博输去。(贴旦)你又赌博输了?我如今不来管你。(付)阿妹,你带[⑥]勿管,阿哥衣裳要剥去了。(贴旦)还有银子十两,拿去。(下)(付)十两银子还勿够,让我账房东西偷底去当。(净、老旦)贺世赖,银子拿来。(付)银子十两拿去。(众)勿够。(付)衣服拿去当。(付下)(外上)心中无别事,出外

---

① "只"和"子知"之间,底本残缺七八字,今补。
② "多多多"和"去做什么"之间,底本残缺七八字,今补。
③ "将"字下至此,底本残缺七八字,今补。
④ 古,亦作"勾",语气词。
⑤ 此"以"字及下文"亦输哉"的"亦",方言,相当于"又"。
⑥ 你带,犹云你赖、你伲,方言,你们。

去游嬉。嘈！你这班人，将我货物银子偷去，该当何罪？（众）勿是我偷。（外）银子货物在你手中，还有何辩？（众）贺世赖赌博输拨我。（外）这等事来？前去对来。贺世赖兄妹那里？（贴旦、付上）何事？（外）两下对来。（众）贺世赖个银子货物，你输拨我个。（付科）（外）下去。待我四下账房看来。（科）吓吓吓，贺世赖，骂你这狗男女，我看你肩不能挑，手不能提，留你在我家，吃了一口前行茶饭，不将我照管家筵，倒也罢了，反将我家私偷窃。如今不要在我家中，你且出去。（付）看看妹子分上。（外）不必多讲，出去！（贴旦）看看妾身分上。（外）贱婢！（打科）（付赶出）（出门，关门下）（付）吓吓吓，任正千，我骂你这恶贼！我妹子与你结发夫妻，细细小事，将我赶出门来。我贺世赖有日得志，此仇不报，非为人也。正是，寒天吃冷水，点点在胸膛。我身边盘费分文没有，如何是好？不免今夜去到城隍庙，安宿一夜便了。（科）（圆场）（走板）（家丁、丑上）（唱）

【锁南枝】急急的，匆匆忙，我是宦室一门墙。祈求神和圣，能保得安康。（白）学生王伦，阿伯王怀仁。在家心中烦闷，出外游玩，来此城隍庙，进去求签[1]而去。（科）神圣在上，学生王伦，阿伯王怀仁，官居吏部天官。学生但愿功名上达，早步蟾宫。（唱）**拜神圣，要显灵。但愿蓬勃[2]上，丹桂便成名，丹桂便成名**。（科）

（白）出签了，待我看来："二十八签，烈烈轰轰，吉吉凶凶。"个个签诗，那个[3]叫得"烈烈轰轰，吉吉凶凶"？那界解？（科）（付）天官公子，小人拜揖。（丑）起来。（付）个签诗得我详解详解。（丑）阿唷，你倒会解？（付）略晓一二。烈烈，天下要算你第一；轰轰轰，头名状元是你中；吉吉吉，一世做官做勿息；凶凶凶，荣华富贵在其中。（丑）那个话，烈烈，天下要算你第一；轰轰轰，头名状元是你中；吉吉，一世做官做勿息；凶凶凶，荣华富贵在其中？

① 签，俗作"仟"，底本作"千"，今改正，下同。

② 勃，底本作"崩"，今改正。

③ 此"那个"及下文"那界"，同"那介"，方言，怎样。

(付)大爷,若论个张签诗。(念)荣华富贵,状元及第;聪明伶俐,赛过皇帝。(丑)你个说话,合我心意。高姓大名?(付)学生姓贺名世赖。(丑)原来贺兄。你可会陪伴我公子?(付)你带用我贺世赖,你做官,我拨你做师爷。(丑)老贺哪!(唱)

【前腔】你是个,伶俐人,聪明圣智赛孔明。有日高官做[1]**,没世不忘恩**。(付白)大爷哪!(唱)**堪羡你,富贵人。待等春雷动,一定中魁名,一定中魁名**。(科,下)

第八号

末(花振方),花旦(花碧莲),小生(骆宏勋),外(任正千),贴旦(贺氏),

丑(王伦),付(贺世赖),老旦、小旦(家丁)

(末上)(引)只为女儿终身事,日夜愁闷挂在心。(白)老汉花振方,乃是山东人氏。一身本领高强,拳棒精通。有女花碧莲,一身本领无双,才貌过人,尚未适人,必须拣选才貌双全才郎,与女儿配合。闻得扬州梅花坞放花灯,不免与女儿乔妆假扮,访一个才貌双全才郎,做一个儿婿两当,岂不是美?女儿那里?(花旦上)忽听父亲叫,出堂问事因。(白)爹爹请上,女儿万福。(末)罢了,一旁坐下。(花旦)晓得。爹爹,叫女儿出来,有何吩咐?(末)叫你出来,非为别事。你年已长大,尚未适人,闻得扬州梅花坞放花灯,我和你假扮江湖,一则观灯,二打听才貌双全才郎,与你配合,你可愿去?(花旦)女儿任凭爹爹。(末)好,一同打扮起来。(吹)(科)儿吓,你我一同向前一走便了。(科,下)(看灯)(小生、外、贴旦同上)(吹)(外白)世弟,你看灯彩如何?(小生)哥哥,想扬州地界,花灯果然繁华美景。(外)世弟,你我一同看之上去。(吹)(科,下)(丑上)家丁,看之上去。(唱)(付白)阿哉大爷,你为啥骨样愁

① “做”字底本脱,据195-3-41忆写本补。

眉不落?(丑)阿哉老贺,我心里越想越愁眉来里。(付)那个,大爷心里烦闷?灯榜上看之上去,有大姑娘看,好拨大爷散散心。(丑)那个,有大姑娘个?(付)受[①]个。(丑)阿哉男吓,看之上去。(唱)(下)(末、花旦上,打花鼓)(唱)(科)(花旦)爹爹,来此什么地?(末)来此就是[②]扬州地界,随为父向前看过明白。(唱)(科)(众家人上)(白)大姑娘射[③]有带,大爷,大爷。(丑上)错杀你娘,叫鬼哉。(众)大爷,告死用哉[④]。(丑)唗,告喜用哉。(众)告喜用哉。(丑)做啥?(众)有大姑娘来东。(丑)那个,有大姑娘带?(科)阿吓,妙吓!(唱)(末、花旦"唔")(科)(丑)阿哉老贺,这花鼓唱也唱得好,生又生得妙,你去叫到府中去唱。(付)晓得哉。哙,你个老头子,我里王大爷话你父女花鼓打得好,大爷欢喜,叫你父女到我大爷府里去唱。(末)你家大爷,谁家公子?(付)我大爷有来头。(末)有什么来头?(付)我里王天官公子,名叫王伦。(末)父女不去。(付)勿要你白唱,有银子赏你。(末)那个要你银子?那个要你银子?(付)我错杀你个娘那个,那个有银子勿会唱。哙,大爷,他勿会唱。(丑)有银子。(付)大爷,银子话过,那个要你厌狗屎银子。(丑)吓,怎么,这等事来?抢子居去。众家丁何在?(老旦、小旦[⑤]手下上)大爷何事?(丑)将女子抢进去。(科)(打末,下)(外、小生、贴旦上)(同唱)

【水底鱼】急步踉跄,向前看分晓。何事喧闹,忙步问端详。

(外)贤弟,你我回去了罢。(小生)哥哥请。(同唱)

【前腔】回转家下,宽饮与香醪。奔走街道,何事闹喧嚷?(科)

---

① 受,方言副词,与下文"大姑娘射有带"的"射"和"谁要多吃子几杯"的"谁"同,的确,确实。按,相关方言研究著作亦记作"是",1962年整理本(195-3-86)《双狮图》则记作"社",绍兴方言读作[ze],阳上调。而"受"绍兴方言读作[zɤ],亦为阳上调,故可换用。

② "来此""就是"底本互倒,今乙正。

③ 射,方言副词,详见上文"受个"注。

④ 告,方言"交"的白读音。用,方言"运"的读音。

⑤ 小旦,底本作"三占",第十三号又作"三旦"。小旦位次老旦、正旦之后,故可名之曰"三旦"。

(末内白)相救吓!(外)吓,贤弟,你看那边王贼如此欺他父女异乡人,还当了得?贤弟,我和你前去打他落花流水。(贴旦)官人不要去。(外)娘子请回,俺去也。(科)(打)(丑、付上,科,下)(付上,科)大爷,大爷!(科)(花旦上)爹爹,爹爹!(科)(付)阿伯来带。(科)(花旦打付科,下)(贴旦科)官人,官人!(科)(丑上)老贺!阿囡,(科)官人来里[①]。(科)(贴旦下)(付上,科)大爷,个是我个阿妹。(丑)那个,是你个妹?(科)打坏哉,打坏哉。老贺,叫之家丁来翻梢。(付)吃其勿落。你道个是啥个人?(丑)是啥个人?(付)个是我丑陋妹丈,他拳棒精通,况有结义兄弟骆宏勋,万夫不当之勇。(丑)个样话起,吃其勿落个。老贺,个个活鬼是你妹丈?(付)勿差个。(丑)老贺,你个阿妹可比一朵鲜花,插在牛粪里。(付)个是勿差个。(丑)老贺,大爷魂灵拨你阿妹带去哉。(付)大爷,我个阿妹大爷中意?(丑)我中意。(付)大爷中意,替你排[②]。(丑)老贺,你个阿妹拨我排到手,谢银银子一千。(付)大爷,千两银子也勿要,你对太师爷话,有官排个我做做。(丑)你带拨我大爷去打算,我保你老贺做知县。(付)打算勿难个。大爷,我里妹丈贪酒吃个,看花灯归去,要打大爷府门走过,请其来吃酒,好话对其说,好酒得其吃,与他结拜金兰,将酒灌醉,昏昏大醉,大爷时常好来往,那光景?(丑)好计策。(付)恶计。(丑)今日宴排酒,(付)话算其到手。(丑)心中思暗计,(付)神鬼勿得知。(丑下)(付科)我错杀你个娘!个一个小大姑娘拨其拿得牢,把桩烈烈搭麦饼打落哉。打得上无气,下无屁,气其勿故,心里想局其一套翻翻梢。大姑娘无不见,不过阿妹犟得牢,局阿妹无诰话,阿妹无诰话。(下)(小生、外、贴旦上)(末、花旦上,科)(同)父女多感恩公相救。(外、小生)好说。(末)请问恩公高姓大名?(外)姓任名正千。(小生)姓骆名宏勋。(末)阿吓,原来骆大人公子,倒也失敬了。(小生)好说。请问老丈高姓大名?(末)我乃是山东

---

① 里,底本作“意”,今改正,后文第十四号“阿囡来里服侍”的“里”同。

② 此及以下三“排”字,底本作“败”,今改正。排,安排。

人氏，通名不便，异日报恩，就此告别。(吹)(下)(付上)(白)奉了大爷命，特地到此来。(外)大舅。(付)妹子、妹丈。(贴旦)哥哥，你如今在何处安身？(付)那日一别，遇见吏部公子，收留与我，他倒十分看待于我。(外)大舅，那日我一时错见，望大舅切勿见怪。(付)我和你至亲，何出此言？(外)到来何事？(付)到来非为别事，王公子不知妹丈、骆大爷在此，得罪妹丈、骆大爷。我说起自家妹丈，公子说是你妹丈，又是我的妹丈，得罪于你，因此命我前来，请你二人前去饮酒，免得伤了[①]亲戚情。(小生)哥哥，你我与王公子从未来往，不要去才是。(付)妹丈，我的主人一样的大丈夫，烈烈轰轰，正要与他会会。(外)此言不差。你的妹子？(付)妹子到我账房安定一刻，吃了午饭，与妹丈一同归家，倒也不妨。(外)此言不差，转过王府。(吹)(圆场)(丑上，即进)任兄、骆兄见礼。(外、小生)有礼。(丑)请坐。(外、小生)告坐。(丑)弟不知贺兄妹丈、骆英雄到此，得罪二位，自己至亲，切勿见怪。(外、小生)好说。(丑)过来，看酒来。(科)(唱)

【啄木儿】开怀饮，奉霞觞，剖衷情细说短长。弟和你旧族门楣，尽都是旧族书香。(白)弟得罪之兄，备得有酒，与兄消气吓！(唱)**你是个慷慨仗义英雄将，免愁烦开怀欢畅。**(付白)妹丈、骆大爷，大爷勿晓弟的亲戚，得罪二位，今日备酒消气，多吃几杯，万事休提。(唱)**饮几杯且放愁眉，两情投心意欢畅开怀抱。**

(外)大舅，多蒙王公子这等恭敬与我，实为万幸。(唱)

【佚名】你是个宦室门墙，我是个农夫守田庄。多蒙公子敬我行，此情异日恩难忘，又何必过逊谦让。(小生白)我骆宏勋多蒙公子、令大舅这等看待，此恩何日得报也！(唱)**多感你恩高义好，知何日衔环结草，衔环结草。**

(丑)二位兄，弟有言，难以启齿。(外、付、小生)公子金言，但说何妨？(丑)弟要与兄结拜金兰，未知二位兄心意如何？(外、小生)公子说那里话来？你乃是天官公子，弟乃是碌碌庸才，怎好高扳？(丑)四海之内，皆为兄弟也。

---

① “伤了”二字底本脱，据文义补。

(付)勿差个,四海之内,皆为兄弟。(丑)老贺,你也一同结拜,亲上加亲。(外、小生)公子此言不差,一同结拜金兰。(丑)兄贵庚多少?(外)年长二十有六。(付)年长二十有三。(丑)年方二十。(小生)年方二九。(同白)长者为兄,小者为弟,撮土焚香,望空一拜。(唱)

【前腔】**兄弟四人拜上苍,撮土焚香告三光。桃园结义刘关张,千秋万载姓名扬,何惧那生死存亡**。(外、小生白)就此告别。(丑)且慢。大哥、贤弟,今日你我桃园吉日,弟备美酒,再宽饮几杯。来,取大杯来。(唱)**且开怀欢饮琼浆,兄和弟开怀欢畅,开怀欢畅**。

(白)请。(外、小生)多蒙贤弟/大哥恩重如山,异日到我聚会,就此告别。(丑)且慢,宽饮几杯,宽饮几杯。(外、小生)酒醉,吃不得。(丑)大哥,今兄弟结义,多吃几杯,就是吃醉,也是小弟体面。待我奉敬一杯。(外推,笑,科)(唱)

【佚名】**宽饮香醪,吃一个、沉醉酕醄。义结金兰义胜同胞,饮几杯满泛葡萄**。

(吃)(科)(付)妹丈、小弟,王贤弟说话勿差个,今日桃园吉日,谁[①]要多吃子几杯,也是王贤弟体面。待我奉敬一杯,请。(科)(唱)

【前腔】**开怀欢畅,又何必、过逊谦让。兄弟如手足义不忘,吃一个沉醉何妨?**

(白)请。(吃醉)(科)大哥宽饮几杯,小弟宽饮几杯。酒醉了,扶进去睡去。(暗下)(丑)老贺,好行事者。(付)大爷,事体原好行,贺世赖死故,无处见爹娘。(丑)谢你银子一千两。(付)看看银子分上,总要去商量。(下)

第九号

贴旦(贺氏)、付(贺世赖)、丑(王伦)、小生(骆宏勋)、外(任正千)、老旦(家丁)

(贴旦上)(唱)

【一江风】**难猜疑,心中多惨凄,兄不到此地。这何意,越思越想,难解其中**

---

① 谁,方言副词,详上文"受个"注。

意。(付上)(唱)**急步走如飞,羞惭是无地,此话如何好说起?**

(贴旦)哥哥见礼。(付)有礼。(贴旦)请坐。(付)有坐。(贴旦)哥哥,你怎样进王府,说与妹妹知道。(付)阿妹,那日妹丈将我赶出门来,多蒙王公子收留与我,十分看待于我。(贴旦)哥哥忽遇贵人,倒也难得。(付)妹子,哥哥虽则得遇贵人,有言难以启齿。(贴旦)我和你同胞手足,但说何妨?(付)须要妹子开了大恩,为兄就有荣华富贵了。(贴旦)为兄若有荣华富贵,妹子那有不依从之理?(付)个个是……(科)(贴旦)说来。(付)个个是王公子看了你生得十分姿色,他有十分欢喜,你若与他私通,他许我银子一千两,望妹子开恩。(贴旦)哥哥,别样事情,倒也使得,这桩事情,倘被你妹丈知道,岂非性命难保?这事使不得的。(付)望妹子看爹娘一面。(跪科)开恩,开恩。(贴旦)此事断断使不得的。(丑进,付出)(丑)阿吓,娇娇,娇娇。(贴旦)阿吓!(科,里科,外科,下)(付)个遭事体明白哉。事体明白,只要难出脚罢哉。(唱)

【前腔】真堪妙,但愿无事好,吉凶难猜料。多颠倒,满面含羞,羞惭无地躲。(白)此事倘若失落风声,如何是好?吓,是了,不免将妹子送回家去便了。(唱)**急急送归家,免得祸根芽,暗排计较人难量**。(科)

(丑上)(唱)

【佚名】忽听得门外声喊,急匆匆离了阳台。相堪相爱,好比似神女天仙。(贴旦白)公子吓!(唱)**心中欢爱,堪羡你、吏部门楣。奴本是红花绿叶,但愿你夜夜同眠,夜夜同眠**。

(丑)我有黄金百两,相送与你。(贴旦)多谢公子。(付)轿子在此,你早回去,不可失漏风声。(贴旦外厢轿下)(付)一同转过书房。大爷,你假作酒醉,打睡在此。(科)(小生、外暗上)(付)妹丈、贤弟速醒。(外、小生科)好睡,好睡。贤弟酒醉,还打睡在此,不免唤他醒来。贤弟速醒,速醒。(丑科)呵呵呵,好睡,好睡。(外)大舅,叫你妹子一同回去。(付)妹丈,妹子早早送回家了。(外)贤弟、大舅,为兄回去了。明日要到家来,为兄在此望你。(丑、付)且慢,明日好去。(外)明日到我家来。(丑)小弟再备酒而去。(外)酒尚未醒,就此告别。今朝一别去,(丑)明日又相逢。(外、小生)请。(下)(丑)好计策。(付)计策好,爹娘卖完,望大爷办官。(丑)老贺做官勿难勾,待我写书一封,送到阿伯跟前,就好做官。(付)望大爷写起书来。(丑)待我写起书来。(吹)过来。(老旦上)咘。(丑)这封书送到太师跟前,听我吩咐。(吹)(同下)

第十号

净(王怀仁)、老旦(家丁)、小旦(门子)

(净上)(引)蒙恩宠幸掌权衡,把笔天官受君恩。(白)老夫王怀仁,官居吏部天官。单生一子,取名王伦,生得才智过人,倘若诗书勤读,必做皇家栋梁也。(老旦上)(白)奉了大爷命,特地到此来。门上那一位在?(小旦门子)是那一个?(老旦)王星要见。(小旦)请少在。启太师爷,王星要见。(净)命他自进。(小旦)太师命你自进。(老旦)晓得。太师请上,王星叩头。(净)起来。到来何事?(老旦)奉大爷之命,有书呈上。(净)西廊酒饭。(老旦下)(净)我儿有书到来,待我拆书看个明白。我道为着何事,我儿一个好友,名唤贺世赖,作事能干,提拔他一名知县。待我奏闻圣上,放他知县便了。(吹)(下)

第十一号

外(任正千)、贴旦(贺氏)、老旦(家丁)、小生(骆宏勋)、丑(王伦)

(外、贴旦上)(外)多感恩高义厚,(贴旦)出堂细问根由。见礼,请坐。(外)有坐。(贴旦)官人,他叫你进府,怎样看待于你?(外)公子接我进去,十分看待,两下义结金兰。(唱)

【佚名】多感他恩高义好,胜似那嫡亲同胞。义结金兰赛,自古那桃园白马。(贴旦白)他是天官公子,与你结拜金兰,倒也难得。(唱)**心中欢畅,两情投结义双双。他是个吏部门楣,况又是宦室门楣。**(老旦上)(白)奉着大爷命,特地到此来。任大爷在上，小人叩头。(外)起来。到来何事？(老旦)奉王大爷之命，请大爷过府饮酒。(外)昨日酒还未醒，今日回复王贤弟，叫他到我家来饮。(老旦)大爷在府立等。(贴旦)叔叔叫你，你若不去，难为他一片来意的了。(外)此言不差，就此拜别。(唱)**义金兰胜同胞，到王府欢饮香醪。好一个义重恩深，小小英豪，小小英豪**。(下)

(贴旦)我看王公子容貌虽好，总不及如骆叔叔一半。我虽则与王公子私通，倘被这丑夫知道，岂非性命难保？倒不如与骆叔叔私通，他常在我家，他又无妻室，做一个地久天长，岂不是美？(唱)

【红衲袄】在香闺暗中愁计心头，心寂寞、一心思想貌风流。他是个才貌端庄世罕有，奴是个、错配姻缘结鸾俦。(白)你看丑夫到王府吃酒去了，世母在经堂诵经，叔叔在书房攻书，不免到书房看个明白便了。(唱)**出香闺顾不得脸含羞，到书房、要与他貌风流。他是个才貌端庄世罕有，奴是个青春年少一女流。若得双双配合也，天缘相逢结鸾俦，天缘相逢结鸾俦**。(下)

(小生上)(唱)

【前腔】在书斋诵读《诗经》记心头，愿得个、金榜题名中魁首。(白)小生骆宏勋，父亲骆飞龙，为国身亡。先父为官清正，一贫如洗，母子多蒙恩兄、恩嫂十分看待，此恩何日得报也！(唱)**我是个清白家忠良后，想我父、一片丹心付东流。枉了你沙场血战苦心头，枉了你尽忠保国一旦休。有日一举成名也，重整山河报冤仇，重整山河报冤仇**。

(贴旦上)(唱)

【前腔】忙移步行过了转回廊，到书房、私情苟合凑成双。(小生读书)(贴旦科)呀！(唱)**有听得书声琅琅声清赏，又听得、诗云子曰读文章**。(白)叔叔开门，开门。(小生)呀！(唱)**有听得外面叩门是何人，离书斋、启柴扉看分晓**。(贴旦白)叔叔。(小生)呀！(唱)**却原来恩嫂到此也，虔诚正礼问原因，虔诚正礼问原因**。

(白)嫂嫂请来见礼。(贴旦)叔叔有礼。(小生)动问嫂嫂，不在绣房，来到书

房何事？(贴旦)叔叔，我看你独坐书房，莫有妻室同伴，为嫂时常思念于你。(唱)

【前腔】奴看你独坐书斋闷无聊，奴这里、刻刻时时记心苗。你是个才貌端庄赛宋朝①**，奴是个青春年少女娇娥。**(白)因此为嫂来到书房，要与叔叔呵！(唱)**要与你同上阳台心欢笑，要与你、鸾颠凤倒会蓝桥。做一个天长地久也，双双欢娱结鸾交，双双欢娱结鸾交。**

(小生)嫂嫂说那里话来？小生多蒙恩兄、恩嫂十分看待，恩重如山，岂可做出没天理之事也！(唱)

【前腔】我是个清白家忠良后，你是个、三从四德一女流。劝嫂嫂回心转意规模守，劝嫂嫂休得要爱风流。(白)况且我哥哥心如烈火，倘被他知道，你我岂非性命难保？(唱)**常言道结发夫妻同偕老，可知道、露水夫妻不到头。劝嫂嫂转意回心也，休得要痴心妄想结鸾俦，痴心妄想结鸾俦。**

(贴旦)叔叔不要说起书呆之话，为嫂说几个古人与你听着。(唱)

【前腔】有道是月里嫦娥配婚姻，有道是、牛郎也配织女星。还有个何仙姑要配吕洞宾，还有个华山娘娘爱凡人。(小生白)吓，我骆宏勋口读孔圣之书，必达周公之礼，不必多讲。(贴旦)叔叔。(唱)**想当初红娘莺莺配张生，到如今、天子要爱着众大臣。我和你双双配合也，不枉了郎才女貌结成婚，郎才女貌结成婚。**

(小生)住了。你这没廉耻的，还在此多讲，少刻说与哥哥知道，看你怎讲！

(贴旦)叔叔，为嫂有心而来，你若不允，为嫂要下手了。(唱)

【前腔】我也是顾不得脸含羞，要与你、同上阳台鸾凤俦。(科)(小生开脚，逃下)

(贴旦科)且住，我倒有心待他，他反来轻慢与我，少刻说与我丑夫知道，如何是好？(科)吓，有了，少刻丑夫到来，我说骆宏勋不将恩报，反来调嬉与我，我要

---

① 宋朝，春秋时宋国公子，容貌甚美。《论语·雍也》："子曰：'不有祝鮀之佞，而有宋朝之美，难乎免于今之世矣。'"后遂用"宋朝"作为美男子的代称。

害他一死，以消胸中之恨。骆宏勋，骆宏勋，非是我贺氏心狠，这是你自惹其祸也！（走圆场）（唱）**非是我心肠狠暗计谋，也是你自惹其祸命当休**。（科）（外、丑上）好酒吓！（唱）**兄和弟开怀畅饮饮香醪，醉醺醺、也不顾路低高**①。**我和你义结金兰也，胜比那同胞手足心欢笑，同胞手足心欢笑**。

（外）贤弟请进。娘子，人客到此，备酒侍候。（贴旦）备什么酒，备什么酒。（外）兄弟到此。（贴旦）你结得好兄弟，好兄弟！（外）王贤弟好的。（贴旦）王叔叔好的，还有骆禽兽。（外）为何叫他骆禽兽？（贴旦）好意留在我家，不将恩报，反来调嬉与我，你道要气不要气？要恼不要恼？（外）怎么，有这等事来？可恼，可恼！（科）（唱）

【尾】有恩反将仇来报，人面兽心真难料。（白）骆宏勋，我骂你这禽兽！我若不杀你，一世不为人也！（科）（唱）**一刀两段决不饶**。（酒醉，吐）（外下）（丑白）阿哉娇娇，他调嬉与你，你可从他么？（贴旦）我若从他，我也不说明了。（丑）娇娇吓！（唱）**我和你同上阳台万事抛，同上阳台万事抛**。（科，下）

第十二号

小生（骆宏勋），外（任正千），正旦（王氏），贴旦（贺氏），丑（王伦），
付（贺世赖），净、花旦、正生、小旦（王府手下）

（叫三声）（小生上）（唱）

【水底鱼】鸟鹊高叫，使人难猜料。恼恨泼贱，平地起风波。

（外上）（唱）

【前腔】闻言怒恼，怒气上眉梢。千刀万剐，方消我胸窝。（科）

（杀，小生逃下，外酒吐，追下）（正旦上）（唱）

【前腔】常在经堂，声声念高王。还望神圣，祈求保安康。

（小生上）（唱）

---

① 低高，底本作“高底（低）”，今乙正。

【前腔】冤屈难当，何处诉青黄。还望母亲，与我讲分让。

（外上）（唱）

【前腔】恶贼心狠，十恶不饶放。恩将仇报，难免刀头伤。（开刀科）

（正旦）阿吓，贤契吓！为着何事，要杀我儿？（外）阿吓，师母吓！不要说起这禽兽呵！（唱）

【前腔】人面兽心，将仇来报恩。调嬉我妻，立刻一命倾。

（正旦打）畜生，你有恩不报，反调嬉他妻子不成？（小生）阿吓，母亲吓！孩儿在书房诵读，嫂嫂前来调嬉与我，孩儿不从，莫有此事的。（正旦）阿吓，贤契吓！你还是眼见的，耳闻的？（外）我妻子亲口说的。（小生）阿吓，大哥吓！此事实是冤枉的。（外）住了。你反说冤枉，与你去到上房去质对。（正旦）好，贤契此话不差。你这畜生，去到上房去质对，若有此事，为娘除你一死。（科）（圆场）（外）娘子快来，娘子快来。房门为何闭了，打进去。（丑、贴旦科，外打丑，贴旦夺刀，咬外手，丑逃下，外打贴旦科）（小生、正旦）贤契，为着何事，如此痛打？（外）师母，不要说起这恶妇吓！（唱）

【风入松】（大拷）**恶妇心毒他不良，伤风化败坏门墙。打得鲜血淋淋血流汤，除你命、除你命决不饶放。**（白）你这恶妇，自己与王伦通奸，反说骆贤弟调嬉与你，你衔血喷人，良心何在？恶妇，恶妇！（唱）**恼得我怒冲直上，便将你千刀剐理应当，千刀剐理应当。**（打科）

【前腔】（贴旦唱）**哀告官人你且听，待妻子细说分明。这是王伦强奸逼，非是我、非是我败坏门庭。望官人且息雷霆，须念我结发情，须念我结发情。**

（外）住了。你既与王伦通奸，反说骆贤弟调嬉与你，是何道理？（贴旦）阿吓，官人吓！妻子一时之错，望官人饶恕吓！（唱）

【急三枪】望叔叔，宽洪量，恕我罪。苦难女，不忘恩，苦难女，不忘恩。（外打）贱婢，贱婢！（唱）**恶妇的，太不良，心生变。伤风化，败门墙，伤风化，败门墙。**（打科）

（贴旦）世母相救。（正旦）贤契吓，一念他夫妻情分，二看老身一面。（外）吓，难为师母在此讲情，饶恕与你。师母、贤弟，为兄得罪与你，且息动怒，请进里面。(正旦、小生)贤契，如今不要难为与他。(外)晓得。(正旦)平地起风波，(小生)祸从天上来。(下)(外)且住。家中这样不意[①]之妇，还当了得，这便怎处？(科)有了，将他活活劫死便了。众家丁何在？(众手下上)大爷何事？(外)将这恶妇活活劫死。(贴旦)不好了。(科)(打四手下)(净、花旦、小旦、正生、付、丑上，科)打进去。(科)(贴旦刀杀外死，小生上，打科，付、丑科，小生擒付、丑科)(贴旦)嘈！大胆骆宏勋，有恩不报，反调嬉与我，被我官人看破，将我官人杀死，送官去。(科)(小生)阿吓，唔。(下)

第十三号

末、老旦(旗牌)，净(韩文忠)，小旦(门子)，丑(王伦)，正生(手下)，

贴旦(贺氏)，付(贺世赖)，小生(骆宏勋)

(末、老旦两旗牌带上)(净上)(引)蒙师恩宠，坐黄堂执法森严。(白)国法森严重，萧何律不松。奸刁多公案，王法难免凶。本院韩文忠，多蒙老师举荐，职受一省之主。到任以来，百姓传扬，物阜民安，好不有幸也！(小旦门子上)启老爷，王公子有事要见，有帖呈上。(净)王公子乃是世兄，请相见。(众)公子有请。(丑上)(白)狂徒心忒狠，冤屈实难分。(净)世兄请进，见礼。(丑)有礼。(净)请坐。(丑)告坐。(净)世兄进衙，有何贵事？(丑)非为别事，一个结义兄弟，名唤任正千。不想骆游击一子名叫骆宏勋，他母子家贫，口舌难度，任正千一片好心，留骆宏勋母子在家，吃了前行茶饭。骆宏勋有恩不报，反调嬉他妻子，被任正千看破机关。骆宏勋恐遭其害，因此将任正千杀死。世兄与他伸冤，谢银子一千。(净)世兄有事，弟无不遵命。(丑)就此告别。(净)且慢，世兄请进。(丑下)(净)来，打点升堂。(净下)(正

---

① 意，底本作“异”，暂校改如此。

生、小旦、老旦、末四手下上)(净上)(白)命案如山重,坐堂查分明。来,众人犯带进。(贴旦、付、小生上)(净)去捆,听点。凶手骆宏勋。(小生)唷。(净)苦主贺氏。(贴旦)唷。(净)义亲贺世赖。(付)唷。(净)众人犯下去。(付、小生下)(净)贺氏跪着。(贴旦)唷。(净)贺氏,你与骆宏勋通奸,谋死亲夫,从实讲来,免动刑罚。(贴旦)启上太爷,骆宏勋他父亡故,家贫如洗,丈夫一片好心,留他到我家吃了前行茶饭。不想骆宏勋有恩不报,反调嬉与我,我执意不从。喜得我官人到来,看破机关。官人要打骂与他,将我官人杀死,望大老爷伸冤。(净)可是实供?(贴旦)实供。(净)下去。(贴旦下)(净)传贺世赖。(众)贺世赖。(付上)贺世赖在。(净)贺世赖,你妹丈怎样杀死的?(付)太老爷,骆宏勋阿爹亡过,口舌难度,妹丈生一点好心,留在家中。骆宏勋看见阿妹生得好,调嬉我阿妹,阿妹勿从,被我妹丈看破,拨我妹丈一刀杀哉,望大老爷拨我妹丈伸伸冤。(净)下去。(付下)(净)来,传凶手骆宏勋。(众)骆宏勋。(小生)小生在。(净)嘈!大胆骆宏勋,见了本府,为何不下跪?(小生)吓,我不犯法,怎肯下跪?(净)吓,你强奸谋命,还有何辩?(小生)吓,你难道你见我奸的?(净)来。(众)唷。(净)传贺氏。(贴旦上)老爷,贺氏在。(净)两下对来。(贴旦)骆叔叔,我官人一片好心,留到我家,不将恩报,反将调嬉与我,我执意不从,喜得官人看破,你将我官人一刀杀死,你一人做事一人当,不该你害我的。(小生)恶妇!(科)(贴旦)大老爷救命,拨我官人杀死不够,还要打死我凑。(净)来,将贺氏带去收监。(丑上)世兄且慢,这是骆宏勋一人之罪,不与贺氏之故。(净)世兄,你可愿保?(丑)弟愿保。(净)世兄保了,收了丈夫尸首去罢。(贴旦哭)官人吓!(下)(净)大胆骆宏勋,不是你强奸,是那一个?(小生)强奸谋命,杀人凶手,王吏部之子王伦。(净)吓,诬扳官宦,扯下去打。(科)招不招?(众)不招。(净)夹起来。(科)收,再收。(众)收,收满,愿招。(净)放下,写画招上来。(小生)吓吓吓,天吓天,王伦与贺氏通奸,杀死亲夫,狗官贪赃受贿,反陷害良民也!(吹打)(净白)吓,反辱骂本院。来,藤条过来。(打科)(手下)打死了。(净)放下。

招也死,不招也死。上锁,带去收监。(科)封门。(下)

第十四号

正旦(王氏)、末(花振方)、花旦(花碧莲)、付(禁子)、小生(骆宏勋)、老旦(旗牌)

(正旦)吓,儿吓!(上)(唱)

【水底鱼】天降祸灾,有口难分言。冤枉难诉,何处告森严?

(白)吓,儿吓!(末、花旦酒肉带上)(唱)

【前腔】两足奔走,父女向前行。街坊游遍,一一看分明。

(正旦)阿吓,儿吓!(末)你这老婆子,为何在此啼哭?(正旦)客官有所未知,妾身王氏①,我儿骆宏勋,被王伦、贺氏陷害,下在监中了。(唱)

【前腔】十大冤枉,恶贼心毒伤。衔血喷人,我儿一命倾。

(末)怎么,骆恩公被王贼陷害,下在监中了?(正旦)下在监中了。(末)可恼,可恼!(唱)

【前腔】恶贼心狠,怒气满胸膛。陷害良民,十恶不饶放。

(白)你如今到那里去的?(正旦)阿吓,客官吓!去到监中,探望我儿,盘费分分没有,故而在此啼哭。(末)不用啼哭,你且放心,待我父女前去,救你儿子便了。有白银十两,你在此旅店安身。(正旦)多谢恩人了。吓!(哭下)(末)儿吓,随为父去到监中一走呵!(唱)

【前腔】闻言怒气,两脚走如飞。急到监中,前去问因依。(科)

(白)阿吓,来此监中,大哥可在?(付上)是那一个?(末)骆宏勋可下在监中?(付)下在我监中。(末)我来探望与他。(付)老爷知道要淘气。(末)小礼送与大哥。(付)探望不来的。(花旦)大哥,探望已过,再打酒与你吃。(付)大姑娘,你是打花鼓的?那个,打酒得我吃?走进来。(末)恩公在那里?(付)

---

① 王氏,底本作“张氏”,与第六号作“王氏”相违戾,今改作“王氏”。

不要高声。骆宏勋走出来。(小生上)(唱)

【哭相思】可怜我冤屈难剖,看将来我命不留。(末白)阿吓,恩公吓!(唱)**见了你肝肠痛断,止不住两泪如泉**。

(白)阿囡,这个酒肉,拿来与恩公吃。(花旦)晓得。(小生科)老伯,叫我如何吃得下?(付)勿吃,拿来得我吃。(付吃酒,花旦劝酒)(小生哭)吓!阿吓,阿吓!(唱)

【江头金桂】可怜我冤枉难讲,恨狂徒惹起祸殃。**这冤屈无门诉告,受苦难讲,平空白地起祸殃**。**恨贺氏心生不良,心生不良,无故的陷害我身,受尽凄凉,陷害我身,受尽凄凉,王伦贼十恶滔滔不饶放**。老伯,**我是个正直贤良,正直贤良,王伦设计害我行**。**我的好悲伤,我今一死无指望,可怜老母亲谁奉养,可怜老母亲谁奉养?**

(白)阿吓!(末)阿吓,恩公吓!(唱)

【前腔】乍见了泪落胸膛,不由人两泪双淋。**你是个宦门公子,瘦怯书生,怎禁得披枷带锁受苦辛?恨王贼心狠不良,心狠不良,腹中设计,陷害书生,腹中设计,陷害书生,衔血喷人罪非轻**。(白)禁子大哥,我对你讲,骆宏勋我的好友,有银子五十两,送与大哥。天色已晚,我要回去了。大哥,你看骆宏勋两腿打烂,我儿在此服侍。儿吓,(科)这个酒与禁子大哥吃,明日又来。(付)老阿哥,你倒话起酒,喉咙翻跟斗①。你放心,你去,阿囡来里服侍,好个,好个,你先去。(末科,下)(花旦)大哥,我在你监中,望大哥交个意儿。(付)介话,介话?(花旦)大哥,待我奉敬一杯。(唱)**且开怀畅饮琼浆,畅饮琼浆,宽饮几杯奉霞觞**。**畅饮与酕醄,奴本绿叶红颜女,相伴饮酒沉醉有何妨,饮酒沉醉有何妨?**

(付)大姑娘,今年多少年纪了?(花旦)今年一十八岁了。(末)可有人家?(花旦)那个要我打花鼓个人?(付)你可与我在此否?(花旦)此事要问我爹爹。(付)是吓,明日与你爹爹说明。(花旦)此言不差,你且大杯宽饮几杯。

---

① 跟斗,底本作"天斗",今改正。

(付)有劳美人。(花旦)好说,请。(唱)

【忆多娇】且宽心,饮几杯,开怀欢畅心欢爱,待等明日有主见。终身相配,终身相配,五百年前定姻缘。(吃酒科)

(付)你跟之我哉,保你一生一世快活勿杀哉。(唱)

【前腔】我有言,你听道,一一从[①]**头说端详,青春少年两和谐。秦晋鸾凤,秦晋鸾凤,与你双双同偕老。**

(付酒醉)(花旦)酒宽饮几杯。(付)酒有了,吃不得了。(花旦)扶你去睡了。(唱)

【尾】酒醉大事可成就,管叫神鬼不知道。(花旦扶付下,又上)(花旦)公子吓!(唱)**快快开锁去逃走,天涯海角去逃难。**(科)(小生、花旦下)

(老旦旗牌上)奉命森严,决不停留。呔,禁子。(付醉上)何人吓?(老旦)禁子,骆宏勋大老爷要复审。(付)怎么,大老爷要复审?大姑娘,大姑娘,骆宏勋,骆宏勋,勿好哉,骆宏勋逃走了。(老旦)犯人逃去,你去代杀头。(老旦下)(付)个勿好哉,报与大老爷知道。(下)

第十五号

净(韩文忠)、老旦(旗牌)、付(禁子)

(四手下、净上)严刑拷人犯,不怕他不招。本院韩文忠,为任正千一件命案,是骆宏勋凶手,他不肯画招,本院日日将他三拷六问,不怕他不招。(老旦旗牌上)报,大老爷不好了!(净)为何?(老旦)骆宏勋逃走了。(净)咳,怎么,骆宏勋逃走?来,传禁子。(付上)大老爷,小人叩头。(净)骆宏勋怎样脱逃?(付)大老爷,小人喝了几杯酒,昏昏沉沉,不知骆宏勋怎样脱逃。(净)你这杀头,不知犯人去向,被他脱逃而去。来,将禁子绑起来,带去收监。(老旦带付下)(净)来,本院有令箭一枝,请陈守备带兵一千,追赶骆宏勋,不得有误。(手下)

---

① “一一从”下 195-1-156 总纲本散佚,其后据 195-3-41 忆写本校录。

得令。(手下下)(净)嗄,骆宏勋,骆宏勋,管叫你一世难逃也!(吹)(下)

第十六号

丑(王伦)、贴旦(贺氏)、小生(骆宏勋)、末(花振方)、花旦(花碧莲)、正生(陈天雄①)

(丑、贴旦上)(同唱)

【古轮台】你我想,共结鸳鸯并双双,好比那戏水游江。有道是落雁红女结鸾凤,好一似西施女成就奉伴。真个是长久夫妻,做一个地久天长。天官第门楣高大,谁人那敢来谈讲。我与你勾结私情,成就了夫妇良宵,夫妇良宵。(贴旦白)冤家,我那日见你才貌,与你做个长久夫妻,今日果有今日也!(唱)**骆宏勋有命难逃,你我是情投意合,果然是下在监中命不保,难逃过天罗地网。不怕他做鸟飞天外,虎豹豺狼,咬人凶恶奴不怕。奴与你同上牙床,欢乐一场,欢乐一场。**

(小生、末、花旦上)(同唱)(大转头)

【狮子序】报冤仇气满胸膛,他那里怎会知道?他道是门楣高大,不怕他天官府第,到他家看过清爽。要绝他通奸恶妇,到门墙怒气冲霄,打进门去看过分晓,看过分晓。

(白)打进去。(杀丑、贴旦)(末)骆公子吓,你我已除王伦、恶妇,你娘亲在寓店安歇,往寓店一走。(小生、末、花旦下)(大拷)(四将、正生上)俺陈天雄,奉大老爷之命,带兵追赶骆宏勋来。趱上。(四将)有。(四将、正生下)(小生、末、花旦上)(内"吙")(末)公子吓,你看后面有追兵,打他一阵。(花旦)一同出马。(冲阵,四将死下,擒正生下)

① 陈天雄的角色从推断。

六三 小金钱

吴晓铃《1962年访书读曲记》著录中国国家图书馆藏梨园旧抄本《小金钱》传奇一种，凡三十九出，剧衍宋代兵部尚书刘直被庞洪害死，其子刘邦瑞发迹故事。剧中主要关目为刘邦瑞与谢君宠女谢月娥、贾天香、欧金花、欧银花、宋金定五女缔婚①。调腔《小金钱》当与该旧抄本《小金钱》传奇有关。新昌县档案馆藏调腔抄本所见《小金钱》较为完整的出目有《斩蛟》《打虎》《跌雪》，另光绪七年(1881)"郭学问记"《凤头钗》总纲本《凤头钗》[案卷号195-1-110(4)]后有《小金钱》中的昆腔戏三出(仅有曲文)，封面剧名下题"上山起，下山止"。宁波昆剧兼唱的调腔戏有此剧目。宁海平调"后十八"本有此剧，《宿店》《斩蛟》为其代表性折子戏，中有"耍牙"绝技。不过，《宁海平调优秀传统剧目汇编》第三集所收宁海平调本《小金钱》仅存曲文。

调腔《小金钱》剧叙金莲被李大嫂下药，落入鸡鸣山寨主独角龙李蛟之手。金莲以比武之后方能成亲为由，与李蛟较量武艺，最终斩杀李蛟，占其山寨。贾文明在父亲贾应龙为朝中庞相所杀后，同母亲和妹子住在八房山独家庄。刘邦瑞打碎鸳鸯瓶，先躲在王家过夜，天明后孤身逃出，行经山岗，跌在雪中，为贾文明所救。

本次整理，《斩蛟》出据《九世同居》等总纲本[案卷号195-1-124(2)]校订；《打虎》《跌雪》据光绪十八年(1892)《雌雄鞭》等总纲本(案卷号195-1-42)校订，校以《中国戏曲音乐集成·浙江卷》绍兴市分卷绍剧卷分卷之九所收坐唱班《贾文明打虎》。

斩　蛟

净(李蛟)，贴旦(李大嫂)，付(车夫)，小旦(金莲)，末、杂(喽啰)

(净上)(唱)

---

① 吴晓铃：《1962年访书读曲记》，《吴晓铃集》第二卷，河北教育出版社，2006，第171页。

【点绛唇】无敌英豪，无敌英豪，四海名标，称国号。自夸李蛟，幼年间勤习[①]**枪刀，勤习枪刀。**

(白)自夸无敌赛黄巢，气力轩昂大阔刀。蛟龙本是鱼池物，丈夫一怒推山倒。俺鸡鸣山寨主李蛟，年方二十四岁，号称独角龙。意欲开辟王基[②]，手下喽啰数千，战将五百，缺少一个押子寨夫人。姐姐李大嫂，三岔路口，开张宿店，招取天下美貌女子，人去已久，怎不见回报，好不焦躁人也！(唱)

【佚名】俺生来性、性强暴，杀进京城夺王朝。那没有押寨夫人，为帝王岂无家少？命姐姐三岔路，推开宿店招个女多娇。因甚的人去久，没个音信人，等的俺吼如雷，泊泊冲冠怒难道。是人间女子有蹊跷，因此上耽搁了。莫不是五百年前会蓝桥，姻缘簿落在何处为月老，不觉的气咆哮[③]**，不觉的气咆哮。**(贴旦上)(唱)**别房来已有半夜了，到山中汪汪天色，汪汪天色，奴又甚惊慌，奴又甚惊慌。**

(白)里面有人么？(末上)是那一个？(贴旦)御姐到。(末)候着。启大王，御姐到了。(净)快快命他进见。(末)大王命你进见。(贴旦)大王在上，御姐打躬。(净)姐姐少礼。命你招取天下美貌女子，可有否？(贴旦)大王容禀。(唱)

【佚名】奉君令开宿店，招取一个女多娇，为夫妇成来逍遥。(净白)如今有否？(贴旦)如今有了。(净)在那里？(贴旦)在车子里面。(净)众喽啰，命车夫走动。(末)哟，大王有令，命车夫走动。(付上)车来也。(介)(贴旦)大王，你来看。(唱)**脸儿上仪容可好，这女子可比当年西施貌。**(净白)阿呀，妙吓！(唱)**好一似天公降下嫦娥到，喜的也今朝开怀抱。**(白)待孤家取药过来。吓，娇娇！(唱)**快醒来乐滔滔，咱和你过逍遥。**(白)娇娇速醒。(小旦唱)**一霎时朦胧颠倒，莫不是此酒有蹊跷。**(净白)娇娇。(小旦)阿呀！(打一已)(唱)**打你这强盗，店人不好，一发生气了。快快送我下山去万千休了，若是雌雄宝剑日月刀。**

---

① 幼年间勤习，底本作“忧年间曾入”，据干富伟《宁海平调及其艺术特色》(浙江省宁海县政协编:《宁海文史资料》第一辑，1985)所引曲例改。

② 王，底本作“荒”，王、荒方言音近，据改。王基，帝王或诸侯的基业。

③ 咆哮，底本作“景咾”，据《宁海平调优秀传统剧目汇编》本改。

(净)娇娇,开宿店的是俺姐姐,特地骗你上山,做一个押寨夫人,你若从顺[1]孤家,享不尽荣华富贵。(小旦)贼子,要奴做寨夫人不难,但依奴一件。(净)娇娇,若还从顺,休道一件,就是十件何妨。但不知娇娇那一件?(小旦)要与贼子比武。(净)要比武么?但不知娇娇用得什么器械?(小旦)奴用的日月双刀。不知贼子用得什么器械?(净)孤么,用的是大朴刀。(小旦)阿呀,贼子,我与你比武,必有高低,你喽啰尽多,不许帮助。(净)若还帮助?(小旦)贼子怎讲?(净)这有何难。御姐,上前听令。(贴旦)在。(净)俺与娇娇比武,必有高低。有令箭一枝,吩咐喽啰不许帮助。(贴旦)若还帮助者?(净)即赴刀锋。(贴旦)啲,大王有令,吩咐喽啰,不许帮助。(杂)若还帮助?(贴旦)即赴刀锋。(净)娇娇,不必多言,转过校场。(唱)

【佚名】转校场比武了,共子拼个高低,一言既出如山倒。(小旦下)(净)娇娇,你若从顺孤家,孤家不来杀你。(小旦上)(唱)**看贼子武艺高声,今日我命难保。将来谋事不成交[2],一世全节操**。(杀介)(小旦下)(净)娇娇,你若从顺孤家,孤家不来杀你。(下)(小旦上)(唱)**那贼子高声频叫,惊得俺无路奔逃。急的我心烦恼,必须要再生计较**。

(净上)娇娇。(小旦)阿呀,这贼子进来,如何是好?呵吓,刘郎吓!今世不能相会了。有了,待我下马斩他。(下马介)(净)你看娇娇卸下马去了,待我下了,扶他便了。(小旦)看刀。(杀)(贴旦)大王饶命。(小旦)你是何等样人?(贴旦)我是李大嫂。(小旦)什么地方?(贴旦)来此鸡鸣山。(小旦)有多少人马?(贴旦)有喽啰数千,家将五百,缺少一个寨主,请姑娘在此,做一个寨主,心意为何?(小旦)你何人保驾?(贴旦)李大嫂保驾。(小旦)如此,带马来。(哭)吓,刘郎公子吓!阿吓,公子吓!(下)

---

① 从顺,底本作"从认",顺、认方言音同,据改。下同。

② 交,底本作"高",交、高方言音同,据改。

打 虎

净(贾文明)、老旦(贾母)

(净上)(唱)

【佚名】俺住在独家庄,俺住在独家庄,并没个亲戚来往。俺父亲贾应龙为指挥被庞相,设计谋杀父亡①,设计谋杀父亡。

(白)丈夫猛勇志刚强,父母生俺天性伧②。何日得保勤劳志,杀却朝中庞宰相。俺,贾文明,号赛姚期,乃山西人氏。先父贾应龙,被庞统杀害,俺与母亲、妹子暂在华庆府,离城十里之遥,在八房山居住。俺生成飞毛腿,倘遇有事,这两腿毫毛会发痒。生来猛力千斤,俺身长八尺,砍柴度日,不免出门,砍柴去罢。吓,母亲。(老旦:"儿吓,何事?")孩儿要砍柴去了。(老旦:"儿吓,天色未明,不要去。")不妨,孩儿去去就回,叫妹子出来闭门。(老旦:"这个自然。儿吓,早去早回。")孩儿晓得。呵唷,妙吓!出得门来,好一番天气也!(唱)

【佚名】出门砍柴度日在山岗,八百斤挑在肩膀。可到城中卖四百光,拿回家侍奉亲娘。兀的不、兀的不畅杀人也么哥。喜得个老萱堂身康泰,早来到这荒山。

(白)且住。我往日到此,那些小伙,早早把在捆,拢在此等我,今日为何不来?你看,这般大雪,也怪他不得。也罢,俺贾爷自上山去砍罢。(唱)

【佚名】自上山把柴砍,真个是卖钱钞过时光。异日里得明珠志气昂,那目下权居这个村庄。有一日时运来,遇皇家作栋梁,汉光武姚期兴邦,姚期兴邦。

【佚名】呀!**忽听得虎啸声声在山岗,泼毛团③、虎豹轩昂。俺将这铁扁担,权当家伙模样。见人他伤人害命,遇着俺贾爷爷武艺高强,武艺高强。**

(白)阿唷,妙吓!这狗头,倒也不禁俺打,三拳两脚,被俺打死。吓,是了,

---

① 父亡,底本作"父望",据文义改。

② 天性伧,底本作"天惺昌",《双合缘》第六号【锦庭芳】"天降俺一性怆(伧)",据校改。伧,音仓,粗鄙,粗野。

③ 泼,底本作"朴",今改正。泼毛团,对长毛的动物的詈称。

如今柴也不砍了，归家与母亲说知，竟往城中，请功受赏便了。(唱)

【佚名】除民害万人钦仰[①]**，转归家、与老母说清爽。方显俺将门出将，相门入相，真个是将相双全，方显俺男儿自强，男儿自强。**(下)

跌　雪

小生(刘邦瑞)、净(贾文明)

(小生上)(唱)

【佚名】叹生来命运蹇乖张，受尽了多魔障。又遇了满空大雪下，好似那鸳鸯瓶我打碎模样，刘邦瑞好学那蒙正凄凉。我想起老亲娘他在家庭，他那里喜孜孜倚门将儿悬望，那知我受此身丧？哭啼啼、痛老母无倚无傍，无倚无傍。

(白)我刘邦瑞，前生作何罪业，今生受此磨难。昨日在王家借宿，被他哥哥王忠弄鬼[②]，将我藏在米桶之内，真真闷也闷死。逃得出来，刚刚[③]天明，意欲转去拿行李，有恐兄醒，将我来捉住[④]。宫主赠我胡裘貂袄，都在包囊之中，身上只有一件单衣，你看这等大雪，岂不要冻死？前番下雪，将鸳鸯瓶打碎；今日下雪，又不知什么灾祸来了。阿呀，母亲吓！非是孩儿不孝，不能侍奉，怎奈欲去不能，欲归不得，今番定做沟渠饿殍也！(唱)

【佚名】大雪洋洋，大雪洋洋，忽听得树栖鸦鸢[⑤]**怨声响。包带巾湿透衣裳，不觉的行路跄忙，行路跄忙。**

(净上)(唱)

【佚名】打三军心中欢畅，百忙里、急归家禀告亲娘。到城中请功受赏，到黄堂赏些金银酒肉五谷米粮，方显俺英雄胆肚，才得个耀祖荣光，不枉了老先

---

① 害，底本作“俺”，据文义改。另，此句坐唱班本作“这名声万里宣扬”。

② 弄鬼，底本作“农归”，据文义改。

③ 刚刚，底本作“扛扛”，刚、扛方言音同，据改。

④ 此下底本尚有“又匕不□”四字，第四字残剩“刂”旁，则此四字或为“又有不利”。

⑤ 树栖鸦鸢，底本作“柱凄鸦我”，据文义改。

君多少风光[①]**。真个是天神降，埋没了半世英强。孤身不必多言讲，何用踌躇仔细讲。洒开大步归村庄，心欢喜精神开赏，精神开赏。**

【佚名】呀！**见此荒郊一焰火光，眼观四路无**[②]**影响，却原来是一个男儿汉。看他人品魁梧相貌轩昂，救人一命胜造七级浮屠，这其间热心肠救他还阳，救他还阳。**

(白)阿唷，你看，面上都是雪。吓，汉子醒来，汉子醒来。(小生唱)

【佚名】**痛孩儿千般磨折万般凄凉，料母亲无人养。提起来魂飞在天外，南柯梦里见萱堂。那能够转还阳，心中忖量，幽冥地府森罗殿上，我的灵魂**[③]**兀的不是渺渺茫茫。**(净白)我是来救你的，快快醒来。(小生)吓，怎么，我还不曾死？(净)不曾死。(小生)咳！(唱)**真个不亡，冻雪地多亏兄长。我命多悒怏**[④]**，苦把严霜降，衔环结草报答伊行。**

(净)请问仁兄，为何卧在雪地？(小生)请问恩兄，为何得遇相救？(净)俺贾文明，砍柴度日，遇着猛虎，被俺打死。路遇仁兄，卧在雪地，故此相救。(小生)请问恩兄，府居何地？(净)俺住在八房山[⑤]，到家还有四五里路。(小生)府上还有何人？(净)只有母亲、妹子。仁兄请到我舍下，慢慢细讲便了。(小生)如此有劳。恩兄请。(净)兄请。(同唱)

【佚名】**慢慢的归家讲，遇知心、遇知心说衷肠。这其间、有道是天上人间，此乃是方便第一，这两句因何儿讲。都只为人善缘天相佑，人有善缘天必从之，必须要救人急扶人之危，到家中细说件件桩桩。纵有那千般苦万重愁，尽在不展眉梢上。终有日文鹏程武场扬**[⑥]**，自古道男儿当自强。从来**

---

① "老先君"下底本尚有"志辉志则"四字，未详。

② 四路无，底本作"目无目"，据文义改。

③ 灵魂，底本作"快魂"，据《宁海平调优秀传统剧目汇编》本改。

④ 悒怏，底本作"忆伤"，据文义改。

⑤ 八房山，底本作"八望山"，与前一出不合，今改。前一出"八房山"，坐唱班本作"北防山"。

⑥ 场扬，底本作"伤阳"，据文义改。

说积善之家有余庆，为恶之人必定降余殃，看将来世情反复天理昭彰，天理昭彰。俺和你步崎岖双双的归家去也，可比做汉姚期，救他刘秀还乡，刘秀还乡。（下）

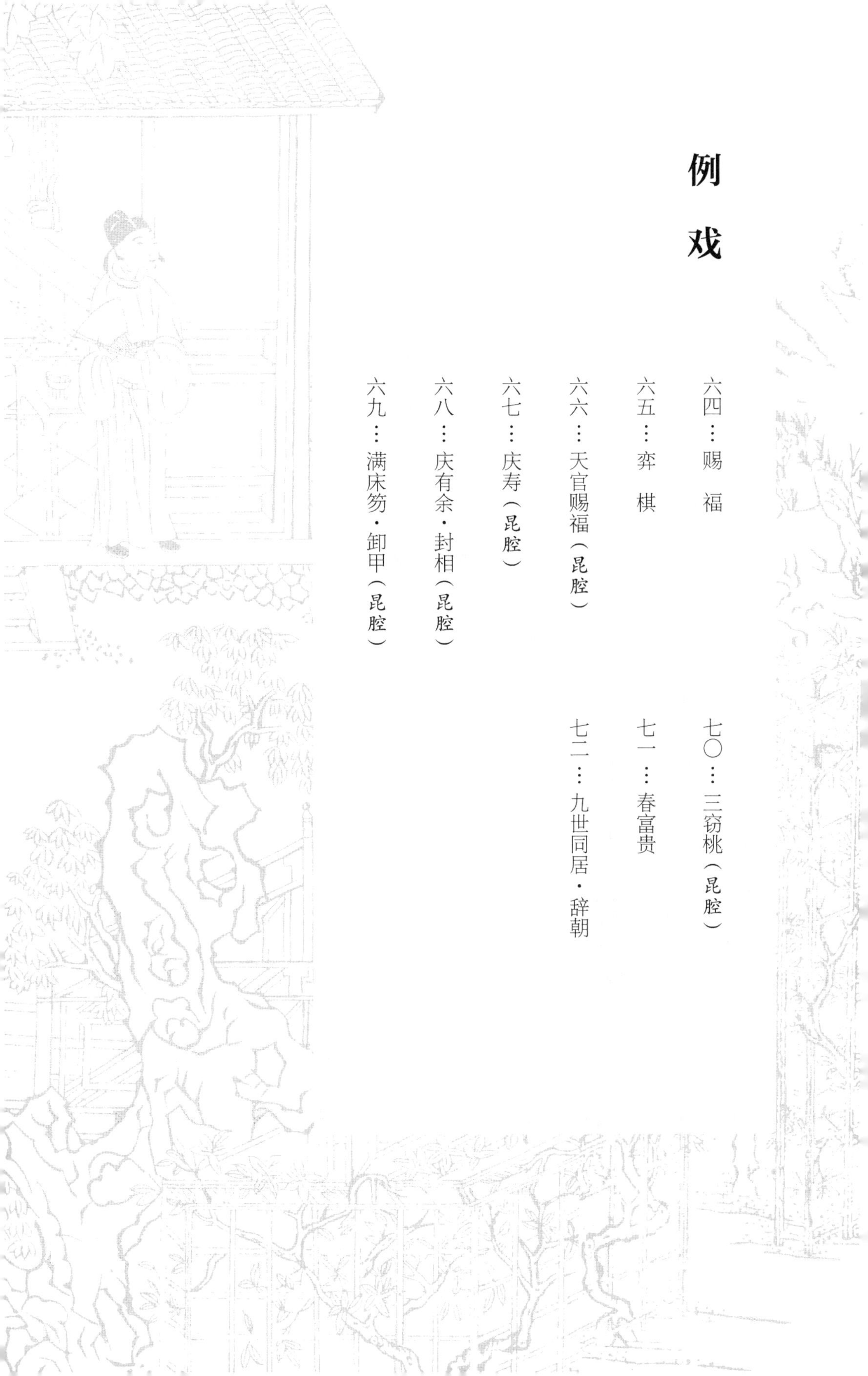

例戏

六四 赐福

调腔《赐福》写蟠桃二熟，众仙前往天宫赴宴，途中各留宝物，向人间赐福。张林雨《晋昆考》（中国电影出版社，1997）所收山西中路梆子（晋剧）昆腔戏《呈祥》与调腔此剧相当，但所存【新水令】套曲不及调腔本完整。《赐福》及下一出《弈棋》，唱的应该都是昆腔。

本剧根据晚清《单刀会》等净本（案卷号 195-1-11）所收《赐福》总纲校订，其中剧名原题"绩福"，今据内容改题为"赐福"。

末（福德星君）、净（天禄星君）、外（南极星君）、正生（梓潼帝君）、小生（月禄星君）、老旦（金母）、正旦（玉紫）、贴旦（双成）、丑（戏蟾大仙）

（末上）（白）紫烟衣上绣青云，暗隐山中小篆文。月在天边金凤阙，玉箫吹出玉神警。小仙，上界福德星君是也。今乃蟠桃二熟、万圣朝真之日，昨日功曹传说，设宴天宫，大集群仙，钧天乐奏，还泛琼浆。因此各驾云骈，同登胜境。迤逦行来，早是天上，不免暂缓云霓，少停鹤驾，待等会齐，那时直造凌霄宝殿也！（唱）

【新水令】光芒一望杳无边，冷萧萧碧天如湛。罡风吹不到，皓气十分全。玄也不玄，（白）那边两轮明月呵！（唱）**上下如环运转。**

（净、外上）（唱）

【步步娇】宝殿珠砌芙蓉面，自在逍遥展。霞明如锦旋，舞鹤翔鸾，玉楼金殿①**。千丈映碧仙，清风暗引香如剪。**

（净）小仙天禄星君是也。（外）小仙南极星君是也。（净）我和你连策云车，早登金阙也。（外）大仙，你看前面祥云霭霭，瑞气纷纷，想是那位大仙。吾等失与尊卑，吾曹知罪也。（末）不敢。（净、外）请问大仙，异路必为见闻，乞赐教也。（末唱）

---

① 玉楼金殿，底本作"金殿玉楼"，今乙正。按，《晋昆考》所收山西中路梆子《呈祥》此句作"乐楼金玉殿"。

【折桂令】俺只见碧沉沉一派壶天，四远徘徊，且向盘旋。况兼的巨阙非遥，又想着群仙来集，从游观考云烟。(净、外白)吾等虽是金星，还须与人间赐福，但得世间增寿考，福禄永无疆，这才是仙家报世人之德愿也。(末唱)**只索要暂驻云骈，且向山前快乐逍遥。看这大界三千，水旋山联。家家吉庆迎祥，都是俺福禄寿天上三仙。**

(正生、小生上)(唱)

【江儿水】暂撇修文稿，瑶池尺五天[①]。**长生早赴瑶池宴，轻风剪剪吹云片，明霞片片飞万**[②]**川。化育群仙恩眷，直上灵霄，同去把玉浆同咽**[③]。

(正生)小仙梓潼帝君是也。(小生)小仙月禄星君是也。大仙请了。(净、外、末)大仙请了。(正生、小生)三位大仙何事经过于此？(末)只见云彩呈祥，氤氲气结，那下界吉人必多喜气，所以不忍去耳。(正生)既有奇缘，何不各留一物，以作符验？(众)此言极是。(末)小仙将如意为赠，如意祯祥，受此辈福。(净)小仙将牙笏为赠，奕世簪缨，永享天禄。(外)小仙将海屋添筹[④]为赠，万寿无疆，添筹海屋。(正生)小仙将丹书为赠，福寿虽齐，百子方足。(末)俺这如意呵！(唱)

【雁儿落】赠世人早完了如意愿，(净唱)**但愿得满床笏添姻眷。**(外唱)**南极星并没有别样献，只有这寿无疆精神健。**(正生唱)呀！**但愿得典和文书千卷，早中了青钱选。**(小生唱)**端只为孝儿着祖鞭**[⑤]**，稳博得个世甲科魁金殿。**(合)**群**

---

① 尺五天，底本作“只午长”，下文“长生”原作“天生”。按，“只午”应作“尺五”，“长”当与下文“天”互调。“尺五天”指高空。

② 万，底本作“凡”，凡、万(文读)方言仅声调有别，据改。

③ 咽，底本作“烟”，据文义改。

④ 海屋添筹，北宋苏轼《东坡志林》卷七：“尝有三老人相遇，或问之年……一人曰：‘海水变桑田时，吾辄下一筹，尔来吾筹已满十间屋。’”“海屋添筹”“添筹海屋”原指长寿，遂为祝寿之词。

⑤ 着祖，底本作“自阻”，今改正。着祖鞭，西晋刘琨胸怀大志，闻知好友祖逖得到任用，在给别人的书信中说“常恐祖生先吾著(俗作‘着’)鞭耳”(《晋书·刘琨传》)。后用为劝勉进取的典故。

仙，今日里敢留恋；壶天，笑吟吟乐吾年，笑吟吟乐吾年。

（三旦上）（唱）

【侥侥令】祥光飞紫电，瑞气满霞天。何处仙童穿云片，原来是会众仙集斗躔。

（众）愿金母圣寿。（老旦）众仙在此何事？（众）小仙等一则恭候轩车，同登金阙，二则留恋云路，各有题遗。（老旦）所遗是何物件？（众照前白）（老旦）妙吓，赠物颇佳，各言可释。只是老身今日空身而来，如何是好？老身所赠俚言，众仙齐把三多祝，福齐寿齐更可卜。虽然天上送麒麟，那晓文婴儿还仗我阿女育？（末）金母为何滑嬉起来？（老旦）不过是逢场作戏而已。（唱）

【收江南】呀！非是俺女儿家搅这戏蟾呵，也只为世人永团圆，虽有了康宁富贵紫貂蝉。更书香永传，更书香永传，还须绵绵子孝与孙贤。

（二旦）祥云霭霭，瑞气腾腾，铿锵金玉之声，恁润天花乱坠，不知那位癫仙，飞舞来也？（末）适才金母不意中说“戏蟾”二字，果然戏蟾大仙来也。（丑上）（唱）

【园林好】刘海蟾佯狂假癫，更蓬头坦腹露肩。闲时玩金钱小蟾，穷造化返天仙，穷造化返天仙。

（白）列位大仙不去赴蟠桃大会，在此做什么？（众）吾等在此赐福。（丑）所赐何福？（众）俱在筵前，请看。（丑）妙吓，事事俱全，只少一件要紧东西。（众）所少何物？（丑）列位大仙。（唱）

【沽美酒】众仙们施恩愿，众仙们施恩愿，只不过完前件，大地山河瞬息间。享清福也果然，算不尽奇流渊源。寿无疆绵绵永远，把书香子孙传远。做高官定加荣显，满床笏尽膺天眷。唵呵！须快把言边口边，心前眼前。呀！有金钱快活杀世人钦羡。

（末）还求大仙俚言。（丑）小仙将金钱为赠，五福须当富贵先，高官爵禄子孙贤。书香一派传千古，福寿绵绵万万年。（众唱）

【清江引】一番赐福恩非浅，五福祯祥戬。香飘桂子圆，书映兰孙远[①]**，方显得海蟾师千万年**。（下）

① 映、孙，底本作“央”“联”，今改正。“兰孙”与上句“桂子”相对，都是对人子孙的美称。

六五 弈棋

调腔《弈棋》写安期生云头观见有神灵千秋华诞，来请正在弈棋的福禄寿三星，并一同去邀请金母，再一齐前往筵前祝寿，完毕后又共赴蟠桃大会。本剧根据晚清《单刀会》等净本（案卷号195-1-11）所收《弈棋》总纲校订。

正生（安期生），外、末、小生（福禄寿三星），老旦（金母），正旦（玉紫），贴旦（双成）

（正生[1]上）（白）佛外闲游绝世少，哪堪猿鹤舞松梢。闲来默诵《黄庭》卷，咽月餐霞乐自陶。吾乃安期生是也，云头观见么神千秋华诞[2]，不免前去邀同福禄寿三星，一同庆祝。须索走一遭也！（唱）

【新水令】蓬莱阁下默参阄，运元神九霄逥逗。才离蓬岛所，海屋看添筹。鼎内功收，早丹成九九时候。（下）

（外、末、小生三星上）（合唱）

【步步娇】茫茫云海无昏昼，滚滚波声骤。金乌玉兔收，愿顷刻阴晴，霎时离昼。怎禁把笑敖乐丹丘，静观太极把玄机守。

（外）吾乃福禄寿三星是也。笑敖烟霞，（末）蓬莱海岛。（小生）真个无拘无束，（外）何等逍遥自在。今日闲暇，你二人对弈，待老者观看。（末、小生）请。（唱）

【折桂令】遍周天子下搜求，洞井方圆，变化神州。笑虎穴空有计谋，冲围棋子，把弈正方休。当日个玉帝金龙，笑樵夫插[3]斧奇求。枉度春秋，空度文候。看一局输赢，把大地都收。

（正生上）（唱）

---

① 正生，底本作“生”，即“正生”之省称。下文傅斯年图书馆藏抄本《天官赐福》“众随正生上”的“正生”同。

② 按，下文同出自晚清《单刀会》等净本（195-1-11）的《三窃桃》一剧，剧亦云“么神千秋华诞”，“么神”当即“某神”，可由演出时按需要补出。习见的用同“某”字的符号有“厶”或“△”，而“么”除了写法与“厶”相似，读音还与“某”相近，故可当作“某”字来用。

③ 插，底本作“折”，据文义改。

【江儿水】才离蓬莱岛，祥云足下走。向玄都邀请福禄寿[①]**，未凭棋子声相骤，多因卜易争先后。暂驻云轩相候。**（白）三位星君稽首了。（众）仙翁何来？（正生）云头观见么神千秋华诞，特来邀请三位星君，一同称庆。（外）既如此，同到瑶池邀请金母，一同前往。（众）请。（合唱）**同往西池，早离却玄都蓬佑。**（下）

（老旦上）（唱）

【雁儿落】昨日个到瑶池桃正熟，今日个备琼浆来仙佑。不枉了数千年备主功，也须防惯行窃东方叟。（白）吾乃西池金母是也。瑶池蟠桃正熟，恐有群仙赴会，不免吩咐玉紫、双成，准备琼浆侍候。玉紫、双成何在？（正旦、贴旦上）来了。（唱）**呀！俺待要对菱花宝镜修，唤一声甚缘由。佩环声杂踏声相骤，步金殿并居小蓬沟。**（白）玉紫、双成叩见娘娘，愿娘娘圣寿。（老旦）起来。玉紫、双成，瑶池蟠桃正熟，恐群仙赴会，准备琼浆侍候。（二旦）晓得。（唱）**须周，准备着笙簧奏；还忧，麝名香透九州。**

（外、末、小生、正生上）（合唱）

【侥侥令】清风随驾翼，瑞霭度衣州。隐隐仙音来先佑，向尊前齐顿首，向尊前齐顿首。

（白）金母圣寿。（老旦）众仙少礼。敢是赴会而来？（众）非也。今乃么神千秋华诞，特来邀请金母，一同前往。（老旦）既如此，玉紫、双成，准备琼浆二樽、蟠桃数枚，同向筵前庆祝。（二旦）领旨。（唱）

【收江南】呀！摘蟠桃向筵前庆祝呵，齐跨鹤步瀛州。日行山岛霎时游，见桃园洞口永长流。问当时阮刘，问当时阮刘，还须向碧桃花下两绸缪。

【园林好】乱纷纷笙歌下投，响潺潺[②]**溪声过丘。见麋鹿衔芝捷奏，觑闲鸟两悠悠。**

（白）海上会群仙，辇舆下九天。山中方七十，世上几千年。（唱）

---

① “寿”字底本脱，今补。

② 响潺潺，底本作“向灿灿”，今改正。

【沽美酒】进嵩山酒一瓯，进嵩山酒一瓯，盛玉馔献金瓯，隐隐仙音被吹喉。捧金杯在手，倒两行珠翠凝眸。大都来前缘辐辏，受君恩爵禄无休。唵呵！向筵前稽首顿首，祝无疆万寿。呀！千万载清风宇宙。

（老旦）吾等庆贺已毕，同赴蟠桃大会去也！（众）请。（唱）

【清江引】红轮渐渐归西岫，明月中天覆返驾，到西池共饮长生酒，愿年年今日里长来走。（下）

六六 天官赐福（昆腔）

《天官赐福》写赐福天官奉玉帝敕旨，会集福禄财喜众星君，南极仙翁和月德张仙亦闻讯赶来，一同向人间赐福。《调腔乐府》卷四收有本剧曲谱，题《大赐福》。检《调腔目连戏咸丰庚申年抄本》仁集、民国三十六年(1947)吕顺铨调腔目连戏总纲仁集(案卷号 195-2-1)有《小赐福》，除了定场诗相异，其余内容大致与本剧开篇至“往增贤福地者领法旨”相对应。盖仅截取本剧开端一小段，故名“小赐福”。按，新昌县档案馆藏抄本有《小赐福》一种、《大赐福》两种。其中，《小赐福》首尾标有吹打牌子【点绛唇】【普天乐】，其余与目连戏仁集所载《小赐福》相似。《大赐福》一为昆腔【点绛唇】“天道无差”套，首曲为【点绛唇】“天道无差，皇恩浩荡，齐欢洽。积德名家，吉庆天降下”，惜仅存正生本；一为昆曲亦有的【醉花阴】“雨顺风调万民好”套，见于民国九年(1920)“方玄妙斋”《大赐福》正生本[案卷号 195-2-8(1)]，封面题《大赐福》，内题《天官赐福》。

绍剧亦有与本剧相类的《大赐福》，《中国戏曲音乐集成·浙江卷》绍兴市分卷绍剧卷分卷之十和陈顺泰、陈元麟编著《中国绍剧音乐》(上海教育出版社，2010)收有绍剧本《大赐福》曲谱，其中首曲为【点绛唇】“天道无差，皇恩浩大，云霄上。善恶昭彰，积德者福禄从天降”，第二、五曲曲文已佚，但所存第三、四两曲与本剧第三、四曲相当。另，《俗文学丛刊》第一辑第 92 册所收昆腔赐福戏(编号 K18-188-7)、北京大学图书馆编《北京大学图书馆藏程砚秋玉霜簃戏曲珍本丛刊》(国家图书馆出版社，2014)第 42 册《引子家门》所收《大赐福》、张林雨《晋昆考》(中国电影出版社，1997)所收山西中路梆子(晋剧)昆腔戏《大赐福》、湘剧低牌子《十福天官》、金华昆腔《赐福八仙》等，部分人物以及排场与本剧相似，个别曲文也相近。

《调腔乐府》所收本剧未录念白，第二曲不完整，而《俗文学丛刊》第一辑影印收入的傅斯年图书馆藏抄本收有该剧完整剧本。另，李跃忠《演剧、仪式与信仰——中国传统例戏剧辑校》(中国戏剧出版社，2011)亦据《俗文学丛刊》第一辑校录本剧，兹参酌其录文，并校以《调腔乐府》本，重新校订如下。

正生(赐福天官)、外(福星)、丑(财星)、净(禄星)、旦(喜星)、
付(南极仙翁)、小生(月德张仙)

(众随正生上)(唱)

【北点绛唇】太极阴阳,平安吉祥,云霄上。善恶昭彰,福禄从天降[①]。

(白)祥云开辟五行分,先圣先贤立大勋。辞紫府墙因福增[②],儿孙世代受皇恩。吾乃上元一品赐福天官是也,执掌天庭福禄,能赐人间富贵荣华。云头观见某王爷积德阴功,广种福田[③],奉玉帝敕旨,下界赐福一回。侍从们。(众)上圣。(正生)驾起祥云,往增贤福地者。(众)领法旨。(正生唱)

【油葫芦】[④]**满世界泰和福地,红云霓告有庄康,游遍了乾坤浩荡。积福的福享王祥,为善的朱衣点饰,行孝的富贵华堂。为官的不贪民利,致仕的不作村方。一处处官清民乐,一家家子孝亲行。这的是福随星至,听天罗到处迪吉呈祥。**

(白)阿吓,妙呀!行善门庭生瑞彩,果然福禄显祥光。侍从们。(众)上圣。(正生)有请列位仙君。(众)领法旨。列位仙君有请。(众内应)列位星君请了。(外)鸾鹤纷纷下九天,(丑)财源滚滚庆丰年。(净)身受王家千钟禄,(旦)积德阴功第一仙。(外[⑤])吾乃福星是也。(丑)吾乃财星是也。(净)吾乃禄星是也。(旦)吾乃喜星是也。(众)列位星君请了。今有天官相召,我等须索向前。天官在上,我等稽首。(正生)列位星君少礼。(众)未知相召我

---

① “天降”二字底本残缺,据目连戏仁集《小赐福》补。

② 此句《俗文学丛刊》第一辑第92册所收昆腔赐福戏作“只是迎祥因福祉”,《北京大学图书馆藏程砚秋玉霜簃戏曲珍本丛刊》第42册所收《大赐福》作“职特慈祥荫福至”,山西中路梆子(晋剧)昆腔戏《大赐福》作“紫微吉祥迎福至”。

③ “某王爷”至“福田”,目连戏仁集《小赐福》作“为善者少,作恶者多”。

④ 此曲《调腔乐府》作【北混江龙】,次曲作【油葫芦】。下文【寄生草】底本作【忒忒令】,据《调腔乐府》改。

⑤ 外,底本作“生”,据上下文改。

等到来，有何[①]法旨？（正生）相召列位星君到来，非为别事，奉玉帝敕旨，下界一同赐福。请登宝位。（众）请了[②]。（合唱）

【混江龙】俺将那爵禄荣华进德堂，把进巍巍福寿长。做王家砥柱作栋梁，因当权一位赐恩广[③]。**乐善的千年后裔长，愿代代长寿享。可知道报应是昭彰，这的是普天下钦仰，不枉了积德受荣昌。**

（付[④]、小生上）（付）唇长白发老容颜，（小生）南山庆贺会群仙。（付）蟠桃会上长生乐，（小生）寿比经纶百万年。（付）吾乃南极仙翁是也。（小生）小仙月德张仙是也。（付）大仙请了。（小生）请了。（众）闻得天官赐福，吾等向前。天官在上，吾等稽首。（正生）二位大仙少礼。未及相邀，却好邂逅而来。（付、小生）非是吾等自至，因五福之中，以寿为先；三多之庆，以子为先。特来完聚胜事。（正生）好，正合吾意。请登宝位。（众）领法旨。（众合唱）

【寄生草】显显的文星现，灿灿的南极祥。但愿得春风永迪家声振，但愿得瑞日芝兰甲第先，但愿得求雨露世泽长。且将东海作寿山，将荣华万世在临荡。

（正生）赐福已毕，各归洞府。（众合唱）

【尾】旌幢羽扇排千丈，一霎时千邦万国云游荡。看神州赤县[⑤]**在五云下，这的是跨鹤乘鸾骑翱翔。**（下）

---

① “何”字底本脱，今补。

② “众请了”三字底本残缺，据文义补。

③ 砥柱，底本作“帝主”，据《调腔乐府》改。位，《调腔乐府》同，李跃忠校作“味”。

④ 付，底本作“付末”，其后作“付丑”或“付”，则“末”字衍，今删。

⑤ 神州赤县，底本作“群仙仍献”，《俗文学丛刊》第一辑第92册所收昆腔赐福戏作“看神州赤县在五云向(乡)”，据校改。

六七　庆寿（昆腔）

系“五场头”之“三场”剧目。《庆寿》演唱的曲牌有两套，演出时可任选其中一套。第一套三支，即【小梁州】【沽美酒】【清江引】；第二套六支，即【园林好】【山花子】【大和佛】【舞霓裳】【红绣鞋】【尾声】。绍剧亦有该两套曲牌，分别称作《庆寿》和《八仙庆寿》，前者实即“三星庆寿”。蒋本通《绍兴的特殊戏出》（浙江省立民众教育实验学校编印：《民众教育》第五卷第九、十期合刊，1937）收有第一套曲文，题作《请寿》。《调腔乐府》卷四、《中国戏曲音乐集成·浙江卷》绍兴市分卷绍剧卷分卷之十和陈顺泰、陈元麟编著的《中国绍剧音乐》（上海教育出版社，2010）皆收有该两套曲牌的曲谱。

《庆寿》第一套三支大致相当于《调腔目连戏咸丰庚申年抄本》仁集《庆三官》，其中的【沽美酒】（实即【沽美酒带过太平令】）和【清江引】二曲基本同于《缀白裘》第十一集梆子腔《堆仙》同名二曲，溯其源皆出自明朱有燉《瑶池会八仙庆寿》杂剧第四折。按，朱有燉《八仙庆寿》杂剧第四折为福禄寿三星和八仙先后登台，剧中“礼三星”乃众仙向福禄寿三星致礼。《缀白裘》本为王母、八仙共同登台，调腔目连戏《庆三官》系四手下引三星上场，绍剧《庆寿》亦为三星上场。《调腔乐府》卷四《三场·庆寿》解题则说：“《庆寿》有‘三星庆寿’‘八仙庆寿’二种（演出也可任意选择其中一种演之即可），这二种形式演唱内容完全相同，只是登台人物不同罢了。它们的最大特点是由全体登台人物齐唱，并有强烈的梅花与打击乐伴奏，较为欢悦。”[①]换言之，每套三星或八仙登台皆可。

《庆寿》第二套六支同于昆曲《遏云阁曲谱》所载的《上寿》（今又称《八仙上寿》），但昆曲本有少量道白，调腔本则无。第二套除去首支曲牌【园林好】外，其余曲文取自《牧羊记·庆寿》。本次整理仅据相关抄本校订出《庆寿》第一套。

---

① 方荣璋编：《调腔乐府》卷四，新昌县调腔剧团内部资料，1982，第49页。

【小梁州】[①]祝南山祥云瑞霭[②]，每日里无牵无挂。终日里翠竹松林，换水养鱼[③]，不种桑麻。也无春，也无秋，也无冬夏。每日里浪滔滔，祥云对着山下[④]。

【沽美酒】[⑤]礼三星忙顿首，众仙们打躬稽首，向金母筵前敢问候。说起那蟠桃话头，被方朔小儿三偷。着吃的都教有寿，这的是永远千秋。全仗俺神通广厚[⑥]，这的是天缘辐辏。俺呵！做一个德修道修，顺风江流[⑦]。呀！观千载清风宇宙[⑧]。

---

① 此曲单角本题如此，《调腔目连戏咸丰庚申年抄本》据单角本补题作【古梁州】。

② 此句《调腔目连戏咸丰庚申年抄本》、绍剧本作“家住在蓬莱山下”。瑞霭，《调腔乐府》作“鹤驾”。

③ “终日里”至“养鱼”，蒋本通《绍兴的特殊戏出》“换水”作“玩水”，《调腔乐府》作“终日里饮酒看花，泱水养鱼”，绍剧本作“终日里饮酒看花，渭水养鱼”。

④ “每日里”至“山下”，蒋本通《绍兴的特殊戏出》作“每日里乐陶陶，林泉对着山下”；祥云对着山下，单角本或作“祥云对金山下”，《调腔乐府》作“对着翠竹山下”。此下单角本或书“白”字，但未抄录念白。《调腔目连戏咸丰庚申年抄本》以正生扮福星，小丑扮禄星，净扮寿星，念白作“（净白）天上蟠桃初熟，（正生白）人间岁月如流。（小丑白）开花结子几千秋，（合白）吾等特来上寿”。民国三十六年（1947）吕顺铨调腔目连戏总纲仁集（195-2-1）以末扮福星，念白作“（净）八仙通海浪滔滔，（丑）王母娘娘献蟠桃。（末）张仙送子麒麟事（赐），（同）魁星跌斗把名表（标）”。

⑤ 此曲朱有燉《瑶池会八仙庆寿》杂剧作“【沽美酒】礼三星忙叩首，与众仙打稽手，我向这金母筵前敢问候。想起这蟠桃的话头，被方朔小儿偷。【太平令】但尝的都教有寿，但吃的永远春秋。全仗俺神通广厚，管取您仙缘成就。你将德优道修，做一个圣流，播万载清风宇宙”。《缀白裘》第十一集《堆仙》“我向这”作“俺向那”，“管取您”作“管教恁”，末作“俺呵！今日个德修道修，做一个圣流。呀！播万载清风宇宙”，其余大体一致。

⑥ 此句单角本或作“全仗俺神通护寿（守）”，或作“只见那神通广由”，此从《调腔乐府》。

⑦ 顺风江流，单角本或作“风江顺流”“仙缘福凑”，《调腔乐府》作“修得一个神灵流”。

⑧ 此句单角本或作“古万丈清平宇宙”，蒋本通《绍兴的特殊戏出》作“观万载清平宇宙”，《调腔乐府》作“观万载清风宇宙”，《调腔目连戏咸丰庚申年抄本》作“观万载千秋宇宙”。

【清江引】[①]瑶池奉献蟠桃寿，福禄寿三星宿。永享万年春，快乐年年有，顷刻间到蓬莱万年久。

① 此曲光绪二十二年（1896）《阴阳报》等旦本（195-1-79）作“瑶池蟠桃神仙久，福禄三星秋（宿）。同向（享）万年春，恭祝长生寿，这个是老荣华同聚久”，民国前期方嵩山《铁麟关》等正生本[195-2-8（3）]作“瑶池蓬仙蟠桃酒，福禄三星寿。富贵已千秋，永圆长生寿，这个是老荣华到蓬莱万年秋”，《调腔乐府》作“瑶池捧献蟠桃酒，福禄寿三星，荣享万年秋，快乐年年有，顷刻间到蓬莱祝千秋”。按，此曲朱有燉《瑶池会八仙庆寿》杂剧作“【余音】瑶池奉献仙桃寿，福禄顺尊星列宿。享富贵亿千春，乐荣华万年久”，《缀白裘》第十一集《堆仙》作“【清江引】瑶池捧献蟠桃酒，福禄寿三星宿。永享万年春，快乐延年久，顷刻间到蓬莱同聚首”。

六八 庆有余·封相（昆腔）

清传奇《庆有余》,《曲海总目提要》卷三九著录,并云:“系近时人作。内述吕夷简、鲁宗道,并讥丁谓女巫事。”又云:“宗道特举夷简入政府,谓力诋毁,帝从宗道议召夷简。”[①]新昌县档案馆藏调腔抄本《庆有余·封相》出自《庆有余》第十五出《超擢》,但做了大幅减省,其中单角本《大赐福》等正生、末、外本(案卷号195-1-52)所收《封相》正生本尚有【啄木儿】【归朝欢】二曲,而他本只剩【啄木儿】一曲。此外,本剧单角本大多抄于《满床笏·卸甲》之后,盖作为彩头戏而连演。

调腔昆腔戏《庆有余·封相》剧叙吕夷简治理绛州,政绩卓著,回朝述职,圣旨除授为丞相。校订时根据《白门楼》等小生、正生本[案卷号195-1-139(3)]所收《封相》小生本,《大赐福》等正生、末、外本(案卷号195-1-52)所收《封相》正生本拼合而成。

小生(黄门官)、正生(吕夷简)

(小生上)(唱)

【点绛唇】[②]**玉佩声高,九重光耀,长安乐。金殿候朝**[③]**,朝房东方晓。**

(诗)鸡鸣紫陌曙光寒,柳拂旌旗露未干。金阙晓钟开万户,玉阶仙仗拥千官[④]。(白)下官,奏事黄门。今乃大朝日期,恐有文武百官进帐,不免在朝房侍候。(内咳嗽)(小生)道言未绝,奏事官来也。(正生上)(引)奕世相赠国助长,姓名玉牒有余香。(白)下官吕夷简,治理绛州有功,特来奏闻圣上。来此朝房,不免进入。吕夷简见驾,愿吾皇万岁。(小生)吕夷简上殿,有何

① 董康等校订:《曲海总目提要》,人民文学出版社,1959,第1821—1822页。书目文献出版社影古今书室石印本《传奇汇考》卷七同。

② 此曲《傅惜华藏古典戏曲珍本丛刊》第143册所收民国饮流斋绿丝栏抄本《庆有余》第十五出《超擢》作“【玉女步瑞云】玉佩声高,金殿九重光耀,才见那东方渐晓”。

③ 候朝,195-1-139(3)本作“后娇”,今改正。

④ 此定场诗195-1-139(3)本讹夺甚夥,如脱“寒”字,“金阙晓钟”和“玉阶仙仗”作“今日朝中”和“御家千上”,据《庆有余·超擢》校改。

本奏？(正生)今有吕夷简，有一本启奏。(小生)奏来。(正生)万岁！(唱)

【啄木儿】登科早，叨末僚，僻处遐陬颁凤诏[①]。事民情雀角音稀[②]，且喜桁杨埋草[③]。庶民衽席无烦扰，作新仕风兴学校，自歉夙夜勤敬恩未报。

(小生)旨下，吕夷简一本奏道，治理绛州有功，万岁龙心大喜，封为左班丞相之职。御赐蟒袍一件，玉带一围。内监作乐[④]，送归相府。钦哉，谢恩。(正生)万岁。(科)有劳列位公公。(唱)

【归朝欢】承皇命，承皇命，特送转朝，奏新乐笙歌缭绕；身穿着，身穿着，绣衣紫袍，旌旗遍街衢闪耀[⑤]。讴歌载道生欢笑，福星远临蒙光照[⑥]，四海苍生永泰交。(下)

---

① 陬(zōu)，195-1-52 本作"趣"，他本或作"奏""凑"，知系"陬"之讹。遐陬，偏远角隅之地。颁凤诏，195-1-52 本作"丹凤诏"，据《庆有余・超擢》改。

② 事民情，《庆有余・超擢》作"事情简"。雀角，195-1-52 本作"雀跃"，据《庆有余・超擢》改。雀角，指诉讼，争吵，详见《凤头钗》第九号"雀角过了"注。

③ 桁杨，指套在脖子上或脚上的刑具，泛指刑具。桁杨埋草，指鲜有人犯罪，以致刑措不用。

④ 内监作乐，195-1-139(3)本作"见四人命"，《赐绣旗》等小生本[195-1-117(2)]作"内见使入各"，《庆有余・超擢》作"随命内官作乐"，据校改。按，宣旨后当有内监、宫女手捧赐品随上，并为吕夷简换衣。

⑤ "衢"前，195-1-52 本衍一"耀"字，今删。此句《庆有余・超擢》作"遍街衢光生闪耀"。

⑥ 此句 195-1-52 本作"福星远业监光照"，据《庆有余・超擢》改。

六九　满床笏·卸甲（昆腔）

清传奇《满床笏》，又名《十醋记》，《曲考》列入无名氏，并注云："龚司寇门客所作。"《笠阁批评旧戏目》著录并揭其作者为范希哲。《卸甲》或称《卸甲封王》，作为吉庆戏流传甚广。《卸甲》以外，新昌县档案馆藏调腔抄本尚有《笏圆》出净角单片(案卷号 195-1-11)，均作为彩头戏演出。调腔本《卸甲》【牧羊关】曲文与《十醋记》第二十七出《陛见》和《缀白裘》本，以及后来的《集成曲谱》等昆曲本有较大的差异。

调腔昆腔戏《满床笏·卸甲》剧叙安史之乱平定后，郭子仪平叛有功，得胜回朝。唐肃宗驾临万春楼，特命郭子仪披甲带剑觐见。郭子仪奉旨回顾了单骑破贼、连营接战之事，肃宗嘉其功劳，意欲亲解其甲。郭子仪恳辞再三，肃宗命内侍代为卸甲，并加封郭子仪为汾阳王。

本剧根据正生、小生、末单角本拼合而成，篇首龚敬的对白系整理时增补。

外(龚敬)、小生(李白)、末(唐肃宗)、正生(郭子仪)

(吹【点绛唇】)(外、小生上)(外)下官相国龚敬。(小生)下官学士李白。(外)学士公请了。(小生)相国公请了。(外)学士公，你今日为何不醉①？(小生)那郭子仪征剿安禄山，万岁龙心大喜，在万春楼，请观面目，故而不醉。(外)御香霭霭，(小生)万岁临殿。在朝房侍候。(同下)(太监、末上)(唱)

【点绛唇】电走星奔，金瓯破损，天心顺。扫荡烟尘，特拜中书悃。

(诗)百战身经铁甲穿，皇唐再造靖风烟。今朝特拜中书令，亲解征袍醉御筵。(白)寡人大唐肃宗，安禄山起叛，那郭元帅单骑破贼，杀得他片甲不留。为此寡人临殿，一则观英雄面目，二则亲自卸甲。侍儿传旨。(太监)万岁。(末)众官在楼下观瞻，宣相国龚敬、学士李白，上万春楼陪侍。(太监)领旨。哟，万岁有旨，众官在楼下观瞻，宣相国龚敬、学士李白，上万春

① 此处《白罗衫》等小生本[195-1-145(5)]亦有"相国公，你今日为何不醉"的问语，因无外本，故仅出龚敬之问与李白之答。

楼陪侍。(内)领旨。(外、小生上楼)(外、小生)臣等见驾,愿吾皇万岁。(末)平身。(外、小生)万岁。(末)侍儿传旨,宣郭元帅披甲带剑,上万春楼朝见。(太监)领旨。哟,万岁有旨,宣郭元帅披甲带剑,上万春楼朝见。(内)领旨。(正生上)(唱)

【一枝花】微臣草莽一小臣,何幸逢尧舜。几年间鞍马西风冷,又谁知一朝台阁五云新。凭着俺甲胄随身,竟公然敢去把明君觐,难道是雄飞在禁庭。又不能舞蹈与趋迎,只好去拜君王,鉴微臣一点忠悃。

(白)臣郭子仪见驾,愿吾皇万岁。(末)先生,想寡人梦寐之间,时常想念先生,把朔方镇上,单骑破贼之事,奏与朕知。(正生)万岁,戏弄君前,有失臣体。(末)朕旨命,卿何罪之有?内侍搀扶。(正生)若提起踹重围。(唱)

【牧羊关】[①]**冲锋冒冷取军营,铁骑如云阵,**(白)单枪匹马,(唱)**把众军擒。**(白)杀得他儿郎济济,(唱)**杀得他鼠窜狼奔。**(白)**杀得他惊魂丧胆,**(唱)**杀得他更鼓无闻。杀得他血腥牛斗云遮日,最堪怜箭满长空落魄惊。**(白)俺不住发冲冠,(唱)**单刀忿,一围儿直斩楼兰报国恩,**(白)今日呵!(唱)**才、才得个四海升平。**

(末)把连营接战之事,再奏与朕知。(正生)万岁,那逆贼呵!(唱)

【四块玉】他他他他扬兵犯帝京,周鼎轻相问。那里有勤王兵马集如云,把三宫六院轰雷震。痛伤心不忍闻,方乘时兼程进[②]**,踹破了贺兰山万马屯。**

(末)这场功劳,全赖先生赞化。取袍帽过来,待寡人亲解甲盾。(正生)臣怎敢。(唱)

【乌夜啼】妄动了圣明、圣明天子,臣怎敢消受得当代明君?(外、小生白)臣启万岁,隆恩已极,万岁卸甲,郭子仪岂有敢当?臣代卸甲胄。(末)就命二卿代卸。(外、小生)领旨。(正生)二公!(唱)**虽然宰辅的全君心,难教学士把声名**

---

① 此曲牌名单角本缺题,据《缀白裘》等本补。

② 方乘时,光绪十七年(1891)“杨逢源记”昆腔吊头本(195-1-14)作“肯放肆(妨时)”,单角本或作“只方是”。按,此句《缀白裘》本作“俺可也方乘时兼程进”,《集成曲谱》振集所收昆曲本作“肯妨时兼程进”。

损。这不是荣耀孤臣,反累孤臣。是和非桩桩件件费荆榛,免不得书生把笔闲谈论。(白)反叫人片云掩月,(唱)**一眚皆妨仁**。

(外、小生)郭元帅请起。万岁隆恩已极,臣代卸甲胄。(末)内侍,代寡人卸甲。(太监)领旨。(正生)谢主隆恩。(正生下,又上)臣郭子仪见驾,愿吾皇万岁。(末)妙吓,看郭元帅,好威风也!(唱)

【八转货郎】[①]**羡只羡德同仁羊公同著,胆浑身子龙不数。抵多少碑上独模糊**[②]**,抵多少擐甲执桴**[③]。**抵多少夜啸敌楼魔**[④]**,抵多少棋赌在东山墅**[⑤]。**不教怨也么哥,只闻风也么哥**[⑥]**,智勇奇谟,威灵神明说什么孙吴,更有那八方威风助。感恩人心也么哥,令人见心也么哥,似这等百战安邦胜硕儒**[⑦]。

(正生)万岁!(唱)

【尾】区区武弁千人哂,今日荣恩谁比伦。(白)又何曾善武能文,(唱)**十年来专阃**。(末白)先生封为汾阳王,六子皆为列侯,三子郭爱招为驸马,与朕掌河山。内侍,搀扶,赐绣凳。寡人有宴,摆在长生殿,命龚、李二卿陪宴。退班。(众)送驾。(末下)(正生、外、小生下楼)(外、小生)恭喜汾阳王,贺喜汾阳王。(正生)此皆二位谬荐也。(正生唱)**再休将礼数谦恭敬**,(外、小生白)如今你是个汾阳王了呢。(正生)二公!(唱)**到如今还论什么卑崇品**。(下)

---

① 此曲牌名单角本缺题,据故宫博物院编《故宫珍本丛刊》(海南出版社,2001)第665册所收《卸甲封王》、《昆曲大全》第一集《满床笏·封王》等补题。

② 独模糊,单角本作“特娄么”,据《故宫珍本丛刊》本改。

③ 擐甲执桴,单角本作“观文职武”,《故宫珍本丛刊》本此句作“抵多少援捊(桴)执桴”,据校改。

④ 夜啸敌楼魔,单角本作“也消敌娄么”,据《故宫珍本丛刊》本改。

⑤ 棋赌,单角本作“旗尊”,据《故宫珍本丛刊》本改。棋赌在东山墅,指东晋时苻坚南下,谢安临危不惧,与谢玄下围棋赌别墅事。

⑥ “不教”至次“也么哥”,单角本作“不觉的背也么无,其门风也不”,据《故宫珍本丛刊》本改。

⑦ 单角本后两个“也么哥”作“也么数”或“也数”,“安邦”作“等安”,检此三句《故宫珍本丛刊》本作“感人心也么哥,得人心也么哥,似这般百战安邦胜硕儒”,据校改。

七〇三 窃桃（昆腔）

调腔《三窃桃》写东方朔三番窃桃事。东方朔用假书信调开看守蟠桃的兰宫玉女，首次成功窃桃。蟠桃二熟，东方朔用猢狲抓痒，诱使赵玄坛派来看守的猛虎睡倒，再次成功窃桃。在第三次窃桃时，东方朔遇吕洞宾并得其赠桃。宁波昆剧"饶头戏"亦有此剧目，详情如下：

> 庙宇里的菩萨诞辰，除演《上寿》外，有时要演《偷桃》，为菩萨祝寿，后来再从《偷桃》发展为《三窃桃》。剧情内容基本相同，表演东方朔在天宫里三次偷取仙桃，到人间来为菩萨祝福的神话。
>
> 表演《偷桃》，还是《三窃桃》，完全听从主家的意思。向例在演出以前，主家准备桃树一株，预先放在戏台上，用面粉制成蟠桃，蒸熟以后，系在桃树上，作为仙桃——仙桃系得少，演《偷桃》；系得多，演《三窃桃》。
>
> 东方朔先上，由榜二面扮演，头戴道冠，身穿红袄，口挂白须，手执拂尘，唱完曲子即下。兰宫玉女上，由九旦扮演，头戴红冠，身穿宫装，手执拂尘。东方朔再上，见了玉女，说要去见王母祝寿，玉女托他带封信去，进内写信时，东方朔在桃树上摘了两个仙桃，藏在袖内，即下。当玉女拿了信出来，不见东方朔，又发觉少了仙桃，就跪在正中奏禀王母，由幕内应白，表示知道了，然后玉女下。——这是"一窃桃"。接着赵玄坛上，由三榜大面扮演，头戴黑踏登（镫），身穿黑蟒，手执武鞭，到了台口唤老虎出场，叫它看守仙桃，下。东方朔再上，打扮如前，但不执拂尘，改拿扇子，袖子里取出"金狮猫"给老虎搔痒。老虎舒适地睡着了，东方朔乘机又摘了两个仙桃下。赵玄坛再上，发现仙桃被窃，知道是东方朔偷的，就带了老虎一同去禀告王母，下。——这是"二窃桃"。最后吕纯阳上，三榜老生扮演，头戴纯阳巾，身穿红袍，口挂黑须，手执拂尘，招呼柳树精出场，（柳树精）由三榜小面扮演。（吕纯阳）叫他看守仙

桃，先下。东方朔再上，手里仍拿扇子，在摘取仙桃的时候，被柳树精抓住。吕纯阳出来，东方朔说："要把仙桃送到人间去，为菩萨祝寿。"吕纯阳就将仙桃送给他，一同下。——这是"三窃桃"。

有些地方在元宵节晚上演《三窃桃》，东方朔打扮不同，头戴道冠，身穿褶子，赤足穿草鞋，草鞋是"当办"送的。①

以上出自宁波昆剧老艺人的回忆，部分细节与调腔抄本该剧略有差异。不同地方的演出容有出入，但像兰宫玉女托东方朔带信给王母的情节，于情理不合，这可能是宁波昆剧老艺人回忆不够准确。此外，宁波昆剧的"偷桃"戏还有唱调腔的《追桃》，即调腔"五场头"之"三场"的《大庆寿》（其中的第二出实际上唱昆腔），可参见《调腔目连戏咸丰庚申年抄本》仁集第三出《大庆寿》和《调腔乐府》卷四。

整理时根据晚清《单刀会》等净本（案卷号 195-1-11）所收《三窃桃》丑本，《天门阵》等小旦、贴旦、花旦本[案卷号 195-1-139(2)]所收《三窃桃》花旦本及光绪二十九年(1903)"张贤云记"外、净、末等本（案卷号 195-1-12）所收《三窃桃》净本拼合而成。因缺乏柳树精、吕洞宾的单角本，第三次窃桃仅录出丑角部分。正壹玄坛即赵玄坛，单角本原避清讳作"正壹元坛"，今予还原。

丑（东方朔）、花旦（兰宫玉女）、净（正壹玄坛）

（丑上）（白）御水东流山岛下，蟠桃生在五云端。此去若能麻姑会，刘阮天台去往还。小仙，复姓东方，名朔，字曼倩。少年曾游鸿象之泽，遇见黄眉翁，说俺是太白之精，故而弃家求仙访道，遂得仙术。怎奈群仙会上，无我坐位，除非王母驾前，千载蟠桃吃得几枚，方保长生。昨遇黄眉翁商议，若

① 苏州市戏曲研究室编：《宁波昆剧老艺人回忆录》，1963，第 143—144 页。

要此桃，除非用计一偷。那守桃者，乃是兰宫玉女。此女曾与蜀仙有旧，是写书信一封，赚他去写回书，方可下手。须索走一遭也！（唱）

【点绛唇】大泽逍遥，弃官修道，长安乐。百计空劳，除非神仙乐。（丑下）

（花旦上）（引）白云本是无心物，却被清风引出来。（白）小仙兰宫玉女，今有瑶池蟠桃成熟，王母命我看守则个[1]。（丑上）（唱）

【混江龙】昨与那黄眉翁计较，要觅取瑶池岛内万年桃。怎奈俺仙班未上胜会，还要妆成计策去赚多娇。比不得切口狡童甘口谈，比不得曾公壮力气飘[2]。遥只见那瑶池隐隐银河到，花开涧水碧海山桃。

（白）来此已是桃园，不免径入。大仙稽首。（花旦）何方野仙，擅入桃园？（丑）小仙从蜀山道而来，遇一仙长，说与大仙曾有夙缘，有书一封带来在此，大仙请看。（花旦）大仙稽首。果真有书到来，待我拆开一看。果是蜀仙笔迹。吓，蜀仙吓！（丑）呀，黄眉翁果然好计，赚得女子好哭也！（唱）

【油葫芦】只见那刚拆封皮两泪抛，都只为情懊恼。他认不出浮沉书信奔洪乔[3]，道咱是泾阳举子把龙宫报[4]。鸿都道士真信捎，黄眉算不差，绿鬓娘愁怀抱，大仙，**切莫把信音捎。**

（白）呀，这蟠桃真个爱杀人也！（唱）

【天下乐】说什么株上砂糖扑鼻绕，看蟠桃也么桃，在树上摇，赛过了如瓜海

---

① “成熟王母”四字单角本残缺，据文义补。

② 此二句费解。切口，或指隐语，市语。次“比不得”之“得”字，单角本作“曾”，涉次字而误，今改正。

③ 浮沉书信奔洪乔，东晋殷洪乔（名羡）赴任豫章太守，他人托带书信百余函。洪乔行至石头，悉抛入水中，并祝祷说：“沉者自沉，浮者自浮，殷洪乔不能作致书邮。”事见《世说新语·任诞》。

④ 泾阳举子把龙宫报，指柳毅往泾阳向友人告别，路遇洞庭龙女，代传书信。事见《太平广记》卷四一九所收唐李朝威传奇《柳毅》。后元人尚仲贤作《柳毅传书》杂剧，敷衍其事。

甸安期枣[①]。**怎佯李下推冠,也不怕瓜田笑**。(花旦白)大仙,待我写书一封,相烦大仙带去。(花旦下)(丑)他竟写回书去了。此时不下手,等待几时?(唱)**俺且自摘桃,向尘世游遨**。(丑下)

(花旦上)大仙,大仙! 阿吓,大仙霎时不见,桃叶纷纷坠地,娘娘知道,如何吃罪得起? 吓,是了,到蜀仙那边躲避便了。任你脱身去,扯破紫罗兰。(花旦下)(净上)(白)手执金鞭驾火轮,时时刻刻在天门。青龙黑虎随身转,威灵出透九霄云。吾乃正壹玄坛是也。今乃蟠桃二熟,恐有野仙窃取,奉娘娘法旨,命我看守。无奈天门有事,不免唤山子出来看守。山子何在?(老虎上)(净)今乃蟠桃二熟,恐有野仙窃取,命你看守,不得有误。吾往天门去也!(净下)(丑上)逍遥尘世上,三番窃此桃。用尽千般计,全凭这一遭。小仙窃桃以来,又早六千年矣。今因汉天子求仙访道,大宴金门,曾许一物[②]相献胙。昨与黄眉翁商议,今番此来,比先大不相同,甚是厉害得紧。他与我一小兽,名曰猴儿,若遇急难,将此兽放出,自有解救。来此已是桃园,不免径入。(科)呀,神仙境界,有此猛兽也!(唱)

【哪吒令】[③]**是仙家境绕,见山君猛号。吼山瑶池摇,唬魂消胆消。是小子命薄,遇魔头这遭。我只得无语低头,少遮拦还是要,灾来冯妇**[④]**无分晓误天条**。

(白)曾记得黄眉翁言语,待我放出猴儿,且看他如何。常言道猢狲能抓痒,果然虎睡沉沉而不动也。(唱)

【鹊踏枝】小猢狲把痒抓,弄得这猛山君隐睡倒。这的是大还伏小,强[⑤]**还恕弱。俺且是摘蟠桃向筵前庆好,方显得偷桃手段高**。(丑下)

---

① 如瓜海甸安期枣,指海上神仙安期生所食巨枣。《史记·封禅书》:"(李)少君言上曰:'臣尝游海上,见安期生,安期生食巨枣,大如瓜。'"

② "物"字单角本原无,据文义补。

③ 此曲牌名及下文【鹊踏枝】【寄生草】,单角本缺题,今从推断。

④ 冯妇,《孟子·尽心下》:"晋人有冯妇者,善搏虎。"

⑤ 强,单角本作"纔",据文义改。

(净上)才离天门,又到瑶池。唔,蟠桃被何方野仙窃取,还在此呼呼打睡,带你去见过娘娘。(净带老虎下)(丑上)(白)踏破铁鞋无觅处,得来全不费工夫。小仙今日前来窃桃,非为别事,只因么神[1]千秋华诞,意欲窃取几枚,向筵前庆祝。昨与黄眉翁商议,今番此去,虽有小惊,后有大喜。来此已是,不免径入。俺数千年不来,景致改了,桃树旁边长出一株柳树来了。吓,想是王母娘娘要学西湖景致,一株杨柳一株桃。杨柳梢头摆,忙把蟠桃揣。/你是何妖怪?/师父可在?/快请相见。/大仙稽首。/小仙非为己而来,今有么神千秋华诞,摘几枚蟠桃,向筵前庆祝。/(唱)

【寄生草】谢得你施仁施义赠蟠桃,第一颗堆金积玉多珍宝,第二颗多男多女增寿考,第三颗为卿为相添荣耀。俺和你非亲非戚非故知,谢得伊施仁施义真同调。/

【煞尾】洞口才离抛,人世都游到。感纯阳义气高,祝华封寿考,这的是万载千秋长生的妙乐。(下)

---

① 么神,当即“某神”,可由演出时按需要补出。详见《弈棋》“云头观见么神千秋华诞”注。

七一　春富贵

调腔《春富贵》大致有《看相》《得钱》《掘藏》《出洋》《回洋》等出，其中《得钱》抄本又题《拾钱》，《掘藏》《出洋》《回洋》等出唱昆腔。宁波昆剧兼唱的调腔戏有此剧目，而且宁波地区渔业发达，“在出洋以前和回洋以后，向例有迎神赛会，祈祷风平浪静、庆贺满载而归的风俗，同时必须邀请戏班连演三天三夜戏文，酬谢神明，仪式极为隆重。……开锣以后，必须演《出洋》《回洋》各一出。这两出戏虽是调腔戏《春富贵》中的两个折子，不过曲牌完全是昆曲，人们称它为‘出洋戏’和‘回洋戏’”①。根据宁波昆剧的这一说法，这里把《春富贵》视作例戏，收录于此。

调腔《春富贵》抄本完整的仅有《看相》和《得钱》两出，写年关将至，临安富与贵家下贫穷，遂先将妻子儿女打发回岳家。富与贵前往岳家拜望，街上撞见相士公孙奉，公孙奉为之看相，预言他明春必定财运亨通。富与贵探望岳父母后回家，不料岳父母所赠铜钱被拐儿骗取，岳母所赠碎银亦被偷儿盗走。愁烦之际，富与贵来至财神殿，遂入殿告神。先时招宝财神显灵，要赐富与贵一枚上上签和一文钱，保其明春发财。富与贵拜神求签，果求得上上签，并拾得一文铜钱，随即决定前往金家年货店去请财神纸马，以备供奉。新昌县档案馆藏抄本仅抄录《看相》《得钱》两出时，多题作《一文钱》。

苏州戏曲博物馆藏民国戊寅年（1938）张世权昆腔抄本收有《赐钱》《拾钱》，与调腔《得钱》出相当，其中招宝财神赐钱部分彼此相异，富与贵拾钱一节则大致相同。张世权抄本曲文前半段多于调腔本，但调腔本也有部分曲文不见于张世权抄本。苏州戏曲博物馆另藏有一件当为宁波昆剧的老生单角本，收有宁波昆剧兼唱的调腔《春富贵》，其较新昌县档案馆藏抄本多出富与贵（宁波昆剧本“富”多作“傅”）遣妻子儿女回岳家（唱昆腔）、富与贵探望岳父母和妻子儿女（唱调腔）、富与贵路上被骗（唱调腔）等出目。由于《看相》《得钱》之外的出目仅存单角本，且种类不全，因而无法整理，兹据单角本

① 苏州市戏曲研究室编：《宁波昆剧老艺人回忆录》，1963，第64页。

略述后面的剧情如下：

富与贵拾钱后来到金家年货店，欲用所拾得的一文钱来请财神纸马，不想与人发生争执。金员外出来解劝，富与贵夸称有神灵活现，命他发掘墙脚金银。金员外信以为真，于是送富与贵三牲福礼，并夜遣丫环秋香前来，赠富与贵碎银二百，助其掘藏。富与贵用银铺换来的四个元宝回送，又向金员外夸口说掘藏得到廿八桶半金银，并说要出洋做买卖。金员外遂又予银二百，另加碎银一百，共成三百，用作投资本钱。嗣后富与贵携银出洋，高价卖杨梅干给通司爷，赚得百万之数，并添置了奴仆，衣锦还乡。富与贵到家后，欣闻女儿已被立为正宫，他本人随后也受到皇帝召见，并与相国赵如云结为儿女亲家。富与贵一本万利，公孙奉之语得到应验。

本次整理，《看相》以《九世同居》等总纲本[案卷号 195-1-124(2)]所收《看相》总纲为底本，校以《凤凰山》等总纲本(案卷号 195-1-96)所收《看相》总纲以及丑本；《得钱》以《凤凰山》等总纲本(案卷号 195-1-96)所收《得钱》总纲为基础，校以正生本、宁波昆剧本以及民国戊寅年(1938)张世权昆腔抄本《赐钱》《拾钱》。

看　相

丑(公孙奉)、正生(富与贵)

(丑上)(唱)

【锁南枝】[①]**江湖上，到处游，麻衣神相赛铁口。想当年有个柳庄师**[②]**，我今赛过先师后，赛过先师后。**(白)后生公孙奉，走南走北往西东，麻衣神相为第一，只是目下运未通。学生看之半生，并无富贵双全之相，今日年近岁边，空

---

① 此曲牌名底本缺题，据单角本补。

② 柳庄师，指元末明初相士袁珙。表珙字廷玉，号柳庄居士，鄞县(今浙江宁波)人，著有《柳庄相法》。

闲来东，走到街坊上踱索踱索，遇见一位寒朋友，递他一个白相；撞见一个好朋友，寸之几分钱，也私用私用[①]。勿差，说得有理个。（唱）**我今挂招牌，来往街坊走**[②]。（白）哈，看相，我看你个些女娘家会做夫人，直脚是会做夫人个；男娘会做官，直脚会做官个。我若看你不准，不要你的钱了。（唱）**我本是铁口神仙，难免旁人口**；（白）个个气杀哉，为索[③]大街上无人看相，不免奔之后街去之罢哉。（唱）**我只得过前街，又蓦**[④]**后，过前街，又蓦后**。（丑下）

（正生上）（唱）

【前腔】忙忙走，急急行[⑤]**，只为家贫满面羞。只怪我时乖运蹇，本待我有前没后**。（白）卑人富与贵，只为家下贫穷，妻子二人，去到岳父家中过岁而去了，单留卑人在家，今到岳家中一走。你看身上衣衫蓝缕，大路难好行走，不免往小路去罢。（唱）**倘若遇见亲朋，大路难好行，小路忙奔走；我只得过前街，又蓦后，过前街，又蓦后**。

（丑上）哈，索个人眼乌珠[⑥]勿带，仙人斗头乱碰？（正生）大哥，卑人行路忙促，为此得罪大哥。请了，请了。（丑）哈，大官人，慢点慢点，请之转来，转来。（正生）大哥，卑人方才告罪过了，又叫卑人转来何事？（丑）唅，看相，学生招牌，看。（正生）既有招牌，待我一观。（丑）请看，请看。（正生）“公孙半仙，麻衣神相。”原来相士先生，先生得罪，请了。（丑）慢点，大官人请之转来，转来。（正生）又叫卑人何事？（丑）大官人吓，学生个两日有点空闲来东，何不把大官人看之相，有索勿好？（正生）腰边未带分文，怎好有劳先

---

① “遇见”至“私用”，底本作“测之两个兰维钱好使用”，据 195-1-96 总纲本改。寸，同“趁”，挣，赚。

② “我今”至“街坊走”，底本作“我拿了招牌，先往到街方（坊）走”，据 195-1-96 总纲本改。

③ 索，同“啥”。

④ 蓦，底本作“莫”，今改正，下同。蓦，穿越。《永乐大典戏文三种》之《张协状元》第五十出：“（末）穿长街。（净）蓦短巷。（末）过茶坊。”

⑤ 此句宁波昆剧本作“好似丧家狗”。

⑥ 眼乌珠，方言，眼珠。

生？(丑)啥说话，有道五湖四海，都是朋友，看看勿反到[①]个。如此，你把冠一起。(正生)整冠一起。(丑)咳嗽几声。(正生)嗽。(丑)踱，踱之两步。(正生)去匆匆。(丑)妙极哉！(唱)

【前腔】[②]**观真容，体态荣，看你名利皆有用。天庭地角皆端正，看你行走如山重**[③]。(白)大官人，今年多少年哉？(正生)卑人年三十五岁。(丑)待学生论论看。今年三十五，明年三十六，大官人明春要大发财。(唱)**常言道四九卌六，财运斗前来。中年好运必高魁，必中高魁齐喊彩**。(白)学生替大官人看之半相，未曾问大官人尊姓大号。(正生)卑人富与贵。(丑)啥个，姓富名与贵？大官人，呒姓得好，名字真真落落出得高个嘘。(唱)**姓富名与贵，少年莫做有气亏，中年好运是富贵。拜金銮，朝皇殿；做宰相，喜连连**[④]。

(正生)先生，你酒醉么？(丑)咳！(唱)

【前腔】**非酒醉，是真言**[⑤]**，人人说我神半仙。手把麻衣来请看，念我祖上拜我传**[⑥]。(正生唱)**言醉相贫贱来，念卑人无衣无穿，这富贵言断艰**。(丑白)大官人哪！(唱)**我还信你富贵两双全。飞舆马，近龙颜；拜金銮，朝皇殿**。

(正生)卑人若有出头日子呵！(丑)大官人那哼你？(正生唱)

---

① 勿反到，"到"亦作"淘""道"，方言，没有关系。

② 此曲丑本作"早难见(年间)，未出头，(白略)妻孥养活人增寿。交运到双眉，黄金如同斗。(白略)一路福凑(辐辏)，一路福凑(辐辏)，富贵非常，时来成就。(白略)我本是铁口神仙，说话自都应口。运土星，公位侯；问流年，三十九(又)"，据词式可知曲牌为【孝南枝】。

③ "观真容"至"如山重"，底本作"观真容先穷，看你相貌家有穷，你得天庭地角皆端正，行路如山重"，据 195-1-96 总纲本校改。

④ "少年"至"喜连连"，底本作"少年墓库有蹊亏。中年好运必高魁，必中高魁齐喊彩"，195-1-96 总纲本作"少年莫做有气亏。中年好运是富贵，那(拜)金銮，朝皇殿；做宰相，喜连连。看你富贵两双全"，据校改。

⑤ 言，底本作"人"，据 195-1-96 总纲本改。

⑥ "手把"至"我传"，底本作"飞舆马，近龙颜；拜金銮，朝皇殿"，涉下而误，据 195-1-96 总纲本改。

【尾】[①]**愿将千两银子来奉酬，到如今空一双手**[②]。**卑人若有出头日，决不将言没，决不将言没**。(白)如此得罪先生，请了，请了。(丑)哈，慢点慢点，大官人，请之转来。(正生)咳，我道走江湖之人，总总没有白看得吓。(丑)哙，大官人，勿是这样说[③]，看你目下有点青，必定有虚惊，还要开眼出脱，须要小心，小心那小心。(正生)如此有劳先生，请了，请了。(正生下)(丑)唔吓吓吓！哈，学生看之半生，并无富贵双全，今日看之富官人，倒有富贵双全之相。他许千两银子谢拨是我，我里富贵岂勿稳稳到手哉？列位吓！(唱)**到明来等候，到明来等候**。(下)

得 钱

净(招宝财神)、正生(富与贵)

(净上)(唱)

【点绛唇】[④]**执掌财源，执掌财源，黄金满屋，灯光照**。**物阜民康，民安乐万年春**。

(白)我乃招宝财神是也。只因富与贵，到我庙中求签，赐他三十七签上吉，又赐他一文宝钱，保他明春发迹。童儿，速速为灵。(内白)好闹热也！(正生上)(唱)

【佚名】何日里把家园重整，博得个富贵荣华，那时节裘马肥轻[⑤]**，裘马肥轻**。

---

① 此曲牌名抄本缺题，今从推断。另，宁波昆剧本无本曲“卑人”至“将言没”的内容。

② “愿将”至“双手”，底本作“嗟愿将千两奉上，到如今空双手”，195-1-96 总纲本作“原(愿)着千两银至(子)来奉谢，到如今空口所说”，宁波昆剧本作“我把千两谢来奉酬，到如今空一双手”，据校改。

③ 此句底本作“勿勿”，据 195-1-96 总纲本改。

④ 此曲牌名及后文【尾】，抄本缺题，今从推断。

⑤ 裘马肥轻，195-1-96 总纲本作“求麻未整”，单角本一作“旧马衣巾”，据宁波昆剧本改。《论语·公冶长》：“子路曰：‘愿车马衣轻裘与朋友共，敝之而无憾。’”又，《雍也》：“赤之适齐也，乘肥马，衣轻裘。”又，张世权抄本作“肥马裘衾(轻)”。

(白)来此什么所在,待我看来:财神殿。来此有所财神殿在此,待我进去,与他理论理论。神圣在上,各自恭敬。吓呀,好大好大的元宝,元宝!呀吓,大大的铜钱,铜钱!(唱)

【佚名】钱财到处充盈,招乎倚仗神灵[①]。**我如今怨气腾腾,问一个终身来影**[②]**,有道是感格幽冥,感格幽冥**。

(白)神圣在上,弟子富与贵。你今能把宝来招,肚子饥饿财帛少。看人富贵看人贫,何不赠我钱和宝?(唱)

【佚名】早难道贫穷到底没超升,恁可也念鳏生,把黄金白银相持赠。**不想那良田万顷,只图个温饱便安宁**。

(白)你看桌案上有签筒在此,待我求上一签。神圣在上,弟子富与贵,若有出头日子,赐弟子一签上上;若还贫穷到底,赐弟子一签下下。(唱)

【佚名】我今再拜告神明,问来春时运可通亨[③]**,望灵签吉凶从空定**。(白)出签了,待我看来:三十七签上吉。呵吓,妙吓!(唱)**我今得了一个彩头儿好生欢庆,休得要在神前多侥幸,还须要向前去细察签经,细察签经**。

(白)待我看来。一十,二十,三十,这边没有,想必在那边了。三十三,三十六,三十七签上吉:来春富贵喜非常,作事盈门大吉昌。不受一翻寒彻骨,怎得梅花喷鼻香?公孙先生说我明春富贵,神圣在上,赐我明春发迹。今乃是除夕之夜,难道过了一夜,就会发迹的了?吓,富与贵,富与贵,你好痴也!(唱)

【佚名】好一似昏迷再醒,拜辞了感应神灵至诚[④]。(白)神圣在上,弟子富与贵,若有出头日子,重修庙宇,再换金身。(唱)**愿今宵送断穷根,到明春酬谢**

---

① “钱财”至“神灵”,195-1-96 总纲本作“钱财到处通有时,点乌浪神由”,据宁波昆剧本校改。

② 来影,195-1-96 总纲本作“落节”,据单角本改。按,宁波昆剧本作“行敬(径)”。

③ 此句 195-1-96 总纲本作“待来春时运亨通”,据宁波昆剧本、张世权抄本改。

④ “好一似”至“至诚”,195-1-96 总纲本作“好一时(似)昏迷来醒,拜谢明”,据宁波昆剧本改。

三牲,酬谢三牲。

(白)你看日当中午时,不免回去了罢。一出庙门,里面红光一起,土上一响,待我转去看来。我道什么东西,待我看来,原来是一枚大大的铜钱。铜钱老兄,我今求你不曾到手,你为何独自失在土上?(唱)

【佚名】**你也是受人恭敬,铸铜山万载留名。闻王郎床头阿堵能干净**①**,论钱财免不得口口欢家行**②。(白)我家这个铜钱,不可轻慢了他,有道"一文钱,逼死英雄汉"。(唱)**有道是一分钱能笑面,赐英雄万载留名。遇财主深留情,见穷人毫无踪影。求拜你赠之赠,收钱财免得个岳老嗔**③。(白)我家这个铜钱,拿回家中,放存起来。有道"一钱为本,万钱为利"。(唱)**有道是时不济来运不亨,铜钱到底为人敬。我今坐不安心不宁,总要黄金万两斤**④。

(白)我家这个铜钱,拿回金家年货店中,请了一位财神纸马,朝朝暮暮,求拜财神,赐我明春发迹,也未可知。呵吓,有理是有理。(唱)

【尾】**我今忙把财神请,朝朝暮暮拜财神**。(白)有日时运来,(唱)**撞着宝藏山,土泥中都变了黄金锭**⑤。

(白)不免回去了。这大大的庙宇,难道只有一个铜钱不成?待我转去看

---

① 王郎,指王衍。王衍,字夷甫,西晋琅邪临沂人。王衍鄙夷其妻郭氏贪浊,绝口不提钱字,郭氏乃让侍婢以钱绕床,使不得行。王衍晨起见状,叫侍婢"举却阿堵物"。事见《世说新语·规箴》。

② "闻王郎"至"欢家行",195-1-96总纲本作"你是个多结盛,领钱财免得个口口焕(欢)庆",据宁波昆剧本改。

③ 岳老嗔,195-1-96总纲本作"月老求"。疑"月老"当作"岳老",指岳父;"成"的草书与"求"形近,而"成"又借作"嗔",暂校改如此。

④ 此下195-1-96总纲本尚有"往(?)是个塞且成"一句,费解。按,单角本、宁波昆剧本无"我家这个铜钱,不可轻慢了他"至"总要黄金万两斤"的内容,张世权抄本无"闻王郎床头阿堵能干净"至"总要黄金万两斤"的内容。

⑤ "有日"至"黄金锭",195-1-96总纲本作"古前运来宝藏山,土泥中(唱)都变了黄金锭",据宁波昆剧本校改。

来。呵吓,不可是不可,有道一钱为本,岂可再乎[①]?(正生下)(净)童儿,你看富与贵,得了一文宝钱,保他明春发迹。童儿,收了祥云。大抵乾坤都一照,荣华富贵万万年。(下)

① "有道"至"再乎",195-1-96 总纲本作"真记当年有运之,欺可与人那(奈)何",据单角本改。

七二　九世同居·辞朝

调腔《九世同居》演张公艺事。张公艺，唐东平寿张人。张家九世同居，和亲睦友，张公艺乐善好施，声名远扬。唐高宗封泰山时曾幸其宅第，问以睦族之道，公艺取笔书“忍”字百余以献。事见《旧唐书・孝友传》。脉望馆校藏息机子刊本杂剧收《张公艺九世同居》，收入《孤本元明杂剧》，作者不详。该题材又敷衍为戏文，明万历间刊本《乐府万象新》后集目录中有《公艺百忍献君》，惜书叶散佚，仅存出目。

新昌县档案馆藏《九世同居》等总纲本[案卷号 195-1-124(2)]所收《九世同居》有《辞朝》《还乡》两出，惜《还乡》残缺过多，现仅将《辞朝》校订完全。另，《中国戏曲音乐集成・浙江卷》绍兴市分卷绍剧卷分卷之九有绍兴坐唱班调腔《九世同居》曲谱，写张公义(艺)举行家宴，观看“忍”字图事，内容不与新昌县档案馆藏抄本同。

末(唐高宗)、正生(太监)、外(张公艺)

(末①上)(引)国度丰盈②，太平祯祥。(白)日月光天德，山河壮帝居。太平无以报，愿上万言书。寡人唐高宗，自从登基以来，风调雨顺，国泰平安。闻知张公艺九世同居，儿孙满百，并无争斗之心，未知有何家法而治之。今当早朝，他上殿问个明白。侍儿。(正生③)万岁。(末)宣张老丞相上殿。(正生)领旨。万岁有旨，宣张老丞相入金銮。(外上)领旨。(唱)

忽听君王宣召，念微臣急忙来到。(白)朝臣待漏五更寒，铁甲将军夜渡关。日高三丈僧未起，算来名利不如闲。(唱)**我想那满朝文武公卿，一个个年少为官，未有年老八十，眼花耳聋，须鬓皎全，还在此待漏随朝。昨夜手本辞归林下，今日又听得旨宣召。须所为人善，愿天必从之，我把别事儿俱不奏，奏**

---

① 唐高宗的角色，底本先书作“正生”，至“见卿家”起又书作“末”，今统一作“末”。

② 盈，底本作“云”，据文义改。国度，国用。

③ 太监的角色，底本先作“末”后作“生”，今统一作“正生”。

言道微臣年纪老，不能够伴匆匆波涛，我只得向金阶躬身拜倒。

(白)臣张公艺见驾，愿吾皇万岁。(末)卿家平身。(外)万岁。(末)侍儿，搀扶赐手。(外)谢主隆恩。万岁宣臣上殿，有国事议论？(末)宣卿非别，问卿家有九世未分，儿孙满百，并无争斗之心，不知将何法而治之，奏与寡人知道。(外)万岁，臣家果有九世未分，儿孙满百，并无争斗之心。臣中堂悬挂"忍"字，众儿孙见之"忍"字，就不敢相争。(末)"忍"字有何好处，奏与寡人知道。(外)万岁，容臣奏上。(唱)

启奏君王，容臣[①]未尽做表章。忍字心头一把刀，为人不忍祸先招。若还忍字得和气，过后方知忍字高。君能忍字国安康，臣能忍字掌朝纲，父能忍字家兴旺，子能忍字好名扬。兄弟能忍和手足，妯娌能忍共商量。臣能忍字从头诉，过后方知忍字高。

(末唱)**见卿家果忠良，赤胆忠心掌朝纲。儿孙个个登金榜，及早题名转还乡。褒封君禄非轻少，愿你安宁五福全。卿家在朝，可比碧玉柱巍巍，架海塘栋梁。又如松柏长春在，与寡人同掌山河乐万年。**

(外唱)**再奏君王，容臣未尽做表章。白发不能转，须鬓皆皤然[②]，须鬓皆皤然。**(白)臣启万岁，微臣眼花耳聋，听不出紫金钟，看不出金字牌，又恐慢君之罪，臣只得告辞了。(唱)**臣要辞别帝王家，帝王家乐万年，还望我皇敕赐还乡转，但愿我皇乐万年。**

(末唱)**听奏其言，不觉心中黯然。卿要还[③]乡转，难舍君臣面，难离帝王家，难舍君臣面，难离帝王家，前缘归边。**(白)侍儿，赐他御酒三杯。(唱)**欲表君臣面，敕赐归家乐万年。**

(白)卿家进位听封。(外)臣领封。(末)封卿家忠烈侯，妻封时熟太君，张孝

---

① 臣，底本作"钦"，下文"再奏君王，容臣未尽做表章"的"臣"同，据文义改。

② 皤然，底本作"毫传"，疑"毫"为"亳"之误，而"亳"为"皤"之音借；然、传方言音近，今改正。

③ "还"字底本脱，据文义补。

顶父之职，张弟兄招为驸马，众儿孙各升三级。寡人御笔亲赐“忍”字牌，悬挂中堂。九世同居，天下第一家。侍儿，送张老丞相出午门。(外)万岁。(末)回宫。(末下)(外)万岁！(唱)

多蒙万岁敕赐归，九世同居万古名，但愿儿孙忠孝传。

附录

附录一

调腔剧目丛考

调腔《西厢记》考论

北曲杂剧和宋元南戏是标志着中国戏曲成熟的两种体制，现存昆曲和高腔剧种的早期剧目大多来源于元明时期创作或改编的杂剧和南戏。元杂剧作品以王实甫《西厢记》为翘楚，但后世昆曲及其他戏曲剧种所演绎的西厢故事大都本于明人改编的《南西厢记》，而调腔是全国唯一把元杂剧《西厢记》部分传统折子传演至今的戏曲剧种。

新昌县档案馆藏《西厢记》抄本有《游寺》《请生》《赴宴》《佳期》《拷红》《捷报》六折。另复旦大学图书馆藏调腔抄本有《拷红》一折，原系赵景深先生旧藏；《俗文学丛刊》第一辑第74册影印收入的傅斯年图书馆藏抄本有《请宴》（即《请生》）、《赴宴》、《泥金捷报》（即《捷报》）三折。除《佳期》一出为调腔兼唱的昆腔戏，源出明人崔时佩、李日华改本《南西厢》之外，其余都出自王实甫《北西厢》杂剧。清浙江会稽（今绍兴）人李慈铭（1830—1894）《荀学斋日记》"光绪十七年（1891）三月二十一日乙酉"条："其中《西厢记》（按，指《审音鉴古录》所收昆曲《南西厢记》）即王本改演，科白、关目皆甚恶俗，词亦近俚。余见越中优人曲本，皆用王词，科演虽稍改，亦不至是也。"[①]此"皆用王词"的"越中优人曲本"，指的就是调腔《西厢记》（不计《佳期》）。

陆小秋、王锦琦《调腔演出的〈北西厢〉和〈汉宫秋〉是元杂剧吗?》（浙江省艺术研究所编《艺术研究》1990年第12辑）、罗萍《绍兴戏曲史》（中华书局，2004）等论著对调腔《西厢记》中《北西厢》的《游寺》《请生》《赴宴》《拷红》四折的剧本或曲牌都曾做过一定的分析。本文将在既有研究的基础上，以新昌县档案馆和复旦大学图书馆藏调腔抄本为依据，对调腔《西厢记》的演

---

① [清]李慈铭：《荀学斋日记》，《越缦堂日记》，广陵书社，2004，第12871页。

出史料、剧本特点、版本特征等方面做出更为详尽的考述。

一、明后期戏曲选本与调腔《西厢记》

虽说昆曲和高腔剧种的部分剧目出自元杂剧，但两者演剧反映的是明代中后期以来杂剧剧目的演出样式，而非金元时期杂剧演出的原貌。明嘉靖间南戏“四大声腔”(余姚腔、海盐腔、弋阳腔、昆山腔)勃兴，“北曲元音”受到冲击，杨慎(1488—1559)《词品》卷一“北曲”条云：“近日多尚海盐南曲，士夫禀心房之精，从婉娈之习者，风靡如一，甚者北土亦移而耽之。”①到隆庆、万历间，沈宠绥(？—1645)《度曲须知》卷上“曲运隆衰”云：“至如‘弦索’曲者，俗固呼为‘北调’，然腔嫌袅娜，字涉土音，则名北而曲不真北也。”②弦索北曲尚且如此，南方戏曲中的北曲的“南曲化”则更甚焉。在明后期至清初同弋阳腔、青阳腔相关的戏曲全刊本和选本中，已有较多异于杂剧北曲的“俚歌北曲”和南曲化的北曲。高腔剧种大多从明代南戏声腔弋阳腔、青阳腔发展而来，现存高腔剧种的北曲同南曲在音乐上已无明显区别，“高腔各分支的同名北曲曲牌，腔调都不一样，而且高腔的‘北曲’和‘南曲’一般不存在明显的腔调界线”③。调腔《西厢记》及另一杂剧剧目《汉宫秋》的曲牌腔调同调腔其他南曲也几乎没有差别④。

---

① [明]杨慎：《词品》(附《拾遗》)，《丛书集成初编》，上海商务印书馆，1936，第 46 页。

② [明]沈宠绥：《度曲须知》，《中国古典戏曲论著集成》(五)，中国戏剧出版社，1959，第 198 页。

③ 路应昆：《高腔与川剧音乐》，人民音乐出版社，2001，第 226 页。

④ 陆小秋、王锦琦《调腔演出的〈北西厢〉和〈汉宫秋〉是元杂剧吗?》(浙江省艺术研究所编：《艺术研究》1990 年第 12 辑，第 220—232 页)根据调腔本同杂剧本剧本结构、演出形式和音乐节奏的对比，指出调腔本音乐为南曲风格，认为调腔本不能等同于元杂剧，本文进一步认为昆曲和高腔剧种的杂剧演出当即明代后期以来的演出样式。然而，该文在涉及《汉宫秋》剧本比对时以《元曲选》本为准，不知调腔本同脉望馆钞校古名家本相近，而后者更接近原貌。此外，陈音璇《〈北西厢〉在南戏调腔中的音乐样貌及美学阐释》(《南京艺术学院学报(音乐与表演)》2017 年第 2 期，第 125—134 页)对调腔《北西厢》的音乐材料做了较为详细的分析，可参。

相比于后世昆曲多尚《南西厢》传奇本，南戏声腔仍重《西厢记》杂剧本。如明嘉靖三十二年(1553)重刊本《风月锦囊》收有《北西厢》以及一些北曲散套和剧套，明万历以来青阳腔选本如《乐府菁华》《玉谷新簧》《词林一枝》《乐府玉树英》《尧天乐》等都收有《西厢记》杂剧。作为南戏声腔的后裔，调腔能将《西厢记》杂剧传演至今，也就顺理成章。现将调腔《西厢记》出目列表如下：

调腔《西厢记》	王实甫原著	剧情及明后期戏曲选本收录情况
游寺	第一本第一折	演张生由法聪和尚导引游寺，巧遇崔莺莺。《赛征歌集》《歌林拾翠》收有《佛殿奇逢》。
请生	第二本第二折 按，明弘治刊《新刊大字魁本全相参增奇妙注释西厢记》(以下简称明弘治本)在卷二第三折，次折在卷二第四折	演红娘请张生过府饮宴，酬谢张生请兵驱贼之恩。《歌林拾翠》收有《红娘请宴》。
赴宴	第二本第三折	演老夫人宴上悔婚。
佳期	—	昆腔折子，出自《南西厢》，演崔、张二人幽会，《徽池雅调》所收《月下佳期》亦同。
拷红	第四本第二折	演老夫人拷问红娘，查出实情，不得已命张生赴试。《词林一枝》收有《俏红娘堂前巧辩》，《赛征歌集》《歌林拾翠》收有《堂前巧辩》。
捷报	第五本第一折	演琴童报捷，崔莺莺命琴童捎物给张生。《尧天乐》收有《张君瑞泥金捷报》。

由于调腔流行区域多为农村地区，除了考虑唱做表演的集中性和角色安排的合理性，还要注重情节关目的连贯性和通俗性。宜乎明清戏曲选本多见“莺莺听琴”“张生寄柬”“张生跳墙”“长亭送别”等，而晚清以来的调腔本已无这些相对文雅的出目。调腔《西厢记》原本折数可能较多，但在小本戏形成过程中逐渐减少，其中《捷报》折仅有抄本一件，唱腔也已无存，便是近代演出失传的折数之一。

二、近代以来调腔《西厢记》演出考略

清初绍兴一带乃至浙东地区演出《西厢记》见诸记载的，有萧山（旧属绍兴）毛奇龄（1623—1716）所著的《西河词话》，书中自云“少时观《西厢记》，见每一剧末，必有【络丝娘煞尾】一曲，于扮演人下场后复唱，且复念正名四句”[①]。时间稍早的金华兰溪人李渔（1611—1680），在其《闲情偶寄》中称：“北曲一折，止隶一人。虽有数人在场，其曲止出一口，从无互歌、叠咏之事。弋阳、四平等腔，字多音少，一泄而尽。又有一人启口，数人接腔者，名为一人，实出众口。故演《北西厢》甚易。”[②]调腔演出采取“一人启口，众人帮腔”的“一唱众和”形式，故《西厢记》杂剧本由调腔传承至今不为无因。

调腔搬演《西厢记》的确切记载见于晚清时期。“群玉”是清咸丰至清末绍兴地区调腔班的专名，李慈铭《越缦堂日记》多次记载“部头”玉枕（小旦）所在的群玉班的演出活动，所演剧目有从《西厢记》出者，如“咸丰六年七月初七日壬戌”条云：

> 夜有月，复偕群从买舟诣朱翁子祠，……食顷抵岸，班仍群玉，演戏亦较前者胜。玉枕演《寺警》一出，尤佳。[③]

《寺警》演崔莺莺心念张生，伤神之际，忽闻孙飞虎围寺抢人，老夫人因求退兵而许亲。该折系旦本，对应于《西厢记》第二本第一折，唯新昌县档案馆藏调腔抄本已不可见，则该折与《捷报》同为调腔《西厢记》在近代失传的

---

① ［清］毛奇龄：《西河词话》，《丛书集成续编》影印《昭代丛书》本，新文丰出版公司，1989，第46页下栏。

② ［清］李渔：《闲情偶寄》，《中国古典戏曲论著集成》（七），中国戏剧出版社，1959，第33页。

③ ［清］李慈铭：《越缦堂日记》，广陵书社，2004，第423—424页。

折数之一。另，旧燕《绍兴戏之高腔班》一文列有剧目《寄柬》[1]，按妫公《关于宁波戏之回忆》云："其剧目中，有张飞三闯辕门，及《西厢记》中惠明和尚寄柬。"[2]宁波昆剧与调腔存在剧目交流，则《绍兴戏之高腔班》所列《寄柬》或为《寺警》之后的惠明下书，而非《南西厢》之张生寄柬。又，浙江山阴（今绍兴）人王诒寿（1830—1881）《缦雅堂日记》"（同治）癸酉（十二年，1873）正月初三日癸未"条云："晴，诣商祊胡少涛，去年约也。夜留止宿。夜观剧于社，为群玉部，演《出塞》《西厢》《豹皮鞭》等剧。"[3]此亦为绍兴水乡社戏搬演《西厢记》的记载。据20世纪50年代调查，绍兴的调腔班的《西厢记》有《游寺》《请生》《佳期》《赴宴》《拷红》《泥金捷报》六出[4]，新昌县档案馆藏抄本所见新昌的调腔班出目与之正同。而复旦大学图书馆藏抄本《绍兴高腔选萃》所收《拷红》和傅斯年图书馆藏抄本《西厢记》三折，当出自绍兴的调腔班。

清末民国时期，《西厢记》乃调腔班著名剧目，绍兴安昌镇《安昌做戏快板》有"有《东郭》，有《西厢》"[5]一语。清光绪末年，绍兴乱弹武班先盛后衰，绍兴的高调（调腔）班"乃如春雷而起，矫枉过正，侧重唱做。其唱词多系采自传奇，当时春仙台之《西厢记》，号为一时绝唱"[6]。全面抗战前十年（1927—1937）绍兴的调腔班较为兴盛，其中"丹桂月中台"演员整齐，以《西

---

① 旧燕：《绍兴戏之高腔班》，上海《金钢钻》1937年7月6日第3版。

② 妫公：《关于宁波戏之回忆》，上海《金钢钻》1937年7月23日第3版。

③ ［清］王诒寿：《缦雅堂日记》，周德明、王显功主编：《上海图书馆藏稿钞本日记丛刊》第26册，国家图书馆出版社、上海科学技术文献出版社，2017，第127页。按，"商祊"当作"赏祊"，在今绍兴越城区东浦街道。

④ 华东戏曲研究院编审室资料研究组：《从"余姚腔"到"调腔"》，华东戏曲研究院编：《华东戏曲剧种介绍》第五集，新文艺出版社，1955，第52页。后收入蒋星煜：《中国戏曲史钩沉》，中州书画社，1982，第67页。

⑤ 胡宅梵辑：《越郡风俗词》，绍兴文理学院图书馆藏抄本，1962，第五集。

⑥ 周锦涛：《三十年来越剧之变迁》，《戏剧月刊》第一卷第六期，上海大东书局，1928年11月初版，1931年4月第4版，影印收入《俗文学丛刊》第一辑第8册，"中央研究院"历史语言研究所、新文丰出版股份有限公司，2001，第171页。

厢记》为其代表剧目①。调腔又称高腔，民国时期“《西厢记》《凤仪亭》这两出戏是高腔戏中最负盛名的”②。民国二、三年(1913、1914)之交，绍兴的调腔班“大统元”赴上海商办镜花戏园演出，曾演出《西厢记》若干次，其中1月11日夜戏演《游寺》《赴宴》《佳期》《拷红》四折。民国二十四年(1935)9、10月间和次年5、6月间，绍兴的调腔班“老大舞台”分别赴上海远东越剧场和老闸大戏院演出，也曾数次搬演《西厢记》，其中老闸大戏院首场5月28日夜戏即以《游寺》开篇，时老伶工张华仙(工小生)亦受邀参演。

新昌县档案馆藏《西厢记》抄本中有一件工笔精写的总纲本(案卷号195-1-1)，收有《游寺》《请生》《赴宴》《捷报》四折(见卷末彩页图1)。又有宁海山上方老艺人方永斌捐献的光绪二十九年(1903)“张贤云记”外、净、末等本(案卷号195-1-12)所收《西厢记》总纲，涉及《游寺》《请生》两折，另有单角本9件③。来自新昌县澄潭镇胡依村的《凤凰图》等小生本[案卷号195-1-140(3)]抄有戏目表一张，当中就有《西厢记》。

1958年由调腔旦角赵培生(1898—1984)整理、新昌县调腔剧团原作曲方荣璋记谱而成的油印演出本(案卷号195-3-93)，尚收昆腔戏《佳期》。调腔该剧原本仅题《西厢记》，因其独特价值受到专家学者的注意，20世纪80年代以来遂剔除《佳期》，改题为《北西厢》。1986年浙江省文化厅拨下专款，组织楼相堂、杨荣繁、王意凯、潘永乾等老艺人主教重排《游寺》《请生》《赴宴》《拷红》四折，并由省艺术研究所录像保存。近年来，由国家级非遗传承人章华琴指导，新昌县调腔剧团陆续复排了上述《北西厢》四折，唯部分折目略有删改，其中又进一步剔除了《游寺》折中个别不属于《北西厢》的曲目。

---

① 华东戏曲研究院编审室资料研究组:《从“余姚腔”到“调腔”》，华东戏曲研究院编:《华东戏曲剧种介绍》第五集，第59页。后收入蒋星煜:《中国戏曲史钩沉》，中州书画社，1982，第75页。

② 笔花:《从绍兴戏说到的笃班(四)》，上海《申报》1938年12月5日第15版。

③ 俞志慧、吴宗辉:《调腔钞本叙录(新昌县档案馆藏晚清民国部分)》，中华书局，2015，第179—182页。

三、调腔《西厢记》的分唱和表演

(一)调腔《西厢记》的分唱

元杂剧通常一本四折,由正末或正旦一人独唱到底,但于每折间参合"爨弄队舞吹打",使演员得以休息①。不过,明刊本《西厢记》杂剧多人唱曲的情形屡见不鲜,有学者认为此即《西厢记》原貌,而明凌濛初刻本少见分唱,反系刻意返古的做法②。然而,可视为早期演出本代表的明嘉靖间《风月锦囊》本《北西厢》却鲜见分唱③。鉴于明刊本曲文分唱归属纷杂歧出,除少数分唱系原貌之外,刊刻者受南戏、传奇体制影响,揣摩曲文语气,间或添改衬字,将《西厢记》杂剧的部分曲段改作轮唱或齐唱的可能性更大。

南戏声腔用其角色制搬演杂剧,并适当地采取分唱,相比于杂剧一人独唱的体制,这实际上是一种因时制宜的改良。调腔本《游寺》《请生》《赴宴》《捷报》四折均有其他角色分唱之例,略举如下④:

(1)《游寺》:(小生)阿哟,好吓!(唱)【后庭花】……刚挪了一

---

① 曾永义:《元杂剧体制规律的渊源与形成》,《戏曲源流新论》(增订本),中华书局,2008,第264—266页。

② 郑骞《〈西厢记〉作者新考》(附《西厢》版本汇录)专列《不守元杂剧一人独唱的成规》一节,参见郑骞:《从诗到曲》,商务印书馆,2015,第875—922页;蒋星煜认为"《西厢记》的写作在体例上受到了南戏的影响",参见蒋星煜:《明刊本〈西厢记〉研究》,中国戏剧出版社,1982,第264—266页。按,凌濛初刻本自云据周宪王本刊刻,其第一本第四折"梵王宫殿月轮高"套【锦上花】及其幺篇,分别由莺莺和红娘唱;第四本第四折"望浦东萧寺暮云遮"套【乔木查】等数曲为莺莺唱;第五本第四折红娘、莺莺各有分唱。以上弘治本相应折目分唱的情形同凌刻本相类,信为《西厢记》原本所有。

③ [明]徐文昭:《风月锦囊》,王秋桂主编:《善本戏曲丛刊》第四辑,台湾学生书局,1987,第225—260页。

④ 举例所据文本为新昌县档案馆藏晚清《西厢记》四折总纲本(案卷号195-1-1),曲牌名为笔者所加,图版参见俞志慧、吴宗辉:《调腔钞本叙录(新昌县档案馆藏晚清民国部分)》,中华书局,2015,第236、242、253页。

步远，刚刚的打个照面。（丑唱）风魔了张解元，似神仙归洞天，空余杨柳烟，只闻得鸟雀声喧。

《游寺》折本由张生（小生）主唱，“风魔了张解元”为第三者口吻，调腔本改为法聪（丑）所唱，颇为合理。《六十种曲》本《南西厢》化用杂剧原词，此数句尚属张生，而清乾隆间昆腔选本《缀白裘》七集《南西厢·游殿》已将此处改隶为法聪。

(2)《请生》：（走板）（小生唱）【醉春风】今日个东阁玳筵开，最不要（煞强似）西厢和月等。薄衾单枕有人温，早则是不冷，冷，受用些宝鼎香浓。绣帘风细，绿窗人静。【脱布衫】幽僻处可有人行，点苍苔白露泠泠。隔窗儿咳嗽了一声，启朱扉连忙答应。

《请生》折本由红娘（花旦）主唱，调腔本红娘唱完首曲便下场，接着由张生上场唱【醉春风】【脱布衫】两曲，而红娘在次曲演唱中再次上场。明弘治本该两曲除【脱布衫】末句为红娘唱，其余亦由张生来唱。

(3)《赴宴》：（小生）狗才！（唱）【雁儿落】唬得我荆棘刺怎动挪，（花旦白）张相公，你何不到夫人跟前说？你难道痴了，哑了？咳！（唱）你是个死木头，却也无回话。

《赴宴》折本由崔莺莺主唱，调腔本多处改为红娘分唱，该例张生亦分唱一句，红娘接唱【雁儿落】后四句及【得胜令】全曲。明弘治本、《六十种曲》本等【庆宣和】【雁儿落】【得胜令】三曲均改为张生独唱。

《捷报》折亦由崔莺莺主唱，同调腔《捷报》折相应的明弘治本卷五第一折、《六十种曲》本第十七出《泥金报捷》、《尧天乐》卷一下层《张君瑞泥金捷报》等，均把该折中的【挂金索】一曲改由红娘演唱，傅斯年图书馆藏抄本同，而新昌县档案馆藏《西厢记》总纲本（案卷号 195-1-1）则将位于【挂金索】之前的【逍遥乐】后半段分属红娘演唱。

（二）调腔《西厢记》的表演

调腔《西厢记·游寺》同昆曲演出本《南西厢·游殿》相比，无论是舞台调度，还是插科打诨，都十分相似。如调腔本论说张珙姓名、“西方出美人”、看丈母、“金刚‘勿惹’波罗蜜”、洞房料舍（香积厨、东圊）、观音龙女、红娘与法聪争闹、勾转脚尖、法聪哄张生回转等情节，亦见于明清以来《醉怡情》《缀白裘》《审音鉴古录》《昆曲大全》等昆腔选本或宫谱所收《南西厢》该出。不仅如此，调腔《游寺》折开场增入一支丑角（抄本一作付角）冲场曲“和尚出家”[①]；【柳叶儿】后增入红娘所唱的【皂罗袍】一曲，该曲出自《南西厢》，唯曲文出入不少，可见调腔《游寺》吸收了《南西厢·游殿》的部分演出形式。其实，昆曲折子戏《南西厢·游殿》也是屡经舞台塑造的结果，《曲海总目提要》卷七“南西厢”条所谓“近时演唱关目，有欠雅者，亦非日华本色”[②]，殆即指此。

《游寺》和《拷红》的演出难度较高，前者妙在科白，且火候掌握不易，后者对花旦一角要求较高。民国时期有剧评指出：“高调班（按，调腔又称高调）中如《游寺》《拷红》《醉酒》等剧，剧情繁重，殊少排演，倘无继起角色，也有失传之忧。”[③]1986 年抢救《北西厢》四折时，老艺人杨荣繁（1904—1991）以八十二岁高龄粉墨登场，饰演丑角法聪，昆曲“传”字辈姚传芗老师赞其“与王传淞的表演真是各有千秋”[④]。

---

① 曲文基本同于《缀白裘》本《孽海记·下山》首曲【皂罗袍】，清叶堂昆曲《纳书楹补遗曲谱》卷四时剧《僧尼会》题作【赏宫花】。

② 董康等校订：《曲海总目提要》，人民文学出版社，1959，第 299 页。

③ 老白相：《越剧在上海》，上海《申报》1938 年 11 月 9 日第 13 版。

④ 石永彬主编：《新昌调腔》，浙江摄影出版社，2008，第 88 页。

《游寺》中张生风流倜傥的形象亦见生动,越地有风俗诗云:“盈角声声金叵锣,一般腔子唱高歌。目连救母平安戏,快听张生笑话多。”①所谓“张生笑话多”,即指《游寺》折的诙谐热闹。至于出自《南西厢》的《佳期》一折,借红娘之口述崔、张幽会之事,较《北西厢》相应折目演出为便。同时,与诸多高腔剧种一样,调腔演唱只用锣鼓伴奏,不加管弦,但有后场乐队的人声帮腔。而《佳期》唱昆腔,有管弦伴奏,对前后几折唱腔只用锣鼓伴奏的“干唱”起到了调剂的作用,故而艺人舍彼取此。由此亦可见《南西厢》对调腔《西厢记》的影响。

四、调腔《西厢记》的增删和版本特征

(一)调腔《西厢记》曲牌及其增删

调腔《西厢记》(仅指《北西厢》部分)袭自元杂剧剧套,但抄本仅标注个别尾声,调腔的另一杂剧剧目《汉宫秋》抄本亦仅题【点绛唇】【混江龙】【新水令】及尾声,唯有傅斯年图书馆藏抄本《请宴》《泥金捷报》两折曲牌名题写较全。不仅如此,清中期以来相对独立发展出来的调腔“时戏”剧目所用的北曲套式,实与明清传奇常用的北曲套式大抵相同,而罕见套用调腔所保留的元杂剧剧套。

个别可能存在联系的是调腔早期传奇剧目《玉蜻蜓》,其中的《二搜》出【村里迓鼓】末句“这的是五百年前风流孽冤”化用自《西厢记·游寺》“正撞着五百年前风流孽冤”,【小梁州】及幺篇的词式则合于《西厢记·请生》的同名曲牌。方荣璋所编《调腔曲牌集》(1963—1964)在记录《西厢记》曲牌时将【村里迓鼓】误题作【节节高】,而明刊本此曲多误题【节节高】,可证《调腔曲牌集》所记录的完整曲牌名,实据明刊本补题。《中国戏曲音乐集成·浙江

① 胡宅梵辑:《越郡风俗词》,绍兴文理学院图书馆藏抄本,1962,第一集。

卷》对调腔《北西厢》《汉宫秋》所使用的曲牌与刊本全同这一现象做了强调[①]，殊不知今所见者正出自刊本。调腔早期剧目音乐上腔调材料通用的情况相当普遍，曲牌划分的价值逐渐削弱，曲牌名遂无题写的必要。但《玉蜻蜓》【村里迓鼓】末句化用自《游寺》同名曲牌，则说明调腔《西厢记》的曲牌名当是原本尚存，其后逐渐失落的。

至于曲牌的增删，除了上文提及的开场新增之曲和受《南西厢》影响增入的曲牌，同原著相比，调腔《西厢记・游寺》【村里迓鼓】之前，删去了【点绛唇】至【天下乐】四曲，《赴宴》折删去了【庆宣和】和【离亭宴带歇指煞】两曲。

(二)调腔《西厢记》的版本特征

《西厢记》明刊本众多，版本面貌复杂。就调腔《西厢记》抄本而言，新昌县档案馆藏《西厢记》总纲本(案卷号195-1-1)同其他抄本便略有出入，例如《游寺》【赚煞】第三句和第七句：

> 好叫我透骨髓将想(相)思病缠。……花柳依然。(案卷号195-1-1本)
>
> 好叫我透骨思想病染。……花柳争连(妍)。(案卷号195-1-12本)

前一句明万历三十九年(1611)刊徐文长评点《重刻订正元本批点画意北西厢》(简称批点画意本)，以及会稽人王骥德校刻的《新校注古本西厢记》(以下简称王骥德校注本)作“怎不教透骨髓相思病缠”，“病缠”二字其他明刊本多作“病染”；“依然”见于批点画意本、王骥德校注本，其他明刊本多作“争妍”。

---

① 《中国戏曲音乐集成》编委会、《中国戏曲音乐集成・浙江卷》编辑部编：《中国戏曲音乐集成・浙江卷》，中国ISBN中心，2001，第72页。

值得注意的是，复旦大学图书馆所藏《绍兴高腔选萃》本《拷红》，当出自绍兴的调腔班，曲文同来自新昌的调腔班、抄于民国年间的赵培生旦本（案卷号 195-2-19）差异较多，系源出不同的系统。例如《绍兴高腔选萃》本《拷红》【斗鹌鹑】“老夫人心数儿多”，赵培生本作“老夫人心叫尔（教儿）多”，考明刊本第四、五两字多作“心教”，批点画意本、王骥德校注本改“心教”为“心数”，《绍兴高腔选萃》本从之。又如批点画意本、王骥德校注本改【络丝娘】末句“夫人索穷究”为“夫人索体究”，改【小桃红】幺篇“我弃了部署不收”为“我担着个部署不周”，《绍兴高腔选萃》本作“夫人你体究”“我担了部署不周”，略同于批点画意本、王骥德校注本。除此之外，《绍兴高腔选萃》本在衬字上也有改从批点画意本、王骥德校注本之处。由此可知，《绍兴高腔选萃》本受到了批点画意本、王骥德校注本这一类版本的影响，而包括赵培生本在内的新昌县档案馆藏抄本，大抵沿着一些坊本而来，只是在流传中出现一些俗化。例如《拷红》【小桃红】第六、七两句：

一个恣情的不休，一个哑声来厮耨。（《绍兴高腔选萃》本）

一个儿浥香含（揾香腮）姿容不羞，一个是嫩腰肢挨身察秋（瞅）。（案卷号 195-2-19 赵培生本）

《绍兴高腔选萃》本同大多数明刊本基本一致，而赵培生本的“姿容不羞”“挨身察瞅”显系讹传和俗化。检明万历二十年（1592）熊龙峰刊本《重刻元本题评音释西厢记》和《群音类选》北腔类《西厢记》作“一个揾香腮恣情的不休，一个搂腰肢哑声儿厮耨”，可知赵培生本所添之字有所本。无独有偶，调腔《游寺》【柳叶儿】“恨天、怨天老天呵怎不把小生行个方便”（案卷号 195-1-12 本），明刊本多作“恨天不与人行方便”，唯《雍熙乐府》卷五所收《西厢记》【点绛唇】“游艺中原”套曲作“恨天、怨天天不与人行方便”，调腔本与之相近。

余 论

南戏声腔及后来的高腔剧种和昆曲搬演北曲杂剧，在剧本体制上都有一定程度的南戏化或传奇化。例如调腔《西厢记》的《游寺》《赴宴》《拷红》各折皆仿南戏、传奇体制，角色上场用引子或上场诗，且《游寺》《拷红》两折引子或上场诗文字见于《六十种曲》本《南西厢》。但除《游寺》变化较大之外，其他各折剧本总体上仍同杂剧原著相近。

相比于高腔剧种，昆曲的北曲虽已“水磨化”，但仍保留了较多的北曲特征。而北曲雄劲悲激，颇合于净角“阔口”声如铜钟的演唱，因而昆曲所演杂剧以净角戏居多。如昆曲舞台本《惠明》出自《南西厢》，唯净角【端正好】套曲仍用《北西厢》本。相比之下，调腔“北调南唱”和“一唱众和”的做法，利于大体照本搬演杂剧，较少受角色行当及其腔调特点的限制。

调腔《西厢记》流行既久，绍兴一带的说唱文学亦多咏《西厢记》故事，《越郡风俗词》第三集《越郡平调风俗节诗》收有《西厢记五更节诗》，叙及听琴、跳墙、问病、佳期和拷红的情节，第五集《西厢记对韵山歌》共叙停柩、游寺、联吟、寺警、赴宴、听琴、跳墙、问病、佳期、拷红、长亭十一事，从中也能反映出调腔早期《西厢记》出目或许较为齐全。

本文由吴宗辉与张涌泉教授合作，原发表于《湖南科技大学学报》(社会科学版)2018 年第 2 期，收入时有改动。

调腔《汉宫秋》考论

马致远《汉宫秋》杂剧是敷衍昭君故事的里程碑式的名作,但关目和排场不佳,宜乎盛行剧场者唯戏文《和戎记》和单折《昭君出塞》。职是之故,明清时期的戏曲选本中唯《大明天下春》收有《元帝饯别昭君》一出,中有【新水令】套,系由《汉宫秋》第三折改编而来。调腔能将《汉宫秋》传演至今,把"銮舆返咸阳;返咸阳,过宫墙;过宫墙,绕回廊"的回文重句名篇【梅花酒】搬上舞台,难能可贵。

一、调腔《汉宫秋》的演出

新昌县档案馆藏《汉宫秋》抄本有光绪十八年(1892)《雌雄鞭》等总纲本(案卷号 195-1-42)所收总纲和 5 件单角本,复旦大学图书馆藏抄本《倭袍》不分卷附《绍兴高腔三种》收有《游宫》《逃番》《饯别》三折;《绍兴高腔选萃》收有《游宫》《饯别》两折,另有《游宫饯别》抄本一种。调腔《汉宫秋》之《游宫》《饯别》为正生看家戏,绍兴的调腔艺人陈连禧(1884—1953)、新昌的调腔艺人潘岩火(1883—1950)均擅演之①。民国二十四年(1935)"老大舞台"赴上海远东越剧场演出,9 月 16 日日戏有《游宫》《饯别》,以陈连禧饰汉元帝,筱彩凤饰王昭君。

调腔以外,台州高腔(黄岩乱弹中的高腔)亦有《汉宫秋》。温州市瓯剧团原作曲李子敏根据蔡德钦(1886—1968)等老艺人演唱记谱,例以原著,得《游宫》残曲五支,《饯别》残曲二支,并推得至迟在清道光、咸丰年间,台州高腔就已上演此剧。另由记谱可知,流传于浙东一带的《汉宫秋》实属同源。收录于方荣璋编《调腔曲牌集》(1963—1964)中的《游宫》《饯别》系方荣璋根

① 参见《中国戏曲志》编委会、《中国戏曲志·浙江卷》编委会编:《中国戏曲志·浙江卷》,中国 ISBN 中心,2000,第 793、160 页。

被《昭君出塞》单折戏所取代。

（二）调腔《汉宫秋》的剧本特征

明万历间戏曲选本《大明天下春·元帝饯别昭君》所收《汉宫秋》第三折【新水令】套，曲文俗化或南曲化较多，并出现各角分唱，且【得胜令】【川拨棹】两曲改由旦角独唱，同时开头新增南曲【锦缠道】和生旦上场引子【金珑璁】，中间还添入了大量宾白，以便于搬演。而调腔《汉宫秋》的《游宫》《饯别》两折，不仅保留了元杂剧一唱到底的体制，且曲文离原著不远，现举【混江龙】对照如下：

调腔《游宫》	脉望馆钞校 古名家本第一折	《元曲选》本第一折
【混江龙】料必他珠帘不挂，望昭阳一步一天涯。疑了些无风竹影，恨了些有月窗纱。早知道宫内君王乘玉辇，却便似张骞天上泛浮槎。猛听得仙音院里，又听得弦管声中，弹出有哀怨千般，尽诉在一曲琵琶。（白）小黄门。（众）万岁！（正生唱）你与朕轻推绣毂，慢转回廊下。叫把怨女，迎接銮舆，休得把佳人惊唬。朕只怕乍蒙恩，把不住心儿滑。惊起了宫槐宿鸟，庭树栖鸦，宫槐宿鸟，庭树栖鸦。	【混江龙】料必他珠帘不挂，望昭阳一步一天涯。疑了些无风竹影，恨了些有月窗纱。他每见宫里君王乘玉辇，恰便似天上张骞泛浮槎。（旦做弹科）（驾）猛听得仙音院里，弦管声中，琵琶一曲，哀怨千般，你且轻推绣毂，慢转回廊，报教怨女，迎接銮舆，虽则密传圣旨，休得惊唬佳人，则怕他乍蒙恩，把不定心儿怕。惊起宫槐宿鸟，庭树栖鸦。	【混江龙】料必他珠帘不挂，望昭阳一步一天涯。疑了些无风竹影，恨了些有月窗纱。他每见弦管声中寻玉辇，恰便似斗牛星畔盼浮槎。（旦做弹科）（驾云）是那里弹的琵琶响？（内官云）是。（正末唱）是谁人偷弹一曲，写出嗟呀？（内官云）快报去接驾。（驾云）不要。（唱）莫便要忙传圣旨，报与他家。我则怕乍蒙恩，把不定心儿怕，惊起宫槐宿鸟，庭树栖鸦。

由此可知，调腔本与脉望馆本相近，而同明臧懋循《元曲选》本出入甚多，有学者据此得出调腔本改动较大的结论①。实际上，改动较大的是《元曲

① 例如陆小秋、王锦琦《调腔演出的〈北西厢〉和〈汉宫秋〉是元杂剧吗?》（浙江省艺术研究所编：《艺术研究》第12辑，1990，第224—226页）以【混江龙】为例，指出调腔本同原著差异较大，《中国戏曲志·浙江卷》《中国戏曲音乐集成·浙江卷》《新昌调腔》同其说。

选》本，明孟称舜《酹江集》眉批云："【混江龙】如'仙音院里'以下，可随便增加，别出一韵。吴兴本（按，指《元曲选》）率多删改，反不若原辞迢递。"①

再如调腔本《游宫》【醉中天】"便是那吴阖闾在姑苏台上见咱，那些个半筹儿也不纳，更改早十年前俺可也败国亡家"，《元曲选》本等俱作"若是越勾践姑苏台上见他，那西施半筹也不纳，更敢早十年败国亡家"，调腔本曲意颇新，别有所据。又如调腔本【金盏儿】"你向正阳门间改嫁不村煞"，"村煞"脉望馆本作"村沙"，"村沙"系宋元俗语，粗鄙陋俗之意，而《调腔曲牌集》从《元曲选》本改"不村煞"为"倒荣华"，转失旧貌。尽管腔调南曲化和部分曲文已有改易，调腔《汉宫秋》大体上仍保持了原著的格局。

---

① ［明］孟称舜编：《新镌古今名剧酹江集》，《续修四库全书》第1763册影印明崇祯刻古今名剧合选本，上海古籍出版社，2002，第593页上栏。

调腔《荆钗记》考论

——兼论明后期青阳腔改本《荆钗记》

《荆钗记》,《南词叙录》"宋元旧篇"著录,作《王十朋荆钗记》。《荆钗记》宋元旧本已佚,明刊本以影钞明嘉靖姑苏叶氏刻本《新刻原本王状元荆钗记》(简称影钞本)较为接近原貌,又有明万历间金陵世德堂刻本《新刊重订出相附释标注节义荆钗记》(简称世德堂本),其"夹白繁多、曲白混唱、插入北曲,应是余姚腔改本"[①],汲古阁《六十种曲》本《绣刻荆钗记定本》(简称《六十种曲》本)等明刊本则离元本较远。明万历以来的《词林一枝》《徽池雅调》《尧天乐》《乐府万象新》等青阳腔选本和《吴歈萃雅》《怡春锦》等昆腔选本也收入了不少《荆钗记》出目,其中青阳腔选本的曲文中常有大量的滚白和滚唱。

《荆钗记》是调腔传统剧目,绍兴安昌镇《安昌做戏快板》有"《荆钗记》,做《投江》;《琵琶记》,做《吃糠》"[②]之语,说明近代绍兴一带调腔班擅演《投江》。据 20 世纪 50 年代调查,绍兴的调腔班《荆钗记》唤作《王十朋》,有《卖花》《空想》《议亲》《遣嫁》《逼嫁》《差舟》《投江》《官亭》《祭江》九出[③]。

新昌县档案馆藏抄本所见调腔《荆钗记》有《空想》《逼嫁》《差舟》《投江》《官亭》《祭江》,凡六出,现有光绪二十九年(1903)"张贤云记"外、净、末等本(案卷号 195-1-12)所收《荆钗记》总纲,存《逼嫁》至《祭江》五出。《空想》仅存晚清《单刀会》等净本(案卷号 195-1-11)所收《荆钗记》净本,此外仅有单角本四件。新昌县档案馆藏抄本以外,复旦大学图书馆藏调腔抄本《调腔五种》收有《荆钗

---

① 俞为民:《明世德堂本〈荆钗记〉考》,《宋元南戏文本考论》,中华书局,2014,第 44 页。

② 胡宅梵辑:《越郡风俗词》,绍兴文理学院图书馆藏抄本,1962,第五集。

③ 参见华东戏曲研究院编审室资料研究组:《从"余姚腔"到"调腔"》,华东戏曲研究院编:《华东戏曲剧种介绍》第五集,新文艺出版社,1955,第 52 页。后收入蒋星煜:《中国戏曲史钩沉》,中州书画社,1982,第 67 页。

记·祭江》,《绍兴高腔选萃》收有《荆钗记》的《逼嫁》《投江》《官亭》《祭江》,清光绪十年(1884)敬义堂杨杏占抄本《荆钗记》收有《逼嫁》《投江》。

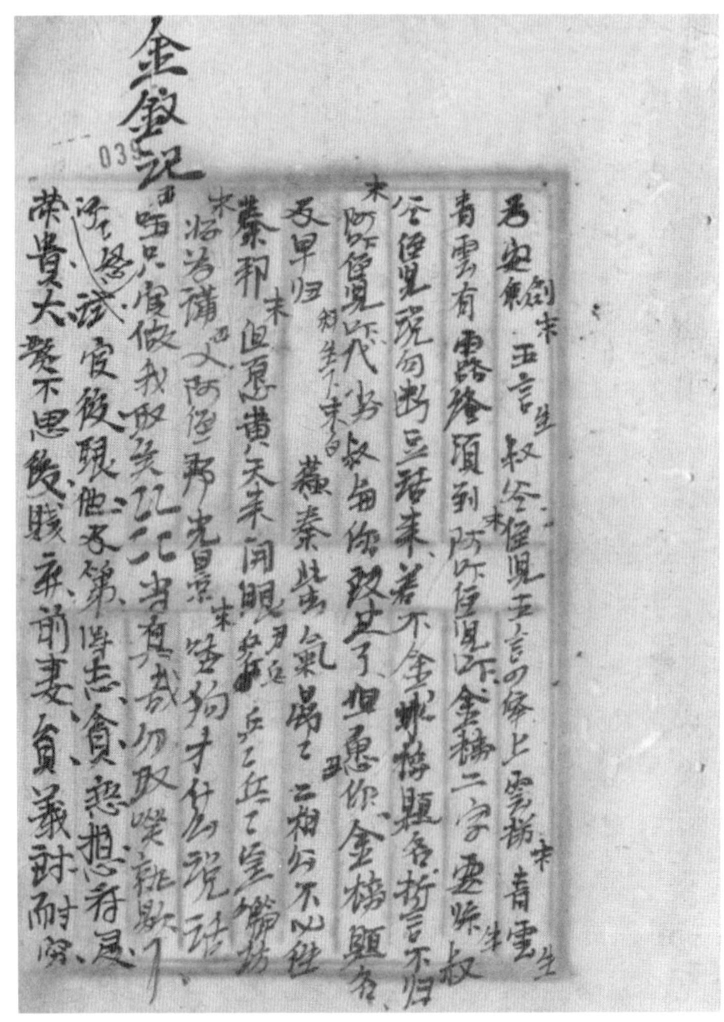

图 2　新昌县档案馆藏光绪二十九年(1903)“张贤云记”外、净、末等本(案卷号 195-1-12)所抄《金(荆)钗记》总纲本书影

一、调腔《空想》与《徽池雅调》的《孙汝权假妆卖花》

调腔《空想》出写孙汝权讨债归家,从钱贡元家花园路过,听见园内钱玉

莲及其婢女梅香采花声。无奈离去之际,孙汝权瞥见钱玉莲关窗,遂将钱玉莲比拟一番,并空想、模拟成亲景象,最后携仆备花红去请钱玉莲姑娘作伐。该情节不见于现存各《荆钗记》明刊全本,唯明万历间刊选本《徽池雅调》卷一上层收有《荆钗记·孙汝权假妆卖花》,写钱玉莲同婢女梅香园内观花,孙汝权讨账归家,从花园外路过,遂假妆卖花,花言巧语,企图窥探,被钱玉莲连番斥退,此亦不见于各明刊全本。

调腔《空想》没有《徽池雅调》本"卖花"的情节[①],曲文亦不同,但两者在关目上有一定的相似性,是青阳腔系统《荆钗记》所发展出的新关目。调腔《空想》是以净角唱做和净、丑插科打诨为主的净丑折子戏,虽仅存净角本,但曲文多出净口,因而相对完整。该出尾曲内容则基本同于影钞本第七出(《六十种曲》本第七出《遐契》)净角上场曲【秋夜月】,唯少中间两四字句。

二、青阳腔系统的"撬窗"和"官亭遇雪"

调腔《逼嫁》和《投江》(含"撬窗""投江"),同班友书、王兆乾编校的《青阳腔剧目汇编》上册(安徽省艺术研究所、安庆市黄梅戏研究所等编,1991)和崔安西、汪同元主编的《中国岳西高腔剧目集成》(安徽文艺出版社,2014)所收安徽岳西高腔本《荆钗记》的《逼嫁》《撬窗》《投江》相近,连同《官亭》出,亦与《川剧传统剧本汇编》第九集所收王治安抄本《雕窗》《抱石投江》《辞家踏雪》和萧兰君抄本《木荆钗》的《雕窗》《投江》《踏雪》相似。"撬窗""官亭遇雪"是青阳腔系统《荆钗记》发展出来的特色出目。

(一)"步出兰房"的改易和"撬窗"的新增

在"撬窗"出现之前,有关钱玉莲"步出兰房"的曲白便发生了改易,如明嘉靖三十二年(1553)重刊本《风月锦囊》之《摘汇奇妙戏式全家锦囊荆钗》,

---

① 《从"余姚腔"到"调腔"》中多取《徽池雅调》作比勘,因而所记绍兴的调腔班出目既有《卖花》,又有《空想》,前者可能是受《徽池雅调》影响而误记。

在《步出兰房、抱石投江》连用四支【新增绵搭絮】，详写钱玉莲“步出兰房”的心理活动，此为影钞本、《六十种曲》本所无。世德堂本不仅吸收了这四支【绵搭絮】，还进一步舍弃了【香罗带】等曲，新增出“撬窗”一节。明万历二十八年(1600)刊选本《乐府菁华》卷四下层《玉莲抱石投江》、清初刊本《时调青昆》卷四上层《玉莲投江》于此又有新的演变。现将各本该部分曲调及首句对照如下①：

影钞本 第二十八出	锦囊本	世德堂本 第二十八出 《玉莲投江》	《乐府菁华》 本	《时调青昆》 本	调腔本 《投江》
【五供养】(官外唱)餐风宿水		【五供养】(外唱)餐风宿水			
【梧叶儿】(旦唱)遭折挫			【半天飞】(旦唱)拘禁深闺		
【香罗带】一从别了夫 【前腔】将身赴大江	【香罗带】一从别了夫 【前腔】将身赴大江				
					【驻云飞】(正旦唱)血泪啼嚎
		【驻云飞】(旦唱)继母心毒		【驻云飞】(旦唱)继母心毒	【前腔】继母心毒

① 本文《荆钗记》各刊本参见俞为民、洪振宁主编《南戏大典·剧本编·荆钗记》(黄山书社，2012)，并复核了《古本戏曲丛刊》初集所收影钞本，王秋桂主编《善本戏曲丛刊》第一辑、第四辑(台湾学生书局，1984、1987)，[俄]李福清、李平编《海外孤本晚明戏剧选集三种》(上海古籍出版社，1993)所收选本，等等。调腔本《荆钗记》根据新昌县档案馆藏光绪二十九年(1903)“张贤云记”外、净、末等本(案卷号 195-1-12)所抄《荆钗记》总纲以及其他相关抄本校录，下文不一一出注。

续 表

影钞本 第二十八出	锦囊本	世德堂本 第二十八出 《玉莲投江》	《乐府菁华》 本	《时调青昆》 本	调腔本 《投江》
		【前腔】覆水难收 【前腔】取下珠围 【前腔】门户牢拴	【驻云飞】除下花钿 【前腔】父母劬劳	【前腔】枉受劬劳 【前腔】除下珠围 【前腔】门户牢拴	【前腔】除下珠玩 【前腔】门户牢拴
		【山坡羊】出兰房轻移莲步	【山坡羊】出兰房	【山坡羊】出兰房	【佚名】出兰房
	【新增绵搭絮】更深背母出兰房 【前腔】心下悲切仔细思量	【绵搭絮】更深背母走出兰房 【前腔】心中悲切细思量	【棉搭絮】更深背母走出兰房 【前腔】心中悲切细思量	【绵搭絮】更深背母去投江 【前腔】心中悲切自觉思量	【佚名】我只得轻声背母悄出兰房 【前腔】我心中悲苦自觉思量
	【前腔】忙行数步，忙行数步好身孤	【前腔】忙行数步我身孤	【前腔】忙行数步我身孤	【前腔】忙行数步奴好身孤	
			【傍妆台】到江边，泪汪汪	【粉红莲】到江边，水渺茫	【佚名】到长江，水渺茫
	【前腔】滔滔江水，江水浪溶溶	【前腔】滔滔江水浪悠悠	【棉搭絮】滔滔江水浪悠悠	【绵搭絮】滔滔江水，自幼在阃阁之中，那见这浪滚悠悠	【佚名】又只见滔滔江水，念奴在闺阃之中，那曾见浪滚悠悠
【弓落五更】五更时候	【江儿水】五更时候	【江儿水】五更时候	【江儿水】五更时候	【江儿水】不觉五更时候	【佚名】又听得五更时候
	【北雁儿落】到江边，泪满腮	【清江引】撇不下堂前妈妈谁管带	【傍妆台】到江边，泪满腮		
【糖多令】伤风化，乱纲常	【胡捣练】伤残风化乱纲常	【余文】伤风败俗乱纲常	【余文】伤风败俗乱纲常	【余文】伤残风化败纲常	【尾】伤风败俗坏纲常

续 表

影钞本第二十八出	锦囊本	世德堂本第二十八出《玉莲投江》	《乐府菁华》本	《时调青昆》本	调腔本《投江》
下接夫人唱引子【七娘子】、旦唱【长相思】“无奈祸临头”	下接【玉交枝】“容奴申诉”	同影钞本	完	完	【佚名】无奈祸临头

又，明末刊本《大明天下春》卷八下层《荆钗记·玉莲抱石投江》与《乐府菁华》本基本相同，《乐府万象新》卷四下层“时尚新调”《荆钗记·玉莲抱石投江》亦与《乐府菁华》本相近，插画亦同，唯“拘禁深闺”段曲调作【驻云飞】，无【傍妆台】“到江边，泪汪汪”一曲，且杂白相对较少。

调腔《投江》同《时调青昆》本尤近，当出自同一祖本。而调腔本末曲与影钞本【长相思】(《六十种曲》本第二十六出《投江》作【糖多令】)基本相同。此外，现存出自青阳腔或受其影响的地方剧种，或取其精彩部分，将“撬窗”别为一出，而“投江”则渐渐舍弃了钱玉莲被救诉苦情节，如岳西高腔本；或又将钱玉莲被救诉苦另别一出，如川剧高腔本。

(二)新增曲文和情节的来源

新增的曲文和情节同改编者固然有一定关系，但在纳入剧作之前，不少已作为“时兴杂曲”“新增妙曲”“滚调新词”等名目，刊刻在各类戏曲选本当中。如《风月锦囊》续编“新增时兴杂曲”有【驻云飞】六支，皆以钱玉莲口吻抒发投江过程中的衷曲愤懑，其中第三支“枉受劬劳”便与《时调青昆》本“枉受劬劳”出入较少。明后期戏曲选本尤其是青阳腔选本(或弋阳、青阳腔选本)，版面多分为两栏或三栏，常有一栏载有杂曲、散曲、民歌、诗赋、酒令、笑话、百科等，其中曲类既有剧曲，又有同戏曲、故事说唱相关的曲目。这些曲目，有可能出自一些文人、说唱艺人之手，或为剧中人物代言，或歌咏、敷衍其事，或作为赋子为艺人所取资，也有可能来自舞台的艺术加工，间被改编者吸收利用,以致影响了原作的结构和情节。明后期青阳腔的滚唱或滚调之所以如此兴盛,同这种演出和受众之间的互动不无关系。

(三)“官亭遇雪”及其剧中人物

“官亭遇雪”的情节见于世德堂本第三十一出《祭妇登程》,写十朋母、李成等往见王十朋,途中对江遥祭玉莲,并又路遇大雪,而其他明刊全本只有“祭江”而无“遇雪”。选本中明万历间刊《尧天乐》卷一下层所收《十朋母官亭遇雪》,计有【风入松】二支、【下山虎】五支,惜第五支仅剩开头。世德堂本有四支【下山虎】,前三支与《尧天乐》本第三至五支对应;调腔《官亭》“遇雪”部分的三支佚名唱段,同《尧天乐》本第三至五支【下山虎】相近,而后者的夹白或滚白,调腔本多已变为唱。1954 年在山西万泉百帝村发现的青阳腔剧本《黄金印》后附《荆钗·行程》一回,标明唱“清扬(青阳)腔”,赵景深先生有录文,并谓与《尧天乐》对照,“二者颇多相似之处”[①]。该本较调腔本多“教我如何不忧虑不伤悲”“追思昔日离了家”两曲[②],夹白或滚白亦较调腔本为多。

至于剧中人物,影钞本第三十二出有王母(贴)、李成(末)和春香(丑)三人,世德堂本相同,而《六十种曲》本第三十出《祭江》只有王母(老旦)和李成(末)两人,清乾隆间昆腔选本《缀白裘》八集《荆钗记·女祭》沿之。据《尧天乐》中王母“成舅,老身受苦理之当然,你二人呵,受尽奔波,多多感承”等语,则其于王母(贴)、李成(丑)之外还有春香,但通篇又未见春香出场。且如【下山虎】“此乃是爹爹严命”和“况又姻亲”两处,《尧天乐》本均出李成之口,不同于世德堂本分属李成、春香,此为《尧天乐》本实无春香一角之证。至于曲白偶有违失,当系改之未尽。准此,《尧天乐》本较为晚出,调腔本、川剧高腔本等只有王母和李成,亦来源于晚出之改本。

---

① 参见赵景深:《明代青阳腔剧本的新发现》,《复旦大学学报》(人文科学版)1956 年第 1 期,第 32—35 页。

② 此两曲同《尧天乐》本第二支【风入松】后半部分、第一支【下山虎】相对应,疑《尧天乐》第二支【风入松】当厘析为两支。

三、调腔《差舟》和《祭江》

介于《逼嫁》和《投江》之间的调腔《差舟》出同《六十种曲》本第二十五出《发水》(影钞本第二十五出)相近。影钞本用第二十五出演开船,第二十六出演鬼神托梦,第二十八出开头外角上场又交代托梦及命梢水救人,再演玉莲投江被救。显然"托梦"单设一出稍嫌繁冗,因而明茂林叶氏刻本《新刻王状元荆钗记》将之删去,把仅写开船变为同时交代托梦及命梢水救人,此为《六十种曲》本所承[1]。

调腔《祭江》同明万历三十九年(1611)刊选本《摘锦奇音》卷四下层《十朋母子祭江》相近,如王十朋(正生)引子大抵同于《摘锦奇音》本【何满子】"蝴蝶春寒深梦,杜鹃月冷啼红。山重恩情沉大海,清明时到恨无穷,苦!含泪吊东风"(《大明天下春》卷八下层《十朋祭玉莲》同作,他本多作【一枝花】且曲文异),但末多"新愁接旧愁,义海恩山,尽付水东流"数句。相较《摘锦奇音》本,调腔本多处已变夹白或滚白为唱,如(加粗者为曲文):

调腔本	《摘锦奇音》本
【江儿水】(老旦唱)**听说罢衷肠事,却原来只为着你。你丈夫不从招赘生毒计,懊恨你娘亲忒薄意,逼得你没存济。母子虔诚遥祭,望鉴微忱,早使灵魂来至**。(小生白)拜到东方。(正生唱)**拜请东方神祇,(小生白)再拜到西方**。(正生唱)**再拜到西方佛舍菩提。阿呀!河伯水官水母娘娘,信官王十朋在此俯地而拜,不为着别的而来,只为亡妻钱氏玉莲,被继母逼勒不过,前来投江而死。他的尸骸不知落在那个鱼腹之中,他的灵魂不知落在那个万丈深潭,望你们相护持,释放玉莲妻。玉莲妻脱离了波心浪里,早早向江边听祭**。(科)	【江儿水】**听说罢衷肠事,只为伊。你丈夫不从招赘遭毒计**,妻,你在九泉之下,不要怨我丈夫。**懊恨你娘行忒薄意,逼得你没存没济,渺渺茫茫丧在波心里**。(末)三上香。(生)**拜请东方佛菩提**。(白略)(生)拜请西方佛菩提。河伯水官、水母娘娘,信官王十朋,在此伏地而拜,不为别的,只为我妻钱氏玉莲,不从母命,守节溺水而亡。他的灵魂,或落在深潭之中,或丧在鱼腹之内,魂魄悠悠,引魂童子、界魄仙官,俺这里哀告江神,你那里有感有灵,早赐玉莲的灵魂,脱离波心,降临江边受祭。**可怜我母子虔诚遥祭,望鉴微忱,早使灵魂来至**。

[1] 参见俞为民:《明茂林叶氏刻本〈荆钗记〉考论》,《宋元南戏文本考论》,第36页。

此外，调腔本【园林好】一曲，异于各明刊本、选本，对照如下：

(正生唱)【园林好】忆昔当年遣嫁时，同携手入罗帏。荆钗为聘，对天盟誓；不负山盟，休忘海誓。千言嘱咐吾当记，早晚须当看古书。我今蓝袍身挂体，及第早回归。吾今身荣归故里，缘何不见捧茶妻？连叫几声玉莲妻吓妻，你今在那里，今在那里？(调腔本)

(老旦唱)【园林好】免愁烦回辞奠仪，拜冯夷多加护持。早早向波心中脱离，惟愿取免沉溺，惟愿取免沉溺。(《六十种曲》本)

四、调腔《荆钗记》的特色

首先，从戏剧气氛来看，调腔《荆钗记》现存出目除《空想》和《差舟》外，都是沉郁的悲情戏。但调腔本通过角色之间的说白和插科打诨，缓解了剧情低沉所带来的压抑感，进而达到“悯人”却“乐天”的“中和”戏剧审美效果。如《官亭》出：

(丑)亲母，这条江水往温郡而来，姐姐投江而死，也是这条江。亲母拿了雨盖，待小舅去捞他起来。(老旦)住了。你在家人人说你呆子，今日看起来，果真是呆子么成舅？

再如《祭江》出，由李成(丑)引出一段插科打诨，调节了祭灵的氛围：

(丑)姐夫，这是何人？(正生)这是礼生。(丑)原来是宗兄。(小生)何为宗兄之处？(丑)你也姓李，我也姓李，岂不是宗兄？(小生)舅爷姓李之李，晚生赞礼之礼。(丑)再施一礼。(小生)这是多礼。(丑)冒认子孙，算我无礼。(小生)岂有此理。

又如《差舟》作为较为轻松的过场戏，既缓和气氛，又给正旦演员的装扮调整和休息留足了时间。

其次，折子戏并不是简单地从全本戏中抽出几折来演，而是在角色搭配、剧情结构、唱做说白方面都做出了不同程度的修改和提升。如调腔本《空想》为净丑戏，《逼嫁》中丑角尚占很大部分，而《投江》完全是一个唱做吃重的正旦戏，《官亭》是调腔中较为少见的以老旦为主的折子戏，《祭江》则是一折正生戏。调腔《荆钗记》虽仅六出，却以多个角色本工戏的面目来呈现，因而有较高的舞台表现力和生命力。

结　语

明万历年间，受余姚腔"杂白混唱"的影响，青阳腔将五七言诗句和朗诵体的滚白相结合，发展出"时尚南北"的滚唱或滚调。明万历间世德堂本《荆钗记》已出现大量"曲白混唱"，而青阳腔进一步发展出带有滚唱的《荆钗记》改本。如《乐府万象新》所收《继母逼莲改节》，写继母、姑娘得信后逼玉莲改嫁，迥异于影钞本第二十四出，可见明后期青阳腔系统有改动颇大的《荆钗记》改本在流行，而"卖花""空想""撬窗""官亭遇雪"等便是青阳腔改本《荆钗记》颇具特色的出目。

除《差舟》外，调腔《荆钗记》诸出都有较多的增句加滚，同岳西高腔本、川剧高腔本等一样，剧本上来源于明后期青阳腔滚调流行时的《荆钗记》改本。同时，调腔本在改易中仍保留或吸收了《荆钗记》早期刊本的一些特征。由于种种原因，调腔《荆钗记》舞台上已失传，但在赣剧青阳腔中，"撬窗（或雕窗）"和"投江"仍作为旦角的保留出目而演出至今。

本文原发表于《中华戏曲》第55辑，文化艺术出版社，2017，第258—268页，收入时有改动。

调腔《黄金印》考论

——兼论相关剧种的苏秦戏

明戏文《金印记》，明吕天成《曲品》卷下《旧传奇》妙品五“金印”条云：“季子事，佳。写世态炎凉曲尽，真足令人感激，近俚处俱见古态。今有插入张仪而改名《纵横》者，稍失其旧矣。”[①]有明万历刊本《重校金印记》(简称重校本)，《古本戏曲丛刊》初集据以影印。现存高腔剧种的《金印记》或《黄金印》一般只写苏秦而不及张仪事，而明万历金陵陈氏继志斋刻本《重校苏季子金印记》、明崇祯刻本《金印合纵记》(题“西湖高一苇订证”)、明末刊本《三刻五种传奇》本之《李卓吾先生批评金印记》(简称李评本，与高一苇本属同一版本系统)等添入张仪事，为昆曲本所继承。又有明嘉靖癸丑(1553)重刊本《风月锦囊》之《摘汇奇妙戏式全家锦囊苏秦》(简称锦囊本)，面貌亦较为古朴。

调腔《黄金印》单角本剧名一作“金印〔记〕”，新昌县档案馆藏抄本所见有《高堂》《卖钗》《大别》《小别》《打梅》《大考》《前不第》《投井》《书房》《纺花》《阳关》《夺绢》《归家》《打上门》《负剑》《小考》《拜月》《封赠》《遣差》《后不第》《团圆》，共二十一出，其中有案卷号为195-1-10的总纲本，具体年代不详，收有除《阳关》《遣差》外的所有出目。新昌县档案馆藏光绪二十九年(1903)“张贤云记”外、净、末等本(案卷号195-1-12)收有《阳关》总纲；台湾“中央研究院”历史语言研究所傅斯年图书馆藏抄本收有《金印记·负剑》，影印收入《俗文学丛刊》第一辑第60册。

《黄金印》(《金印记》)是高腔剧种的常见剧目，《川剧传统剧本汇编》第一集收有川剧高腔《黄金印》，《湖南戏曲传统剧本》湘剧一收有湘剧高腔《金

---

① [明]吕天成著，吴书荫校注：《曲品校注》，中华书局，1990，第172页。

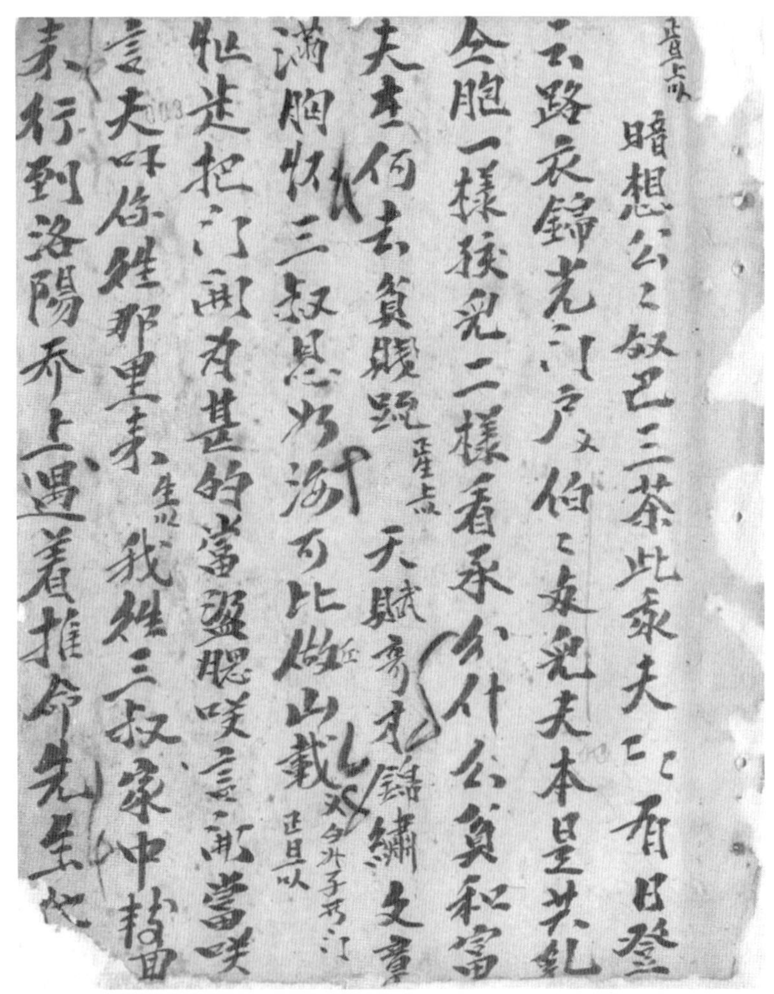

图 3 新昌县档案馆藏《黄金印》总纲本（案卷号 195-1-10）书影

印记》，出目均较为完整。现以调腔本为纲，将重校本、川剧高腔本、湘剧高腔本相应出目对照如下（数字表示场次）：

调腔	重校本	川剧高腔本	湘剧高腔本	调腔	重校本	川剧高腔本	湘剧高腔本
高堂	6 花前饮宴 7 季子推命	1 赏花 2 推命	1 园亭推命	夺绢	21 当绢被留 22 周氏投河	14 当绢	9 当绢

续 表

调腔	重校本	川剧 高腔本	湘剧 高腔本	调腔	重校本	川剧 高腔本	湘剧 高腔本
卖钗	8 逼妻卖钗 9 王婆卖钗	3 当钗	2 当钗	归家	23 周氏回家		
大别	10 别亲赴试	4 大堂别	3 阻挡	打上门		15 苏门	
小别		5 二别	4 唐二别妻	负剑	24 长途叹息	13 背剑	
打梅	11 琴剑西游	6 长亭	5 启程拗考	小考	25 魏国招贤 26 侯门于荐 28 魏廷献策 30 用计敌秦 31 商鞅点兵 32 函关交战 33 秦师败绩	16 投军 17 奏朝	8 投军 受封
大考	13 秦邦不第 14 落第去秦	7 拗考		拜月	29 焚香保夫	19 拜月	11 拜月
前不第	16 一家耻笑	8 不第	6 打机投水	封赠	34 苏秦拜相	18 挂剑	10 六国 封相
投井	17 投井遇叔	9 投水		遣差	36 差人传书		
书房	18 刺股读书	10 悬梁 刺股		后不第		20 赏雪	12 扫雪 荣归
纺花				团圆	42 封赠团圆	21 大 团圆	
阳关	20 再往魏邦	11 阳关	7 阳关饯别				

此外，班友书、王兆乾编校《青阳腔剧目汇编》上册（安徽省艺术研究所、安庆市黄梅戏研究所等编，1991）所收岳西高腔《金印记》有《劝考》《卖钗》《对镜》《阳关》《当钗》《唐二别妻》《周氏拜月》《周氏接夫》《大团圆》九出。同书另收有池州抄本《苏秦》下卷，系王兆乾发现于贵池刘街乡港口村，共有《织机》《（苏秦）投水》《赏花》《饯别》《当绢》《（周氏）投水》《回母》《打门》《魏考》《拜月》《赏雪》《团圆》十二出。北京高腔《金印记》则有《商鞅考试》《当绢》《投水》《回家》《打上苏门》《封相》《还乡团圆》等出，抄本见《俗文学丛刊》第一辑、《清车王府藏曲本》等书。

一、调腔本同重校本的比较

一般认为，重校本是旧本《苏秦衣锦还乡》戏文的嫡传，现就调腔本与重校本较为相近的出目略做比较。

（一）卖钗

调腔《卖钗》写苏秦（正生）从三叔家推命回来，意欲往秦邦求名，迫使其妻周氏（正旦）典卖钗梳来凑齐盘缠。周氏托王婆（丑）卖钗，王婆无从卖出，最终把钗卖给了苏秦兄嫂（小生、贴旦）。调腔本【江头金桂】等曲不同于重校本，而总体上与明人戏曲选本《歌林拾翠》二集《金印记·逼妻卖钗》的曲文相近。对照如下：

调腔本	重校本《逼妻卖钗》	《歌林拾翠·逼妻卖钗》
【驻云飞】暗想公婆 【前腔】天赋奇才 【江头金桂】见几个英雄俊贤……暗想爹娘遣嫁时…… 【前腔】笑娘吓你好太不贤 【佚名】我儿夫容奴解劝	【驻云飞】思忆公姑 【前腔】推命回来 【集贤宾】君身恨不插翅飞 【前腔】词源倒流三峡水 【前腔】前程万里全靠你 【前腔】裙钗女流甚见识 【猫儿坠】妾身苦乐 【前腔】贤妻不比寻常	【驻云飞】暗忆公姑 【前腔】推命回来 【集贤宾】一心要去步云梯，见几个英雄俊彦 【前腔】暗想爹娘遣嫁时 【前腔】笑伊太不通变 【皂角儿】我儿夫容奴禀劝 【前腔】谢吾妻心回意转
【驻云飞】除下金钗 【前腔】（丑念）买卖生涯 【出队子】沿街奔走 【佚名】（小生、贴旦）忽闻呼唤	【一江风】我儿夫 【前腔】（丑）我王婆 【黄莺儿】一事特相浼 【前腔】贤德世间无	【驻云飞】除下金钗 【梨花儿】我是王婆 【黄莺儿】一事特相浼 【前腔】贤德世间无

明万历间刊选本《词林一枝》（全称《新刻京板青阳时调词林一枝》）卷四下层《苏季子逼妻卖钗》有且仅有【驻云飞】“思忆公姑”“天赋奇才”和【江头金桂】“见几个英雄俊儿”“笑伊太不通变”四曲，调腔本相应曲文与之大致相同，知调腔本此出源自青阳腔改本。川剧高腔、湘剧高腔《当钗》彼此少有出入，曲文较调腔本略异且相对通俗，且无“我儿夫容奴禀劝”相应之曲。而调腔本“王婆卖钗”部分与川剧高腔本甚为接近。

（二）大别

调腔《大别》先写苏秦辞别父母兄嫂，前去赴试。调腔本前半部分引子和曲文皆见于重校本《别亲赴试》，唯字句略异，且有增句。不同于各明刊本，调腔本结尾部分为苏秦妻舅周三宝前来助银并讥讽苏兄吝啬的丑角戏，所唱“你把饯行酒切勿辞推”一大段增句加滚甚多，曲文和情节不见于各本。

川剧高腔《大堂别》与湘剧高腔《阻挡》同出一路，曲调和曲文均改易增衍较多，都有【绛（降）黄龙】“岂不闻焚膏与继晷”等曲，唯川剧高腔本保留了相对较多的与重校本相应的曲文。

（三）前不第

调腔《前不第》写苏秦秦邦不第回来，遭一家人耻笑，其中周氏上场唱【解三醒】“绣帏里整顿机麻”，没有引子和定场诗；其次苏母（付）上场也没有引子，而唱【解三醒】合头部分。苏母与前来报信的唐二（丑）插科打诨，并与苏嫂王氏（贴旦）哄骗周氏，其下唱段为：

> 【绣带儿】（正旦唱）闻说音信回来，且停梭机试问根由。（付白略）（贴旦唱）方才唐儿前来报，叫你安排远接休得落后。（白略）（正旦）此论来是奴家了。（唱）安排远迎休得落后。（付唱）且织机，只落得我怒冲心气，（正旦唱）特兀的将人耻笑，这场打骂呕气叫我怎生禁受？

此曲与重校本首支【绣带儿】前两句和次支后半部分相合，相似的还有其后调腔本第一支【皂角儿】“去时节不由人阻留”，对应于重校本首支【浆水令】前四句、次支首尾两句和第三支。苏秦上场亦无引子，曲文大都见于重校本。紧接着调腔本演苏秦兄嫂以佛前灯、猫儿饭等欺辱苏秦，其妻周氏不下机，重校本同，其后重校本连用六支【红衲袄】写众人数落苏秦，而调腔本只有“你不要气冲冲观牛斗”一段，与重校本第二支【红衲袄】略同。川剧高腔《不第》、湘剧高腔《打机投水》中苏母、苏嫂哄骗周氏部分，与池州抄本《织机》曲文相近，均和重校本出入较多。

（四）投井

调腔《投井》先写粮官（净）催粮，后写三叔请粮官喝酒，出门时救下投井的苏秦；川剧高腔《投水》也是三叔请催粮的里长喝酒，里长无意中说出苏秦投水，三叔前往施救。此催粮情节为重校本所无。

调腔本“去时节蒙君送别”“并险做些没来由”两段同重校本《投井遇叔》第一、三支【皂罗袍】字句颇有相合之处；池州抄本《投水》亦有且仅有该两段，字句较调腔本稍多。调腔本结尾三叔所唱“你且慢伤悲哽咽，慢伤悲哽咽，莫怨身遭困危，否极有泰来时节”不见于重校本，但基本同于《九宫正始》所引明成化间《冻苏秦》和李评本第十三出《一家耻辱》的【香柳娘】合头部分。川剧高腔本三叔救秦部分则异于重校本，而与李评本甚近。

（五）书房

调腔《书房》写苏秦刺股攻读诗书，开头无重校本所有的三叔劝秦勤读的内容，而由周氏携婢女小莲（贴旦）提灯寻夫开场。对照如下：

调腔本	重校本《刺股读书》
【清江引】（正旦）妇人夜行须用火 【驻云飞】（正生）朝暮勤劬	（前略） 【菊花新】（生）求名未遂苦回家 【驻云飞】朝暮勤渠（劬） 【前腔】月阙云梯 【前腔】吕望明符 【前腔】略得成住
【前腔】（正旦）月影西斜 【佚名】（正生）莫不是风敲竹径 【下山虎】（末）更阑人静 【前腔】（正旦）劝君家息怒停嗔 【尾】（正生）从今打散鸳鸯也	【步步娇】（旦）月影西斜三更尽 【古梁州】（生）莫不是风敲竹径 【前腔】（末）更阑夜静 【前腔】（旦）告君家息怒停嗔
【锁南枝】（正旦）黑夜里寻夫婿 【前腔】（老旦）秦邦为不第回，他道妻不下机杼 【前腔】（正旦）谢叔公，救丈夫 【前腔】（花旦）恼得我气彭彭，大丈夫	【孝南枝】（旦）一夜寻踪迹 【前腔】他道妻不下机 【前腔】谢叔公，救丈夫 【前腔】他是英雄大丈夫

可见调腔本格局和重校本仍较为相似。此外川剧高腔《悬梁刺股》面貌与各明刊本大为不同，当是经过了改易或别有所本。

（六）阳关

调腔《阳关》写苏秦往魏邦求名，叔侄在阳关饯别。现将重校本、调腔本、池州抄本《饯别》、岳西高腔《阳关》、川剧高腔《阳关》、湘剧高腔《阳关饯别》对照如下：

重校本	调腔本	池州抄本	岳西高腔本	川剧高腔本	湘剧高腔本
【下山虎】一杯淡酒，略表寸心 【前腔】世情冷暖，是亲非亲 【前腔】文王羑里，孔子遭陈 【前腔】苏秦吃尽，万苦千辛 【余文】劝君更尽一杯酒	【佚名】谢叔爹一杯淡酒，略表殷勤 【前腔】苏秦吃尽打，自亲非亲 【前腔】文王幽禁 【尾】劝君饮尽杯中酒	*仓猝间一杯淡酒，略表寸心 *梧桐叶落心未干 *世情冷暖，是亲非亲 *文王羑里，孔子遭陈 *苏秦吃尽吃尽了万苦千辛 【尾】劝君饮尽杯中酒	*你叔爷赶至阳关路上，送你一杯薄酒 *苏秦启程，万苦千辛 *他那里唤家童取黄金 *文王羑里，孔子遭陈 *侄儿拜别往前行……(白)非是孩儿去而复返 *梧桐叶落心未干……想我苏三下拜	【下山虎】谢叔爹一杯美酒 *文王羑里，孔子遭陈 *非是你儿去而复返 *梧桐叶落心未干……苏淮下拜 *二爷听禀 【尾煞】三寸舌为安邦剑	【下山虎】一杯淡酒，(又)与儿饯行 【前腔】谢叔爹恩重，(又)胜似海深 【前腔】苏三下拜，(又)祝告天神 *有寿童开言听禀 【尾声】一卷书能安天下
【五供养】待有少禀，欲言又忍 【前腔】不必泪盈盈 【前腔】二官听原因	【佚名】猛回头我只得含羞，忍取泪泪淋泪涟 【前腔】解元且宽心 【前腔】二相公且放心 【尾】劝君饮尽杯中酒				

由上表可知，调腔本犹存重校本的格局，池州抄本提到枯树挡路，但只是一笔带过，尚与重校本相近，而岳西高腔、川剧高腔、湘剧高腔已敷衍出三叔拜祷等内容，其中尤以川剧高腔、湘剧高腔关系较密，结尾都有以迎亲吹

打为好彩头的描写。

(七)夺绢、归家

调腔《夺绢》写苏母、苏嫂串通一路,夺走周氏所织绢子。调腔本仅有【剔银灯】"谁须你雌鸡叫"和"骂得我无言可说"与【玉交枝】"家私虽有一份"和"你这腌臜乞丐",以及【四朝元】"我只得含羞忍耻"共五支曲子,同重校本《当绢被留》第一、五两支【剔银灯】和第一、二支【玉交枝】以及《周氏投河》第一支【四朝元】相对应,但前四者都有不同程度的增句加滚。如首支【剔银灯】:

调腔本	重校本
【剔银灯】(付唱)谁须你雌鸡叫,此乃是不祥之兆。缠头万贯终须有,海水茫茫要远流。是我两个老人家,朝一巴来暮一巴,巴巴急急做人家。生了这不肖子,娶了你这不贤妇。不肖子来败,不贤妇来卖。败的败来卖的卖,把我一份好家财,从头败完了。(白略)(付唱)思之,令人取笑,打只打裙钗女流,骂只骂泼贱丫头。	【剔银灯】(外)那曾见雌鸡报晓,雌鸡叫不祥之兆。要随夫贵拜受金花诰,把家私从头坏了。(合)思之,令人取笑,且只骂裙钗女流。

池州抄本《当绢》和调腔本相近。川剧高腔、湘剧高腔《当绢》的曲调各有发展,同样也出现了通俗化的滚唱。

调腔《夺绢》结尾写周氏愤而投河,被婢女秋香(贴旦)救起,末尾仅有【驻云飞】"且将泪收"一曲,湘剧高腔本同,川剧高腔本题作【赚】,曲文则相当。

调腔《归家》写周氏回娘家诉苦。调腔本前有四支【红绣鞋】(当为【金钱花】,戏文传奇中两者常相误题),与重校本《周氏回家》第一、二、四、五支【金钱花】大致相同;调腔本其后有四支【江头金桂】,较重校本删减一支。

(八)团圆

调腔《团圆》和岳西高腔《大团圆》、池州抄本《团圆》相近,仍保持了重校本《封赠团圆》的大致格局,只是略有删减和改易,其中后半部分通过激发周氏诉苦,借以反衬苏秦父母兄嫂的无情,重在表现苏秦认不认妻一事;川剧高腔本《大团圆》、湘剧高腔本《扫雪荣归》之"荣归",在情节和曲文上都跟调腔本有着很大不同，如川剧、湘剧高腔本写苏秦回溯花前饮宴被比作山茶花之事、只收周家不收王家贺礼等，重在表现苏秦认不认父母一事。

二、调腔本同各剧种相关出目的比较

调腔本《小别》《打上门》《后不第》等虽为重校本所无，却见于一些明后期戏曲刊本、选本和现存地方剧种的苏秦戏，现就相关出目略做考察。

（一）高堂

调腔《高堂》写一家人花前饮宴，苏秦受到苏母兄嫂羞辱。三叔携苏秦归家，请来相士推命。调腔本苏仲子、苏嫂上场引子因抄本缺失而无考，苏父苏丕（外）、三叔的引子见于重校本《花前饮宴》，内容稍异，其后则全然不类。调腔本曲文大致能与锦囊本、李评本相对应，三者对照如下：

调腔本	锦囊本《华堂饮宴》	李评本第三出《玩赏园亭》
【锦堂月】丽日融和……斷和捧，愿祝高堂，寿算无穷 【侥侥令】丽词歌白雪 【尾】夕阳不觉沉西陇	【锦堂月】丽日融和……斷和捧，拚却酩酊花前，莫挫东风 【前腔】笼葱，花压眉峰 【尾声】斜阳又觉沉西陇	【锦堂月】（同左） 【前腔】玲珑，花簇眉峰 【醉翁子】此景胜蓬莱仙洞……金杯捧上，祝高堂寿算，永远无穷 【前腔】须听，论草木有高低 【侥侥令】丽词歌白雪 【前腔】三万六千日 【尾声】斜阳已觉沉西陇

川剧高腔《赏花》先由苏秦上场，引子和定场词同于重校本第二出《季子自叹》，下文较调腔本多【醉公子】（即【醉翁子】）一曲，且唱昆腔。湘剧高腔《园亭推命》与川剧高腔《赏花》《推命》出自同一祖本，前者“园亭”部分本亦唱昆腔，唯唱词已佚，仅保留吹打。

调腔本“推命”部分算命先生仅张铁口（净）一人，其上场诗和“（念）若此命妙哉”曲文，与重校本第二支【临江仙】、首支【赏宫花】相近。

（二）小别

调腔《小别》演“唐二别妻”故事。重校本、李评本仅有三叔嘱托唐二挑担之事，其中李评本有末、丑科诨。《歌林拾翠》本《唐二分别》用【一江风】三支和【清江引】写唐二（丑）与三个老婆（净、贴、旦）分别，其后【五更转】等曲则见于重校本。《歌林拾翠》本首支【一江风】有大量加滚，前两支与调腔本较为相近，显然吸收自青阳腔系统。又，调腔本开头有【一江风】三支，岳西高腔本《唐二别妻》相应的曲牌只有一支，其后曲白稍有差异。调腔《黄金印·小别》三支【一江风】之下的曲文，多化用自调腔《琵琶记·大别》第二支【忒忒令】，第一支【沉醉东风】和《琵琶记·小别》第二至四支【尾犯序】，甚至唐二中途被三叔叫离的描写也与《琵琶记》中蔡伯喈被诸友叫去讲话的情节相当。

川剧高腔《二别》、湘剧高腔《唐二别妻》开头有两支大抵相同的【驻云飞】，又用别后唐妻另寻乐趣来插科打诨，与调腔本、岳西高腔本的夫妻哭别的旨趣不类，知两者别有所本。其中湘剧高腔本和调腔本尚有一定的联系，例如有唐二给儿子取名的情节（岳西高腔本只云唐妻有孕），末曲【清江引】有个别字句同于调腔本、岳西高腔本，而川剧高腔本另作敷衍。梨园戏下南外棚头折戏有《唐二别》，所唱为民间小调，系后出的丑旦小戏。

（三）打梅

调腔《打梅》写苏秦、唐二路遇另一考生乐得喜（净），唐二、乐得喜两人一番插科打诨，并一同偷梅解渴。重校本《琴剑西游》写苏秦、唐二一路见景抒怀，李评本第八出《苏张往秦》则突出了丑角的插科打诨。川剧高腔本有与调腔本相似的《长亭》一出，且两者都有以名字打趣的情节。湘剧高腔《起程拗考》之“起程”部分苏秦、唐二两人插科打诨，并未再增一角，但同川剧高腔本都有【驻云飞】“负剑囊琴”一曲（与重校本【步步娇】“负剑囊琴离乡故”异）。

（四）大考

调腔《大考》前部分写苏秦先献万言书，商鞅（净，名公孙贤，湘剧高腔本作公孙衍）嫉贤妒能，故作刁难，遂使苏秦不第。

该出面貌与北京高腔《商鞅考试》、川剧高腔《拗考》颇近：其一，在关目上，考试及插科打诨占绝大部分，且有许多相同的科诨；苏秦下第后，调腔、川剧高腔本都是店家王婆不仅不要钱，反送盘缠。其二，商鞅所唱“却原来舌尖儿游遍了九垓”等唱段与北京高腔本【端正好带倘秀才】、川剧高腔本【驻马听】略同，苏秦下第后所唱两支【驻云飞】，与北京高腔本的两支【驻云飞】和川剧高腔本第一、四两支【驻云飞】字句也有相近之处。湘剧高腔本“拗考”部分无商鞅唱段，但其后【驻云飞】亦仅两支。

（五）打上门

有关苏秦岳母（老旦）听闻女儿周氏遭遇，愤而打上苏门的情节，虽不见于明刊本，但调腔、川剧高腔、梨园戏、池州抄本、北京高腔本以及1954年在山西万泉百帝村发现的青阳腔剧本《黄金印》都有这一出目，皆写周母、苏母互相打骂，周父（末）、苏父相劝，周氏称婆婆打得愈疼，福寿愈多，令苏母大为感动，两家最终言归于好。此外，该出中苏父对周氏抱有较多的同情，其实重校本《当绢被留》中苏父仍作为苏母、苏嫂的帮凶出现，而各剧种《夺绢》或《当绢》一出已无苏父，以便角色性格的前后协调。

调腔本《打上门》和川剧高腔《苏门》前半部分均连用四支【驻马听】；北京高腔本第四出《打上苏门》、池州抄本《打门》分别为三支和两支，字句上同调腔本更相近。后半部分各本则有差异：川剧高腔本、北京高腔本都是周父、苏父提前下场，场上周氏认错，而调腔本则众人在场，周氏赔罪，周母、苏母互相认错，池州抄本《打门》、梨园戏下南剧目《苏秦・亲姆打》亦同。梨园戏清抄本末尾合唱部分为：

> 前言消恨，两家和顺，（重）贫亦好。嗏，算来名利有徒劳（重）。荣华富贵何足道。嗏，功名二字休迟早，何处为高（重）。一家和顺世间亦难讨，忠孝传来无价宝（重）。

调腔本结尾合唱部分为：

【佚名】前言消掉，前言消掉，周与苏两家和好。前言都撇掉，休记在心苗。【尾】贫穷富贵何足道，今日两家多欢笑。忠孝两全无价宝。

川剧高腔本【尾煞】为："富贵穷通何足道，一家欢乐便为高。忠孝须当国家宝。"由此可见，各声腔剧种该出大致有相近的源头，而川剧高腔本、北京高腔本后半部分情节和曲文的不同，则可能受不同改本的影响而发生了变化。

（六）负剑、拜月

调腔《负剑》写苏秦在魏邦赴考途中，触景兴叹。《风月锦囊》卷一下层有【新增北武陵花】（"负剑西游"）一曲，曲文与重校本《长途叹息》迥异，为明后期戏曲选本所继承。调腔本"负剑西游"曲有较多的增句加滚，如增入歌咏鸳鸯的"号为文禽之鸟"等句、"朝臣待漏五更寒"诗等，川剧高腔《背剑》"负剑西游"一曲亦同。调腔次有【驻马听】"涉水登山，只为功名奈若何"一支，不见于各本。

调腔《拜月》写周氏中秋夜焚香，保夫荣归。重校本《焚香保夫》有【二犯朝天子】四曲，调腔本及岳西高腔本《周氏拜月》、川剧高腔《拜月》仅有前两支。选本中《歌林拾翠》二集《拜月思夫》、《怡春锦》弋阳雅调数集《对月》后增两支【驻马听】，调腔本及岳西高腔本均有相应曲文；《摘锦奇音》卷六下层《周氏对月忆夫》所增为【驻云飞】一支，川剧高腔及湘剧高腔《拜月》有之。调腔本【尾】同于《怡春锦》本。

（七）小考、封赠、遣差

调腔本以《拜月》夹在《小考》和《封赠》之间，先演《拜月》后演《封赠》，于剧情发展更为合理。调腔《小考》和池州抄本《魏考》相近，皆合重校本数出事为一出，写苏秦投考魏国，击退前来进犯的商鞅，有武打戏。调腔《小考》《封赠》较川剧高腔本《投军》《奏朝》《挂剑》简省许多：一是省去了段干木（小生）奏请魏王之事，二是拜相时仅有魏国黄门官（小生）宣旨封赠，而不出六国黄门官。此系调腔本删繁就简。

调腔《遣差》实则紧接于《封赠》之后，单角本题有出目名，据以别为一出。《遣差》曲文异于各本，写苏秦封相后百户（净）奉命前往三叔家报喜，结果无马可乘，只得骑一条跛驴下书，成为一个轻松诙谐的短出。

（八）后不第

调腔《后不第》，单角本亦题《赏雪》，演苏仲子备宴赏雪，三叔来报苏秦封相的消息，反遭冷脸。苏秦乔装归家，遭父兄接连喝退。周氏见之失色，苏秦捧出黄金印，被苏母讥为道士三宝印，并摔在地上。随后百户（净）送凤冠霞帔至，苏母忸怩作态。现将调腔本同池州抄本《赏雪》、川剧高腔《赏雪》、湘剧高腔《扫雪荣归》之“扫雪”部分、梨园戏本下南剧目《苏秦·假不第》对照如下（未标注角色人物者为苏秦唱段）：

调腔本	池州抄本	川剧高腔本	湘剧高腔本	梨园戏本
【风入松】孩儿在乾坤内可安顿……我和你棠棣花、连枝共本，呀！直恁的太欺人 【前腔】我妻你缘何长叹声 【佚名】（正旦）一家人俱见错	【风入松】无颜羞见故乡人……谁认得假和真 【前腔】（外、夫）当初指望改门庭 ＊乾坤内外有名声……吾妻不必泪盈盈	【风入松】乾坤无底可栖身……我和你池中栽藕，连理共根，割不断的手足情 ＊我看你头上珠翠……真可是裙钗辈蛇蝎心 ＊哥哥也是爹娘所生……两样心，不公平 ＊（周氏）檐前喜鹊闹声声 ＊我妻不必泪盈盈……我乃是巧打扮，看双亲 ＊魏王赐我黄金印……待来朝，接官亭 ＊（周氏）一家人都见差	【风入松】乾坤无底可容身……你是个守财奴不知情 ＊我看你头戴珠围……真是妇人家蛇蝎心 【缕缕金】（周氏）追思昔日嫁苏门 【后庭花】贤妻不必泪淋淋……我是巧打扮，哄二亲 ＊有眼不识宝和珍……接官亭上见分明 【忒忒令】（周氏）一家人待儿都差	【风入松】一身落泊受人欺……伊今知我假共真 ＊乾坤无处通安身 ＊……贤妻不必苦伤悲……珠冠霞帔卜来荣显你身 ＊六王拜我为军师……肉眼无珠你不识宝

由上表可知，各本“乔装归家”都有一定的联系，乃至有着共同的来源。重校本无此情节，锦囊本有《乔妆归宅》之目，惜无相应曲文。合纵本系统亦有乔装归家情节，唯《金印合纵记》单设《微行》一出，其余各本则作为插曲置于团圆戏之前。其中，李评本第三十八出《合家团圆》(《群音类选》诸腔类卷一《金印记·微服归家》)第四支【风入松】“无颜羞见故乡人”，池州抄本首曲与之接近，是该出与合纵本系统有一定的关联。

结　语

(一)各剧种苏秦戏的特色出目及其特点

在上文提及的各剧种的苏秦戏中，还有一些既与重校本、锦囊本乃至合纵本系统相差较大甚而无可对应，又不见于其他剧种的情节或出目。如调腔《黄金印·大别》中的“周三宝助银”、池州抄本《赏花》、岳西高腔《周氏接夫》、梨园戏上路剧目《苏秦·拦路》等，都是各自较为独特的出目。

调腔《纺花》紧接《书房》之后，游离于苏秦故事之外，乃写三叔丫鬟蜡梅(花旦)因在周氏面前夸饰，被三叔婆罚纺花。职是之故，调腔本在《书房》结尾周氏乃向三叔婆(老旦)诉苦，各本则为三叔。在《书房》出腊梅、小莲两人插科打诨中，揭出三叔引诱蜡梅，致其身孕一事。《纺花》出则演蜡梅诉尽身为丫鬟之苦，最终被三叔婆问出怀孕实情，三叔婆虑己并无子嗣，便认蜡梅作姨娘。调腔《纺花》出艺术性地反映了旧时大户人家婢女的生活境况。另，衡阳湘剧高腔《黄金印》有玩笑戏《南楼拷腊》，同样包含三叔婆拷问因与三叔有私而怀孕的腊妹子的情节。

池州抄本《赏花》除篇首有两句上场引子外，全系科白，写三叔救起苏秦后，愤而找苏秦兄嫂评理，同苏父扭打，并将苏兄扯到宗祠整家规；苏母追至三叔家，被丫鬟蜡梅打了一通。该出与调腔本“周三宝助银”，像是为了发泄观者对苏秦父母兄嫂的愤恨而增衍的出目。

岳西高腔《周氏接夫》则据重校本第四十一出《踏雪空回》【七贤过关】

“官亭气象巍，喜见夫荣贵”一曲改写，同明后期戏曲选本所收杂曲、妙曲中就戏曲本事作敷衍相类。梨园戏《拦路》写苏秦往魏邦再度赴考，周氏前往阻拦不成，只得赠以盘缠并分别。各本“阳关饯别”均不曾出现周氏，检明万历三十八年(1610)刊选本《玉谷新簧》卷五中层“时兴妙曲”有《苏秦别妻》一目，曲文同梨园戏本有相类者①，据此可知该出当从后出的新增曲目吸收而来。此外，明后期戏曲选本尤其是青阳腔选本(或弋阳、青阳腔选本)常有一栏用来收录杂曲、民歌、酒令等内容，梨园戏本有此一出，是其受青阳腔系统影响之一证。

(二)调腔本与青阳腔改本

明万历年间，受余姚腔“杂白混唱”的影响，青阳腔发展出风靡一时的“青阳时调”，出现了带有滚唱的戏曲改本。调腔《黄金印》的《卖钗》《阳关》《打上门》《团圆》存在着不同程度的加滚，或个别曲牌加滚较多；《大别》出所增衍的丑角戏和《小别》《夺绢》《负剑》《拜月》则有大量加滚，都当受到了青阳腔影响或来源于青阳腔改本《金印记》。其中，“打上苏门”这一关目不见于重校本，但广泛存于同青阳腔相关的剧种中，当系青阳腔改本出目。

受“青阳时调”影响，还出现了《八能奏锦》(全称《鼎雕昆池新调乐府八能奏锦》)、《时调青昆》一类的青昆合刻的选本。又如《歌林拾翠》，有《善本戏曲丛刊》第二辑影印清初奎璧斋(郑元美)、宝圣楼覆刻本，《中国昆剧大辞典》以之为昆腔剧曲选集，实亦青昆合选，例如所收《白兔记》出自富春堂本系统，而非昆腔所承的明成化本、汲古阁本。《歌林拾翠》本《金印记》较重校本略有增删，《唐二分别》《负剑西游》《拜月思夫》带有滚唱，其中刊刻时有的还以中等字号加以区别。“唐二别妻”故事在明刊本、选本中，暂时唯见《歌林拾翠》有其曲文。

---

①　参见康尹贞:《梨园戏与宋元戏文剧目之比较研究》，台湾大学中国文学研究所硕士论文，2006，第94页。

(三)调腔本及相关剧种苏秦戏所反映的改本特征

调腔《黄金印》总体上沿着《重校金印记》一类较近原本的系统发展而来,其同重校本相近的出目有《大别》《前不第》《书房》《阳关》《夺绢》《归家》《封赠》《团圆》。调腔《前不第》《阳关》等出较其他剧种相应出目更接近重校本,于此可见调腔《黄金印》渊源颇早。调腔本《高堂》《后不第》等出与锦囊本、合纵本系统有一定关联,而川剧高腔《投水》则属于合纵本系统。明万历间刊《群音类选》所收《金印记》出自合纵本系统(原注"一名《合纵记》"),而收在"诸腔类"之下,是弋阳、青阳等腔《金印记》也受到了合纵本的影响。

通过与《九宫正始》佚曲比勘,合纵本系统其实上承明成化间《冻苏秦》戏文①,而《风月锦囊》本《苏秦》虽沿袭着旧本戏文不出张仪的路子而来,但又有只见于合纵本系统的曲文和情节,表明锦囊本虽以旧本戏文为主,但在内容上存在着不少增删和改易。

明后期滚调流行时期所产生的青阳腔系统《金印记》改本,一方面与重校本处于同一系统,另一方面与锦囊本一样,在发展了旧本戏文出目的同时,也从别的系统吸收或增衍出新的出目。换句话说,青阳腔改本《金印记》并不是据一系统比较纯粹的本子加以改编的,其所据之本,很可能就是像锦囊本这样兼容并蓄的苏秦戏改本。明嘉靖间晁瑮《晁氏宝文堂书目》卷中"乐府类"著录《苏秦戏文大全》一种,是彼时有类似的苏秦戏改本在流行。

总体而言,调腔本、岳西高腔本、池州抄本较为相近,从某种程度上反映了明后期青阳腔改本《金印记》的大致面貌。但青阳腔改本异本众多,将被认为青阳腔嫡传的岳西高腔本同明标为"青阳时调""徽板合像滚调"的青阳腔选本相比较可知。川剧高腔、湘剧高腔本等则属于另一类改本,具体表现为《二别》(《唐二别妻》)、《投水》、《刺股读书》、《大团圆》(《扫雪荣归》)等出情节、曲调和曲文的不同以及《推命》、《大堂别》(《阻挡》)、《阳关》、《苏门》等

---

① 参见孙崇涛:《〈金印记〉的演化》,《南戏论丛》,中华书局,2001,第200—205页。

出曲调和曲文的差异。同时,不同改本类型大致出自一类相近的祖本,因而在流变中呈现出交错、复杂的面目,如池州抄本《织机》、岳西高腔《阳关》、调腔本《卖钗》《大考》等与川剧高腔、湘剧高腔本相应出目相近,调腔本、川剧高腔本在关目上较为相似等。

调腔《彩楼记》考论

《彩楼记》演吕蒙正发迹故事，为明人据《破窑记》改编而来。《传奇汇考标目》“破窑”条下注云：“实甫原本只北曲四折，后人演为全本；其后又加改削。更名《彩楼》。”①《南词叙录》“宋元旧篇”著录《吕蒙正破窑记》，宋元旧本已佚，明刊本有富春堂本《新刻出像音注吕蒙正破窑记》（简称富春堂本）、《刻李九我先生批评破窑记》（影印收入《古本戏曲丛刊》初集，简称李评本）两种，较为接近原貌。又有中国国家图书馆藏旧抄本《彩楼记》（影印收入《古本戏曲丛刊》二集，简称旧抄本），系删节改编之本。

新昌县档案馆藏抄本所见《彩楼记》有《赐球》《抛球》《逐婿》《赏雪》《祭灶》《挪斋》《遇僧》《考试》《捷报》《荣会》《谢窑》，凡十一出，其中光绪二十九年(1903)“张贤云记”外、净、末等本（案卷号 195-1-12）收有前三出总纲；《荣会》《谢窑》见抄于《凤凰山》等总纲本（案卷号 195-1-96），原无题名，惜讹俗满纸，且《荣会》出散佚不全。另有民国十二年(1923)“方松山抄”《彩楼记》吊头本（案卷号 195-1-8）②及单角本若干。复旦大学图书馆藏抄本《调腔五种》收有《祭灶》《投斋》《遇师》三出，《投斋》即《挪斋》，《遇师》即《遇僧》；台湾“中央研究院”历史语言研究所傅斯年图书馆藏抄本收有《祭灶》《赏雪》《挪斋》《遇师》《宫花》五出，影印收入《俗文学丛刊》第一辑第 76 册。

又，张贤云抄本《抛球》题作“四号抛球”，方嵩山抄本亦题“四号”；《逐婿》题作“五号择堉（婿）”，是除了例行的“开台”，《赐球》前原尚有一出。据

---

① ［清］无名氏：《传奇汇考标目》，《中国古典戏曲论著集成》（七），中国戏剧出版社，1959，第 194 页。按，“实甫原本”指元代王实甫《吕蒙正风雪破窑记》杂剧，有脉望馆钞校本。

② 吊头本为调腔后场乐队的脚本，仅抄录曲文和唱腔符号。该本图版见俞志慧、吴宗辉：《调腔钞本叙录（新昌县档案馆晚清民国部分）》，中华书局，2015，第 376—410 页。

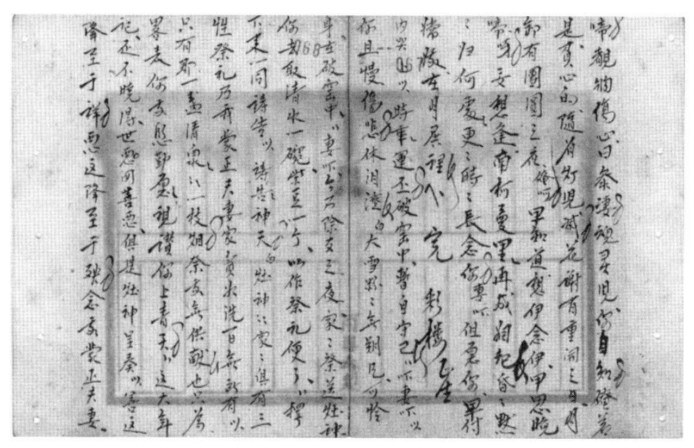

图 4 新昌县档案馆藏《分宫楼》等正生本(案卷号 195-1-99)所收《彩楼记》正生本书影

20 世纪 50 年代调查,绍兴的调腔班该剧唤作《吕蒙正》,有《赐球》《抛球》《逐婿》《祭灶》《挪斋》《遇师》《思妻》《宫花捷报》共八出①。《思妻》出抄本未见,或即对应于李评本第廿三出《遣迎夫人》。现将调腔本《彩楼记》出目与李评本、旧抄本对照如下:

调腔本	李评本	旧抄本
赐球	第三出　计议招婿	第三出　命女求婿
抛球	第四出　彩楼选婿	第四出　抛球择婿
逐婿	第五出　相门逐婿	第五出　潭府逐婿
赏雪	第十一出　夫人忆女	第九出　赏雪忆女
祭灶	第十二出　夫妇祭灶	第十出　蒙正祭灶
挪斋	第十三出　乞寺被侮	第十一出　木兰逻斋
遇僧		

① 参见华东戏曲研究院编审室资料研究组:《从"余姚腔"到"调腔"》,华东戏曲研究院编《华东戏曲剧种介绍》第五集,新文艺出版社,1955,第 52 页。后收入蒋星煜:《中国戏曲史钩沉》,中州书画社,1982,第 67 页。按,《祭灶》《挪斋》原互倒,今乙正。遇师,方嵩山抄本作"遇生",即"遇僧",生、僧方言音同,今从之。

续 表

调腔本	李评本	旧抄本
考试		第十三出　春闱应试
捷报	第廿四出　宫花报捷	第十七出　宫花报喜
荣会	第廿五出　夫妇荣谐	
谢窑	第廿七出　游观破窑	第十八出　荣归谢窑

一、调腔本出目同明刊本、旧抄本对照

(一)赐球、抛球

调腔《赐球》《抛球》写刘茂夫妇命女刘千金(正旦)彩楼抛球择婿。刘千金夜梦乌龙蟠井,抛球时适见穷书生吕蒙正坐于彩楼下枯井之上,遂不顾婢女梅香(贴旦)阻谏,取彩球付之。调腔本大体上接近旧抄本,尤其是舞台调度方面,但又有部分曲文见于李评本,略述如下:

调腔《赐球》出刘茂(外)上场念完引子后询问家院(末)张罗彩楼之事,接着夫人(老旦)和刘千金上场,旧抄本《命女求婿》同,而李评本《计议招婿》刘父和夫人王氏先上场,其次问询家院,接着刘千金上场。但调腔本刘千金所念引子"娇养富豪门,玉貌赛倾城。忽听双亲唤,未审有何因"不见于旧抄本,而合于李评本刘千金(旦)所唱【锦堂月】,调腔《抛球》出刘千金上场引子"玉貌羞花"及诗"彩楼高结真堪羡,胜似蓬莱阆苑边"同样见于李评本,而不见于旧抄本。

旧抄本系便于场上演出的改编本。就《抛球择婿》而言,李评本《彩楼选婿》连用【探春令】等四曲,稍嫌冗赘(富春堂本该四曲别为一折),旧抄本开头吕蒙正(生)登场仅安排【驻云飞】"命运乖张"一曲,其后安排净、丑、副三位相公上场赛诗,舞台效果更好。调腔本《抛球》出在刘千金上场之后,安排小生、付、丑众相公登场,连用【驻马听】"天气晴晖""端坐无为"和"一梦蹊跷"共三支,来歌咏刘千金的美貌和众相公渴求被招为婿之情,再又比拼作诗,场景较之旧抄本,更加热闹可喜。当众相公无缘彩球后,付、丑两人逢场作戏:

(丑)打扮风流样,勾阑做一场。(付)且慢。兄,这段姻缘,依小弟看起来,小姐倒是肯的,都是旁边这个梅香,七搭八搭,所以不妥。(丑)兄,怎生忌得其过?(付)骂他一顿而去。(丑)仁兄,呕会骂,小弟来凑下韵。(付)来来来。(同唱)【驻云飞】邋遢梅香,眼大眉粗脚又长。(后从略)

戏中称"勾阑",同"勾栏",为宋元时杂剧及各类伎艺演出戏棚。宋金杂剧院本以副净、副末主演滑稽短剧,至北杂剧和南戏的兴起,宋金杂剧院本"一方面作插入性的演出,一方面逐渐融入其中,作用都在调剂场面。而既融入其中,就成为南戏北剧不可分割的一部分,亦即所谓'插科打诨'"[①]。调腔本此段付、丑科诨,乃勾栏杂剧院本的遗意。《川剧传统剧本汇编》第13集所收川剧高腔《彩楼记·彩楼赠鞭》也有相当的内容。

调腔本待付、丑唱完下场后,吕蒙正(正生)方才上场唱【驻云飞】"命运乖张",其下与旧抄本略同,而结尾无旧抄本【越恁好】"相公传钧旨"相应之曲,川剧高腔本也是如此。不同于旧抄本,李评本该处叠用【狮子序】多支,但调腔本曲文如"一言既出驷马难追,我也是落花有意随流水"却又仅见于李评本。综上所述,调腔本该两出虽与旧抄本相近,但别有异本所据。

(二)逐婿

调腔《逐婿》写刘茂见吕蒙正寒酸穷苦,经过一番较量,将吕蒙正、刘千金双双赶出。调腔本曲文较旧抄本《潭府逐婿》为多:一是有吕蒙正、刘千金的上场引子,旧抄本则无;二是保留"罗绮生香"至"向前去扯破衣衫"以及"奴家还须告爹娘""这样忒荒唐"和结尾"我见你多才调多容貌"等曲,以上皆见于李评本《相门逐婿》。

尽管如此,旧抄本中吕蒙正唱完第四支【雁过沙】末句"却原来只重衣衫不重文"后旋即下场,刘父命其转来,考问才学,故作刁难,将吕蒙正、刘千金

① 曾永义:《参军戏及其演化之探讨》,《戏曲源流新论》(增订本),中华书局,2008,第139页。

赶出相府。这一改动，显然较李评本直接轰走两人更合情理。调腔本该处与旧抄本一致，相比于旧抄本的含而不露，调腔本有刘父的一番独白，披露其心曲和用意："我若还留这个寒儒在此攻书，享享潭府荣华，怎肯管束攻书，可不误了女儿终身？我如今将他双双赶出，待等成名之日，接他回来，做个锦衣荣归便了。"北京高腔《彩楼记·入府逐婿》也是如此。

旧抄本曲文中多夹有滚白，字号同曲文，调腔本亦有较多的增句加滚，但两者加滚的位置则有同有异。

（三）赏雪

调腔《赏雪》写夫人犒赏家院酒肉馒头，家院设法打动夫人，夫人遣送银米。其中，调腔本前半部分的曲文散见于李评本《夫人忆女》【五更转】【东瓯令】两曲，后半部分曲文为：

> （老旦唱）你言虽是，不知破窑住在那里？（末唱）说来有恐相爷知，有恐相爷知，若还说出闲是闲非。（老旦白略）（唱）叫他举案齐眉相厮守，免得旁人说是非。雪花缭乱梦魂飞，有道救人须救急，（同唱）踏雪前行莫待迟。（下）

后五句见于李评本【懒画眉】（旧抄本《赏雪忆女》无此曲）。《九宫正始》引录"元传奇"《瓦窑记》（又题《吕蒙正》，即《破窑记》）【香遍满】："伊言得是，与我寻取破窑同到那里。只说道院子梅香送来的，又恐怕相公知，惹一场闲是非。须记取，叮咛语。"[①]此曲不见于现存《破窑记》明刊本、旧抄本[②]，而部分曲文调腔本有之。

---

① ［明］徐于室辑，［清］钮少雅订：《九宫正始》，王秋桂主编《善本戏曲丛刊》第三辑，台湾学生书局，1984，第572—573页。

② 参见俞为民：《南戏〈破窑记〉版本考述》，《宋元南戏文本考论》，中华书局，2014，第54页。

(四)祭灶

调腔《祭灶》写除夕夜蒙正夫妻祭送灶神,取书耐寒,挨背取暖,因柴米俱无,吕蒙正只得外出寻柴赶斋。调腔本该出加滚甚多,对吕蒙正夫妇所受饥寒之苦极力铺陈。其实不唯调腔本如此,旧抄本以及《乐府菁华》《摘锦奇音》《时调青昆》等明后期及至清初的选本,所收出目都有较多的滚白或滚唱。现将《九宫正始》引录元本的【山麻秸】和【双煞】两曲同各本对照如下:

元本	李评本	旧抄本	调腔本
【山麻秸】大雪纷纷满空飞,家家尽把柴门闭。千山不见鸟儿飞,又听得木兰寺里钟声犹未。一交跌倒雪天里,似这等寒凛凛冷飕飕,只得把银牙咬碎。冻死寒儒何足虑,可怜冻杀朱门娇女。欲往街头反复迟,看世情开口非容易,空使我腹中饥馁。满头风雪,素手空回。【双煞】(尚绕梁煞)炎凉世态皆如是,异日风云休忘了未济时。(有余情煞)你身上寒冷肚中饥,只怕你冻倒妻怎知?①	【仙麻客】(旦)待告人,还羞耻。(生)欲往街头,返复迟。(白略)(旦)看世情开口非容易,空使肚中饥馁。满头风雪,束(素)手空回。【尾声】炎凉世态皆如是,且自安分守己。夫!异日风云休忘未济时。②	(滚白)大雪纷纷高过膝,家家尽把柴门闭。千山不见鸟影飞。(唱)【越调过曲山麻秸】听木兰寺钟声还未,(滚白)一跌跌倒冻天地,(唱)怎禁得寒凛凛冷飕飕。(重)(滚白)我只得把银牙咬抵。嗳!老天!冻死寒儒何足惜,可怜饿死朱门女。(唱)欲往街头,反复迟滞。(重)(白略)(同唱)叹世情开口告人非容易,空使我肚中饥。满头风雪,素手空回。(重)【尾声】炎凉世态皆如此,且自安分守己。异日身荣休忘了未济时。【赚】一出窑门,只见冷风寒透体。战兢兢两耳如刀刺。(白略)可怜身上衣单肚又饥,只恐怕冻倒街头妻怎知?(重)③	【佚名】(起板)大雪纷纷满空飞,看家家尽把那柴门闭。看千山不见一只野鸟飞,不见一只野鸟飞,又听得木兰寺里钟声还未。一跤跌在雪地里,(科)冻得我寒威威冷飕飕,寒威威冷飕飕,又只得把银牙咬碎,银牙咬碎。(白略)(唱)冻死寒儒何足虑,使人自羞耻。欲往街头,反复羁迟。(科)(白略)妻吓!(唱)论世情开口非容易,空使我肠中饥。(同唱)满头风雪,素手空回,素手空回。【尾】(正生唱)炎凉世态皆如此,且是安分守己。(同唱)异日里荣贵,休忘未遇时。(白略)(正旦)夫吓!(唱)你妻子不愁别的而来,愁只愁身上寒冷肚又饥。(正生白)阿吓,妻吓!(唱)我愁窑内少米无柴怎支持,(正旦白)夫吓!(唱)你冻倒街头妻怎知?

① [明]徐于室辑,[清]钮少雅订:《九宫正始》,第1213、1312—1313页。

② 《刻李九我先生批评破窑记》第二卷,《古本戏曲丛刊》初集影印长乐郑氏藏明刊本,第16页a。

③ 《彩楼记》,《古本戏曲丛刊》二集影印北京图书馆(今中国国家图书馆)藏旧抄本,第30页a;中华书局上海编辑所编:《彩楼记》,中华书局,1960,第25—26页。

《九宫正始》越调近词【山麻秸】原注云:"与九宫越调【山麻秸】不同。"①《九宫大成》亦以之为古体。同元本相比,富春堂本、李评本变化最大,旧抄本稍有改易,调腔本虽有增句,但曲文尚能与之相对应。明后期戏曲选本《乐府菁华》《玉谷新簧》《大明春》《歌林拾翠》等相应选出的曲文与元本较为接近;《摘锦奇音》《时调青昆》等则无【山麻秸】(【仙麻客】),班友书、王兆乾编校《青阳腔剧目汇编》下册(安徽省艺术研究所、安庆市黄梅戏研究所等编,1991)和崔安西、汪同元主编《中国岳西高腔剧目集成》(安徽文艺出版社,2014)所收安徽岳西高腔《破窑记·祭灶》亦无相应曲文。

(五)挪斋

调腔《挪斋》写吕蒙正登山访寺赶斋,遭寺僧戏弄。调腔本情节、曲文及其加滚,都与旧抄本《木兰逻斋》相近,两者面貌均与富春堂本、李评本相差较大。如在关目上,富春堂本、李评本都有末、净、丑三僧,而旧抄本仅有丑、小丑二僧,调腔本同,唯二僧角色作付、丑。另,岳西高腔本《逻斋饭》寺僧为三人(末、丑、小丑),师父(末)责打两位小和尚,小和尚哄师父进堂,戏弄了吕蒙正,与各本异。

相应地,在曲调和曲文上,旧抄本曲调支数相对较少,主要有【宫娥泣】"远观山,险峻崎岖(重)在云汉里"和"笑伊行止无羞耻",【扑灯蛾】"山僧恁所为",【芙蓉花】"顾不得脸上羞又羞"四曲,调腔本亦仅此四曲,唯曲牌名皆佚。其中,【宫娥泣】第一支亦见于《九宫正始》所引元本,富春堂本亦有,而李评本改作【驻云飞】;第二支《九宫正始》谓"此曲今人皆删字改句,妄作【泣渔灯】唱之,可笑"②,富春堂本大抵同于元本,旧抄本仅删落第二至四句,调腔本字句略有删减和移改,而李评本改动颇多。

清乾隆间昆腔选本《缀白裘》四集《彩楼记·拾柴》末有【山坡羊】【步步

---

① [明]徐于室辑,[清]钮少雅订:《九宫正始》,第1213页。

② [明]徐于室辑,[清]钮少雅订:《九宫正始》,第1141页。

归】两曲，写吕蒙正拾到柴块一根；调腔本有吕蒙正险些被篱笆压倒，遂又捡拾掉落的柴块的情节。明刊本、旧抄本并无“拾柴”的情节，《九宫正始》引录了元本的【步难行】，昆腔本【步步归】与之略同[①]，是昆腔、调腔本此情节乃承元本而来。

(六)考试

富春堂本、李评本有“同侪赴试”的出目，旧抄本无此情节，而增《春闱应试》一出。调腔本《考试》民国十二年(1923)“方松山抄”《彩楼记》吊头本(案卷号 195-1-8)有目无文，仅正生单角本一见，为“在。/愿闻。/南来孤雁，月中带影一双飞”，其内容见于旧抄本。

(七)捷报、荣会、谢窑

调腔《捷报》写梅香前来报知吕蒙正高中消息，众人奉蒙正之命前来迎接。刘千金斥退梅香，与众人同往京城。调腔本仅较旧抄本少第二支【二犯傍妆台】(“思量一会转忧忡”)相应曲文，其余曲文及加滚均与旧抄本十分相似。又，李评本《宫花报捷》由【二犯傍妆台】和七言诗递相组合成唱赚体，旧抄本和调腔本有曲无诗；李评本该出有富春堂本所无的“刘千金辞窑”的情节，旧抄本、调腔本亦有。调腔本尾声由吕蒙正上场来唱，做夫妻相会，异于各本。

旧抄本无《荣会》，调腔本残剩部分刘千金(此出标作小旦)引子和“金榜挂名时”与“思之，爹妈弃奴时”二曲，见于李评本《夫妇荣谐》【西江引】和【泣颜回】二支，唯调腔本殊少杂白。此外，调腔本与岳西高腔本《大金榜》前半部分相近。

调腔《谢窑》介于李评本和旧抄本之间，结尾有与旧抄本相近而为李评本所无的【驻云飞】一曲。

---

① 参见俞为民:《南戏〈破窑记〉版本考述》,《宋元南戏文本考论》,中华书局,2014,第 56、57 页。

二、调腔本吕蒙正的形象和《遇僧》出

(一)调腔本吕蒙正形象的前后对照

吕蒙正寒酸贫穷,却慕相府姻缘,剧作者展现其志气被激发的过程。调腔《挪斋》出寺僧戏弄吕蒙正时,吕蒙正不惜口出秽语:"(正生)二僧并立拢来。(付、丑)做把戏者。(正生)二僧并立,上下四个光头。(付)哙,一个和尚,那有两个头?(丑)哙,好刻毒,两个和尚,那里来四个头?(付、丑科)上光头,下光头。(丑科)好刻毒。"李评本《乞寺被侮》同样有"(丑)我出个对你对。(出介)二女并肩,上下四张大口。(生)三僧对坐,左右六个光头"。旧抄本《木兰逻斋》无此段,盖以其秽而删之。以喜剧见悲情是传统戏曲重要手法,调腔本较李评本更着力突出插科打诨的热闹,实际上反衬出吕蒙正穷极志短的一面。

明刊本、旧抄本后写家院、梅香送米以及吕蒙正回窑后,辨认脚踪,怀疑妻子不贞,误泼妻子所煮之粥,继而写吕蒙正别妻赴试。其中李评本分为《送米破窑》和《逻斋空回》二出,旧抄本将送米之事置于《辨踪泼粥》开头。现存调腔本没有这些出目,紧接《挪斋》之后的是《遇僧》,写吕蒙正归窑时路遇化缘回山的住持老和尚(外),老和尚邀其回转佛寺,蒙正誓不回还;老和尚馈米,蒙正只取一粒。在上一出末尾,吕蒙正愤而题诗,誓要得志荣归,而归途路遇老僧之时,吕蒙正下决心"再不向门听钟敲,脱蓝衫换紫袍",志气浩然,与在寺僧前略显卑琐的形象形成了鲜明的对照。

(二)源自"时兴妙曲"的《遇僧》出

调腔《遇僧》出明刊本皆未见,《俗文学丛刊》第一辑所收北京高腔"百本张"抄本《遇僧》与调腔本基本相同。检明万历三十八年(1610)刊选本《玉谷新簧》卷一中层"新增灯谜时兴妙曲"《逻斋空回》有【驻云飞】四支,有曲无白,第三支有加滚,调腔本【驻云飞】四支与之颇为相合,但无加滚,且前后有

【步步娇】"大雪纷纷迷樵坞"和【佚名】"再不向山门听钟敲"各一曲。既云"新增"和"时兴妙曲",可知此出系后来(至迟明万历间)新增。

类似的杂曲同场上之曲互动的情况并不鲜见,如李评本《乞寺被侮》有富春堂本所无的吕蒙正数罗汉一节,见于明嘉靖癸丑(1553)重刊《风月锦囊》卷一上层"新增吕蒙正游罗汉山坡羊"。

结 语

(一)调腔本现存出目特征

新昌县档案馆藏抄本所见调腔《彩楼记》十一出,大体以生旦为主线,换言之,调腔本所保留的出目多以生旦的唱做为主。试以三个单元言之,《赐球》《抛球》《逐婿》三出为第一单元,唯此三出有相对完整的抄本,后两者皆为生旦唱做吃重的戏;《赏雪》《祭灶》《挪斋》《遇僧》为第二单元,其中《祭灶》为典型的正生、正旦戏,后两出则以正生为表演之重心;《考试》《捷报》《荣会》《谢窑》为第三单元,其中《捷报》以正旦为中心。这三个单元,分别表现了吕蒙正娶妻、受苦和得志的不同际遇,每部分既有用作过场戏或序幕的出目,又突出唱做繁重精彩的折子,取舍上颇具匠心。由此可见,折子戏和小本戏的形成和流传,与角色安排的集中、合理有着极大的关系。

相比于各剧种《破窑记》或《彩楼记》,现存调腔《彩楼记》没有吕蒙正"辨踪泼粥"的出目,而有敷衍吕蒙正归途路遇老僧,再度激发其志之事。李评本第十五出《逻斋空回》、旧抄本第十二出《辨踪泼粥》结尾都有学堂派人前来馈赠头巾蓝衫,引出吕蒙正要上京应试一事,调腔本则于《遇僧》出对上京应试一事做了交代,故而剧情连贯无碍。

(二)调腔本的来源分析

旧抄本《彩楼记》是一种舞台性较强的《破窑记》改编本,调腔本《赐球》《抛球》《祭灶》《挪斋》《考试》《捷报》六出皆与之相近,且都有大量的滚白或滚唱。但调腔本又有相当内容体现了李评本的特征，此外《遇僧》出与《玉谷新簧》“时兴妙曲”《逻斋空回》有关。调腔本部分出目如《祭灶》《赏雪》，还保留了若干《九宫正始》所引录元本的情节或曲文。其实，场上之剧不全袭改本、部分内容保留元本特征者实不乏其例。除了上文提到的“拾柴”情节，《缀白裘》本《拾柴》首曲【光光乍】，便与《寒山堂曲谱》引录“元传奇”《吕蒙正》出入不大，而富春堂本、李评本已改为别曲。

总而言之，调腔本来源于与旧抄本相类的改编本，这类改编本同旧抄本一样，产生于明后期青阳腔滚调流行时期。而川剧高腔、岳西高腔等剧种的相关剧目，与李评本、旧抄本及其他戏曲选本都有着不同程度的关系，这也透露出明后期以来《破窑记》或《彩楼记》的改编本面貌复杂、异本纷呈的情况。

调腔《牡丹亭》考论

清代以来，能直接搬演《牡丹亭》而不易其曲文的声腔剧种，一般为昆曲和高腔剧种两类。降至近代，能用本声腔演出《牡丹亭》传统折子戏的高腔剧种并不多见[①]，而调腔是其中一种。

一、调腔《牡丹亭》及其演出

（一）调腔晚清民国抄本所见《牡丹亭》

新昌县档案馆藏有一批调腔晚清民国抄本，当中有确切时间标识的抄本最早抄于清咸丰六年(1856)。对于查考和校订调腔剧目，这批艺人演出脚本的价值和作用自然无可替代。馆藏调腔晚清民国抄本所见调腔《牡丹亭》凡九出，即《入梦》《慈戒》《寻梦》《跌雪》《冥判》《游魂》《遇母》《吊打》《金殿》[②]，其中《入梦》《跌雪》《游魂》《吊打》《金殿》分别对应原著的《惊梦》《旅寄》《魂游》《硬拷》《圆驾》，共涉及抄本 17 件，计总纲本 1 件，系《跌雪》；吊头本（后场乐队的脚本，仅抄录曲文和唱腔符号）1 件，系《游魂》《遇母》《吊打》《金殿》；单角本（仅有某一角色的唱腔、道白）15 件。其中，有确切年代标记的抄本最早为同治二年(1863)“蔡逢秋记”贴旦本（案卷号 195-1-9）所收《牡丹亭》，收有《入梦》《慈戒》《寻梦》《冥判》《游魂》《遇母》。此外，除了“牡丹亭”，调腔本剧名有题作“梦梅”者，蔡逢秋抄本的封面即如此。

馆藏抄本大致反映了新昌一带调腔班的演出情形，据 20 世纪 50 年代初

① 参见赵天为:《〈牡丹亭〉的地方戏改编》,《戏曲研究》第 97 辑。

② 《金殿》，出目名因抄本残缺而不可见，此从绍兴的调腔班的题名。《慈戒》出《调腔钞本叙录（新昌县档案馆藏晚清民国部分）》（俞志慧、吴宗辉，中华书局，2015）未计入，抄本亦缺题，盖作为过场戏演出。

调查，绍兴的调腔班不计《慈戒》，其《牡丹亭》出目与馆藏抄本所见正同①。

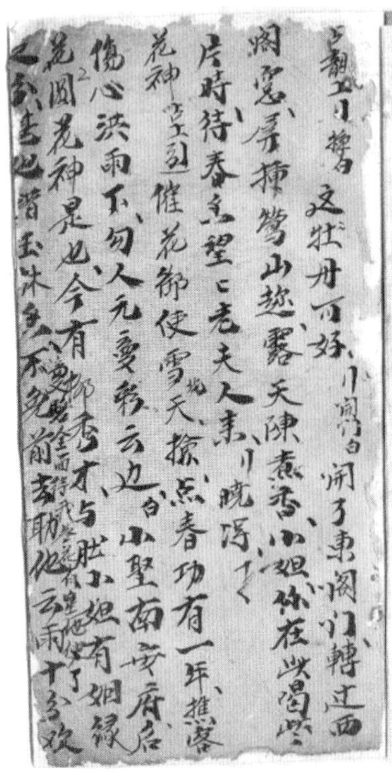

图 5 新昌县档案馆藏同治二年(1863)“蔡逢秋记”贴旦本(案卷号 195-1-9)所收《牡丹亭》贴旦本书影

(二)晚清以来调腔《牡丹亭》的演出

“群玉”是清咸丰至清末绍兴地区调腔班的专名，如馆藏抄本所见有“连陞群玉”。幸得浙江会稽(今绍兴)人李慈铭(1830—1894)《越缦堂日记》留下一鳞半爪的记载，知群玉班亦曾搬演《牡丹亭》，如“咸丰六年六月十三日戊戌”条载：

---

① 参见华东戏曲研究院编审室资料研究组：《从“余姚腔”到“调腔”》，华东戏曲研究院编《华东戏曲剧种介绍》第五集，新文艺出版社，1955，第 52 页。后收入蒋星煜：《中国戏曲史钩沉》，中州书画社，1982，第 67 页。

下午诣宗祠观剧。班名“玉茗群玉”，乃萧山汤金钊从子某所蓄者，其服饰为乐部中第一。夜，风月更佳，偕群从坐水棚观戏，命演《还魂记》《幽闺记》诸剧，至五更始归寝。[①]

又“同治四年八月初九日辛丑”条载：

观群玉班演剧，部头玉枕素面色艺名十余年。……今乱离潦倒，年亦长矣。……即令玉枕演《入梦》《寻梦》，赏番银两枚。[②]

全面抗战前十年间绍兴的调腔班较为兴盛，常有“老大舞台”“丹桂月中台”等九个班社同时演出，其中“文秀舞台”以《牡丹亭》之《冥判》一出最为有名[③]。民国二、三年(1913、1914)之交，绍兴的调腔班“大统元”赴上海商办镜花戏园演出，曾于12月17日夜戏演《跌雪》和《闹判》，《闹判》即《冥判》；12月31日日戏演《牡丹亭》，1月8日日戏复演《跌雪》。民国二十四年(1935)9、10月间和次年5、6月间，绍兴的调腔班“老大舞台”分别赴上海远东越剧场和老闸大戏院演出，也曾搬演《牡丹亭》或《跌雪》数次。

来自新昌县澄潭镇胡依村的《凤凰图》等小生本[案卷号195-1-140(3)]抄有戏目表一张，便收有《牡丹亭》。但从现存抄本来看，新昌一带的调腔《牡丹亭》常演出目在光绪后期便开始减少，如光绪二十二年(1896)《阴阳报》等旦本(案卷号195-1-79)所收《牡丹亭》贴旦本就没有了《游魂》《遇母》两出。至调腔旦角赵培生(1898—1984)活跃的20世纪二三十年代，新昌的

① [清]李慈铭：《越缦堂日记》，广陵书社，2004，第412—413页。

② [清]李慈铭：《孟学斋日记》，《越缦堂日记》，广陵书社，2004，第3378页。

③ 参见华东戏曲研究院编审室资料研究组：《从“余姚腔”到“调腔”》，华东戏曲研究院编《华东戏曲剧种介绍》第五集，第59页。后收入蒋星煜：《中国戏曲史钩沉》，中州书画社，1982，第75页。

调腔《牡丹亭》常演出目便只剩下《入梦》《慈戒》《寻梦》《跌雪》《冥判》数出[①]。调腔原作曲方荣璋(1927—1986)根据潘林灿(绍兴的调腔艺人)、楼相堂等演唱记录了《入梦》《寻梦》《跌雪》,并编入了《调腔曲牌集》(1963—1964)。1953—1956年间,曾由赵培生(饰杜丽娘)、杨小标(饰春香)等在各地巡演《入梦》《寻梦》《冥判》等出,后被认为"事涉鬼魅"而停演[②]。20世纪80年代新昌县调腔剧团重排《闹判》,近年又复排了《入梦》《寻梦》两出,并曾赴香港、上海等地演出。

二、调腔《牡丹亭》剧本考论

(一)调腔《牡丹亭》的剪裁特征

明清传奇由案头到场上,常常增删曲子和场次,以适应实际演出的需要。调腔《牡丹亭》也不例外,且在剪裁当中,体现出调腔艺人及观众对《牡丹亭》独特的理解和偏好,具体如次:

第一,在剧情贯串上,馆藏抄本所见调腔《牡丹亭》虽仅九出,但较为注意情节上的前后照应。前三出《入梦》《慈戒》《寻梦》,写杜丽娘游园入梦,同柳梦梅相会,次日又追寻梦境,已道出杜丽娘因梦而亡的结局;其后《跌雪》《冥判》两出实则前后照应,前者写柳梦梅落脚梅花馆(观),后者以胡判官查姻缘所得出的"新科状元柳梦梅,其妻杜丽娘,前系游魂,后成明配,相会在梅花馆中"来照应前者,继则以《游魂》表现杜丽娘重回人间,来到梅花馆的情形。紧接着演出《遇母》,还魂再生的杜丽娘同其母相会,并道出柳梦梅出

---

① 颇令人疑惑的是,1958年赵培生所忆写总纲本(195-3-30)则有全本痕迹,该忆写本前文散佚,以通行本计,从《旁疑》出后半部开始至《硬拷》,存二十三出半,唱段均标唱腔符号"蚓号",但参照通行本实多,与馆藏晚清民国抄本不尽相合。又,民国年间赵培生旦本(案卷号195-2-19)所抄《牡丹亭》小旦本《入梦》出题"五号",一号相当于一出或一场,除去例行的"开台",《入梦》前尚有三号,则旧时艺人们或也口授过其他出目,惜馆藏调腔晚清民国抄本并无完整的《牡丹亭》总纲本,单角本亦不全,以致文献不足征。

② 参见石永彬主编:《新昌调腔》,浙江摄影出版社,2008,第126页。

外打探岳父母一事。最后的《吊打》《金殿》则上演团圆过程。如此，剧情大体上能够前后连贯，这同农村观众的欣赏特点有关。

第二，在对原著的删改方面，尽管在曲白增删上，调腔本发生了一些改易，在处理方式上也有一定的创造，但总体而言，调腔本曲白较原著一般只减不增。例如《入梦》，调腔本由小旦（杜丽娘）出场唱【皂罗袍】，删减了引子及【步步娇】【醉扶归】，后面删去较为晦涩的【山坡羊】一曲，明臧懋循改本亦删此曲，又精简了【绵搭絮】，如《入梦》出前四分之一：

（小旦上，贴旦随上）（小旦唱）

【皂罗袍】原来是姹紫嫣红开遍，似这般都付与断井颓垣。良辰美景奈何天，赏心乐事谁家院？朝飞暮卷，云霞翠轩；雨丝风片，烟波画船。锦屏人忒看这韶光贱。

【好姐姐】遍青山啼红杜鹃，荼蘼外烟丝醉软。（贴旦插白）这牡丹可好？（小旦唱）牡丹虽好，春归怎占得先？闲凝眄，声声燕语明如翦，呖呖莺歌溜滴圆。

【尾】观之不足由他缱，十二亭台是枉然。倒不如兴尽归家、只索闲消遣。

（贴旦开门）开了东阁门，转过西阁窗。瓶插映山紫，炉添沉水香。小姐，你在此歇息片时，待春香望望老夫人来。（小旦）去去就来。（贴旦）晓得。（下）（小旦）蓦地游春转，小试宜春面。得和两留恋，春去如何遣？恁般天气，好闷人也。春色恼人，信有之乎！古来女子，遇秋成恨，言不谬矣。尝观诗词乐府，昔日韩夫人，得遇于郎；那张生，偶逢崔氏，以为前盟，密约佳期，后来谐秦晋。奴家年方二九，未逢折桂之夫，难遇蟾宫之客。可惜奴家，颜色如花，岂料命如一叶乎？奴身子困倦，且自隐几而卧。[①]

明末清初的昆腔选本《醉怡情》便增入“堆花”，后来昆曲舞台又添入梦神（睡魔神）引杜、柳两人相会，而调腔本同于原著，仅由贴旦（花神）上场唱【鲍老催】一曲。

又如《冥判》，调腔本开场同于原著，即由胡判官上场先唱【点绛唇】，再念白并自报家门，《醉怡情》本亦同。而冯梦龙改本一变为先念上场诗并自报家门，再唱【点绛唇】，昆腔选本如清乾隆间《缀白裘》、清道光间《审音鉴古录》以及后来的昆曲本大都沿袭了冯本先白后唱的处理方式。晚清艺人殷溎深所传昆曲《牡丹亭曲谱》的《魂游》出有俗增的“道场”[②]，而从馆藏吊头本、贴旦本来看，调腔《游魂》的前半部分只保留了完整的引子和第一支【孝南歌】。

调腔《冥判》增加了为原著所无的胡判官和“花间四友”的上场诗，同时【煞尾】删去“脱了狱省的勾牌”等五句，这些都同于《缀白裘》《审音鉴古录》本。《吊打》出，《缀白裘》《审音鉴古录》本均取消原著《硬拷》中柳梦梅所唱的【北尾】，而代之以杜宝所唱的【南尾声】，调腔本亦删去【北尾】，但无补【尾】。现将调腔《牡丹亭》的曲子删减情况列表如下（有下划线的曲牌名为抄本残缺不可见或缺题；数字表支数）：

---

① 据新昌县档案馆藏调腔抄本校录，下同。其中，《入梦》《寻梦》据单角本拼合，《跌雪》据光绪十八年（1892）《雌雄鞭》等总纲本（案卷号 195-1-42）所抄《牡丹亭·跌雪》校订。部分提示如“后场接唱”系笔者所加。本处小旦念白“遇秋成恨”前无“因春感情”，抄本原本如此。

② 参见吴新雷：《〈牡丹亭〉台本〈道场〉和〈魂游〉的探究》，《东南大学学报》（哲学社会科学版）2012 年第 1 期。

调腔	原著	调腔《牡丹亭》各出曲牌	备注
入梦	惊梦	【皂罗袍】—【好姐姐】—【尾】—【山桃红】—【鲍老催】—【山桃红】—【尾】	删【绕池游】【步步娇】【醉扶归】【山坡羊】【绵搭絮】
慈戒	慈戒	—	缺老旦本，无考
寻梦	寻梦	【月儿高】(2)—【懒画眉】(2)—【忒忒令】—【嘉庆子】—【尹令】—【品令】—【豆叶黄】—【玉交枝】—【月上海棠】—【江儿水】—【川拨棹】(3)—【尾】	删【夜游宫】【不是路】两支、【二犯幺令】
跌雪	旅寄	【山坡羊】—【步步娇】—【风入松】(2)	删【捣练子】
冥判	冥判	【点绛唇】—【油葫芦】—【天下乐】—【哪吒令】—【鹊踏枝】—【后庭花滚】(抄本无"滚"字)—【煞尾】	删【混江龙】【寄生草】两支；晚清《单刀会》等净本(案卷号195-1-11)尚有【寄生草】一支，而他本无
游魂	魂游	【挂真儿】—【孝南歌】—【小桃红】—【下山虎】—【五韵美】—【黑麻令】—【尾】—【忆多娇】—【尾】	删【太平令】、第二支【孝南歌】、【水红花】；同治二年(1863)"蔡逢秋记"贴旦本(案卷号195-1-9)无【忆多娇】【尾】
遇母	遇母	【不是路】(4)—【番山虎】(4)—【尾】	删【十二时】至【月儿高】
吊打	硬拷	引子—【新水令】—【步步娇】—【折桂令】—【江儿水】—【雁儿落】—【侥侥犯】—【收江南】—【园林好】—【沽美酒】	删【风入松慢】【北尾】
金殿	圆驾	【点绛唇】(2)—【醉花阴】—【画眉序】—【喜迁莺】—【画眉序】—【出队子】—【滴溜子】—【四门子】—【水仙子】—【尾】	删【刮地风】【滴滴金】【鲍老催】【双声子】

(二)调腔《牡丹亭》出目的取舍特色

《缀白裘》所收昆腔《牡丹亭》折子有《学堂》《劝农》《游园》《惊梦》《寻梦》《离魂》《冥判》《拾画》《叫画》《问路》《吊打》《圆驾》，凡十二出，《审音鉴古录》不出此范围，殷溎深《牡丹亭曲谱》是昆班艺人演出所用台本戏宫谱，其较《缀白裘》本多出《道场》《魂游》《前媾》《后媾》四出。

不难发现，馆藏抄本所见调腔《牡丹亭》同昆曲选本相比，在出目取舍上有着不少差异,如调腔的小生戏有《跌雪》而无昆曲巾生常演的《拾画》《叫画》,小旦戏没有《学堂》《离魂》《前媾》《后媾》,而有《遇母》。一个剧目通常只能形成为数不多的折子戏,调腔对《牡丹亭》出目的存留取舍,除了受制于折子戏的形成规律,还受调腔在农村演出的影响。

首先,如若部分程式同调腔其他剧目相通,或为观众喜闻乐见,则相应出目较易保留。如调腔改原著《旅寄》为《跌雪》,突出小生的"跌雪"做工,而"跌雪"在调腔中尚有《小金钱》,梆子、滩簧《珍珠塔》的"跌雪"也为人们所熟知。又如《冥判》的鬼戏,在调腔《曹仙传》《兰香阁》《双玉锁》等剧目中也有出现。《冥判》《游魂》《遇母》所表现的地府、道场、游魂、惊魂等情节,颇能迎合农村演出的趣味,从而出现在演出戏目当中。

其次,折子戏的流传同剧本及其角色安排、唱做功夫紧密相关,即"折子戏是按家门唱的"①。馆藏调腔《牡丹亭》外角本中,除了一件连及《冥判》外,其他五件都只收《跌雪》,可见它是作为外(陈最良)和小生(柳梦梅)的折子戏流传下来的。同理,调腔《入梦》《寻梦》也是作为旦角看家戏而传承至今的。

在馆藏抄本中,《游魂》《遇母》《吊打》《金殿》四出涉及的抄本仅有吊头本、贴旦本和正生本各一件,且在调腔逐渐衰微的民国时期已逐渐消失,这同其涉及的家门较多而容易失传、工本较费而不易演出不无关系。

(三)调腔《牡丹亭》的角色名目

调腔《入梦》的春香和花神同为贴旦所扮,演员必须利用杜丽娘念白和杜、柳相会的空隙完成穿戴改扮,而花神(大花神)在原著和昆班中为末角;《跌雪》中陈最良为外扮,而原著中为末角;《游魂》中石道姑为丑,而原著中为净角,近代昆班或作付角。值得注意的是,调腔《吊打》《金殿》中以杜宝为净,苗舜宾为正生,而原著以杜宝为外,苗舜宾为净,昆曲本的苗舜宾则多以末扮。调腔《牡丹亭》的杜宝以净角应工,是则调腔艺人将杜宝塑造成正面

---

① 周传瑛口述,洛地整理:《昆剧生涯六十年》,上海文艺出版社,1988,第42页。

但偏执、心狠的父亲、权臣形象，而在调腔中，此类形象就多由净角来扮演。

(四)调腔《牡丹亭》的舞台表现

调腔《寻梦》中小旦唱完【忒忒令】“甚的金钱吊转”后不再启口(称为“甩头”)，由后场乐队接唱【嘉庆子】“是谁家少俊来近远”，接着由小旦以“叠板”唱“昨日那生”六句，再重复唱“是谁家少俊来近远”并继续往下唱，如：

> (前略)(小旦唱)甚的金钱吊转。(后场接唱)【嘉庆子】是谁家少俊来近远？(小旦唱)昨日那生，手折柳枝，要奴题咏，强逼奴家，欢会之时，好不话长。是谁家少俊来近远，拖逗这香闺、香闺去沁园？

这巧妙地利用调腔的帮腔接唱和叠板，变白为带唱，细腻地表现出杜丽娘的心曲，可谓胜笔。另，《寻梦》从小旦上唱【月儿高】开始，共十六支曲子，白少唱多，唱做俱重。《入梦》《寻梦》中的杜丽娘表演不用折扇，水袖亦无抖袖，为保留至今的传统演法。

《跌雪》出，原著《旅寄》有“末扶生，相跌，诨介”的舞台提示，但“诨介”内容未具，而调腔本有多处插科打诨的内容，如：

> (外)吓，怎么，你是读书之人？原来我辈中朋友。朋友，你不要惊慌，待我来救你。(小生)救人吓！(外)我来、来了。(小生)有劳是有劳。(外)承情是承情。(小生)彼此是彼此。(外)吓唷！得罪是得罪。(小生)岂敢是岂敢。[①]

① 清光绪十八年(1892)《雌雄鞭》等总纲本(案卷号 195-1-42)所抄《牡丹亭·跌雪》中“有劳是有劳”属陈最良白，不合情理，据单角本改，并据以添“承情是承情”一句。

又如：

(外)先生听者。(唱)【前腔(风入松)】尾生般抱柱正题桥，(白)先生方才这一跌，好彩头吓！(唱)好一似倒地文星高照。论草包，(小生白)吓！怎么，老先生是草包么？(外)吓吓吓！后生家什么说话，此乃是“学宝”之“宝”。(唱)论草包是俺的堪调药。

《冥判》出，昆曲演出时又称为“花判”，近代宁波昆班、“传”字辈尚有其目。原著有【后庭花滚】一曲，借报花名写女子从受聘、结婚、生子直至衰老的过程，《醉怡情》《缀白裘》本删去该曲，调腔《冥判》则保留了该部分，但删减了蜡梅花至石榴花之间的花色，而所删部分恰恰是较为“露骨”的内容，异乎常人对于民间戏曲的观感。

(五)演至《冥判》相当于演至“回生”

前文已提及，至20世纪二三十年代，新昌一带的调腔《牡丹亭》常演出目大概只剩下《入梦》《慈戒》《寻梦》《跌雪》《冥判》数出。20世纪50年代末江西赣剧《还魂记》、1958年“俞言版”《牡丹亭》、1980年北方昆曲剧院所排七场《牡丹亭》，以及近年来各昆剧团的小本《牡丹亭》，几乎都把结尾收在“回生”。调腔旧时演戏，如果剧中人物不得团圆，则照例由一生一旦“拜堂送客”①。若将《牡丹亭》作为小本戏演出，《冥判》已兆杜丽娘回生之端，其后加上“生旦送客”散场，实际上已相当于演至“回生”，其效果同彼不无相似。

结　语

清中叶以来，调腔流布于浙东绍兴、台州、宁波等地区，新昌成为调腔的活动重心。从标有来源地的抄本来看，馆藏抄本主要收集自新昌县城以西

① 参见新昌高腔剧团调腔研究小组，吕济琛执笔：《调腔初探》，《戏曲研究》第7辑。

的澄潭、胡依、下潘和南面的回山、彩淳等地，这些区域大多为农村，调腔演戏必然要照顾到乡村演出的欣赏习惯和需要，因此，调腔《牡丹亭》就较为注意剧情的前后照应和连贯。同时，《跌雪》的做工技艺，《冥判》《游魂》《遇母》的题材独特，《吊打》《金殿》的热闹可喜，颇能迎合观众趣味，且又较富调腔程式的特色，因而能够成为调腔《牡丹亭》的常演折子。同时，调腔艺人在具体的舞台表现上也有着独特的创造，使得调腔《牡丹亭》持续流传至今。

除了《牡丹亭》，调腔与昆曲相通的传奇剧目还有不少。这一类剧目一部分从晚明到清初被调腔吸收和搬演[①]，如《陶庵梦忆》所记调腔女伶朱楚生所唱的《江天暮雪》《霄光剑》《画中人》；一部分则可能吸收自绍兴、宁波的昆班。从馆藏抄本来看，其中不少折子仍唱昆腔，而调腔《牡丹亭》基本上唱调腔，表明其流入调腔的时间较早。再从调腔《牡丹亭》文本上保留原著的特点相对较多，演出风格亦较为古朴的情况来看，可以认为，至迟在清代前期，在以《缀白裘》本为代表的昆曲舞台本《牡丹亭》大致定型之前，调腔就已上演了《牡丹亭》。

近年新昌县调腔剧团复排了《入梦》《寻梦》《闹判》，前两者由老艺人章华琴主教，并请昆曲名家指导。其中，《入梦》中花神改由小生扮演，并删去了两段念白和杜母上场的情节，《寻梦》亦较抄本有所删减，同时，该两出均配上了原先所没有的管弦乐。若以保持剧种个性论，特别是在《入梦》调度同昆曲相似的情况下，如能保持原先的“不托丝竹，一唱众和”的干唱特色，则更能彰显其独特的艺术价值。

本文原题《新昌县档案馆藏调腔〈牡丹亭〉考论》，发表于《戏曲研究》第102辑，文化艺术出版社，2017，第244—255页，收入时有改动。

---

① 参见俞志慧、吴宗辉：《调腔早期传播时地考略》，《社会科学战线》2014年第12期。

附录二

调腔曲牌分类详解

调腔是高腔剧种，在音乐结构上属于曲牌联套体。在数百年的历史演变过程中，一方面，调腔曲牌发展出一些特殊的词式以及在使用上存在一些变通做法。例如对于源出北曲仙吕的【鹊踏枝】，调腔有一种词式变化较大的变格。又如北曲单套中的【点绛唇】套，调腔的部分曲牌的排列次序可以相对灵活。另一方面，调腔曲牌套式是浙江高腔中保存最多的，并有其独特之处。例如曲牌源出南曲中吕的【泣颜回】套，明清传奇中使用甚少，而调腔用例甚多。此外，调腔还有少量来源不明的曲牌，如【沙和尚】【醉月明】，有待进一步研究。

系统梳理调腔曲牌及其套式，既是调腔抄本整理的需要，也是调腔曲牌音乐研究的基础；既能补正《调腔曲牌集》《调腔乐府》等资料的一些疏失，也可为调腔新剧目的创作提供模板和借鉴。

凡　例

一、曲牌名用方头括号“【】”括起来，用“—”表示曲牌前后相连，用“[]”表示曲牌规定句数之外的增句加滚或衬句。

二、罗列曲牌参考词式时，以阿拉伯数字表示某句常见字数或参考字数，“△”表示该句句末为韵位，须押韵，“▲”表示可押可不押。分析时主要参考了吴梅《南北词简谱》，王守泰主编《昆曲曲牌及套数范例集》，齐森华、陈多、叶长海主编《中国曲学大辞典》以及明清时期的相关曲谱著作。对于曲例不多的曲牌，参考词式有时省略。

三、用“」”表示“甩头”（含义详见“前言”注释）。甩头和重句的使用情况相对灵活，本文的标注仅供参考。

四、曲牌的孤用包括单用和插用两种情况。单用指曲牌单独叠用成套并成出，插用指曲牌插用在其他曲牌或套式中间。

五、归纳调腔异调联用的南曲单套、北曲单套和南北合套时，从调腔剧目的实用套式出发，以提炼套式的基本形式、展现联套的原型为指归，即找出参与联套的主要曲牌，并按常见的联套顺序对这些曲牌进行排列和说解。之所以如此，是因为调腔南北曲单套在实际使用过程中，不一定非得把本套式的所有曲牌都用上，而是既可以视情况选择套式的某一段，也可以与其他单套组成复套，既可以在一定范围内调整某些参与联套的曲牌的排列顺序，也可以在适合的地方插入其他曲牌。

六、对于调腔异调联用的南曲单套、北曲单套和南北合套，采取表列的形式穷举调腔相关用例，再于表后介绍相应套式的曲牌组成情况，说明曲律上的宫调归属以及其他相关情况，其后按顺序梳理曲牌。南北曲单套和南北合套的采取套式首牌单独命名或套式首牌、次牌联合命名的方式。鉴于宫调对包括调腔音乐在内的现存高腔音乐分析意义不大，套式名称不再冠以宫调名称，仅在套式说明里交代曲牌在曲律上的宫调归属。

七、南北曲同名曲牌甚多，本文采取分类举例的方式，并在节末或套式说明里交代曲牌在曲律上的宫调归属，且对少数重名曲牌加以强调，如此同名曲牌可无混淆之虞。

八、归纳时以调腔时戏曲牌及套式为主，故曲例多出时戏。间用古戏曲牌，或以明时戏渊源，或以证古戏剧本的调腔化。部分曲牌名的题写系整理时推断，请留意参考正文校记。

一、引子和上场

一套南曲可分为引子（引曲）、过曲、尾声三部分，南曲曲牌也可以分为引子、过曲、尾声三类。当然，早期南戏有引曲和过曲不分的情况，而调腔已有明确的曲牌分别，引子和过曲不互相混淆。调腔充作引子的冲场用曲、南曲孤牌、南曲单套中的套牌以及南北合套中的南曲，都是曲律上所讲的南曲过曲。

南戏、传奇中的引子一般是不入乐的干唱，因而既可不拘宫调，又能简省句数，后来的戏曲选本复加简省，常常不标曲牌名，径题“引”字。调腔古戏剧目生旦诸角上场，尚有较为完整的引子，但大多只标“引”字，唯复旦大学图书馆藏抄本《彩楼记·祭灶》引子尚有【金蕉叶】之名。除了较为常见的源出南曲南吕的引子【哭相思】，调腔时戏剧目的引子已高度类型化：一是曲牌名已不可考，二是常见以四言和七言各一句组成一联，或者为五言二句、七言二句。单角本中有时虽为引子，但句前仍标作“白”。引子的有无与所用套式有关，南曲单套如【粉孩儿】套、【小桃红】套、【风入松】套等罕用引子。

引子属于南曲套式范畴，在北曲单套和南北合套中，只有【新水令】【驻马听】北曲单套和【新水令】【步步娇】南北合套之前常冠【点绛唇】一支，作用相当于南曲套式的引子。此外，个别【新水令】南北合套前有用引子。

调腔时戏角色上场引子、定场诗和自报家门三要素具备的情况有以下两种：①最前面几出的角色出场，例如外、末扮中老年男子上场介绍自己的身份和门第，导引妻子、儿女出场；②坐朝、公堂中冠带人物的上场，即便付、丑角色所扮瘟官人物也是如此。

登台的角色不一定用引子，可用上场诗替代，例如付、丑所扮纨绔子弟上场；又可用带有引子性质的冲场曲子代替，净、付、丑所用相对较多。至于一出当中角色出场，各色角色常有出场白。

二、充作引子的冲场用曲

引子除了用上场诗代替，还可以用带有引子性质的冲场曲子代替。这类冲场曲子一般是“粗曲”，同样不入套式。调腔吊头本抄写时一般只出其名，而不录其文。由于调腔中的冲场曲子大多只是配板干念，20 世纪 50 年代以来的资料多把曲调名称记作【的笃板】或【三角板】。

1. 出队子

明清传奇中可代引子用，一二支或多至四支皆可。如《黄金印·打上门》叠用四支，分别为付、外、正旦、老旦的上场曲子，皆干念。《赐马·赐马》叠用两支，分别为付、外的上场曲，系唱而非干念，如其中第二支：

(末上)(唱)【出队子】心中暗想，心中暗想，堪叹云长志气轩昂。丹心一片赛秋霜，念念桃园义不忘。回复明公，另加旌奖，另加旌奖。

时戏《仁义缘》第七号开头一支，用作净角冲场曲。由于【出队子】本系快板小曲，故可应付情绪较为急切的场景。

此外还有昆腔【出队子】和吹打牌子【出队子】，见于时戏《凤头钗》第二十三号监斩官上场，《一盆花》第十号圣旨官下旨，《连环计》第八号董卓和吕布出场，《双玉锁》第十号仰天裕别妻赴任，《四元庄》第三十五号柳公望出场等。吹打牌子【出队子】实由同名昆腔曲牌唱功失传后演变而来。

参考词式：$4_{\triangle}$，(叠)$4_{\triangle}$，$7_{\triangle}$。$7_{\triangle}$，$7_{\triangle}$。4，$4_{\triangle}$。首句可不叠，末两句可合为一句。

【醉花阴】南北合套中的【出队子】源出北黄钟，不与此曲同。

2.大斋郎

南戏、传奇中用于净、丑等角色的上场曲。调腔时戏《分玉镜》第九号、《双报恩》第三号各用两支，分别为末和付、丑、老旦的上场曲，皆干念。例如《分玉镜》第九号第一支：

(末上)(念)【大斋郎】配军的，忒凶歪，终日追逼如官债。家下一刻无措办，只得将住房来典卖。

又如《双报恩》第三号第一支：

(付念)【大斋郎】时不济，运又微，一生作事不便宜。田园产业都荡废，赌博场中、场中输到底。

参考词式：$3_{\triangle}$，$3_{\triangle}$，$7_{\triangle}$。7，$7_{\triangle}$。

3.光光乍

南戏、传奇中用于净、丑等角色的上场曲。调腔时戏《双报恩》第八号净角上场用一支：

(净上)(念)【光光乍】姻缘蛮气多，今夜会娇娥。销金帐内笑呵呵，乐事欢娱谁似我。

4.缕缕金

除了参加【粉孩儿】套，还常常单用一至二支，用于角色上场。例如《双凤钗》第二十一号：

(正生唱)【缕缕金】权衡重，气难平。弃职有何碍，进帝京。(白略)(唱)书生遭凌辱，受屈无垠。贪饕暴虐有赖行，民冤何处伸？

参考词式：3，$3_{\triangle}$。5，$3_{\triangle}$。5，$4_{\triangle}$。7，$5_{\triangle}$。末句可叠句，第四句后常接说白，而第四句也有叠句者。可干念也可唱，也可以前段念而后段唱。

5.赵皮鞋

调腔时戏《双玉配》第六、十二、十三号用作净、丑角色上场之曲，皆为干念，如第六号：

(净上)(念)【赵皮鞋】家私甚冗烦，同胞作等闲。终日里想那巫山，恨杀神女不下凡。别样都勿少，少得头上一个纱帽。

6.字字双

调腔古戏《荆钗记·逼嫁》、时戏《凤头钗》第六号、《双玉配》第六号丑角上场皆干念此曲。例如《荆钗记·逼嫁》：

(丑上)(念)【字字双】试官没眼他及第，得志。贪恋相府多荣贵，入赘。不思贫贱弃前妻，负义。叵耐穷酸太无知，呕气，呕气。

又如《凤头钗》第六号：

(丑上)(念)【字字双】祖贯江都是扬州，姓娄。名不清，萧条家业无亲旧，卑陋。心性还游，空丑。花街柳巷时常走，风流。

7.哭婆娑

用于表现惊慌失措。调腔时戏《双凤钗》第十三号院子(外)上场寻找姑爷苏良璧用一支，《一盆花》第十六号方百林(丑)、刘小(付)因被打哭嚎上场叠用二支。例如《双凤钗》第十三号：

(外上)(唱)【哭婆娑】东君、东君寻不见，走、走、走得我汗雨如潮。

该曲抄本虽标作“唱”，实接近于“念”，《调腔乐府》卷五《锣鼓牌子》记有【哭婆娑】锣鼓经。据《调腔乐府》所录《一盆花》第一支，则以四句为一曲，如下：

(丑念)【哭婆娑】打、打得我魂飞魄散，我、我心惊胆战步儿践。

(付上)(念)吓、吓得我无头可还,急、急得我浑身淌汗。

以上,曲律上【出队子】属于南黄钟过曲,【大斋郎】【光光乍】属于南仙吕过曲,【缕缕金】属于南中吕过曲,【赵皮鞋】属于南越调过曲,【字字双】属于南仙吕入双调过曲,【哭婆娑】来源不明。

三、南曲孤牌

为将概念表述清晰,参用《昆曲曲牌及套数范例集》有关曲牌的“套牌”和“孤牌”两个术语。套牌,又称为“联套”“套曲”,即能与不同的曲牌联成套式的曲牌;孤牌,又称为“单词”“散曲”或“只曲”。由于南曲孤牌较多,而北曲曲牌绝大部分都是套牌,故而本节只讨论南曲孤牌。

1.朱奴儿

调腔曲牌和昆腔曲牌兼有。

(1)调腔。①叠用而组成自套,如《双狮图》第十八号叠用多达六支,《定江山》第三号叠用四支,后均缀以尾声。②可与其他曲律上都属于南正宫的曲牌连用,如《葵花配》第二号和《凤凰图》第二十三号,皆接于【玉芙蓉】之后;《四元庄》第十二号首支为【朱奴儿】,后接南正宫集曲【玉抱芙蓉】、佚名集曲及【北尾】;《凤凰图》第三十六号【朱奴儿】叠用二支,后接【玉芙蓉】和吹打牌子【普天乐】。③同可独用的套牌或其他孤牌连用,如《后岳传》第七号、《金沙岭》第二号、《白梅亭》第二号、《双喜缘》第二十二号和《三凤配》第二十号,其中《金沙岭》《白梅亭》《三凤配》皆接于【解三醒】之后。④习惯用法,接于【不是路】(【赚】)后。如《双凤钗》第十二号【不是路】—【前腔】—【朱奴儿】—【尾】;《双报恩》第五号【不是路】—【前腔】—【朱奴儿】—【前腔】—【尾】,第十四号同。

(2)昆腔。单用一支的如《双玉锁》第三十一号、《闹九江》第十一号、《葵花配》第二十三号,叠用二支且接尾声的有《四元庄》第二十七号。《连环计》第十一号开头叠用二支【朱奴儿】，后插入一支【剔银灯】（仅剩吹打），再接正宫过曲【普天乐】、集曲【玉抱芙蓉】及【尾】。吹打牌子【朱奴儿】脱自昆腔唱腔曲牌。

例如《双凤钗》第十二号：

（净科）阿吓，儿吓！（唱）【朱奴儿】不幸你命绝餐刀，不幸的、轻年命夭，不幸家门多颠倒，不幸的断绝了宗祧。堪怜，百年无依靠，事惨伤难猜度，事惨伤难猜度。

参考词式：$7_{\triangle}$，$7_{\triangle}$，$7_{\triangle}$，$7_{\triangle}$。$2_{\blacktriangle}$，$4_{\triangle}$，$6_{\triangle}$。

2. 玉芙蓉

明清传奇【玉芙蓉】联入【普天乐】套，但调腔中罕见此套，而常叠用二至四支成套。《凤凰图》第二十三号和第三十六号各用一支，《葵花配》第二号叠用二支，均与【朱奴儿】等曲牌相连。《六凤缘》第九号叠用二支，《八美图》第五号和第十二号分别叠用三支和二支，《闹鹿台》第八号、《双狮图》第二十四号叠用四支，均自套成出。《分玉镜》第二十一号叠用二支，接【山坡羊】之后。例如《八美图》第十二号第一支：

（外）但老夫呵！（唱）【玉芙蓉】衰年乏宗祧，百年无依靠，只此女伉俪未配偕老。〈今见解元才貌过人，〉东床留记为坦腹，〈就将此珠为聘，〉跨凤乘鸾琴瑟调。姻缘好，郎才女貌，真是个三生石上会蓝桥，三生石上会蓝桥。

参考词式：$5_{\triangle}$，$5_{\triangle}$，$9_{\triangle}$。$7_{\blacktriangle}$，$7_{\triangle}$。$3_{\triangle}$，4，$7_{\triangle}$（重句或重句尾）。第五句可唱甩头，末句或为十字句。

此外，调腔与【玉芙蓉】相关的南正宫集曲颇多，如《连环计》第十一号有昆腔【玉抱芙蓉】（集自【玉抱肚】和【玉芙蓉】），《白梅亭》第九号有【锦缠芙蓉】(即【锦芙蓉】,集自【锦缠道】和【玉芙蓉】)和【朱奴芙蓉】(集自【朱奴儿】和【玉芙蓉】),《循环报》第十四号有昆腔【倾杯玉芙蓉】(亦作【倾杯芙蓉】,即【倾杯赏芙蓉】,集自【倾杯序】和【玉芙蓉】)、昆腔【尾犯芙蓉】(集自【尾犯序】和【玉芙蓉】)和昆腔【剔银芙蓉】(集自【剔银灯】和【玉芙蓉】),《四元庄》第十一号有【倾杯芙蓉】【锦缠芙蓉】【剔银芙蓉】,《四元庄》第十二号有【玉抱芙蓉】。

3.桂枝香

常用曲牌,时戏中常叠用二至四支组成自套,长于抒情。《六凤缘》第五号单用一支,《分玉镜》第六号、《双喜缘》第三号、《三凤配》第十七号、《八美图》第八号、《定江山》第十号叠用二支,《三婿招》第十二号《审问》、《双玉配》第五号、《双玉锁》第十三号叠用三支,《游龙传》第六号、《一盆花》第六号、《闹九江》第四号、《双狮图》第十九号、《双喜缘》第十三号、《四元庄》第十八号叠用四支。《凤凰图》第八号叠用六支,《曹仙传》第十二号叠用多达八支。例如《双玉配》第五号第二支:

(贴旦上)(唱)【桂枝香】轻离绣阁,香尘步蹴。绕回廊早向庭帏,问慈亲安然心曲。(白略)(唱)休得要为儿瓜葛,为儿瓜葛,婚姻事夙世前定,自有那吴刚执柯。休得挂心窝,有日成婚配,于飞谐凤卜,于飞谐凤卜。

参考词式:$4_{\triangle}$,」$4_{\triangle}$。7,$7_{\triangle}$。$4_{\triangle}$,(叠)$4_{\triangle}$,$4_{\blacktriangle}$,$4_{\triangle}$。$3_{\triangle}$,5,」$5_{\triangle}$(重)。一般有两甩头,末句重句,第四句后常接说白。

4.八声甘州歌(附甘州歌)

即【八声甘州】。调腔时戏《凤头钗》第九号叠用二支,第二支不换头,如下:

(正旦)员外,我的心结,你岂有不知?(唱)【八声甘州歌】好事无成就,枉费我一片心,朝暮担忧。〈畜生吓!〉指望成名,不枉我三

迂训教。提起伤心泪怎收，把往事今朝一笔勾。泪流，不是嫡血亲生，总然虚谬。（下）

（走板）（正生、小生上）（唱）【前腔】节届赏中秋，悄不觉寒谷风凉，蓦然体透。落叶摧残，丹桂飘香结珠球。（白略）（合唱）檐前铁马响不休，北雁南飞过门楼。（花旦上）（唱）疾走，全凭花言巧语，做一个无中生有。

据上两例归纳的参考词式：5（2」3）$_{\triangle}$，5，4$_{\triangle}$。4，7$_{\triangle}$。7$_{\triangle}$，7$_{\triangle}$。」2$_{\triangle}$，4，」4$_{\triangle}$。首句曲律上亦可为四字句，第二、三两句可合为上三下六的九字句。

古戏《彩楼记·逐婿》两支题作【甘州歌】的曲牌，当为【八声甘州歌】。而时戏《闹鹿台》《定江山》《凤台关》借自《牡丹亭·劝农》的昆腔【八声甘州歌】，单角本皆误题为【甘州歌】。

【甘州歌】为集曲，集自【八声甘州歌】一至七句和【排歌】六至十一句，用法同于【八声甘州歌】。时戏《闹九江》第三号、《四元庄》第十七号皆叠用二支，前均有引子，次支不换头，《四元庄》第十七号接有尾声。例如《闹九江》第三号第一支：

（外）但是本帅呵！（唱）【甘州歌】（【八声甘州歌】）丹心一片，早提防四路烽烟。可惜了盖世英雄，兴隆会遭此衅险。堪叹花云命殃然，顷失了太平一县。（【排歌】）我心何忍，哭英贤，辟土开疆非等闲。恨逆贼，乱胡言，恨不得食肉啖皮罪不浅。

《闹九江》该曲将集自【八声甘州歌】的第二、三两句合为七字一句，《四元庄》第一支合为“犯法违条不守纪纲”八字，次支亦合为七字句。

5. 皂罗袍

常叠用二支，置于一出戏的开头，或自套成出，也可单用一支。声情偏于幽怨。调腔曲牌和昆腔曲牌兼有。

(1)调腔。古戏《西厢记·游寺》插用一支,出自《南西厢》,但删末句。《蓝关记·蓝关》末单用一支,《牡丹亭·入梦》开头用一支。时戏《双玉锁》第七号开头用一支,后接【皂角儿】;《六凤缘》第十四号开头用一支,后接【风入松】【急三枪】套。《凤头钗》第四号、《双报恩》第五号、《金沙岭》第一号、《双合缘》第十号、《四元庄》第八号皆于开头叠用二支。《双喜缘》第二十一号叠用二支成套,《三凤配》第二十二号连用多支组成自套,上述两者都带有尾声。

(2)昆腔曲牌仅见《玉蜻蜓·讨账》叠用二支成套,后接尾声。

例如《蓝关记·蓝关》:

(外、贴旦同唱)【皂罗袍】猛然间抬头观看,韩湘子手执花篮。渔鼓简板闹长街,青松翠竹常为伴。竹篱茅舍,柴门半掩;黄齑淡饭,随时消遣。功成齐赴蟠桃宴,功成齐赴蟠桃宴。

参考词式:$6_{\triangle}$,5,$4_{\triangle}$。$7_{\triangle}$,$7_{\triangle}$。4,$4_{\triangle}$;4,$4_{\triangle}$。$7_{\triangle}$(重句或重句尾)。第二、三两句可合为一七字句,也可以变成上三下六的九字句,《牡丹亭》《玉蜻蜓》皆如此;或变成四字二句。《金沙岭》第一号二支不仅合第二、三两句为一句,且合第六、七两句为七字一句。首句或首句前四字和第六、八句皆可按需要唱甩头。

6.醉罗歌

系集曲,集自南仙吕【醉扶归】【皂罗袍】和羽调【排歌】,调腔曲牌和昆腔曲牌兼有。调腔曲牌如时戏《双报恩》第十六号叠用二支,昆腔曲牌如古戏《水浒记·借茶》和时戏《四元庄》第三十四号各叠用二支。例如《双报恩》第十六号第二支:

(付)我写,我写。吓!(唱)【醉罗歌】千银落飞花,空写文契借。奈他行多凶狠,出门庭且由咱。字字行行,一真一假;又无凭据,契券新写花。千两花银借赵家。(白略)(唱)急步的,出门外,他那里凝望眼巴巴。

参考词式:(【醉扶归】一至四)$7_{\triangle}$,$7_{\triangle}$。$7_{\triangle}$,$7_{\triangle}$。(【皂罗袍】六至十)4,$4_{\triangle}$;4,$4_{\triangle}$。$7_{\triangle}$。(【排歌】九至十一)3,$3_{\triangle}$,$7_{\triangle}$。

7.解三酲

常用曲牌,常叠用二支或四支,偶见叠用三支或单用一支。调腔该曲声情大多悲凉积郁。古戏中《琵琶记·书馆》《铁冠图·观图》均于引曲后叠用二支。《黄金印·前不第》开场用一支,较明刊本《重校金印记》少一支。时戏中《双玉锁》第三十号叠用二支、《凤凰图》第三号叠用三支,组成自套,都是前有引子后接尾声。《白梅亭》第二号、《葵花配》第五号、《双喜缘》第五号、《三凤配》第二十号均叠用二支,其中《白梅亭》《双喜缘》前有引子。《双喜缘》第十七号开头用一支,《金沙岭》第二号叠用二支,《四元庄》第一号插用一支,该三者声情均较欢悦。例如《铁冠图·观图》第一支:

(正生)……要这些臣子何用也!(唱)【解三酲】(起板)恨臣子欺君结党,专朝政紊乱朝纲。太平时食禄皆安享,非惜命即贪赃。那些个急公仗义完军饷,为国忘家理所当?还思想,元勋世爵,谁是忠良,谁是忠良?

又如《双玉锁》第三十号第一支:

(正生)……免得心下疑惑。(唱)【解三酲】心狐疑自难度量,见形容心下惨伤。想他是荆钗妇道绩麻桑,早难道撇却闺门步羊肠。(白略)(唱)他说道失却儿郎甚颠狂,步出门墙觅四方。未可当,老仆的双双觅访,一家儿尽遭灾池鱼受殃,池鱼受殃。

参考词式：7△，」7△。7▲，7△。7▲，7△。」3△，4▲，4△（重）。一般有两甩头，末句重句。第四句曲律上为六字句，但调腔暂时所见，唯《铁冠图》如此。

8. 皂角儿

古戏《玉簪记·偷诗》和时戏《永平关》第十号、《双报恩》第三号、《双喜缘》第十一号《前绣房》、第二十号均在尾声之前叠用二支；《凤头钗》第四号、《游龙传》第四号、《双玉锁》第七号、《循环报》第八号和《八美图》第七号均在尾声之前用一支；《白梅亭》第八号开头叠用二支，后接【园林好】套。例如《双喜缘》第十一号《前绣房》第二支：

(小旦唱)【皂角儿】明欺我伶仃孤照，胆敢来偷渡蓝桥。(白略)(唱)休得要言语失信，免得我心思瓜葛。(小生白略)(唱)都只为成世缘，结前盟，天然巧，双双的效于飞，一对对青春年少，青春年少。(小旦唱)堪爱他人物端庄，堂堂志品高。令人一见故，意留情好，只恐前盟悔悼，前盟悔悼。

结尾部分变易者如《双报恩》第三号第一支：

(付)……好之一把赌吓！(唱)【皂角儿】悔杀从前作事不忖量，典田园、花作浮萍逐浪。终朝的悲苦妻房，受尽了冷饿无依好凄凉。(外上)(唱)急忙的，归家里，奉君命，取白银，解人灾殃。(白略)(贴旦)阿吓，不好了！(贴旦、付同唱)十指连心，痛苦肝肠。乍见了/好叫我魂飞魄荡，魂飞魄荡。

参考词式：7(5」2)△，7△。7▲，7△。3，3▲，3▲，3▲，4△。4▲，4△。3▲，4，4△(重)。第一处甩头多见于第一支(起板甩头)，第十三句也可唱甩头。

9.傍妆台

“傍”抄本或作“望”。一般用一二支置于开头,常用来表达惊惶、疑惧的神情。古戏《西厢记·佳期》《蓝关记·蓝关》开头用一支,前者为昆腔曲牌,所题名称为【傍妆台】的异名【临镜序】。时戏《双凤钗》第二十号开头用一支,《分玉镜》第二十七号、《双报恩》第十四号、《闹九江》第六号和《四元庄》第二十六号皆于开头叠用二支,不换头。例如《双报恩》第十四号第一支:

(小旦、贴旦上)(同唱)【傍妆台】意彷徨,坐卧难宁难酌量。你是个慷慨仗义正堂堂,济困扶危反受这魔障。恶狠狠如狼虎,闹嚷嚷去公堂。恨杀那强梁,平空的起波浪,不由人意怯心惊没主张。

《闹九江》第六号和《四元庄》第二十六号本曲词式较为不同,如《闹九江》第六号第一支:

(正旦、小旦上)(同唱)【傍妆台】花亭院,游蜂浪蝶纷纷乱。一帘风送,阵阵人儿倦。倚靠妆台心多怨,闷沉沉无心恋,虚飘飘风送转。心展转,又听得枝头上鸦鹊声喧,步出香闺身劳倦。

其中“虚飘飘风送转”句唱甩头。

参考词式:3(2」1)$_{\triangle}$,7$_{\triangle}$。5,5$_{\triangle}$。6,6$_{\triangle}$。3$_{\blacktriangle}$,3$_{\triangle}$,7$_{\triangle}$。第三至六句可作五至七字句。第一处甩头用于第一支(起板甩头),下【二犯傍妆台】同。

10.二犯傍妆台

系集曲,集自【傍妆台】【八声甘州】和【皂罗袍】,调腔曲牌和昆腔曲牌兼有。

(1)调腔。古戏《彩楼记·捷报》首支曲牌曲牌名抄本缺题,明抄本作【二犯傍妆台】。时戏《双报恩》第十六号叠用二支。

(2)昆腔。时戏《双凤钗》第二号以引—【(昆腔)二犯傍妆台】—【(昆腔)尾】的专场,敷衍家庭饮宴戏。

例如《双凤钗》第二号:

(外、老旦、小旦同唱)【(昆腔)二犯傍妆台】梅开满庭芳,畅叙开怀,满目前梅雪争风忙。凝眸望云雾迷漫无日颜,分不开楼台一片烂银妆。又何来莺燕飞舞庭前笑,抵多少风雪摧残恁猖狂。那些个访梅踏雪,尽都是逸兴玩赏,只我这暖阁欢娱醉流觞。

参考词式:(【傍妆台】一至四)3(2」1)$_{\triangle}$,7$_{\triangle}$。5,5$_{\triangle}$。(【八声甘州歌】五至六)7,7$_{\triangle}$。(【皂罗袍】八至九)4,4$_{\triangle}$,(【傍妆台】末句)7$_{\triangle}$。《彩楼记》第二句"临轩此日殿试策英雄",前四字一读,字数拓展后无异于两句,除了上引《双凤钗》,《双报恩》第十六号二支皆如此。

11.一江风

常用曲牌,常用一支至四支,置于开头。古戏《黄金印·小别》叠用三支,《铁冠图·乱宫》叠用五支,《玉蜻蜓·游庵》叠用二支;时戏《凤头钗》第十二号、《循环报》第二十七号、《双合缘》第九号、《六凤缘》第二十号、《四元庄》第七号各用一支,分别用作小生、小生、贴旦、正旦、老旦出场;《游龙传》第四号、《双凤钗》第八号、《双玉配》第四号、《双报恩》第十七号、《双合缘》第十六号、《双狮图》第十二号和《绿牡丹》第六号皆叠用二支,《定江山》第六号叠用三支,《双喜缘》第十一号《前绣房》叠用四支。例如《游龙传》第四号第一支:

(外、老旦上)(同唱)【一江风】宫保第,世袭侯爵裔,九锡蒙恩庇。儿技艺,武略超群,堪羡称绝世。(白略)(外唱)胸藏多经济,雁塔早名题,莫负轻年英豪气。

明清传奇中【一江风】第七句后有一叠句，但调腔这种做法少见，目前所见有《铁冠图·乱宫》第二支、《玉蜻蜓·游庵》第二支（但稍有变化）以及晚清《单刀会》等净本（案卷号 195-1-11）所收时戏《还金镯》净本佚出【一江风】。

时戏参考词式：$3_{\triangle}$，$5_{\triangle}$，$5_{\triangle}$。」$3_{\triangle}$，4，$5_{\triangle}$。$5_{\triangle}$，$5_{\triangle}$，$5_{\triangle}$。末句前可增一无韵句，如《双喜缘》第十一号《前绣房》第一、三支。第三句有时不叶韵，而与第四句组成第一词段，如《凤头钗》第十二号、《定江山》第六号等。

12. 懒画眉

调腔古戏《牡丹亭·寻梦》和时戏《循环报》第十八号各叠用二支。例如《循环报》第十八号第一支：

（老旦、正旦上）（老旦唱）【懒画眉】昨夜里梦寐不安宁，乍醒时滴漏声频，檐前鸟雀报阵阵。莫不是寒门有甚，吉凶未卜小鹿频。

13. 红衲袄

常用曲牌，叠用二支或四支组成自套，调腔中也有叠用七支或九支成出者，长于叙事和心理描写。古戏《琵琶记·盘夫》叠用四支，《玉簪记·秋江》叠用二支；时戏《循环报》第十八号、《双合缘》第十一号叠用二支，《葵花配》第十四号、《八美图》第三十八号、《赐绣旗》第五号等叠用四支，《双狮图》第十七号、《绿牡丹》第十一号叠用七支，《凤凰图》第三十二号叠用多达九支。例如《闹九江》第五号第一支：

（末）……被他所劫。（唱）【红衲袄】奉君命往姑苏迎亲婿，有军机、合大兵共一处。倒做了黑貂裘苏季子，倒做了谨提防一范雎。（白略）（唱）他是个老年人多疑忌，祸临头怎回避？早难道去到姑苏也，怎向辕门交令回，怎向辕门交令回？

时戏参考词式:6(3」3)$_{\triangle}$,6$_{\triangle}$。7$_{\triangle}$,7$_{\triangle}$。6$_{\triangle}$,6$_{\triangle}$。7 也,」7$_{\triangle}$(重)。第一处甩头多见于第一支(起板甩头)。

14.尾犯序

通常叠用四支或二支自套成出,后常接尾声。古戏《琵琶记·小别》叠用四支。时戏《后岳传》第二号、《三凤配》第七号叠用二支,前均有引子。《凤头钗》第五号叠用四支,第二、三两支换头;《闹九江》第七号叠用四支,第二支换头;《一盆花》第十七号、《循环报》第二十五号、《八美图》第二十七号叠用四支,不换头;《双报恩》第二十七号叠用五支,第二、五两支换头。此外唯《绿牡丹》第七号于人物上场单用一支。上述《双报恩》第二十七号、《闹九江》第七号、《三凤配》第七号、《八美图》第二十七号都用于堂审分辩的场景。例如《凤头钗》第五号第一、二支:

(外、末上)(外唱)【尾犯序】碧玉种蓝田,琴瑟调和,永和百年。(末白)大舅!(唱)直恁无端,忒杀理偏。(白略)(外唱)休心坚,这人伦亦非倒颠,堪羡你恩义非浅。(白略)(末唱)提起好心酸,不由人盈盈珠泪,血泪涌如泉。(白略)

(末唱)【前腔换头】悲怜,恩爱抛家园,弃旧恋新,不义名传。都只为嫩蕊无根,娇枝结连。(内叫)(白)儿吓!(唱)你莫怨,一声声哭出鹧鸪天,痛得我肝肠寸断。(白略)(唱)提起好心酸,不由人盈盈珠泪,血泪涌如泉。

参考词式:5$_{\triangle}$,4,4$_{\triangle}$。4,4$_{\triangle}$。2$_{\triangle}$,7,7$_{\triangle}$,3$_{\blacktriangle}$,4,」5$_{\triangle}$。甩头或置于第八句,第四句也可唱甩头。换头格前增一个二字句,且入韵。《双报恩》第二十七号前三支、《闹九江》第七号第一支和《八美图》第二十七号前两支的第二、三两句合为一七字句或六字句。

15.驻马听

常用曲牌，调腔曲牌和昆腔曲牌兼有。常用一至四支自套成出，前后的引子和尾声可有可无，也可与其他套式或曲牌连用。

(1)调腔。古戏《白兔记·回猎》叠用四支。《黄金印·打上门》叠用五支，《拜月》尾声之前叠用二支，《负剑》尾声之前用一支。《彩楼记·抛球》叠用三支，《蓝关记·蓝关》用一支。时戏《分玉镜》第四号叠用四支，《一盆花》第十一号、《金沙岭》第五号、《葵花配》第十号、《双喜缘》第四号及第十二号、《四元庄》第十五号和《八美图》第十九号叠用二支自套成出，其中《分玉镜》《双喜缘》第四号有引子无尾声，《一盆花》《葵花配》引子和尾声都有，《双喜缘》第十二号和《四元庄》无引子有尾声。

(2)昆腔。时戏《分玉镜》第二十六号开头用一支，《凤头钗》第二十二号、《双报恩》第十九号、《四元庄》第十三号单用一支成出。《凤头钗》第六号、《双凤钗》第九号、《双玉锁》第三号叠用二支，《仁义缘》第十八号叠用三支，《赐绣旗》第一号叠用四支，皆叠用成出。《双玉配》第六号用一支，前为冲场曲，后接昆腔【尾】。《双合缘》第五号调腔尾声之后用一支，作为冠带人物起程和行路之曲。《葵花配》第十三号叠用二支，后接昆腔【尾】，曲文已佚，亦作为行路之曲。吹打牌子脱自昆腔曲牌，如《凤头钗》第十三号用作考官上场，《双玉配》第十一号有梅花吹打牌子【驻马听】等。

例如《分玉镜》第四号第一支：

(外)夫人，但是老夫呵！(唱)【驻马听】年迈苍苍，膝下无儿好彷徨。我是个辅佐朝纲，阀阅家声，尊严名望。威权赫赫正堂堂，半子须选折桂郎。两鬓秋霜，两鬓秋霜，东床坦腹，儿婿两当。

参考词式：4(2」2)$_{\triangle}$，7$_{\triangle}$。4，4，」4$_{\triangle}$。7$_{\triangle}$，7$_{\triangle}$。4$_{\triangle}$，(叠)4$_{\triangle}$，4，4$_{\triangle}$。第一处甩头多见于第一支(起板甩头)。叠句抄本间或没有，末两句可合为一七

字句。按明清传奇中【驻马听】结尾鲜见叠句，而明嘉靖三十二年癸丑(1553)重刊本《风月锦囊》续编，世德堂本《月亭记》(即《拜月记》)，富春堂本《和戎记》《白兔记》等【驻马听】皆有叠句，是调腔该曲词式渊源有自。

【新水令】【驻马听】套中的【驻马听】源出北双调，不与此曲同。

16.驻云飞

常用曲牌，长于倾诉衷曲，调腔曲牌和昆腔曲牌兼有。用法与【驻马听】相似，抄本中两者题名偶有相混的。

(1)调腔。古戏《琵琶记》的《拒父》《上路》末用一支，《荆钗记·空想》以及《白兔记》的《出猎》《汲水》开头用一支，《白兔记·汲水》结尾叠用三支，《荆钗记·投江》叠用四支。《黄金印》的《卖钗》开头和后半部分各叠用二支，《大考》结尾叠用二支，《书房》前半部分叠用二支，《纺花》《夺绢》末用一支，等等。时戏《凤头钗》第十五号叠用四支形成自套，前为充当引子的【意不尽】，后加尾声。《三婿招》第十一号《闹吵》、《双玉配》第九号叠用四支，后接尾声组成专场。《四元庄》第二十二号用一支，前有引子后接尾声。《三凤配》第十号叠用二支，前为【水底鱼】，后接尾声。

(2)昆腔。只见于时戏，如:《分玉镜》第十一号和第二十五号分别叠用三支和二支，外加引子和尾声成出;《连环计》第八号用一支，前为充作引子的【出队子】，后接昆腔【尾】。《双玉锁》第十八号用一支，《双喜缘》第二十三号、《三凤配》第三号叠用二支，均前有引子后接昆腔【尾】。《四元庄》第二号开头叠用二支，《双报恩》第四号末用一支。

例如《白兔记·汲水》第二支:

【驻云飞】慢自评论，怎不念千朵桃花共树生。忍叫他汲尽三角井，磨房中清冷谁瞅问。嗏！(白略)(唱)料你长大也成人，成人当报恩。娘睡湿床席，抱儿眠干稳。[十月怀胎，三年乳哺，]为娘的吃尽了多劳顿，便是铁石人闻也泪淋。

又如《凤头钗》第十五号第一支：

(小生)……阿呀，地方吓！(唱)【驻云飞】恶贼猖狂，谋财害命杀路旁。此人无有主，死得好彷徨。嗦！高声叫地方，叫地方泪汪汪。我是弱质年轻，魂魄俱飘荡。恨杀无端起祸殃。

定格“嗦”也可改用“阿”“咳”等字，如《赐马·斩颜良》：

(净)哇嗬大哥！(唱)【驻云飞】一见悲伤，枉为英雄志轩昂。屈斩颜良将，文丑刀下丧。(白略)(唱)阿！你与我多多拜上冀州王，叫他好生看待我兄长。倘有差池，决不轻饶放。(白略)(唱)[你说俺爷不知情，误斩了二位将军，]你与我超度灵魂归故乡，你与我超度灵魂归故乡。

参考词式：①4(2」2)$_{\triangle}$，7$_{\triangle}$。5$_{\blacktriangle}$，5$_{\triangle}$。」嗦！5$_{\triangle}$，4$_{\triangle}$。4，」5$_{\triangle}$。7$_{\triangle}$。②4(2」2)$_{\triangle}$，7$_{\triangle}$。5$_{\blacktriangle}$，5$_{\triangle}$。」嗦！5$_{\triangle}$，3$_{\triangle}$。4，」5$_{\triangle}$。7$_{\triangle}$。第七句可叠用前句二或三字。

第一处甩头多见于第一支(起板甩头)，第三处甩头视情况而定。末句可重句，或者变为两个入韵的七字句。

此外，《白兔记·汲水》结尾所叠用的【驻云飞】以及《黄金印·打上门》前两支【驻马听】，末句都唱甩头，次牌首句由后场帮唱或接唱。

17. 念奴娇序

南戏、传奇多叠用四支成套，并常与【古轮台】连用，调腔时戏《三凤配》第十四号叠用二支、《白梅亭》第四号叠用四支，后正接【古轮台】。《双喜缘》第六号叠用三支成出，其中第二支换头，第三支不换头但不完整。例如《白梅亭》第四号第四支：

(小生上)(唱)【念奴娇序】繁华境界,看纷纷名利场中,喧哗闹垓。(白略)(唱)得转街衢,取亲谊听语衷情根荄。(白略)(贴旦上)(唱)听来,急急的门闩启开,〈兄弟!〉乍见了我心欢爱,姐和弟、姐和弟今日里重逢喜爱。(白略)(唱)门楣败,夫妻落魄,谁来瞅睬,谁来瞅睬?

第二支换头,首增一入韵的二字句,如《三凤配》第十四号第二支:

(小旦、老旦上)(同唱)【念奴娇序换头】蓼莪,逐浪浮波,惨凄凄主婢双双,有老年迈坎坷。(白略)(唱)慈悲救度,须念我背井离乡孤苦,背井离乡孤苦。(吹打)(小旦唱)听笙歌,鼓乐喧天,簇拥人多,叫我如何挨身过?我和你,暂停小道,悄地行过,悄地行过。

曲律上的正格词式为:4,5,$6_{\triangle}$。4,$9_{\triangle}$。$2_{\triangle}$,4,4,$7_{\triangle}$。3,4,$4_{\triangle}$。《六十种曲》本《琵琶记》第二十七出《中秋望月》【念奴娇序】四支,第二支换头,前增一个入韵的二字句;第三、四两支再换头,前四句词式变为“$2_{\triangle}$,4,4,$7_{\triangle}$”。《白梅亭》第四号第二支换头,但所增二字句不入韵;第三支再换头,第四支则未换头。《三凤配》第十四号第二支为换头格,《双喜缘》第六号第二支则为再换头格。

18.催拍

调腔曲牌和昆腔曲牌兼有。(1)调腔。古戏《黄金印·大别》尾声之前用一支,加滚甚多。时戏《双玉配》第二号尾声之前用一支,《四元庄》第二十六号叠用二支。《双喜缘》第二十四号单用一支,前有引子后接尾声。

(2)昆腔。《双报恩》第十三号单用一支,但唱词已佚。《四元庄》第四十三号则与【叠字犯】连用。

例如《双玉配》第二号：

(末)只要五十两银子使用。(唱)【催拍】奈我家室如磬悬,(白略)(唱)顿令人、冲冠怒恼。(白略)(唱)恶语无端,恶语无端,胜似那陌路一般,视我行作等闲。恶气儿难忍胸填,坏纲常人伦断,坏纲常人伦断。

民国七年(1918)“方玄妙斋”《玉簪记》等吊头本(案卷号195-1-4)所收《双玉佩(配)》“视我行”三字唱甩头。

此曲曲律上的定格为：$7_{\triangle}$,$7_{\triangle}$。$4_{\triangle}$,(叠)$4_{\triangle}$,4,$4_{\triangle}$。4,$4_{\triangle}$。$7_{\triangle}$,$6_{\triangle}$。《双玉配》此曲较曲律上的定格少两个四字句。又如《四元庄》第二十六号：

(老旦唱)【催拍】你是个宦门裔派,遭不幸被人诬害。严刑怎挨,监禁图圄苦哀哉,缧绁之中笼牢摆。瘟赃的直恁心歪,趋相府害儿孩。(白略)

【前腔】又一时泼天祸从天来,王侯府遭遇狼豺。一意的勾结权贵,赃官速咎诬儿孩。酷法严刑,图圄禁耐。翻画招愿死泉台,飞速的救儿孩。

《四元庄》该曲似可视为取消叠句,并将曲律上定格相应的两个四字句合为七字一句。

19.山坡羊

常用曲牌,常用一二支置于一出之前部,或叠用二至四支成套;亦可视情况插用一支,应付悲情场景。多为生旦之曲,长于抒情,声情悲凉沉郁。【山坡羊】又常与源出南南吕的【五更转】和源出南仙吕入双调的【好姐姐】以及【园林好】套相连,详见后文南曲单套之【园林好】套。其他用例略述如下：

古戏《黄金印·团圆》《蓝关记·蓝关》《出塞》皆插用一支,《牡丹亭·跌雪》《铁冠图·煤山》开头用一支,《玉蜻蜓·巡哨》叠用二支成出。时戏《分玉镜》第二十一号、《三凤配》第八号和《凤凰图》第三十七号开头用一支，《双凤钗》第七号、《双喜缘》第十六号和《八美图》第十四号皆于开头叠用二支。《绿牡丹》第六号插用一支，《还金镯·失盗》插用二支。《双合缘》第十七号、《凤凰图》第二十二号叠用二支成出，《曹仙传》第二十号、《双玉锁》第二十号叠用三支成出。《凤头钗》第十九号、《四元庄》第三十六号和《赐绣旗》第二号叠用四支。《双玉配》第十七号和《双狮图》第三十七号都在【点绛唇】【驻马听】等曲后插用一支。

例如《四元庄》第三十六号第一支：

(花旦、贴旦上)(同唱)【山坡羊】远迢迢途路凄凉，虚飘飘姐妹浪荡，哭啼啼泪雨难收，悲泣泣昼夜里痛断肝肠。云山望，一派恁荒凉。晓行夜宿多凄凉，凝望京都，凝望京都在那厢？悲伤，猛回头只一望；悲伤，时时刻刻想潘郎，时时刻刻想潘郎。

又如《铁冠图·煤山》：

(正生上)(唱)【山坡羊】惨凄凄紫微光晦，炎腾腾妖星难退，痛杀杀宫阙成灰，急煎煎宫人难回避。喊声杀，干戈蓦地追。好叫我进退浑无计，好一似羊触藩篱，羊触藩篱，何方逃避？宫闱，眼睁睁一别离；阿吓伤悲，叹江山事业非，叹江山事业非。

参考词式：①$7_{\triangle}$，」$7_{\triangle}$，7，$8_{\triangle}$。$3_{\blacktriangle}$，」$5_{\triangle}$。$7_{\triangle}$，4，(前四字叠前句)$7_{\triangle}$。」$2_{\triangle}$，$5_{\triangle}$；$2_{\triangle}$，」$5_{\triangle}$(重)。

②$7_{\triangle}$，」$7_{\triangle}$，7，$8_{\triangle}$。$3_{\blacktriangle}$，」$5_{\triangle}$。$7_{\triangle}$，4，(叠)4，$4_{\triangle}$。」$2_{\triangle}$，$5_{\triangle}$；$2_{\triangle}$，」$5_{\triangle}$(重)。第八句和第十句(第九句和第十句通常紧密相连)都可唱甩头，即出现“双甩头”，然后第十一句这个二字句由后场接唱。

曲律上第三词段常见格式为七字二句(后一句或为四字二句),调腔多用叠句或叠词。第四词段的两个五字句,调腔多变为六字折腰句。第四句和末句亦有作七字句的。

20.绵搭絮

调腔时戏中常用一至二支,后接【蛮牌令】【忆多娇】【下山虎】等曲律上同属于南越调的曲牌。宜用于抒发悲怨。古戏《荆钗记·投江》“我只得轻声背母悄出兰房”“我心中悲苦自觉思量”和“又只见滔滔江水”三曲,明世德堂本和选本作【绵搭絮】。时戏《凤头钗》第七号和《四元庄》第九号用一支,前者用于开头;《分玉镜》第十六号和《三婿招》第三号《路病》开头叠用二支。例如《分玉镜》第十六号第一支:

(贴旦上)(唱)【绵搭絮】悲苦绵绵,悲苦绵绵,时刻挂心田。薄幸的将奴抛撇,顿忘了海誓盟言。(白略)(唱)病膏肓一命难全,早难道父女分离,早难道父女各天。(白略)(唱)孤女是无依无靠,一身弱质有谁怜,弱质有谁怜?

时戏参考词式:$4_{\triangle}$,(叠)$4_{\triangle}$,$5_{\triangle}$。4,$5_{\triangle}$。$7_{\triangle}$,4,$4_{\triangle}$。4,$7_{\triangle}$(重句尾)。《三婿招》第三号《路病》两支开头不叠句。曲律上第六句分为三字和四字两句,调腔通常合为一句。第七、八、九三个四字句调腔常作上三下四的七字句。首句(或首句之叠句)及第五句、第九句可唱甩头。

21.水底鱼

常用曲牌,既可叠用多支成出,又可插用于其他曲牌和套式之中,还可作冲场曲使用。节奏明快,故常施于末、净、付、丑之口。例如《三婿招》第十四号《假报》第一支:

(丑上)气杀哉!(念)【水底鱼】颠倒人伦,纲常何安顿?有媒有证,怎的不成婚,怎的不成婚?

参考词式:$4_{\triangle}$,$5_{\triangle}$。4,$5_{\triangle}$(重)。末句可不重,第三句可唱甩头。

另有锣鼓牌子【水底鱼】,用于人物上场和行路。

22.罗帐里坐

时戏《三婿招》第四号《请药》插用一支,《循环报》第二十四号开头叠用二支(现仅存一支)。例如《循环报》第二十四号第一支:

(小生)吓吓!阿呀,母亲吓!(唱)【罗帐里坐】说来惨然,说来惨然,受尽罪愆。缴文已转,令人兢战。义人周济,却有个人儿替换。想前生不该赴刀溅,总然万事总有天,总然万事总有天。

参考词式:$4_{\triangle}$,$4_{\triangle}$。4,$4_{\triangle}$。4,$4_{\triangle}$。7,$7_{\triangle}$(重)。例曲首句叠句,而《三婿招》第四号《请药》首句不叠。

23.锁南枝

常用曲牌,常叠用二支至六支组成自套,既可自套成出,组成专场,也可同其他套式或曲牌相连。偶见插用或单用一支,叠用支数多者可达七或九支。自套成出时不接尾声。可用于欢乐场景,也可用于情绪起伏、冲突性较强的场次。调腔曲牌和昆腔曲牌兼有。

(1)调腔。古戏《琵琶记·抢粮》叠用四支。时戏《凤头钗》第十八号开头用一支,《双狮图》第三十五号、《还金镯·还镯》、《六凤缘》第十号开头叠用二支,《四元庄》第二十三号叠用二支成出,《绿牡丹》第七号结尾叠用二支,《还金镯·失盗》结尾叠用四支。《三婿招》第七号《遇父》、《双玉配》第八号、《金沙岭》第十二号、《循环报》第二十九号、《仁义缘》第二十四号、《白梅亭》第三号、《双喜缘》第七号、《六凤缘》第一号、《三凤配》第十三号、《八美图》第十八号叠用四支,《分玉镜》第三号、《双凤钗》第六号、《赐绣旗》第六号和《凤凰图》第二十六号叠用六支,《双玉锁》第十五号叠用多达七支,《葵花配》第十一号更是多达九支。

(2)昆腔。古戏《渔家乐·赏端》叠用四支,时戏《双玉锁》第六号单用一支,后接昆腔【尾】。

例如《分玉镜》第三号第一支:

(贴旦)爹爹吓!(唱)【锁南枝】家贫穷,日消耗,父女孤栖度昏朝。囊箧尽空乏,怎当钱和钞?就是官粮债,也要迟一宵;求他宽容恕,过年来相交,过年来相交。

参考词式:3,3△,7△。5,5△。3,3△;3,3△(重)。第一、四、六、八句皆可视情况唱甩头。若末句字数为五至七字,则只重末句;若第八、九两句都为三字,则重该两句。

24.孝南枝

【孝南枝】又称【孝南歌】,在【孝顺歌】末增【锁南枝】六至九句,系集曲。明清传奇和调腔抄本中【孝南枝】多冒【孝顺歌】之名,但两者用法实无区别。

古戏《牡丹亭·游魂》用一支,晚清《水浒记》等吊头本[案卷号195-1-145(3-2)]所收《梦梅(牡丹亭)》吊头本题【孝南哥(歌)】不误,单角本题作【孝顺歌】。《铁冠图·煤山》用一支。时戏《六凤缘》第八号开头用一支,《凤头钗》第十八号叠用两支,《双报恩》第三号、《循环报》第十六号叠用四支,上述四者都与其他曲牌或套式相连。《一盆花》第十九号、《双玉配》第三号和《双合缘》第九号叠用四支成出,唯《双合缘》前有一支【一江风】。《双狮图》第十一号叠用六支成出,前有引子,除第五支和第六支简省第四至十一句外,其他皆为【孝南枝】。例如《凤头钗》第十八号第一支:

(正生)你怎不量情察理?(唱)【孝顺歌(孝南枝)】他是斯文

貌，儒士家，怯怯书生一俊雅。弱冠年又轻，怎得将人杀？（白略）（唱）忒杀奸邪，忒杀奸邪，（白略）（唱）悔却从前，怎不顾后人骂？（白略）（唱）骂你老迈懵懂，怎不将人察？（白）（唱）告你倚豪富，恃官家；爱富嫌贫，败俗伤风化，败俗伤风化。

第六句亦可不叠，如《双报恩》第三号第一支：

（贴旦）咳！（唱）【孝顺歌（孝南枝）】口胡讪，心不良，祖业家产作寻常。废尽这田园，作事多荒唐。（付唱）休得要说短论长，奈我运蹇时乖，颠倒乖张。休得要出口伤人，错怪他行。（白略）（贴旦唱）可怜我日无吃，夜无床；说什么血和本，分明是同赌场，分明是同赌场。

时戏参考词式：3，」$3_{\triangle}$，$7_{\triangle}$。$5_{\blacktriangle}$，$5_{\triangle}$。$4_{\triangle}$，（叠）$4_{\triangle}$，4，$4_{\triangle}$。4，$4_{\triangle}$。3，$3_{\triangle}$；3，$3_{\triangle}$（重）。第六句可不叠。除首句常唱甩头外，第八、十、十二、十四句都可视情况唱甩头。末尾重句规律同【锁南枝】。

25. 胜如花

【胜如花】常与其他套式连用，位置较前。时戏《双玉配》第二号开头用一支，《仁义缘》第十六号开头叠用二支。《凤凰图》第九号叠用二支，第四十号中间叠用三支，但词式多有变化。例如《仁义缘》第十六号第一支：

（小生上）（唱）【胜如花】难宁耐好彷徨，好叫人难说端详。也是我命薄无依，好姻缘反成孽障。（白略）（唱）免得他误结丝萝，反成了凤侣鸾障。（白略）（唱）哀情凄凉，亲助我资妆。遣嫁时悲苦千行，守贞烈宁甘泉壤，宁甘泉壤。

参考词式：6△，7△。7，7△。7，7△。4△，5△。7△，7△（重句尾）。《双玉配》《仁义缘》三支词式皆同，而曲律上第三词段为七字三句，且皆入韵。

26.销金帐

调腔所见仅时戏《双喜缘》第八号叠用四支成出，后接尾声，如第一支：

（老旦、花旦上）（小旦、正旦同上）（同唱）【销金帐】锦帆风送，碧天万里空，晚霞倒照红。烟锁岚峰，云迷林丛。一带崚嶒，重重叠叠朦胧。（白略）（老旦唱）枉了你月貌仙姿，尽付在梵宫。皈依法华，暮鼓晨钟，暮鼓晨钟。

据单角本，首句唱甩头。参照其后三支，颇疑抄本误点，“重重”两字当属上句。

参考词式：4△，5△，5△。4，4△。6，4△。4，5△。4，4△（重）。调腔该曲词式与南戏、传奇中所见词式差异较大，兹不赘述。

27.六幺令（附六幺梧桐）

调腔曲牌和昆腔曲牌兼有。单用或插用一支或作为吹打牌子时，常用于仪仗、行路。

（1）调腔。时戏《双合缘》第八号开头一支用作小生出场赶路，后接【点绛唇】套。《三凤配》第六号叠用二支，《一盆花》第三号、《循环报》第十六号、《仁义缘》第十四号叠用三支，其中《一盆花》和《仁义缘》后接尾声。《双玉锁》第二十四号、《三凤配》第十八号叠用四支成出，前者不带尾声，后者缀以尾声。《四元庄》第三十七号叠用四支，后接【泣颜回】套。

（2）昆腔。时戏《四元庄》第三十四号引子后用一支，《双凤钗》第二十八号单支成出。《凤头钗》第十四号开头叠用二支；《双喜缘》第十号叠用二支，后接昆腔【尾】。《一盆花》第十二号和第三十一号叠用三支，前者缀以昆腔【尾】。《双凤钗》第十号、《赐绣旗》第十号叠用四支，其中《双凤钗》首支因缺乏单角本而不可补,《赐绣旗》前两支及所缀尾声则仅保留吹打。吹打牌子脱自昆腔曲牌。

例如《凤头钗》第十四号第一支:

(丑上)(唱)(走板)【(昆腔)六幺令】渡水关河,跋涉辛勤受尽奔波。机关悄地难猜破。(白略)(唱)只说捎音信,别事多,行来已到高门大。

第五、六两句可合为七字句,如《双玉锁》第二十四号第一支:

(小旦上)(唱)【六幺令】自悔无裁,听信谗言风月堪爱。只望得度百年偕。(白略)(唱)有意栽花花不发,做了无心插柳柳成排。

参考词式:4$_{\triangle}$,8$_{\triangle}$。7$_{\triangle}$。3,3$_{\triangle}$,7$_{\triangle}$。末句可重句。第三句后常接说白,因而将后三句划为一个词段。《双玉锁》第二十四号首支起板甩头,四支第四句(合两句为一句)皆唱甩头。

调腔有集曲【六幺梧桐】,见于《游龙传》第三号,系集【六幺令】前五句和【梧叶儿】后两句而成。该集曲出元南戏《陈巡检》,明程明善编《啸余谱》收入时题作【六幺梧桐】,而《九宫正始》题作【六幺儿】。

28.香柳娘

昆腔曲牌。时戏《三婿招》第八号《登程》叠用三支,前有引子后无尾声,如第一支:

(小生)孩儿就此拜别。(唱)【(昆腔)香柳娘】别慈颜登程,别慈颜登程,迤逦去嘉兴,姻缘自有皆前定。(正旦唱)送孩儿起程,送孩儿起程,亲口自玉成,何须暗沉吟?(小生唱)离故园别亲,离故园别亲,(合唱)打叠行囊,庭帏堪惊。

另,《循环报》第二十二号叠用二支,为干念之曲。

29. 朝元歌

昆腔曲牌。时戏《天门阵》第七号用一支,《八美图》第六号叠用二支成出。如《八美图》第六号第二支:

(小生唱)【朝元歌】秋江岸边,一帆风送船;云锁村烟,晚霞烈焰天。凝望前川,山水映帘,晚景动情人堪羡。(白略)(唱)思绪鹣鹣,意儿思儿多缱绻。蓦听好姻缘,才貌须亲见。(白略)(唱)主和仆街衢散玩,风景繁华,欢乐无限。

以上,曲律上【朱奴儿】【玉芙蓉】属于南正宫过曲,【桂枝香】属于南仙吕过曲,【八声甘州歌】【皂罗袍】【解三酲】【皂角儿】【傍妆台】属于南仙吕过曲,【一江风】【懒画眉】【红衲袄】【香柳娘】属于南南吕过曲,【尾犯序】【驻马听】【驻云飞】属于南中吕过曲,【念奴娇序】【催拍】属于南大石调过曲,【山坡羊】属于南商调过曲,【绵搭絮】【水底鱼】【罗帐里坐】属于南越调过曲,【锁南枝】【孝南枝】属于南双调过曲,【胜如花】属于南羽调过曲,【销金帐】【六幺令】【朝元歌】属于南仙吕入双调过曲。

四、南曲单套

明天池道人《南词叙录》云:"南曲固无宫调,然曲之次第,须用声相邻以为一套,其间亦自有类辈,不可乱也,如【黄莺儿】则继之以【簇御林】,【画眉序】则继之以【滴溜子】之类，自有一定之序。”[①]套数是构成一出戏的曲牌的组合，而套式是指某些曲牌联套的典型组合形式。这种典型的组合形式，换言之就是曲家和艺人所积累总结的熟套。南曲的同一宫调，通常能发展出多个习用的套式。调腔时戏的曲牌套式及其运用，应是艺人们以及一些底层文人，根据自己所积累的经验，参照元明南戏、文人传奇和既有的一些熟套来编创的。尽管格律上相对自由，调腔时戏的曲牌套式及其运用总体上符合明清传奇所体现出的曲牌连缀规律。

就曲牌的联套形式而言，可分为使用不同的曲牌联套的“异调联用”和同一曲牌叠用的“单曲叠用”两大类。本文下面将依序归纳调腔曲牌异调联用的南北曲基本套式（即南曲单套和北曲单套）和南北合套。这里参照《昆曲曲牌及套数范例集（南套）》的做法，不把引子、冲场曲、尾声、【赚】（【不是路】）、【哭相思】计入套式，但为了体现曲牌连缀的特点，举例时常常连带而及。

（一）【啄木儿】套

《庆有余·封相》	引—【（昆腔）啄木儿】—【（昆腔）归朝欢】
《铁冠图·观图》	【啄木儿】—【前腔】—【三段子】—【归朝欢】
《凤头钗》第八号、《双喜缘》第十七号、《三凤配》第十六号	【啄木儿】—【前腔】—【三段子】—【前腔】—【归朝欢】—【前腔】
《分玉镜》第十八号	引—【啄木儿】—【前腔】—【三段子】—【滴溜子】—【尾】
《分玉镜》第二十七号	【傍妆台】—【前腔】—【三段子】—【前腔】—【滴溜子】—【尾】
《双凤钗》第八号	【啄木儿】—【前腔】—【三段子】—【归朝欢】—【前腔】
《连环计》第七号	【花月渡】—【三段子】—【归朝欢】
《金沙岭》第十四号	【啄木儿】—【前腔】—【三段子】—【前腔】—【归朝欢】

① ［明］天池道人：《南词叙录》，《中国古典戏曲论著集成》（三），中国戏剧出版社，1959，第 241 页。

续 表

《双狮图》第二十一号	【啄木儿】—【前腔】—【三段子】—【前腔】—【前腔】—【尾】
《双玉锁》第三十四号	引—【啄木儿】—【前腔】—【三段子】—【前腔】—【归朝欢】
《葵花配》第十二号	【啄木儿】—【前腔】—【三段子】—【前腔】—【滴溜子】—【前腔】—【尾】
《六凤缘》第六号	【啄木儿】—【前腔】—【三段子】—【前腔】
《八美图》第十三号	引—【啄木儿】—【前腔】—【三段子】—【滴溜子】—【前腔】
《八美图》第四十七号	【花月渡】—【三段子】—【哭相思】—【三段子】—【归朝欢】—【前腔】

【啄木儿】套包含【啄木儿】【三段子】【归朝欢】三支曲牌，曲律上属于南黄钟。各牌通常叠用二支，也可只用一支。上述有四例以【滴溜子】代替【归朝欢】，有三例易【啄木儿】为他曲。当【归朝欢】殿后时，一般不用尾声。

1. 啄木儿

套式首牌。例如《分玉镜》第十八号第一支：

(贴旦)老爷、夫人容禀。(唱)【啄木儿】言未禀，两泪淋，剖诉尊前说真情。(白略)(唱)数年来本利无还，将住房典卖消清。老父呕气恹恹病，谁料今朝丧幽冥，〈只因难女呵！〉情愿卖身葬父亲。

孤用的例子如《还金镯·失盗》开头叠用三支，词式较常格多出二句，俱无韵，如第一支：

(小生)呀！(唱)【啄木儿】听铜壶，初滴漏，悄不觉冷悠悠。灯光闪闪如清昼，都只为破壁无遮，因此上孤灯独守。(白略)(唱)这良缘未必能成就，仰望苍天怜悯相保佑。喜得个吉星照临，成就了百年佳偶。

参考词式：3，$3_{\triangle}$，」$7_{\triangle}$。7，$7_{\triangle}$。$7_{\triangle}$，$7_{\triangle}$，$7_{\triangle}$。第一处甩头多见于第一支（起板甩头）。《还金镯》增句分别在第四句和第七句下，末尾新增一个词段。

昆腔曲牌见《庆有余·封相》。

2.三段子

例如《分玉镜》第十八号：

（贴旦）老爷！（唱）【三段子】再容诉情，父尸骸耽搁家庭；尚未窆窀，容难女归家葬殡。千金侍奉我当承，若然做妾难从命，愿写使婢文契为准信。

又如《连环计》第七号：

（正生）……长吁短叹？（唱）【三段子】言词说明，（白略）（唱）隐情轻丧你自身；万事评论，快快的诉说衷情。（白略）（唱）汉室江山在你身，保护天下君和民，深托其情，紧记在心。

参考词式：$4_{\triangle}$，$7_{\triangle}$；$4_{\triangle}$，$7_{\triangle}$。$7_{\triangle}$，$7_{\triangle}$，$7_{\triangle}$。末句可破为四字二句。

除了入【啄木儿】套，还可以参加或插入【醉花阴】南北合套，详见下文。

3.归朝欢

例如《双凤钗》第八号第一支：

（小生上）（唱）【归朝欢】容辞谢，容辞谢，恩高义广，效犬马来世报偿；（正旦唱）乍见了，乍见了，才貌端详，（白略）（小生）恩公吓！（唱）惨伤箪瓢陋巷。功名切志命乖张，慈亲催促难违抗，虑只虑老母无依怎支撑。

参考词式：3▲，（叠）3▲，4△，7△；3▲，（叠）3▲，4△，7△。7△，7△，7△。可无叠句。第八句可作六字句。末句亦可破为四字二句。

（二）【降黄龙】【黄龙滚】短套

《凤头钗》第十二号	【降黄龙】—【黄龙滚】
《循环报》第五号、《六凤缘》第二十三号	【降黄龙】—【前腔】—【黄龙滚】—【前腔】—【尾】

南戏、传奇中南黄钟【狮子序】下连【太平歌】【赏宫花】【降黄龙】和【黄龙滚】（“滚”又作“衮”）成套，调腔《琵琶记·拒父》有【狮子序】【太平歌】【赏宫花】【降黄龙】【大圣乐】这一组套曲，其中【降黄龙】和【黄龙滚】常组成短套。据单角本，调腔【降黄龙】【黄龙滚】短套除了上述三组，《双玉燕》第三十号亦有【降黄龙】【黄龙滚】一组。

1. 降黄龙

例如《六凤缘》第二十三号第一支：

（小旦、小生上）（同唱）【降黄龙】幸脱灾殃，被奸僝僽，气冲牛斗。抱屈难伸，玉砌雕栏，泾渭无剖。（白略）（同唱）奔走，悲哽含愁，悒怏神魂荡游。望江湖波浪滔滔，扁舟无凑，扁舟无凑。

《循环报》第五号和《六凤缘》第二十三号第二支换头，换头格前增一个二字句，且入韵。《凤头钗》第十二号【降黄龙】首句入韵，第四词段多一入韵的三字句。

参考词式：4▲，4，4△。4，4，4△。2△，4，6△。7，4△（重）。

2. 黄龙滚

例如《六凤缘》第二十三号第一支：

(贴旦)一言难尽。(唱)【黄龙滚】时刻挂心头,日夜思汝忧。茶饭难咽,只愁遭错谬。吉少凶多,暗地难猜透。喜心头,将幽情,付东流。

参考词式:$5_{\triangle}$,$5_{\triangle}$。4,$5_{\triangle}$。4,$5_{\triangle}$。3,3,$3_{\triangle}$。

调腔另有【黄龙滚犯】或【黄龙滚】,实系北中吕【斗鹌鹑】,详见下文。

(三)【绣带儿】【宜春令】套

【绣带儿】【宜春令】【三学士】【东瓯令】【秋夜月】【三换头】【刘泼帽】等,曲律上都属于南曲南吕过曲。这些曲牌在调腔中组合都比较松散,【宜春令】【东瓯令】【秋夜月】【刘泼帽】等都常见孤用的情况,明清传奇中也是如此。

《黄金印·前不第》	【解三醒】—【绣带儿】
《玉簪记·偷诗》	【清平乐】—【绣带儿】—【宜春令】
《玉蜻蜓·复主》	【宜春令】—【学士解三醒】—【前腔】
《六凤缘》第十七号	【宜春令】—【前腔】—【学士解三醒】—【前腔】—【尾】
《四元庄》第一号	引—【绣带儿】—【宜春令】—【解三醒】—【大金香】—【尾】
《三凤配》第十五号	引—【秋夜月】—【前腔】—【东瓯令】—【前腔】—【尾】
《八美图》第九号	引—【绣带儿】—【三学士】—【(昆腔)尾】
《双报恩》第十一号	【(昆腔)秋夜月】—【前腔】—【(昆腔)东瓯令】—【前腔】—【(昆腔)尾】

1.绣带儿

例如《四元庄》第一号:

(正生)且听为父吩咐。(唱)【绣带儿】论女道抱烈守贞莫胡猜,你是个裙布荆钗。那些个绣阁香闺,命何求宦室门楣。女孩,当存三从与四德,有淑女知诗书温存体态。选东床女貌郎才,这终身定有日孔雀屏开,孔雀屏开。

参考词式:7(4」3)$_{\triangle}$,6$_{\triangle}$。7,7$_{\triangle}$。」2$_{\triangle}$,7$_{\blacktriangle}$,7$_{\triangle}$。7$_{\triangle}$,8$_{\triangle}$(重句尾)。

2.宜春令

除了参加联套,《百花记·赠剑》叠用四支,后接【园林好】套。其他如时戏《凤凰图》第十九号单用一支,后接尾声;《白梅亭》第六号叠用二支,后接尾声;《一盆花》第二号叠用三支,前有引子,后接尾声;《后岳传》第七号开头用一支,后接其他曲牌。例如《玉蜻蜓·复主》:

(正旦上)(唱)【宜春令】霞光流,小阮亭,见飞来归巢燕莺。爱他良禽成对,飘飘并飞相交颈。乃因我久别郎官,怎能够携手相亲?愁听,夜漫深沉,梦绕难宁,梦绕难宁。

又如《一盆花》第二号第一支:

(正生)娘子,但是卑人呵!(唱)【宜春令】平生志,少茂身躯大英才,何虑着风霜露霾。只我这烈烈轰轰,柏栋身襟抱胸怀。况又是嫡派亲谊,岂可的纲常败坏?依赖,若得个提拔身荣,舅和甥同赴金阶,同赴金阶。

参考词式:3,3$_{\triangle}$,7$_{\triangle}$。4,7$_{\triangle}$。7,7$_{\triangle}$。」2$_{\triangle}$,4,4$_{\triangle}$(重)。《白梅亭》第六号两支末两句合为一句。

3.三学士(附学士解三酲)

明清传奇中【太师引】【三学士】结合较为严实,但调腔所见仅时戏《八美图》第九号一支,故隶于此。如《八美图》第九号:

(正旦上)(唱)【三学士】渡银河鹊桥双凑,结前盟喜过中秋。他是个儒门女旧族门楣,更羡他孝义女流。(白略)(唱)笙歌叠闹声鼎沸，宝香车上龙舟，宝香车上龙舟。

参考词式：$7_{\triangle}$，$6_{\triangle}$。7，$7_{\triangle}$。7，$6_{\triangle}$（重）。

【学士解三醒】系以【三学士】为主的集曲，集【三学士】一至四句和【解三醒】五至末句而成，抄本或题作【学士解醒】。《玉蜻蜓·复主》在【宜春令】后叠用二支，其中第一支为：

（外上）（唱）【学士解三醒】阻隔云山有万层，叫人意乱心难平。汪洋波内渐捞针，明月芦花何处寻？（白略）（唱）井底厨房皆寻遍，转被掀翻没个影。魂无定，急回归呈复，主命筹生，主命筹生。

4.东瓯令

除了连用，还可以单用成出，如《双凤钗》第二十四号和《闹九江》第十二号皆单支昆腔曲牌成出，前有引子，后者缀以昆腔【尾】。《四元庄》第十六号叠用二支昆腔曲牌成出。例如《四元庄》第十六号第一支：

（末、小生上）（同唱）【（昆腔）东瓯令】无知贼，乱胡为，不法当场有傀儡。灯篷劫抢进绣帏，强逼成婚配。（白略）（小生唱）联姻不辱那香闺，天晓出绣帏。

参考词式：3，$3_{\triangle}$，$7_{\triangle}$。$7_{\triangle}$，$5_{\triangle}$。$7_{\triangle}$，$5_{\triangle}$。

5.秋夜月

调腔曲牌和昆腔曲牌兼有。调腔曲牌《双合缘》第十号叠用二支，前为【皂罗袍】二支叠用，后接尾声；《八美图》第四十三号单用一支，后接尾声，如：

(外唱)【秋夜月】步如飞,懊恨不仁义。奸徒直恁把人欺,重重灾祸怎逃避。行来迤逦,藏身在此地。

《双合缘》两支首句不入韵,第二词段增一句,如第一支:

(付唱)【秋夜月】听儿语,还须要酌商。海罡风是有志纲常,不怕当权与奸党,何况齐家正无猖狂。只愁着一腔,倒有些烦难,倒有些烦难。

参考词式:$3_{\triangle}$,$5_{\triangle}$。$7_{\triangle}$,$7_{\triangle}$。$4_{\triangle}$,$5_{\triangle}$。

(四)【金络索】【三换头】短套

《玉蜻蜓·游庵》	【一江风】—【前腔】—【金络索】—【前腔】—【三换头】
《连环计》第十二号、《仁义缘》第八号、《天门阵》第十一号	【金络索】—【前腔】—【三换头】—【前腔】
《八美图》第十四号	【金络索】—【三换头】

明清传奇中【三换头】多见孤用,又能与【东瓯令】等连用。调腔中【三换头】都置于【金络索】之下,因此将【金络索】【三换头】作为短套提出。《三婿招》第四号《请医》【刘泼帽】接于【金络索】下,后接【罗帐里坐】和【尾】。清陆贻典抄本《琵琶记》第十出【金络索】【刘泼帽】连用,以两曲声情相近,南戏、传奇中不乏其用例,故附【刘泼帽】于此。

1. 金络索

系集曲,集自商调【金梧桐】【寄生子】,南吕【东瓯令】【针线箱】【懒画眉】和仙吕【解三醒】六曲。多用于倾诉和对话,声情较为凄切宛转。【金络索】常叠用一至二支,位置较前,时戏《三婿招》第四号《请药》【金络索】和【刘泼帽】相连,《闹九江》第五号开头用一支。例如《玉蜻蜓·游庵》第一支:

(小生唱)【金络索】(起板)抒诚礼佛龛,作意翻经案。(小旦唱)只怕竹院闲过,瓜李嫌非伴。(小生唱)蓬壶咫尺间,女禅关,赖有一枝梅花书牒函。(白略)(唱)真知实际非身幻,(小旦唱)只怕花笑空来客便还。难留挽,恐将燕约误鹏端。只为天色阑珊,人语凋残,又恐遭欺慢。

《玉蜻蜓》两支倒数第三句皆作六字句。时戏中该曲词式稍异,例如《三婿招》第四号《请药》:

(小旦上)(唱)【金络索】(起板)寒门守清贫,母女度昏晨。忆子天涯,郁虑身患病。暗地泪珠淋,我多愁闷。(走板断)(白略)(唱)神衰力倦,空费枉劳心。似这等瘦损恹恹自沉吟,今日个暮景凋残、暮景凋残伤切情。悲哽,叫人兀自闷沉沉。望神天垂怜惜悯,叩祈祷夜香焚,叩祈祷夜香焚。

《闹九江》第五号与《三婿招》该曲词式相似,唯“悲哽”相应之处作“这干系”三字句,第十三句作六字句。

中间两个七字句,时戏中又有变为三字句和七字句者,如《天门阵》第十一号第一支:

(小旦上)(唱)【金络索】一夜别离情,万种仇怨深。夙世姻缘,了却三生幸。非奴自挑姻,慕学文君,都只为师命难违,因此上私订那终身。奴心惊,自古红颜多薄命。送长亭,云山万里一去杳无影。好叫我望断肝肠,消消闷沉,只恐怕人难见影难寻,人难见影难寻。

《天门阵》两支第十三句皆不入韵,而《八美图》第十四号词式与之相类,第十三句入韵。

时戏参考词式:①$5_{\triangle}$,」$5_{\triangle}$。4,$5_{\triangle}$。$5_{\triangle}$,$3_{\triangle}$,4,」$5_{\triangle}$。$7_{\triangle}$,$7_{\triangle}$。$3_{\triangle}$,$7_{\triangle}$。$7_{\triangle}$,$6_{\triangle}$(重)。第一处甩头多见于第一支(起板甩头),《玉蜻蜓》首句前两字唱甩头。第十句为本句自叠四字,第十三句可作六字句。

②$5_{\triangle}$,」$5_{\triangle}$。4,$5_{\triangle}$。$5_{\triangle}$,$3_{\triangle}$,4,」$5_{\triangle}$。$3_{\triangle}$,$7_{\triangle}$。$3_{\triangle}$,$7_{\triangle}$。$7_{\triangle}$,4,$6_{\triangle}$(重)。

2. 三换头

例如《玉蜻蜓·游庵》:

(净、付、贴旦上)列位姑姑请吓!(唱)【三换头】珍羞满盘,伊蒲供馔。孤眠独宿,环佩众攒。误入在桃源难返,(白略)(净唱)他那里使独占,我这里割恩撒漫。同在雕栏上,赏花总一般。奉告郎君,法力均占一例看。

又如《天门阵》第十一号第一支:

(小旦)……以断夫君吉凶便了。(唱)【三换头】红颜绿鬓,青丝赤绳。杏脸桃腮,花容正春。照对着菱花宝镜,真个是比月貌,不枉了那鱼沉。河洲两相亲,凤卜谐秦晋。占卜先天,〈呀!〉打散鸳鸯两处分。

参考词式:$4_{\triangle}$,$4_{\triangle}$。4,$4_{\triangle}$。$4_{\triangle}$,6,$7_{\triangle}$。5,$5_{\triangle}$。4,$7_{\triangle}$。其中第五至七句变化较多,亦可作两句,如《天门阵》次支作"一炷信香报音,莫猜疑一定失了阵"。

3. 刘泼帽

例如《三婿招》第四号《请医》:

(正生上)(唱)【刘泼帽】姑表不时来亲近,都只为年积病深,请药回归双环叩门。(白略)(小旦上)(唱)忙启门栏泪珠淋。

参考词式:$7_{\triangle}$,$7_{\triangle}$,$7_{\triangle}$。$7_{\triangle}$。曲律上【刘泼帽】共五句,第四、五两句为四字句和五字句,《南柯记》第三十七出《粲诱》、《东郭记》第三出《少艾》等将末两句合为七字句,调腔做法正同。

【刘泼帽】常孤用,《四元庄》第八号叠用二支,《八美图》第十一号末用一支。

(五)【梁州新郎】【节节高】短套

《凤头钗》第十六号、《四元庄》第二十五号	引—【(昆腔)梁州序(梁州新郎)】—【(昆腔)节节高】—【(昆腔)尾】
《一盆花》第二十三号	引—【(昆腔)梁州序(梁州新郎)】—【前腔】—【(昆腔)节节高】—【(昆腔)尾】
《双凤钗》第十五号	引—【梁州序(梁州新郎)】—【前腔】—【节节高】—【尾】
《循环报》第十五号	引—【梁州序(梁州新郎)】—【节节高】

抄本中【梁州新郎】常冒题为【梁州序】,《六十种曲》中【梁州序】和【梁州新郎】也往往混而不分。上表用例都用于堂审分辩的场景。

1. 梁州新郎

系集曲,集自【梁州序】一至十句和【贺新郎】七至十句。调腔曲牌和昆腔曲牌兼有。昆腔曲牌还见于《水浒记·活捉》首支。例如《双凤钗》第十五号第一支:

(小生)老父台,昨夜元宵看灯。(唱)【梁州序(梁州新郎)】普天同庆,灯辉月明,万姓同欢升平。簇拥街衢,主仆分散无寻。(白略)(唱)说是年家留饮,黑夜三更,沉醉牙床寝。(白略)(唱)无踪影迹也误人命,伏乞青天断分明。(白略)(唱)暗计谋,有别情。弓蛇误看杯中影,望鉴察恩秦镜,望鉴察恩秦镜。

参考词式：$4_{\blacktriangle}$，」$4_{\triangle}$，$6_{\triangle}$。4，$6_{\triangle}$。$6_{\blacktriangle}$，4，$5_{\triangle}$。$8_{\triangle}$，$7_{\triangle}$。3，$3_{\triangle}$。$7_{\triangle}$，$6_{\triangle}$（重）。昆腔曲牌无甩头和重句。

2.节节高

例如《一盆花》第二十三号：

（贴旦）爷爷容禀。（唱）【（昆腔）节节高】休说那奸谋，望思筹，伶仃孤立安分守。青年还幼，礼义周，贞烈厚。（白略）（唱）他便顿起暗中谋，强奸烈女来遗臭。（白略）（贴旦、小旦）罢罢罢！（同唱）二人并罪冤无伸，云阳西市各承受。

《四元庄》第二十五号【节节高】前三句为："红炉来锻炼，铁消磨，狂徒庭上说什么。"首句不入韵。调腔又有将前两句合为一句的做法，如《双凤钗》第十五号：

（正生）……图谋诬害。（唱）【节节高】商约计谋害书生，昭彰天理自伤其命。（白略）（唱）露机关，怎招认，起亏心。（白略）（唱）腾腾怒气满胸襟，阴谋诬害你见证。三木严刑你须问，铁面无私正光明。

参考词式：$5_{\triangle}$，$3_{\triangle}$，$7_{\triangle}$。$3_{\triangle}$，$3_{\triangle}$，$3_{\triangle}$。$7_{\triangle}$，$7_{\triangle}$。7，$7_{\triangle}$。首二句可合为七字一句。

（六）【泣颜回】套

《玉蜻蜓·头搜》	【（昆腔）泣颜回】—【前腔】—【（昆腔）千秋岁】—【（昆腔）越恁好】—【（昆腔）红绣鞋】—【（昆腔）尾】

续 表

《一盆花》第十五号	【泣颜回】—【千秋岁】—【红绣鞋】
《分玉镜》第七号	【泣颜回】—【前腔】—【千秋岁】—【前腔】—【越恁好】—【尾】
《连环计》第四号、《双报恩》第十二号	【(昆腔)泣颜回】—【前腔】—【(昆腔)千秋岁】—【(昆腔)尾】
《仁义缘》第二十七号	【(昆腔)泣颜回】—【(昆腔)千秋岁】—【(昆腔)尾】
《双玉配》第十五号	引—【泣颜回】—【前腔】—【千秋岁】—【尾】
《闹鹿台》第二号，《双报恩》第五号，《双狮图》第七号、第十二号、第四十一号，《仁义缘》第八号，《双喜缘》第十四号	【泣颜回】—【前腔】—【千秋岁】—【前腔】—【尾】
《双玉锁》第十六号	【泣颜回】—【前腔】—【千秋岁】—【前腔】—【做尾】
《循环报》第二十四号	【泣颜回】—【千秋岁】—【尾】
《仁义缘》第十六号	【泣颜回】—【千秋岁】
《六凤缘》第三十六号	【泣颜回】—【前腔】—【越恁好】—【叠字犯】(或仍有其他曲牌，因单角本缺乏无考)
《四元庄》第三十七号	【泣颜回】—【千秋岁】—【红绣鞋】—【尾】

【泣颜回】套包含【泣颜回】【千秋岁】【越恁好】【红绣鞋】四支曲牌，曲律上属于南中吕。其中以【泣颜回】【千秋岁】用得最多，结合得最严实。此套明清传奇中出现甚少，而调腔用例甚多，且吹打牌子亦有【泣颜回】套(基本上脱自昆腔【泣颜回】套)，如《连环计》第十五号、《定江山》第十六号等。联套时一般缀以尾声，上表《一盆花》第十五号单角本当有删略，而20世纪五六十年代的记谱资料中是有尾声的。

1. 泣颜回

套式首牌。调腔曲牌和昆腔曲牌皆有。常叠用二支，次支有无换头皆可，调腔中较少换头。例如《双喜缘》第十四号：

(小生)太君容禀。(唱)【泣颜回】自幼失双亲,可怜我身遭不幸。念我是礼乐家门,命多磨愿入空门。(白略)(唱)年方十六春,守清规颇识那诗琴。(老旦唱)堪羡他人貌俊雅,可惜了袅娜娉婷。

(小生)……皇姨请。(唱)【前腔换头】相并,黑白定输赢,开一局仙班欢庆。争锋高下,这的是龙目双睁。(老旦白)妙吓!(唱)奇才逞能,这图儿顷刻那星文。(小旦上)(唱)潜身的步入中厅,恐露出乔妆形景。

参考词式:5△,6△。4,6△。4△,8△。7▲,7△。换头格前增一个二字句,且入韵。第二、四、六句调腔中常作七字句。句尾可重。

除了连用【千秋岁】【越恁好】【红绣鞋】成套,【泣颜回】还有三种常见用法:(1)叠用若干支,并可自套成出。调腔曲牌如古戏《玉簪记·吃醋》叠用二支,时戏《双玉配》第二号插用一支,《凤头钗》第十四号叠用四支成出,《后岳传》第七号插用二支,第十二号叠用四支成出。昆腔曲牌如时戏《双报恩》第十号单支成出。(2)参加【粉蝶儿】南北合套,详见下文。(3)作为吹打牌子使用。除上表吹打牌子联套外,还可以单用,用于发兵(发炮起马)。京剧亦有吹打牌子【泣颜回】,用于较大的发兵场面,乐谱引自昆曲《连环记·起布》第一支。

2.千秋岁

套式次牌。例如《分玉镜》第七号第二支:

(贴旦唱)【千秋岁】出兰房,蓦听书声朗,不觉的愁容舒放。隐隐诵读,隐隐诵读,心切切烈志昂昂。未觌面空思想,〈有了。〉待我来舌尖儿舔破纸窗。〈妙吓!〉观看貌端庄,秀丽年轻,风流雅相,风流雅相。

参考词式:$3_{\triangle}$,$5_{\triangle}$,$7_{\triangle}$。$4_{\blacktriangle}$,(叠)$4_{\blacktriangle}$,$7_{\triangle}$。$6_{\triangle}$,$6_{\triangle}$。$5_{\triangle}$,4,$4_{\triangle}$(重)。第六句曲律上为九字句,但调腔中多为七字句。末两句可合为七字句。

3.越恁好

例如《玉蜻蜓·头搜》:

(众唱)【(昆腔)越恁好】伊行徒严禁,平空波浪起。俗家已出,守清规心不移。(白略)(唱)遍床探挨,遍床探挨,进厨房绕回廊无所见知。(白略)(唱)笑你沙门贱意遍痴,淫奔忌廉耻。休得遮掩,藏头露尾。

伊行徒严禁,单角本一作"伊行徒废"并叠句。又如《分玉镜》第七号:

(正生唱)【越恁好】经纶透光,翰墨人非常。笔法伶俐,读书人心欢畅。(白略)(唱)想是店内女娇娘,悄地来私行观看。〈方才店家说,〉窈窕未赋,窈窕未赋,遇佳期拣选才郎。可惜未得见红妆,不然是三生欢畅。那顾羞耻在今夜,床第连挽花开墙。得第荣归,迎娶还乡,迎娶还乡。

【越恁好】【红绣鞋】还可参加【粉孩儿】套。检《南词新谱》《新编南词定律》等书,【越恁好】大致有两式,第一式九句;第二式句数颇多,《新编南词定律》收有《昙花记》"遍巡还遍察"曲,云:"此曲不在【粉孩儿】套内,多有入于【泣颜回】【千秋岁】套内者,【走山画眉】即此曲也。"吴梅《南北词简谱》以之为【越恁好】叠字格。对于参加【泣颜回】套的【越恁好】第二式,《九宫正始》谓实为南中吕【滚绣球】,如此两式来源不同。

4.红绣鞋

例如《玉蜻蜓·头搜》:

(外)……不免回复大娘去罢。(唱)【红绣鞋】寻思难决惊疑,一场事变跷蹊。居遁迹,隔天疑。肝肠碎,远分离。忙回去,莫羁迟。

又如《四元庄》第三十七号:

(正生唱)【红绣鞋】内丁捕捉刁奸,莫与抚院来知见。计如亮,休逃窜。赵云庆,罪不免。候亲审,拔沉冤。候亲审,拔沉冤。

参考词式:$6_{\triangle}$,$6_{\triangle}$。3,$3_{\triangle}$。3,$3_{\triangle}$。3,$3_{\triangle}$。曲律上两六字句须重末两字,调腔暂时所见皆不叠。

此外还有吹打牌子【红绣鞋】,如时戏《葵花配》第四号。

(七)【粉孩儿】套

《水浒记·刺息》	【(昆腔)粉孩儿】—【(昆腔)福马郎】—【(昆腔)红芍药】—【(昆腔)耍孩儿】—【(昆腔)会河阳】—【(昆腔)缕缕金】—念【越恁好】
《分玉镜》第二十号	【耍孩儿】—【会河阳】—【佚名】—【佚名】
《双凤钗》第三十四号	【(昆腔)粉孩儿】—(中缺)—【(昆腔)越恁好】
《双狮图》第二十九号	【粉孩儿】—【红芍药】—【耍孩儿】—【会河阳】—【缕缕金】—【越恁好】—【尾】
《双玉锁》第二十七号	【(昆腔)粉孩儿】—【(昆腔)福马郎】—【(昆腔)会河阳】—【(昆腔)耍孩儿】—【(昆腔)尾】
《四元庄》第三号	【粉孩儿】—【红芍药】—【福马郎】—【耍孩儿】—【会河阳】—【缕缕金】—【越恁好】—【红绣鞋】—【尾】
《八美图》第二十一号	【(昆腔)粉孩儿】—【(昆腔)红芍药】—【(昆腔)耍孩儿】—【(昆腔)会河阳】—【(昆腔)缕缕金】(?)—【(昆腔)越恁好】(?)—【(昆腔)尾】

【粉孩儿】套包含【粉孩儿】【福马郎】【红芍药】【耍孩儿】【会河阳】【缕缕金】【越恁好】【红绣鞋】八支曲牌,除【福马郎】曲律上属南正宫外,其余皆为

南中吕曲牌。【缕缕金】词式分析已见前文。

1.粉孩儿

套式首牌。例如《四元庄》第三号：

(末、小生上)(同唱)【粉孩儿】慌慌的四元庄春色娇，见苍台花艳，竹林花鸟。风和日丽春光好，嫩柳依然绵烟绕。观不尽万紫千红，好丹青难画难描，好丹青难画难描。

参考词式：9(6」3)$_{\triangle}$，5，4$_{\triangle}$。7$_{\triangle}$，7$_{\triangle}$。7，7$_{\triangle}$(重句或重句尾)。

2.福马郎

例如《四元庄》第三号：

(丑唱)【福马郎】顷刻风雷飞云绕，霎时霹雳，心惊摇。平空波浪起，声欢笑。(白略)(唱)纵横无忌蠖铎，劫抢女多娇，劫抢女多娇。

曲例不多，词式不具列。

3.红芍药

例如《八美图》第二十一号：

(正生)妹子，看目下世情呵！(打)(唱)【(昆腔)红芍药】叹浮生连遭折挫，背井离乡跋涉关河。(花旦唱)何必恹缠挂胸窝，时乖运蹇守株待兔。有日，风送滕王阁，门阑喜气多。古今多少英雄，待时来声名远播。

参考词式：7$_{\triangle}$，7$_{\triangle}$。7$_{\triangle}$，7$_{\triangle}$。2$_{\blacktriangle}$，5$_{\triangle}$，7$_{\triangle}$。7$_{\blacktriangle}$，7$_{\triangle}$。《四元庄》第三号第

五、六两句合为一句，作“听潺溪声声滴滴”。

4. 耍孩儿

例如《双狮图》第二十九号：

（四手下、正生上）（唱）【耍孩儿】高挂形图非寻常，管叫他心惊胆慌，要提拿钦犯侯旨请赏。（小走板）（小生、外上）（小生唱）步快，人挤簇拥喧哗，敢是钦差在路旁？越思越想犯王章。

时戏参考词式：$7_{\triangle}$，$5_{\triangle}$，$7_{\triangle}$。$2_{\blacktriangle}$，$7_{\triangle}$，$7_{\triangle}$，$6_{\triangle}$。曲律上第五、六两句皆八字句，调腔时戏多作七字句。《四元庄》第三号末两句作“花墙映出红艳娇人称妙”一句。

调腔《西厢记·请生》《扫秦》《玉蜻蜓·二搜》中的【耍孩儿】源出北般涉调（与正宫、中吕相出入），不与此曲同。

5. 会河阳

例如《分玉镜》第二十号：

（外唱）【会河阳】喜气盈盈乐陶陶，今朝广施贫民窑。（白略）（唱）观瞧，顶平额广无穷，儿长大辅佐王朝。（白略）（唱）欢笑，喜孜孜开怀抱；欢乐，自古道有麟儿万事抛，有麟儿万事抛。

又如《四元庄》第三号：

（贴旦唱）【会河阳】刻时彷徨，因甚意焦燎，精神恍惚闷无聊。（白略）（外唱）荣耀，父女重圆开怀抱，何得愁容且舒眉梢。（白略）（唱）那强暴，白日青天抢多娇，我魂何在魄又消。

结尾抄本一作“那强暴,白日青天照;女娇,魂何处魄又消”。

时戏参考词式:4,4$_{\triangle}$,7$_{\triangle}$。2$_{\blacktriangle}$,7$_{\triangle}$,7$_{\triangle}$。2,6$_{\triangle}$;2,6$_{\triangle}$。首二句可合为七字一句。

6.越恁好

例如《双狮图》第二十九号:

(正生)……一死难逃也!(唱)【越恁好】休想生活,请旨赴云阳。不遵王法,问罪承当。(白略)(小生唱)死恨冤渺渺茫茫,钦命皇皇罪承当。说什么奉旨指挥,害小姐两泪汪,害小姐两泪汪。

又如《四元庄》第三号:

(小生唱)【越恁好】令人怒恼,恶贼称凶枭。纵横乡党,今日除强暴。(白略)(唱)打得你皮开肉绽鲜血浇,管叫你命赴阴曹。

时戏参考词式:4,5$_{\triangle}$。4,5$_{\triangle}$。7$_{\triangle}$,4$_{\triangle}$。7,7$_{\triangle}$。曲律上首句要叠句,第四句为六字句,末两句为九字句,且为对句。

(八)【锦缠道】套

《游龙传》第十号	【锦缠道】—【普天乐】—【古轮台】—【尾】
《分玉镜》第十二号	【锦缠道】—【前腔】—【普天乐】—【尾】
《六凤缘》第十九号	【普天乐】—【古轮台】—【尾】
《三凤配》第十九号	【锦缠道】—【普天乐】—【古轮台】

【锦缠道】套包含【锦缠道】【普天乐】【古轮台】三支曲牌,曲律上属于南正宫。

1.锦缠道

例如《分玉镜》第十二号第二支：

(贴旦)妙吓！(唱)【锦缠道】许文通，越州人状元名重，果然是头名得中，〈呀！〉好叫人羞答答愁聚眉峰。(白略)(唱)早难道另配偶谐鸾凤，我这里盼不到音信无通。盈盈泪珠涌，(白略)(唱)我是个淑女香闺恁么重。被你剖花容，(白略)(唱)硬心的不顾各西东，好叫我血泪杜鹃红，血泪杜鹃红。

参考词式：$3_{\triangle}$，$7_{\triangle}$，$5_{\triangle}$，$9_{\triangle}$。$7_{\triangle}$，$7_{\triangle}$。$5_{\triangle}$，$7_{\triangle}$。$5_{\triangle}$，$7_{\triangle}$，$7_{\triangle}$。第四句可减字。【锦缠道】可孤用，如《凤凰图》第三十号开头用一支，下连【秃秃令】【耍孩儿】和【尾】。

2.普天乐

例如《六凤缘》第十九号：

(正生、小生、小旦上)(合唱)【普天乐】行来时步匆忙，将到此宦门墙。暗扮妆神鬼难量，管叫他难猜难详。(白略)(正生、小生同唱)急步前往，到他家如何行藏，如何行藏？

又如《分玉镜》第十二号：

(末上)(唱)【普天乐】急归家步儿匆匆，进香闺、我女娇容。将住房典卖银两，免得他索讨凶凶。(白略)(唱)偿还本利军犯忒凶勇，我与他争闹一场怒气满胸，怒气满胸。(贴旦白)爹爹吓！(唱)休得要气冲冲，你是个、老年人又朦胧。(白略)(唱)理该要本利清消，劝严亲何必心痛，何必心痛？

按照《新编南词定律》,【普天乐】可分为【普天乐】【大普天乐】【小普天乐】三种,其中,【普天乐】系套式首牌(下连【雁过声】【倾杯序】【玉芙蓉】【小桃红】),又可孤用;【大普天乐】共八句($6_{\triangle}$,$6_{\triangle}$。$7_{\triangle}$,$7_{\triangle}$。$4_{\triangle}$,$5_{\triangle}$。4,$4_{\triangle}$),与【北朝天子】循环叠用;【小普天乐】较【大普天乐】少第六句五言一句,末两个四字句合为九字一句,联入【锦缠道】套。但调腔《游龙传》该曲相当于《新编南词定律》所谓【大普天乐】,《分玉镜》该曲则相当于【普天乐】。

(九)【渔家傲】套

《葵花配》第七号	【叠字犯(渔家傲)】—【前腔】—【剔银灯】—【前腔】—【地锦花】—【前腔】—【麻婆子】—【前腔】
《四元庄》第三十三号、《八美图》第七号	【渔家傲】—【剔银灯】—【地锦花】—【麻婆子】

【渔家傲】套包含【渔家傲】【剔银灯】【地锦花】【麻婆子】四支曲牌,曲律上属于南中吕。南戏、传奇中该套并不常见,调腔所见也只有上述三出。

1.渔家傲

套式首牌。例如《四元庄》第三十三号:

(贴旦、小旦上)(同唱)【渔家傲】天不念盖世忠良遭更变,恨豺狼害英雄刑囚罪愆,〈阿吓,夫吓!〉你身寄在牢笼狴犴。不能会面,泪盈盈昨夜里生命难全。(白略)(花旦上)(唱)〈阿吓,潘郎吓!〉这的是老年血溅,惊破了奸刁铁胆。进官衙刀书留记,可救得虎口余生在牢监,虎口余生在牢监。

《葵花配》两支和《八美图》第二、三两句皆合为七字一句,如《葵花配》第七号第一支:

(小生上)(唱)【叠字犯(渔家傲)】观花盼景园争艳奇葩放,不由人开怀乐意欢畅。鱼池浪叠,假山花色山远幢。(白略)(唱)蝴蝶飞扬,对对的斗底情关。非令我窃玉偷香,遥望着巫山仙女会襄王。

参考词式:7(4」3)△,4△,4△。4▲,7△。4▲,4△。4▲,7△。

2.剔银灯

除了参加联套,【剔银灯】更常孤用,时戏中可作为角色上场用曲。调腔曲牌和昆腔曲牌兼有。(1)调腔。古戏《黄金印·夺绢》《赐马·求绍》叠用二支。时戏《凤头钗》第十九号尾声之前用一支,《赐绣旗》第六号尾声之前用两支。《葵花配》第五号插用一支,《凤凰图》第十四、三十六号开头用一支。《四元庄》第二十一号叠用二支成出。《八美图》第十五号叠用三支成出,不带尾声。《游龙传》第三号叠用三支,《闹鹿台》第十四号、《双狮图》第十九号叠用五支。

(2)昆腔。《一盆花》第十号、《连环计》第十一号插用一支,《三婿招》第二号《探母》和《四元庄》第二十八号单用一支成出。《仁义缘》第十七号、《四元庄》第四十号叠用二支,《八美图》第二十二号叠用三支,《双报恩》第九号叠用四支,《分玉镜》第二十八号叠用六支,皆叠用成出。吹打牌子脱自昆腔曲牌。

例如《四元庄》第三十三号:

(花旦)但是昨夜呵!(唱)【剔银灯】老年人衔斋攻占,有谕单绝命英贤。刀书留记公案前,潘郎的残生保全。(白略)(唱)这惊险,叫他魂飞半天,从今后安下心田。

又如《一盆花》第十号:

(正生)甥儿拜别。(唱)【(昆腔)剔银灯】别尊前准扬去匆匆,返家园喜笑欢容。亲台德化君恩重,有日相会都中。(合唱)一路风霜保重,他日里再重逢。

参考词式:①$7_{\triangle}$,$7_{\triangle}$。$7_{\triangle}$,$7_{\triangle}$。$2_{\triangle}$,$4_{\triangle}$,$7_{\triangle}$。

②$7_{\triangle}$,$7_{\triangle}$。$7_{\triangle}$,$7_{\triangle}$。$6_{\triangle}$,$7_{\triangle}$。该式或受调腔【北剔银灯】的影响,亦较通行。

3. 地锦花

曲律上又作【摊破地锦花】,《永乐大典戏文三种·小孙屠》第三出作【从(地)锦花】,《四元庄》抄本亦无"摊破"二字,今从之。例如《葵花配》第七号第一支:

(花旦)相公吓!(唱)【地锦花】未择郎,年方二九女闺香。(白略)(唱)气概贤郎,若不然急杀娇娘。斗底情关,这一节巧杀书香,巧杀书香。(白略)(小生唱)步匆忙,急随着去何方,急随着去何方?

《八美图》第七号词式较殊,兹不赘述。

参考词式:$3_{\triangle}$,$6_{\triangle}$。$4_{\triangle}$,$7_{\triangle}$。4,$4_{\triangle}$。$3_{\triangle}$,$6_{\triangle}$。

4. 麻婆子

例如《八美图》第七号:

(老旦、贴旦同唱)【麻婆子】感叹、感叹天不念,母女泣断弦。家贫、家贫无衣食,父丧有谁怜?此际无奈求方便,鬻身葬埋吾心愿。窀穸也安然,〈呀!〉又听得人语闹喧。

参考词式:7,$5_{\triangle}$。7,$5_{\triangle}$。$7_{\triangle}$,$7_{\triangle}$。$5_{\triangle}$,$5_{\triangle}$。第一、三两句开头分别叠二

字，但《四元庄》《八美图》第三句不叠，径作五字句。

（十）【二郎神】套

《凤头钗》第三号	引—【二郎神】—【集贤宾】—【黄莺儿】—【猫儿坠】—【尾】
《双报恩》第二号	引—【（昆腔）二郎神】—【（昆腔）集贤宾】—【（昆腔）尾】
《金沙岭》第七号、《葵花配》第八号	【黄莺儿】—【前腔】—【猫儿坠】—【前腔】—【尾】
《循环报》第六号	【集贤宾】—【前腔】—【黄莺儿】—【前腔】—【猫儿坠】—【前腔】—【尾】
《双合缘》第三号	引—【集贤宾】—【前腔】—【黄莺儿】—【前腔】—【猫儿坠】—【尾】
《双合缘》第七号	【二郎神】—【集贤宾】—【佚名】—【佚名】—【尾】
《六凤缘》第二号	【黄莺儿】—【猫儿坠】—【刘泼帽】—【尾】
《八美图》第十一号	引—【二郎神】—【前腔】—【集贤宾】—【前腔】—【猫儿坠】—【尾】
《八美图》第十七号	【集贤宾】—【黄莺儿】—【猫儿坠】—【尾】
《凤凰图》第二十七号	引—【二郎神】—【集贤宾】

【二郎神】套包含【二郎神】【集贤宾】【黄莺儿】【猫儿坠】四支曲牌，曲律上属于南商调。【二郎神】套前常有引子，【二郎神】与【集贤宾】结合较为严实，有时可撤去【二郎神】而以【集贤宾】为首。

1. 二郎神

套式首牌。例如《凤头钗》第三号：

（末）……好不伤感人也！（唱）【二郎神】分鸾镜，不由人痛苦悲交，半途成空孤星自照。操琴断弦，怨音悲孤弹别调。甘心愿把孤衾抱，没娘子谁来睬瞧。襁褓，提起来不由人泪雨如潮，泪雨如潮。

“怨音悲”下抄本或无“孤”字。《双合缘》第七号首句亦不入韵。

参考词式：$3_{\blacktriangle}$，$7_{\triangle}$，$7_{\triangle}$。4，$6_{\triangle}$。$7_{\triangle}$，$7_{\triangle}$。」$3_{\triangle}$，$9_{\triangle}$（重句尾）。第三句《凤头钗》第三号和《八美图》第十一号作上四下四的八字句。第二句有作五字，第八句有作二字。末句可作七字句，亦可拆成五字句和四字句，或两个四字句。换头格首多一个二字句。《凤头钗》第三号该曲第二句和第七句唱甩头。

2. 集贤宾

套式次牌。例如《八美图》第十七号：

（小旦）……嫂嫂吓！（唱）【集贤宾】告卿卿休得心悲怨，天定良缘成姻眷。（白略）（唱）辜负了三生夙世愆，枉了你烈志焚香赴清泉。（白）嫂嫂吓！（唱）你好言颠语颠，真个是月下花前。（白略）（唱）形容变，谁识认青春少年？

参考词式：$7_{\triangle}$，$6_{\triangle}$。$7_{\triangle}$，$7_{\triangle}$。$4_{\triangle}$，$7_{\triangle}$。」$3_{\triangle}$，$7_{\triangle}$。末句可拆为四字二句，如《八美图》第十一号第一支。

调腔《西厢记·捷报》的【集贤宾】源出北商调，不与此曲同。

3. 黄莺儿

例如《双合缘》第三号第一支：

（末）贤婿，我做穷岳父呵！（唱）【黄莺儿】四壁甚萧条，是漏屋胜瓦窑，难度衣食无聊。贫苦难料，父母孤飘，堪叹浮生空望了。泪珠抛，须念师生旧交，莫比着贵易妻房富易交。

又如《葵花配》第八号第一支：

（净上）（唱）【黄莺儿】夜景迷罩，狂风泼面飘，阵阵露雨挂心劳。(白略)(唱)淋淋雨抛,呼呼风绕,更阑人静不回窑。心意焦,难解其中,未得音信杳。

《葵花配》该曲首二字唱甩头。

参考词式:5△,6△,7△。4△,4△,7△。」3△,4,5△。

除了联套,【黄莺儿】可叠用多支成套,“临川四梦”中还有作过场戏单用的,调腔《一盆花》第二十七号单用昆腔【黄莺儿】一支,亦作过场戏用。

4.猫儿坠

例如《凤头钗》第三号:

(外)妹丈!(唱)【猫儿坠】休得嫌疑,即速觅多娇。择吉日良辰渡鹊桥,焦琴再整和同调。偕老,放心着泉下亡灵,宅实安好。

又如《葵花配》第八号第二支:

(小生上)……叫我如何是好也?(唱)【猫儿坠】深夜朦胧,难辨路低高。只为娇娘意焦燎,今夜里无门可靠。飞跑,这一节婚姻难办,何分白皂,何分白皂?

参考词式:4,5△。7△,7△。」2△,4,4△。

此外【猫儿坠】还偶见孤用的,如古戏《玉簪记·偷诗》等。

(十一)【小桃红】套

《玉簪记·秋江》	【小桃红】—【下山虎】—【五韵美】—【五般宜】—【忆多娇】—【尾】
《牡丹亭·游魂》	【小桃红】—【下山虎】—【五韵美】—【黑麻令】—【尾】—【忆多娇】—【尾】

续　表

《渔家乐·替代》	【(昆腔)小桃红】—【(昆腔)蛮牌令】—【(昆腔)斗黑麻】—【前腔】—【(昆腔)尾】
《凤头钗》第七号	【绵搭絮】—【下山虎】—【入赚】—【五韵美】—【斗黑麻】—【忆多娇】—【尾】
《一盆花》第二十四号	【小桃红】—【下山虎】—【山麻秸】—【五般宜】—【蛮牌令】—【江头送别】—【尾】
《分玉镜》第十六号	【绵搭絮】—【前腔】—【蛮牌令】—【前腔】—【忆多娇】—【尾】
《双凤钗》第二十三号	【小桃红】—【前腔】—【山麻秸】—【忆多娇】—【前腔】—【尾】
《后岳传》第五号	【小桃红(山桃红)】—【前腔】—【忆多娇】—【尾】
《曹仙传》第十九号	【绵搭絮】—【斗黑麻】—【忆多娇】—【前腔】—【尾】
《三婿招》第三号	【绵搭絮】—【前腔】—【忆多娇】—【斗黑麻】—【前腔】—【尾】
《循环报》第二十八号	【绵搭絮】—【望哥儿】—【忆多娇】—【黑麻令】
《还金镯·还镯》	【小桃红】—【下山虎】—【蛮牌令】—【江头送别】—【忆多娇】—【尾】
《仁义缘》第九号	【绵搭絮】—【前腔】—【蛮牌令】—【前腔】—【前腔】—【前腔】—【尾】—【忆多娇】—【前腔】
《葵花配》第十七号	【小桃红】—【斗黑麻】—【尾】
《六凤缘》第十号	【小桃红】—【下山虎】—【山麻秸】—【前腔】—【蛮牌令】—【江头送别】—【尾】
《四元庄》第九号	【绵搭絮】—【蛮牌令】—【前腔】—【尾】
《三凤配》第二十四号	【小桃红】—【下山虎】—【蛮牌令】—【黑麻令】—【斗黑麻】—【忆多娇】—【前腔】—【尾】
《八美图》第三十四号	【小桃红】—【下山虎】—【蛮牌令】—【江头送别】—【尾】

【小桃红】套包含【小桃红】【下山虎】【山麻秸】【五韵美】【五般宜】【蛮牌令】【忆多娇】【斗黑麻】【江头送别】【黑麻令】共十支曲牌，曲律上属于南越调。上述有一例以集曲【山桃红】代替【小桃红】，有七例用南越调过曲【绵搭絮】代替了【小桃红】的位置。《玉簪记·秋江》、《一盆花》第二十四号、《双凤

钗》第二十三号、《还金镯·还镯》、《四元庄》第九号和《三凤配》第二十四号本套前有【哭相思】曲牌。本套【忆多娇】【斗黑麻】的分析详见【江头金桂】套，末附集曲【山桃红】。

1. 小桃红

套式首牌。古戏如《玉簪记·秋江》：

> （小生、小旦）呀！（同唱）【小桃红】（起板）秋江一望泪潸潸，怕向那孤篷见也。这别离中，生出一种苦难言。恨拆散在霎时间，心儿上，眼儿边，血儿流，把我的香肌减也。恨杀那野水平川，生隔断银河水，断送我春老啼鹃。

《牡丹亭·游魂》除中间有一处韵位变动外，词式与《玉簪记》此曲同。调腔时戏【小桃红】词式与《玉簪记》《牡丹亭》差异较大，例如《八美图》第三十四号：

> （小旦）妈妈容禀。（唱）【小桃红】凄凉难诉，凄凉难诉，受尽多磨，事不合遭遇奸徒也。拐骗我，身倾入在泥垢。我本是儒门女，绣阁姑，〈阿吓，爹娘吓！〉你那里心思念，长悲苦，朝夕里常怀痛也。那知儿悲泣穷途受奔波？我本是冰清女无瑕玉，这腌臜叫我此际奈若何，叫我此际奈若何？

《八美图》该曲“我本是儒门女”唱甩头。

又，《双凤钗》第二十三号两支词式较为不同，如第一支：

> （小生）阿吓，皇天吓！（唱）【小桃红】前生孽灾，前生孽灾，冤家怎能解？无言分诉，感恩官堪怜我穷骸。不提防翻案重罪，这是

我命遭分身,这是我命里早安排。〈阿吓,亲娘吓!〉你是个年老无依,怎知儿受尽了苦哀哉,受尽了苦哀哉。

时戏参考词式:4▲,(叠)4▲,4△,5△也。3,5△。5△,3,3△,3,3△也。7△,6,7△(重)。中间部分韵位变化较为自由。定格字“也”前本当入韵,但调腔屡见无韵,甚而《八美图》“事不合遭遇奸徒也”,抄本竟涂抹改作“早遇着狂徒奸也”。“也”字也有不用的,如《四元庄》第四十二号两支无前一“也”字。

调腔《西厢记·拷红》以及《四元庄》第四十一号中的【小桃红】源出北越调,不与此曲同。本曲亦与南正宫【小桃红】有别。

2. 下山虎

例如《还金镯·还镯》:

(小旦)阿呀,苦吓!(唱)【下山虎】非奴薄幸,非奴薄幸,情实难挨。说不出含羞态,痛悲哀。〈阿呀,王生吓!〉我和你枉结朱陈,也是命安排,也是命安排。(白略)(唱)我在庵中也放怀,诸事都撇开,手内金镯除下来。(白略)(唱)今日觌面还金镯,其实伤悲,一点灵儿在天涯,一点灵儿在天涯。

单角本“痛悲哀”作“事满胸怀”,与曲牌词式合;“也是命安排”作“是你命中安排”,不重句。《还金镯》该曲“今日”句失韵。

时戏参考词式:4▲,(叠)4▲,4△。5,4△。4,4△。7△,5△,6△。5△,4▲,7△。首句可不叠。中间的词段划分可视情况做调整。古戏《玉簪记·秋江》《牡丹亭·游魂》少倒数第二句。

3. 山麻秸

例如《双凤钗》第二十三号:

(小生、老旦同唱)【山麻秸】乍见多狼狈,盈盈血泪腮。今日重会面,母子无依赖。〈阿呀,〉伤怀!愁眉展不开。带锁披枷,形容尽改,形容尽改。

又如《一盆花》第二十四号:

(外上)(唱)【山麻秸】家不幸,遭颠败,急走匆匆走长街,二女犯下分身罪,叫我如何分解?如何分解,将到囹圄,细剖根荄。

曲例不多,词式不具列,下【五韵美】【五般宜】【江头送别】同。

4.五韵美

例如《玉簪记·秋江》:

(小生、小旦同唱)【五韵美】意儿中,无别见,忙来不为贪欢恋,只怕你新旧相看心儿又变。追欢别院,追欢别院,怕不想旧有姻缘。这其间拚个死,口含冤,同到鬼魂庙里诉出衷情,和你双双发愿,双双发愿。

时戏如《凤头钗》第七号,词式变化较多:

(末)……但是病体十分沉重。(唱)【五韵美】愁只愁你瘦怯怯伶仃孤单,喘吁吁盈盈泪汪,早难道半途轻拆散,累及你受尽彷徨。(白略)(正旦唱)休得悒怏,愿孩儿名题金榜。锦衣归改换门墙,你我是乐得余年安享,余年安享。

5. 五般宜

例如《玉簪记·秋江》：

(小生、小旦同唱)【五般宜】想着你初相见、心甜意甜，想着你乍别时、山前水前。我怎敢转眼负盟言？怎敢忘却些儿，我和你灯边枕边？只愁你形单影单，又愁你衾寒枕寒。哭得我哽咽喉干，一似西风断猿。

时戏如《一盆花》第二十四号：

(贴旦、小旦)阿呀！(同唱)【五般宜】乍见好惨伤、纷纷血泪洒，各自披枷锁、愁眉舒不开。(白略)(外唱)别东人进帝台，寻取二贤才。倘得个拔罪囹圄，不枉我义仆年衰，义仆年衰。

6. 蛮牌令

联套之外可孤用，如时戏《凤凰图》第二十八号开头用一支，《后岳传》第八号开头叠用二支，《双喜缘》第九号尾声之前叠用二支。例如《双喜缘》第九号第二支：

(花旦、正旦、老旦上)(唱)【蛮牌令】园亭多精巧，锦地胜蓬岛。幽闲三宝地，龙虎道法高。(白略)(老旦唱)多是因风霜劳顿，怯身躯神魂颠倒。离秀地，艑舵摇。一路行程，关河路遥。

《双喜缘》第一支将第七、八两句合为一个七字句，该做法时戏中例子不鲜见，如《分玉镜》第十六号第一支：

（末）……如何是好也？（唱）【蛮牌令】谁人来殡殓，仰面告苍天。天不来鉴察，怎不照残喘？（白略）（贴旦唱）免萦心衣衾殡殓，女孩儿自有主见。（末唱）伤心处切莫悲涟，一霎时哽噎喉咙，气运难转。

《凤凰图》《后岳传》中的【蛮牌令】各句字数都较多，如《凤凰图》第二十八号：

（正生上）爹娘吓！（唱）【蛮牌令】泼天冤轰轰的遍走羊肠，何日得拨开云暗？俺本是泼天英雄凌云志，到如今哭哀哀奔走天涯。有如那虎离山岗，落平洋被犬欺侍。（白略）（唱）恨深深冤重山海，不能够放胆扬眉杀奸党。一路上隐姓埋名，闷昏昏病瘥噫哑，病瘥噫哑。

参考词式：$5_{\triangle}$，$5_{\triangle}$。5，$5_{\triangle}$。$7_{\triangle}$，$7_{\triangle}$。3，$3_{\triangle}$。4，$4_{\triangle}$。第七、八句可合为七字一句。

7.江头送别

例如《一盆花》第二十四号：

（贴旦、小旦唱）【江头送别】感谢你，感谢你，老迈年衰；关山远，关山远，云山万台。（贴旦、小旦、外唱）不幸奇祸自天来，怎得个执法皋陶，那里有再世乌台，再世乌台？

又如《八美图》第三十四号：

（小旦）……自当重谢与你。（唱）【江头送别】恕无知，恕无知，堪怜似我。谢伊家，谢伊家，形只影孤。我酬谢，按不住泪雨婆娑，泪雨婆娑。

8. 山桃红

系集曲，集自【小桃红】和【下山虎】。调腔中颇有【山桃红】冒题为【小桃红】者，如古戏《琵琶记·书馆》和时戏《后岳传》第五号、《四元庄》第四十二号，此外还有调腔目连戏吕顺铨抄本《调无常》。《六十种曲》本《琵琶记》亦误题。例如《琵琶记·书馆》第一支：

(正生唱)【小桃红(山桃红)】(起板)都道我蔡邕不孝，蔡邕不孝，把父母相抛。早知道形衰耄，怎留在汉朝？(白略)(唱)你为我耽烦恼，你为我受劬劳。(白略)(唱)[我那爹娘生是你养，死是你葬，葬是你祭，你倒做了蔡伯喈，蔡伯喈学不得你了么妻！]谢得你葬我的爹，葬我的娘，葬我的爹，葬我的娘，你的恩情难报也，你的恩情难报也。(正旦唱)有道养儿待老，[积谷防饥，这等看将起来，养子何曾待老了么冤家！]我为你受苦知多少？(正生唱)牛太师此恨怎消是了么夫人！怎的是天降灾殃人怎逃，天降灾殃人怎逃？

时戏如《四元庄》第四十二号第二支：

(花旦)吓，哥哥吓！(唱)【小桃红(山桃红)】风雨无故，风雨无故，暗地泪溶。你在山中怎知我，披枷带锁受牢笼。(小生唱)你为我担愁容，我为你受尽无穷。暮风吹，憔憔瘦瘦，玉芙蓉，顿使人伤心悲痛也。(白)阿吓，小姐吓！(唱)有道是夫妻同甘叶梧桐。(外白)来，趱上！(唱)戴月披星去，休得放松，(同唱)三法雷霆恁断送，三法雷霆恁断送。

而《后岳传》第五号改叠句为另一四字句：

(正生)吓，皇儿吓！(唱)【小桃红(山桃红)】锦绣江山，一旦轻抛，止不住盈盈泪绕。数百年一统江山，指日里瓦解冰消。(白略)(正生)皇儿吓！(唱)身体热命难保，一命儿黄泉路杳。(白略)(唱)他时聚集臣，国家保，正纪纲，把朝纲点也。指日里安邦劬劳。朕若归泉道，三魂去渺渺，看将来大数当然不能保，大数当然不能保。

时戏参考词式：(【下山虎】头)4▲，(叠)4▲，」4△。5▲，4△。(【小桃红】六至十一)5△，5△。3，3△，3，3△也。(【下山虎】末)7△。5△，」4△，7△(重)。时戏中第五句多变为七字句。

(十二)【江头金桂】套

【忆多娇】【斗黑麻】结合较为紧密，两牌除了参加【小桃红】长套，还可以组成短套灵活运用，顺序上也可以【斗黑麻】在前；还可以各自一支或叠用二支孤用。其中，【忆多娇】【斗黑麻】常接于集曲【江头金桂】后，用以应付探监和哭诉的场景，且套前与【小桃红】套一样，或有【哭相思】曲牌。

《黄金印·归家》	【江头金桂】—【前腔】—【前腔】—【前腔】—【忆多娇】—【斗黑麻】
《铁冠图·乱宫》、《双玉锁》第八号	【江头金桂】—【前腔】—【忆多娇】—【斗黑麻】—【尾】
《凤头钗》第十八号	【江头金桂】—【前腔】—【斗黑麻】—【忆多娇】—【尾】
《双凤钗》第二十号	【江头金桂】—【斗黑麻】
《曹仙传》第十四号	【江头金桂】—【前腔】—【忆多娇】—【前腔】—【尾】—【斗黑麻】
《曹仙传》第二十二号	【江头金桂】—【忆多娇】—【前腔】—【斗黑麻】—【尾】

续 表

《闹九江》第八号、 《仁义缘》第十号	【江头金桂】—【前腔】—【斗黑麻】—【前腔】—【尾】
《双狮图》第三十五号、 《天门阵》第十一号、 《绿牡丹》第十四号	【江头金桂】—【前腔】—【忆多娇】—【前腔】—【尾】
《四元庄》第三十六号	【江头金桂】—【前腔】—【忆多娇】—【前腔】—【斗黑麻】—【前腔】—【尾】

鉴于用例众多，可以把【江头金桂】【忆多娇】【斗黑麻】作为一个惯用套式提出来，《调腔乐府·套曲之部》已如此。

1. 江头金桂

系集曲，集自南仙吕入双调【五马江儿水】【金字令】和仙吕【桂枝香】，为常用曲牌。曲调悠扬，声情倾于悲怨。除了同【忆多娇】【斗黑麻】连用，古戏《黄金印·卖钗》、时戏《还金镯·复盘》叠用二支。

例如《双玉锁》第八号第二支：

> (正旦唱)【江头金桂】恨悠悠狂徒诬害，痛杀杀图圄受灾。怎得个雾散云收，青天鉴察，脱罪祸福得重来？谁知道妻儿撇下，妻儿撇下。实只望名成利就，家门安泰，谁知狂徒移祸害。不由人痛苦悲哀，痛苦悲哀，家门不幸遭颠败。我苦悲哀，铁石人闻肝肠碎，拚死微躯丧泉台，拚死微躯丧泉台。

与曲律上第六、七两句为两个不同的四字句做法相异，调腔该曲第七句常见叠前句，且句意上往往与下文相连，此时可改第七句的句号为逗号。不仅如此，调腔该曲第八、九两个四字句又多见重复一遍。此外，调腔时戏还有一变格，即倒数第四句(不数重句)变得无韵，且可唱甩头，对此标点当做相应调整。如《双玉配》第四号第一支：

(末)……不想那恶杀人呵!(唱)【江头金桂】(起板)自恨我命遭下场,没来由功名妄想。我也是旧族门楣,奕世书香,消败田园千万垧。到今朝一旦空望,一旦空望。(白略)(唱)他那里依恃豪富,轻贱我行,依恃豪富,轻贱我行,毒口将人来肮脏。(白略)(唱)我欲待逗留不往,逗留不往,受他无限伤心话,好悲伤。说什么同胞亲手足,胜比陌路人一样,胜比陌路人一样。

参考词式:$4_{\triangle}$,」$5_{\triangle}$。$4_{\blacktriangle}$,$4_{\triangle}$,$7_{\triangle}$。$4_{\triangle}$,(叠)$4_{\triangle}$。4,$4_{\triangle}$,$7_{\triangle}$。$4_{\blacktriangle}$,(叠)$4_{\blacktriangle}$,$4_{\triangle}$。$3_{\triangle}$,7,」$7_{\triangle}$(重)。第七句的句号视情况改为逗号,第八、九两句可重复一遍。第十二句叠前句,元明南戏、明清传奇已有其例。末两句曲律上为五字句,调腔时戏个别亦作五字句。中间可视情况增加甩头。

2.忆多娇

例如《三婿招》第三号《路病》:

(小生上)(唱)【忆多娇】别店房,负行囊,一路行程归故乡,顺水滔滔渡滨江。炎暑怎抵挡,炎暑怎抵挡,耀耀夏日天长,耀耀夏日天长。

参考词式:$3_{\blacktriangle}$,$3_{\triangle}$,」$7_{\triangle}$,$7_{\triangle}$。$4_{\triangle}$,(叠)$4_{\triangle}$,$6_{\triangle}$。末句时戏中多为七字句。孤用的情况如《游龙传》第一号尾声之前用一支,《定江山》第十号尾声之前插用两支。《后岳传》第五号、《凤凰图》第二十一号帝王晏驾后均唱此曲。

3.斗黑麻

例如《三婿招》第三号《路病》第一支:

(付)我是进京探亲的。(唱)【斗黑麻】长途便往,孤身凄凉。患病路中,何处倚傍?命颠连,魂异乡,悲痛慈颜,儿命横丧。(小生白）可怜！（唱）难安我心曲，怎忍尸路旁？不远门庭，不远门庭，留归村庄。

参考词式：4，」$4_{\triangle}$。4，$4_{\triangle}$。3，$3_{\triangle}$，4，$4_{\triangle}$。5，」$5_{\triangle}$。4，（叠）4，$4_{\triangle}$。《双玉锁》第八号第七句叠一句。曲律上第九句为四字句，调腔时戏第九句和第十句多为五字句，且或形成对句。由于句数较多，调腔【斗黑麻】有时还有简省当中或后面某些词段的。

孤用的情况如《八美图》第七号叠用二支。

（十三）【锦堂月】套

《黄金印·高堂》	引—【锦堂月】—【侥侥令】—【尾】
《游龙传》第八号、《仁义缘》第二十号	【锦堂月】—【前腔】—【醉翁子】—【前腔】—【侥侥令】—【前腔】—【尾】
《一盆花》第十八号	【锦堂月】—【前腔】—【醉翁子】—【侥侥令】—【滴溜子】—【尾】
《双合缘》第二号	引—【（昆腔）锦堂月】—【前腔】—【（昆腔）侥侥令】—【前腔】—【（昆腔）尾】
《四元庄》第十号	引—【锦堂月】—【醉翁子】—【侥侥令】—【尾】
《八美图》第二号	【（昆腔）锦堂月】—……—【（昆腔）侥侥令】—【（昆腔）尾】

【锦堂月】套包含【锦堂月】【醉翁子】【侥侥令】三支曲牌，曲律上属于南双调。《琵琶记》第二出《高堂称寿》、《荆钗记》第三出《庆诞》都用【锦堂月】套敷衍祝寿场景，于是后来的南戏、传奇常用该套表现庆赏场景，上表中的调腔《黄金印》《双合缘》《八美图》即如此。喜庆场景需有吹打乐，故可唱昆腔。【锦堂月】套前多有引子，后接尾声。

1. 锦堂月

系集曲，集自南双调【昼锦堂】和仙吕入双调【月上海棠】。套式首牌，上述叠用二支入套时，次支用换头格。例如《仁义缘》第二十号第一支：

(小生上)(唱)【锦堂月】叠闹铿锵,静坐书斋,使人愁绪满腔。遣嫁周门,抱贞烈坐守寒窗。(白略)(唱)香闺女贞烈不效,好叫我难猜难详。(白略)(唱)难度量,早难道纲常紊乱,人伦绝亡,人伦绝亡?

换头格如《游龙传》第八号第二支:

(小生上)(唱)【锦堂月换头】匆忙,奏启分明,招纸一张,世袭公爵贴上。(白略)(唱)见一人、急步匆匆,显然的官家模样。(白略)(唱)威凛凛泼天大胆,贴一纸要卖楼房。(白略)(唱)从未闻,王基门庭,出卖楼房,出卖楼房。

参考词式:(【昼锦堂】一至五)$4_{\triangle}$,4,$6_{\triangle}$。4,$6_{\triangle}$。(【月上海棠】五至九)7,$7_{\triangle}$。$3_{\triangle}$,4,$4_{\triangle}$(重)。换头格前增一个二字句,且入韵。

2.醉翁子

例如《游龙传》第八号第二支:

(正生)……徐汇心生不良。(唱)【醉翁子】胡妄,做出了一番肮脏。忍不住腾腾怒气,冲冠发上。(白略)(小旦唱)泪汪,跪尘埃叩乞圣恩,免得个身赴那云阳。望吾皇,早赐姜斌,及早还乡,及早还乡。

参考词式:$2_{\triangle}$,$7_{\triangle}$。5,$4_{\triangle}$。$2_{\triangle}$,4,$7_{\triangle}$。$3_{\triangle}$,4,$4_{\triangle}$(重)。

3.侥侥令

除了参加【锦堂月】套,【侥侥令】还可参加【新水令】【步步娇】南北合套,以及间或与【好姐姐】【园林好】等连用,详见下文。例如《游龙传》第八号:

（小旦哭）万岁吓！（唱）【侥侥令】伏乞仁慈厚，免得遭祸殃。若留京地遭危难，兄妹难承望。

（正生）……你且放心。（唱）【前腔】休得心悲苦，愁眉且舒放。休得哭损娇容，娇容芙蓉面，映出桃花庞。

又如《一盆花》第十八号：

（正生）……何必过虑？（唱）【侥侥令】须记前情事，别起暗中谋。此去若得功名就，光宗祖耀门楼，光宗祖耀门楼。

词式大致可归结为两式：①$5_{\blacktriangle}$，⌋$5_{\triangle}$。$7_{\blacktriangle}$，$5_{\triangle}$。末句可重可不重。第一、二两句偶有作四字句者。

②$5_{\blacktriangle}$，⌋$5_{\triangle}$。$7_{\blacktriangle}$，$6_{\triangle}$（重）。此式较常见。其中六字句为折腰句，而像《游龙传》第二支那样断为两句的做法，可追溯至古戏《荆钗记·祭江》：

（老旦唱）【侥侥令】这话儿分明诉与你，你在黄泉知不知？恨你娘亲太无礼，把你一对好夫妻，拆散在中途路里。

（十四）【园林好】套

《琵琶记·大别》	【腊梅花】—【园林好】—【前腔】—【江儿水】—【前腔】—【玉交枝】—【前腔】—【五供养】—【前腔】—【川拨棹】—【前腔】—【尾】
《百花记·赠剑》	【园林好】—【嘉庆子】—【尹令】—【品令】—【豆叶黄】—【玉交枝】—【江儿水】—【川拨棹】—【尾】
《凤头钗》第十号	【忒忒令】—【品令】—【玉交枝】—【五供养】—【江儿水】—【川拨棹】—【尾】

续 表

《凤头钗》第二十四号	【园林好】—【江儿水】—【玉交枝】—【五供养】—【川拨棹】—【尾】
《一盆花》第四号	【步步娇】—【前腔】—【江儿水】—【前腔】—【玉交枝】—【五供养】—【川拨棹】—【前腔】—【尾】
《一盆花》第二十一号	【园林好】—【前腔】—【江儿水】—【前腔】—【玉交枝】—【前腔】—【五供养】—【前腔】—【川拨棹】—【前腔】—【尾】
《永平关》第四号	【园林好】—【前腔】—【江儿水】—【前腔】—【水底鱼】—【前腔】—【尾】
《双狮图》第五号	【园林好】—【前腔】—【江儿水】—【前腔】—【川拨棹】—【前腔】—【尾】
《双狮图》第二十二号	【步入园林】—【江儿水】—【前腔】—【川拨棹】—【前腔】—吹【尾】
《双玉锁》第四号、《四元庄》第二十号	【园林好】—【前腔】—【江儿水】—【前腔】—【玉交枝】—【五供养】—【前腔】—【川拨棹】—【前腔】—【尾】
《双玉锁》第二十八号	引—【园林好】—【江儿水】—【玉交枝】—【五供养】—【川拨棹】—【尾】
《循环报》第七号	引—【园林好】—【前腔】—【江儿水】—【前腔】—【五供养】—【玉交枝】—【川拨棹】—【前腔】—【尾】
《仁义缘》第六号	【步步娇】—【前腔】—【园林好】—【江儿水】—【玉交枝】—【川拨棹】—【前腔】—【尾】
《白梅亭》第八号	【园林好】—【江儿水】—【五供养】—【前腔】—【川拨棹】—【尾】
《双合缘》第五号	引—【园林好】—【前腔】—【江儿水】—【前腔】—【玉交枝】—【前腔】—【五供养】—【前腔】—【川拨棹】—【前腔】—【尾】
《六凤缘》第七号	【园林好】—【前腔】—【江儿水】—【前腔】—【五供养】
《三凤配》第一号	引—【园林好】—【前腔】—【江儿水】—【前腔】—【玉交枝】—【前腔】—【五供养】—【前腔】—【川拨棹】—【尾】
《天门阵》第三号	【园林好】—【前腔】—【江儿水】—【前腔】—【玉交枝】—【五供养】—【川拨棹】—【前腔】—【尾】
《八美图》第四十号	引—【步步娇】—【园林好】—【江儿水】—【五供养】—【尾】
《定江山》第八号	【园林好】—【前腔】—【江儿水】—【五供养】—【川拨棹】

续 表

《凤凰图》第五号	【园林好】—【前腔】—【江儿水】—【五供养】—【川拨棹】—【尾】
《凤凰图》第十六号	【园林好】—【前腔】—【江儿水】—【五供养】—【玉抱肚】—【川拨棹】—【尾】
《凤凰图》第十九号	【(昆腔)五供养】—【(昆腔)玉抱肚】—【(昆腔)川拨棹】—【(昆腔)尾】

【园林好】套是调腔常用套式,包含【园林好】【江儿水】【玉交枝】【五供养】【川拨棹】五支曲牌,曲律上属于南仙吕入双调。从更广泛的层面上说,【步步娇】【忒忒令】【好姐姐】【玉抱肚】和【园林好】套的五支曲牌,都是能互相连用的一组曲牌,只是【园林好】套的五支曲牌,无论在调腔还是明清传奇中,都结合得更为严实,而在调腔南曲单套里面,【园林好】套更是处于绝对优势。

《六十种曲》中的【园林好】套前面一般有引子或其他曲牌,而调腔用例大多没有引子。调腔【园林好】套的声情偏于愁闷、压抑、惊疑,如《一盆花》第二十一号、《四元庄》第二十号、《凤凰图》第十六号用于描写凶杀惊变的场景。

当【园林好】套的套牌不成群出现时,除了插用同属南仙吕入双调的曲牌,还可以插用其他曲牌,如:

《仁义缘》第二十一号	【洞仙歌】—【六幺令】—【五更转】—【前腔】—【园林好】—【川拨棹】—【尾】
《双合缘》第十四号	【山坡羊】—【五更转】—【好姐姐】—【园林好】—【川拨棹】—【侥侥令】—【锦衣香】—【尾】
《双喜缘》第十六号	【山坡羊】—【前腔】—【好姐姐】—【前腔】—【侥侥令】—【前腔】—【园林好】—【前腔】—【五更转】—【前腔】—【尾】
《六凤缘》第十五号	【山坡羊】—【五更转】—【园林好】—【江儿水】—【玉交枝】—【玉抱肚】—【侥侥令】—【五供养】—【尾】

续 表

《三凤配》第二十三号	【山坡羊】—【五更转】—【好姐姐】—【园林好】—【侥侥令】—【尾】
《四元庄》第六号	【(昆腔)五更转】—【(昆腔)好姐姐】—【(昆腔)玉抱肚】—【(昆腔)川拨棹】—【(昆腔)尾】
《八美图》第四十五号	【山坡羊】—【五更转】—【好姐姐】—【园林好】—【侥侥令】—【川拨棹】—【哭相思】—【尾】

《双喜缘》第十六号、《三凤配》第二十三号和《八美图》第四十五号情境相似，开头都用了孤牌【山坡羊】，形成复套。明单本《蕉帕记》第十四出《付珠》曲牌连缀作【山坡羊】—【五更转】—【好姐姐】—【园林好】—【川拨棹】—【侥侥令】—【尾双声】，可知调腔此套式由来有自。这一复套更加简化的形式是以【山坡羊】后接【好姐姐】，如《闹鹿台》第十三号和《双狮图》第十三号。分析时附【好姐姐】【玉抱肚】于后，【步步娇】则见【新水令】【步步娇】南北合套。

1. 园林好

套式首牌，参加【新水令】【步步娇】南北合套时则居于套末，详见下文。例如《凤头钗》第二十四号：

(正旦上)(唱)【园林好】寒门道盈盈珠落，喜今朝、门楣重造。悔只悔作事多颠倒，锦衣归定嘲笑，锦衣归定嘲笑。

末句偶见非六字折腰句者，如《双喜缘》第十六号第一支：

(净、末手下，正生上)(唱)【园林好】离金关辞归故丘，感谢得、皇恩准奏。尽孝道问省晨昏，奉高堂斑衣舞袖，奉高堂斑衣舞袖。

参考词式：$7_{\triangle}$，$7_{\triangle}$。$7_{\blacktriangle}$，$6_{\triangle}$，(叠)$6_{\triangle}$。曲律上第三句为上二下四六字句

且入韵，调腔时戏也有作六字句的，如《闹九江》第十号“辄敢挺身捏造”，《双狮图》第三十七号“若得番奴平灭”，但绝大部分为含上四下三在内的七字句，且有不少不入韵的，故如此标注。

偶见孤用，如《双狮图》第三十七号，叠用二支，置于【山坡羊】后【水底鱼】前。

2. 江儿水

例如《四元庄》第二十号第二支：

> （贴旦）……为侄女儿身上而起吓！（唱）【江儿水】血海冤仇恨，切齿不相饶。仇恨深深难禁架，（白略）（唱）两下抱恨抵多少，堪悲父女何时了。（白略）（外唱）看将来等不到天明了，夜静更深，不觉的神魂颠倒，神魂颠倒。

参考词式：$5_{▲}$，」$5_{△}$。$7_{△}$，$7_{△}$，$7_{△}$。$6_{△}$，$4_{▲}$，$6_{△}$（重句尾）。此为常式，第二句曲律上作三字句，但常添二字与上句作对，调腔多如此。时戏中【江儿水】既有增句，又有减句。增句的中间增加七字句或结尾增加四字句，如《双狮图》第四十四号、《双合缘》第五号等；减句的如《凤头钗》第十七号中间少一句，《双凤钗》第二十六号和《双玉锁》第四号、第三十八号结尾少一句。《一盆花》第八号【江儿水】和《双报恩》第六号叠用的四支[据 1979 年整理本（案卷号 195-3-89）]，词式较简，或别有来源。

除了联入【园林好】套，还可以参加【新水令】【步步娇】南北合套，详见下文。孤用的情况如《双玉锁》第二十三号插用一支昆腔【江儿水】。

3. 玉交枝

例如《凤头钗》第二十四号：

> （正生）……可不道羞污了这顶冠诰？（唱）【玉交枝】枉自悲

号，中秋夜要害儿曹。（白略）（唱）百年大事有谁靠，写赚书绝他归道。（小生白）母舅！（唱）前事休提话并消，今朝何必来重道？合家欢休得怒恼，望娘亲恕儿不肖。

又如《双玉锁》第二十八号：

（正旦）……陪侍小姐便了。（唱）【玉交枝】启言禀告，念难妇不识礼教。望乞看照怜贫道，只当做没世恩报。（白略）（贴旦唱）香闺尊候悬眼焦，看他体态温存貌。真个是裙布荆钗成妇道，裙布荆钗成妇道。

参考词式：$4_{\triangle}$，$7_{\triangle}$。$7_{\triangle}$，$7_{\triangle}$。$7_{\triangle}$，$7_{\triangle}$。$7_{\triangle}$，$7_{\triangle}$。末句或叠前句。曲律上第四句为六字句，但除了六字折腰句，正衬字于调腔实无别，故就调腔定为七字。

【玉交枝】还可以孤用，如《黄金印·夺绢》叠用二支。

4. 五供养

例如《四元庄》第二十号：

（贴旦）伯父吓！（唱）【五供养】声声高叫，是何人行凶一刀？快将名和姓，说与儿知道。（白略）（净、老旦上）（同唱）蓦听心惊，黑夜里行凶强暴。（白略）（净、老旦同唱）浑身来血染，气绝命儿夭。关天人命，祸事非小，祸事非小。

倒数第三、四两个五字句（不数重句）可变为五字、三字两句，如《双合缘》第五号第二支：

（付）咳！【五供养】怒满胸填，全没我娘亲挂眼。爹儿两排定，一意要穷酸。（白略）（唱）忤逆罪愆，不孝名万世传。（白略）（唱）不然冷眼看，随他见。只有一脉儿，宗祧接烟。

第二句和第六句可分为四字二句，如《凤头钗》第二十四号：

（花旦上）（唱）【五供养】恶孽自造，心爱风流，花言舌调。今日将我唤，必定来吊拷。（白略）（唱）恩高义好，前事休提，恕我下遭。（白略）（正生唱）谋主使毒药，弄权忒欺藐。严刑勘问，一死难逃！

参考词式：$4_{\triangle}$，4，$4_{\triangle}$。5，」$5_{\triangle}$。$4_{\triangle}$，$7_{\triangle}$。5，$5_{\triangle}$。4，$4_{\triangle}$（重）。第二、三两句可合为七字一句，第七句可拆分为四字二句。《分玉镜》第二十三号和《凤凰图》第五、十六号的【五供养】有增句，兹不赘述。

孤用的情况如《分玉镜》第二十三号叠用二支，前有引子后接尾声；《葵花配》第十五号叠用四支成出。

调腔《西厢记·赴宴》的【五供养】源出北双调，不与此曲同。

5. 川拨棹

例如《凤头钗》第十号：

（小生唱）【川拨棹】缺问省，恕儿不孝罪极深。有一日衣锦腰金，有一日衣锦腰金，改门楼重换簪缨。宗祖亲受诰命，谗消释侍晨昏。

参考词式：$3_{\triangle}$，$7_{\triangle}$。$7_{\triangle}$，（叠）$7_{\triangle}$，$7_{\triangle}$。$6_{\triangle}$，$6_{\triangle}$。末句可叠前句，《双玉锁》三支结尾皆多一句。第四句亦有不叠而自为一句的，抄本也有不标示叠句的。

孤用的情况如《四元庄》第七号叠用二支,《凤凰图》第九号【带煞尾】之前插用一支。

调腔《汉宫秋·饯别》《千金记·追信》以及《六凤缘》第二十八号的【川拨棹】源出北双调,不与此曲同。

6.好姐姐

例如《双喜缘》第十六号第二支:

(付)骨也奇杀哉!(唱)【好姐姐】难解其中根由,心愿的神灵成就。仔细猜疑,好叫人莫脑头。(白略)(唱)相厮守,迢迢万里路不休,渺渺茫茫随水流。

参考词式:$6_{\triangle}$,$7_{\triangle}$。4,$5_{\triangle}$。$3_{\triangle}$,$7_{\triangle}$,$7_{\triangle}$。首句曲律上为“$2_{\blacktriangle}$,$4_{\triangle}$”,调腔时戏多作一句。

孤用的情况如古戏《牡丹亭·入梦》《渔家乐·赏端》插用一支,时戏《双报恩》第二十三号单用昆腔【好姐姐】一支,前为吹打【六幺令】,后接尾声(吹打)。《定江山》第十三号叠用昆腔【好姐姐】三支,后接尾声。《双狮图》第十三号尾声之前叠用二支,但词式变化较大。

7.玉抱肚

调腔曲牌和昆腔曲牌皆有,且昆腔曲牌占绝大多数。除了同【园林好】【好姐姐】等连用,【玉抱肚】更多地孤用,可自套成出。例如《三婿招》第五号《酬谢》:

(付)待小侄写起书来。(唱)【(昆腔)玉抱肚】膝前达上,途路中患病凄凉。遇恩兄周氏瑞安,行恻隐济危调养。许姻堪羡貌端庄,配合朱陈告娘行。

参考词式:4△,7△。7▲,7△。7△,7△。

(十五)【风入松】【急三枪】套

《玉蜻蜓·问缘》	【风入松】—【前腔】—【急三枪】—【风入松】—【急三枪】—【风入松】
《风头钗》第九号	【风入松】—【前腔】—【急三枪】—【风入松】—【前腔】—【急三枪】—【风入松】—【前腔】—【急三枪】—【风入松】
《分玉镜》第三十号	【风入松】—【前腔】—【急三枪】—【风入松】—【前腔】—【(半)急三枪】—【风入松】—【前腔】—【急三枪】—【风入松】—【前腔】
《双风钗》第十六号	【风入松】—【前腔】—【急三枪】
《永平关》第十一号	【风入松】—【前腔】—【急三枪】—【风入松】—【急三枪】—【风入松】—【前腔】—【急三枪】—【风入松】—【前腔】—【急三枪】—【风入松】
《曹仙传》第六号	【风入松】—【前腔】—【急三枪】—【尾】
《曹仙传》第九号	【风入松】—【前腔】—【急三枪】—【风入松】—【前腔】—【急三枪】—【尾】
《曹仙传》第十二号	【风入松】—【前腔】—【急三枪】—【风入松】—【前腔】—【急三枪】
《三婿招》第九号、《凤凰图》第三十三号	【风入松】—【前腔】—【急三枪】—【风入松】—【前腔】—【急三枪】—【风入松】—【前腔】—【前腔】
《双报恩》第十六号	【风入松】—【前腔】—【急三枪】—【风入松】—【前腔】—【急三枪】—【风入松】
《白门楼》第三号	【风入松】—【前腔】—【(半)急三枪】—【风入松】—【(半)急三枪】—【风入松】—【(半)急三枪】—【风入松】—【前腔】—【(半)急三枪】—【风入松】
《金沙岭》第十三号	【风入松】—【前腔】—【急三枪】—【风入松】—【前腔】—【急三枪】—【风入松】—【前腔】
《双狮图》第八号	【风入松】—【前腔】—【(半)急三枪】—【(半)前腔】—【风入松】—【前腔】—【(半)急三枪】—【(半)前腔】—【风入松】—【前腔】—【(半)急三枪】—【(半)前腔】—【风入松】—【前腔】—【(半)急三枪】—【(半)前腔】—【风入松】—【前腔】—【(半)急三枪】—【(半)前腔】—【风入松】—【前腔】—【(半)急三枪】—【(半)前腔】—【(半)前腔】—【风入松】—【(半)急三枪】—【(半)前腔】

续 表

《循环报》第二十七号	【风入松】—【前腔】—【急三枪】—【风入松】—【急三枪】—【风入松】—【急三枪】—【风入松】—【急三枪】—【风入松】
《仁义缘》第七号	【风入松】—【前腔】—【急三枪】—【风入松】—【(半)急三枪】—【风入松】—【前腔】—【前腔】—【前腔】—【前腔】—【尾(?)】
《葵花配》第十九号	【风入松】—【前腔】—【(半)急三枪】—【(半)前腔】—【风入松】—【前腔】—【(半)急三枪】—【风入松】—【前腔】—【(半)急三枪】—【(半)前腔】—【风入松】
《双合缘》第十六号	【风入松】—【前腔】—【急三枪】—【风入松】—【前腔】—【急三枪】—【风入松】—【前腔】—【急三枪】—【风入松】—【急三枪】—【风入松】—【急三枪】—【风入松】—【前腔】
《六凤缘》第十四号	【风入松】—【前腔】—【前腔】—【前腔】—【(半)急三枪】—【风入松】—【前腔】—【(半)急三枪】—【尾】
《六凤缘》第三十四号	【风入松】—【前腔】—【前腔】—【(半)急三枪】—【风入松】—【前腔】—【前腔】—【前腔】—【前腔】
《三凤配》第五号	【风入松】—【前腔】—【急三枪】—【风入松】—【前腔】—【急三枪】—【风入松】—【急三枪】—【风入松】—【前腔】
《八美图》第四十九号	【风入松】—【急三枪】—【风入松】—【急三枪】—【风入松】—【急三枪】
《定江山》第九号	【风入松】—【前腔】—【前腔】—【急三枪】—【风入松】
《赐绣旗》第十二号	【风入松】—【前腔】—【急三枪】—【风入松】—【前腔】—【急三枪】—【风入松】—【前腔】—【急三枪】—【风入松】—【前腔】
《凤凰图》第二十号	【风入松】—【前腔】—【急三枪】—【风入松】—【前腔】—【前腔】—【急三枪】—【北尾】
《凤凰图》第二十四号	【风入松】—【前腔】—【急三枪】—【风入松】—【前腔】—【急三枪】—【风入松】—【前腔】—吹【风入松】—吹【尾】
《凤凰图》第二十九号	吹【风入松】—【风入松】—【前腔】—【急三枪】—【风入松】—【前腔】—【急三枪】—【风入松】—【前腔】—【急三枪】—【风入松】—【急三枪】
《绿牡丹》第十二号	【风入松】—【前腔】—【急三枪】

注:【急三枪】本文以十句为一曲,抄本以五句为一支者或仅用半支者,用“(半)”标示。

【风入松】【急三枪】是南戏、传奇中常见的组合，曲律上属于南仙吕入双调。明清传奇和调腔中最常见的单元是【风入松】—【前腔】—【急三枪】，这一单元可按需要反复使用，最后常以一支或若干支【风入松】作结。调腔【风入松】【急三枪】套用例甚多，常用于描写紧张急切的心理，惊惶或愤怒的情绪以及冲突性强的场景。调腔吹打牌子亦有【风入松】【急三枪】套。

1. 风入松

除了同【急三枪】反复使用，还常叠用多支，如古戏《黄金印》的《后不第》开头和《团圆》尾声之前用一支，《妆盒记·盘盒》插用一支，《牡丹亭·跌雪》叠用二支，《白兔记·汲水》叠用四支，《黄金印·团圆》叠用七支。时戏《双玉锁》第三十四号结尾叠用三支，《双报恩》第二十四号叠用五支，《游龙传》第七、八号叠用七支。例如《双凤钗》第十六号第一支：

(净)……周方女婿呵！(唱)【风入松】海底沉冤怎拔超，泉下亡魂悲悼。黑天冤雾迷漫罩，恁纵横、恁纵横纪纲颠倒。伏望你提案强暴，亡儿冤可消了，亡儿冤可消了。

参考词式：7$_{\triangle}$，6$_{\triangle}$。7$_{\triangle}$，(叠前三字)7$_{\triangle}$。6$_{\triangle}$，6$_{\triangle}$(重)。首句可作五字句，如《游龙传》第七、八号。曲律上第二、五两句为上二下四六字句，调腔多变得与七字句无别。末句也有不用六字折腰句，而为七字句的。

2. 急三枪

【急三枪】必接于【风入松】后，可分为相对独立的两段，每段五句，语势急促，一般先念而后转入唱。例如《分玉镜》第三十号第一支：

(花旦)惠兰吓！(唱)【急三枪】我和你，交情厚，如姐妹。有冤情，可分解。(白略)(贴旦唱)许文通，越州人，名姓在。只为登科日，逢场开，登科日，逢场开。

词式参考：3，3，3▲。3，3△。3，3，3▲。3，3△（重二句）。第四、五句有时也重句。

（十六）其他少见短套

【惜奴娇】【锦衣香】短套

南戏、传奇中南仙吕入双调【惜奴娇】或【夜航船序】下连【黑麻序】【锦衣香】【浆水令】成套，调腔时戏《双喜缘》第九号有【惜奴娇】【锦衣香】一组。

五、北曲单套

现存高腔剧种的北曲同南曲在音乐上区别不大，“高腔各分支的同名北曲曲牌，腔调都不一样，而且高腔的‘北曲’和‘南曲’一般不存在明显的腔调界线（和昆曲中北曲、南曲泾渭分明的情形很不一样）”①。调腔的北曲除了某些套式在声情或节奏上有一定的特色，腔调也是南曲化了的。同时，调腔的北曲在词式方面总体上较南曲更富于变化。

（一）【点绛唇】套

《西厢记·游寺》	【村里迓鼓】—【元和令】—【上马娇】—【胜葫芦】—【幺篇】—【后庭花】—【柳叶儿】—（南）【皂罗袍】—【寄生草】—【赚煞】
《汉宫秋·游宫》	【点绛唇】—【混江龙】—【油葫芦】—【天下乐】—【醉中天】—【金盏儿】—【醉扶归】—【金盏儿】—【尾】
《黄金印·封赠》	【点绛唇】—【前腔】—【村里迓鼓】
《千金记·埋伏》	【点绛唇】—【混江龙】—【倘秀才】—【滚绣球】—【油葫芦】—【天下乐】—【哪吒令】—【鹊踏枝】—【村里迓鼓】—【元和令】—【上马娇】—【游四门】—【佚名】—【寄生草】
《牡丹亭·冥判》	【点绛唇】—【油葫芦】—【天下乐】—【哪吒令】—【鹊踏枝】—【后庭花滚】—【煞尾】

① 路应昆：《高腔与川剧音乐》，人民音乐出版社，2001，第226页。

续 表

《玉蜻蜓·二搜》	【村里迓鼓】—【天下乐】—【哪吒令】—【鹊踏枝】—【元和令】—【上马娇】—【游四门】—【后庭花】—【耍孩儿】—【寄生草】
《天官赐福》	【(昆腔)北点绛唇】—【(昆腔)油葫芦】—【(昆腔)混江龙】—【(昆腔)寄生草】—【(昆腔)尾】
《三窃桃》	【(昆腔)点绛唇】—【(昆腔)混江龙】—【(昆腔)油葫芦】—【(昆腔)天下乐】—【(昆腔)哪吒令】—【(昆腔)鹊踏枝】—【(昆腔)寄生草】—【(昆腔)煞尾】
《凤头钗》第二十、二十一号，《游龙传》第五号，《分玉镜》第八号，《双凤钗》第十八、十九号，《定江山》第十一号	【点绛唇】—【混江龙】—【油葫芦】—【天下乐】—【哪吒令】—【鹊踏枝】—【寄生草】—【尾】
《后岳传》第六号	【点绛唇】—【前腔】—【村里迓鼓】—【天下乐】—【尾】
《后岳传》第九、十号	【点绛唇】—【混江龙】—【油葫芦】—【天下乐】—【哪吒令】—【出队子】—【幺篇】—【煞尾】
《闹鹿台》第九号、《双报恩》第二十九号	【点绛唇】—【混江龙】—【油葫芦】—【天下乐】—【鹊踏枝】—【寄生草】—【尾】
《曹仙传》第八号	【点绛唇】—【混江龙】—【油葫芦】—【天下乐】—【哪吒令】—【寄生草】—【尾】
《三婿招》第十号	【点绛唇】—【混江龙】—【油葫芦】—【哪吒令】—【天下乐】—【尾】
《金沙岭》第四号	【点绛唇】—【混江龙】—【油葫芦】—【哪吒令】—【寄生草】—【尾】
《双狮图》第四号、第十二号	【点绛唇】—【混江龙】—【油葫芦】—【天下乐】—【寄生草】—【鹊踏枝】—【尾】
《双玉锁》第十一号	【点绛唇】—【混江龙】—【油葫芦】—【鹊踏枝】—【哪吒令】—【寄生草】—【尾】
《循环报》第十七号	【点绛唇】—【混江龙】—【油葫芦】—【天下乐】—【哪吒令】—【鹊踏枝】—【尾】
《仁义缘》第二十三号	【点绛唇】—【混江龙】—【油葫芦】—【天下乐】—【尾】
《双合缘》第八号	【点绛唇】—【混江龙】—【油葫芦】—【鹊踏枝】—【寄生草】—【哪吒令】—【尾】

续 表

《六凤缘》第三十三号	【点绛唇】—【混江龙】—【哪吒令】—【鹊踏枝】—【寄生草】—【尾】(【混江龙】后或仍有其他曲牌,因单角本缺乏无考)
《三凤配》第九号	【点绛唇】—【混江龙】—【油葫芦】
《凤凰图》第十号	【点绛唇】—【混江龙】—【油葫芦】—【天下乐】—【哪吒令】—【寄生草】—【清江引】—【尾】
《凤凰图》第三十三号	【点绛唇】—【混江龙】—【油葫芦】—【鹊踏枝】—【天下乐】—【寄生草】—【北尾】
《凤凰图》第三十七号	【点绛唇】—【油葫芦】—【天下乐】—【收江南】—【尾】

【点绛唇】套常用曲牌为【点绛唇】【混江龙】【油葫芦】【天下乐】【哪吒令】【鹊踏枝】【寄生草】七支曲牌,通常殿以【煞尾】(【尾】),另有【村里迓鼓】【元和令】【上马娇】【游四门】【后庭花】等相关曲牌,曲律上都属于北仙吕。

调腔《西厢记·游寺》《汉宫秋·游宫》袭自元杂剧剧套,但前者抄本几无曲牌名题写,后者仅题【点绛唇】【混江龙】【尾】等,今所见者乃系《调腔曲牌集》据刊本补足。早期剧目在音乐上的腔调材料通用的情况相当普遍,曲牌划分的价值逐渐削弱,但《玉蜻蜓·二搜》【村里迓鼓】末句化用自《西厢记·游寺》,说明后者的曲牌名应是逐渐失落的。至于调腔时戏的【点绛唇】套,与明清传奇中的【点绛唇】套在曲牌连缀上区别不大,可知调腔时戏的【点绛唇】套与明清传奇一样,系由元杂剧剧套逐渐演变而来,而非直接出自调腔本身所保存的元杂剧剧套。

调腔时戏北曲单套的尾声往往泛称【煞尾】或【尾】,可参看各实例,不再具体分析。

1. 点绛唇

除了作为【点绛唇】套的首牌,【点绛唇】还常充作引子,出现在【新水令】【驻马听】北曲单套和【新水令】【步步娇】南北合套之前,详见下文。职是之故,【点绛唇】叠用时俗作“前腔”而不袭北曲“幺篇”之名。调腔时戏【点绛唇】首句多叠,如《分玉镜》第八号:

（贴旦上）（唱）【点绛唇】我好悲忧，我好悲忧，薄命僝僽，一女流。姻缘未配，难诉这根由。

时戏参考词式：$4_{\triangle}$，（叠）$4_{\triangle}$，$4_{\triangle}$，」$3_{\triangle}$。$4_{\blacktriangle}$，$5_{\triangle}$。第五句以入韵者居多。

2.混江龙

例如《凤凰图》第十号：

（外）……老夫呵！（唱）【混江龙】蒙先帝恩重如山，受重托、冰心坚硬。不料得骤起风波，立西宫紊乱纲常。哭我主不知防虑，〈阿吓，先帝吓！〉枉费了南征北往。恨杀那贪赃贿赂，趋奉着国贼奸党。何日里扫尽狼烟，定国安邦，定国安邦？

元杂剧中【混江龙】增句格甚多，一般在第六句下增入四字句或三字句，且作对句。调腔增句的例子如《三婿招》第十号《闺怨》：

（小旦）……奴的终身如何是好？（唱）【混江龙】我只得嗟吁声连，三婿今朝进堂前。一个是受恩订结，一个是亲口许姻缘。这一个老娘亲爱女垂怜，把一个小奴妖、俱系红绿缠。[老娘亲向来执见，我兄长不听人言。唬得我心惊战，闷得人意熬煎。]好叫我含羞满面，悲苦万千。又未知奴姻缘，落在那边，落在那边？

调腔【混江龙】的增句大多拓展为六字或七字句，所增句数较多的如《双合缘》第八号，计增“你在家中悬悬望”至“步趔趄、那顾得脚手忙”六句。调腔中也有减句的，少第七、八两句的如《游龙传》第五号：

（丑）……你敢欺俺世袭公爵呵！（唱）【混江龙】倚恃着官帏势

豪，敢压量、公爵名号。便将你扯下雕鞍，来殴辱可也无聊。（小生白）公爷！（唱）他显威风气昂昂，逞雄势、狠暴如虎狼。可知是令出如山，平空的将咱来殴辱雕鞍，殴辱雕鞍。

《双玉配》第十七号、《双玉锁》第十一号词式同。

参考词式：4△，7△。4，4△。7△，7△。7▲，7△。4▲，4△。增句加在第六句下。第七、八两句曲律上或仅三字一句，因多用衬字而变成三字或七字两句。

3. 油葫芦

例如《游龙传》第五号：

（末上）（唱）【油葫芦】曙色新开天初晓，侍驾臣早进朝，缘何喧天震地声声闹？（白略）（丑唱）骂你这泼贱奸刁，可为甚将军名号！你道是滔天势，如浪潮。轻觑逐水浪浮薸，终有日雪化冰散顷刻消，雪化冰散顷刻消。

参考词式：7▲，3△，7△。7△，7△。3，3△。7△，7△。末句曲律上为五字句，调腔字数多有拓展，故定为七字句。第一词段既可减一句，如《凤头钗》第二十号、《双合缘》第八号等；也可于第二句后增一句，如《双狮图》第十二号以及《凤凰图》的三支等。第六、七两个三字句可拓展为七字两句，如《后岳传》第九号、《双玉锁》第十一号等。《双玉锁》第十一号中间增两句，《凤凰图》第十号和第三十七号则减一词段。

4. 天下乐

例如《凤头钗》第二十号：

（正生上）（唱）【天下乐】一霎时愁容换喜面，冤也么遣，凶手现,(白略)(唱)休得要嘴喳喳来强辩。(白略)(丑唱)悔不该痴心想受他骗,(正生唱)一桩桩一件件向我明言,可不道冤有头来上有青天照鉴,上有青天照鉴。

“也么”为定格字。又如《游龙传》第五号:

(老旦太监,正生上)(唱)【天下乐】看纷纷祥光瑞霭也那千层绕,虚也么飘,五云巧,离却宫廷内苑早。侍朝会群臣可也来问道,喜孜孜御园不夜乐滔滔,宫廷御榻多欢笑,可正是鸳鸯戏水乐逍遥,鸳鸯戏水乐逍遥。

“也那”亦为定格字,又见《千金记·埋伏》。

参考词式:①7△,1也么1△,3△,7△。6△,6△,6△(重)。

②7△,1也么1△,3△,7△。6△,6△,6▲,6△(重)。此式常见,较上式多一句,见于《双凤钗》第十九号、《后岳传》第九号、《双报恩》第二十九号、《双合缘》第八号等,且后一词段字数多有拓展。《双狮图》第四、十二号前一词段末增一句,《凤凰图》第三十七号第四句后增三句。

5. 哪吒令

例如《游龙传》第五号:

(外)……把臣子遍身厮打呵!(唱)【哪吒令】显威风咆哮,从人的强暴。臣子的年少,受尽了吊拷。不犯的令号,何罪的受劳。望吾皇分玉石,拔罪黜奸刁,金殿上分过清浊。

参考词式:5△,」5△。5△,」5△。5△,」5△。3,3△,7△。第七、八两句字数多拓展为五字或六字,时戏中还常合为七字一句,如《凤头钗》第二十一号、

《双玉锁》第十一号、《凤凰图》第十一号等。《曹仙传》《凤凰图》等的【哪吒令】词式不甚规整，从甩头使用到曲谱，都与《凤头钗》《游龙传》等的【哪吒令】有差别。

6.鹊踏枝

例如《双狮图》第十二号：

(贴旦)爹爹！(唱)【鹊踏枝】女不肖甘旨晨昏待侍劳，椿萱独立正当朝。必须要为国元勋，为国家安邦才调。(白)哥哥吓！(唱)莫多事一家休烦恼，(白略)(丑唱)岂不闻父不正子奔他乡道，子奔他乡道。

又如《凤凰图》第三十三号，似破第五句为两句：

(付、小生上)(同唱)【鹊踏枝】闲重语情投意盖，紫须须说明白。休分君臣礼满天盖，怕什么费邪牙护国相待。(白略)(付唱)好叫俺难言难讲，又恐怕惊唬老年华，俺只得半言语暗藏腹埋，暗藏腹埋。

调腔又有一式，当破末尾两个七字句为二字句和五字句，并再增一句，如《双报恩》第二十九号：

(付)……家主婆！(唱)【鹊踏枝】只见你鲜血淋淋杀奸刁，拚残躯归泉道。那其间恐露真情，不敢高声叫。苦恼！我只得暗地哭多娇；悲号！今日个亡魂吊，你可也九泉含笑，九泉含笑。

参考词式：①$3_{\triangle}$，$3_{\triangle}$。4，$4_{\triangle}$。$7_{\triangle}$，$7_{\triangle}$。首二句常拓展六字句或七字句，

下同。结尾可增句。

②$3_{\triangle}$,$3_{\triangle}$。4,$4_{\triangle}$。」$2_{\triangle}$,$5_{\triangle}$;」$2_{\triangle}$,$5_{\triangle}$,$5_{\triangle}$。该式见于《凤头钗》第二十一号、《游龙传》第五号、《一盆花》第八号等。

7.寄生草

例如《双报恩》第二十九号:

(付)……真真不肖之徒也!(唱)【寄生草】不昧生平志,我夫妻苦又恼。若然是别图欢爱恩义抛,人伦一旦赴波涛,大纲常轻弃在鸿毛。他在那九泉之下幽冥,可不道孤另放弃依靠,放弃依靠。

参考词式:3,$3_{\triangle}$。$7_{\triangle}$,$7_{\triangle}$,$7_{\triangle}$。$7_{\blacktriangle}$,$7_{\triangle}$。《双凤钗》第十九号、《双玉锁》第十一号中间增一句,《凤凰图》第十号则减一句。

8.村里迓鼓

元杂剧中【村里迓鼓】【元和令】【上马娇】三牌结合较严实,或置于【天下乐】后,或置于【寄生草】后,也有位置不定的。《玉蜻蜓·二搜》以【村里迓鼓】为首,其后气氛骤变,插入【天下乐】【哪吒令】【鹊踏枝】三支,再接【元和令】,运用得较为灵活。《玉蜻蜓·二搜》【村里迓鼓】如下:

(小生)三太吓!(唱)【村里迓鼓】(起板)怎撇下俏庞佳艳,携素手两情眷恋。菱花镜照,瘦岩岩三春颜面。红轮渐高,映纱窗,眼花撩乱。(小旦唱)轻流香汗,何不分手,速了缱绻?(小生唱)〈三太吓!〉这的是五百年前风流孽冤。

《玉蜻蜓》该曲末句化用自《西厢记·游寺》的【村里迓鼓】,民国前期"方嵩山抄"《玉蜻蜓》等吊头本(案卷号195-2-11)当中"俏庞""两情"重词。《后岳传》第六号本曲有增句。

参考词式:4,$4_{\triangle}$。4,$7_{\triangle}$。3,3,$4_{\triangle}$。$3_{\blacktriangle}$,$3_{\blacktriangle}$,$3_{\triangle}$,$7_{\triangle}$。

(二)【端正好】套

《三关·挑袍》	【端正好】—【滚绣球】—【脱布衫】
《玉蜻蜓·二搜》	【端正好】—【滚绣球】—【倘秀才】—【脱布衫】—【小梁州】—【幺篇】—【快活三】—【朝天子】—【北曲过曲】—【上小楼】—【尾】
《一盆花》第二十八号	【端正好】—【滚绣球】—【叨叨令】—【脱布衫】—【幺篇】—【小梁州】—【快活三】—【朝天子】—【尾】
《分玉镜》第二十四号	【端正好】—【滚绣球】—【叨叨令】—【幺篇】—【脱布衫】—【幺篇】—【秋绣衫】—【朝天子】—【幺篇】
《闹九江》第九号	【端正好】—【滚绣球】—【水底鱼】—【前腔】—【叨叨令】—【脱布衫】—【小梁州】—【幺篇】
《金沙岭》第十五号	【端正好】—【滚绣球】—【叨叨令】—【脱布衫】—【小梁州】—【幺篇】—【快活三】—【北尾】
《双狮图》第十四、十五号	【端正好】—【滚绣球】—【倘秀才】—【滚绣球】—【叨叨令】—【朝天子】—念【扑灯蛾】—【前腔】—【尾】
《双玉锁》第十七号	【端正好】—【滚绣球】—【叨叨令】—【倘秀才】—【脱布衫】—【意不尽】—【尾】
《循环报》第二十号	【端正好】—【倘秀才】—【叨叨令】—【倘秀才】—……—【脱布衫】—【小梁州】—【幺篇】—【快活三】
《双合缘》第十二号	【香眉儿】—【滚绣球】—【叨叨令】—【脱布衫】—【快活三】—【幺篇】—【幺篇】—【幺篇】—【朝天子】
《双喜缘》第十五号	【端正好】—【滚绣球】—【叨叨令】—【脱布衫】—【小梁州】—【快活三】—【幺篇】—【幺篇】—【幺篇】—【朝天子】
《六凤缘》第二十五号	【端正好】—【滚绣球】—【叨叨令】—【脱布衫】—【小梁州】—【快活三】—【朝天子】
《四元庄》第三十二号	【端正好】—【滚绣球】—【叨叨令】—【脱布衫】—【幺篇】—【快活三】—【幺篇】—【幺篇】—【幺篇】—【朝天子】
《天门阵》第四号	【端正好】—【滚绣球】—【叨叨令】—【脱布衫】—【小梁州】—【幺篇】
《八美图》四十四号	【端正好】—【滚绣球】—【叨叨令】—【脱布衫】—【朝天子】

续 表

《定江山》第四号	【端正好】—【滚绣球】—【叨叨令】—【脱布衫】—【小梁州】—【快活三】—【朝天子】—【尾】
《赐绣旗》第十三号	【端正好】—【滚绣球】—【倘秀才】—【叨叨令】—【佚名】—【佚名】—【佚名】—【尾】

【端正好】套主要包含【端正好】【滚绣球】【叨叨令】【脱布衫】【小梁州】【快活三】【朝天子】七支曲牌，尾声可缀可不缀，除了【快活三】【朝天子】系北中吕借入，其余曲牌曲律上属于北正宫。元杂剧中【滚绣球】与【倘秀才】相连并反复使用，但明清传奇少用【倘秀才】，而将原本多在后段的【叨叨令】提前，调腔也是如此。

1. 端正好

套式首牌。例如《一盆花》第二十八号：

(二手下、小生上)(唱)【端正好】占魁元，头名状，沐君恩喜气洋洋。今日个扬鞭跃马开怀畅，不辜负守寒窗。

首二句可叠句，如《玉蜻蜓·二搜》：

(正旦)……免得我合家挂念。(唱)【端正好】拜深深，莲台下，拜深深，莲台下，恁那里光明方大。望慈悲恻隐心点迷化，度群生早还家。

参考词式：3，$3_{\triangle}$，」$7_{\triangle}$。$7_{\triangle}$，$5_{\triangle}$。调腔末句多与六字句无别。

2. 滚绣球

套式次牌。如《双喜缘》第十五号《后绣房》：

(花旦)……你好无礼也!(唱)【滚绣球】空与你同一胞,狂情投在绣房,(白略)(唱)好叫我羞惭红满面,何处来躲藏?潜身入绣阁,恹恹闷胸膛,(小生、付上)(付唱)过中厅又转回廊,进香闺、禀告红妆。(小生唱)逞兴的误入豪门,怯吁吁、心胆惊慌。上楼台、(科)不由人战战兢兢,露行踪祸事非常,都只为访美求容女,倒做了窃玉偷香,窃玉偷香。

其中“逞兴”“上楼台”“都只为”三句为不入韵的增句(垫句)。

调腔此曲词式颇为复杂,如《双玉锁》第十七号,其第一词段第三句为无韵句,第二词段减一句:

(老旦)……如何是好也?(唱)【滚绣球】天不念善良报偿,想东君、大义有方,心怀恻隐救孤寡,怜贫穷行人便方。一个是妇道颇广,济多少世态炎凉,到如今身受缧绁出外乡。〈阿吓,员外吓!〉你那知妻儿遭魔障,愿得他主仆三人转还乡,我酬谢穹苍,酬谢穹苍。

《八美图》第四十四号将第三句和第七句改为无韵的垫句,第三词段增入两个垫句(标点时同《双喜缘》例,多增一个句号),兹不赘述。

参考词式:$6_{\blacktriangle}$,$6_{\triangle}$,$7_{\triangle}$,$7_{\triangle}$。$3_{\blacktriangle}$,$3_{\triangle}$,$7_{\triangle}$,$7_{\triangle}$。$7_{\blacktriangle}$,$7_{\triangle}$,$4_{\triangle}$。第二句抄本或于中间施加蚓号,以示有延长或旋律由高而低。曲律上前两个词段为“$3_{\blacktriangle}$,$3_{\triangle}$,$7_{\triangle}$,$7_{\triangle}$。$3_{\blacktriangle}$,$3_{\triangle}$,$7_{\triangle}$,$7_{\triangle}$”,后世以衬为正,第一、二、五、六句或作六字句。调腔第三句或第七句常删去或改为无韵的垫句,第二词段常有减句,第三词段可增无韵的垫句。

3.叨叨令

例如《双玉锁》第十七号:

(丑上)(唱)【叨叨令】醉醺醺并浓浓心欢畅，那知俺、暗地里机关藏？进中堂假虎扬威骂声嚷，管叫他难信又难详。(白略)(唱)休得二言三语哭声浪，这的是天理报昭彰。你何必哭悲伤也么哥，兀的不、哭什么也么哥。自古道昭彰天理循环，昭彰天理循环。

参考词式：$7_{\triangle}$，$7_{\triangle}$。$7_{\triangle}$，$7_{\triangle}$。$7_{\triangle}$，$7_{\triangle}$。3也么哥，3也么哥。$7_{\triangle}$(重句或重句尾)。“也么哥”是定格字。第一、三、五句七字句偶见无韵的。曲律上七字句仅两组，此系调腔常见的增句格。又有仅增一句者，如《八美图》第四十四号：

(外上)(唱)【叨叨令】这一回精神抖擞称着雄，(白略)(唱)恼得俺气满胸。(白略)(唱)不念着慷慨士恩义重，不念着济贫救孤穷，大丈夫当效昔年秦穆公。有缘的不记着心窝儿也么哥，有仇的付度外也么哥。〈杨青，杨青！〉恁看这鼠穴巢可也得上风，可也得上风。

《闹九江》第九号也增一句，但不入韵。

4.脱布衫

【脱布衫】在元人剧套中通常后跟【小梁州】带幺篇，或跟【醉太平】。调腔中【脱布衫】可孤用一支入套，还可以叠用二支，如《一盆花》第二十八号：

(小生上)(唱)【脱布衫】快加鞭急匆匆骤声扬，行过了紫金街、男女观望。早来到秋官第司寇门墙，躬身的参刑台速正冠裳，速正冠裳。

(小生)……奈晚生家下呵！(唱)【幺篇】言未启好叫人难诉衷肠，遭贫困、破壁萧墙。怎攀得奇花苑阆，聘红妆望推详。(白略)

（正生唱）和你上华宴姻缘配合，慢慢的讲情况，慢慢的讲情况。

幺篇较原曲多两句，而《四元庄》第三十二号【脱布衫】幺篇仅三句。

参考词式：$7_{\triangle}$，$7_{\triangle}$。$7_{\triangle}$，$7_{\triangle}$。末句可作六字句。明汤显祖《南柯记》第二十六出《启寇》末句“横直着货郎儿那些货”，也是六字句（前三字为衬字）。

5. 小梁州

《玉蜻蜓·二搜》【小梁州】及幺篇抄本虽未题名，但词式与《西厢记·请生》相近，只是末句形如七字句。本曲曲律上词式前篇为“$7_{\triangle}$，$4_{\triangle}$。$7_{\triangle}$，$3_{\triangle}$，$5_{\triangle}$”，幺篇为“$7_{\triangle}$，$7_{\triangle}$。$3_{\triangle}$，$3_{\triangle}$，$4_{\triangle}$，$5_{\triangle}$”。《玉蜻蜓》前篇第三句唱甩头。而时戏中【小梁州】词式不一，幺篇有无亦难定。《一盆花》第二十八号不带幺篇，如下：

（外上）（唱）【小梁州】走得我气喘吁吁步儿忙，骤闻喜报添惆怅。（白略）（唱）怎顾得老微躯赴汤炀，诉冤情何惧身丧，早来到威赫刑堂，威赫刑堂。

《双狮图》第二十一号将【小梁州】插在【一枝花】套套末，其中“你是个冰人月老”四句和“见新郎不分白皂”四句词式和蚓号都相同，故将后四句别为幺篇。《天门阵》第四号【小梁州】及幺篇系根据整理本题写。

6. 快活三

【快活三】【朝天子】常连用，曲律上系北中吕借入正宫。例如《一盆花》第二十八号：

（正生、小生、末上）（合唱）【快活三】聚华筵喜洋洋，何事的请声朗？（白略）（正生）阿吓，妻吓！（唱）可怜你黑夜被抢行奸妄，（小生唱）〈阿吓，妹子吓！〉苦杀你因奸致死命遭伤，致死命遭伤。

参考词式：$6_{\triangle}$，$6_{\triangle}$。7，$5_{\triangle}$。末句时戏中多拓展为六字或七字。

7.朝天子

曲律上词式为：$2_{\triangle}$，$2_{\triangle}$，$5_{\triangle}$。$7_{\triangle}$，$5_{\triangle}$。4，$4_{\triangle}$，$5_{\triangle}$。$2_{\triangle}$，$2_{\triangle}$，$5_{\triangle}$。第八、十一或作七字句。时戏中【朝天子】以《一盆花》第二十八号最为规整，如下：

(正生、小生)阿呀，妻子/妹子吓！苦了你了！(同唱)【朝天子】你命犯好惨伤，不久的云阳，苦杀你含冤诬屈两分张。(白略)(同唱)也不愿题名雁塔显姓名扬，快和你卸却这冠裳。(白略)(末唱)耐却胸填，慢卸冠裳，(白略)(唱)就是决案分清，俺可也担代这奇枉。(白略)(末唱)这壁厢路忙，那壁厢法场，倘有赴法刑遭，便将你身首两分张，身首两分张。

其中"就是"句和"倘有"句为增句。

北【朝天子】可与南【普天乐】交替使用形成南北合套，明清传奇南北合套中的【朝天子】词式多有变异，这种变格也见于调腔，且不限于南北合套，如调腔《八美图》第四十四号：

(外)罢了！(唱)【朝天子】恁看他凛凛威风，俺默默的朦胧，看夕阳落日红。恐露机锋，开大步走西东，他形容愁我胸。青春的英雄，年少的梁栋，悲痛，堂堂的豪杰颙颙，空度我这年老懵懂，年老懵懂。

《八美图》该曲与《浣纱记》第十四出《打围》第一支【朝天子】词式相类，其中第四、五句可视为将原第四句破为两句，第九句可再拓展为七字句。《分玉镜》第二十四号、《双喜缘》第十五号《后绣房》、《四元庄》第十四号等【朝天子】都是变格。

8.倘秀才

例如《玉蜻蜓·二搜》:

(小旦)阿呀,不好了!(唱)【倘秀才】这一回小尼僧难禁架,不由人、心惊胆怕,陡然间无主无法。露行藏并非虚假,战兢兢何方奔踏,便穷猿折翅鸦,便穷猿折翅鸦。

又如《双玉锁》第十七号:

(老旦)……老老吓!(唱)【倘秀才】骤闻言唬得我魂魄消,可怜你一命死山高,可怜为主人命倾抛。贼狂徒心忒枭,都是你狗肺狼心恶奸刁,害得我一家骨肉分抛,骨肉分抛。

参考词式:$7_{\triangle}$,$7_{\triangle}$,$7_{\triangle}$。$3_{\triangle}$,$3_{\triangle}$,$4_{\triangle}$(重)。末三句多拓展为六字或七字。

(三)【粉蝶儿】套

《西厢记·请生》	【粉蝶儿】—【醉春风】—【脱布衫】—【小梁州】—【幺篇】—【上小楼】—【幺篇】—【满庭芳】—【快活三】—【朝天子】—【四边静】—【耍孩儿】—【四煞】—【三煞】—【二煞】—【煞尾】
《扫秦》	【粉蝶儿】—【醉春风】—【迎仙客】—【石榴花】—【斗鹌鹑】—【红绣鞋】—【十二月(十二月带过尧民歌)】—【快活三】—【朝天子】—【耍孩儿】—【尾】
《闹鹿台》第六号	【粉蝶儿】—【石榴花】—【尾】
《四元庄》第四十四号	【点绛唇】—【粉蝶儿】—【醉春风】—【石榴花】—【斗鹌鹑】—【佚名】—【上小楼】
《凤凰图》第二十五号	【粉蝶儿】—【滚黄龙】—【黄龙滚】—【叠字犯】—【煞尾】

【粉蝶儿】北曲单套主要包含【粉蝶儿】【醉春风】【石榴花】【斗鹌鹑】【上小楼】【满庭芳】【快活三】【朝天子】【煞尾】等曲牌,曲律上属于北中吕。《凤

凰图》第二十五号【滚黄龙】，当即北【石榴花】；【黄龙滚】又作【黄龙滚犯】，实即北中吕【斗鹌鹑】。调腔【粉蝶儿】北曲单套用例不多，用得更多的是【粉蝶儿】【泣颜回】南北合套，详见下文。

1. 粉蝶儿

套式首牌。例如《四元庄》第二十九号：

（花旦上）（唱）【粉蝶儿】山寨轻抛，只俺这山寨轻抛，望前途四元庄到。柳贡元家有思乔，夜被杀诬害仁表，暗暗的细察听，家有个淑女窈窕。（正生上）（唱）走几步四野观瞧，（科）早探听西庄上柳氏儒门萧条，儒门萧条。

参考词式：$4_{\triangle}$，（叠）$4_{\triangle}$，$7_{\triangle}$。$7_{\triangle}$，3，3，$4_{\triangle}$。$4_{\triangle}$，$7_{\triangle}$。叠句时例置三衬字。

（四）【一枝花】【梁州第七】套

《满床笏·卸甲》	吹【点绛唇】—【（昆腔）点绛唇】—【（昆腔）一枝花】—【（昆腔）牧羊关】—【（昆腔）四块玉】—【（昆腔）乌夜啼】—【（昆腔）八转货郎】—【（昆腔）尾】
《游龙传》第九号	【一枝花】—【梁州第七】—【四块玉】—【乌夜啼】—【尾】
《一盆花》第三十号	【一枝花】—【梁州第七】—【牧羊关】—【四块玉】—【乌夜啼】—【幺篇】
《分玉镜》第二十九号	【一枝花】—【梁州第七】—【牧羊关】—【四块玉】—【哭皇天】—【乌夜啼】
《闹鹿台》第十一号	【一枝花】—【梁州第七】—【四块玉】—【哭皇天】
《曹仙传》第二十九号	【一枝花】—【乌夜啼】—【梁州第七】—【四块玉】—【哭皇天】—【尾】
《双玉配》第十号	【一枝花】—【梁州第七】—【四块玉】—【幺篇】—【乌夜啼】
《白门楼》第二号	【一枝花】—【牧羊关】—【四块玉】—【哭皇天】—【尾】
《金沙岭》第十七号	【梁州第七】—【牧羊关】（尚有其他曲牌，因单角本缺乏无考）

续 表

《双狮图》第二十一号	【一枝花】—【梁州第七】—【五供养】—【四块玉】—【小梁州】—【幺篇】—【尾】
《双玉锁》第三十六号	【一枝花】—【乌夜啼】—【梁州第七】—【四块玉】—【做尾】
《循环报》第三十三号	【一枝花】—【梁州第七】—【四块玉】—【幺篇】
《葵花配》第九号	【一枝花】—【前腔】—【四块玉】—【哭皇天】—【乌夜啼】—【尾】
《四元庄》第三十九号、《赐绣旗》第三号	【一枝花】—【梁州第七】—【四块玉】—【哭皇天】—【尾】
《定江山》第十八号	【一枝花】—【梁州第七】—【四块玉】—【哭皇天】—【乌夜啼】
《定江山》第二十号	【一枝花】—【梁州第七】—【四块玉】

【一枝花】【梁州第七】套由【一枝花】【梁州第七】【牧羊关】【四块玉】【哭皇天】【乌夜啼】六支曲牌和【煞尾】(【尾】)组成,曲律上属于北南吕。其中,【梁州第七】抄本或冒题作【梁州序】,如《双玉配》第十号【梁州第七】,清末杨境轩《双玉配》吊头本(案卷号195-1-93)不误,而民国七年(1918)“方玄妙斋”《玉簪记》等吊头本(案卷号195-1-4)所收《双玉佩(配)》作【梁州序】。【乌夜啼】抄本常题作“夜啼乌”。

本套在《一盆花》第三十号、《曹仙传》第二十九号、《双玉锁》第三十六号、《循环报》第三十三号、《四元庄》第三十九号中都用于审案除奸的场景。

《凤凰图》第三十四号的曲牌联套为【紫花儿序】—【牧羊关】—【四块玉】—【哭皇天】—【混天令】—【会河台】,《调腔乐府·套曲之部》将它列为【紫花儿序】之一式,实际上【牧羊关】【四块玉】【哭皇天】可视为【一枝花】【梁州第七】套中的【牧羊关】短套的插用。又,《凤凰图》第三十四号的【四块玉】【哭皇天】词式不甚典型,略有增句,而《调腔乐府》各别为二支,恐非。

1. 一枝花

套式首牌。例如《游龙传》第九号:

(外上)(唱)【一枝花】哀哉我宗祖那宫墙,为开基血战定封疆。

追元顺定鼎正家邦，百余年巩固永金汤。谁料得谗臣起锋芒，内宫苑迷惑君王。好一座锦绣江山，一旦倾废好凄惶，一旦倾废好凄惶。

参考词式：$5_{\blacktriangle}$，$5_{\triangle}$。5，$5_{\triangle}$。$4_{\triangle}$，$5_{\triangle}$。$7_{\blacktriangle}$，$7_{\triangle}$。此为调腔常用词式，较曲律上定格少一句，昆曲《货郎旦·女弹》【一枝花】同。前三个词段字数多有拓展。另有增句格，如《分玉镜》第二十九号、《葵花配》第九号第一支等；也有减句的，如《葵花配》第九号第二支等。

2.梁州第七

时戏【梁州第七】词式变化不一，以《双玉配》第十号词段最为完整：

(贴旦)母亲且是放心，女儿自有主见。(唱)【梁州第七】儿虽是嫩柳娇娥，当日个女木兰代父辅佐。单身的亲向边关，有谁个因依识破，因依识破？(白略)(贴旦下)(老旦唱)今日个香车馨郁，宝扇初开，三星喜祝。少刻时准备香茗满金波，莫使他醉酩酊两眼认糊模。(贴旦上)(唱)乔打扮假男子香尘步蹴，假斯文、知书达礼多，(白略)(唱)这根源有谁知么？(白略)(唱)莫使他因依猜破，露机关羞脸难躲，羞脸难躲。(白略)(老旦唱)这的是暗机关，移星换月措。掩耳偷铃是有反复，因依难说其情局。

时戏参考词式：$7_{\blacktriangle}$，$7_{\triangle}$。$7_{\blacktriangle}$，$7_{\triangle}$。/ $7_{\triangle}$，4，$4_{\triangle}$。$7_{\triangle}$，$7_{\triangle}$。/ $7_{\blacktriangle}$，$7_{\triangle}$，$7_{\triangle}$。/ $7_{\triangle}$，$7_{\triangle}$。/ $6_{\blacktriangle}$，$5_{\triangle}$。$7_{\blacktriangle}$，$7_{\triangle}$。调腔此曲多删减字句，为便于说明，将词段划成五个部分。又如《赐绣旗》第三号：

(净)……此乃山河一统也！(唱)【梁州第七】他是个刘氏宗亲派，汉江山、又恐暗地里起行藏。他是个金枝玉叶一君王，除却了后世小儿郎。开武场治国安邦,俺这里牢笼计来布摆,任你有插翅腾空,难逃这天罗地网,天罗地网。(白略)(唱)看他们箭法如快,射金钱我心欢爽。(白略)(唱)见他们英雄气概貌非凡,取魁元必须要人品端庄。一个个都是少年英雄,看他堂堂气盖世无双。这的是天助人愿,江山万载,江山万载。

《赐绣旗》该曲可视为删去第三部分。又如《四元庄》第三十九号:

(正生)打!咳,恶贼,恶贼!(唱)【梁州第七】终日个乱胡为不思门楣,黑夜里、行凶霸杀命诬害。恁恁恁恁是个恶贼虺蛇盘丝草地,恁是个没人伦虎豹狼豺。恁恁恁恁道是宰相家侯门深似海,恁道是阆苑第、赫奕势大,可不道皇亲犯法庶民同罪。今日个除你狗肺狼心,碎你身肉烧骨灰,肉烧骨灰。

《四元庄》该曲可视为保留了第一、三两部分和末两句。这种“俺”或“恁”叠字的做法,亦见于《游龙传》第九号、《一盆花》第三十号、《分玉镜》第二十九号等。此外,《游龙传》该支可视为保留了第一、五部分,《双玉锁》该支保留了第一、四、五部分。

时戏该曲抄本或误题为【梁州序】,尽管句数减少,但词式与曲律上属于南曲南吕的【梁州序】并不符。

3. 牧羊关

例如《分玉镜》第二十九号:

(贴旦)阿吓,相公吓!(唱)【牧羊关】心狠毒是禽兽,悔前盟却箕帚。可怜我一身的痛苦悲忧,身下贱卖婢做丫头。(白略)(唱)你是个赛王魁,拙哉西河守。竟抛撇女裙钗,入赘相府东床受。

(白略)(唱)早早的琵琶别投,终身有依托,何用卖婢作奴囚?你今贪恋荣华,忘却了叮咛受。

绳之以曲律,多有增句,《一盆花》第三十号也是如此。《凤凰图》第三十三号【醉花阴】南北合套后缀以【牧羊关】【哭皇天】【乌夜啼】短套,其中【牧羊关】词式直似【叨叨令】,而第三十四号【紫花儿序】下有一支【牧羊关】,词式又不同。

4.四块玉

例如《游龙传》第九号:

(二太监、正生上)(唱)【四块玉】他他他他倚恃功绩长,明欺弱储君王。不念着臣节规模守纪纲,紊乱了邦国大纲常。朕问你祖宗受配飨,世袭千钟享,你可也心不足作事不忠良,作事不忠良。

参考词式:〈××××〉$3_{\blacktriangle}$,$3_{\triangle}$。$7_{\triangle}$,$7_{\triangle}$。$3_{\blacktriangle}$,$3_{\triangle}$,$3_{\triangle}$。句首为叠字,或叠三字。也有不加的,如《双玉配》第十号:

(贴旦唱)【四块玉】画堂前,喜气多。听声声奏笙歌,满筵前山珍异味金樽大。(白略)(唱)今日个初宴琼林不虚讹,畅饮醍醐各诉衷情曲。酒逢知己千杯少,话不投机半句多。

《双玉配》该曲末句前增一句,《分玉镜》第二十九号亦同。《双玉配》该曲的幺篇中间还多增四句。

5.哭皇天

曲律上的定格为:$5_{\triangle}$,$5_{\triangle}$。5,$5_{\triangle}$。$7_{\triangle}$,$7_{\triangle}$。4,$4_{\triangle}$。第五句或第六句后可增入四字句。调腔时戏《凤凰图》第三十三、三十四号各有一支词式相类的【哭皇天】,如第三十三号:

（末）到九龙山安身便了。（唱）【哭皇天】今日遇见真主到，不枉英雄走这遭。九龙山上聚兵交，大破州城，杀得他搅海翻潮，搅海翻潮。（末、小生、小旦下）（五旦、老旦手下，付、丑、正旦上）（同唱）奉旨意怎敢违拗，建功立业把名标。（白略）（同唱）扶社稷救劬劳，就有天神难将一命保。（正生上）（唱）杀得俺弃甲抛，干戈落荒逃，干戈落荒逃。

《凤凰图》该曲的词式与曲律上的词式着实难以比较。《四元庄》第三十九号【四块玉】之后的曲牌推断为【哭皇天】，句数同于曲律上的定格，如下：

（正生）……你罪可雪也！（唱）【哭皇天】堪羡你少英雄仗义疏财，堪羡你、立救裙钗。移祸恶巧计排，都只为风月爱。最可怜思乔一命赴泉台，有谁来怜悯哭悲哀。说不出棠棣相连，按不住盈盈泪自揩，盈盈泪自揩。

6.乌夜啼

例如《双玉锁》第三十六号：

（外）恶贼，恶贼！（唱）【乌夜啼】你本是蛇蝎辈恶鸱鸮，嚼父母、人伦绝道。你那里占人妻谋夫命枭，移尸害叔刑囚拷，贿赂公堂罪远抛。手抱婴儿断宗祧，跌死老仆死山岙。跌死老婢埋伏在地阁下，两家田园并吞谋。桩桩件件画供招，提起来三法难逃，三法难逃。

参考词式：$7_{\triangle}$，$7_{\triangle}$。$7_{\triangle}$，$4_{\triangle}$，$4_{\triangle}$。$7_{\triangle}$，$7_{\triangle}$。3，$3_{\triangle}$。4，$4_{\triangle}$（重）。调腔字数多有拓展。明清传奇中第三句后可增一个七字句，调腔也有此格，如《满床

笏·卸甲》、《凤凰图》第三十三号等。

（五）【新水令】【驻马听】套

《西厢记·赴宴》	【五供养】—【新水令】—【幺篇】—【乔木查】—【搅筝琶】—【雁儿落】—【得胜令】—【甜水令】—【折桂令】—【月上海棠】—【幺篇】—【乔牌儿】—【江儿水】—【殿前欢】
《汉宫秋·饯别》	【新水令】—【驻马听】—【步步娇】—【落梅风】—【殿前欢】—【雁儿落】—【得胜令】—【川拨棹】—【七弟兄】—【梅花酒】—【收江南】—【鸳鸯煞】
《单刀会·单刀》	【新水令】—【驻马听】—【胡十八】—【沽美酒】—【庆东原】—【雁儿落】—【搅筝琶】—【尾】
《千金记·追信》	【新水令】—【驻马听】—【双胜子】—【川拨棹】—【雁儿落】—【挂玉钩】—【七弟兄(川拨棹)】—【佚名(七弟兄)】—【佚名(梅花酒、收江南、尾声)】
《凤头钗》第十一号、《仁义缘》第十五号	【点绛唇】—【新水令】—【驻马听】—【折桂令】—【雁儿落】—【沽美酒】—【收江南】—【尾】
《一盆花》第八号	【点绛唇】—【新水令】—【驻马听】—【沉醉东风】—【折桂令】—(南)【江儿水】—【雁儿落】—(南)【侥侥令】—(南)【园林好】—【鹊踏枝】—【收江南】—【沽美酒】—【浪里来煞】
《一盆花》第二十五号	【点绛唇】—【驻马听】—【尾】
《永平关》第二号	【点绛唇】—【新水令】—【折桂令】—【雁儿落】—【收江南】—【沽美酒】—【煞尾】
《三婿招》第十五号	【新水令】—【折桂令】—【雁儿落】—【收江南】—【沽美酒】—【清江引】—吹【尾】
《双报恩》第八号	【光光乍】—【点绛唇】—【新水令】—【驻马听】—【折桂令】—【雁儿落】—【沽美酒】—【收江南】—【尾】
《闹九江》第十六号	【点绛唇】—【驻马听】—【折桂令】—【雁儿落】—【佚名】—【沽美酒】—【收江南】—吹【尾】
《白门楼》第六号	【点绛唇】—【新水令】—【驻马听】—【沉醉东风】—【雁儿落】—【沽美酒】—【收江南】—【尾】
《六凤缘》第二十八号	【新水令】—【驻马听】—【川拨棹】—【七弟兄】—【梅花酒】(【驻马听】后或仍有其他曲牌，因单角本缺乏无考)

续 表

《凤凰图》第十三号	【水底鱼】—【前腔】—【前腔】—【步步娇】—【收江南】—【雁儿落】—【沽美酒】—【煞尾】
《八美图》第四十二号	【新水令】—【驻马听】—【折桂令】—【得胜令】—【沽美酒】—【收江南】—【尾】

【新水令】【驻马听】套是北曲单套，包含【新水令】【驻马听】【折桂令】【雁儿落】【沽美酒】【收江南】六支曲牌，通常殿以尾声，曲律上属于北双调。表中【雁儿落】【沽美酒】，一般指【雁儿落带过得胜令】【沽美酒带过太平令】，而《单刀会·单刀》的【沽美酒】更是两支【沽美酒】带过一支【得胜令】。

【新水令】北曲单套（删去【驻马听】）和【步步娇】【江儿水】南曲单套结合，组成【新水令】【步步娇】南北合套，用例比【新水令】【驻马听】北曲单套还要多得多，详见下文。下面曲牌举例的来源包括【新水令】南北合套里的北曲。

本套【驻马听】曲律上属于北曲，与南曲同名孤牌不同。《西厢记·赴宴》《汉宫秋·饯别》《千金记·追信》中的【五供养】、【江儿水】（又名【清江引】）、【步步娇】、【川拨棹】等曲牌源自北曲，不能与【园林好】南曲单套中的同名曲牌相混淆。

1. 新水令

套式首牌。例如《凤头钗》第十一号：

（正生）……于心何忍？（唱）【新水令】王氏先灵分支派，九泉下深恨裙钗。循环有报应，神明照鉴察。可怜他瘦怯怯儿孙，逼走他海角天涯。

参考词式：$7_{\triangle}$，」$7_{\triangle}$。5，$5_{\triangle}$。」4，$5_{\triangle}$。末句多拓展为七字，偶为六字。

2.驻马听

套式次牌。将《汉宫秋·饯别》【驻马听】与《元曲选》本、脉望馆钞校古名家本相比,可知调腔本多增衬句(因衬字多而在句读上不得不另成一句)或增句(用“[]”表示),如:

(正生唱)【驻马听】宰相们可有些商量?[内监们可有些主张?]退国使还邦我也都恩些赏。可怜我夫妻屈枉,小娇儿出外也要摇装。尚兀自渭城衰柳助荒凉,灞桥流水不觉添凄惨。[见你们都不悲伤,]见你们都不断肠我那娘娘,可怜他[一天愁在眉尖上],一天愁尽诉在琵琶上。

类似的调腔化的【驻马听】时戏中多见,只是衬句或垫句或入韵或不入韵,例如《凤头钗》第十一号:

(正生唱)【驻马听】鸾凤和谐,鸾凤和谐,欲渡银河孔雀屏开。他那时亲上重亲,少不得诉说个明白。桩桩件件全没个抵赖,你那时有何脸面坐立门台?可不道羞杀你人面兽心,忒杀凶歪,有一日衣锦归来,要做你七出罪大。

“可不道”和“有一日”句为衬句,位置同于《汉宫秋》,但不入韵。

参考词式:$4_{\triangle}$,$7_{\triangle}$。$4_{\triangle}$,$7_{\triangle}$。$7_{\triangle}$,$7_{\triangle}$。$3_{\triangle}$,$7_{\triangle}$。首句可叠句。

3.折桂令

例如《双玉锁》第三十八号:

(正生、小生上)(同唱)【折桂令】今日个乌纱帽插,父子同朝,身荣快哉。赴宴琼林御笔亲提,金榜争先,名题雁塔。(进内)(正生)妻吓!(唱)自那日府场分离,今日个峥嵘堪夸。(正生、正旦同唱)只道是天降祸灾,恶心肠暗计撮弄,到如今方表明白,方表明白。

第七、八句可减为四字句,第九句有删去的,如《分玉镜》第三十二号、《三婿招》第十五号《发判》、《双报恩》第八号。又,《一盆花》第八号第七、八两句减为四字二句,《凤头钗》第十一号删第九句。

第九句后可增四字一句,见彩头戏《赐福》《弈棋》和时戏《双凤钗》第二十六号、《双狮图》第二十号、《双喜缘》第十九号、《八美图》第四十二、五十八号。例如《双凤钗》第二十六号:

(正生)……是一个饱学秀才。(唱)【折桂令】因谋害庆赏元宵,赚进书房,儒生祸招。夜三更妆成圈套,醉卧牙床,举起钢刀。(白略)(正生唱)暗中谋自有舛错,绝命耀先诬陷儿曹。(白略)(唱)这的是昭彰天理诬陷命抛,仇恨难消。眼睁睁屈害无伸,特来问萧何律条,萧何律条。

第五、六两句《西厢记·赴宴》合为一句,调腔还有进一步把第二、三两句也合为七字一句,如《双狮图》第四十四号:

(末、丑、小生上)(同唱)【折桂令】开恩赦雨露恩高,受皇封当全忠孝。奉旨荣归开怀抱,进门台团圆欢笑。(小旦白)哥哥吓!(唱)乍见了骨瘦容憔,害你受苦多多少。(末、正旦同唱)不必悲号,不必悲号,喜得个骨肉相逢,兄和妹相逢今朝,相逢今朝。

类似于《双狮图》该曲"不必悲号"叠句的做法也见于《循环报》第三十六

号、《八美图》第三十六号，这时也可视为增句格。《葵花配》第十八号首二句作“望神灵恩光、恩光普照，察尘凡多少、多少苦恼”，中有叠字，仅见。

参考词式：①$7_{\triangle}$，4，$4_{\triangle}$。$4_{\blacktriangle}$，4，$4_{\triangle}$。$7_{\blacktriangle}$，$7_{\triangle}$。$4_{\triangle}$，4，$4_{\triangle}$（重）。第七、八句可减为四字句，第一、二句和第五、六两句有分别合为七字一句的，第九句有删去的。

②$7_{\triangle}$，4，$4_{\triangle}$。$4_{\blacktriangle}$，4，$4_{\triangle}$。$7_{\blacktriangle}$，$7_{\triangle}$。$4_{\blacktriangle}$，$4_{\triangle}$。4，$4_{\triangle}$（重）。此为增句格。时戏中有合句、减字、增句或减句若干种情况并存的。

4.雁儿落

抄本中即【雁儿落带过得胜令】。例如《凤头钗》第十一号：

> （正生）……你还哭什么来？（唱）【雁儿落】休得要假惺惺来作怪，阿呀哭啼啼、泪满腮。可怜他瘦怯怯家乡在何处，恁可也语谆谆庭院多安泰。（白略）（唱）呀！这的是恶出千里外，那行人口似碑。覆水难收起，遗臭后人骂。（白略）（唱）离书斋，出书房自摩揣；怨来，悔自迟不应该，悔自迟不应该。

参考词式：（【雁儿落】）$5_{\triangle}$，$5_{\triangle}$。5，$5_{\triangle}$。（【得胜令】）呀！$5_{\triangle}$，$5_{\triangle}$。5，$5_{\triangle}$。$2_{\triangle}$，$5_{\triangle}$；$2_{\triangle}$，$5_{\triangle}$（重）。【德胜令】首句前多垫以一个“呀”字为主的垫字（曲文中加入的哭头、叫头，且占板位），明清传奇中已很普遍。调腔字数多有拓展，其中【雁儿落】部分拓展尤为平常。

【得胜令】部分前四句可作简省，《分玉镜》第三十二号删第三句（全曲第七句，不数垫字，下同），《三婿招》第十五号《发判》、《闹九江》第十六号删后两句（全曲第七、八句），《凤凰图》第二十一号删第三句（全曲第七句）。而《凤凰图》第十三号删全曲第三、五、六句，即【雁儿落】部分亦删一句。

5.沽美酒

抄本中即【沽美酒带过太平令】。【新水令】【驻马听】套中【沽美酒】多在

【收江南】前，但在【新水令】【步步娇】南北合套中则居于套末。例如《双喜缘》第十九号：

(丑上)(唱)【沽美酒】喜开怀急飞跑，见东君问根苗，(白略)(唱)奔走天涯并海角。多感伏有英豪，访行踪密密悄悄。(白略)(众唱)夜深沉难行路遥，露迷漫朦胧月罩。天昏暗星斗稀少，急煎煎羊肠路杳。俺呵！又恐怕追着赶着，向何处奔逃？呀！有舟船一路滔滔，一路滔滔。

参考词式：$5_{\triangle}$，$5_{\triangle}$，$7_{\triangle}$。$4_{\triangle}$，$6_{\triangle}$。$7_{\triangle}$，$7_{\triangle}$。$7_{\triangle}$，$7_{\triangle}$。」俺呵／唵呵／我呵／恁呵！$4_{\triangle}$，$4_{\triangle}$。」呀！$7_{\triangle}$(重句尾)。首句可叠。第三句可删，第六至九句即【太平令】前四句可删减，常删一至二句。

6. 收江南

例如《双凤钗》第二十六号：

(正生唱)【收江南】呀！早难道这般迟来呵，投梭的去路遥。公文已决案已销，捶胸顿足事怎料。(白略)(正生、外同唱)望伊家救捞，望伊家救捞，免得个孤魂西市去渺渺，孤魂西市去渺渺。

参考词式：呀！6 呵，$6_{\triangle}$。$7_{\triangle}$，$7_{\triangle}$。$4_{\triangle}$，(叠)$4_{\triangle}$，$7_{\triangle}$(重句或重句尾)。首句不用定格字“呵”时则入韵。调腔【收江南】较曲律上的定格增一句，但有时候亦不增。抄本间有不书叠句的。

(六)【斗鹌鹑】【紫花儿序】套

《西厢记·拷红》	【斗鹌鹑】—【紫花儿序】—【金蕉叶】—【调笑令】—【鬼三台】—【秃厮儿】—【圣药王】—【麻郎儿】—【幺篇】—【络丝娘】—【小桃红】—【幺篇】—【东原乐】—【尾】

续 表

《分玉镜》第十九号	【斗鹌鹑】—【沙和尚】—【雪里梅】
《永平关》第十四号	【斗鹌鹑】—【紫花儿序】—【调笑令】—【尾】
《双合缘》第十九号	【斗鹌鹑】—【紫花儿序】—【调笑令】—【鬼三台】—【秃厮儿】—【圣药王】—【麻郎儿】—【幺篇】—【沙和尚】—【络丝娘】—【雪里梅】—【小桃红】—【幺篇】—【尾】
《四元庄》第四十一号	【紫花儿序】—【调笑令】—【沙和尚】—【小桃红】—【尾】
《八美图》第三十九号	【点绛唇】—【斗鹌鹑】—【调笑令】—【佚名】—【佚名】—【沙和尚】—【尾】

【斗鹌鹑】【紫花儿序】套主要包含【斗鹌鹑】【紫花儿序】【调笑令】【秃厮儿】【沙和尚】【小桃红】【尾】等曲牌，曲律上属于北越调。由于用例不多，今仅举三例，曲律上的定格可参照《西厢记·拷红》。

1. 调笑令

例如《八美图》第三十九号：

(小生上)念我柳遇春呵！(唱)【调笑令】为不平起祸根，那强徒忒杀无情。除强灭暴害我命，诬陷英雄宋文彬。云阳道上身受刑，法场上谁救柳遇春。

明清传奇中【调笑令】词式较富变化，调腔也是如此，如《四元庄》第四十一号，兹不赘述。

2. 秃厮儿

例如咸丰七年(1857)“三槐新记”正生本(案卷号 195-1-3)所收《双珠球》第三十九号：

(正生唱)【秃厮儿】今做了保封疆后裔承当，〈阿呀，兄弟吓!〉可惜你年少一书香。(白略)今做了绝断人伦好悲伤，想起来愈觉凄惨。(白略)必须要问虚实察其详,把一个弱质斯文拘禁在狴犴。若得个提出囹圄也,怕什么当道豺狼。

3.沙和尚

《调腔乐府》收入《四元庄》该曲时改题为【秃厮儿】,按《双珠球》第三十九号【秃厮儿】【沙和尚】前后相接,则二者非一。例如《四元庄》第四十一号:

(正生唱)【沙和尚】代天巡狩速请尚方,笑盈盈、正了纲常。明知煌煌诏,囚解进帝邦。会审三法堂,议罢柳公望,可不道西市曹正直命亡,正直命亡。

再如咸丰七年(1857)"三槐新记"正生本(案卷号195-1-3)所收《双珠球》第三十九号:

(正生唱)【沙和尚】我心一腔,这私情回转家乡。必须要悄悄的无人晓,离官衙卸裳。我和你休离身,候我在身傍,一般儿手足相看,手足相看。

又如《兰香阁》净本(案卷号195-1-101)第二十三号:

(净)呀!(唱)【沙和尚】见冤鬼形容改变,甚情天、寻短见?恁可也一桩桩剖诉冤愆,俺可也细察明鉴。好一个香闺弱女,今做了蓬垢面,问情踪你不须娇羞腼腆,娇羞腼腆。

参考词式:$4_{\triangle}$,$7_{\triangle}$。5,$5_{\triangle}$。5,$5_{\triangle}$,$7_{\triangle}$(重句尾)。

(七)【一枝花九转】套

《双狮图》第四十三号	【一枝花】—【一转】—【二转】—【三转】—【四转】—【五转】—【六转】—【七转】—【八转】—【九转】—【尾】
《凤凰图》第十二号	【一枝花】—【二转】—【三转】—【小三转】—【三转】—【五转】—【六转】—【七转】—【八转】—【九转】—【小九转】

调腔【一枝花九转】较早的用例是时戏《双珠球》第四十六号，见咸丰七年(1857)“三槐新记”正生本(案卷号 195-1-3)，其中【八转】用尤侯韵，【九转】用皆来韵。又，《双凤钗》第三十号用曲亦疑为【一枝花九转】套，惜单角本仅标有首曲【一枝花】的曲牌名。

此外，《调腔乐府·套曲之部》根据老艺人忆写本和唱腔资料，收有出自调腔时戏《寿星图》的【朱花儿彦】套(【朱花儿彦】—【二转】—【三转】—【四转】—【佚名】—【佚名】—【佚名】)，其中【朱花儿彦】依字音和字形疑为【紫花儿序】之讹，依曲谱则与《调腔乐府·套曲之部》上册所收《曹仙传·审堂》(即《曹仙传》第二十九号)【一枝花】更为相近。今将《双珠球》和《寿星图》作为本套用例纳入“前言”之《调腔曲牌常用套式》的计数范畴。

(八)【醉月明】套

《双狮图》第三十六号	【一枝花】—【醉月明】—【醉太平】—【醉春风】—【尾】
《仁义缘》第十二号	【醉春风】—【醉月明】—【醉太平】—【幺篇】—【一煞】—【煞尾】
《凤凰图》第四十号	【醉月明】—【醉东风(醉春风)】—【胜如花】……

【醉月明】套包含【醉月明】【醉春风】【醉太平】三支曲牌，套式来源不详。调腔时戏《两巡按》末本有【粉蝶儿】【醉太平】【石榴花】【醉春风】相连的用例，本套式或出自【粉蝶儿】套。

1. 醉月明

例如《仁义缘》第十二号：

(正生科)那边好闹热也!(唱)【醉月明】闹嚷嚷嘹亮声喧走花街,人儿促挤闹垓垓。怎叫我挑柴薪来货卖,歇一时且待他行过这花街。(白略)(唱)鲜鲜的花红彩,对对的六礼排。锦绣花红成双对,珍珠宝钿鸾凤钗。真个是宦家喜得行重聘,香闺绣阁喜盈腮,直等到遣嫁时花烛双拜,花烛双拜。

该曲来源不详。据光绪二十二年(1896)《阴阳报》等旦本(案卷号 195-1-79)所收《阴阳报》,【醉月明】又有接在【醉中天】之后的用例。

六、南北合套

早期南戏已有南北曲兼用的出目,但并不都是一北一南相间的格式,分离出来也未必得到较为完整的北套或南套。随着戏曲创作的演进,逐渐出现南北曲各一支交互循环或北套、南套合用(即一北一南或一南一北的曲牌交替使用)的南北合套。调腔的南北合套种类不多,且套式不是很严格。调腔时戏南北合套没有明清传奇中南北合套一人独唱北曲、其他角色独唱或分唱南曲的例子。此外,调腔还有南曲、北曲及其他俗化曲牌相杂的例子,详见下文。

(一)【醉花阴】套

《牡丹亭·金殿》	【点绛唇】—【前腔】—【醉花阴】—【画眉序】—【喜迁莺】—【画眉序】—【出队子】—【滴溜子】—【四门子】—【水仙子】—【尾】
《玉蜻蜓·办礼》 《玉蜻蜓·三搜》	【醉酒花阴】—【画眉序】—【前腔】—【前腔】—【喜迁莺】—【画眉序】—【出队子】—【佚名】—【尾】
《一盆花》第十四号	【醉花阴】—【画眉序】—【喜迁莺】—【画眉序】—【出队子】—【滴溜子】—【鲍老催】—【刮地风】—【双声子】—【四门子】—【水仙子】—【煞尾】

续 表

《分玉镜》第十四号	【醉花阴】—【画眉序】—【喜迁莺】—【画眉序】—【出队子】—【滴溜子】—【刮地风】—【鲍老催】—【双声子】—【四门子】—【水仙子】—【尾】
《后岳传》第十三至十六号	【醉花阴】—【画眉序】—【喜迁莺】—【画眉序】—【出队子】—【幺篇】—【鲍老催】—【刮地风】—吹【尾】
《永平关》第十六号	【醉花阴】—【画眉序】—【喜迁莺】—【画眉序】—【出队子】—【幺篇】—【滴溜子】—【刮地风】—【双声子】—【尾】
《闹鹿台》第十六号	【醉花阴】—【画眉序】—【喜迁莺】—【画眉序】—【出队子】—【刮地风】
《双玉配》第十三号	【醉花阴】—【画眉序】—【喜迁莺】—【画眉序】—【出队子】—【刮地风】—【滴溜子】—【鲍老催】—【三段子】—【前腔】—【四门子】—【三段子】—【水仙子】—【煞尾】
《双报恩》第十七、十八号	【一江风】—【前腔】—【醉花阴】—【画眉序】—【喜迁莺】—【画眉序】—【出队子】—【幺篇】—【刮地风】—【鲍老催】—【四门子】—【双声子】—【水仙子】—【尾】
《金沙岭》第十六号、《双合缘》第二十二号	【醉花阴】—【画眉序】—【喜迁莺】—【画眉序】—【出队子】—【刮地风】—【四门子】—【水仙子】
《双狮图》第三十二号	【醉花阴】—【画眉序】—【喜迁莺】—【画眉序】—【出队子】—【双声子】—【刮地风】—【滴溜子】—【四门子】—【水仙子】
《双狮图》第三十四号	【(昆腔)醉花阴】—【(昆腔)画眉序】—【(昆腔)喜迁莺】—吹【画眉序】—【(昆腔)出队子】—吹【滴溜子】—【(昆腔)刮地风】—【(昆腔)四门子】—【(昆腔)水仙子】—吹【尾】
《双玉锁》第五号	【醉花阴】—【画眉序】—【喜迁莺】—【画眉序】—【出队子】—【滴溜子】—【赏余曲】—【四门子】—【鲍老催】—【刮地风】—【水仙子】—【尾】
《双玉锁》第三十三号	【醉花阴】—【画眉序】—【喜迁莺】—【出队子】—【滴溜子】—【鲍老催】—【刮地风】—【四门子】
《循环报》第三十号	【醉花阴】—【画眉序】—【喜迁莺】—【滴溜子】—【出队子】—【画眉序】—【刮地风】—【鲍老催】—【四门子】—【水仙子】—【尾】
《还金镯·说亲》	引—【醉花阴】—【画眉序】—【喜迁莺】—【滴溜子】—【出队子】—【鲍老催】—【刮地风】—【双声子】—【四门子】—【三段子】—【尾】

续 表

《白梅亭》第十号	【醉花阴】—【画眉序】—【喜迁莺】—【画眉序】—【出队子】—【滴溜子】—【刮地风】—【四门子】—【双声子】
《葵花配》第二十二号	【醉花阴】—【画眉序】—【喜迁莺】—【画眉序】—【滴溜子】—【刮地风】—【鲍老催】—【佚名】—【佚名】—【佚名】
《双喜缘》第二十六号	【醉花阴】—【画眉序】—【喜迁莺】—【画眉序】—【出队子】—【三段子】—【刮地风】—【滴溜子】—【四门子】—【水仙子】—【尾】
《六凤缘》第二十二号、《四元庄》第三十一号、《八美图》第四十六号	【醉花阴】—【画眉序】—【喜迁莺】—【画眉序】—【出队子】—【滴溜子】—【刮地风】—【鲍老催】—【四门子】—【双声子】—【水仙子】—【尾】
《三凤配》第三十号	【醉花阴】—【画眉序】—【喜迁莺】—【画眉序】—【出队子】—【幺篇】—【刮地风】—【双声子】
《天门阵》第十三号	【醉花阴】—【画眉序】—【喜迁莺】—【画眉序】—【出队子】—【滴溜子】—【刮地风】—【鲍老催】—【四门子】—【双声子】—【尾】
《赐绣旗》第七号	【醉花阴】—【画眉序】—【喜迁莺】—【画眉序】—【出队子】—【幺篇】—【刮地风】—【滴溜子】—【鲍老催】—【佚名】—【佚名】
《赐绣旗》第十一号	【(昆腔)醉花阴】—吹【画眉序】—【(昆腔)喜迁莺】—【(昆腔)出队子】—吹【滴溜子】—【(昆腔)刮地风】—【(昆腔)四门子】—吹【尾】
《凤凰图》第三十三号	【醉花阴】—【画眉序】—【喜迁莺】—【画眉序】—【双声子】—【鲍老催】—【刮地风】—【滴溜子】—【水仙子】
《凤凰图》第四十二号	【醉花阴】—【画眉序】—【喜迁莺】—【画眉序】—【出队子】—【刮地风】—【双声子】—【水仙子】

【醉花阴】南北合套是调腔常用套式，主要包含【醉花阴】(北)、【画眉序】(南)、【喜迁莺】(北)、【出队子】(北)、【滴溜子】(南)、【刮地风】(北)、【鲍老催】(南)、【四门子】(北)、【双声子】(南)、【水仙子】(北)等曲牌，曲律上分别属于北黄钟和南黄钟。《双狮图》第三十四号和《赐绣旗》第十一号唱昆腔，均写小旦劫囚车，曲文大同。

另，《白门楼》第十号曲牌连缀为【醉花阴】—【喜迁莺】—【出队子】—【刮地风】—【四门子】—【水仙子】，若曲牌名题写无误，则为【醉花阴】北曲单套。

典型的南北合套是一北一南或一南一北交替使用，但调腔【醉花阴】套除《四元庄》第三十一号、《天门阵》第十三号、《八美图》第四十六号等少数几出之外，都有南曲曲牌或北曲曲牌各自相接的片段，如南曲【滴溜子】【鲍老催】和北曲【四门子】【水仙子】分别连用的便有多例。此外，即使是最为完整的《四元庄》第三十一号、《八美图》第四十六号，所用尾声按顺序当为南尾声，但两者的尾声句数又不同。

调腔【醉花阴】套与明清传奇中常见的【醉花阴】南北合套在用曲和顺序上存在若干差异，最明显的是调腔几乎不用南【滴滴金】。调腔《牡丹亭·金殿》出自汤显祖原著第五十五出《圆驾》，所删之曲便有【滴滴金】。

1.醉花阴

套式首牌。例如《双报恩》第十七号：

(贴旦)这又奇了。(唱)【醉花阴】难猜难详好心焦，何事的与人争闹？为人的诉情衷分白皂，休得要、休得要心儿里自烦自恼。我和你为恩公无可报，他为你受尽了祸事遭，一一的诉说根苗，诉说根苗。

参考词式：$7_{\triangle}$，」$7_{\triangle}$。$6_{\triangle}$，(叠前三字)$7_{\triangle}$。$6_{\triangle}$，$7_{\triangle}$，$7_{\triangle}$(重句尾)。第四句后常接说白。第四句抄本也有不叠的。《双玉配》第十三号、《四元庄》第三十一号、《八美图》第四十六号、《凤凰图》第三十三号等第三词段增一句。

2.画眉序

抄本常写作“画眉齐”。联套时例用二次。例如《分玉镜》第十四号第二支：

(贴旦)……看来就有分离之苦了。(唱)【画眉序】爱你如珍宝，相貌魁梧难画描。我是个淑女身，怎养儿曹？（白略）（唱）探虚实订结豪门，在香闺等你音耗。（白略）（唱）就将你中指断绝，好叫我心如刀绞，心如刀绞。

第二词段或减一句，如《双玉配》第十三号第一支：

（贴旦）……敢来戏弄与我？（唱）【画眉序】休得瞒心昧，暗设牢笼甚无端。彻敢来撮弄娇颜。（白略）（唱）一味的言语支吾，妆圈套设局奸骗。（白略）（唱）公庭一一来判断，与伊行理论当官，理论当官。

参考词式：①$5_{\triangle}$，$7_{\triangle}$。5，$4_{\triangle}$。7，$7_{\triangle}$。7，$7_{\triangle}$（重句尾）。《四元庄》第三十一号第一支第三词段增一句。

②$5_{\triangle}$，$7_{\triangle}$。$7_{\triangle}$。7，$7_{\triangle}$。7，$7_{\triangle}$（重句尾）。《双报恩》《双狮图》《双玉锁》《天门阵》《赐绣旗》等皆为减句格。

昆腔曲牌【画眉序】常施于饮宴场景，如《双玉锁》第二号、《葵花配》第四号各用一支，《一盆花》第九号叠用二支等。吹打牌子脱自昆腔曲牌。明清传奇中【画眉序】作为首牌，下连【滴溜子】【滴滴金】【鲍老催】【双声子】成套。调腔时戏有该昆腔曲牌套式，用于迎送宾客和饮宴场景，如《双玉锁》第二号昆腔曲牌【画眉序】【双声子】相连，《仁义缘》第三号昆腔曲牌【画眉序】【滴溜子】【尾】相连。

3.喜迁莺

例如《分玉镜》第十四号：

（末上）（唱）【喜迁莺】事多磨疾病、疾病缠绕，遭颠沛玉石、玉石难料。悲也么悼，苦命女谁来顾照，特地来问个分晓，问个分晓。

(白略)(唱)你且把身保,休为我疾病年高,一般的病缠身悲苦无聊,悲苦无聊。

参考词式:(中叠二字)$7_{\triangle}$,(中叠二字)$7_{\triangle}$。1 也么 $1_{\triangle}$,4,$7_{\triangle}$。$3_{\triangle}$,$7_{\triangle}$,$7_{\triangle}$(重句尾)。第三句间或无定格字"也么"。

4.出队子

例如《双喜缘》第二十六号:

(小生)万岁!(唱)【出队子】天齐香浮云飘,也只为结前盟假妆乔。这罪业岂可纲常来胡闹?(白略)(唱)望吾皇议臣罪滔滔,贵戚藐甘心愿赴西市曹,愿赴西市曹。

首二句可像【喜迁莺】那样,中间叠词,如《双玉配》第十三号:

(净)胥日在慈悲阁看见小姐容貌吓!(唱)【出队子】见了你青春、青春少年,顿使我欲火、欲火心燃。(白略)(唱)做一个接木移花计心偏,假乔妆登门叩见,早结下朱陈百年,朱陈百年。

参考词式:$4_{\triangle}$,$6_{\triangle}$。$7_{\triangle}$,$7_{\triangle}$,$7_{\triangle}$(重句尾)。可增一至二句,形成三个词段。

5.滴溜子

例如《葵花配》第十二号:

(小生)……待我对天盟下誓来。(唱)【滴溜子】告苍穹,告苍穹,神明彰昭;若负心,尸首江抛。今日里终身结好,男女共结交,青春年少。若负此心,身赴刽刀,身赴刽刀。

调腔第三、四词段变化较多，如《双玉锁》第三十三号：

（老旦、正旦上）不好了！（唱）【滴溜子】你何故，烈火焚烧；唬得我，魂散魂消。今夜里两命不能保，是何人与他仇敌非轻小。仰望，苍穹护保，灾退祸消，灾退祸消。

此外还有第三、四词段简省作二至三句者，如《分玉镜》第十四号：

（四手下、外上）（唱）【滴溜子】猛听得，猛听得，声声虎豹；众家丁，众家丁，行过山岙。（白略）（唱）一个个齐心努力，快步的转过山岙，转过山岙。

参考词式：3，（叠）3，$4_{\triangle}$；3，（叠）3，$4_{\triangle}$。$6_{\triangle}$，$5_{\blacktriangle}$，$4_{\triangle}$。4，」$4_{\triangle}$（重）。第二处可不叠句，抄本也有两处都不叠的。末两句可合为一句，如《双玉配》第十三号。

除了参加【醉花阴】南北合套，【滴溜子】常插用于其他曲牌或套式之中。

6.刮地风

例如《双喜缘》第二十六号：

（付、小旦上）（唱）【刮地风】呀！唬得人战战兢兢没下梢，吉与凶人怎难料。待完全琴瑟和同调，这罪儿吾当认招。（白略）（小旦唱）这的是千里姻缘懒身到，这风波惊天动摇。（白略）（付唱）夜深沉祝融高耀，显奇能江翻海扰，救出了男女潜逃。今日里愿分身图恩当报，非敢是老元勋差使效，老元勋差使效。

又如《双报恩》第十七号：

（贴旦）怎说“累及”二字吓！（唱）【刮地风】呀！早难道袖手旁观恩不报，胜似那牛马、牛马劬劳。只我这裙布女恩德藏怀抱，荆钗妇刻时来悬吊。（白略）（付唱）休多恋避过今宵，祸与福全在明朝。（白略）（同唱）这一回，那一回，吉凶难料，生擦擦分离今宵。苦恼，早准备杀身报，生和死何足道，生和死何足道。

类似于“这一回，那一回”，调腔中更常见的表达是“这壁厢，那壁厢”。“苦恼”二字自成一句且前一句唱甩头，类似的还见于《分玉镜》第十四号、《白门楼》第十号、《双玉锁》第三十三号、《八美图》第四十六号等。

参考词式：呀！$7_{\triangle}$，$4_{\triangle}$。$7_{\triangle}$，$4_{\triangle}$。$7_{\triangle}$，$7_{\triangle}$。$3_{\blacktriangle}$，$3_{\blacktriangle}$，$4_{\triangle}$。$7_{\triangle}$，$6_{\triangle}$（重）。此曲词式多变，并可增句，末句或作七字句。

7.鲍老催

例如《双玉配》第十三号：

（净）……同我话完哉嘘。（唱）【鲍老催】令人心欢，知心得意女婵娟，正可掌管我家园。（白略）（贴旦唱）恨奸媒，使巧计，邪意心偏。（白略）（唱）怎顾含羞芙蓉脸，叫他有口忍难言，一场空欢忭，一场空欢忭。

参考词式：$4_{\triangle}$，$7_{\triangle}$，$7_{\triangle}$。3，3，$3_{\triangle}$。$7_{\triangle}$，$7_{\triangle}$，$5_{\triangle}$（重）。

孤用的情况如古戏《玉簪记·偷诗》《牡丹亭·入梦》各插用一支。

8.四门子

例如《八美图》第四十六号：

（正生上）……俺上前接应者。（唱）【四门子】乱纷纷听得声呐喊，融光直透碧云天。单身披护烈娘行，堪羡逆贼身首血溅。（白略)(正生、花旦同唱)机关猜透,命遭幽燹,〈呀!〉救柳郎顾不得人腼腆,顾不得人腼腆。

又如《双报恩》第十八号:

(付唱)【四门子】夜更阑无人知晓,早又是自家门到。(白略)(唱)且莫悲号,避过今宵,挺身杀贼胆不小。(白略)(唱)门儿紧锁,黄昏静悄,〈呀!〉可正是女须眉杀奸刁,女须眉杀奸刁。

参考词式:$7_{\triangle}$,$6_{\triangle}$。$7_{\triangle}$,$6_{\triangle}$。$3_{\blacktriangle}$,$3_{\triangle}$,$7_{\triangle}$。$3_{\blacktriangle}$,$3_{\triangle}$,$7_{\triangle}$(重句尾)。前两个词段和后两个词段可删其一,后两个词段七字句前常加垫字“呀”。

9.双声子

例如《双报恩》第十八号:

(净上)(唱)【双声子】初更敲,初更敲,因何人未到。来捕捉,定然远奔逃。(白略)(唱)难打熬,金钩钓。一见娇娥,轻轻搂抱,轻轻搂抱。

参考词式:$3_{\triangle}$,(叠)$3_{\triangle}$,$4_{\triangle}$。$3_{\triangle}$,(叠)$3_{\triangle}$,$4_{\triangle}$。$3_{\blacktriangle}$,(叠)$3_{\blacktriangle}$,$3_{\triangle}$,(叠)$3_{\triangle}$。4,$4_{\triangle}$(重)。可不叠句,尤其是第三词段以不叠句为常。《分玉镜》第十四号、《永平关》第十六号将第三词段简化为七字一句,而《八美图》第四十六号取消第三词段的叠句并各成一句。

10.水仙子

例如《双报恩》第十八号:

(付、贴旦上)(同唱)【水仙子】呀呀呀气难消,呀呀呀气难消,藏利刀须安好。杀奸邪在今朝，存亡的命难保。（白略）（贴旦唱）拜拜拜拜深深哭嚎啕，今永诀无言告。红衫儿身穿好，这容颜红纱罩，管叫他认不出难猜难料，难猜难料。

又如《凤凰图》第四十二号：

（小生）……你也有今日也！（唱）【水仙子】呀呀呀恨奸刁，呀呀呀恨奸刁，灭国冤仇今日消。不思着先帝君臣禄平地起波涛，陷害庶民受刺刀。枉枉枉费了千般百计一旦抛，恨恨恨不得食肉啖皮冤难消。（白略）（唱）非是我此君为畜礼不道，并国天下冤可消，今日个君臣冤万国风调，万国风调。

参考词式：〈×××〉$3_{\triangle}$，（叠）〈×××〉$3_{\triangle}$，$6_{\triangle}$。4，$4_{\triangle}$。$6_{\triangle}$，$6_{\triangle}$。$6_{\triangle}$，$6_{\triangle}$，$7_{\triangle}$（重句尾）。第三词段句首也可有叠字，《双狮图》第三十四号、《循环报》第三十号、《六凤缘》第二十二号和《赐绣旗》第十一号则每句皆叠字。《双玉锁》第五号、《凤凰图》第三十三号结尾皆减一句，《双狮图》第三十二号中间减去一个词段，《八美图》第四十六号中间增两句，而《四元庄》第三十一号增句较多。

（二）【粉蝶儿】【泣颜回】套

《百花记·点将》	【（昆腔）粉蝶儿】—【（昆腔）泣颜回】—【（昆腔）上小楼】—【（昆腔）泣颜回】—【（昆腔）黄龙滚犯】—【（昆腔）扑灯蛾犯】—【（昆腔）尾】
《渔家乐·刺梁》	【（昆腔）粉蝶儿】—【（昆腔）泣颜回】—【（昆腔）石榴花】—【（昆腔）泣颜回】—【（昆腔）黄龙滚犯】—【（昆腔）上小楼】—【（昆腔）叠字犯】—吹【尾】
《连环计》第十三号	【粉蝶儿】—【石榴花】—【泣颜回】—【尾】

续 表

《金沙岭》第九号	【粉蝶儿】—【泣颜回】—【石榴花】—【泣颜回】—【黄龙滚犯】—【扑灯蛾犯】—【小楼犯】—【叠字犯】—【尾】
《双玉锁》第二十二号	【粉蝶儿】—【泣颜回】—【上小楼】—【泣颜回】—【黄龙滚犯】—【扑灯蛾犯】—【叠字犯】—吹【尾】
《双合缘》第六号	【粉蝶儿】—【石榴花】—【下小楼】—【锦庭芳】—【梧叶儿】—【煞尾】
《四元庄》第二十九号	【粉蝶儿】—【泣颜回】—【石榴花】—【泣颜回】—【黄龙滚犯】—【扑灯蛾犯】—【叠字犯】—【尾】
《三凤配》第二十一号	【粉蝶儿】—【泣颜回】—【前腔】—【黄龙滚犯】—【扑灯蛾犯】—【叠字犯】—【尾】
《天门阵》第十号	【粉蝶儿】—【泣颜回】—【石榴花】—【斗鹌鹑】—【扑灯蛾】—【上小楼】—【扑灯蛾】—【尾】
《凤凰图》第十八号	【粉蝶儿】—【上小楼】—【黄龙滚】—【泣颜回】

【粉蝶儿】【泣颜回】套主要包含【粉蝶儿】(北)、【泣颜回】(南)、【石榴花】(北)、【黄龙滚犯】(北)、【上小楼】(北)、【扑灯蛾犯】(南)、【叠字犯】(北)等曲牌,曲律上属于北中吕和南中吕。【粉蝶儿】【泣颜回】的分析已见于前。《凤凰图》第十八、二十五号的【黄龙滚】即【黄龙滚犯】,为北中吕【斗鹌鹑】,与南曲【黄龙滚】无关。吹打牌子亦有本套,如《双狮图》第二十三号为吹【粉蝶儿】—吹【泣颜回】—吹【上小楼】—吹【小楼犯】—吹【下小楼】—吹【黄龙滚犯】—吹【叠字犯】—吹【尾】。

【黄龙滚犯】【扑灯蛾犯】【上小楼犯】【叠字犯】等曲牌已见于明人传奇,如汤显祖《邯郸记》第二十七出《极欲》除去引子,其后曲牌连缀为【粉蝶儿】—【泣颜回】—【上小楼】—【泣颜回】—【黄龙滚犯】—【扑灯蛾犯】—【上小楼犯】—【叠字犯】—【尾声】,屠隆《昙花记》第五十二出《菩萨降凡》同有此套,唯【上小楼犯】作【小楼犯】,【叠字犯】作【叠字儿】。《昆曲曲牌及套数范例集》谓《渔家乐·刺梁》中的【叠字犯】为北【扑灯蛾】,并云:"元曲无【扑灯蛾】曲牌,所谓北【扑灯蛾】的词式亦与南【中吕·扑灯蛾】不同,故疑系清人始创而随意定名者。”[①]

1. 石榴花

例如《四元庄》第二十九号：

(贴旦上)(唱)【石榴花】昼夜里何曾啼痕断泪交，刻时的、受尽痛煎熬。老亲谊伤残归泉道，爹行在京都，怎知儿颠倒？奴可比断线风筝，飘荡西东无依无靠。(白略)(唱)自恨奴红颜命薄，订结丝萝害你供招，(白)阿呀，天吓！(唱)奴这里望不见囹圄好苦恼，囹圄好苦恼。

曲律上的定格第四词段仅二句，《四元庄》该曲第四词段增一句，且入韵；《连环计》第十三号增两个四字句，不入韵。而《四元庄》第四十四号第二词段增一句，第三、四两个词段各于前头增两句，且多数入韵：

(丑引外上)(唱)【石榴花】只见那皇城巩固阴阳座，挂愁肠、乐胸窝飞报早已挂号多。虽不效汾阳还朝奏凯歌，俺索效班超久镇边庭座，今日里只我这无奏启返京都，又何来迎迓还朝文共武？进皇城马蹄蹊跷，(内声)(科)(白)呀！(唱)又听得、击鼓鸣锣，(三己)莫不是法场上起风波，(白)过来。(唱)恁与俺急速去问他。(白略)(唱)听伊言动我肺腑，进法场何认面目，急煎煎催马如飞，闹盈盈市曹人多，市曹人多。

参考词式：7△，7△。7△，4△，4△。7△，7△。7△，5△。增句的情形如上

① 昆曲曲牌及套数范例集(北套)编写组编著：《昆曲曲牌及套数范例集(北套)》，学林出版社，1997，第一集，第18页。

所述。

2.黄龙滚犯

即北中吕【斗鹌鹑】。例如《金沙岭》第九号：

（正生）……将军，一言难尽。（唱）【黄龙滚犯】身落魄在江湖上，时不济乏缺资囊。母与子凄凉无倚傍，痛惨惨亲病招商。（白略）（唱）恕无知多多有罪广，遇英雄直剖衷肠。母在店倚门悬望，说伤心悲痛泪汪，悲痛泪汪。

每一词段各两句，明清传奇中第一、三、七句后可增重句，参见《渔家乐·刺梁》。《四元庄》第二十九号、《凤凰图》第十八号本曲多达十二句。

3.上小楼

例如《双玉锁》第二十二号：

（净）好，善恶两分也！（唱）【上小楼】一任你胡为作事心忒歹，难逃这、地府阴司网。你道是争名夺利为钱财，詈口多饶舌，暗计杀人害。速降下无常勾魂牌，管叫你撇却田园空手来，任你有千谋百计，那时节撇却了父母妻孩，撇却了父母妻孩。

《双玉锁》该曲字数拓展较多，曲律上的定格参见《西厢记·请生》。

4.叠字犯

例如《渔家乐·刺梁》：

（众唱）【（昆腔）叠字犯】顷刻冰山势倒，祸患飞来不小。休惊起犬儿鸣，休惊起鸦儿噪，挨挨蝶儿乱绕。听更筹漏尽还敲，听更筹漏尽还敲。（众跌）阿吓，先生吓！（众唱）哭哭啼啼杀身未保，又只见朦胧云月影天高。

调腔本《渔家乐》该曲“听更筹漏尽还敲”后较朱佐朝原著少“那里有僻村幽道。弄什么管弦琵琶，弄什么管弦琵琶”三句。《双玉锁》第二十二号句数和叠句都同于《渔家乐》该曲，兹不赘述。又如《四元庄》第二十九号：

（花旦、贴旦同唱）【叠字犯】急忙离了门道，双双奔走荒郊。可怜你金莲窄，奴也是鞋弓袜小，含羞忍耻羞脸红桃。顾不得抛头露面，郎在图圄奴在家窑。幸喜得侍女同行，急进阛阓三街热闹，遥望何处公门到，何处公门到。

【叠字犯】可分为四个词段，第二至四词段可增句或叠句。

（三）【新水令】【步步娇】套

《荆钗记·祭江》、《凤头钗》第十七号	引—【新水令】—【步步娇】—【折桂令】—【江儿水】—【雁儿落】—【侥侥令】—【收江南】—【园林好】—【沽美酒】—【尾】
《牡丹亭·吊打》	引—【新水令】—【步步娇】—【折桂令】—【江儿水】—【雁儿落】—【侥侥犯】—【收江南】—【园林好】—【沽美酒】
《赐福》、《弈棋》、《仁义缘》第二十八号、《循环报》第三十六号	【新水令】—【步步娇】—【折桂令】—【江儿水】—【雁儿落】—【侥侥令】—【收江南】—【园林好】—【沽美酒】—【清江引】
《分玉镜》第三十二号、《葵花配》第十号、《六凤缘》第十六号、《三凤配》第二十九号、《赐绣旗》第十五号	【新水令】—【步步娇】—【折桂令】—【江儿水】—【雁儿落】—【侥侥令】—【收江南】—【园林好】—【沽美酒】
《游龙传》第十一号	【新水令】—【步步娇】—【折桂令】—【江儿水】—【雁儿落】—【侥侥令】—【收江南】—【园林好】—【沽美酒】—吹【尾】

续 表

《双凤钗》第二十六号、《白梅亭》第七号	【新水令】—【步步娇】—【折桂令】—【江儿水】—【雁儿落】—【侥侥令】—【收江南】—【园林好】—【沽美酒】—【尾】
《永平关》第九号	【新水令】—【步步娇】—【折桂令】—【江儿水】—【雁儿落】—【侥侥令】—【步步娇】—【收江南】—【园林好】—【沽美酒】—【尾】
《闹鹿台》第十五号	【新水令】—【步步娇】—【折桂令】—【雁儿落】—【园林好】—【沽美酒】
《连环计》第三号	【新水令】—【步步娇】—【江儿水】—【雁儿落】—【侥侥令】—【收江南】—【园林好】—【沽美酒】
《闹九江》第十号、《金沙岭》第三号	【点绛唇】—【新水令】—【步步娇】—【折桂令】—【江儿水】—【雁儿落】—【侥侥令】—【收江南】—【园林好】—【沽美酒】
《双狮图》第二十、二十一号	【点绛唇】—【新水令】—【步步娇】—【折桂令】—【江儿水】—【雁儿落】—【侥侥令】—【前腔】—【收江南】—【沽美酒】—【尾】
《双狮图》第四十四号	【新水令】—【步步娇】—【折桂令】—【江儿水】—【雁儿落】—【收江南】
《双玉锁》第三十八号	【新水令】—【步步娇】—【折桂令】—【江儿水】—【雁儿落】—【侥侥令】—【收江南】—【尾】—吹【尾】
《循环报》第二十八号	【新水令】—【步步娇】—【折桂令】—【雁儿落】—【江儿水】—【收江南】—【沽美酒】
《葵花配》第十八号	引—【新水令】—【步步娇】—【折桂令】—【江儿水】—【雁儿落】—【侥侥令】—【收江南】—【园林好】—【沽美酒】
《双喜缘》第十九号	【点绛唇】—【新水令】—【步步娇】—【折桂令】—【江儿水】—【雁儿落】—【侥侥令】—【收江南】—【园林好】—【沽美酒】—【尾】
《八美图》第三十六号	【点绛唇】—【步步娇】—【折桂令】—【江儿水】—【雁儿落】—【侥侥令】—【收江南】—【沽美酒】—【尾】
《八美图》第五十八号	【新水令】—【步步娇】—【折桂令】—【雁儿落】
《定江山》第五号	【点绛唇】—【新水令】—【步步娇】—【折桂令】—【江儿水】—【雁儿落】—【侥侥令】—【收江南】—【沽美酒】—【尾】
《凤凰图》第二十一号	【新水令】—【步步娇】—【江儿水】—【折桂令】—【侥侥令】—【园林好】—【收江南】—【雁儿落】—【沽美酒】—【忆多娇】—【前腔】—【尾】
《凤凰图》第三十八号	【新水令】—【步步娇】—【江儿水】—【折桂令】—【收江南】—【侥侥令】—【园林好】—【前腔】—【沽美酒】

【新水令】【步步娇】南北合套是调腔常用套式，包含【新水令】(北)、【步步娇】(南)、【折桂令】(北)、【江儿水】(南)、【雁儿落】(北)、【侥侥令】(南)、【收江南】(北)、【园林好】(南)、【沽美酒】(北)九支曲牌，曲律上分别属于北双调和南仙吕入双调(唯【侥侥令】属南双调)。本套联套相对规整，最后或缀以南【尾】或【清江引】。另，《双狮图》第四十四号、《双玉锁》第三十八号、《八美图》第五十八号因在末出，流传中或有删减；《连环计》第三号、《八美图》第三十六号等因单角本不完整，个别曲牌或有遗漏。

本套北曲曲牌的分析已见于【新水令】【驻马听】套，【园林好】【江儿水】已见于【园林好】套，【侥侥令】已见于【锦堂月】套。

1.步步娇

抄本通常写作“步步高”。例如《凤头钗》第十七号：

(正旦上)(唱)【步步娇】泪落胸膛湿透衣，不住伤心处。今朝悔自迟，赴考双双，定然欢喜。(白略)(唱)休得要哭悲啼，得开怀处愁转喜。

第四、五句可合为七字一句，如《彩楼记·遇僧》：

(外唱)【步步娇】(起板)大雪纷纷迷樵坞，路滑难行步。(白略)(唱)孤舟冻住在银河，渔翁罢钓空回去。(白略)(唱)远观一行人，口儿里叫不住的连声苦。

此外，调腔于第四、五两个四字句间一般也不施蚓号，故偶见减去一句而仅剩一四字句的，如《双合缘》第七号。

参考词式：$7_{\triangle}$，$5_{\triangle}$。$5_{\triangle}$，4，$4_{\triangle}$。$5_{\triangle}$，$5_{\triangle}$。末句视情况重句。末句可作七字句。

孤用的情况如《分玉镜》第五号、《三凤配》第十一号叠用二支成出；《循环报》第六号开头叠用二支，置于【集贤宾】【黄莺儿】等曲之前；《双合缘》第七号叠用四支。

调腔《汉宫秋·饯别》的【步步娇】源出北双调，不与此曲同。

此外，调腔时戏《四元庄》第十四号有一组【普天乐】—【朝天子】—【普天乐】昆腔南北合套，因仅一见，不具列。

七、【不是路】【哭相思】和复套

（一）【不是路】

【不是路】是曲律上属于南仙吕的"赚"（又名【惜花赚】）的专称。"赚"是一类性质和用途相同的曲牌的通称，《新编南词定律·凡例》云："凡各宫之'赚'，诸谱不一，然亦无甚差别，惟句之长短，字之多寡，少有互异。……殊不知'赚'者乃'掇赚'之意，如《拜月亭》之'山径路幽僻'，系中吕【尾犯序】四曲唱毕，若即以黄钟【耍鲍老】'朝廷当时'之曲接唱，非但宫调不同，亦且难按板拍。故善于词曲者，即用'且与我留人'之一【赚】以间之。诸如此类颇多，实作家之巧意，亦歌者之方便门也。"[①]这里揭示了"赚"类曲牌连接不同套式的作用。

调腔中唯《分玉镜》第二十六号和《双狮图》第十二号标作【赚】，余皆题作【不是路】。另有【入赚】，系越调"赚"（【竹马儿赚】）。调腔涉及【不是路】的出目举例如下：

《西厢记·佳期》	【（昆腔）临镜序】—【（昆腔）不是路】—【（昆腔）十二红】—【（昆腔）节节高】—【（昆腔）尾】
《黄金印·大别》	【佚名】—【佚名】—【佚名】—【不是路】—【催拍】—【尾】

① ［清］吕士雄等辑：《新编南词定律》，《续修四库全书》第1751册，影印中国艺术研究院戏曲研究所藏清康熙刻本，上海古籍出版社，2002，第41—42页。

续 表

《黄金印·前不第》	【解三醒】—【绣带儿】—【不是路】—【前腔】—【皂角儿】—【尾】
《牡丹亭·遇母》	【不是路】—【前腔】—【前腔】—【前腔】—【番山虎】—【前腔】—【前腔】—【前腔】—【尾】
《铁冠图·乱宫》	【一江风】—【前腔】—【前腔】—【前腔】—【不是路】—【前腔】—【江头金桂】—【前腔】—【忆多娇】—【斗黑麻】—【尾】
《凤头钗》第四号	【皂罗袍】—【前腔】—【不是路】—【前腔】—【皂角儿】—【尾】
《凤头钗》第九号	【八声甘州歌】—【前腔】—【不是路】—【前腔】—【风入松】……
《游龙传》第四号	【一江风】—【前腔】—【不是路】—【皂角儿】—【尾】
《分玉镜》第二十六号	【(昆腔)驻马听】—【(昆腔)赚】—吹【尾】
《双凤钗》第七号	【山坡羊】—【前腔】—【滴溜子】—【尾】—【不是路】—【尾】
《双凤钗》第十二号	【佚名】—【前腔】—【尾】—【不是路】—【前腔】—【朱奴儿】—【尾】
《永平关》第十号、《双喜缘》第二十号	【不是路】—【皂角儿】—【前腔】—【尾】
《双报恩》第五号	【皂罗袍】—【前腔】—【不是路】—【前腔】—【朱奴儿】—【前腔】—【尾】—【泣颜回】……
《双报恩》第十四号	【傍妆台】—【前腔】—【不是路】—【前腔】—【朱奴儿】—【前腔】—【尾】
《闹九江》第六号	【傍妆台】—【前腔】—【不是路】—【前腔】—【佚名】—【前腔】—【尾】
《双狮图》第十二号	【一江风】—【前腔】—【赚】—【泣颜回】……
《循环报》第八号	【金络索】—【罗帐里坐】—【前腔】—【刘泼帽】—【前腔】—【不是路】—【前腔】—【皂角儿】—【尾】
《循环报》第十八号	【懒画眉】—【前腔】—【不是路】—【前腔】—【红衲袄】—【前腔】—【尾】
《四元庄》第七号	【一江风】—【不是路】—【川拨棹】—【前腔】—【尾】
《四元庄》第二十四号	【二犯朝天子】—【不是路】—【哭相思】
《三凤配》第八号	【山坡羊】—【不是路】—【皂角儿】—【尾】
《天门阵》第十二号	【一枝花】—【狮子序】—【太平歌】—【赏宫花】—【降黄龙】—【大圣乐】—【不是路】—【前腔】—【皂角儿】—【尾】—【归朝欢】—【佚名】

续 表

《八美图》第七号	【渔家傲】—……—【麻婆子】—【不是路】—【皂角儿】—【尾】—【斗黑麻】—【前腔】—【尾】
《八美图》第三十八号	【不是路】—【红衲袄】—【前腔】—【前腔】—【前腔】
《赐绣旗》第九号	【不是路】—【前腔】—【佚名】—【前腔】—【尾】

由上表可知，第一，【不是路】多用于连接不同的曲牌或套式，常在孤牌叠用后间以一或二支【不是路】，再连接其他曲牌或套式，构成复套。第二，上表中【不是路】与【皂角儿】相连有九例，其中八例出自时戏。又，该种连接方式在南戏、传奇中几成熟套，如影钞本《荆钗记》第二十二出为【临江仙】—【傍妆台】—【前腔】—【不是路】—【前腔】—【皂角儿】—【前腔】—【尾】。第三，【不是路】多为散板曲子，适于表达跳跃、惊惶、飘忽不定的情绪，而【一江风】【傍妆台】便于抒发悲情，【皂角儿】宜于叙事诉情，故能用【不是路】作为纽带而连之。第四，南戏、传奇中【不是路】后面一般不接尾声，但调腔时戏有两例后接尾声。

例如《双报恩》第五号第一支：

(净唱)【不是路】堪笑穷酸，直恁无耻心多恋。气难闪，亲向他家追逼钱。(白略)(正生)呀！(唱)听声唤，追逼难免飞祸灾，(白略)(唱)恕却书生礼不全。(白略)(净唱)忒心瞒，三年本利无一见，直恁无端，直恁无端。

参考词式：4(2」2)$_{\triangle}$，7$_{\triangle}$。3$_{\triangle}$，7$_{\triangle}$。3$_{\triangle}$，7$_{\blacktriangle}$，7$_{\triangle}$。3$_{\triangle}$，7$_{\blacktriangle}$，」4$_{\triangle}$(重)。末句可不重句。

(二)【哭相思】

调腔曲牌和昆腔曲牌兼有。【哭相思】曲律上属于南南吕引子，用于角色上场，如《双凤钗》第二十三号、《四元庄》第九号。另有两种用法，与一般引子不同：一是代替尾声，如《分玉镜》第九号，《三婿招》第五号《酬谢》、第十二号《审问》，《四元庄》第二十四号、第二十六号；二是用于探监、悲逢、生离死别等伤感场景，常以“乍见了”“受尽了”“可怜我”等起头，且后常接【江头金桂】套或【小桃红】套，如古戏《玉簪记·秋江》以及时戏《凤头钗》第十八号、《双报恩》第十六号、《双玉锁》第八号、《四元庄》第三十六号、《八美图》第四十七号、《绿牡丹》第十四号等。例如《双玉锁》第八号：

（正旦唱）【哭相思】乍见了形容改变，配枷锁蓬头垢面。（正生唱）可怜我狴犴诬陷，恨天天不照鉴。

一般四句，可只用二句，《四元庄》第三十六号作六句，《四元庄》第二十四号、第二十六号为八句，作八句者或可分析成同曲叠用。

【哭相思】代替尾声和孤用的用法，南戏、传奇便已如此。【哭相思】孤用时常插用于不同曲牌或套式之间，与【不是路】一样起到了连接纽带的作用。只是【哭相思】相对独立，出现时并不都引起套式转换，如《八美图》第四十七号中【哭相思】只是将两支【三段子】分开。

（三）复套

复套由两个或两个以上的单套组成，其中单套可以是由若干不同曲牌连缀而成的南北曲单套，也可以是孤牌叠用而组成自套，乃至曲牌的数量只有一支。同时，复套必须满足与剧情发展相协调，否则只能算作曲牌的杂缀。

复套表现为套式的转换和拼接，除了剧情及其氛围的自然转换而换用他套，还有就是通过不入套式的【不是路】、【哭相思】、引子、尾声和一些冲场曲的连接而形成复套。上文所举涉及【不是路】的出目绝大部分是复套结构，如《八美图》第七号：【渔家傲】—【剔银灯】—【地锦花】—【麻婆子】—【不是路】—【皂角儿】—【尾】—【斗黑麻】—【前腔】—【尾】。其中【渔家傲】套四支写马娇容及其母胡氏上街途中哭诉遭际，其下用【不是路】一支诉明意欲卖身葬父，引来众人围观，转到【皂角儿】和尾声写母女哭别和柳遇春主仆上场，【斗黑麻】两支则写马娇容母女得到救济后补述情由并致谢，柳遇春赞其孝女可嘉，整出的感情色彩经由【不是路】和尾声完成了过渡和转换。

八、《调腔曲牌集》《调腔乐府》指瑕

调腔原作曲方荣璋(1927—1986)，1957 年考入新昌调腔训练班，担任传统剧目的记谱工作，其间于 1963—1964 年整理完成《调腔曲牌集》(含古戏之部一至三、套曲之部、散曲之部附昆腔、吹打牌子之部、五场头之部、锣鼓之部)，1982 年修订成《调腔乐府》七卷。方荣璋先生根据调腔老艺人口述和演唱记录剧目和曲牌，所凭借的包括调腔抄本在内的文献必不少于今日所见，因而所记录的资料翔实而珍贵。但椎轮之际，草创之初，仍不免存在瑕疵，今略举如下。

(一)曲牌名的误题和曲牌分合不当

通过上文梳理可知，除了具有一定的词式和旋律，甩头的使用也是调腔曲牌的特征之一。换言之，同一曲牌的甩头使用情况也是相同或相近的。例如《白兔记·汲水》(《调腔曲牌集》中《出猎》《汲水》合为《出猎》)，《调腔曲牌集》将“阿吓是了么左右”至“免得葬幽冥”题作【斗黑麻】，取其多四字句。实际上该段只是加滚，词式和甩头使用的情况不与调腔其他【斗黑麻】相同。

曲牌名误题主要指曲牌名张冠李戴、名称不确，举例如下：

(1)《调腔曲牌集》古戏之部二《赐马斩颜·求绍》“恨奸曹提起冲冠怒”和“听言来使我心内火”两曲，曲牌名题作【解三酲】。按【解三酲】词式上有九句，而该两曲每曲六句，当从民国元年(1912)“求章云记”外、末、正生本(案卷号 195-1-98)改题【剔银灯】。

(2)《调腔曲牌集》古戏之部二《赐马斩颜·赐马》“中原宰相”和“心中暗

想”两曲，曲牌名题作【驻云飞】，《调腔乐府》同。按该两曲词式与【驻云飞】迥异，实当为冲场曲【出队子】①。

(3)《调腔乐府》卷三《八美图》【黄莺儿】“焚香义结女金兰”曲，当从单角本改题为【集贤宾】。

(4)《调腔乐府》卷二、《调腔乐府·套曲之部》所收《双报恩》《凤头钗》【北皂罗袍】，抄本实无“北”字。

(5)《三婿招》第四号《请药》位于【金络索】之后的【刘泼帽】，晚清《三婿招》总纲本(案卷号 195-1-102)曲牌名缺题，《三婿招》吊头本(案卷号 195-1-128)作“柳泼涓”，即“刘泼帽”之讹。《调腔乐府·套曲之部》失检，误以为是第二支【金络索】。

(6)《调腔乐府》卷三收有不少罕见曲牌名，但大部分为常见曲牌的误题。①出自《四元庄》的“剔尾灯”“醉风阴”“扬州序”“墨令”“刻蓉埙”“熟像好”“一麟令”共七支例曲，实当作“剔银灯”“醉春风”“梁州序”“蛮牌令”“刘泼帽”“越恁好”“缕缕金”，系因光绪二十六年十二月(公元已入 1901)杨德□《四元庄》吊头本(案卷号 195-1-147)的讹误或模糊而误题。其中，所谓“刻蓉埙”的前五句，实系前一曲【皂罗袍】第五至九句的阑入；“熟像好”“一麟令”两者重见于《调腔乐府》卷二，正题作“越恁好”和“缕缕金”。②出自《凤头钗》的“画眉儿”，抄本题作“画本儿”，实当作“啄木儿”。该曲后接【三段子】【归朝欢】，而后两者为【啄木儿】套中之曲。除了词式吻合，该曲与《调腔乐府》卷二所收《双玉锁》【啄木儿】的曲谱基本相同，益可证。③出自《八美图》的“落之妻”，实即【金络索】，且结尾失落“意彷徨”等五句。

(7)《调腔曲牌集》古戏之部二可能受川剧高腔本影响，将《黄金印·唐二别妻》(即《小别》)“我也曾哭哀哀推辞有万千”至“何曾为着夫妻常挂牵”

---

① 华东戏曲研究院编《华东戏曲剧种介绍》第五集附录一(新文艺出版社，1955，第115—116 页)有“心中暗想”一曲曲谱(杨炳麟唱，大风记)，题【北六幺令】。按，【六幺令】词式与【出队子】稍近，题名或致互误。

题作两支【红衲袄】。其实调腔该出大半部分是由《琵琶记》的《大别》和《小别》(两出对应于《六十种曲》本《琵琶记》第五出《南浦嘱别》)稍加改易而成，所谓【红衲袄】实际上改编自加有“滚调”的《琵琶记·大别》第二支【忒忒令】和第一支【沉醉东风】,曲文与川剧高腔本也没有关系。

曲牌名分合不当主要指同一曲牌误拆为多段、曲牌句数遗落、甲曲阑入乙曲的现象，举例如下：

(1)《调腔曲牌集》古戏之部二《赐马斩颜·斩颜良》【驻云飞】“一见悲伤”曲，一支误拆成三支，并把结尾叠句订作尾声，分合不当。

(2)《双玉配》第十号【梁州第七】“儿虽是嫩柳娇娥”一曲，《调腔乐府·套曲之部》拆分为【梁州第七】【千秋岁】【画眉序】三曲，与抄本仅题【梁州第七】不符。按调腔曲牌结束时常用重句，而曲中因插白、分唱或情感转换、辞意需要，也会出现重句。《调腔乐府》将该两种情况相混，误以为前曲已结束，继而将余下的曲文根据音乐的相似性而另题曲牌名。

(3)《调腔乐府》卷二所收《天门阵》【三换头】【普贤歌】,后者当为前者之前腔，且曲文分合也有不当之处。

(4)《调腔乐府》卷三所收《游龙传》【普天乐】,其中“丹心照”及以下四句，当归属次曲【古轮台】。此系因抄本曲牌名缺题而阑入。

(二)曲牌名的牵合和补题、推断而不作说明

曲牌名牵合主要指误据甲种套式套合乙种套式，举例如下：

(1)调腔《双喜缘》第十五号《后绣房》和《四元庄》第三十二号在抄本题写的【快活三】和【朝天子】之间有若干唱段，据词式和曲谱都应是三支【快活三】叠用，而《调腔乐府》卷二、《调腔乐府·套曲之部》牵合《西厢记·请生》(对应于明刊弘治本卷二第三折，凌濛初刊本第二本第二折)【满庭芳】【快活三】【朝天子】,将前者的三支【快活三】叠用订作三支【满庭芳】叠用。这一推断除了与词式和曲谱不合，还与【快活三】例与【朝天子】相连的做法不符。

(2)《四元庄》第四十一号【调笑令】“你为那趋势助强”一曲末有“你与我

绳捆索绑”三句，当系【调笑令】第三词段，而《调腔乐府》卷二题作【金蕉叶】。这也当是牵合《西厢记·拷红》【金蕉叶】【调笑令】相连的用例来补题。

(3)《调腔曲牌集》古戏之部一套用【新水令】【步步娇】南北合套来拟合《妆盒记·救主》(《调腔曲牌集》题《抱妆盒·装盒》)，实际上，光绪十八年(1892)《雌雄鞭》等总纲本(案卷号 195-1-42)所收《妆盒记·救主》抄本首曲题【北一枝花】，其余曲子源出元杂剧《抱妆盒》和明南戏《金丸记》，与【新水令】【步步娇】南北合套没有关系，《调腔曲牌集》的曲牌名补题实系误合。《调腔曲牌集》关于《妆盒记·盘盒》的曲牌名题写同样与抄本不合。

《西厢记》《汉宫秋》《出塞》等剧目曲牌名新昌县档案馆藏抄本仅存一二，今所见者多据刊本补题，还有其他剧目曲牌名的拟合和推断，《调腔曲牌集》《调腔乐府》都没有加以必要的说明。例如《西厢记·游寺》“随喜了上方、上方佛殿”曲，明刊本每有误题作【节节高】者，《调腔曲牌集》据以补题。《玉蜻蜓》总纲本(案卷号 195-2-23)《二搜》首曲末句化用此曲并题作【村里迓鼓】，当以之为正。检 1958 年老艺人忆写总纲本《汉宫秋》(案卷号 195-3-5)，其上尚留彼时作曲牌名推断的痕迹。《中国戏曲音乐集成·浙江卷》叙及调腔《北西厢》《汉宫秋》时强调调腔所使用的曲牌与刊本全同，殊不知今所见者正出自刊本①。

由于抄本曲牌名缺题，《调腔乐府·套曲之部》所收【点绛唇】套的用例《曹仙传·闹殿设计》和《三婿招·闺怨》的曲牌名多由推断，但所补题的曲牌名不够确切。其实，《调腔曲牌集》《调腔乐府》的编纂是在 20 世纪五六十年代及 80 年代初的记谱、老艺人的忆写本及其整理本的基础上进行的，而记谱和整理时便有部分推断失误的情况。例如【点绛唇】常充作引子，出现在【新水令】【驻马听】北曲单套和【新水令】【步步娇】南北合套之前，而记谱或

---

① 参见张涌泉、吴宗辉：《调腔〈西厢记〉考论》，《湖南科技大学学报》(社会科学版)2018 年第 2 期，第 142 页。

整理本有数例将【点绛唇】之后的【新水令】套曲牌误推为【混江龙】【油葫芦】等曲。

(三)使用《调腔曲牌集》《调腔乐府》的注意事项

调腔抄本中曲牌名的存佚情况比较复杂,“对于保留较多的滚白、滚唱与叠板(滚调)的古戏,如《三元记》《荆钗记》《妆盒记》《黄金印》,曲牌名丢失的情况就比较多见;时戏中如《三婿招》《双玉配》,吊头本末出均有一半的曲牌名散佚。但总体而言,曲牌名可考以及可由各种本子互参互证考出的情况仍然居多”①。需要注意的是,古戏剧目中抄本曲牌名保留者,尽管与其他刊本或选本相合者居多,但也有不一致的,如《黄金印·书房》【下山虎】,明刊《重校金印记》第十八出《刺股读书》作【古梁州】。

首先,由于早期剧目的增句加滚以及音乐上腔调材料的通用,无论是根据词式还是依照音乐特征,曲牌名都容易出现误题的问题。这些曲牌大都作为例曲散入《调腔乐府》当中,无疑给曲牌分析造成了一定的混乱。同时,《白兔记·出猎》《赐马》《三关》《百花记·赠剑》等古戏剧目的部分曲牌名题写不可尽信。

其次,由于在编纂过程中材料收集和观察分析不够充分,《调腔乐府》对于有关曲牌的声情和用法的揭示不尽确切,如《调腔乐府》卷一谓【双声子】“传统习惯不能与【四门子】同时使用”②,显然不符合事实。不仅如此,《调腔乐府》所收曲文有时与抄本不尽相符,一方面当与根据口述记录有关,即老艺人演唱时较旧抄本已有出入,另一方面出于所见资料讹俗难解或不明曲文而臆改。

再次,《调腔乐府·套曲之部》所归纳的二十七套四十八式调腔“套曲”,

---

① 吴宗辉:《新昌县档案馆馆藏调腔抄本的体制、形态和价值——以调腔晚清民国抄本为中心》,《浙江档案》2016 年第 4 期,第 47 页。

② 方荣璋编:《调腔乐府》卷一,新昌县调腔剧团内部资料,1982 年,第 84 页。

并不能很好地反映调腔戏曲牌使用的真实情况。一是部分“套曲”其实是由不同单套所组成的复套，其组合一般只在某个特定剧目出现一次，不具备通用性，如所谓“蛮牌令套”“皂罗袍套”“倾杯芙蓉套”“傍妆台套”“梁州序套”“绵搭絮套”等。相应地，一些实用的通行套式却没有被梳理出来。二是小部分“套曲”的曲牌名实系推断，除出自《妆盒记》的“新水令套”系误合之外，出自《天门阵》的“梁州序套”的曲牌名也不可尽信。总之，这些所谓“套曲”，很大一部分不是出自艺人的归纳，而是编者自行概括的。

《调腔乐府》每种曲牌举例甚少，即同一曲牌在不同剧目出现，如果相差不大就不再举例。这也说明《调腔乐府》系曲牌选录，并不代表调腔所有的曲牌遗存，而新昌县档案馆尚藏有一些记谱手稿、油印演出本，其中有不少调腔曲牌音乐资料。同时，《调腔乐府》把同名而来源不同的曲牌共置一处，如《调腔乐府》卷一在同一个地方，既举有选自古戏《西厢记·赴宴》、源出北曲的【五供养】，又罗列了选自时戏《凤凰图》《一盆花》的南【五供养】。尽管前者唱法已南曲化，但两者来源有异，腔调容有区别。如果把这类情况当作“同曲异腔”的例子分析，恐怕就不够周全①。

---

① 路应昆谓“【五供养】一曲在新昌调腔中今存三支，它们便分别是用不同的‘腔句组合’配唱”，所举调腔【五供养】曲例便有此失，参见路应昆：《高腔与川剧音乐》，第146—148页。

附录三

明代中后期的杂曲与改本戏文

明代中后期戏曲新腔迭出，传奇渐兴，坊间戏曲全刊本和选本的印刷和出版繁多。伴随着舞台演出的繁荣、声腔的演进和传奇体制的成熟，宋元戏文旧篇乃至明初新制的戏文作品[①]，在刊刻中大多经过明人改订，从而不同程度地丧失了旧本原貌。为作区别，研究者将这种经过明人改订的旧本戏文称为“明人改本戏文”。明代改本戏文数量众多，面貌纷杂，而在这些改本戏文频繁出现的同时，民间俗曲也进入了创作的繁盛期。

一、杂曲和南戏剧曲

民间俗曲，或谓之时调、小曲、时尚小令、俚歌，明中叶已风行南北，沈德符《万历野获编》“时尚小令”条谓“元人小令行于燕赵，后浸淫日盛，自宣正至成弘后，中原又行【锁南枝】【傍妆台】【山坡羊】之属。……自兹以后，又有【耍孩儿】【驻云飞】【醉太平】诸曲，然不如三曲之盛。嘉隆间，乃兴【闹五更】【寄生草】【罗江怨】【哭皇天】【干荷叶】【粉红莲】【桐城歌】【银绞丝】之属，自两淮以至江南，渐与词曲相远，不过写淫媟情态，略具抑扬而已”[②]。俗曲盛行民间，以致出现“刊布成帙，举世传诵”的繁荣局面。

在各类俗曲兴起的明代中前期，正是弋阳腔、余姚腔、海盐腔、昆山腔南戏“四大声腔”方兴未艾之际。明代早期流行的俗曲多从南北曲（含散曲和剧曲）脱胎而来，嘉靖以来渐有自创的专属曲调[③]，而南戏曲牌本起于村坊小曲，故其腔调与俗曲亦可相通，明天池道人《南词叙录》谓南戏“本无宫调，亦罕节奏，徒取其畸农、市女顺口可歌而已”，“夫南曲本市里之谈，即如今吴下

---

① 明天池道人《南词叙录》将南戏剧目分为“宋元旧篇”和“本朝”两类，其中“本朝”即明人新作戏文，亦即吕天成《曲品》所谓“旧传奇”，今人又谓之“明初南戏”。

② [明]沈德符著，杨万里校点：《万历野获编》，上海古籍出版社，2012，第545页。

③ 参见冯艳：《明清散曲与歌谣时调互动研究》，南京师范大学文学院博士论文，2014，第96—99页。

【山歌】、北方【山坡羊】”[①]。

由于俗曲同剧曲本可相互出入，歌唱小曲和配唱剧曲亦可得兼，两者联系实较密切。宋元戏文如《琵琶记》《荆钗记》《白兔记》《拜月记》等篇目，传演既久，故事和曲文几乎家传户诵，以致不少剧曲被直接用作或改编成弹唱或清唱曲目。戏曲选本尤其是明后期的青阳腔选本（或弋阳、青阳腔选本），版面多分为两栏或三栏，常有一栏载有词曲、诗赋、酒令、笑话、百科等，其曲类既包含戏文旧有剧曲或拟作的新曲，也有【劈破玉】【罗江怨】【闹五更】等当时流行的俗曲，而这些戏曲选本中的俗曲时调、说唱曲目和部分文人散曲，以及一些剧曲形式的曲牌或套式，可统称为“杂曲”。

明嘉靖三十二年癸丑（1553）书林詹氏进贤堂重刊本《风月锦囊》，内容包括《新刊耀目冠场擢奇风月锦囊正杂两科全集卷之一》《新刊摘汇奇妙戏式全家锦囊》《新刊摘汇奇妙全家锦囊续编》三部分，是目前所见最早的明代戏曲杂曲选本。其中，杂曲在《风月锦囊》书中出现于第一和第三部分，有“时兴曲”“妙曲”“时兴杂科法曲”等称谓，“又可分为文人散曲、民间时兴小曲和民间故事说唱曲三种基本类型”[②]。明后期戏曲选本所刊入的杂曲曲类，既有旧有戏文的剧曲和拟作的新曲，又有以“时兴杂曲”“新增妙曲”等为名目的杂曲。杂曲和剧曲在戏曲选本中互见，两者关系的密切程度可见一斑。

二、杂曲增衍出新的曲目和情节

杂曲的繁荣同当时戏曲演出的兴盛相互促进，文人散曲或散套被戏文、传奇的剧作者或改编者借入剧曲的例子屡见不鲜，而杂曲被借入戏中也同样不乏其例。例如，明刊本《荆钗记》中以影钞明嘉靖姑苏叶氏刻本《新刻原本王状元荆钗记》较为接近宋元旧本的原貌，该本第二十八出写钱玉莲投江

---

① ［明］天池道人：《南词叙录》，《中国古典戏曲论著集成》（三），中国戏剧出版社，1959，第240、241页。

② 孙崇涛：《风月锦囊考释》，中华书局，2000，第24页。

被救一事，后来的全刊本和选本有两变：

第一，曲白的新增。钱玉莲因家书被套、继母逼嫁，夜出投江，影钞本以【梧叶儿】"遭折挫"一曲导出钱玉莲上场，继唱【香罗带】"一从别了夫""将身赴大江"两曲哭诉情由，旋即投江。改编者以钱玉莲出场便云已到江边，过于迅疾，在反映舞台演出面目的《风月锦囊》摘汇本《荆钗·步出兰房、抱石投江》，便增入了四支抒发钱玉莲背亲离家痛伤之情的曲目，题作【新增绵搭絮】。

第二，钱玉莲逼嫁不从，继母岂能不做防备？改编者发现了这一情理上的疏漏，便又添上钱玉莲被锁闺房，趁夜撬窗出逃的情节。其中，明万历间金陵世德堂刻本《新刊重订出相附释标注节义荆钗记》第二十八出《玉莲投江》，不仅吸收了四支【绵搭絮】，还新增了四支【驻云飞】和一支【山坡羊】，用以描写撬窗出逃的情节。刊刻年代相前后的《乐府精华》《大明天下春》《乐府万象新》《时调青昆》等选本均有相似的处理，且略有变化，并为现存高腔剧种如调腔、岳西高腔、川剧高腔等所继承。

第一变的新增曲目来源一时难以确证，而第二变所增之曲源于杂曲则班班可考。《风月锦囊》续编"新增时兴杂曲"有【驻云飞】六支，均借钱玉莲口吻抒发投江过程中的衷曲愤懑，正同各本新增的【驻云飞】相类，其中第三支便与《时调青昆》本出入较少，对照如下：

《风月锦囊》续编"新增时兴杂曲"【驻云飞】其三	《时调青昆》卷四上层《玉莲投江》【驻云飞】其二
枉受劬劳，父母高堂谁奉老？休怨儿不孝，已为娘焦燥。嗏！婆婆老年高，只恨姑娘，搬得一家无倚靠。生的含冤，死后恨怎消？①	枉受劬劳，儿丧黄泉谁奉老？休怨儿不孝，都只为娘焦燥。嗏！婆婆老年高，(白略)婆婆老年高，无倚靠。恨只恨狠毒的姑娘，镇日在我娘的跟前，巧语花言，搬斗得一家无倚靠。生的含冤，死的恨怎消？②

① [明]徐文昭编：《风月锦囊》，王秋桂主编：《善本戏曲丛刊》第四辑，台湾学生书局，1987，第 534 页。

② [明]黄儒卿编：《时调青昆》，王秋桂主编：《善本戏曲丛刊》第一辑，台湾学生书局，1984，第 236—237 页。

由此可知，各本撬窗出逃的新增曲目，系从当时人们咏叹钱玉莲投江事迹的杂曲中改编而来，且彼时同类杂曲的创作数量众多，流行题材的作品数量必不在改编者所吸收的数目之下。如《琵琶记》赵五娘描容一出，明代全刊本一般没有赵五娘弹唱琵琶词的内容，而明万历三十八年（1610）刊选本《玉谷新簧》卷五中层“时兴妙曲”收有《琵琶词》，同时期刊刻的《词林一枝》《大明春》《乐府红珊》等选本均收入此词。另，《风月锦囊》收有《新增赵五娘弹唱》，文字与《琵琶词》异，当系另一拟作。

一些杂曲原本仅为歌唱小曲或说唱故事曲，间为演剧改编者吸收利用，流回舞台，从而对原作的结构和情节产生影响。但是，杂曲引入剧本势必拉长原作篇幅，而舞台演出时长和折子戏的容量毕竟有限，因而改编者删削改造原有曲白，用新的曲目替换旧曲便是极其自然的事。上文提及的世德堂本《荆钗记》第二十八出《玉莲投江》，在吸收新增的四曲【绵搭絮】的同时，舍弃了原有的【梧叶儿】【香罗带】等曲，便是以新替旧之例，下面再略举数例：

戏文中敷衍苏秦故事的作品，《南词叙录》“宋元旧篇”著录《苏秦衣锦还乡》一种，但宋元旧本失传，以明万历刊本《重校金印记》较为接近原貌。《风月锦囊》有【新增北武陵花】“负剑西游”一曲，曲文同重校本第二十四出《长途叹息》【武陵花】迥异。《风月锦囊》所收摘汇本《苏秦·苏秦登途》，尚用戏文旧调原词，而明后期的青阳腔选本均易为新增的“负剑西游”曲，并为调腔、川剧高腔等剧种所继承。

王昭君出塞的故事脍炙人口，明代戏文全本有富春堂刊本《新刻出像音注王昭君出塞和戎记》，共分三十六折。戏曲选本所选昭君出塞一出，绝大多数与富春堂本《和戎记》第二十九折相应。《风月锦囊》“时兴杂科法曲”【新增山坡羊】有“王昭君背着金箱（镶）玉石琵琶一面”一曲，明万历三十九年辛亥（1611）刊选本《摘锦奇音》卷三下层《和戎记·昭君出塞和戎》将【山坡羊】冠于折首，下文同于富春堂本第二十九折[1]。昭君出塞曲目屡经改编，后来的戏曲选本多袭用【山坡羊】此曲，并对其他曲目进行删削和改造。

有些插用的曲牌实出自杂曲，如《荆钗记》“玉莲投江”，部分选本在新增的第三支【绵搭絮】后插入“到江边，泪汪汪”一曲，其中《乐府菁华》和《时调青昆》分别题作【傍妆台】和【粉红莲】，虽翻谱改调，曲文仅微有差别，且曲调均从时兴杂曲出。

三、改本戏文吸收“俚歌北曲”

杂曲就内容，也有直接涉及戏文本事和人物者，或为剧中人物代言，或歌咏、敷衍其事，而这些曲调和曲文就有被吸收和改调而成为剧曲的，《荆钗记》“玉莲投江”将时兴杂曲【驻云飞】编入剧曲即为典型例子。又如世德堂本《荆钗记》第三十出《江边得鞋》，插入两组借剧中人物王十朋母及成舅之口，以哭诉钱玉莲受逼而死为主的【耍孩儿】，【耍孩儿】后分别叠用【煞】曲八支和二支，篇幅冗长，俞为民谓此为“随着弦乐器的伴奏，用近于说话的节奏与旋律来演唱”的“俚歌北曲”[2]。

俚歌北曲作为俗曲早在元杂剧盛行之际便已出现，后被吸收而成为戏文中的杂曲。搬演吕蒙正发迹故事的宋元戏文《破窑记》，明刊本有富春堂本《新刻出像音注吕蒙正破窑记》《刻李九我先生批评破窑记》两种，其中李评本第十三出《乞寺被侮》有为富春堂本所无的吕蒙正数罗汉一节，曲文与《风月锦囊》“新增吕蒙正游罗汉山坡羊”略同，唯李评本曲调作【混江龙】[3]，也以俚歌北曲的形式出现。

---

① 《摘锦奇音》所收【山坡羊】较《风月锦囊》本已有较大变化，清乾隆间昆腔选本《缀白裘》六集《青冢记・送昭》分为【山坡羊】【竹枝词】两曲。

② 俞为民：《明世德堂本〈荆钗记〉考》，《宋元南戏文本考论》，中华书局，2014，第44页。

③ 俞为民：《南戏〈破窑记〉版本考述》，《宋元南戏文本考论》，第58—60页。

这类俚歌北曲在改本戏文和部分明人新戏文中所在多有，例如富春堂本《和戎记》第九、二十五、二十六、三十一折，均系【耍孩儿】叠用，第二十九折有长篇【点绛唇】①，第三十一折开端【粉蝶儿】叠用三支；富春堂本《白兔记》第三十三折【耍孩儿】后叠用【煞】曲六支，第三十四折【点绛唇】叠用三支成折，每支字数繁多；明刊《古城记》第十三出《却印》【北寄生草】叠用三支，《风月锦囊》续编“新增蔡伯皆(喈)辞朝”亦有【寄生草】。如此等等，不胜枚举。

元杂剧北曲联套严格自不待言，元人小令联套始较自由，而明清传奇中的北曲使用一般仍有套式可循。富春堂、文林阁、世德堂等坊刻戏文以及一些戏曲选本则不然，如【耍孩儿】【寄生草】【点绛唇】【混江龙】【端正好】【雁儿落】【得胜令】等曲牌，经常单独叠用成套，词式自由，连接随意，显然是受到了杂曲中的俚歌北曲的影响。

四、杂曲增衍出新的出目

明后期戏曲选本中部分剧曲形式的杂曲，虽不见于当时刊刻或抄写的剧本，但保留在现存地方戏相关剧目当中，调腔《彩楼记・遇僧》和梨园戏《苏秦・拦路》即其例。

《破窑记》经明人改编又称《彩楼记》，调腔《彩楼记》有《遇僧》一出，写吕蒙正(正生)登山访寺赶斋不成，下山途中路遇化缘回山的住持老和尚(外)，老和尚邀其回转佛寺，蒙正誓不回还；老和尚馈米，蒙正只取一粒。此情节明刊本未见，《俗文学丛刊》第一辑所收北京高腔“百本张”抄本《遇僧》与调腔本基本相同。检《玉谷新簧》卷一中层“新增灯谜时兴妙曲”《逻斋空回》有【驻云飞】四支，有曲无白，第三支有加滚，调腔本【驻云飞】四支与之颇为相

---

① 富春堂本【点绛唇】“汉岭云横”一曲，《风月锦囊》本同，后来的戏曲选本多作【粉蝶儿】，自“细雨飘丝”以下再作【点绛唇】，其后分合又有不同。马华祥《明代弋阳腔传奇考辨方法撮要》(《戏剧》2010年第1期，第127页)谓此【点绛唇】“实为弹词”。

合，对照如下：

《玉谷新簧·逻斋空回》	调腔《彩楼记·遇僧》
【驻云飞】(生)枉受劬劳，踏雪登高访故交。实指望逻斋饱，谁想盛徒妆圈套。嗏！饭后把钟敲，贱吾曹。使我空回没奈何，只得寻归道。空向山门走这遭(又)。 【前腔】(僧)贵步多劳，光降荒山观草茅。雪拥崎岖道，未唤山童扫。嗏！阇黎慢贤豪，请转空山，一饭何足道。同转山门走一遭(又)。 【前腔】(生)雅意多劳，你的恩深我也足见了。师尊待我如珍宝，令徒轻我如芥草。嗏！我本盖世大英豪，这几年也是我时乖运颠倒。终不然今日也来逻斋，明日也来逻斋，只管去逻斋，更不想把龙门跳。有一日金榜上把名标，身挂着紫袍，衣锦还乡道。〈老和尚！〉那时节还到山门走一遭(又)。 【前腔】(僧)有慢贤豪，〈吕相公！〉你是个宽洪大量权恕饶。小徒言语多颠倒，劝相公切莫伤怀抱。嗏！同去责罚小徒曹，待来朝扫席恭迎，拱迓尊仙到。请转寒山走一遭(又)。①	(正生唱)【驻云飞】(起板)雪紧风飘，冒雪冲寒访故交。指望挪斋饱，令徒设计妆圈套。嗏！饭后把钟敲，钟敲赚吾曹。因此上忍饿担饥，独自寻归道。空向山门走这遭。 【前腔】(外唱)玉趾多劳，不弃荒山探老耄。雪拥崎岖道，未唤山童扫。嗏！阇黎慢贤豪，贤豪莫心焦。请转荒山，一饭再重造。再转荒山走这遭。 【前腔】(正生唱)雅意多劳，(白)老和尚！(唱)你的恩情、恩情我吕蒙正足见了。蒙师待我如珠宝，令徒欺我如蒿草。嗏！有日上九霄，脱蓝衫换紫袍。驷马高车，得志还乡早。再不向山门听钟敲。 【前腔】(外唱)触慢贤豪，提起阇黎恨怎消。小徒言语多颠倒，吕相公切莫萦怀抱。嗏！归家痛打小儿曹，儿曹不相饶。待来朝扫榻相迎，恭候尊神到。(白)吕相公，有道僧来看佛面，慈悲结善缘。(唱)须念贫僧贫贱交，须念贫僧贫贱交。②

既云“新增”和“时兴妙曲”，可知调腔和北京高腔该出系后来(至迟明万历间)新增。该杂曲虽未出现在《破窑记》或《彩楼记》的刊(抄)本之中，但调腔和北京高腔却有抄本流传，说明《玉谷新簧》所收《逻斋空回》这一“时兴妙曲”，亦为舞台演出的剧曲。

梨园戏上路剧目《苏秦·拦路》，写苏秦再度往魏邦赴考，其妻周氏阻拦

---

① [明]景居士编：《玉谷新簧》，王秋桂主编《善本戏曲丛刊》第一辑，台湾学生书局，1984，第61—66页。

② 调腔《彩楼记·遇僧》根据新昌县档案馆藏民国十二年(1923)抄本并参照单角本校订，前者图版参见俞志慧、吴宗辉：《调腔钞本叙录(新昌县档案馆藏晚清民国部分)》，中华书局，2015，第402—404页。

不成，只得赠以盘缠并道别。明刊《金印记》各本和高腔剧种《金印记》或《黄金印》的"阳关饯别"一出，均不曾出现周氏，检《玉谷新簧》卷五中层"时兴妙曲"有《苏秦别妻》一目，曲文同梨园戏本有相类者①，据此可知梨园戏该出当从后出的新增曲目吸收而来。

结　语

明万历年间，受余姚腔"杂白混唱"的影响，青阳腔将五七言诗句和朗诵体的滚白相结合，发展出"时尚南北"的滚唱或滚调。其中，余姚腔滚白的出现及青阳腔的滚唱之所以如此兴盛，同戏曲类杂曲创作和演出之间的互动不无关系。换言之，明中后期杂曲的流行，正是余姚腔滚白和青阳腔滚唱产生的土壤，宜乎明后期同青阳腔有关的戏曲选本多设专栏，用以刊载杂曲。同时，北曲在体制上有着增句、衬句频繁的特点，俚歌北曲将其放大，并在唱法和体制上进一步挣脱宫调和曲体的束缚，一定程度上促进了南戏声腔的滚白和滚唱的产生和发展，而改本戏文多用俚歌北曲便是一证②。

就像元杂剧剧作的兴盛同散曲创作互相促进一样，杂曲的繁荣不仅为明代改本戏文提供了新的曲目，且在改造和替换原有曲目的过程中影响了原作的结构和情节，并且还增衍出了新的出目。此外，杂曲在形式上较同时期的文人散套通俗晓畅，格律不甚严谨，题材上尽管丰富多样，但以表现闺

---

① 参见康尹贞：《梨园戏与宋元戏文剧目之比较研究》，台湾大学中国文学研究所硕士论文，2006，第 94 页。

② 北曲的增句现象同滚白和滚唱的关系已为李殿魁、曾永义、俞为民等学者所注意，曾永义云："而今既知弋阳腔吸收北曲曲牌，颇受其影响，则其滚白滚唱，乃仿北曲曲牌增句之例而来，似乎言之成理。"参见曾永义：《戏曲本质与腔调新探》，"国家出版社"，2007，第 186 页。俞为民《青阳腔与俚歌北曲的融合》云："余姚腔、弋阳腔与俚歌北曲合流后，所唱的曲体出现了新的变异，具有了俚歌北曲的曲体特征。"参见朱万曙、卞利主编：《戏曲·民俗·徽文化论集》，安徽大学出版社，2004，第 212 页。

情及男女情爱的主题为大宗，而有关闺情、时令、咏景的内容，能为戏文创作和改编、曲文的加滚提供丰富的资源。不仅如此，杂曲还能够作为赋子，为艺人所取资，其中俗曲小调常施于净、丑等角色之口，以应付诙谐场景，如明金陵文林阁刊本《高文举珍珠记》第四出《施财》的【赛苏州歌】、万历间刊本《古城记》第十一出《秉烛》的【闹更歌】等，这一传统也为继戏文兴起的明清传奇所传承。

受杂曲影响的明代戏文改本以及部分新创戏文，大多集中在富春堂、文林阁、世德堂等坊刻本和戏曲选本。这些刊本和选本同弋阳、青阳腔关系较密切，内中经改订的曲目，部分实则仿效杂曲而作，或者径出杂曲。元明时期的文人散曲和杂剧、戏文剧曲在曲调、体制和创作等方面都对同时期的俗曲产生了重要影响，而俗曲也反作用于散曲和剧曲的创作。不同的是，俗曲并未过多地渗入总体上趋于雅化的文人散曲体系之中，但在体制和内容上都给明代改本戏文的面貌带来了深刻的影响。

本文原发表于《中国古代小说戏剧研究》第 13 辑，甘肃人民出版社，2017，第 200—206 页，收入时有改动。

参考文献

（正文和附录已注明者不再罗列）

B

《白氏六帖事类集》，[唐]白居易，文物出版社，1987，影印傅增湘旧藏宋绍兴刻本

《宾退录》，[宋]赵与时撰，姜汉椿整理，上海师范大学古籍整理研究所编：《全宋笔记》第六编第十册，大象出版社，2013

C

《朝野新声太平乐府》，[元]杨朝英辑，《续修四库全书》第1739册影印中国国家图书馆藏明刻本

《(成化)新昌县志》，[明]莫旦纂修，明正德十四年(1519)刻本

《诚斋集》，[宋]杨万里，《四部丛刊初编》影印江阴缪氏艺风堂藏景宋写本

《诚斋乐府二十四种》，[明]朱有燉，吴梅辑：《奢摩他室曲丛》，国家图书馆出版社，2012

《词林摘艳》，[明]张禄辑，《续修四库全书》第1740册影印明嘉靖四年(1525)刻本

《川剧传统剧本汇编》，《川剧传统剧本汇编》编辑室，四川人民出版社，1958—1963

D

《丹铅总录笺证》，[明]杨慎著，王大淳笺证，浙江古籍出版社，2013

《丹邱生集》,[元]柯九思,《续修四库全书》第1324册影印上海图书馆藏清光绪三十四年(1908)柯逢时刻本

《调腔目连戏咸丰庚申年抄本》,肇明校订,财团法人施合郑民俗文化基金会,1997

《调腔曲牌集》,方荣璋编,新昌县调腔剧团内部资料,1963—1964

《敦煌变文字义通释》,蒋礼鸿,《蒋礼鸿全集》,浙江大学出版社,2016

F

《风月锦囊笺校》,孙崇涛、黄仕忠笺校,中华书局,2000

《傅惜华藏古典戏曲珍本丛刊》,王文章主编,学苑出版社,2010

G

《古城记》,原题《新刻全像古城记》,《古本戏曲丛刊》初集影印长乐郑氏藏明刊本

《古今谭概》,[明]冯梦龙纂,刘德权校点,海峡文艺出版社,1985

《古杂剧》,[明]王骥德编,《续修四库全书》第1763册影印中国国家图书馆藏明顾曲斋刻本

《广雅疏证》,[清]王念孙,江苏古籍出版社,2000,影印清嘉庆间刻本

H

《韩诗外传笺疏》,屈守元笺疏,巴蜀书社,1996

《汉书》,[东汉]班固著,[唐]颜师古注,中华书局,1962

《汉语俗字研究》(增订本),张涌泉,商务印书馆,2010

《皇明开运英武传》,《古本小说集成》影印日本内阁文库藏本,上海古籍出版社,1994

《后汉书》,[南朝宋]范晔著,[唐]李贤等注,中华书局,1965

《淮南鸿烈集解》，刘文典集解，冯逸、乔华点校，中华书局，1989

J

《集韵》，[北宋]丁度等，“中华再造善本”影印中国国家图书馆藏宋刻本

《旧唐书》，[后晋]刘昫等，中华书局，1975

L

《六臣注文选》，[南朝梁]萧统编，[唐]李善等注，中华书局，1987，影印《四部丛刊初编》本

《六十种曲》，[明]毛晋编，中华书局，1958

《六书故》，[南宋]戴侗著，党怀兴、刘斌点校，中华书局，2012

《鲁迅全集》，鲁迅，人民文学出版社，2005

M

《脉望馆钞校本古今杂剧》，《古本戏曲丛刊》四集影印北京图书馆（今中国国家图书馆）藏本

《明清吴语词典》，石汝杰、〔日〕宫田一郎主编，上海辞书出版社，2005

《明心宝鉴》，[明]范立本辑，东方出版社编辑部注译，东方出版社，2014

N

《纳书楹曲谱》，[清]叶堂，王秋桂主编：《善本戏曲丛刊》第六辑，台湾学生书局，1987

《南北词简谱》，吴梅，《吴梅全集》，河北教育出版社，2002

《南词新谱》，[明]沈自晋，王秋桂主编：《善本戏曲丛刊》第三辑，台湾学生书局，1984

《南音三籁》，[明]凌濛初，上海古籍书店，1963

《宁海平调音乐》,陈涛、胡利民编著,文化艺术出版社,2012
《宁海平调优秀传统剧目汇编》(全四集),宁海县文化广电新闻出版局编印,2006

Q

《清车王府藏戏曲全编》,黄仕忠主编,广东人民出版社,2013
《全唐文》,[清]董诰等编,中华书局,1983
《全唐文补编》,陈尚君辑校,中华书局,2005
《群音类选》,[明]胡文焕编,王秋桂主编:《善本戏曲丛刊》第四辑,台湾学生书局,1987

S

《三国志》,[晋]陈寿著,[南朝宋]裴松之注,中华书局,1964
《山堂肆考》,[明]彭大翼,上海古籍出版社,1992
《善本戏曲丛刊》第一辑(含《乐府菁华》《玉谷新簧》《摘锦奇音》《词林一枝》《八能奏锦》《大明春》《徽池雅调》《尧天乐》《时调青昆》),王秋桂主编,台湾学生书局,1984
《善本戏曲丛刊》第二辑(含《乐府红珊》《吴歈萃雅》《珊珊集》《月露音》《词林逸响》《怡春锦》《万锦娇丽》《歌林拾翠》),王秋桂主编,台湾学生书局,1984
《绍兴方言研究》,王福堂,语文出版社,2015
《诗词曲语辞汇释》,张相,中华书局,1953
《诗词曲语辞集释》,王锳、曾明德,语文出版社,1991
《诗词曲语辞例释》(增订本),王锳,中华书局,1986
《史记》(修订本),[汉]司马迁撰,[宋]裴骃集解,[唐]司马贞索隐,[唐]张守节正义,中华书局,2014

《十三经注疏》,[清]阮元校刻,艺文印书馆,2007,影印清嘉庆江西府学刻本

《事文类聚》,[南宋]祝穆辑,“中华再造善本”影印元泰定三年(1326)庐陵武溪书院刻本

《事物纪原》,[北宋]高承著,[明]李果订,金圆、许沛藻点校,中华书局,1989

《审音鉴古录》,[清]琴隐翁编,王秋桂主编《善本戏曲丛刊》第五辑,台湾学生书局,1987

《胜饮编》,[清]郎廷极,《粤雅堂丛书》本

《水经注校证》,[北魏]郦道元著,陈桥驿校证,中华书局,2007

《俗文学丛刊》第一辑,“中央研究院”历史语言研究所、新文丰出版股份有限公司,2001

《说文解字》(附检字),[东汉]许慎,中华书局,1963,影印清同治间陈昌治刻本

《说苑校证》,[西汉]刘向编,向宗鲁校证,中华书局,1987

《宋本广韵》(附《韵镜》《七音略》),[北宋]陈彭年等,江苏教育出版社,2008

《宋本国语》,[三国吴]韦昭注,国家图书馆出版社,2017,影印中国国家图书馆藏宋刻宋元递修本

《宋景文公笔记》,[宋]宋祁撰,储玲玲整理,朱易安、傅璇琮等主编:《全宋笔记》第一编第五册,大象出版社,2003

《宋书》,[南朝梁]沈约,中华书局,1974

T

《太平广记》,[北宋]李昉等编,中华书局,1961

《太平御览》,[北宋]李昉等编,中华书局,1960

《通俗编》(附《直语疏证》),[清]翟灏,商务印书馆,1958

《土风录》,[清]顾张思著,曾昭聪、刘玉红点校,上海古籍出版社,2015

W

《万壑清音》,[明]止云居士编,王秋桂主编:《善本戏曲丛刊》第四辑,台湾学生书局,1987

《魏晋南北朝小说词语汇释》,江蓝生,语文出版社,1988

《文选》,[南朝梁]萧统编,[唐]李善注,上海古籍出版社,1986

《吴下方言考校议》,[清]胡文英著,徐复校议,凤凰出版社,2012

X

《西湖游览志余》,[明]田汝成,浙江人民出版社,1980

《西厢记》,全称《新刊大字魁本全相参增奇妙注释西厢记》,《古本戏曲丛刊》初集影印明弘治十一年(1498)金台岳家重刊本

《西厢记》,全称《重刻订正元本批点画意北西厢》,[明]徐渭评点,中国国家图书馆藏明万历三十九年(1611)刊本

《西厢记》,[明]凌濛初评,"中华再造善本"影印明天启间乌程凌氏朱墨套印本

《咸平集》,[宋]田锡注,罗国威校点,巴蜀书社,2008

《香草续校书》,[清]于鬯著,张华民点校,中华书局,1963

《啸余谱》,[明]程明善辑,《续修四库全书》第1736册影印明万历刻本

《新编目连救母劝善戏文》,[明]郑之珍撰,朱万曙校点,黄山书社,2005

《新定十二律京腔谱》,[清]王正祥,王秋桂主编:《善本戏曲丛刊》第三辑,台湾学生书局,1984

《新集藏经音义随函录》,[后晋]释可洪,《中华大藏经》第59、60册影印《高丽藏》本,中华书局,1993

《新校注古本西厢记》五卷《汇考》一卷,[明]王骥德校注,"中华再造善本"影印明万历四十二年(1614)王氏香雪居刻本

《绣像传奇十种》,文林阁编辑、郁郁堂藏板,日本京都大学文学研究科藏明刊本

《荀子集解》,[清]王先谦著,沈啸寰、王星贤点校,中华书局,1988

Y

《颜氏家训集解》(增补本),[北齐]颜之推著,王利器集解,中华书局,1993

《野语》,[清]费南辉,《续修四库全书》子部第1180册影印印天津图书馆藏清道光十二年(1832)刻二十五年廛隐庐增修本(作者误题作“程岱葊”)

《一切经音义》,[唐]释玄应,《海山仙馆丛书》本

《一切经音义》,[唐]释慧琳,大通书局,1985,影印《高丽藏》本

《雍熙乐府》,[明]郭勋辑,《续修四库全书》第1740—1741册影印明嘉靖四十五年(1566)刻本

《宜斋野乘》,[宋]吴枋,《丛书集成初编》,中华书局,1985年新1版

《永乐大典戏文三种校注》,钱南扬,《钱南扬文集》,中华书局,2009

《御定曲谱》,[清]王奕清等,《景印文渊阁四库全书》,台湾商务印书馆,1996。

《玉篇》,[北宋]陈彭年等重修,中国书店,1983,影印清张氏泽存堂刻本

《玉台新咏笺注》,[南朝陈]徐陵编,[清]吴兆宜注、程琰删补,穆克宏点校,中华书局,1985

《元刊杂剧三十种》,《古本戏曲丛刊》四集影印元刊本

《元曲选》,[明]臧懋循辑,《续修四库全书》第1760—1762册影印浙江图书馆藏明万历刻本

《元曲释词(二)》,顾学颉、王学奇,中国社会科学出版社,1984

《〈越谚〉点注》,[清]范寅著,侯友兰等点注,人民出版社,2006

《越言释》,[清]茹敦和,江苏广陵古籍刻印社,1990,影印清光绪刊本

《越语肯綮录》,[清]毛奇龄,《四库全书存目丛书》经部第187册影印清康熙刻《西河合集》本,齐鲁书社,1997

Z

《张深之正北西厢秘本》，[明]张深之，《古本戏曲丛刊》初集影印南京图书馆藏明崇祯刊本

《浙江省新昌县胡卜村目连救母记》，徐宏图、张爱萍校订，财团法人施合郑民俗文化基金会，1998

《正字通》，[明]张自烈，[清]廖文英，董琨整理，中国工人出版社，1996，影印清康熙九年(1670)序弘文书院刻本

《中国曲学大辞典》，齐森华、陈多、叶长海主编，浙江教育出版社，1997

《助字辨略》，[清]刘淇撰，章锡琛校注，中华书局，2004

《缀白裘》，[清]钱德苍编，汪协如校，中华书局，1940

《字汇》，[明]梅膺祚，明万历四十三年(1615)刻本

《字汇补》，[清]吴任臣，清康熙五年(1666)汇贤斋刻本

后 记

在开展调腔抄本整理之前，我们首先完成了对新昌县档案馆的调查以及馆藏调腔晚清民国抄本的提要写作，并于 2015 年 4 月在中华书局出版了《调腔钞本叙录(新昌县档案馆藏晚清民国部分)》。与此同时，自 2014 年夏起，由吴宗辉组织身边的同学开展了两批调腔剧本整理，指导老师为俞志慧，其间还曾获得 2015 年浙江省第十四届“挑战杯——创智下沙”大学生课外学术科技作品竞赛一等奖。先后参与前期整理的同学有杜俏莹、傅春燕、高斯倩、娄燕萍、求旭丽、水超露、孙怡雯、汤露梦、汤芊芊、谢梦颖、王晓璐、王炎、魏妙婷、杨建波、姚珊珊、张娇鋆、钟雯等，共合作完成 26 个剧目的初稿，后续校注以及新的整理则由吴宗辉负责。好的开始是成功的一半，借此机会向大家致以诚挚的谢意！

2016 年初，我们申报了国家社会科学基金项目“浙东调腔晚清民国抄本整理与研究”(主持人俞志慧，项目批准号 16BZW037)，以新昌县档案馆、复旦大学图书馆和傅斯年图书馆藏调腔抄本为主要依据，共校订调腔剧目 67 个，并于 2019 年初申请结项。申请结项后又增补了 5 个剧目，合计校订调腔剧目 72 个。国家社科基金的评审专家在认可本书“是调腔研究最前沿的创新成果，对丰富和拓展中国戏曲史研究有重要学术意义”，“会助推传统地方戏的深入研究，促进优秀传统文化的承继与传播”的同时，对书稿提出了宝贵的修改意见。在浙江工商大学出版社的大力支持下，本书成功获得 2020 年度国家出版基金的资助。在此对各位评审专家表示衷心的感谢！

自《调腔钞本叙录(新昌县档案馆藏晚清民国部分)》写作以来，我们就得到了新昌县档案馆的宝贵支持以及新昌县调腔保护传承发展中心（新昌县调腔剧团）、新昌县文化广电旅游局等单位的大力协助，河北大学郭英德教授、浙江大学张涌泉教授等给予我们诸多指导和鼓励，吕月明、章华琴等调腔老一辈艺术家提供了热心的指点，新昌县调腔保护传承发展中心杨炳先生、苏州戏曲博物馆浦海涅先生等师友带来了众多的帮助，水超露、卞荆蘅、沈翊等帮我们校对了部分书稿，在此一并致谢。有关调腔及相关剧种的研究尚有不少空间，我们将争取在调腔及其抄本、调腔及相关剧种音乐、绍兴（调腔）目连戏、绍兴戏曲演剧史及戏曲文学等方面做出新的研究。

最后要特别感谢浙江工商大学出版社为本书申报资助和按时出版所付出的辛勤劳动。由于我们学力有限，本书的整理和校注疏谬必多，敬请大家批评指正，谢谢！

俞志慧（绍兴文理学院人文学院）
吴宗辉（浙江大学古籍研究所）
2021 年 6 月 18 日

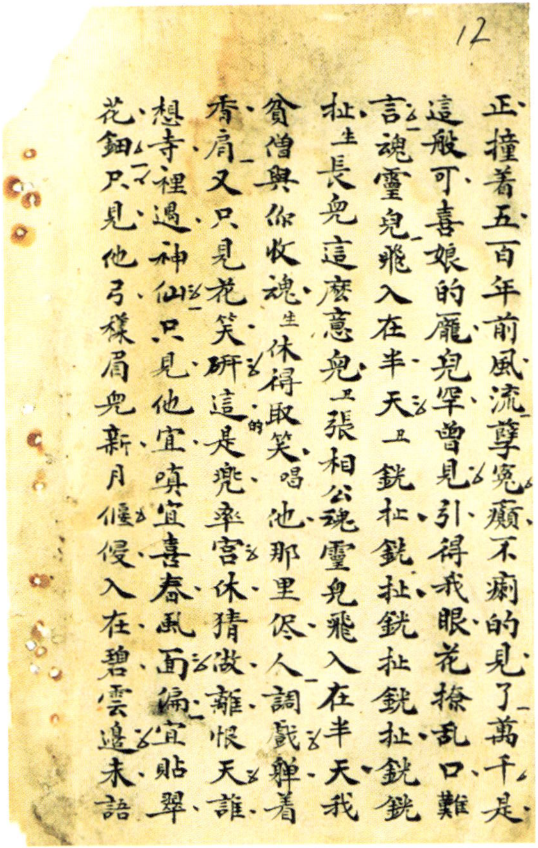

正撞着五百年前風流孽冤顛不剌的見了萬千是
這般可喜娘的龐兒罕曾見引得我眼花撩亂口難
言魂靈兒飛入在半天鈸扯鈸扯鈸扯鈸扯鈸鈸
扯長兒這麽意兒張相公魂靈兒飛入在半天我
貧僧與你收魂休得取笑他那里尽人調戲嚲着
香肩又只見花笑研這是兜率宮休猜做離恨天誰
想寺裡遇神仙只見他宜嗔宜喜春風面偏宜貼翠
花鈿只見他弓樣眉兒新月偃侵入在碧雲邊未語

图 1　晚清《西厢记》四折总纲本（新昌县档案馆案卷号 195–1–1）

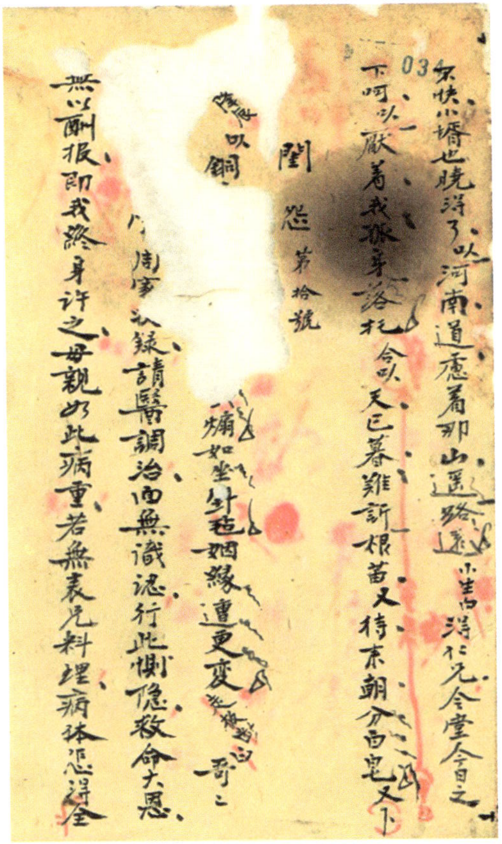

不快小婿也曉得了以河南道應着那山遥路遠
下呵以厭着我孤身洛托今天已暮雖訢根苗又待來朝分面兒又下
闈怨第拾號
痛如坐針毡姻緣遭更變
錄請醫調治而無識認行此惻隱救命大恩
無以酬報即我終身許之母親如此病重若無表兄料理病体怎得全

图 2　晚清《三婿招》总纲本（新昌县档案馆案卷号 195–1–102）

按，图中的唱腔符号形态较早，与后来的调腔“蚓号”有所区别。调腔抄本抄写时多以序号分出，一号相当于一出。

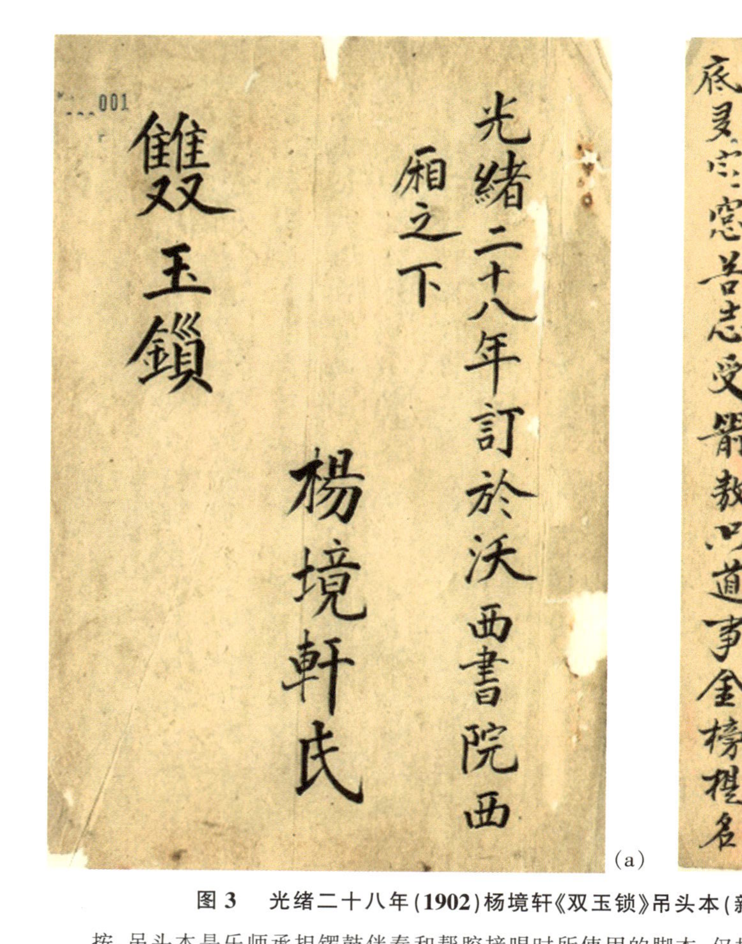

雙玉鎖

光緒二十八年訂於沃西書院西厢之下

楊境軒氏

(a)　(b)

图3　光绪二十八年(1902)杨境轩《双玉锁》吊头本(新昌县档案馆案卷号195-1-148)封面和内页

按，吊头本是乐师承担锣鼓伴奏和帮腔接唱时所使用的脚本，仅抄曲文，但一般不抄干念的引子、冲场粗曲和昆腔曲文。如图3b第九号是昆腔场次，第十号仅有一支吹打【出队子】(脱自昆腔曲牌)。

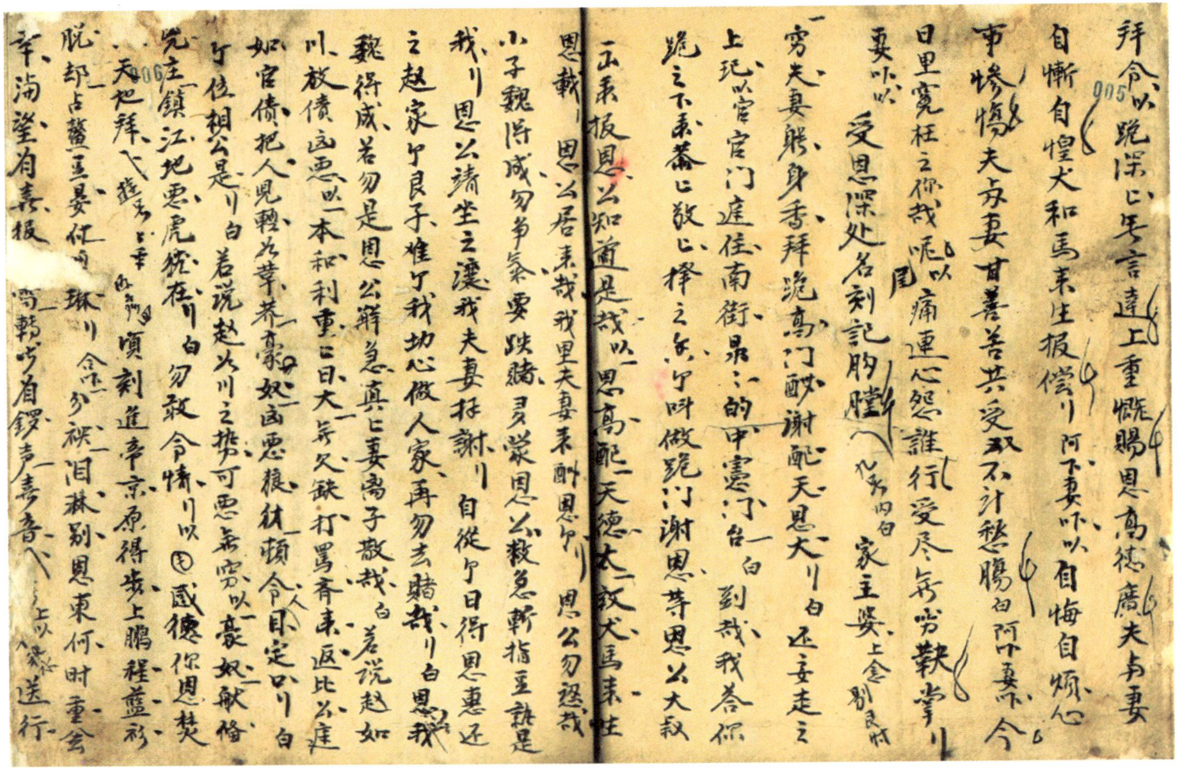

图 4　光绪三十年(1904)"潘保金读"付本(新昌县档案馆案卷号 195-1-41)

按,单角本即通常所说的"单片"或"单篇",仅抄录某一角色的唱腔、道白。如图剧目为《双报恩》,图中右侧有"蚓号"者为调腔曲文,其余仅有板式符号者为昆腔曲文。

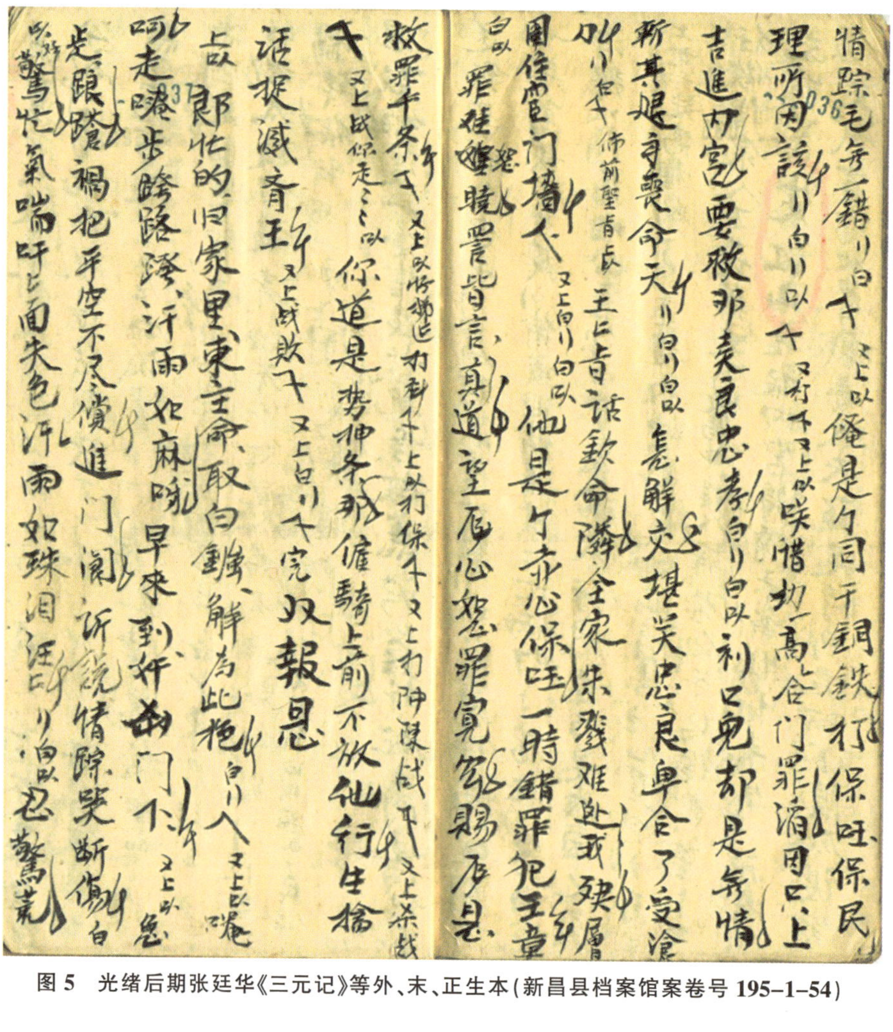

图 5　光绪后期张廷华《三元记》等外、末、正生本(新昌县档案馆案卷号 195–1–54)

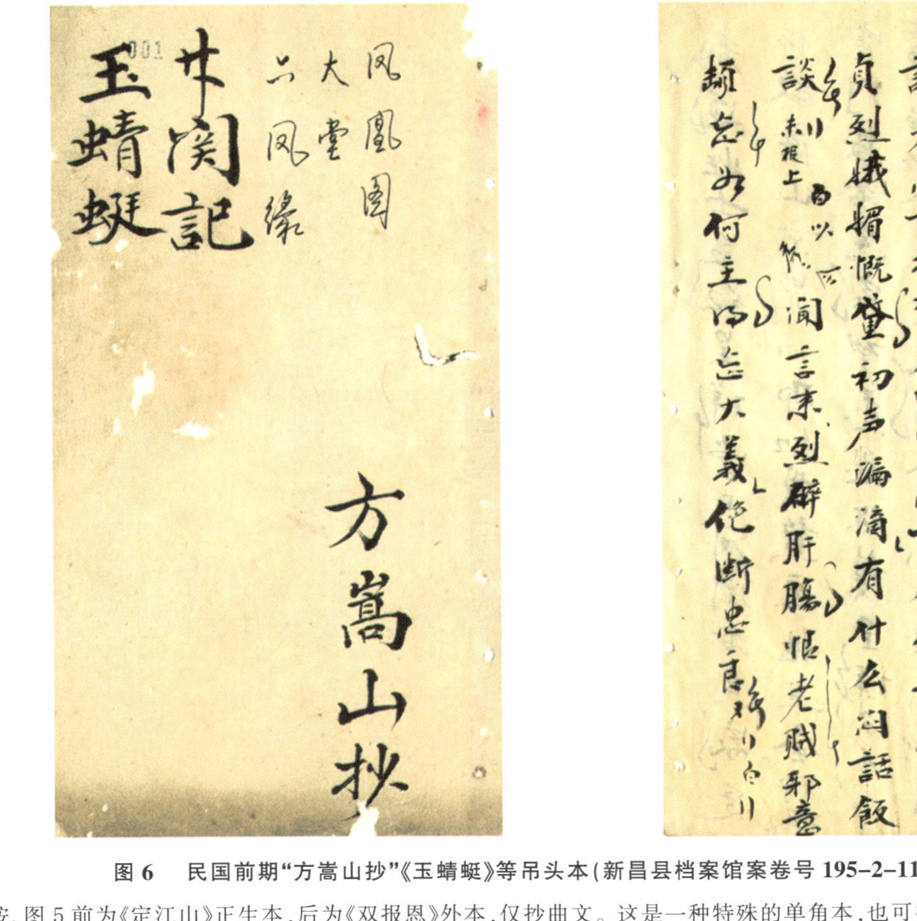

图 6　民国前期“方嵩山抄”《玉蜻蜓》等吊头本(新昌县档案馆案卷号 195–2–11)封面和内页

按,图 5 前为《定江山》正生本,后为《双报恩》外本,仅抄曲文。这是一种特殊的单角本,也可视作“单角吊头本”。图 6 则为吊头本中仅抄一个角色的曲文之例(唱段全貌详见《凤凰图》第三十号)。

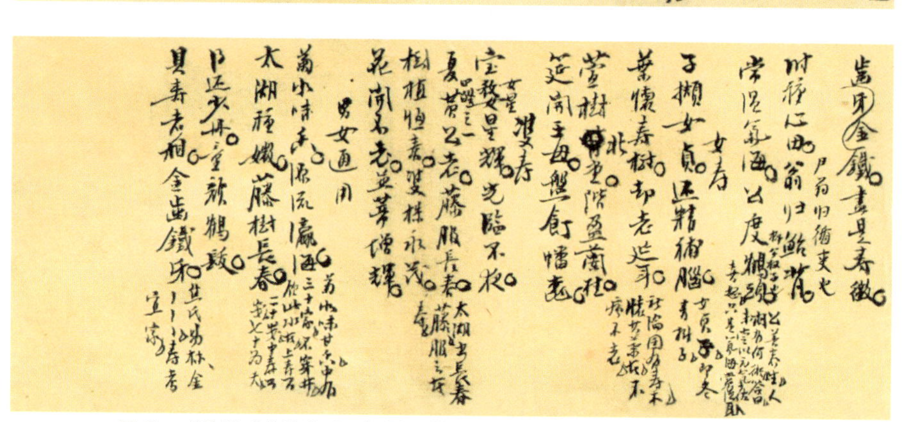

图 7 《铁沙寺》等外本(新昌县档案馆案卷号 195–1–85)所夹对语

参考释文：曰女秀才，陈姑藻采；称人样子，狄咏丰姿。舞柳吟诗，佳人笔墨；开窗选婿，名士风流。孟昶仙姿，风仪莲柳；阳文玉质，颜色西子。李白奇才，文皆锦绣；翠蘋丽质，山却燕支。面玉映人，果因投满；眉山入画，花亦见羞。诗付中流，媒成红叶；书翻明月，缘结赤绳。人样狄郎，仪容生色；林风谢女，才藻夸群。试看画堂新，新郎新妇新成礼；共贺今朝喜，喜子喜孙喜满庭。操行伯鸾，婚求德曜；灼知韩滉，婿选於陵。男寿：背甲股壬，无非福相；齿金牙铁，尽是寿征。时种心田，翁归鲐背；常温气海，公度鹤头。女寿：子撷女贞，还精补脑；叶怀寿树，却老延年。萱树北堂，阶盈兰桂；筵开王母，盘饤蟠桃。双寿：宝婺星辉，光临不夜；夏黄公老，藤服长春。树植恒春，双株永茂；花开不老，并蒂增辉。男女通用：菊水味香，源流瀛海；太湖种嫩，藤树长春。服还少丹，童颜鹤发；具寿者相，金齿铁牙。

以上抄本图片均由新昌县档案馆提供。

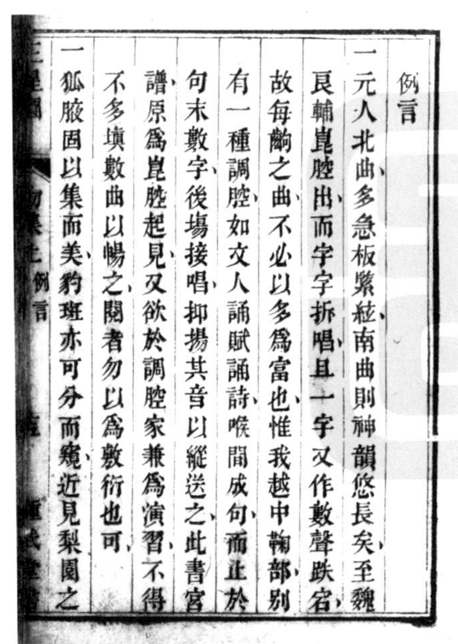

三星圓　例言

例言

一元人北曲多急板繁絃南曲則神韻悠長矣至魏良輔崑腔出而字字拆唱且一字又作數聲跌宕故每齣之曲不必以多爲富也惟我越中鞠部別有一種調腔如文人誦賦誦詩喉間成句而止於句末數字後場接唱抑揚其音以縱送之此書宮譜原爲崑腔起見又欲於調腔家兼爲演習不得不多塡數曲以暢之閱者勿以爲敷衍也可

一狐腋固以集而美豹斑亦可分而窺近見梨園之

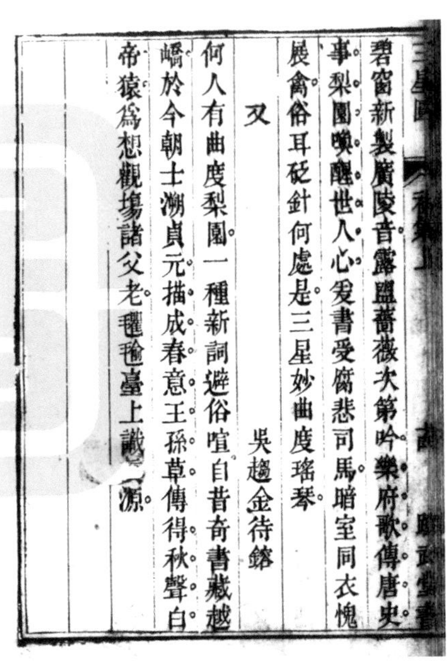

碧窗新製廣陵音露盥薔薇次第吟樂府歌傳唐史事梨園喚醒世人心爰書受腐悲司馬暗室同衣愧展禽俗耳砭針何處是三星妙曲度瑤琴

又　　吳趨金待鏞

何人有曲度梨園一種新詞避俗喧自昔奇書藏越嶠於今朝士溯貞元描成春意王孫草傳得秋聲白帝猿爲想觀場諸父老氍毹臺上識[illegible]源

图 8　中国国家图书馆藏清嘉庆十五年(1810)刻本王懋昭《三星圆》传奇《例言》书影

《例言》:“惟我越中鞠部,别有一种调腔。如文人诵赋诵诗,喉间成句,而止于句末数字,后场接唱,抑扬其音以纵送之。”

图 9　调腔《拜月记·抢伞》剧照

图 10　调腔《三关·挑袍》剧照

图 11　调腔《牡丹亭·入梦》剧照

楼相堂饰杜丽娘　赵培生反串柳梦梅

(a)

(b)

图 12　调腔《游龙传》(《卖后宰门》)剧照

图 9-11、图 12b 来自石永彬主编:《新昌调腔》(浙江摄影出版社,2008),图 12a 来自中国戏剧家协会主编,浙江省文化局编辑:《中国地方戏曲集成·浙江省卷》(中国戏剧出版社,1959)。

(a)

(b)

图 13　调腔《西厢记》之《赴宴》《拷红》剧照(1986 年)(新昌县调腔剧团供图)

马春妹饰老夫人　　陈翠珍饰崔莺莺　　石慧贤饰张生

章华琴饰红娘　　鼓板吕月明

图 14　调腔《曹仙传》包拯(正生)

图 15　调腔《凤凰图》白琳琅(末)

图 16　调腔《闹九江》陈友谅(净)

图 17　调腔《铁麟关》上官浩(付)

图 18　调腔《双狮图》张有义(丑)

以上调腔脸谱和扮相图片来自浙江图书馆编“中国戏曲扮相脸谱数据库”，资料来源于张庚主编，中国艺术研究院戏曲研究所编：《中国戏曲脸谱艺术》(江西美术出版社，1993，第 71 页)

图 19　调腔《金沙岭》杨延嗣(丑)

本幅脸谱图片来自浙江图书馆编“中国戏曲扮相脸谱数据库”，资料来源于《中国戏曲志》编委会、《中国戏曲志·浙江卷》编委会编：《中国戏曲志·浙江卷》(中国 ISBN 中心，2000)。

图 20　绍兴柯桥区湖塘街道宾舍村戏台(邱宏彬摄)

按,戴不凡《关于绍兴高腔戏》(《戏曲报》第 3 卷第 1 期,1950 年 8 月 20 日):“演高腔的戏台无论是永久性的或是临时性的建筑,戏台前面都要比台顶的屋檐凸出一块。据说,这是为便于演戏中有拜月、赏月、祭天等等情节而如此盖造的。不过,这风气到后来已经无形淘汰。”谢涌涛、高军《绍兴古戏台》(上海社会科学院出版社,2000):“戏台前沿设有一‘台唇’,在承托唇面的纵断面刻有‘践’与‘迹’两篆体阴文。据传,该村每年四月十六日整夜必演全本《琵琶记》,每到蔡伯喈得中状元,东方已泛鱼肚白,艺人唱到‘月明星稀天已亮’时,一脚跨上‘践迹’作望天状。若艺人疏漏此一情节,循例罚戏班重头敷演。每次演出,有四至五人坐于台口核对台词,唱做不能有所差错。”

(a) (b)

图 21　新昌县小将镇三坑真君殿戏台(应军华摄)

按,前台后部匾额之下凹进处可安置乐队,乐队之前摆放一桌二椅。

三坑,现隶属新昌县小将镇,地处新昌县东部,位于新昌、奉化、宁海、天台交界地带,系调腔“三坑班”发祥地。调腔由三坑向东流布,宁海、三门、奉化、象山等地遂称调腔班为“三坑班”,作为调腔分支的宁海平调正是从三坑班的基础上发展起来的。三坑班后来也唱乱弹,在宁海有“三坑乱弹”之称,吴健、沈学东主编《鸡鸣三坑班戏纲》(中国戏剧出版社,2016)所收象山县石浦镇鸡鸣村三坑班的剧本均系乱弹戏。

清光绪九年(1883)宁海东岙、西刘村有一名子令者(姓氏无考)曾组建三坑班“老永庆”,新昌县档案馆藏有多件由该班社老艺人方永斌献出的调腔抄本,如民国七年(1918)“方玄妙斋”《玉簪记》等吊头本(案卷号 195-1-4)、民国十二年(1923)“方松山抄”《彩楼记》吊头本(案卷号 195-1-8)、约民国十二年(1923)《葵花配》吊头本(案卷号 195-1-92)、民国前期“方嵩山抄”《玉蜻蜓》等吊头本(案卷号 195-2-11)。前三者图版见俞志慧、吴宗辉《调腔钞本叙录(新昌县档案馆藏晚清民国部分)》(中华书局,2015),后者见前图 6。

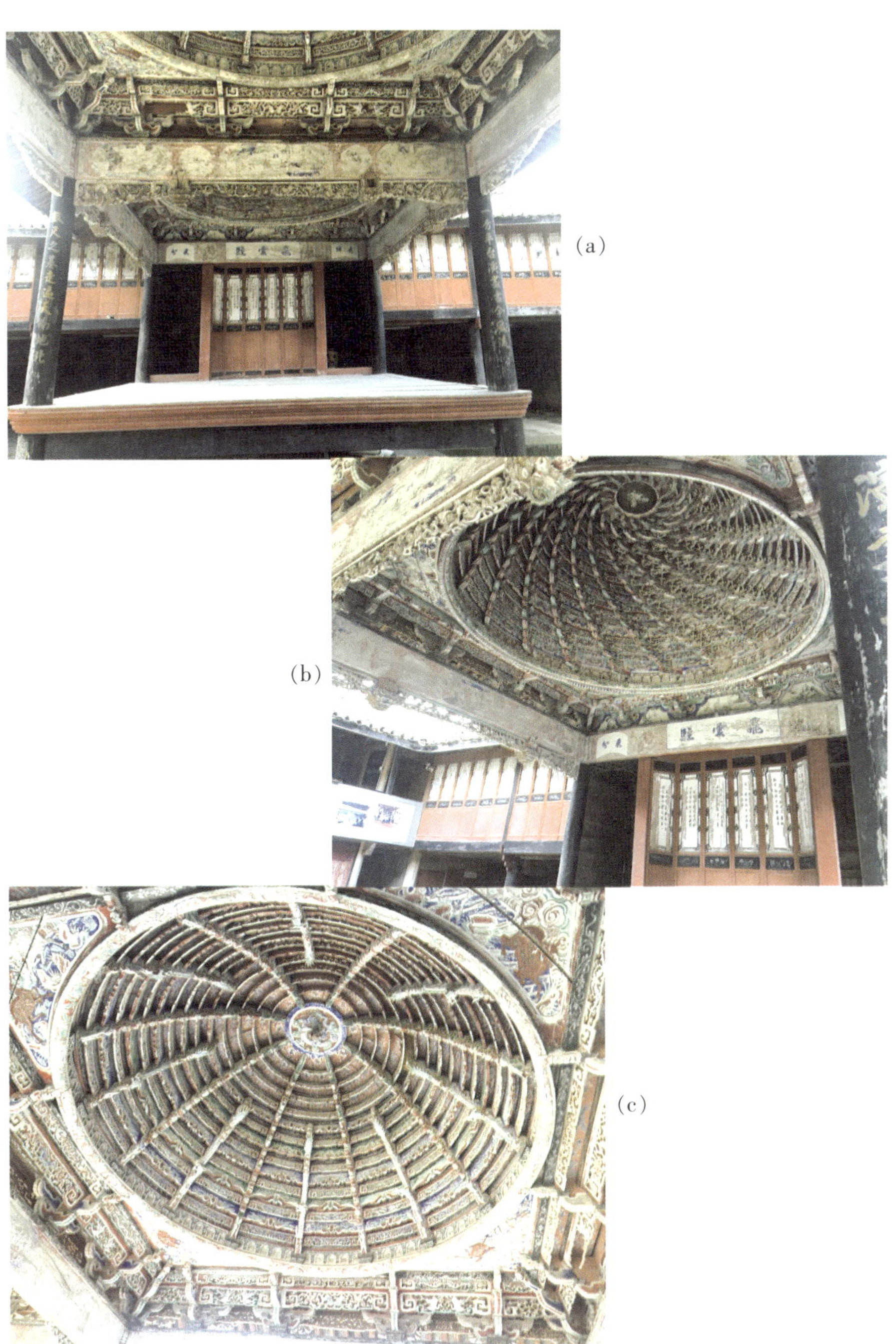

(a)

(b)

(c)

图 22　宁海县梅林街道岙胡村胡氏宗祠戏台(朱伟成摄)